엉클톰스캐빈

La casa de l'oncle Tom
Written by Harriet Beecher Stowe and Illustrated by Christian Heinrich
Copyright ⓒ HACHETTE LIVRE, 2002
All rights reserved.

Korean Translation Copyright ⓒ 2009 by JAKKAJUNGSIN
Korean edition is published by arrangement with HACHETTE LIVRE
through Imprima Korea Agency

이 책의 한국어판 저작권은 Imprima Korea Agency를 통해
HACHETTE LIVRE와의 독점 계약으로 작가정신에 있습니다.
저작권법에 의해 한국 내에서 보호를 받는 저작물이므로 무단전재와 무단복제를 금합니다.

일러두기

1. 이 책은 Harriet Beecher Stowe, *Uncle Tom's Cabin*(NewYork: Random House Inc., 2001)을 온전히 옮겼다.
2. 아셰트판의 각주는 옮긴이가 생략 또는 수정 보완해 미주로 처리했다.
3. 이 책에 수록된 일러스트는 별도의 설명이 없는 경우, 1860년의 시점을 가정해 그려졌다.
4. 본문에 인용된 성경 구절은 대한성서공회의 개정개역본 번역을 따랐다.

청소년문학
Hachette Classic
아세트클래식
2

엉클 톰스 캐빈

Uncle Tom's Cabin

해리엇 비처 스토 지음 · 크리스티앙 하인리히 그림 · 마도경 옮김

작가정신

차례

chapter 1
독자와 자애로운 사람의 첫 만남 ······ 007

chapter 2
어머니 ······ 020

chapter 3
남편과 아버지 ······ 025

chapter 4
어느 날 저녁 엉클 톰의 오두막 ······ 035

chapter 5
팔려 가는 노예들의 기분 ······ 051

chapter 6
발각 ······ 064

chapter 7
어머니의 고난 ······ 077

chapter 8
엘리자의 탈출 ······ 093

chapter 9
상원의원도 인간일 뿐이다 ······ 119

chapter 10
팔려 가는 노예 ······ 144

chapter 11
머리가 혼란스러워진 노예 ······ 157

chapter 12
합법적인 노예 거래 ······ 176

chapter 13
퀘이커 정착촌 ······ 203

chapter 14
에반젤린 ······ 216

chapter 15
톰의 새 주인과 여러 가지 사건 ······ 232

chapter 16
톰의 안주인 ······ 255

chapter 17
자유인의 저항 ······ 287

chapter 18
오필리어 양의 경험과 의견 ······ 311

chapter 19
오필리어 양의 경험과 의견(계속) ······ 334

chapter 20
톱시 ······ 364

chapter 21
켄터키 ······ 388

chapter 22
풀은 마르고 꽃은 시든다 ······ 395

chapter 23
헨릭 ······ 408

chapter 24
불길한 징조 ······ 420

chapter 25
어린 전도사 ······ 429

chapter 26
죽음 ······ 438

chapter 27
이것이 지상의 마지막이다 ·················· 458

chapter 28
재회 ······································· 468

chapter 29
보호받지 못한 사람들 ························ 490

chapter 30
노예 창고 ·································· 500

chapter 31
새 주인 ···································· 518

chapter 32
어두운 곳 ·································· 529

chapter 33
캐시 ······································· 541

chapter 34
캐시의 이야기 ······························ 555

chapter 35
전조 ······································· 570

chapter 36
에멀린과 캐시 ······························ 581

chapter 37
자유 ······································· 590

chapter 38
승리 ······································· 602

chapter 39
계략 ······································· 617

chapter 40
순교자 ···································· 635

chapter 41
젊은 주인 ·································· 644

chapter 42
유령 이야기 ································ 658

chapter 43
결과 ······································· 667

chapter 44
해방자 ···································· 682

chapter 45
맺는말 ···································· 687

옮긴이의 주 ····································· 701
해리엇 비처 스토와 엉클 톰의 시대 ············· 712
옮긴이의 덧붙임 ································· 717

농장의 일상

버지니아 주 제임스 강변에 자리 잡은 한 농장.
500만 제곱미터가 넘는 이 대규모 농장에는 호화로운 주인의 저택과는 떨어진 곳에 하나의 촌락이 형성되어 있다.
회칠을 한 나무집들이 줄지어 늘어선 이곳은 모든 농장 노예들이 모여 사는 구역이다.
낮에는 여자들이 비좁은 오두막에 모여 사탕수수밭에서 일하는 노예들의 음식을 준비한다.
밤이면 오두막 한 채에 두 가족이 모여 북적대는 광경을 어렵지 않게 볼 수 있다.

chapter 1
독자와 자애로운 사람의 첫 만남

쌀쌀한 2월의 어느 날 오후, 켄터키[1] 주 P마을의 어느 집 응접실에 두 신사가 앉아 술잔을 기울이고 있었다. 시중을 드는 사람은 없었다. 의자를 바싹 당겨 앉은 두 사람은 어떤 중요한 문제를 열심히 상의하는 것 같았다.

나는 편의상 그들을 그냥 '두 신사'라고 불렀다. 그런데 엄밀하게 말하면, 두 사람 중 하나는 신사[2] 축에 들기 힘들었다. 그는 땅딸막했고 약간 상스럽기도 했으며 닳고 닳은 인상을 풍겼다. 그리고 출세에 눈이 먼 자들의 특징이기도 한 허세를 부렸다. 그는 옷을 겹겹이 꺼입었다. 조끼는 알록달록한 색상에 화려했으며, 노란 점을 아무렇게나 뿌려놓은 듯한 목도리는 과시용 넥타이와 어우러져 이런 족속의 분위기에 알맞아 보였다. 크고 거친 손에는 여러 개의 반지가 끼워져 있었으며, 쓸데없이 큰 장식이 한 묶음 달려 있는 묵직한 금으로 된 회중시계를 차고 있었다. 그는 대화하면서 기분이 고조되면, 만족스러운 태도로 손을 흔들어 짤랑짤랑 소리를 내는 버릇이 있었다. 그의 말은 머레이[3]의 문법 규칙 따위는 가볍게 무시했으며, 내킬 때마다 온갖 상스러운 표현을 섞어서, 아무리 생생하게 묘사하고 싶어도 여기에 그대로 옮겨 적고 싶지 않을 정도다.

반면 그의 상대인 셸비 씨는 신사의 풍모를 갖추었다. 집 안의 구조와 전반적인 분위기는 아늑했고, 윤택해 보이는 편이었다. 앞에서 말했듯이, 이 두 사람은 지금 어떤 문제에 대해 열심히 토론하는 중이었다.

"나는 이렇게 문제를 해결하고 싶소." 셸비 씨가 말했다.

"난 그런 식으로 장사하지 않습니다. 절대로 그렇게는 못해요, 셸비 씨." 상대방은 술잔을 들어 올리며 말했다.

"오, 헤일리 씨, 톰은 정말 보기 드문 사람이오. 그는 어디에 내놔도 그만한 값을 받을 수 있어요. 착실하고 정직하고 일도 잘하지요. 농장의 모든 일을 시계처럼 정확하게 처리합니다."

"깜둥이치고는 정직하다는 말씀이겠죠." 헤일리는 제 손으로 잔에 브랜디를 따르면서 말했다.

"아니, 정말 정직하다는 뜻이오. 톰은 착하고 착실하고 눈치 빠르고 충성스러운 사람이오. 사 년 전인가, 어느 전도 집회에 갔다 온 뒤로 기독교를 믿기 시작했소. 진심으로 신앙을 받아들인 것 같아요. 그때부터 난 내 재산, 돈, 집, 말을 모두 그한테 맡겼고, 어디든 맘대로 출입할 수 있게 했어요. 내가 보기에 그는 언제나 모든 일에 정직하고 공평합니다."

"세상에 신앙심 깊은 깜둥이는 없다고 생각하는 사람들도 있죠, 셸비 씨." 헤일리가 손을 저으며 말했다. "하지만 난 그렇지 않습니다. 얼마 전에 내가 뉴올리언스[4]에서 데려온 아이가 하나 있어요. 요즘 그 녀석이 기도하는 소리를 들으면, 정말 교회에서 하는 기도처럼 잘해요. 꽤 의젓하고 말이 없는 녀석이죠. 그 녀석 덕분에 돈도 꽤 벌었어요. 빚에 쪼들린 사람한테서 싸게 샀거든요. 녀석을 팔아 600달러는 남겼어요. 맞아요, 물건만 괜찮으면 종교를 믿는 깜둥이가 최고죠. 틀림없습니다."

"음, 톰은 정말 참한 물건입니다." 상대방이 대답했다. "참, 작년 가을에도 그한테 500달러 받아 오는 일을 맡겨서 신시내티에 혼자 심부름을 보냈어요. 그때 내가 이렇게 말했어요. '톰, 난 널 믿는다. 네가 기독교인이 된 것 같기 때문이야. 난 네가 남을 속이지 않는다는 걸 알아.' 물론 톰은 돈을 갖고 돌아왔죠. 나는 그럴 줄 알았어요. 나중에 사람들한테 들었는데, 몇몇 천한 놈들이 그에게 '톰, 왜 캐나다로 도망가지 않았니?' 하고 묻더랍니다. 그랬더니 톰이 '안 돼, 주인님이 날 믿고 보내주셨는데, 그럴 수 없지'라고 했대요. 톰과 헤어지게 돼서 마음이 아파요. 당신은 그 하나만 데려가는 걸로 지금 남아 있는 내 빚을 모두 청산해줘야 합니다. 당신에게 양심이 있다면 그렇게 해주리라 믿소."

"글쎄요, 난 이런 사업에 필요한 만큼의 양심은 갖고 있죠. 조금, 아주 조금이지만요." 노예 장사꾼은 빈정거리는 투로 말했다. "에, 또, 난 도리에 어긋나지만 않으면 친구들에게 얼마든지 관용을 베풀 용의가 있어요. 하지만 금년엔 선생도 아시다시피 경기가 조금 어려워요." 장사꾼은 머리가 복잡한 듯 한숨을 지으며 브랜디를 더 따랐다.

"그럼, 좋습니다. 얼마나 주시겠소?" 잠시 불편한 침묵이 흐른 뒤, 셀비 씨가 입을 열었다.

"혹시 톰에게 끼워줄 사내아이나 계집아이는 없어요?"

"뭐라고요! 우리 집에 없어도 되는 아이는 없어요. 솔직히 말해 내가 그를 팔려는 이유는 순전히 살기가 너무 힘들기 때문이오. 나는 지금 우리 집에 있는 누구도 내보내고 싶지 않아요. 이건 진심이오."

이때 문이 열리더니 너덧 살쯤 먹은 작은 쿼드룬[5] 사내아이가 방에 들어왔다. 아이의 얼굴에는 매우 아름답고 사랑스러운 분위기가 풍겼다. 아이의 둥글고 보조개가 파인 얼굴은 비단 솜처럼 섬세하고 윤이 나는 검은 머리칼에 감싸여 있었고, 크고 검은 두 눈은 짙고 긴 속눈썹 밑에서 반짝였다. 아이는 호기심 어린 표정으로 방 안을 들여다보았다. 분홍과 노랑의 체크무늬가 화려하게 수놓인, 정성껏 만들어진 듯 몸에 잘 맞는 화려한 옷은 가무잡잡하면서도 아름다운 아이의 외모를 더욱 돋보이게 했다. 그리고 약간 수줍어하면서도 여유롭고 장난기 어린 태도를 보아, 이 아이가 주인의 귀여움과 보살핌을 받고 있다는 걸 알 수 있었다.

"이게 누구야, 짐 크로가 왔네!" 셸비 씨가 휘파람을 불며 건포도 몇 알을 아이에게 던져주었다. "어서 주우렴!"

아이는 주인이 웃는 동안 온힘을 다해 뛰어다니며 주인이 준 선물을 주워 먹었다.

"이리 온, 짐 크로." 그가 말했다. 아이가 다가오자 주인은 아이의 곱슬머리를 가볍게 두드리면서 턱을 어루만졌다.

"자, 짐. 이 아저씨한테 춤과 노래 솜씨를 보여주렴." 아이는 깜둥이들 사이에서 널리 알려진 거칠고 괴상한 노래를 맑고 낭랑한 목소리로 부르면서 곡조에 정확하게 맞춰 손과 발, 몸 전체를 우스꽝스럽게 흔들었다.

"브라보!" 헤일리가 아이에게 오렌지 반의 반쪽을 던져주었다.

"짐, 이젠 쿠조 할아범이 류머티즘에 걸렸을 때처럼 걸어보거라." 주인이 말했다.

아이는 즉시 허리를 잔뜩 구부린 채 주인의 지팡이를 손에 쥐고 흐느적거리며 걷는 불구자 흉내를 냈다. 아이는 노인을 흉내 내는 듯, 주름지고 슬픈 얼굴로 여기저기 침을 뱉으며 방 안을 절름발이 같은 걸음으로 돌아다녔다.

그 모습을 보고 두 사람은 크게 웃었다.

"짐, 이젠 로빈슨 아저씨가 찬송가를 선창할 때 어떻게 하는지 보여주렴." 아이의 주인이 말했다. 아이는 포동포동하게 살이 오른 입을 엄청나게 밑으로 내려뜨린 뒤 차분하고 엄숙한 콧소리로 찬송가를 부르기 시작했다.

"와! 브라보! 대단한 녀석일세!" 헤일리가 말했다. "이 꼬마는 정말 물건이군요." 그는 갑자기 셸비 씨의 어깨를 툭 쳤다. "좋은 생각이 있어요. 저 꼬마를 끼워주면 이번 거래를 깨끗하게 마무리 지어주겠소. 그렇게 하리다. 정말이오. 그러면 대충 공평한 거래가 될 것 같은데."

이때 문이 살짝 열리더니 스물다섯 살쯤 된 젊은 쿼드룬 여성이 방에 들어왔다.

아이와 여자를 한 번만 봐도 이 여자가 아이의 엄마라는 걸 알 수 있었다. 여자 역시 긴 속눈썹에 크고 검고 초롱초롱한 눈을 갖고 있었으며, 머리카락은 윤이 나는 곱슬이었다. 여인의 갈색 얼굴은 자신의 몸에서 대담하고 노골적인 감탄의 시선을 떼지 못하는 손님의 시선을 느끼자 짙은 홍조를 띠었다. 세상에서 그녀에게 가장 잘 맞는 듯한 드레스는 몸의 섬세한 윤곽을 잘 드러냈다. 여자의 가냘픈 손 모양, 군살 없이 곧게 뻗은 발과 발목은 한눈에 매물로 나온 상급 여자 노예의 가격을 매기는 일에 이골이 난 이 노예 장사꾼의 예리한 눈을 피할 수 없었다.

"엘리자, 무슨 일이지?" 여자가 다가와 머뭇거리자 주인이 말했다.

"해리를 데려가려고요, 주인님." 아이는 엄마에게 깡충 뛰어가 자기 옷자락에 담아놓은 그날의 횡재를 보여주었다.

"그랬군, 그럼 아이를 데려가게." 셸비 씨가 말했다. 그녀는 아이의 손을 잡고 급히 방에서 나갔다.

"맙소사, 정말 대단한 물건이 이 집에 있었군요!" 노예 상인은 셸비를 쳐다보며 탄성을 질렀다. "언제라도, 올리언스에 가면 저 여자를 큰돈 받고 팔 수 있어요. 젊었을 때 저 계집보다 조금도 낫지 않은 물건이 1000달러 넘게 팔리는 걸 본 적이 있거든요."

"저 아이를 팔아서 돈 벌 생각은 없소." 셸비 씨가 쌀쌀하게 말했다. 그러고는 대화의 분위기를 바꾸려는 듯 새 와인 병을 따면서 상대에게 더 들겠냐고 물었다.

"최상품입니다, 셸비 씨. 저 정도면 일등급이에요!" 노예 상인이 말했다. 그러더니 몸을 돌려 셸비의 어깨를 친구처럼 툭 치더니 덧붙였다.

"그러지 마시고, 얼마면 계집애를 팔겠소? 얼마를 제시하면 되겠소? 얼마를 원해요?"

"헤일리 씨, 저 여자는 팔지 않습니다." 셸비가 말했다. "아내는 저 애의 몸무게만큼 금을 준다고 해도 저 아이와 헤어지려 하지 않을 거요."

"나 참! 여자들은 다 똑같다니까요. 계산이란 걸 몰라서 하는 소리예요. 사람 몸무게의 금이면 시계며 옷, 장신구 같은 걸 얼마나 많이 살 수 있는지 얘기해주세요. 그러면 생각이 바뀌지 않겠어요?"

"헤일리, 분명히 말하는데, 제 아내한테는 절대 그 얘기를 하면 안 됩니다. 내가 싫다고 하면 정말 싫은 거요." 셸비가 단호하게 말했다.

"그럼, 저 꼬마라도 주시오." 노예 상인이 말했다. "선생은 내가 톰의 값을 후하게 쳐주었다는 걸 인정해야 돼요."

"도대체 왜 그렇게 저 아이를 탐내는 거요?" 셸비가 말했다.

"아, 올해부터 이 사업에 뛰어든 친구가 하나 있는데, 그 친구가 잘생긴 사내아이들을 키워서 팔 생각을 하고 있거든요. 예쁜 노예들만 전문으로요. 잘사는 사람들한테 웨이터나 뭐 그런 용도로 팔 물건들이죠. 그런 사람들은 잘생긴 애들이 있으면 바로 사 갑니다. 대저택에서는 그런 아이들을 문 열어주는 데나 손님 접대와 시중 따위에…… 여러 가지로 쓸 수 있죠. 그런 애들은 값을 후하게 받을 수 있어요. 아까 그 녀석은 사람을 웃길 줄 알고 노래도 하니 정말 좋은 물건이라고 할 수 있죠."

"난 그 아이도 내보내고 싶지 않소." 셸비 씨가 진지하게 말했다. "보시오, 사실 나는 정이 많은 사람이오. 저 아이를 엄마 품에서 떼어낸다는 게 정말 내키지 않소."

"오, 그러신가요? 와우, 그렇죠. 그게 인간의 본성이죠. 이해합니다. 여자들을 다루는 게 굉장히 힘들 때가 있죠. 나도 소리 지르고 악쓰는 건 못 보는 사람입니다. 상당히 기분이 나빠져요. 이런 장사를 하긴 하지만 그런 상황은 되도록 피하려고 합니다. 그럼, 저 여자를 하루나 일주일 정도 집에서 떼어놓으면 어떨까요. 그러면 여자가 집으로 돌아오기 전에 모든 일이 조용히 끝나 있을 겁니다. 댁의 부인은 아이 대신 귀고리나 새 옷, 그런 것들을 많이 챙길 수 있을 것이고요."

"아무래도 안 되겠소."

"나 참, 장하십니다! 이 짐승 같은 놈들은 우리 백인들하고 다르다는 걸 모르십니까? 그자들은 어떤 험한 일도 다 이겨내고 잘 살아간단 말이오." 헤일리는 비밀이라도 얘기하듯이 정색을 하고 말했다. "보세요, 다들 이런 장사는 마음을 아프게 한다고 말은 합니다만 난 한 번도 그렇게 생각해본 적 없어요. 사실 나는 다른 장사꾼들이 하는 방식으로는 도저히 이 사업을 못 하겠어요. 어떤 사람들은 아이를 엄마에게서 강제로 떼어내서 매물로 내놓죠. 그러면 엄마는 줄곧 미친 여자처럼 울부짖고요. 그런 걸 많이 봤어요. 안 좋은 방식이죠. 물건에 흠이 가니까요. 그렇게 하다간 시중드는 일도 못 시킨다니까요. 언젠가 올리언스에서 사람들이 그렇게 험하게 다루는 바람에 진짜 예쁜 계집애가 완전히 망가지는 걸 봤어요. 여자를 사려는 사람이 아이까지는 원하지 않았기 때문이었죠. 그 계집은 성질이 정말 대단하더라고요. 글쎄 아이를 팔로 꽉 안고선 계속 뭐라고 지껄이지 않겠습니까. 그때 일을 생각하면 지금도 오싹합니다. 사람들이 아이를 강제로 떼어내고 여자를 집에 가뒀는데, 그 여자는 완전히 돌아버려서 일주일 만에 죽었어요. 1000달러가 한순간에 날아간 셈이죠. 순전히 관리를 잘못한 죄로요. 이게 중요합니다. 내 경험으로 보면, 인간적으로 처리하는 게 항상 가장 좋아요." 노예 장사꾼은 고상한 사람으로 보이고 싶은 듯이 의자에서 몸을 뒤로 젖히고 팔짱을 꼈다. 아마 자기가 제2의 윌버포스[6]라도 된 것처럼 여기는 듯했다.

신사는 이 화제에 크게 흥미를 느끼는 것 같았다. 셸비 씨는 오렌지껍질을 까면서 잠시 생각에 잠겼다. 헤일리는 머뭇거리다가 몇 마디 부연하고 싶은 충동을 못 이겨 다시 입을 열었다.

"사람이 자기 자랑을 하는 건 좋지 않습니다만, 이건 순전히 진실이기 때문에 하는 말입니다. 사람들은 내가 상등품 깜둥이들만 데려온다고 말합니다. 적어도 남들은 다 그렇게 말합니다. 보자, 한 백 번 정도는 거래한 것 같은데, 일단 내 손에 들어온 노예들은 죄다 살이 찌고 신수가 훤해집니다. 그래서 나는 이 바닥의 어떤 장사꾼보다 손해를 적게 보죠. 나는 그것이 모두 내 경영철학 때문이라고 봅니다. 선생, 내 경영철학의 핵심은 바로 인도주의입니다."

딱히 할 말이 없던 셸비 씨는 그저 "그렇군요"라고 말했다.

"선생, 사람들은 이런 철학을 지키는 나를 비웃고 또 말들도 많이 합니다. 내 철학은 인기도 없고 널리 알려지지도 않았죠. 하지만 선생, 나는 이 원칙을 반드시 지킵니다. 지금까지 잘 지켜왔고, 또 그것 때문에 돈도 많이 벌었죠. 맞아요, 이런 원칙 때문에 지금까지 잘살아왔다고 말할 수 있겠군요." 노예 장사꾼은 자기가 한 농담에 웃음을 터뜨렸다.

인도주의에 대한 이런 해석은 다소 기이하고 신랄한 구석이 있어서, 셸비 씨도 덩달아 웃지 않을 수 없었다. 독자들도 아마 웃음을 참지 못했을 것이다. 하지만 여러분도 알다시피 요즘에는 괴상한 형태의 인도주의가 하도 많이 돌아다녀서, 자칭 인도주의자들이 말하고 실천하는 괴이한 행위들을 다 꼽을 수 없을 정도다.

셸비 씨의 웃음에 신이 났는지 노예 장사꾼은 계속 말을 이어갔다.

"그런데 이상하게도 사람들의 머릿속에 이런 개념을 넣어주기가 힘들더란 말입니다. 보자, 옛날 나체즈[7]에서 나와 동업한 사람 중에 톰 로커라고 있었어요. 머리가 좋은 친구지만 유독 깜둥이들한테는 악랄하게 굴었죠. 뭐 '착하게 만든답시고 빵을 나눠 주지 마라'라나. 그게 자기 원칙이랍디다. 나는 톰에게 계속 충고했어요. '이봐, 톰, 네가 데리고 있는 계집아이들이 흥분해서 울고 있는데, 머리에 채찍을 날리고 두들겨 팬들 무슨 소용이 있겠나? 어리석은 짓이야. 선하지 않은 행동은 하지 말게. 저들이 우는 게 무슨 잘못인가. 그건 자연스러운 현상 아닌가. 자연스러운 감정이 분출되지 못하면 다른 쪽이 곪게 돼 있어. 게다가 톰, 자꾸 때리면 계집애들이 다친단 말이야. 병이 나고 우울증에 걸리고, 잘못하면 추하게 변한단 말이야. 혼혈 계집애들은 특히 더 그렇지. 계집애들을 길들이는 일은 아주 힘들어. 왜 그 애들을 좀 더 부드럽게 구슬리지 못하나? 톰, 분명히 말하는데 조금만 인간적으로 대해줘 봐. 욕하고 채찍으로 때리는 것보다 훨씬 낫다네. 효과가 더 좋아. 확실해.' 그래도 톰은 이해하지 못했어요. 그 친구가 내 노예들을 하도 많이 망가뜨려놔서 우리는 헤어질 수밖에 없었지요. 인정도 많고, 사업가치고는 수완도 있었는데."

"당신의 사업 방식이 톰보다 낫다고 생각해요?" 셸비 씨가 말했다.

"그럼요, 그렇게 말할 수 있죠. 나는 말이죠, 어린애를 판다든지, 그런 즐겁지 않은 거래를 할 때는 신경을 많이 씁니다. 무조건 계집을 떼어놔야 합니다. 눈에 안 보이면 마음에서도 멀어진다는 말이 있지 않습니까. 일이 깨끗이 마무리되고 돌이킬 수 없는 상황이 되면, 걔네들은 저절로 체념해요. 우리 백인들은 남자는 자식과 아내를 책임져야 한다고 배웠지만, 걔네들은 달라요. 깜둥이들은 잘 먹여주기만 하면 다른 걸 바라지 않아요. 그래서 일이 더 쉬워지죠."

"그러고 보니 난 아무래도 그들을 잘못 키운 것 같군." 셸비 씨가 말했다.

"나도 그렇게 생각합니다. 당신네 켄터키 사람들은 깜둥이들을 망치고 있어요. 당신네들은 잘 대해준다고 하지만, 그건 진짜 자비가 아니에요. 깜둥이는 되는 대로 살다가 아무에게나 팔려 가는 신세인데, 세상에, 머릿속에 친절한 생각이나 기대감을 키워주고 잘 대해줬다는 걸 걔들이 알겠어요? 나중에 더 거칠고 험한 세상에서 고생만 더 할 텐데요. 내가 장담하는데요. 선생이 데리고 있는 깜둥이들을 아마 농장에서 일을 시키면, 다른 깜둥이들은

세상을 다 가진 듯이 좋아서 노래하고 날뛸 만한 곳에 가서도 죽어지낼 겁니다. 사람은 말이오, 셀비 씨. 제 생각만 하게 돼 있어요. 나는 깜둥이들을 그들의 값어치에 맞게 잘 대접하고 있다고 생각합니다."

"자기 팔자에 만족하는 게 좋긴 하지요." 셀비 씨는 어깨를 약간 으쓱하며 말했다. 그의 말에 동의하지 않는 기색이 역력했다.

"자, 어떻게 하겠소?" 두 사람이 잠시 과일을 집어 먹은 뒤 마침내 헤일리가 입을 열었다.

"다시 생각해보겠소. 집사람하고도 얘기해보고." 셀비 씨가 말했다. "그건 그렇고, 헤일리 씨, 선생이 말한 대로 일을 조용히 처리하고 싶으면, 이 동네 사람들이 이번 일을 절대로 눈치채지 못하게 하는 게 좋을 거요. 사람들이 알면 우리 애들 사이에도 소문이 퍼질 테고, 그러면 우리 아이들 중 누구를 데려가더라도 절대로 거래가 조용히 끝나지 못해요. 틀림없소."

"아, 물론입죠. 어떤 일이 있어도 입 다물고 있어야죠. 당연합니다. 하지만 말입니다. 내가 지금 굉장히 급하니까 가급적이면 빨리 결과를 알려주세요." 그는 의자에서 일어나 코트를 걸치면서 말했다.

"글쎄요, 오늘 저녁에, 여섯시나 일곱시쯤 다시 들러주시오. 그때 결과를 알려주리다." 노예 장사꾼은 인사를 하고 집에서 나갔다.

"저런 친구는 계단 밑으로 걸어찼으면 좋겠어." 셀비는 현관문이 완전히 닫히자 혼자 중얼거렸다. "생각 없이 고집만 세지. 하지만 자기가 유리한 입장에 있다는 건 잘 안단 말이야. 어떤 사람이 나더러 톰을 강 남쪽에서 장사하는 무자비한 노예 장사꾼들한테 팔아야 한다고 말하면, 나는 아마 '이 노예가 개요? 꼭 그래야 해요?'라고 말했을 거야. 하지만 이젠 별수 없어. 엘리자의 아이까지 보내야 하다니! 집사람이 한바탕 난리를 칠 텐데. 톰 문제까지 있으니. 빚진 대가치고는 너무 크지. 아이고! 저 친구는 유리한 입장이니까 자기 뜻대로 밀어붙일 텐데."

켄터키 주는 세상에서 가장 부드러운 노예제도가 시행되고 있는 곳이라고 할 수 있을 것이다. 남쪽 지역은 주산업이 주기적이고 계절에 따른 시간적 압박이 있지만, 이곳에는 조용하고 점진적인 형태의 농업 활동이 널리 퍼져 있기 때문에 흑인들이 해야 하는 일이 다른 곳보다 그나마 건전하고 합리적이었다. 이곳의 노예 주인들은 재산의 점진적인 증식에 만족했기 때문에 노예에 대해 무자비한 태도를 취하고 싶은 유혹을 별로 느끼지 않았다. 눈앞의 이익만 추구하는 인간은 큰 횡재를 얻을 수 있다면 양심의 가책도 없이 냉혹한 태도를 마다하지 않지만, 켄터키의 농장 주인들은 돈 버는 일을 연약하고 무력한 노예를 희생시키는 일보다 우선시하지 않았다.

이곳의 사유지에 가서 일부 노예 주인들과 안주인들의 선량한 행위, 그리고 일부 노예들의 애정이 담긴 충성심을 목격한 사람들은 이 오래된 제도를 둘러싼, 흔히 낭만적으로 미화된 전설 같은 이야기를 흠모하고 싶은 유혹을 떨쳐버리지 못한다. 그러나 그런 아름다운 풍경 위는 어두운 그늘, 즉 '법'이라는 음울한 그늘이 덮고 있다. 우리와 똑같이 뛰는 심장과 정을 지닌 이 인간들을 법이 단지 어떤 주인이 소유하는 '물건'으로 간주하는 한, 그리고 아무리 인도적인 주인이라도 그가 사업에 실패하거나 불운에 빠지거나 뻔뻔해지거나 죽음으로써 친절하고 관대한 보호를 받던 노예들이 어느 날 갑자기 절망적인 고통과 고생의 나락으로 떨어질 수 있는 한, 아무리 훌륭하게 통제한다고 해도 노예제도가 아름답고 바람직한 제도로 미화되지는 않는다.

셸비 씨는 친절하고, 선량한 축에 속한 사람이며, 자기 노예들에게 기꺼이 관용을 베풀었다. 깜둥이들의 육체적인 안락에 관한 한, 그의 영지에는 결코 부족함이 없었다. 그러나 그는 최근에 큰 투자를 했다가 많은 돈을 잃었고, 그가 발행한 큰 액수의 약속어음은 지금 헤일리의 손에 들어가 있다. 이 점이 방금 두 사람 사이에 오간 대화의 핵심이다.

방금 전, 엘리자는 문 앞을 지나가다가 우연히 노예 상인이 자기 주인에게 누군가를 사겠다고 제안하는 소리를 들었다.

그녀는 방에서 나올 때 문가에 서서 대화를 계속 듣고 싶었지만 마침 안주인이 부르는 바람에 서둘러 그 자리를 빠져나올 수밖에 없었다.

그녀의 머리에서는 지금도 자기 아들을 사겠다고 제의한 노예 장사꾼의 말이 떠나지 않았다. '내가 잘못 들었나?' 그녀의 심장은 터질 듯이 뛰었다. 그녀가 무심결에 아이를 꽉 껴안자 아이는 놀란 눈으로 엄마를 올려다보았다.

"엘리자, 너 오늘 좀 이상하구나. 어디 아프니?" 엘리자가 물주전자를 엎고, 받침대를 쓰러뜨리는가 하면, 옷장에서 실크 드레스를 가져오라는 분부에 긴 잠옷을 가져오는 등 얼빠진 행동을 거듭하자 안주인이 물었다.

정신을 차린 엘리자는 눈을 크게 떴다. "아, 마님!" 그러고는 의자에 주저앉아 흐느껴 울었다.

"엘리자, 어린애같이 왜 울어? 어디 아프니?" 안주인이 물었다.

"아, 마님, 어쩌면 좋아요!" 엘리자가 말했다. "아까 노예 상인이 찾아와 주인님과 거실에서 이야기를 나누다 갔어요. 제가 다 들었어요."

"음, 바보 같으니, 그런 것 같더구나."

"마님, 주인님께서 우리 해리를 파시려는 건가요?" 가여운 엘리자는 의자에 털썩 주저앉더니 더욱 거칠게 흐느끼기 시작했다.

"해리를 팔다니! 그럴 리가. 참 어리석은 계집애로구나! 하인들이 바르게 행동하는 한 네 주인은 그런 남부 노예 상인들과 거래하지 않고, 어떤 아이도 팔지 않는다는 걸 너도 잘 알잖니. 참, 바보 같은 생각을 하고 있구나. 도대체 누가 해리를 살 거라고 생각하니? 세상이 그렇게 착한 아이를 못살게 군다던? 이 겁쟁이 아가씨야. 자아, 기운내고 후크나 채우렴. 그래 거기, 그리고 요전 날 가르쳐준 대로 뒷머리를 예쁘게 땋아서 올려줘. 그리고 다시는 문틈으로 남의 말을 엿듣지 말거라."

"네, 마님, 주인님이 파신다 해도 마님은 절대로 찬성 안 하실 거죠?"

"말 같지 않은 소리 그만 하렴! 분명히 말하는데 난 절대 안 팔아. 왜 자꾸 그런 얘길 하니? 아마 내가 데리고 있는 아이 가운데 하나를 곧 팔긴 팔아야 하는 모양이더라. 엘리자, 너는 정말 그 조그만 녀석을 무척이나 아끼는구나. 하지만 아무도 우리 집안일에 참견할 순 없단다. 너는 그 사람이 해리를 사려고 왔다고 생각한 모양이지만 말이다."

안주인의 단호한 어조에 마음이 놓인 엘리자는 빠른 손놀림으로 능숙하게 마님의 옷단장을 계속했다. 그녀는 괜한 일로 두려워한 자신이 어이가 없었다.

셸비 부인은 지적으로도 도덕적으로나 상류층 부인이었다. 그녀는 사람들이 흔히 켄터키 지방 여인들의 특징으로 손꼽는 고상하고 관대한 마음씨와 높은 도덕성을 갖췄으며, 신앙심과 종교적 원칙을 지킬 뿐 아니라 실생활에서도 그것을 실천하곤 했다. 그녀의 남편은 특별히 종교적인 성향을 나타내진 않았지만 그럼에도 아내의 일관된 신앙심을 존중하고 존경했으며, 아내의 의견에 경외심을 느껴서인지 몰라도 대체로 그녀의 편을 들었다. 그는 확실히 아내에게 하인들을 보살피고 교육시키고 키우는 문제에 있어서 무한한 재량을 주었으며, 그런 문제에 관한 한 자신은 한 번도 결정권을 행사한 적이 없었다. 사실 그는 기독교인다운 선행이 사후에 효능을 발휘한다는 교리를 딱히 신봉하지는 않았지만, 내심 아내에게는 자기가 흉내 낼 수 없는 훌륭한 자질이 많고 경건한 마음과 넓은 자비심이 있으니, 막연하게나마 그것 덕분에 두 사람이 나중에 천국의 문으로 들어갈 수 있으리라는 희망을 품었다.

노예 상인과 대화를 마친 셸비 씨는 아내에게 자신의 계획을 털어놓았을 때 예상되는 결과, 즉 아내의 단호한 반대가 뒤따를 것을 생각하니 마음이 극도로 무거워졌다. 아내의 반대에 마땅히 반박할 근거가 없기 때문이었다.

셸비 부인은 남편의 이런 곤란한 처지를 전혀 몰랐고 평소의 인자한 성품만 알고 있던 터라, 엘리자가 품고 있는 의구심을 처음 접했을 때 순수한 마음으로 전면 부정했던 것이다. 사실 부인은 그 문제를 두 번 다시 생각하지도 않고 마음에서 몰아냈으며, 지금은 저녁 손님을 맞을 준비를 하느라 여념이 없었다. 그 문제는 부인의 생각에서 완전히 잊혔다.

chapter 2
어머니

엘리자는 소녀 시절부터 안주인이 가장 예뻐하고 응석받이처럼 총애한 노예였다.

남부 지방을 여행하는 사람들은 흔히 쿼드룬과 물라토 여인들에게는 특유의 세련미가 있고, 목소리와 태도에도 부드러움이 배어 있다고 말한다. 실제로 그런 분위기는 그들만의 독특한 천성인 것 같았다. 쿼드룬에게서 풍기는 자연스러운 우아미는 흔히 눈부실 정도로 아름다운 그들의 미모를 더욱 돋보이게 했다. 앞에서 묘사한 엘리자의 모습은 오래전에 켄터키에서 봤던 기억에 의존한 것일 뿐 정확한 묘사가 아니다. 안주인의 보살핌을 받으며 안전하게 자란 엘리자는 노예가 미모 때문에 오히려 빠지기 쉬운 치명적인 위험, 그런 유혹을 겪지 않은 채 성년이 되었다. 그녀는 똑똑하고 재주 많은 물라토 젊은이와 결혼했다. 남편은 인근 공장에서 일하는 조지 해리스라는 노예였다.

그의 주인은 이 젊은이를 한 목화 포장 공장에서 일하게 했는데, 조지는 능숙한 솜씨와 성실한 태도로 그 공장에서 최고 일꾼으로 대접받았다. 그는 목화를 세척하는 기계를 발명했는데, 이것은 그의 교육 수준과 자라온 환경을 감안하면 그가 조면기를 발명한 휘트니[8]에 뒤지지 않는 천재 기술자임을 보여주는 사건이었다.

그는 잘생긴 외모와 다정다감한 태도로 공장에서 널리 사랑을 받았다. 그럼에도 법의 눈으로 볼 때 이 젊은이는 사람이 아니라 물건이었다. 그의 우수한 자질 역시 천하고 속 좁고 포악한 주인이 마음대로 지배하는 소유물에 지나지 않았다. 그의 주인은 조지가 발명한 기계에 대해 주변에서 칭찬이 자자하자, 직접 이 똑똑한 노예에 대한 소문을 확인한답시고 말을 타고 공장으로 갔다. 그는 공장주에게 큰 환영을 받았다. 공장주는 그렇게 값진 노예를 소유하고 있는 것을 축하해주었다.

주인이 공장에 도착하자, 조지는 대기하고 있다가 그에게 기계를 보여주었다. 조지는 우쭐한 마음에 당당한 자세, 남자답게 잘생긴 얼굴로 거침없이 설명했다. 당연히 주인은 열등감이 밀려들며 언짢아졌다. 노예 주제에 자유롭게 활보하고, 기계를 발명하고, 백인들 사이에서 고개를 빳빳이 세우고 다니다니, 이게 무슨 영문인가? 주인은 그런 짓을 못 하게 해야겠다고, 집으로 다시 데려가 괭이질이나 하고 땅이나 파게 해야겠다고 생각했다. 그런 까닭에 주인이 느닷없이 조지를 집에 데려가겠다며 임금을 청산해줄 것을 요구하자 공장주와 그곳에서 일하는 모든 일꾼은 깜짝 놀랐다.

"잠깐만요, 해리 씨, 너무 갑작스러운 결정이 아닌가요?" 공장주는 항의하듯 말했다.

"그래서요? 저 애가 내 물건이 아니란 말이오?"

"선생, 원하신다면 임금을 올려줄 용의가 있습니다."

"일없소. 내 노예는 집 바깥에서 일하지 않아도 되니까. 내게 그럴 마음이 없다면 말이오."

"하지만 선생, 저 친구는 공장 일에 누구보다도 익숙합니다."

자투리 땅

주거지역에서 조금 떨어진 곳에 노예들이 경작할 수 있는 약간의 땅이 주어지기도 한다. 여기서 수확한 작물은 주인의 허락 하에 노예들이 먹을 식량으로 쓰거나 내다 팔아도 된다. 이 땅을 돌볼 수 있는 시간은 일요일 또는 고단한 하루 일과를 마치고 난 후의 늦은 밤뿐이다. 그들이 주로 재배하는 것은 흑인들의 주식인 마, 바나나, 고구마, 쌀, 감자의 일종인 마니옥 등이다. 그러나 농사일이 바쁠 때나 작황이 좋지 않은 경우, 탐욕스러운 주인을 만난 경우라면 노예들의 궁핍한 생활은 더없이 끔찍해진다.

사탕수수대를 씹고 있는 열 살가량의 저메인

"그럴지도 모르지만, 내가 시킨 일은 한 번도 그렇게 잘한 적이 없소. 장담하오."

"하지만 조지가 이 기계를 발명했다는 것을 생각해 보세요." 일꾼 중 한 명이 재수 없게 끼어들었다.

"오, 그래? 일손을 덜어준다는 기계 말인가, 그런가? 저 애가 그걸 발명했단 말이지? 내가 장담하는데, 깜둥이라면 그런 일은 항상 가능하지. 깜둥이들 자체가 우리 일손을 덜어주는 기계거든. 모두 똑같아. 안 돼, 저 아이를 데려가겠어!"

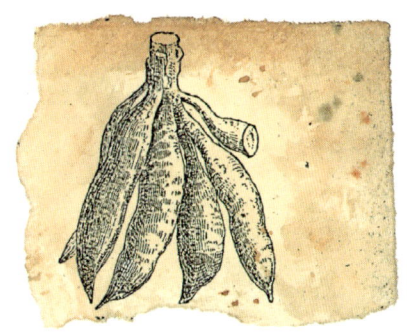

마니옥

조지는 자신의 운명이 주인의 명에 의해 이렇게 갑자기 결정되는 현실에 망연자실한 표정으로 서 있었다. 그는 팔짱을 낀 채, 입을 굳게 다물고 있었다. 하지만 가슴속에서 비참한 기분이 화산처럼 솟아올라 혈관을 타고 분노의 불길을 온몸에 퍼뜨렸다. 그는 숨이 가빠졌다. 검고 큰 눈은 불붙은 석탄처럼 이글거렸다. 마음씨 좋은 공장주가 그의 팔을 슬며시 잡으며 낮은 소리로 이렇게 말하지 않았다면 그의 분노는 폭발할지도 모르는 위험한 지경에까지 이르렀으리라.

"참게, 조지. 우선 주인을 따라 집에 가게. 우리가 나중에 도와줄 방도를 찾아보지."

폭군 같은 주인은 두 사람이 나누는 귀엣말을 듣지 못했으나 속삭이는 모습을 보고 무슨 말이 오고가는지 대충 짐작했다. 그래서 그는 속으로 자기 소유물에 대해 계속 권력을 휘두르기로 굳게 다짐했다.

조지는 집으로 끌려가 그 집 농장에서 가장 천하고 단조로운 작업에 배치됐다. 그는 욕이 나오려 할 때마다 간신히 참았다. 하지만 자연적인 언어,

즉 분노로 이글거리는 눈빛, 침울하고 근심 어린 이마 등은 자기가 물건 취급을 받을 순 없다는 뜻을 드러내 보여주었다.

조지가 아내를 만나 결혼한 것은 이 공장에서 일하던 행복한 시절의 일이었다. 그 시기에 그는 공장주의 신뢰와 총애를 한 몸에 받았으며, 어느 곳이든 오고갈 수 있는 자유를 누렸다. 셸비 부인은 두 사람의 결혼을 크게 환영했다. 그녀는 두 사람을 중매하는 일에서 아줌마다운 만족감을 느꼈으며, 자신이 가장 아끼는 가장 아름다운 노예를 그녀와 가장 잘 어울리는 같은 계급의 남자와 엮어주는 일에 큰 기쁨을 느꼈다. 두 사람은 엘리자의 안주인이 쓰는 대응접실에서 결혼식을 올렸다. 엘리자의 안주인은 직접 신부의 아름다운 머리를 오렌지색 꽃으로 장식하고, 그 위에 아름다운 면사포를 씌워주었다. 흰 장갑, 케이크와 와인도 부족함 없이 준비되었으며, 신부의 아름다움과 안주인의 관대한 마음씨에 대한 하객들의 찬사도 부족함이 없었다. 엘리자는 결혼한 후 몇 년간 남편을 자주 만날 수 있었으며, 갓난아기 둘을 잃은 것 말고 두 사람의 행복을 가로막는 것은 아무것도 없었다. 엘리자는 죽은 아기들에게 심적으로 대단히 집착했다. 그녀는 하도 크게 상심하고 통곡을 그치지 않아서 안주인이 부드럽게 타이르지 않으면 안 될 정도였다. 셸비 부인은 친어머니같이 걱정하는 마음으로 엘리자의 격렬한 슬픔이 이성과 신앙심의 경계를 벗어나지 않도록 도와주었다.

그러다 꼬마 해리가 태어나면서 엘리자는 천천히 마음의 평온을 되찾았다. 그녀와 다시 한 번 연결된 작은 생명체의 모든 핏줄기와 고동치는 맥박은 온전하고 건강한 것 같았다. 남편이 친절한 공장주의 일터에서 무자비하게 쫓겨나 법적 주인의 철면피 같은 지배권 밑으로 되돌아올 때까지 엘리자는 행복한 여인으로 살았다.

조지가 쫓겨난 지 한두 주일이 지난 뒤, 공장주는 약속한 대로 해리 씨의 집을 방문했다. 그는 이제 사건의 흥분이 어느 정도 가라앉았을 테니 수단과 방법을 가리지 않고 주인을 잘 설득해서 조지를 옛 일터로 복귀시키고자 했다.

"더 이상 얘기해봤자 당신만 고생이오." 주인은 단호하게 말했다. "내 일은 내가 알아서 합니다."

"선생 일에 간섭할 생각은 없소이다. 다만, 선생의 이익을 위해서라도 그 아이를 내가 제안한 조건대로 우리에게 보내주시는 쪽으로 생각해주십사 하는 거죠."

"아, 나도 사태가 어떻게 돌아가는지 알고 있어요. 걔를 공장에서 데려오던 날 선생과 그 아이가 서로 윙크하며 귀엣말하는 걸 봤어요. 하지만 나를 그런 식으로 속이면 안 되죠. 선생, 미국은 자유로운 나라요. 그 아이는 내 물건이고, 나는 걔를 내가 하고 싶은 대로 처리합니다. 그것뿐이오!"

조지의 마지막 희망은 이렇게 물거품이 되었다. 이제 그의 앞에는 막노동과 잡일뿐인 인생, 꾀 많은 폭군이 궁리해낼 수 있는 잡다한 괴롭힘과 굴욕으로 고통스러워질 게 뻔한 인생만이 놓여 있었다.

한 인도적인 법률가는 이렇게 말했다. 인간을 가장 사악하게 이용하는 것은 그를 교수형에 처하는 것이다, 라고. 틀렸다. 인간이 다른 인간을 그보다 더 사악하게 이용하는 방법이 또 있다!

chapter 3
남편과 아버지

셸비 부인은 외출을 하러 나섰다. 엘리자가 베란다에 서서 멀어져가는 셸비 부인의 마차를 풀죽은 표정으로 바라보고 있을 때 누가 그녀의 어깨에 손을

오두막 내부

벽돌 몇 장으로 기초를 세우고 대충 벽토를 바른
4~5미터 너비의 단칸방으로 이뤄진 오두막에는 창문이라고는 찾아보기 힘들다.
벽면을 따라 붙어 있는 널빤지가 침대 역할을 하고
마니옥 짚을 엮어 만든 거적을 이불삼아 덮는다.
살림이라고는 잘라서 그릇으로 사용하는 호리병 몇 개와 의자 하나, 탁자 하나,
그 밖에 잡다한 도구 몇 점이 전부다.
침대 아래에는 겨울에 신을 신발이 있다.
겨울을 제외하면 노예들은 보통 맨발로 지냈다.
옷이라고는 여름이든 겨울이든 계절에 상관없이 남녀 모두 윗옷 한 장에
면바지 또는 치마 하나가 전부다.

없었다. 그녀는 뒤돌아보았다. 밝은 웃음을 보자 그녀의 아름다운 눈이 반짝였다.

"조지, 당신이에요? 깜짝 놀랐잖아요! 근데 당신이 집에 있으니 너무 좋아요! 주인마님은 오후 내내 밖에 계실 테니, 좁지만 내 방으로 가요. 우리끼리 오붓하게 시간을 보내요."

그녀는 조지의 손을 잡고 베란다에 붙어 있는 작고 아담한 방으로 들어갔다. 그녀는 평소에 안주인이 부르는 소리가 들리는 이 방에서 바느질을 하곤 했다.

"기분이 얼마나 좋은지 몰라요! 그런데 당신은 왜 웃지 않죠? 해리 좀 보세요. 얼마나 잘 크는지 보세요." 아이는 엄마의 치맛자락을 붙든 채 수줍은 얼굴로 곱슬머리 사이로 아빠를 올려다보았다. "예쁘죠?" 엘리자는 아이의 곱슬머리를 위로 쓸어 올리고 나서 아이에게 입을 맞췄다.

"저 아이가 태어나지 않았으면 좋았을걸!" 조지가 씁쓸한 표정으로 말했다. "나도 이 세상에 나오는 게 아니었어!"

그 말을 들은 엘리자는 너무 놀랍고 무서워 주저앉았다. 그녀는 남편의 어깨에 머리를 파묻고 눈물을 쏟았다.

"자, 엘리자, 당신 기분을 이렇게 만들다니 내가 나빴소. 가여운 사람!" 그는 다정한 목소리로 말했다. "너무 슬퍼. 아, 당신이 처음부터 나를 만나지 않았다면 얼마나 좋았을까. 당신은 더 행복하게 살 수 있었을 텐데!"

"조지! 어떻게 그런 말을 할 수 있어요? 안 좋은 일이 있었어요? 아니면 그런 일이 생긴다는 건가요? 우리는 지금까지 아주 행복했잖아요. 얼마 전까지만 해도요."

"조금 행복했지." 조지는 아이를 무릎에 앉혀놓고, 검고 아름다운 아이의 눈을 뚫어져라 쳐다보았다. 그러더니 아이의 긴 고수머리를 손으로 쓰다듬어주었다.

여자 노예들

여자 노예들이 요리를 하고 있는 부뚜막 주위로 아이들과 가금류가 노닐고 있다.
원시적인 벽난로는 음식을 익히는 데 쓰인다.
먹을 것이라고는 각자에게 할당된 돼지고기와 옥수수가 전부다.
하지만 경작할 수 있는 자투리 땅을 가진 노예들의 경우는 몇몇 가금류와 채소류가 더해지기도 한다.
이 농장에 있는 62명의 노예 중 10명은 주인집, 35명은 밭에서 일하며, 나머지 17명은 여러 가지 기능 작업에 배치된다.
노예는 크게 두 부류로 나눌 수 있는데, 특별한 재능이나 기술을 가지고 일정한 작업에 동원되거나
주인집 일을 보는 하인 같은 특혜 받은 노예와 단연 많은 수를 차지하는 경작 노예가 있다.

"당신을 꼭 닮았어. 엘리자, 당신은 세상에서 제일 예쁘고, 내가 가장 만나고 싶었던 여자야. 그렇지만 아, 당신을 아예 만나지 않았더라면, 당신도 나를 만나지 않았더라면 얼마나 좋았을까!"

"오, 조지. 어떻게 그런 말을!"

"사실이야, 엘리자. 너무 비참하고 한심해! 내 인생은 벌레 먹은 나무처럼 비참해. 내 몸을 불태워가며 사는 것 같아. 나는 가난하고 비참하고 희망 없는 막노동꾼에 불과해. 당신도 결국 이런 삶으로 굴러 떨어질 수밖에 없을 거야. 그뿐이지. 우리가 아무리 용을 써봐야, 뭘 알려고 애써봐야, 무슨 일을 하려고 애써봐야 무슨 소용이 있어? 사는 게 무슨 의미가 있나? 차라리 죽어버렸으면!"

"아, 안 돼요. 조지, 그건 정말 나쁜 생각이에요! 당신이 공장에서 쫓겨나고 그렇게 심하게 구는 주인을 모시게 돼서 얼마나 속상한지 나도 잘 알아요. 하지만 제발 참아요. 누가 알아요, 무슨 일이……."

재단기술을 가진 하녀 에어리.
안주인의 시중을 드는 그녀는 주인 가족의 일원이나 다름없어서 집안의 모든 일을 다 알고 있다.

"참으라고!" 그는 엘리자의 말을 가로막았다. "내가 그동안 참지 않았나? 모든 공장 사람들이 나한테 그렇게 잘해줬는데, 그자가 느닷없이 나타나서는 아무 이유 없이 데리고 올 때도 내가 한 마디 불평이라도 했나? 공장에서 받은 돈도 한 푼도 남김없이 다 갖다 바쳤어. 거기 사람들은 모두 내가 일을 잘한다고 했고."

"그건 정말 못된 짓이에요." 엘리자가 말했다. "그렇지만 어쩌겠어요. 그 사람이 당신 주인인걸요. 당신도 알잖아요."

"내 주인이라! 누가 그 사람을 내 주인으로 만들었지? 난 그걸 모르겠어.

그자가 나한테 무슨 권리를 갖고 있지? 나도 그 사람하고 똑같은 인간이야. 오히려 그 사람보다 낫지. 그 사람보다 일도 훨씬 많이 알고, 관리자로서도 내가 훨씬 나아. 글도 그 사람보다 잘 읽고, 쓰는 것도 내가 낫지. 그것도 다 내가 혼자 배웠어. 그 사람은 나한테 해준 게 없어. 그 사람이 방해했지만 그래도 난 다 배웠어. 그런데 그가 무슨 권리로 나를 마차 끄는 말같이 취급하지? 무슨 권리로 내가 자기보다 잘하는 일을 못하게 하면서 말이나 하는 일을 시키느냐 말이야? 일부러 그러는 거야. 내 콧대를 꺾고 비참하게 만들겠다고 자기 입으로 말했거든. 그래서 제일 힘들고, 제일 보잘것없고, 제일 더러운 일을 시키는 거야. 일부러!"

"오, 조지, 조지! 당신 너무 무서워요! 세상에, 당신이 그렇게 말하는 거 처음 봐요. 당신이 무슨 끔찍한 사고라도 칠까 봐 무서워요. 당신 기분은 잘 알아요. 그렇지만 제발 조심하세요. 제발, 나를 위해서, 해리를 봐서라도 조심하세요!"

"그동안 조심해왔어. 참을 만큼 참았고. 그런데 상황이 점점 더 나빠지고 있어. 정말 더 이상 참을 수 없어. 그 사람은 나를 모욕하고 힘들게 할 기회가 오면 절대 안 놓쳐. 나는 일을 잘할 수 있으니까, 조용히 처신하면서 일하는 틈틈이 조금 시간을 내서 글을 읽고 배우려고 했어. 하지만 내가 일을 하면 할수록 일을 더 많이 줘. 내가 말은 안 하지만 속으로 앙심을 품고 있다는 걸 자기가 안대. 그걸 표현하도록 만들 심산인가 봐. 얼마 안 가 그자를 싫어하는 모습이 드러나겠지, 아니면 내가 무심코 드러내든지."

"아, 여보. 그러면 우리는 어떻게 되겠어요?" 엘리자는 슬프게 말했다.

"어제만 해도 그래." 조지가 말했다. "마차에 돌을 바쁘게 싣고 있는데 꼬마 주인 톰이 옆에 있었거든. 그런데 그 꼬마가 말에 바싹 붙어서 채찍으로 후려치니까 불쌍한 말이 겁에 질리더라고. 내가 최대한 공손한 말로 그만두시라고 말했지. 그런데도 계속 때리는 거야. 내가 다시 사정하니까 그 꼬마가 내 쪽을 쳐다보더니 나를 때리기 시작했어. 내가 팔을 잡으니까 악을 쓰면서 발로 차다가 나중엔 제 아버지한테 뛰어가서 내가 자기한테 덤볐다고 말하지 뭐야. 그러니까 그 사람이 화가 머리끝까지 나서 나한테 누가 주인인지 가르쳐주겠다고 하는 거야. 어떻게 했는지 알아? 나를 나무에 묶고 나서 꼬마한테 나뭇가지를 주더니 지칠 때까지 때리라고 했어. 그리고 그 꼬마는 정말 그렇게 했어! 영원히 이 일을 잊지 않게 해주겠어!" 젊은 조지의 안색은 어두워졌고, 눈은 젊은 아내를 두려움에 떨게 만드는 분노로 이글거렸다. "누가 그자를 내 주인으로 만들었지? 난 그게 알고 싶어!"

"여보." 엘리자가 슬픈 목소리로 말했다. "난 항상 주인님과 주인마님에게 복종해야 하고, 그렇지 않으면 기독교인이 될 수 없다고 생각했어요."

"당신 경우에는 그 말도 일리가 있어. 주인님은 당신을 어린애처럼 키우고 먹여주고 옷을 입히고 응석도 받아주고 교육도 시켜주었지. 당신은 좋은 교육을 받았지. 그래서 그분들이 당신한테 주인 행세를 할 수 있는 거요. 하지만 난 발로 걷어차이고 주먹으로 맞고 욕이나 먹었어. 혼자 내버려두는 게 나한테는 제일 좋은 시간이었어. 내가 그런 자들에게 무슨 빚이 있지? 나는 이미 내가 먹고사는 데 든 비용의 백 배 이상 갚아주었어. 더 이상 참을 수 없어. 절대로!" 그는 찡그린 얼굴로 주먹을 불끈 쥐며 말했다.

엘리자는 몸을 떨며 조용히 있었다. 남편의 이런 모습은 본 적이 없었다. 자신이 그동안 품어왔던 온화한 윤리관이 남편의 분노 앞에서 갈대처럼 휘어지는 것 같았다.

"당신이 준 칼로라는 강아지 있잖소." 조지는 말을 이었다. "그 녀석은 나에게 항상 위안을 주었지. 밤에는 내 옆에서 자고, 낮에는 항상 내 뒤를 쫓아다녔고, 마치 내 기분을 이해한다는 듯이 날 바라봤소. 그런데 요전 날 내가 부엌 문 옆에서 주운 지저분한 빵 몇 조각을 녀석에게 먹이고 있는데 주인이 오더니 내가 자기 돈으로 개에게 밥을 주고 있다는 거요. 그러더니 자기는 깜둥이들이 키우는 개까지 감당할 여유는 없다며 나더러 그 녀석의 목에 돌을 매달아 연못에 던지라는 거요."

"오, 세상에, 설마 정말 그렇게 하진 않았죠?"

"안 했지, 난 절대 안 해! 그러니까 그자가 직접 하더군. 주인과 톰은 물에 빠져 죽어가는 그 불쌍한 녀석에게 계속 돌을 던졌어. 불쌍한 녀석! 녀석이 슬픈 눈으로 나를 계속 쳐다봤어. 나더러 왜 구해주지 않느냐고 원망하는 것 같았어. 그런데 내 손으로 그 짓을 안 했다는 이유로 난 매질을 당했지. 하지만 상관없어. 주인도 언젠가는 내가 채찍질을 한다고 해서 말을 들을 사람이 아니란 걸 알게 될 거야. 그자는 조심해야 돼. 언젠가 본때를 보여줄 테니."

"어떻게 하려고요? 오, 조지, 나쁜 짓은 하지 마세요. 당신이 하나님을 믿고 올바른 일만 하면, 하나님이 보살펴주실 거예요."

"나는 당신처럼 기독교 신자가 아니오, 엘리자. 내 가슴은 참담한 심정으로 가득 차 있어. 난 하나님을 믿지 않아. 하나님이 있다면 왜 이런 일이 벌어지는 거요?"

"오, 조지, 우리는 신앙심을 가져야 해요. 주인마님은 아무리 세상사가 잘못 돌아가도 하나님은 항상 최선을 다하고 계시다는 걸 믿어야 한다고 말씀하셨어요."

"그런 말은 소파에 앉아 있거나 마차 타고 다니는 사람들에게는 쉽지. 나처럼 살아보라고 해. 아마 그렇게 말하기 힘들걸. 나도 착하게 살고 싶어. 하지만 심장이 터질 것 같아. 도저히 진정이 안 돼. 당신도 내 처지가 되면 참을 수 없을 거야. 당신도 못 참을 거야. 내가 그동안 하고 싶었던 말을 다 털어놓으면 당신도 못 참아. 당신은 아직 몰라."

"무슨 일이 있었던 거예요?"

"아, 얼마 전에 주인이 그러는데 나를 결혼시켜서 집에서 내보낸 게 바보짓이었고, 자기는 셸비 씨와 그 집 족속들이 다 싫대. 그 사람들이 거만하고,

자기 앞에서 머리를 빳빳하게 세우고 다니기 때문이래. 또 나도 당신을 닮아서 거만하대. 그리고 다시는 나를 여기에 보내지 않겠다면서 자기 집에서 다른 여자와 살림을 차리게 하겠다고 했어. 전에는 내 일에 대해 잔소리 정도나 하고 말았는데, 어제는 나더러 미나하고 오두막집에서 같이 살라는 거야. 그렇게 하지 않으면 강 남쪽으로 팔아버리겠대."

"세상에, 당신은 이미 나와 결혼했잖아요. 목사님 앞에서 백인이 하는 것과 똑같이요!" 엘리자는 순진하게 말했다.

"노예는 결혼할 수 없다는 거 몰라? 이 나라에는 그런 법이 없어. 그자가 우리를 떼어놓겠다고 작정하면 나는 당신하고 같이 살 수 없어. 그래서 내가 당신을 애초에 만나지 않았으면 좋겠다고 하는 거야. 그게 우리 두 사람한테 더 나았을 텐데. 불쌍한 우리 아이도 차라리 태어나지 말았으면 좋았을 텐데. 그러면 이런 일도 없었을 테니까!"

"오, 하지만 우리 주인님은 마음씨가 좋으시잖아요!"

"그래, 하지만 누가 알아? 그분도 언젠가는 죽어. 그러면 우리 아이도 모르는 사람한테 팔려 갈지. 우리 아이가 귀엽고 눈치 빠르고 똑똑한 게 뭐가 좋아? 내 말 들어봐, 엘리자. 우리 아이가 좋은 일, 기쁜 일을 하나 할 때마다 칼이 당신 가슴을 한 번씩 찌른 것과 같아. 그럴수록 개의 값이 올라가서 데리고 있기가 더 힘들어질 뿐이야!"

그의 말은 엘리자의 마음을 괴롭혔다. 그녀의 머릿속에 노예 상인이 나타났다. 그녀는 누군가에게 세게 얻어맞은 것처럼 얼굴이 하얗게 질렸고, 가쁜 숨을 쉬기 시작했다. 그녀는 초조한 표정으로 베란다 쪽을 쳐다보았다. 심각한 대화에 짜증이 난 아이가 거기에 있었다. 뿌듯한 표정으로 셸비 씨의 지팡이에 말 타듯이 오르내리면서 노는 아이가 거기에 있었다. 그녀는 남편에게 자신이 느끼는 두려움을 털어놓고 싶었지만 참았다.

'아냐, 아냐. 쟤는 태어날 이유가 충분히 있는 아이야. 가여운 녀석!' 그녀

는 생각했다. '안 돼, 이이에게 말하지 않을 테야. 그럴 리가 없어. 마님은 우릴 속이실 분이 아냐.'

"그래서 말인데, 여보." 남편이 슬픈 목소리로 말했다. "이제 마음 단단히 먹고 잘 지내. 난 떠나."

"떠난다고요, 조지! 어디로 떠나요?"

"캐나다."[9] 그는 몸을 곧추세우며 말했다. "거기 간 다음에 당신을 돈 주고 살 거야. 우리에겐 그게 유일한 희망이야. 당신 주인님은 착한 분이니까 거절하지 않을 거야. 내가 당신과 저 아이를 사겠어. 하나님이 도와주실 테니, 꼭 그렇게 할 거야!"

"아, 너무 무서워요! 그러다 잡히면 어떡해요?"

"난 안 잡혀, 엘리자. 잡히기 전에 죽을 테니까! 자유를 얻지 못하면 죽을 거야!"

"자살할 생각은 아니죠?"

"구태여 그럴 필요도 없어. 그놈들이 날 죽일 테니까, 아주 빨리. 그들은 나를 산 채로 강 남쪽으로 끌고 가지 못해."

"아, 조지, 제발 나를 위해서라도 조심하세요! 나쁜 행동은 절대로 하지 말아요. 당신 몸, 아니 누구의 몸에도 손을 대지 말아요. 당신은 하고 싶은 게 너무 많아요. 너무 많아요. 가야 한다면 가야죠. 하지만 제발 조심하고, 신중해야 해요. 하나님께 당신을 도와주시라고 기도할게요."

"좋아, 엘리자. 내가 세운 계획을 들어봐. 우리 주인이 지메스 씨에게 쪽지를 갖다주라면서 날 이리로 보낸 데는 꿍꿍이가 있어. 지메스 씨네는 여기서 1.5킬로미터밖에 안 떨어져 있거든. 그 사람은 내가 여기 들러서 괴로운 사정을 당신에게 얘기할 거라고 생각하는 거야. 내 얘기를 듣고 그 사람 표현대로 '셸비네 족속'들이 괴로워한다면 그 사람은 좋아라 하겠지. 난 다 체념한 듯이 집에 갈 거야. 모든 게 끝난 것처럼 말이야. 이미 준비해놨어. 날

도와줄 사람들도 알아놨어. 한두 주일 지나면 난 행방불명된 사람이 돼 있을 거야, 조만간. 나를 위해 기도해줘, 엘리자. 하나님이 당신 기도를 들어줄지도 모르잖아."

"아, 조지, 당신도 기도하세요. 하나님을 믿어야 해요. 그러면 절대로 나쁜 짓을 안 하게 될 거예요."

"알았어. 그럼, 갈게." 조지가 엘리자의 손을 잡고, 눈을 빤히 쳐다보았다. 두 사람은 한동안 말없이 서 있었다. 마지막 작별의 인사가 오고갔고, 흐느낌과 통곡 소리가 흘렀다. 이 이별 장면에는 다시 만나면 거미줄처럼 떨어지지 말자는 기원이 깃들어 있는 듯했다. 남편과 아내는 이렇게 헤어졌다.

chapter 4
어느 날 저녁 엉클 톰의 오두막

톰 아저씨의 집은 작은 통나무집이었고, 깜둥이들이 '저택'이라는 고상한 이름으로 부르는 주인집 바로 옆에 붙어 있었다. 그 집 앞에는 깔끔하고 작은 마당이 있었다. 여름철만 되면 이곳에서는 딸기, 나무딸기, 각종 과일과 채소가 세심한 관리를 받으며 무성하게 자랐다. 집의 전면은 연분홍색의 커다란 능소화와 토종 찔레꽃으로 온통 뒤덮여 있었다. 이 꽃들이 서로 꼬이고 엉켜, 벽에는 거친 통나무의 흔적조차 보이지 않았다. 게다가 여름이 되면 금송화, 피튜니아, 분꽃 같은 각종 화려한 일년생 식물들이 이 벽의 허술한 구석을 찾아 저마다의 광채를 뿜냈는데, 이것은 클로이 아줌마의 기쁨이었고 자랑거리였다.

집 안으로 들어가보자. 이 집의 저녁 시간은 지났다. 수석 주방장으로서 저택에서 저녁 준비를 관장했던 클로이 아주머니는 이제 식탁 정리나 설거지 같은 잡일을 하급 직원들에게 시키고 지금은 '영감에게 식사를 갖다주기 위해' 자기만의 아늑한 공간으로 나와 있다. 따라서 불 옆에서 신경을 곤두세우고 냄비에 음식들을 지글지글 소리가 나도록 볶다가 가끔씩 아주 신중한 자세로 냄비를 들어 올리는 사람이 있으면 틀림없이 그녀라고 보면 된다. 솥에서 피어오르는 김은 틀림없이 '좋은 것'의 형상을 나타내는 것 같았다. 둥글고 검은 그녀의 얼굴은 너무 윤이 나서 마치 차에 곁들이는 러스크 빵처럼 계란 흰자위로 세수한 것 같았다. 전체적으로 통통한 얼굴은 풀을 잘 먹인 체크무늬 터번 밑에서 흡족하고 흐뭇한 표정으로 빛나고 있었다. 그녀의 표정에는, 굳이 말하자면 자기가 이 동네에서 최고 요리사라는 자부심이 약간 배어 있었다. 실제로 클로이 아주머니는 그렇게 인정받고 있었다.

그녀는 확실히 타고난 요리사였다. 아닌 게 아니라 안뜰에 있는 닭, 칠면조, 오리는 그녀가 다가가면 자기들의 운명을 예감하는 듯 비장한 표정을 지었다. 그도 그럴 것이 그녀는 항상 녀석들의 다리를 꼬챙이에 꿰어 속을 채운 다음 불에 굽기 때문에, 생각이 있는 가금류라면 그녀를 두려워할 수밖에 없을 것이다. 옥수수 빵, 머핀, 그 밖에 열거하기에도 벅찬 모든 과자류를 포함해 그녀가 옥수수로 만드는 케이크들은 이 백인 저택에 사는 모든 '하수'들에게는 굉장한 수수께끼였다. 그녀는 다른 아줌마들이 아무리 용을 써도 자신과 같은 경지에 오를 수 없다고 선언하는 듯, 자부심과 기쁨에 겨워 튀어나온 옆구리 살을 흔들며 걷곤 했다.

저택에 손님들이 도착하고 '호화판' 저녁과 만찬을 준비하는 일이 생기면, 그녀는 온몸에서 힘이 솟았다. 그녀에게 베란다에 여행 가방이 수북하게 쌓여 있는 모습보다 더 반가운 것은 없었다. 새로운 노력과 새로운 승리가 눈앞에 보이기 때문이었다.

하지만 클로이는 지금 화덕을 들여다보고 있다. 그녀가 이 재미있는 일을 하는 동안 우리는 오두막 풍경을 마저 묘사하자.

　방의 한 귀퉁이에는 눈처럼 하얀 시트가 깔끔하게 덮인 침대가 놓여 있다. 침대 옆에는 꽤 널찍한 카펫이 깔려 있다. 클로이는 이 카펫 위에 상류층 집에나 어울릴 스탠드를 갖다 놓았다. 실제로 스탠드와 그 옆의 침대, 그 구석 전체는 실제로 특별한 대우를 받았으며, 최대한 꼬마 녀석들의 험한 장난과 신성모독 행위를 면할 수 있도록 조치돼 있었다. 사실 이 구석은 이 집의 응접실이었다. 다른 쪽 구석에는 훨씬 보잘것없지만 분명히 '사용'하라고 만든 침대가 놓여 있었다. 난로 뒤의 벽에는 아주 화려한 성서 그림 몇 장과 워싱턴[10] 장군의 초상화가 걸려 있었다. 혹시 워싱턴 장군이 이런 유의 초상화를 봤더라면, 그 영웅은 그림의 선과 색에 깜짝 놀랐을 것이다.

　또 다른 구석에 놓인 긴 의자에는 곱슬머리 소년 둘이 앉아 있다. 볼이 통통한 이 아이들은 검은 눈을 반짝이며 아기의 첫 걸음마를 감독하느라 정신이 없었다. 아기들이 보통 그렇듯이, 이 아기도 두 발로 일어서더니 잠시 균형을 잡는 듯하다가 넘어졌다. 아기는 계속 걸음을 떼는 데 실패했지만 그때마다 무슨 장한 일을 한 것처럼 칭찬을 받았다.

　화덕 앞에는 관절염에 걸린 것처럼 다리가 부실한 식탁이 놓여 있었다. 식탁 위에는 식탁보가 덮여 있고 컵과 받침 접시들이 깔끔하게 차려져 있어, 식사 시간이 다 됐음을 알렸다. 이 식탁에 셸비 씨의 절친한 친구인 톰 아저씨가 앉아 있다. 이 사람은 우리 소설의 주인공이므로 독자들의 이해를 돕기 위해 사진을 찍은 것처럼 묘사를 해야 할 것 같다. 그는 키가 크고 가슴이 넓고 튼튼하게 생긴 사나이다. 피부는 검게 윤이 났으며, 순수한 아프리카 토인답게 생긴 얼굴에는 침착하고 변치 않는 착한 마음과 친절하고 자비로운 마음이 어우러진 표정이 감돌았다. 그에게서는 전체적으로 자긍심, 위엄, 남에 대한 신뢰와 겸손한 태도, 순박한 마음 등이 섞인 분위기가 풍겼다.

　그는 지금 앞에 놓인 석판에 온통 정신이 팔려 있다. 그는 석판 위에다 천천히, 정성껏 글자 몇 개를 옮겨 쓰느라 안간힘을 썼다. 그가 이 작업에 몰두하는 동안, 뒤에서는 머리 좋고 총명한 열세 살짜리 조지 도련님이 이 모습을 지켜보고 있다. 조지는 선생님이라는 신분이 얼마나 위엄 있는 존재인지를 잘 인식하고 있는 것 같다.

"그렇게 쓰면 안 돼, 톰 아저씨. 그렇게 하면 안 돼." 톰 아저씨가 고생 끝에 쓴 알파벳 g의 꼬리가 엉뚱한 방향으로 길게 빠지자 조지가 쾌활한 목소리로 말했다. "그러면 q가 되잖아, 안 그래?"

"아이고, 그런가요?" 어린 선생님이 의기양양하게 g와 q를 여러 번 갈겨쓰자 엉클 톰은 존경과 감탄의 표정을 지었다. 그리고 나서 다시 크고 두꺼운 손가락으로 연필을 잡고 다시 쓰기 시작했다.

"백인들은 어쩜 저렇게 잘하는지 몰라!" 베이컨을 포크에 꽂아 프라이팬에 기름칠을 하던 클로이가 잠시 손을 멈추고 조지 도련님을 대견한 듯 바라보며 말했다. "저이가 글자를 쓸 수 있으면 이제 읽을 수도 있을 거야! 그러면 저녁마다 자기가 배운 걸 우리에게 읽어주겠지. 엄청 재미있겠다!"

"그런데 클로이 아줌마, 나 배가 많이 고파!" 조지가 말했다. "저 냄비에 있는 케이크 아직 다 안 익었어?"

"거의 다 됐어요, 도련님." 클로이는 냄비의 뚜껑을 열어 들여다보았다. "노랗게 잘 익었네. 정말 색깔이 예뻐. 아, 이건 내가 해야 맛이 나요. 주인마님이 요전 날 샐리에게 케이크를 만들어보라고 했어요. 그냥 배우게 하려고 그러셨대요. 그래서 내가 말했어요. '마님, 관두세요. 좋은 재료가 그렇게 망가지는 걸 보면 내가 얼마나 속 상하는데요. 한쪽만 부푼다니까요. 엉망이 돼요. 내 구두만도 못해요. 비키세요.'"

샐리의 형편없는 솜씨를 경멸하는 듯한 마지막 말을 던지고 나서 클로이 아줌마는 빵 냄비 뚜껑을 열어, 잘 구워진 파운드케이크를 보여주었다. 시내 제과점 사람들이 보면 부끄러워할 만한 케이크였다. 이런 재미를 한껏 즐기며 클로이 아주머니는 이제 저녁을 준비하느라 부산하게 돌아다녔다.

"애들아, 모스, 피트! 좀 비켜라! 요 깜둥이들아! 비키란 말이야. 우리 예쁜 폴리에게는 엄마가 조금 이따가 맛있는 거 줄게. 도련님, 이제 책 치우고 우리 아저씨와 함께 자리에 앉으세요. 소시지하고 금방 구운 빵 한 냄비를 통째로 접시에 담아 드릴 테니 어서 먹고 가세요."

"엄마가 집에 와서 저녁 먹으라고 했는데." 조지가 말했다. "하지만 클로이 아줌마, 난 그 말이 무슨 뜻인지 잘 알아."

"그럼요, 그렇고말고요, 도련님." 클로이는 김이 나는 케이크 덩어리를 조지의 접시에 수북이 쌓아주며 말했다. "이 늙은 아줌마가 도련님 몫으로 제일 맛있는 부분을 남겨뒀죠. 혼자 다 드세요, 어서요!" 클로이는 장난삼아 조지를 손가락으로 쿡 찌르고 나서 잽싼 걸음으로 냄비 쪽으로 돌아갔다.

"이제 케이크를 먹어볼까." 조지 도련님은 냄비 소동이 좀 누그러지자 커다란 나이프를 이 의문의 음식 위에 갖다 댔다.

"아이구머니나, 도련님!" 클로이가 조지의 팔을 잡았다. "이렇게 큰 나이프로 이걸 자르려는 건 아니겠죠! 그러면 다 뭉개져요. 예쁘게 부풀어 오른 게 다 망가져요. 여기 있는 얇은 나이프를 쓰세요. 내가 항상 날이 잘 들게 해놨어요. 보세요! 깃털처럼 잘라지잖아요! 이제 드세요. 이것보다 맛있는 건 없을 거예요."

"톰 링컨이 그러는데 자기네 집의 지니 아줌마가 요리를 더 잘한대." 조지가 입에 케이크를 잔뜩 문 채 말했다.

"빌어먹을 링컨집 사람들이 뭐라고 하든지 난 상관 안 해요!" 클로이 아줌마가 거만하게 말했다. "내 말은 그 집에 사는 우리 같은 족속들 말이에요. 주인님 내외야 친절하고 훌륭한 분들이죠. 하지만 품위로 따지면 아무것도 아니죠. 링컨 주인님도 우리 셸비 주인님을 못 따라오죠. 그 집 주인마님도 우리 마님처럼 훌륭하다고 할 수 없고요. 안 되죠! 저한테 링컨 집안 사람들 얘기는 하지 마세요." 클로이 아줌마는 세상사를 다 아는 사람처럼 고개를 저었다.

"그렇지만 아줌마도 지니가 꽤 훌륭한 요리사라고 말했잖아." 조지가 말했다.

"그랬죠." 클로이 아줌마가 말했다. "그렇게 말하긴 했지만, 그건 지니의 요리 솜씨가 괜찮다, 그저 그렇다, 평범한 수준은 된다, 뭐 그런 뜻이었죠. 지니는 옥수수 빵은 잘 만들지만 감자는 아직 멀었어요. 옥수수 케이크도 별로예요. 지니가 만든 옥수수 케이크는 형편없어요. 아직도 멀었죠. 또 고급 요리로 가면, 그 여자가 할 줄 아는 게 뭐 있어요? 파이는 만들겠죠. 크러스트는요? 입 안에서 녹고 훅 불면 날아갈 것 같은 진짜 반죽 요리를 그 여자가 만들 수 있나요? 메리 아가씨가 결혼할 때 그 집에 가니까 지니가 웨딩 파이를 보여줬었어요. 내가 지니와 친해서 아무 말도 안 했지만, 그 여자는 아직 멀었더라고요! 내가 만든 케이크가 그 지경이 됐다면 난 아마 일주일은 못 잤을 거예요. 사람들이 그걸 왜 모르는지 모르겠어요."

"지니는 그 음식들이 아주 좋았다고 생각하는 것 같던데." 조지가 말했다.

"그렇게 생각하겠죠! 안 그러겠어요? 그걸 내놓다니, 순진하기도 하지. 그게 다 지니가 너무 몰라서 그러는 거예요. 맙소사, 그 집안은 아무것도 아니에요! 그 여자가 알 턱이 없지요. 하긴 그 여자 잘못은 아니죠. 조지 도련님, 도련님은 자기가 얼마나 좋은 집안에서 살고 있는지 절반도 몰라요!" 클로이 아줌마는 이 대목에서 감정에 복받친 듯 한숨을 쉬면서 눈알을 위로 굴렸다.

"나도 잘 알아, 클로이 아줌마. 내가 복이 많아서 이렇게 맛있는 파이와 푸딩을 먹고 있다는 것 잘 안다구." 조지가 말했다. "링컨한테 물어봐. 우리가 만날 때마다 내가 얼마나 자랑하는지."

클로이 아줌마는 의자에 앉아 어린 주인의 재치에 크게 웃었다. 너무 크게 웃어 그녀의 검고 윤이 나는 뺨에 눈물이 흘러내렸다. 그녀는 못 참겠다는 듯 조지 도련님을 손바닥으로 치고 몸을 찌르면서 그만 해라, 도련님은 정말 괴짜다, 웃겨 죽을 것 같다는 말을 연신 토해냈다. 요즘에는 이런 살벌한 말을 하면서도 계속 더 크게, 더 길게 폭소를 터뜨리는 바람에 조지는 자기가 정말 위험할 정도로 남을 웃기는 사람인가 보다 생각하기 시작했고, 앞으로 '웃기는' 말을 할 때는 좀 조심해야겠다고 생각하기에 이르렀다.

"톰에게 그렇게 말했단 말이죠? 맙소사! 애들은 다 똑같아. 톰을 그렇게 기죽였어요? 아이고, 죽겠다!"

"응. 내가 '톰, 우리 클로이 아줌마가 만든 파이를 한번 봐야 돼. 그게 진짜 파이야.' 이렇게 말했어." 조지가 말했다.

"톰이 안됐죠. 그것도 못 먹어봤으니." 클로이가 말했다. 아무것도 모르는 톰의 딱한 처지를 생각하니 착한 클로이 아줌마는 마음이 찔렸다. "한번 톰 도련님을 우리 저녁식사에 데려오세요, 도련님." 그리고 이렇게 덧붙였다. "그러면 도련님 위신이 높아질 거예요. 도련님은 특권을 누리니까 보통 사람들보다 위에 있다고 생각하셔야 돼요. 도련님은 모든 특권을 누리시고 있잖아요. 그걸 항상 명심하셔야 돼요." 클로이 아줌마는 짐짓 진지한 표정으로 말했다.

"그럼 다음 주에 톰을 꼭 데리고 올게." 조지가 말했다. "그때 꼭 제일 맛있게 만들어줘. 그러면 걔는 놀라자빠질 테지. 우리 걔한테 보름 동안 잊지 못할 음식을 만들어줄까?"

"그럼요, 당연하죠." 클로이가 기뻐하며 말했다. "두고 보세요, 도련님! 저번에 녹슨 장군님께 내가 대접했던 치킨파이 생각나요? 그때 나하고 주인마님하고 파이 크러스트 문제 때문에 한바탕할 뻔했잖아요. 요즘 여자들 마음은 모르겠더라니까요. 어떤 사람이 막중한 책임을 맡고 있고 모든 '중요한' 일을 하고 있는데, 다른 사람들이 옆에서 기웃거리며 간섭을 하는 거예요!

주인마님이 나더러 이렇게 해라, 저렇게 해라 하시는 거예요. 그래서 나도 더 이상 참을 수 없어서 그랬죠. '자, 마님, 마님의 예쁘고 하얀 손을 보세요. 길고 반짝이는 반지들이 잔뜩 끼워져 있는 게 백합에 이슬이 맺혀 있는 것 같잖아요. 제 손은 크고 시커멓고 뭉툭하죠. 이젠 아시겠죠? 저는 부엌에서 파이 크러스트를 만들고, 마님은 거실에 얌전히 계시라는 게 하나님의 뜻이라는 걸요'라고요."

"그러니까 엄마가 뭐래?" 조지가 말했다.

"뭐라뇨? 예쁜 눈으로 살짝 웃으시더니 '그래, 클로이, 네 말이 맞는 것 같다'고 얘기하셨어요. 그러곤 그대로 거실로 들어가셨어요. 마님은 이래라저래라 참견하고 싶었겠지만, 그게 문제예요. 나는 부엌에 귀부인들이 있으면 아무 일도 못 해요!"

"맞아, 그날 저녁은 정말 잘 만들었어. 사람들이 다 그렇게 말했어."

"그랬어요? 그날 저는 바로 식당 문 뒤에 있었는데, 장군님이 그 딸기파이를 세 접시나 덜어 드시는 걸 보지 않았겠어요? 그러고는 '셀비 부인, 대단한 요리사를 두셨군요'라고 말씀하셨어요. 너무 기분이 좋아 가슴이 터질 것 같았어요."

"장군님은 요리를 아시는 분이에요." 클로이는 점잖게 자리에서 일어나며 말했다. "정말 훌륭한 분이에요. 올드 버지니아에서 제일 훌륭한 가문 출신이죠. 장군님은 요리가 뭔지 아시는 분이세요. 저만큼 잘 아세요. 이걸 아셔야 해요, 조지 도련님. 모든 파이에는 맥주처럼 다 비법이 있어요. 하지만 그게 뭔지, 왜 있어야 하는지 누구나 다 알지는 못해요. 하지만 장군님은 알아요. 그분이 말씀하시는 걸 보고 난 알았어요. 네, 장군님은 무슨 비법을 썼는지 알더라고요!"

이제 어린 주인 조지는 한 입도 더 먹을 수 없을 만큼 배가 불렀다. 조지는 천천히 주위를 보다가, 건너편 구석에서 한 무리의 곱슬머리들이 배고픈 눈을 반짝이며 두 사람을 뚫어져라 쳐다보는 모습을 보았다.

"모스, 피트, 이거 먹어." 그는 자기 음식을 듬뿍 떼어 아이들에게 던져주었다. "너희들도 이거 먹고 싶지? 클로이 아줌마, 재들한테도 케이크 좀 구워주세요."

조지와 톰은 굴뚝 옆의 편안한 자리로 옮겼다. 클로이는 큰 케이크를 구운 다음 무릎에 자기 아기를 앉히고 아기의 입과 자기 입에 번갈아 케이크를 집어넣었고, 모스와 피트에게도 나눠 주었다. 아이들은 식탁 밑에서 뒹굴면서 서로 간지럼을 태우거나 가끔씩 아기의 발가락을 잡아당기면서 먹는 걸 좋아하는 것 같았다.

"이 녀석들, 저리 안 가?" 아이들의 장난이 좀 지나치다 싶으면 엄마가 가끔씩 식탁 밑으로 부드럽게 발길질을 했다. "백인 나리들이 집에 오면 좀 얌전히 있을 수 없니? 그만 하지 못해? 말 듣는 게 좋을걸. 그렇지 않으면 조지 도련님이 가신 뒤 끽소리도 못하게 만들어줄 테다."

이 말이 무슨 뜻인지는 모르겠으나 이런 애매모호한 위협은 어린 죄인들에게는 그다지 효과가 없는 것 같았다.

"놔둬!" 톰 아저씨가 말했다. "애들이 저렇게 서로 간질이며 놀고 있는데 조용할 수가 있나?"

아이들은 식탁 밑에서 나왔다. 아이들은 당밀 범벅이 된 얼굴과 손으로 아기에게 마구 키스를 퍼붓기 시작했다.

"어서 나가!" 엄마는 아이들의 곱슬머리를 마구 밀치며 소리쳤다. "그 꼴로 있으면 끈적거려서 닦이지 않는단 말이야. 어서 샘물에 가서 닦고 와!" 클로이는 야단의 효과를 높이기 위해 아이들을 한 차례씩 후려쳤다. 그 소리는 무시무시했으나 아이들 입에서 더 큰 웃음소리가 나오게 하는 효과밖에 없는 것 같았다. 아이들은 엎치락뒤치락하며 문 밖으로 가면서도 즐거운 비명을 질렀다.

"저렇게 사람 속을 뒤집어놓는 애들을 본 적 있어요?" 클로이 아줌마는 약간 대견스럽다는 투로 말하면서 이런 비상사태에 쓰려고 간직해두었던 낡은 수건을 꺼내 금이 간 찻주전자의 물로 적셨다. 그리고 아기의 얼굴과 손에 묻은 당밀을 젖은 수건으로 닦아내기 시작했다. 아기의 얼굴에서 윤이 날 때까지 닦은 다음, 클로이 아줌마는 톰의 무릎 위에 아기를 앉히고, 자신은 분주하게 테이블을 치우기 시작했다. 아기는 이 휴식 시간을 이용해 통통한 손으로 톰의 코를 잡아당기고 얼굴을 쥐어뜯는가 하면, 부푼 곱슬머리 속으로 손을 집어넣기도 했는데, 특히 이 마지막 동작을 재미있어하는 것 같았다.

"계집애치고 씩씩하지 않아?" 톰은 아기를 번쩍 들어 올려 얼굴을 똑바로 바라보며 말했다. 그리고 자리에서 일어나 아기를 넓은 어깨 위에 태우고는 깡충깡충 뛰며 아기와 함께 춤을 추기 시작했다. 조지는 자기 손수건을 아기 눈앞에서 흔들었고, 이때 집에 들어온 모스와 피트는 곰처럼 으르렁거리며 아기 뒤를 졸졸 따라다녔다. 결국 클로이 아줌마는 집 안이 너무 시끄러워서 "머리가 달아날 것 같다"고 소리쳤다. 그녀의 설명에 따르면 이런 전쟁 같은 소동은 이 오두막집에서는 일상사이고, 아무리 선전포고를 해도 즐거운 소동은 누그러지지 않으며, 결국 함께 소리 지르고 뒹굴고 춤을 추다가 조용해진다는 것이다.

"자, 이제 그만 놀았으면 좋겠구나." 클로이 아줌마는 바퀴 달린 침대에서 낡은 상자를 꺼내면서 말했다. "자, 모스와 피트, 저 안으로 들어가. 우리는 예배를 봐야 하니까."

"엄마, 자기 싫어. 우리도 여기 앉아서 예배 보고 싶어. 예배가 재미있단 말이야. 우리도 예배하고 싶어."

"클로이 아줌마, 상자 집어넣고 애들도 여기 앉아 있게 해." 조지 도련님이 낡은 상자를 밀어 넣으면서 단호하게 말했다.

클로이는 안도의 표정을 지었고, 아주 기쁜 마음으로 그 상자를 밀어 넣으며 말했다. "그럼 그렇게 할까요? 그것도 좋은 생각인 것 같네요."

이 집은 이제 예배 보러 오는 사람들이 앉을 자리를 마련하고 예배 준비를 하는 전체 회의장으로 변했다.

"의자를 어디서 가져와야 할지 모르겠어요." 클로이 아줌마가 말했다. 톰 아저씨의 집에서는 일주일에 한 번씩 예배가 열렸다. 예배 시간은 그때그때 달랐다. 더 가져올 의자가 없었기 때문에 이제 무슨 수를 궁리해야 할 것 같았다.

"피터 할아버지가 저번 주에 저 낡은 의자에 두 다리를 펴고 앉아 노래를 불렀지." 모스가 말했다.

"너는 어서 비켜! 혼내주기 전에." 클로이가 말했다.

"괜찮을 거야. 저 벽에다 잘 기대놓으면!" 모스가 말했다.

"피터 아저씨는 거기에 앉으면 안 돼. 노래할 땐 언제나 벌떡 일어나시거든. 저번 날 밤에도 일어서려다 자꾸 넘어졌단 말이야." 피트가 말했다.

"잘됐네! 그럼 피터 아저씨를 저기에 앉으라고 해." 모스가 말했다. "그러면 '성자와 죄인들은 오라, 내 말을 듣고 말하라'를 부르다가 굴러 떨어져 골로 갈 거야." 모스는 그 노인의 코 막힌 목소리와 바닥으로 굴러 떨어지는 모습을 흉내 냈다.

"자 그만, 좀 얌전히 있지 않을래?" 클로이 아줌마가 말했다. "창피하지도 않니?"

그러나 조지 도련님까지 웃으며 공격 팀에 가세해, 모스더러 '꾀돌이'라고 말하는 바람에 엄마인 클로이의 말은 전혀 효과를 발휘하지 못했다.

"조지 도련님은 성경을 잘 읽으시니까 여기 남아서 이따 예배 시간에 낭독해주실 거죠?" 클로이 아줌마가 말했다. "그러면 훨씬 더 재미있을 것 같아요."

조지는 쾌히 승낙했다. 그는 자기가 중요한 사람으로 보일 수 있는 기회가 오면 항상 마다하지 않았다.

방은 금방 머리가 희끗한 팔십대 노인부터 열다섯 살 먹은 계집애까지, 여러 종류의 사람들로 가득 찼다. 사람들은 잠시 동네에 돌아다니는 여러 가지 소문과 악의 없는 잡담을 나누었다. 예를 들면, 샐리 할머니의 새 손수건이 어디서 났다는 것과 리즈가 안주인에게 새 무명 옷을 드렸더니 안주인이 더러워진 모슬린 가운을 리즈에게 준 사건, 셀비 주인님이 적갈색 망아지를 한 마리 더 살 생각인데 그러면 그 집이 더 빛날 것이라는 등의 이야기였다. 예배에 참석한 신자들 중에는 주인에게 허락을 받고 온 엄격한 집안의 노예들도 있었다. 이들은 주인집에서 떠도는 말이나 사건들에 대한 단편적인 정보를 입맛대로 옮겼고, 이 정보는 상류층에서 잔돈이 돌아다니듯이 이곳에서 자유롭게 돌아다녔다.

잠시 후 찬송이 시작되자 참석한 사람들 얼굴이 확연히 밝아졌다. 코가 막힌 듯한 흑인 특유의 목소리조차 자연스럽고 아름다운 소리가 허공에 영감을 퍼뜨리는 데는 방해가 되지 않았다. 찬양의 말씀은 흔한 구절이었고 찬송가도 주변에서 흔히 들을 수 있는 평범한 것이었으나, 가끔 야외 전도 집회에서 느낄 수 있는 것과 같은 열광적인 분위기를 풍겼다.

그들은 엄청난 힘과 열기로 합창했다.

전쟁터에서 죽으리
전쟁터에서 죽으리
내 영혼의 영광이여

이들이 특히 잘 부르는 노래에는 다음과 같은 구절이 반복된다.

오, 나는 영광의 길로 가고 있다네, 나와 함께 가지 않으려나
천사들이 손짓하며 나를 부르는 모습이 보이지 않는가
저 황금빛 도시와 영원한 날이 보이지 않는가

또한 '요단 강가'와 '가나안의 들판', '새 예루살렘'이라는 말이 끊임없이 반복되는 다른 찬송가들도 있었다. 이들은 원래 마음이 뜨겁고 상상력이 풍부해서 항상 찬송가 속에 나오는 세상을 그림처럼 생생한 모습으로 머릿속에 떠올렸다. 찬송가를 부르며 웃는 사람도 있었고, 우는 사람도 있었다. 어떤 이는 손깍지를 꼈고, 어떤 이는 마치 강 건너편에 거의 다 도달한 듯이 환호하며 손을 흔들기도 했다.

갖가지 훈계의 말과 경험담이 여기저기에서 터져 나와 찬송가 노랫소리와 뒤섞였다. 일할 나이가 한참 지났지만 역사의 산증인으로 추앙받고 있는 한 백발의 할머니가 지팡이를 짚으며 자리에서 일어나 말했다. "젊은이들! 자, 여러분 얼굴을 모두 다시 보고 목소리를 들으니 참 기쁘구먼. 난 언제 죽을지 모르기 때문이야. 하지만 젊은이들, 난 언제라도 죽을 준비가 돼 있어. 내가 얼마 되지도 않는 머리를 땋아서 보닛을 쓰고 있는 것은 날 고향으로 데려갈 때가 오기를 기다리기 때문이야. 밤에 덜컥거리는 마차 소리가 들리는 것 같으면 사방을 둘러보지. 자, 여러분도 준비를 해야 해. 내 말을 잘 들어." 그녀는 지팡이로 바닥을 세게 치면서 계속 열변을 토했다. "우리를 맞이할 '영광의 땅'은 어마어마한 곳이라오. 어마어마한 곳이란 말이야. 여러분들은 모르지. 거기가 얼마나 멋있는 곳인지." 그러고 나서 그 늙은 여인은 눈물을 흘렸고, 모인 사람들은 감정에 복받쳐 다시 노래를 불렀다.

오, 가나안, 빛이 나는 가나안의 땅이여
나 가나안의 땅으로 돌아가리라

조지 도련님이 사람들의 부탁에 따라 요한계시록 마지막 장을 읽자, 여기 저기에서 "세상에!" "저 말씀 좀 들어보게!" "저 말씀의 뜻을 생각해보자구!" "과연 훌륭한 말씀 아냐?" 같은 감탄의 말이 끼어들었다.

원래 똑똑한데다 신앙 문제에 관한 한 어머니로부터 잘 훈련받은 조지는 자신이 감탄의 대상이 된 것을 알아차렸고, 이따금 진지하고 엄숙한 자세를 취했다. 어린이들은 그 모습에 또다시 감탄했고, 어른들은 축복의 말을 던졌다. "목사님도 조지 도련님보다 설교를 더 잘하지 못할 것"이며 "이것은 놀라운 일"이라는 데 아무도 이의가 없었다.

이 동네에서 톰 아저씨는 예배와 관련된 일에서는 일종의 장로 대접을 받고 있었다. 톰은 천성적으로 도덕적이고 다른 사람들보다 마음이 훨씬 넓고 깊어서 그들 사이에서 목사처럼 큰 존경을 받았다. 그의 설교는 단순하고 마음에서 우러나왔으며 진실했기 때문에, 많이 배운 사람들의 설교보다 더 큰 호소력이 있었다. 하지만 그가 설교보다 더 잘하는 것은 기도문 암송이었다. 감동적이면서 단순하고, 어린애 같은 열정으로 낭송하는 그보다 기도문을 더 훌륭하게 읊을 수 있는 사람은 없었다. 성경 구절이 많이 섞인 그의 기도문은 그의 일부가 되어 입에서 저절로 떨어진다고 할 수 있을 만큼 그의 영혼에 새겨져 있는 것 같았다. 그는 충성스럽고 늙은 흑인의 입으로 '진실된 기도'를 올렸다. 그의 기도는 다른 사람들의 마음에 경건함을 너무 많이 불러일으켰기 때문에 사방에서 끊이지 않는 엄청난 반응 속으로 예배 자체가 매몰될까 걱정될 정도였다.

톰의 오두막집에서 이런 장면이 펼쳐지고 있을 때 주인집의 거실에서는 전혀 다른 상황이 벌어지고 있었다.

노예 상인과 셸비 씨는 식당에서 서류와 필기구가 놓여 있는 테이블에 나란히 앉아 있었다.

셸비 씨는 몇 다발의 지폐를 열심히 센 다음, 셈이 끝난 다발을 상인에게 건

어느 날 저녁 엉클 톰의 오두막

특혜를 받은 노예들

마부 마요는 주인의 멋진 종마를 특별 관리하는 임무를 지니고 있다.
그는 두 명의 마구간지기를 데리고 일한다.
그 밖에도 농장에는 제분공 한 명, 대장장이 두 명,
구두수선공 한 명과 몇 명의 목수, 석공, 방적공 등이 있다.
그들은 모두 어느 정도 충성심을 갖고 주인을 위해 헌신한다.
하지만 그들 역시 가축이나 동물처럼 주인집 부속물에 지나지 않는다.
모든 권리는 주인에게 있어서 언제든 노예들을 팔아버리거나
심한 체벌을 가할 수 있다.

주인의 마차를 모는 바이런.
자상하면서도 엄격한 주인을 위해 열과 성을 다해 일한다.
어쩌면 노예로서의 불행을 실감하지 못하는
다른 충실한 하인들과 마찬가지로
그 역시 자신의 일에 만족하며 사는 듯하다.
결국 얼마나 순종하고 어떤 재능이 있느냐에 따라,
약간은 여유를 누릴 수 있는 자리,
다른 노예들이 선망하는 자리를 차지할 수 있는 것이다.

네주었고, 그러면 상인은 그것을 똑같이 셌다.

"다 맞군요." 상인이 말했다. "이제 여기에 서명하시면 됩니다."

셸비 씨는 마음에 안 드는 거래를 하는 사람처럼 황급히 매매계약서를 끌어당겨 서명하고 돈과 함께 서류를 그 사람 쪽으로 밀어냈다. 헤일리는 닳고 닳은 손가방에서 양피지에 쓴 서류를 꺼내 잠시 훑어보고는 그것을 셸비 씨에게 주었다. 셸비 씨는 조급한 마음을 간신히 참고 있는 듯한 몸짓으로 그것을 받았다.

"자, 이제 다 끝났습니다!" 노예 상인이 일어서면서 말했다.

"끝났군!" 셸비 씨는 뭔가 생각에 잠긴 사람처럼 말했다. 그는 크게 한숨을 쉬고 나서 다시 말했다. "다 끝났어."

"셸비 씨는 이번 계약이 별로 내키지 않는 것 같습니다. 제게는 그렇게 보이는데요." 노예 상인이 말했다.

"헤일리, 당신은 톰을 톰이 모르는 사람에게 절대로 팔지 않겠다고 명예를 걸고 약속했소. 그걸 잊지 마시오."

"셸비 씨, 이제 다 끝났습니다." 노예 상인이 말했다.

"잘 아시겠지만, 상황 때문에 어쩔 수 없이 파는 거요." 셸비가 애써 품위를 지키며 말했다.

"그럼요, 저도 어쩔 수 없이 거래하는 겁니다." 상인이 말했다. "어쨌든 톰을 좋은 집안에 보내도록 최선을 다하겠습니다. 내가 톰을 함부로 대하지 않을까 하는 걱정은 조금도 하지 마세요. 내가 하나님한테 감사하는 게 있다면, 내가 그렇게 못된 사람이 아니라는 겁니다."

상인은 전에 얘기했던 인도주의 원칙을 또다시 늘어놓았지만, 셀비 씨는 그의 단호한 말에도 별로 안심이 되지 않았다. 하지만 이 문제에 관한 한 그의 말을 믿는 게 최선의 위안이기 때문에, 셀비 씨는 조용히 상인을 내보내고, 외롭게 시가를 물었다.

chapter 5
팔려 가는 노예들의 기분

셀비 부부는 침실로 들어갔다. 셀비 씨는 크고 편안한 의자에 앉아 오후에 도착한 편지들을 훑어보았고, 셀비 부인은 거울 앞에 서서 엘리자가 땋아주고 꼬아준 머리 타래를 빗으로 빗고 있었다. 그녀는 조금 전 엘리자의 창백한 얼굴과 초췌한 눈을 보고는 시중은 그만 됐으니 자라고 지시했다. 시중드는 엘리자를 생각하니 자연스럽게 아침에 엘리자와 나누었던 대화가 떠올랐다. 그녀는 남편에게 별 생각 없이 말했다.

"참, 아서, 당신하고 오늘 응접실에 같이 있던 그 천박한 사람은 누구예요?"

"헤일리라는 사람이오." 셀비는 눈을 편지에서 떼지 않은 채 불편한 듯 의자에서 뒤척이며 말했다.

"헤일리? 뭐 하는 사람이에요? 우리 집에 무슨 일로 왔어요?"

"아, 지난번에 나체즈에 있을 때 나와 거래했던 사람이오." 셀비가 말했다.

"그래도 그렇지, 자기 집처럼 편하게 식사까지 하고 가나요?"

"아, 내가 오라고 했소. 그 사람하고 볼일이 좀 있었거든." 셀비가 말했다.

"그 사람 노예 상인이죠?" 남편의 태도에서 약간 당황하는 기색을 눈치챈 셀비 부인이 다시 물었다.

"에이, 여보. 왜 그런 터무니없는 생각을 하오?" 셀비가 아내를 올려다보며 말했다.

"아무것도 아니에요. 저녁 먹은 다음인가, 엘리자가 오더니 엄청나게 걱정하는 얼굴로 울고불고해서요. 당신이 노예 상인하고 얘기하고 있다는 둥, 그 사람이 자기 아들을 사겠다고 말하는 걸 들었다는 둥 하더라고요. 그 아인 정말 숙맥이라니까요."

"그 아이가 그렇게 말했어, 응?" 셀비 씨가 다시 편지를 쳐다보며 말했다. 그는 편지를 열심히 읽는 척했지만, 자기가 편지를 거꾸로 들고 있다는 것조차 몰랐다.

'조금 있으면 다 알게 될 텐데.' 그는 속으로 생각했다. '지금 알려지나 나중에 알려지나 마찬가지 아닌가.'

"그래서 내가 엘리자에게 '바보같이 사서 고민이구나, 너는 그런 자하고 아무 관계도 없다' 하고 말해줬어요. 당신이 우리 집 노예들을 팔 생각이 전혀 없다는 걸 아니까요. 게다가 그런 천한 자한테 말이에요." 셀비 부인은 머리를 계속 빗으며 말했다.

"에밀리, 그런데 말이오. 나도 항상 그렇게 생각했고 그렇게 말했소. 하지만 솔직히 말하면 요즘 내 사업이 너무 안 돼. 노예를 팔지 않고서는 버틸 수가 없소. 하인 중 몇 명은 팔아야 할 것 같소."

"그런 짐승 같은 자한테요? 말도 안 돼요! 여보, 설마 진심은 아니겠죠?"

"미안하지만 진심이오. 톰을 팔기로 이미 약속했소."

"뭐라고요! 우리 톰을 팔아요? 착하고 성실한 그 사람을! 그 사람은 어렸을 때부터 당신을 성실하게 모셨잖아요. 아, 여보, 게다가 나중에 자유의 몸으로 만들어주겠다고 약속까지 했잖아요. 당신하고 난 톰한테 수백 번이나 약속했어요. 아, 이제 아무것도 믿을 수 없어요. 이제는 당신이 조만간 엘리자의 외아들인 그 가여운 해리도 팔 수 있다는 생각이 드는군요." 셸비 부인은 슬픔과 분노가 섞인 목소리로 말했다.

"당신도 이제 알아야 하니까 말하리다. 그렇게 됐소. 톰과 해리 모두 팔기로 약속했소. 그리고 내가 왜 괴물 취급을 받아야 하는지 모르겠소. 남들도 다 하는 일인데."

"그렇지만 왜 하인들 중에서 하필 그 두 사람을 골랐죠?" 셸비 부인이 말했다. "꼭 팔아야 한다면, 도대체 왜 그 많은 하인 중에서 하필 그들을 골랐느냔 말이에요."

"그 두 사람이 제일 높은 가격을 받을 수 있기 때문이오. 그게 이유요. 당신이 그렇게 말한다면 난 다른 방법을 취할 수도 있어요. 그 친구는 엘리자를 팔면 아주 큰돈을 주겠다고 했어요. 그 방법이 더 당신 마음에 들지 모르겠지만." 셸비가 말했다.

"비열한 놈 같으니!" 셸비 부인이 격렬하게 반응했다.

"그런데 난 그 말에 들은 체도 안 했소. 당신 마음을 내가 아는데 그렇게는 못 하지. 그러니 내 마음도 좀 알아주시오."

"여보, 날 용서해줘요." 셸비 부인은 마음을 진정시키고 말했다. "내가 너무 성급했나 봐요. 너무 놀라서 마음의 준비가 전혀 돼 있지 않았어요. 하지

세탁부로 일하는 아이다의 검은 눈과 피부. 하녀들 사이에서도 멋 내기가 유행이어서, 여주인이 입던 옷을 물려받아 뽐내기도 한다.

축제

간혹 갖는 축제의 시간 역시 통제되고 감시당하기는 마찬가지다.
하지만 아프리카 노래에서 전승된 음악과 춤을 통해
노예들은 잠시나마 위안을 얻기도 한다.
밤의 고단함을 무릅쓰고 진이 자장가 한 소절을 읊조린다.
〈모두 다 예쁜 말들〉은 미국의 한 흑인 여자 노예가 만든
자장가로 알려져 있다.

만 이 불쌍한 것들에게 잘 이해시킬 시간을 주시겠죠. 톰은 흑인이긴 하지만 기품 있고 성실한 사람이에요. 여보, 그 사람은 필요하다면 당신을 위해 목숨이라도 내놓을 거예요."

"알아요. 그런데 굳이 얘기하자면 그게 무슨 소용이란 말이오? 나도 어쩔 수 없소."

"그냥 그 돈 없이 살면 안 될까요? 나는 불편을 감수할 수 있어요. 아, 여보, 나는 정말 하나님을 믿는 여자로서 성실하게 이 불쌍하고 단순하고 오갈 데 없는 사람들을 위해 내 의무를 다하려고 노력했어요. 배려해줬고 가르쳤고 돌봐줬어요. 그리고 오랫동안 같이 살면서 그들의 사소한 고민과 즐거움도 모두 알고 있어요. 그런데 그까짓 돈 몇 푼에 톰처럼 성실하고 훌륭하고 듬직한 하인을 팔고, 그것도 모자라 엘리자를 사랑하고 귀하게 여겨야 한다고 가르친 자식과 생이별을 시킨다면, 내가 어떻게 그들 앞에서 머리를 들고 다닐 수 있겠어요? 나는 그 사람들한테 가정, 부모와 자식, 남편과 아내의 의미를 가르쳤어요. 그런데 이제 와서 돈 앞에서 우리는 아무 사이도 아니고, 아무런 의무도, 관계도 없다고 공표하는 것과 다름없는 짓을 하란 말인가요? 엘리자하고 자식 문제를 얘기한 적이 있어요. 하나님을 믿는 엄마로서 지켜야 할 의무요. 아이를 돌봐주고 그 아이를 위해 기도

하고 기독교의 가르침대로 키우라고 말했죠. 그런데 당신이 순전히 돈 몇 푼 아끼기 위해 아이를 어미에게서 떼어내서 그 천하고 부도덕한 작자에게 팔면 내가 무슨 말을 할 수 있겠어요? 난 엘리자에게 한 생명은 이 세상의 모든 돈을 합친 것보다 값지다고 말했는데 우리가 이렇게 자기를 배신하고 아이를 팔아버린 걸 알면, 그것도 육신과 영혼이 모두 타락한 자에게 팔아버린 걸 알면 나를 어떻게 믿으려 하겠어요?"

"당신이 그렇게 생각하니 나도 마음이 아프오, 에밀리. 정말이오." 셸비 씨가 말했다. "당신과 똑같이 생각한다고 말할 수는 없지만, 그 기분은 나도 존중하오. 그렇지만 내 말 잘 들어요. 분명히 말하는데 이젠 소용없어요. 내힘으로는 어쩔 수 없어요. 에밀리, 이런 말까지 하지는 않으려고 했는데, 간단하게 말하면 선택의 여지가 없소. 우리는 이 두 사람을 팔든지 아니면 모든 걸 팔아야 해요. 두 사람을 보내지 않으면 전 재산을 날려야 할 판이오. 헤일리는 우리 집 저당권을 손에 넣었는데, 내가 그 문제를 즉시 해결해주지 않으면 저당 잡혀 있는 모든 걸 그자가 가져갈 거요. 나도 돈을 이리저리 긁어모으고, 구걸하듯이 빌렸어요. 그래도 남은 빚을 채우려면 이 두 사람의 값어치가 더 필요했소. 그래서 팔 수밖에 없었소. 그리고 헤일리는 그 아이를 아주 마음에 들어 해요. 그자는 다른 것은 다 싫다며 그 아이를 데려가는 것으로 이 문제를 매듭짓기로 약속했소. 칼자루는 그자가 쥐고 있으니 그 말을 따를 수밖에 없었소. 당신이 그 두 사람을 파는 게 그렇게 괴롭다면, 전 재산을 팔면 좀 기분이 나아지겠소?"

셸비 부인은 충격을 받은 듯 잠시 아무 말 없이 서 있었다. 그리고 화장대 쪽으로 돌아서서 얼굴을 손으로 감싸고 신음소리를 냈다.

"저주받을 노예제도! 세상에! 지독한 저주를 내려도 시원치 않을 노예제도! 이건 주인과 노예에게 내리는 저주예요! 이런 사악한 제도 속에서 뭔가 선행을 할 수 있을 거라고 생각한 내가 바보였어요. 지금 같은 법으로 노예를 데리고 있다는 건 죄예요. 난 전부터 그렇게 생각했어요. 어릴 때부터 항상 그렇게 생각했어요. 교회에 다닌 뒤로는 그 생각이 더욱 강해졌고요. 하지만 그런 죄의식을 덮을 수 있을 거라고 생각했죠. 노예들에게 친절을 베풀고 배려해주고 가르치면, 자유를 주는 것보다 더 나을 거라고요. 참 어리석었죠!"

"여보, 당신은 노예 폐지론자[11]로 변해가고 있군."

"폐지론자요? 사람들이 노예들의 실상을 알면 다 나같이 말할 거예요! 그 사람들의 말은 들을 필요도 없어요. 당신도 알지만, 난 노예제도가 옳다고 생각해본 적이 한 번도 없어요. 노예를 소유하고 싶어 한 적도 없다고요."

"그래, 당신이 현명하고 신앙심 깊은 사람들과 다른 점이 그거지. B씨가 요전 주일날에 뭐라고 설교했는지 생각나?"

"그런 설교는 듣고 싶지 않아요. B씨가 우리 교회에서 다시는 설교하지 말았으면 좋겠어요. 목사들도 악마한테는 어쩔 수 없나 보죠. 잘못된 걸 보통 사람들보다 더 잘 바로잡지도 못하면서 오히려 옹호하잖아요! 그 사람 말은 내 상식과 항상 맞지 않았어요. 나는 당신도 그 설교를 대수롭지 않게 생각하는 줄 알았어요."

"글쎄 그런 목사들은 가끔 나 같은 천한 죄인들의 능력 이상으로 문제를 확대시킨다고 해야겠지. 나같이 세속적인 사람들은 옳지 않은 일이라도 대충 못 본 체하고, 도덕적으로 올바르지 않은 일에도 익숙해져야 하오. 여자들과 목사들은 겸손이나 도덕 같은 문제에 대해 제 나름대로 솔직하게 말하지만, 그게 다 맞다고 생각하지는 않소. 그건 사실이야. 자, 여보, 난 당신이 불가피한 사정을 이해하고, 내가 여건이 허락하는 한 최선을 다했다는 점을 알아주리라 믿소."

"아, 아무렴요, 당연하죠!" 셸비 부인은 급히 대답하면서 멍한 표정으로 자기 금시계를 만지작거렸다. "나한테는 값나가는 보석이 별로 없네요." 그녀는 뭔가를 골똘히 생각하며 말을 이었다. "하지만 이 시계를 팔면 도움이 되지 않을까요? 살 때 꽤 비싸게 줬는데. 적어도 엘리자의 아들만이라도 구할 수 있다면, 내 물건은 무엇이든 포기할 용의가 있어요."

"미안하오, 정말 미안하오, 여보. 당신을 이런 곤경에 빠뜨려서 미안하오. 하지만 이건 별로 도움이 안 돼요. 에밀리, 사실 다 끝난 일이오. 난 이미 거래장에 서명을 했고, 그것은 헤일리 손에 있소. 당신은 최악의 사태가 닥치지 않은 것을 고맙게 생각해야 하오. 그자는 우리 집을 파산시킬 힘이 있었는데, 이제는 완전히 손을 뗐소. 당신이 그자를 나만큼 잘 알면 우리에게 선택의 여지가 거의 없었다는 걸 이해할 수 있을 거요."

"그자가 그렇게 못됐어요?"

"글쎄, 잔인한 사람은 아니고, 정확히 말하면 돈만 아는 사람이지. 장사로 돈을 버는 것 말고는 아무것에도 흥미가 없고, 냉정하고 저돌적이고 무자비하지. 가격만 좋으면 제 어머니도 팔아먹겠지만, 그렇다고 제 어머니가 잘못되기를 바라는 자는 아니오."

"그런 철면피 같은 자가 그 착하고 성실한 톰과 엘리자의 아들의 주인이 되었군요!"

"여보, 솔직히 말해 이 일은 나한테도 정말 힘들어요. 생각하기도 싫은 일이오. 헤일리는 일을

물라토와 쿼드룬

주인집에서 일하는 하녀들은 비록 백인의 피가 흐르지 않는다 할지라도 다른 여자 노예들의 질투와 선망의 대상이다. 그렇지만 주인의 정부(情婦)인 흑인 여자의 위상은 일반적인 노예와 요게 다를 바 없다. 물론 몇몇 제한된 혜택을 누리기는 하지만 그녀의 자녀 역시 결국 다른 노예들처럼 땀 흘리고 매 맞으며 들판에서 일하게 될 것이다.

매리엇은 백인 남자와 흑인 여자 사이에서 태어난 물라토다. 그녀 역시 지주의 정부다.

매리엇의 딸 피비. 백인 남자와 물라토 여자에서 태어난 그녀는 흑인 피가 4분의 1 흐르는 쿼드룬이다.

빨리 추진해서 내일 당장 소유권을 넘겨주기를 바라고 있소. 나는 내일 아침 일찍 말을 깨워 떠날 거요. 차마 톰을 볼 수가 없어. 그게 솔직한 내 마음이오. 당신도 아무 데나 마차 보낼 일을 꾸며서 엘리자를 내보내는 게 좋을 것 같소. 그녀가 없을 때 일을 마무리합시다."

"안 돼요. 나는 이 잔인한 거래를 거들거나 공범이 될 생각이 전혀 없어요. 난 불쌍하고 늙은 톰에게 가겠어요. 오, 하나님, 톰을 이 곤경에서 구해주옵소서! 그들은 어쨌든 내 얼굴을 보겠죠. 그리고 자기 안주인이 자기들을 위하고 자기들과 함께 있다는 걸 알겠지요. 엘리자 문제는 너무 겁이나 생각조차 못 하겠어요. 하나님, 우리를 용서해주세요! 우리가 무슨 짓을 하고 있습니까? 우리가 이런 끔찍한 짓을 꼭 해야만 하나요?" 셸비 부인이 말했다.

셸비 부부는 눈치채지 못했지만 두 사람의 대화를 엿듣는 사람이 있었다.

침실 옆에는 큰 내실이 붙어 있고, 그 방의 복도로 통하는 문이 열려 있었던 것이다. 셸비 부인이 저녁에 엘리자를 물리자, 너무 불안하고 겁이 났던 엘리자는 이 방이 있다는 걸 떠올렸다. 그녀는 이 방에 몰래 들어와, 지금 귀를 문틈에 바짝 붙인 채 부부의 대화를 한 마디도 놓치지 않고 듣고 있다.

소리가 침묵 속으로 사라지자, 그녀는 몸을 일으켜 조용히 그 자리를 빠져 나왔다. 얼굴은 창백해졌고 몸이 떨렸으며, 표정과 입술은 굳어 있었다. 그녀는 부드럽고 겁 많은 예전 모습과는 전혀 다른 사람으로 변해 있었다. 그녀는 조심스럽게 복도를 걸어가더니 안주인의 방문에 이르자 팔을 들어 하나님께 기도했다. 그러고 나서 돌아서서 자기 방으로 조용히 들어갔다. 그녀의 방은 조용하고 깔끔했으며, 안주인과 같은 층에 있었다. 방에는 쾌적하고 볕이 잘 드는 창문이 있었다. 그녀는 종종 그 창가에 앉아 노래도 하고 뜨개질도 했다. 그곳에는 작은 책장이 있었고, 책 앞에는 크리스마스 때 선물로 받은 갖가지 작은 물건들이 놓여 있었다. 이 방은 짧게 말해 그녀의 고향이었으며, 길게 말하면 그녀를 편안하게 해주는 행복의 장소였다. 그리고 침대 위에서는 아이가 선잠을 자고 있었다. 아이의 곱슬머리는 곤히 자고 있는 얼굴 주변으로 자연스럽게 내려왔고, 붉은 입은 반쯤 벌어져 있었으며, 작고 통통한 팔이 이불 바깥으로 나왔고, 햇살같이 밝은 미소가 얼굴 전체에 퍼져 있었다.

"가여운 내 아들! 불쌍한 녀석!" 엘리자가 말했다. "저들이 너를 팔았단다! 하지만 이 엄마가 너를 구해줄게!"

베개 위에는 눈물 한 방울 떨어지지 않았다. 이런 곤경에 빠진 사람의 가슴에는 눈물이 고이지 않는 법이다. 흘릴 수 있는 것은 피뿐이고, 그것은 조용히 퍼져 나간다. 그녀는 종이와 연필을 꺼내 급히 편지를 쓰기 시작했다.

"오, 마님! 사랑하는 마님! 저를 은혜를 모르는 사람이라고 생각하지 마세요. 절대로 저를 나쁘게 생각하지 말아주십시오. 저는 마님과 주인어른께서 오늘밤 나누신 대화를 들었습니다. 저는 제 아들을 구할 것입니다. 저를 욕하지 마세요! 마님이 그동안 베푸신 친절에 신의 가호와 보답이 있기를 기원합니다!"

그녀는 급히 겉봉을 쓰고 편지를 접었다. 그러고는 서랍장에서 아이 옷을 꺼내 짐을 꾸린 다음, 그것을 허리춤에 단단히 매었다. 이 순간의 두려움에도 불구하고 아이를 사랑하는 엄마의 마음은 너무 커서, 그녀는 아이가 가장 좋아하는 장난감을 한두 개 잊지 않고 챙겼다. 하지만 아이를 깨울 때를 대비해 알록달록한 앵무새 하나는 남겨놓았다. 잠든 아이를 깨우는 것은 꽤 힘든 일이었다. 약간 고생은 했지만 아이는 곧 일어났고, 장난감 새를 갖고 놀았다. 그사이 엘리자는 보닛을 쓰고 숄을 둘렀다.

"엄마, 어디 가?" 엘리자가 자기의 작은 코트와 모자를 들고 침대 곁으로 오자 아이가 물었다.

엘리자는 아이에게 다가가 눈을 뚫어지게 쳐다보았다. 아이는 엄마의 눈빛에서 심상치 않은 일이 일어났다는 걸 금방 느낄 수 있었다.

"해리야, 조용히 해. 크게 말하면 안 돼. 사람들이 들어. 나쁜 사람이 이 깜깜한 밤중에 우리 해리를 빼앗아 가려고, 멀리 데려가려고 지금 오고 있어. 하지만 엄마가 가만있지 않을 거야. 엄마는 우리 아기에게 모자와 코트를 입혀주고 함께 도망치려고 해. 그 못된 사람이 우리 아기를 데려가지 못하게."

그녀는 이렇게 말하고 아들의 소박한 윗옷의 단추를 채운 다음, 아이를 안고 소리를 내지 말라고 속삭였다. 그리고 바깥 베란다로 향한 문을 열고 소리 없이 빠져나왔다.

별이 반짝이고 서리가 내리는 밤이었다. 엘리자는 숄로 아이를 단단히 감쌌다. 아이는 뭔지 모를 두려움으로 아무 말도 하지 않고 엄마의 목을 꼭 안았다.

현관 끝에서 커다란 뉴펀들랜드 개 올드 브루노가 잠자고 있다가 엘리자가 다가오자 낮게 으르렁거리기 시작했다. 하지만 그녀가 작은 소리로 브루노의 이름을 부르자, 그녀의 오랜 애완견이자 놀이친구인 그 개는 금방 꼬리를 흔들며 뒤따라갈 준비를 했다. 하지만 단순한 개의 두뇌로도 이런 깊은 밤에 왜 은밀한 산책을 가야 하는지 어리둥절한 것 같았다. 개는 어렴풋하게나마 밤 산책의 부적절함과 무례함에 크게 당황했는지 엘리자가 조용히 걸어가는 동안 자주 걸음을 멈추고 뭔가 이상하다는 듯이 엘리자와 집을 번갈아 쳐다보았다. 잠시 후 개는 마음을 굳힌 듯이 재빨리 그녀의 뒤를 따라갔다. 몇 분 뒤 톰 아저씨의 오두막 창문이 보였다. 엘리자는 걸음을 멈추고 창틀을 가볍게 두드렸다.

톰 아저씨의 집에서 열리는 예배 모임은 찬송가를 순서대로 불러가며 늦은 밤까지 계속되었다. 톰 아저씨는 모임이 끝난 뒤에도 여러 곡의 긴 독창

곡을 혼자 열심히 불렀다. 그래서 지금 자정이 지나 한시가 가까워오는데도 그와 그의 소중한 반려자는 아직 잠들지 않고 있었다.

"아이쿠! 이게 누구야?" 클로이는 몸을 일으켜 급히 커튼을 젖혔다. "세상에, 리지 아냐! 영감, 옷 입어요, 어서! 저기 올드 브루노가 땅을 긁고 있네. 도대체 무슨 일이람! 문 열어줘야겠네."

그 말을 실천하듯이 대문이 활짝 열렸고, 톰이 급하게 켠 수지 양초의 불빛이 도망자의 초췌한 얼굴과 검고 거친 눈을 비췄다.

"하나님 맙소사! 리지, 너를 보니 얼마나 무서운지 모르겠다. 어디 아프니? 무슨 일 있어?"

"톰 아저씨, 그리고 클로이 아줌마, 저는 지금 이 집에서 도망가요. 내 아들을 데리고요. 주인님이 애를 팔았어요!"

"애를 팔다니?" 두 사람이 영문을 모르겠다는 듯이 리지의 말을 반복했다.

"네, 이 아이를 팔았어요!" 엘리자가 단호하게 말했다. "저녁에 주인마님 옆방에 숨어 있다가 주인님이 마님에게 우리 해리를 노예 상인에게 팔았다고 말씀하시는 걸 들었어요. 톰 아저씨도 함께요. 그리고 주인님이 아침에 말을 타고 외출하시면 그 남자가 오늘 내로 자기 재산을 가져갈 거라고 말씀하셨어요."

톰은 엘리자가 말하는 동안 꿈꾸는 사람처럼 손을 들어 올리고 눈을 휘둥그레 떴다. 그러다 비로소 의미가 전달되자 낡은 의자에 무너지듯이 주저앉았다. 그리고 고개를 떨어뜨렸다.

"주님, 우리를 불쌍히 여기소서! 오! 그럴 리가 없어. 이 사람이 뭘 잘못했다고 주인님이 파셨단 말이야?" 클로이가 말했다.

"아저씨는 잘못한 게 없어요. 그것 때문이 아니에요. 주인님은 팔고 싶어서 파는 게 아니에요. 마님도 언제나 착하시죠. 마님이 우리를 구하시려고 주인님에게 애원하고 비셨어요. 그런데 주인님은 이제 소용없다, 자기는 그

장사꾼에게 빚이 있다, 그래서 그자에게 마음대로 할 힘이 있다, 그리고 빚을 청산하지 못하면 주인님은 결국 집과 노예들을 다 팔고 이 고장을 떠나야 한다고 말씀하셨어요. 그래요. 주인님은 두 사람을 팔든지, 아니면 전 재산을 파는 방법밖에 없다고 하셨어요. 그자가 무지막지하게 밀어붙였나 봐요. 주인님은 미안하다고 하셨어요. 하지만, 오, 마님은, 두 분도 마님 말씀을 들었어야 했는데. 마님 같은 분이 기독교인이고 천사가 아니라면 이 세상에 천사는 없을 거예요. 그런 분에게서 도망가는 제가 나쁜 년이죠. 그래도 어쩔 수 없어요. 마님 당신이 한 영혼은 세상 전부보다 소중하다, 이 아이에게도 영혼이 있다고 말씀하셨어요. 이 아이를 팔려 가게 내버려두면 나중에 어떻게 될지 누가 알겠어요? 도망치는 건 옳은 일이에요. 설사 옳지 않다고 하더라도, 저는 어쩔 수 없는 행동을 하는 거니까 주님은 저를 용서해주실 거예요!"

"영감!" 클로이 아줌마가 말했다. "당신도 도망가요! 강 아래쪽으로 팔려 갈 때까지 기다릴 거예요? 거긴 검둥이들을 죽도록 일만 시키고 굶기는 곳이잖아요. 난 그런 곳으로 끌려가느니 차라리 당장이라도 죽겠어요! 리지와 함께 가세요. 당신은 아무 데나 출입할 수 있는 통행증이 있잖아요. 어서, 서둘러요. 짐을 챙겨올게요."

톰은 천천히 고개를 들어 슬픈 눈으로 주위를 둘러보았다. 그리고 이렇게 말했다.

"아냐, 나는 도망가지 않을 거야. 엘리자는 가라고 해. 그건 엘리자의 권리니까! 말리고 싶지 않아. 엘리자가 여기 있는 건 옳지 않아. 하지만 엘리자가 하는 말 당신도 들었지! 내가 팔려 가면 이 집의 모든 사람들과 모든 게 탈이 없어. 내가 가겠어. 난 다른 데 가서도 잘 견딜 수 있어." 그의 넓고 거친 가슴은 흐느낌과 한숨으로 심하게 들썩였다. "주인님은 언제나 나를 찾으셨어. 앞으로도 항상 그러실 거야. 나는 신뢰를 저버린 적 없고, 통행증을 약속과 다르게 사용한 적도 없어. 앞으로도 절대 그러지 않을 거야. 이 집이 망하고 모든 게 팔리는 것보다 나 혼자 떠나는 게 나아. 주인님을 원망해선 안 돼. 여보, 주인님이 당신과 불쌍한 우리 자식들을 돌봐주실 거야."

그는 바퀴 달린 낡은 침대로 가 주저앉았다. 그리고 의자 뒤에 엎드리더니 큰 손으로 얼굴을 감쌌다. 무겁고 거칠고 커다란 신음소리와 함께 의자가 흔들렸고, 그의 손가락 사이로 커다란 눈물방울이 바닥에 떨어졌다. 그 눈물은 여러분이 첫아들이 누운 관 속에 떨어뜨린 눈물, 여자들이 죽어가는 자기 아기의 울음소리를 들었을 때 떨어뜨리는 눈물과 같은 것이었다. 여러분, 톰도 여러분도 마찬가지로 인간이기 때문이다. 그리고 실크 드레스와 보석으로 치장한 여자들이여, 그대들도 인생의 커다란 질곡과 엄청난 고뇌에 빠지면 슬퍼할 수밖에 없으리!

"그런데요." 엘리자는 문가에 서서 말했다. "오늘 낮에야 남편을 만났어요. 이런 일이 생길지 전혀 몰랐죠. 그 사람들이 남편을 더 이상 견딜 수 없을 지경으로 몰아붙였나 봐요. 그래서 남편은, 오늘, 저에게 도망치겠다고 말했어요. 만약 기회가 오면 그이에게 말씀 좀 전해주세요. 내가 어떻게, 왜 도망갔는지 전해주세요. 내가 캐나다에 가서 자기를 찾겠다는 말도 전해주세요. 제가 그를 다시 보지 못하면 그에게 사랑한다는 말을 전해주세요." 그녀는 돌아서 그들을 등진 채 잠시 서 있었다. 잠시 후 잠긴 목소리로 덧붙였다. "그이에게 부디 착하게 살고, 천국에서 다시 만나자고 전해주세요."

"브루노를 집 안으로 들이세요." 그녀는 덧붙였다. "불러들이고 문을 닫으세요. 불쌍한 녀석! 이 녀석은 나와 같이 가면 안 돼요!"

몇 마디의 마지막 인사말과 눈물, 간단한 작별 인사와 축복을 비는 말이 오간 뒤, 그녀는 영문을 모른 채 무서워하고 있는 아기를 꼭 안고 소리 없이 어둠 속으로 나아갔다.

chapter 6
발각

셸비 부부는 밤에 오랜 대화를 나누어서인지 잠이 잘 오지 않았다. 그래서 이튿날 아침에 부부는 평소보다 조금 늦잠을 잤다.

"엘리자가 무엇 때문에 꾸물댈까?" 하인 호출용 종을 여러 번 잡아당겨도 대답이 없자 셸비 부인이 말했다.

셸비 씨는 자기 화장대 거울 앞에 서서 면도칼을 갈고 있었다. 그때 문이 열리더니 흑인 소년이 면도할 물을 들고 들어왔다.

"앤디, 엘리자 방에 가서 내가 세 번이나 종을 쳤다고 말해라." 안주인이 한숨을 쉬며 혼잣말을 덧붙였다. "불쌍한 것!"

그런데 앤디는 놀란 눈을 크게 뜨고 금방 돌아왔다.

"마님! 리지 방의 서랍이 전부 열려 있고 물건들이 사방에 흩어져 있어요. 엘리자가 도망간 것 같아요!"

셸비 씨와 아내의 머리에 동시에 똑같은 생각이 스쳐갔다. 그는 탄식했다.

"그렇다면 낌새를 눈치채고 도망간 거야!"

"주님, 감사합니다! 난 엘리자를 믿어요." 셸비 부인이 말했다.

"여보, 바보 같은 소리! 정말 그 아이가 도망쳤다면 큰일이오. 헤일리는 내가 그 아이를 팔기 싫어한 걸 아니까, 아마 내가 그 아이를 구해주려고 이 일을 모르는 척했을 거라고 생각할걸. 내 명예가 떨어질 거야!" 셸비 씨는 급히 방에서 나갔다.

한 십오 분 정도, 여기저기 뛰어다니는 소리, 사람을 부르는 고함소리, 문을 거칠게 열고 닫는 소리가 들렸고, 사방을 돌아다니는 온갖 피부의 얼굴들이 보였다. 이 사태를 어느 정도 설명할 수 있는 딱 한 사람, 즉 요리장인 클로이 아줌마만 조용했다. 쾌활했던 그녀의 얼굴에는 무거운 먹구름이 내려앉아 있었다. 그녀는 주변의 소동은 들리지도 보이지도 않는 것처럼, 조용히 아침상에 내놓을 비스킷만 만들었다.

잠시 후, 십여 명의 개구쟁이가 횃대에 앉은 까마귀들처럼 베란다 난간에 앉아 있었다. 아이들은 저마다 그 이상한 백인 노예 상인에게 안 좋은 소식을 가장 먼저 전해주려고 굳게 다짐한 것 같았다.

"그 사람은 엄청 화를 낼 거야, 틀림없어." 앤디가 말했다.

"욕은 안 하겠지!" 흑인 꼬마인 제이크가 말했다.

"아니, 욕할걸." 텁수룩한 머리의 맨디가 말했다. "어제 그 사람이 밥 먹으면서 하는 얘기 들었어. 내가 다 들었거든. 주인마님이 큰 항아리를 넣어두는 창고에 내가 몰래 들어가서 한 마디도 안 빼놓고 다 들었어." 맨디는 자기가 들은 말의 의미를 한 번도 생각한 적이 없는 계집애지만, 지금은 자기가 사실 창고에서 그 시간 내내 몸을 웅크리고 잤다는 사실을 망각한 채 누구보다 많이 알고 있다는 듯 의기양양하게 떠벌렸다.

드디어 긴 장화를 신고 씩씩하게 달려온 헤일리가 나쁜 소식을 접했다. 그는 자기의 '욕설'을 들으려고 베란다에 앉아 있는 흑인 꼬마들을 실망시키지 않았다. 그는 끊임없이 열심히 욕설을 퍼부었고, 아이들은 그의 말채찍을 요리조리 피해가며 즐거워했다. 아이들은 낄낄거리며 베란다 밑의 잔디밭으로 뛰어내렸고, 그는 허공에 발길질을 하며 목청껏 소리쳤다.

"악마 같은 새끼들!" 헤일리는 이를 갈며 중얼거렸다.

"우리를 못 잡겠지!" 앤디는 의기양양하게 말했다. 그리고 이 불쌍한 노예 상인이 들을 수 없는 데까지 가서 그의 등에다 입에 담을 수 없는 욕을 퍼부었다.

"셸비 씨, 분명히 얘기하는데 당신 노예들은 참으로 별종들입니다!" 헤일리는 응접실로 불쑥 들어가면서 말했다. "그 계집애가 새끼를 데리고 도망쳤다면서요?"

"헤일리 씨, 내 아내도 여기 있지 않소." 셸비 씨가 말했다.

"죄송합니다, 부인." 헤일리가 여전히 미간을 찌푸린 채 살짝 고개를 숙이며 말했다. "하지만 당신네 노예들이 이상한 얘기를 해서요. 그 얘기가 사실이오?"

"보시오, 나와 대화하고 싶으면 신사의 예의를 조금이라도 지켜야 합니다. 앤디, 헤일리 씨의 모자와 채찍을 받아라. 앉으시오. 네, 그렇소. 그 젊은 여자 일은 나도 유감이오. 아마 우리 얘기를 엿들었거나 누가 일러줬나 봅니다. 겁을 먹고 어젯밤에 아이와 함께 달아났소."

"솔직히 말하면, 난 이런 일이 일어날 줄 알았소." 헤일리가 말했다.

"무슨 뜻이오? 누구라도 나를 의심하면 내 대답은 하나밖에 없어요." 셸비가 갑자기 돌아서서 말했다.

노예 상인은 이 말에 약간 겁을 먹은 듯 훨씬 누그러진 말투로 말했다. "이런 식으로 뒤통수를 치면 지금까지 공정한 거래를 해온 나 같은 사람은 엄청 힘들다는 말씀이죠."

"헤일리 씨, 당신이 실망하는 이유를 내가 몰랐다면, 오늘 아침 당신이 우리 집 거실로 들어올 때 보여준 무례하고 버릇없는 태도를 용서하지 않았을 겁니다. 나도 체면이 있는 사람입니다. 내가 이 일에 부당하게 개입돼 있다는 듯 의심하는 태도는 용납하지 않을 겁니다. 게다가 나는 당신이 재산을 되찾을 수 있도록 말과 하인들, 또 필요한 건 무엇이든 다 도와줘야 한다고 생각하고 있습니다. 그러니 헤일리 씨, 쉽게 말하면 말이오." 그는 위엄 있고 냉정한 말투를 갑자기 평상시의 편안하고 격의 없는 말투로 바꾸었다. "마음을 가라앉히고 아침식사나 하죠. 그런 뒤에 어떻게 할지 생각해보자고요."

이때 셸비 부인이 일어나더니 약속이 있어서 아침식사를 같이 할 수 없다고 말했다. 그리고 매우 공손한 물라토 여자를 불러 두 사람에게 커피를 대접하라고 이르고는 방에서 나갔다.

"부인께서는 선생의 겸손한 손님을 전혀 좋아하지 않으시는군요." 헤일리는 친근감을 표시하기 위해 애를 썼지만 어색했다.

"내 아내가 저렇게 내놓고 말하는 경우는 별로 없소." 셸비 씨가 냉랭하게 말했다.

"미안합니다. 물론 농담입니다." 헤일리가 억지로 웃으며 말했다.

"받아들일 수 있는 농담이 있고 그렇지 않은 것도 있소." 셸비가 대답했다.

"정말 제멋대로군, 난 이미 서류에 서명했는데, 죽일 놈 같으니!" 헤일리는 혼자 중얼거렸다. "어제부터 되게 잘난 척하네!"

한 나라의 수상이 권좌에서 쫓겨났어도 톰의 운명에 대한 소식이 이 집안의 하인들에게 몰고 온 것보다 더 큰 파장을 일으키진 못했을 것이다. 톰은 사방에서 모든 사람에게 화제가 되었다. 사람들은 집 안에서나 밭에서나 일손을 놓고, 예상되는 결과에 대해 수군거렸다. 엘리자의 도주 역시 이 집에서는 전례 없던 사건이었으므로, 모든 사람을 흥분시켰다.

이 집의 흑단나무[12] 중 누구보다 세 배나 검어 흔히 '블랙 샘'이라 불리는 흑인이 있었다. 그는 이 사건의 모든 측면과 의미가 자신의 안녕에 미칠 영향을 진지하게 생각했다. 아마 워싱턴의 백인 애국자들이 그 정도의 넓은 통찰력과 예리한 분석력을 지녔다면 크게 찬사를 받았을 것이다.

"어디에서 불어오는지 모르겠지만 불행한 바람이야, 틀림없어." 샘은 바지를 추켜올리고, 떨어져 나간 멜빵 단추 자리에 긴 핀을 능숙하게 끼우면서 점잖게 말했다. 그는 자신의 천재적인 손놀림에 매우 흡족해하는 것 같았다.

"어디에서 불어오는지 모르겠지만 불행한 바람이야." 그는 같은 말을 되풀이했다. "이제, 톰은 끝났구먼. 당연히 다른 검둥이가 뜰 자리가 생겼네. 이 몸이 안 될 이유가 있나? 좋았어. 톰은 말 타고 마음대로 돌아다녔지. 까만 장화를 신고, 주머니에 통행증을 넣고, 거만하게 돌아다녔지. 자기가 뭔데? 나라고 그렇게 못 할 이유가 없지? 난 그게 궁금해."

"안녕하세요, 샘! 주인님이 빌과 제리를 데리고 오래요." 앤디가 샘의 즐거운 독백을 깼다.

"에이, 도대체 뭔 일이냐, 꼬마야?"

"어, 아무것도 모르시나 보네요. 리지가 짐을 싸서 아기와 함께 도망쳤어요."

"예수님한테 설교하냐!" 샘은 경멸하는 태도로 말했다. "그 얘기는 너보다 훨씬 전부터 알고 있다. 난 이제 애송이가 아냐!"

"아무튼 주인님이 빌과 제리를 당장 데리고 오래요. 그리고 아저씨와 제가 헤일리 나리와 함께 리지를 잡으러 가야 돼요."

"좋지!" 샘이 말했다. "주인님이 드디어 나를 찾으시는군. 내가 리지를 못 잡나 두고 봐라. 주인님은 이 샘이 얼마나 유능한 깜둥인지 아시게 될 거다!"

"근데요, 샘 아저씨. 다시 생각해보는 게 좋을걸요. 마님은 리즈가 잡히기를 바라지 않으시거든요."

"뭐! 네가 그걸 어떻게 알아?" 샘이 눈을 크게 뜨며 말했다.

"오늘 아침에 주인님에게 면도하실 물을 떠다 드릴 때 마님이 그렇게 말씀하시는 걸 제 귀로 들었어요. 마님이 저더러 리지가 왜 마님 옷을 입히러 오지 않는지 알아보라고 하셨거든요. 그래서 리지가 없다고 하니까, 마님이 벌떡 일어서시더니 '하나님, 고맙습니다!'라고 말씀하셨어요. 주인님은 굉장히 화가 나셔서 '여보, 바보 같은 소리 하지 마시오'라고 말씀하셨고요. 하지만 마님이 주인님을 이길 거예요. 어떻게 될지는 제가 잘 알죠. 제가 분명히 말하는데요, 마님 편에 서는 게 좋을 거예요."

블랙 샘은 그 말을 듣자 곱슬머리를 긁적였다. 그 머릿속에는 비록 깊은 지혜는 없었지만 그래도 나라의 정치인에게 꼭 필요한 온갖 잡다한 지식,

이를테면 '빵의 어느 쪽에 버터를 발라야 하는가' 수준의 하찮은 지식은 많이 들어 있었다. 그는 골똘히 생각하면서 바지춤을 다시 추켜올렸다. 이 동작은 머리가 복잡할 때마다 그가 규칙적으로 취하는 동작이었다.

"'이' 세상에 이런 상황에 대한 지혜의 말씀은 없는데." 그는 잠시 후 이렇게 말했다.

샘은 철학자처럼, 마치 여러 종류의 세상사를 다 겪은 사람으로서 현명한 결론에 도달했다는 듯이, '이'라는 말을 강조했다.

"내가 장담하는데, 마님은 세상을 이 잡듯이 뒤져서 리지를 찾을 거다." 샘은 진지한 태도로 덧붙였다.

"그럴까요? 하지만 우리 깜둥이들은 마님의 마음을 알 수 없잖아요? 마님은 리지의 아들이 헤일리 나리에게 붙잡히는 걸 바라지 않거든요. 그게 이상하단 말이죠."

"나 참!" 샘은 흑인들만 이해할 수 있는 묘한 억양으로 말했다.

"얘기가 더 있는데 나중에 해드릴게요. 아저씨는 말들을 빨리 준비하는 게 좋을 것 같아요. 엄청 서두르셔야 해요. 아저씨가 너무 꾸물거렸어요."

샘은 그 말을 듣고 분주히 움직여 잠시 후에는 빌과 제리를 끌고 당당히 저택으로 내려갔다. 그리고 사람들이 말릴 생각을 하기도 전에 잽싸게 두 말을 말뚝 옆에 나란히 서게 했다. 하지만 겁이 많고 어린 헤일리의 말은 그가 고삐를 잡자 움찔하며 완강히 버텼다.

"워, 워!" 샘이 말했다. "무섭니?" 그의 검은 얼굴은 호기심과 장난기로 가득했다. "내가 장비를 갖춰주마."

마구간에는 큰 자작나무와 작고 날카로운 삼각형 모양으로 자란 너도밤나무들이 큰 그늘을 드리우고 있었다. 샘은 손가락 사이에 가시를 끼우고 헤일리의 말에게 다가가 쓰다듬어주고 두들겨주었다. 누가 보면 흥분한 말을 열심히 진정시키는 것 같았다. 그는 또 안장을 조정하는 척하면서 몰래 안

감시

암울하고 고된 하루하루는 노예들로 하여금 갖가지 형태의 저항을 불러일으킨다.
노예들은 농기구 파손이나 태업 같은 노동에 있어서의 저항부터
낙태나 자살, 도주 등을 시도하기도 한다.

멀리 보이는 증류소의 암울한 그림자.

존이 순찰을 돌고 있다.
농장 흑인들이 모여 사는 촌락의 감시자,
즉 구역장인 그는 감독관을 도와
노예들을 감시하는 일을 한다.
어떠한 종류의 저항도 진압하기 위해
노예들의 일거수일투족을 감시한다.

농장 관리인 윌리엄은
몇몇 백인 관리인을 수하에 두고 일한다.
수확기에 거둬들인 농작물을 보고하는 그는
그저 부자가 되기에만 급급해 있을 뿐
'인간 재산' 따위에는 아무런 관심도 없는 듯하다.

장 밑에 작고 뾰족한 밤톨을 집어넣었다. 이렇게 하면 안장 위를 아주 조금만 눌러도 상처나 부상은 남기지 않으면서 말은 아주 괴로워진다.

"됐다!" 그는 눈알을 굴리면서 만족의 미소를 띠었다. "이제 다 준비됐다."

이때 셸비 부인이 발코니로 나와 그에게 손짓했다. 샘은 세인트제임스[13]나 워싱턴에서 구혼자들이 구애하듯이 엄숙한 자세로 발코니로 다가갔다.

"샘, 왜 이렇게 빈둥거려? 서두르라고 앤디를 보냈는데."

"아이구, 마님!" 샘이 말했다. "말들을 잡아 올 수가 있어야죠. 남쪽 들판까지 죄다 뒤졌습죠. 하나님이 아시겠죠."

"샘, 맙소사나 제기랄 같은 말은 쓰지 말라고 몇 번이나 말했어? 그건 나쁜 말이야."

"맙소사, 마님 잊었구먼요. 이제 그런 말은 절대로 쓰지 않을게요."

"샘, 지금 그 말을 또 썼잖아."

"그랬어요? 맙소사, 전…… 안 쓰려고 했는데 저절로 나왔습니다요."

"조심해, 샘."

"정신 차릴게요, 마님. 이제부터는 조심합죠."

"샘, 자네는 헤일리 씨와 함께 가면서 길 안내를 해드리고 도와드리게. 말들에게 신경 써야 해, 샘. 제리가 지난주에 약간 절뚝거린 거 알지? 너무 빨리 몰지 마." 셸비 부인은 마지막 말은 낮은 소리로, 그러나 힘을 주어 말했다.

"이놈은 제게 맡겨주십쇼!" 샘은 의미심장한 눈으로 말했다. "오, 말씀 안 하셔도 됩니다." 그가 숨을 죽이고 다 알고 있다는 듯 익살스러운 표정을 지어 안주인도 웃음을 참지 못했다. "네, 마님, 그 말들은 제가 알아서 하겠습니다!"

"자, 앤디." 자작나무 아래로 돌아온 샘이 말했다. "저 손님의 말이 갑자기 날뛰어도 난 전혀 놀라지 않을 테다. 원래 동물들은 다 그래." 그러면서 샘은 뭔가를 암시하는 듯 앤디의 옆구리를 살짝 찔렀다.

"그럼요!" 앤디는 금방 이해했다.

"그래, 앤디, 마님은 시간을 벌고 싶으신 게야. 난 그냥 마님을 조금 도와드리는 거고. 자, 이제 저 말들을 죄다 풀어줘. 마당이랑 저 숲에서 마음껏 뛰어다니게 내버려둬. 그러면 손님이 빨리 떠나지 못하겠지."

앤디가 웃었다.

"그러니까 말이다." 샘이 말했다. "앤디, 헤일리 나리의 말이 고집을 부리고 말썽을 피우면 너와 나는 가서 나리를 도와주는 거야. 우리가 가서 열심히 도와준다고!" 샘과 앤디는 고개를 젖히고 손가락 마디를 톡톡 꺾고 발을 동동 구르며 크게 웃었다.

이때 헤일리가 베란다에 나타났다. 훌륭한 커피를 대접받아 기분이 좀 좋아졌는지, 그는 만면에 미소를 띠고 주변 사람들과 농담을 나누기도 했다. 샘과 앤디는 자기네들이 모자라고 우기는 야자수 잎사귀를 들고는 '나리를 돕기 위해' 말뚝 쪽으로 달려갔다.

샘의 야자수 잎은 테두리 부분이 온통 풀려 있었고, 길쭉한 잎사귀 조각들은 듬성듬성 곤추서 있어, 자유와 반항의 분위기를 풍겼다. 반면 앤디의 모자 테두리는 뭉텅이로 벌어져 있었는데, 그가 머리에 왕관처럼 올려놓고 손으로 톡톡 치면서 활짝 웃는 얼굴로 주변을 둘러보면 마치 '나한테 모자가 없다고 말하는 사람이 누구지?'라고 말하는 것 같았다.

"이봐, 이제 서둘러야 해. 꾸물거릴 시간이 없어." 헤일리가 말했다.

"조금도 지체하면 안 되죠, 나리!" 샘이 헤일리의 박차를 들고, 그에게 고삐를 건네주면서 말했다. 한편 앤디는 나머지 두 말에 묶여 있는 끈을 풀고 있었다.

헤일리가 안장에 손을 대자, 혈기왕성한 말은 갑자기 땅에서 펄쩍 뛰어오르면서 자기 주인을 부드러운 마른 잔디밭 위로 내동댕이쳤다. 샘은 속으로 환호성을 지르면서 고삐를 잡으려고 몸을 날렸다. 그러면서 날카로운 야자

수 잎으로 말의 눈을 찌르는 데 성공했다. 또다시 성질이 난 말은 엄청난 힘으로 샘을 밀치고는 두어 번 콧김을 내뿜은 다음, 허공으로 힘차게 발길질을 하고 나서 잔디밭 아래쪽으로 냅다 달아나기 시작했다. 앤디가 약속한 대로 슬쩍 풀어준 빌과 제리도 그 뒤를 따라 달아났다. 순식간에 온갖 아수라장이 벌어졌다. 샘과 앤디는 소리 지르며 말들을 쫓아갔고, 개들은 사방에서 짖어댔다. 마이크, 모스, 맨디, 파니 등 남녀를 불문하고 저택에 사는 어린 하인들이 모두 뛰어나와 엄청난 기세와 지칠 줄 모르는 열정으로 손뼉을 치고 함성을 지르며 그 말들을 쫓아갔다.

희고 민첩하고 정력이 넘치는 헤일리의 말은 이런 소동을 굉장히 즐기는 것 같았다. 헤일리의 말은 1킬로미터에 달하는 잔디밭을 경마장에서 달리듯이 달아난 뒤 깊은 숲으로 이어지는 지점에 이르자 속도를 줄이더니 추격자들이 자기를 얼마나 따라올 수 있는지 멀리서 흐뭇하게 쳐다보았다. 그러다가도 사람들이 가까이 가면 심술궂은 짐승처럼 콧소리를 내고 몸을 휙 돌려 멀리 있는 숲 진입로 쪽으로 달아나기 시작했다. 샘은 자기가 가장 빛나는 순간, 최고의 영웅으로 떠오르는 위업을 달성할 때까지 말이 다른 사람에게 잡히기를 결코 바라지 않았다. 가장 치열한 전투에서 항상 제일 앞에 서서 빛나는 전과를 올리는 사자왕 리처드[14]처럼, 말이 잡힐 위험이 가장 적은 곳에서는 어김없이 야자수 모자를 쓴 샘이 나타났다. 그는 전속력으로 뛰면서 아무에게나 향해 소리쳤다. "됐다! 저놈 잡아! 빨리 잡아!"

헤일리도 이리저리 뛰어다니면서 욕을 하고 저주를 퍼부었다. 셸비 씨는 발코니에서 말이 달리는 방향을 큰 소리로 가르쳐주었으나 별 도움이 되지 않았다. 셸비 부인도 침실에서 이 광경을 웃으면서 지켜보았다. 그녀는 이 소동이 어떻게 끝날지 전혀 감을 잡지 못했다.

마침내 열두시쯤, 제리에 올라탄 샘이 헤일리의 말을 끌고 의기양양하게 모습을 드러냈다. 말은 땀에 젖어 있었지만, 눈을 번득이고 콧구멍을 벌름

거리는 것으로 보아 자유를 향한 의지는 완전히 꺾이지 않은 것 같았다.

"잡았습니다!" 그는 의기양양하게 소리쳤다. "제가 아니었으면, 이놈들은 지들끼리 치고받고 난리를 쳤을 겁니다. 하지만 제가 잡아 왔습니다!"

"이놈!" 헤일리는 전혀 고마워하지 않는 말투로 소리 질렀다. "네놈이 아니었다면, 이런 일은 일어나지도 않았어!"

"맙소사, 나리." 샘이 매우 섭섭하다는 투로 말했다. "제가 이렇게 땀 범벅이 될 때까지 뛰고 쫓아가서 잡아 왔잖습니까."

"그만, 그만!" 헤일리가 말했다. "네놈의 바보짓 때문에 세 시간이나 낭비했어. 어서 가자. 이젠 바보 같은 짓 하지 마."

"아이구, 나리." 샘이 볼멘소리로 말했다. "말과 우리를 죄다 죽일 작정이십니까. 우리는 지금 다 쓰러질 지경이에요. 저 짐승들도 땀에 절어 있지 않습니까. 아이구, 나리, 점심 먹기 전까진 출발하지 못해요. 나리의 말도 손질해줘야 하고요. 저놈이 지금 얼마나 씩씩거리는지 보십쇼. 제리는 다리까지 절고 있습죠. 마님은 이런 식으로 우리를 보내고 싶어 하지 않으실 겁니다. 제발 나리, 조금 쉬었다 가도 잡을 수 있어요. 리지 걸음이 빨라야 얼마나 빠르겠습니까요."

베란다에서 이들의 대화를 재미있게 듣던 셸비 부인은 이젠 자기가 나설 때가 됐다고 생각했다. 그녀는 앞으로 나와 헤일리의 불운에 대해 정중하게 유감을 표시한 다음, 식사를 즉시 대령하겠다고 말함으로써 점심 시간까지 머물지 않을 수 없도록 압력을 가했다.

헤일리는 사정이 이렇게 되자 마지못해 저택의 거실로 들어갔고, 샘은 뜻 모를 눈빛으로 헤일리의 뒷모습을 쳐다보더니 말들을 마구간으로 끌고 갔다.

"앤디, 그 사람 봤어? 봤지?" 샘은 마구간 건물 뒤에 있는 말뚝에 말을 묶으면서 말했다. "그 사람이 날뛰고 발길질하고, 우리에게 욕하는 모습을 보니까 재미있지 않던? '네 맘대로 해봐라, 이 늙은 놈아.' 내가 속으로 말했어.

형벌

지각을 한 노예 한 명이 공개적으로 매질을 당하고 있다.
1784년 12월 3일자 법령은 주인이 노예의 팔다리를 자르거나
50대 이상의 매질을 하지 못하도록 금하고 있다.

이 고통은 서른 대가 넘는 가혹한 매질로
노예의 등짝이 찢어질 때쯤에나 끝날 것이다.

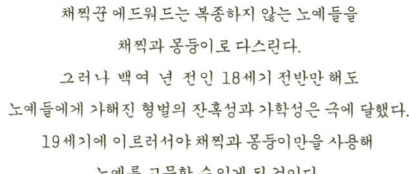

채찍꾼 에드워드는 복종하지 않는 노예들을
채찍과 몽둥이로 다스린다.
그러나 백여 년 전인 18세기 전반만 해도
노예들에게 가해진 형벌의 잔혹성과 가학성은 극에 달했다.
19세기에 이르러서야 채찍과 몽둥이만을 사용해
노예를 고문할 수 있게 된 것이다.

또 다른 날에는 또 다른 죄목과 또 다른 방법으로
견딜 수 없는 고통이 가해질 것이다!

075

'네가 말을 잡을 수 있을 것 같니, 네 손으로 잡을 때까지 내버려둘까.' 이렇게도 말했지. 오, 앤디, 이제 그 사람을 알 수 있을 거 같아." 샘과 앤디는 마구간 벽에 기댄 채 마음껏 웃었다.

"너도 내가 말을 데리고 갔을 때 그놈이 얼마나 화를 내는지 봤어야 하는데. 와, 꼭 나를 죽일 것 같더라고. 나는 그냥 시치미 뚝 떼고 공손하게 서 있었지."

"아, 그 모습은 봤어요. 늙은 말처럼 능청스러웠어요." 앤디가 말했다.

"그렇다고 할 수 있지. 주인마님이 창가에 계신 거 봤지? 마님이 막 웃으셨어."

"그랬을 거예요. 나는 막 뛰어가는 바람에 아무것도 못 봤지만요."

"응, 그래." 샘이 헤일리의 말을 씻겨주면서 말했다. "그게 관찰하는 버릇이라는 건데, 앤디, 그게 아주 중요하단다. 그 버릇을 잘 들여놓아야 한다, 이 말씀이지. 앤디, 그 뒷발 좀 들어라. 깜둥이들한테는 '관찰'이 중요하단다. 오늘 아침에 바람이 어느 쪽으로 부는지 내가 금방 알아봤잖니? 마님이 표시하지는 않았지만 내가 마님이 뭘 원하시는지 알아냈잖니? 앤디, 그게 바로 관찰의 힘 아니겠니. 이게 바로 능력이 아닌가 싶다. 능력은 사람마다 다르지만, 자기 능력을 키우면 아주 쓸모가 있어."

"내가 오늘 아침 아저씨의 관찰을 돕지 않았다면 아저씨는 오늘 일을 그렇게 능숙하게 처리하지 못했을 거예요." 앤디가 말했다.

"앤디, 너는 장래가 촉망되는 아이다. 그건 의심의 여지가 없어." 샘이 말했다. "앤디, 나는 네 생각을 많이 한단다. 나는 네 말을 듣는 걸 조금도 부끄러워하지 않아. 우리는 누구도 무시하면 안 돼. 왜냐하면 아무리 똑똑한 사람들도 언젠가는 골탕 먹을 수 있거든. 이제 집으로 가자. 오늘 마님께서 우리가 여태껏 안 먹어봤던 음식을 주실 것 같지 않니?"

chapter 7
어머니의 고난

톰 아저씨의 오두막집에서 발길을 돌렸을 때의 엘리자보다 더 외롭고 비참한 인간을 상상하기는 불가능하다.

남편의 고생과 위험, 아기가 처한 위험이 그녀의 마음에 뒤섞여 있었다. 그녀는 자기가 알고 있는 유일한 집을 떠나, 사랑하고 존경하는 사람의 보호에서 떨어져 나와, 복잡하고 두려운 마음으로 달아나고 있다. 그리고 그녀가 자랐던 집, 그녀가 놀았던 나무들, 행복했던 시절에 젊은 남편과 나란히 서서 저녁마다 함께 걸었던 작은 숲길 등 모든 친숙한 것과 이별했다. 맑고 차가운 밤하늘에 펼쳐져 있는 모든 것이 그녀에게 이런 좋은 집을 떠나 대체 어디로 가느냐고 묻고 책망하는 것 같았다.

그러나 어머니의 사랑은 그 모든 것보다 강했고, 그 사랑은 위험이 가까이 다가올수록 광기로 변했다. 아이는 옆에서 걸을 수 있을 만큼 자랐으니, 다른 때였다면 아마 손을 잡고 끌고 갔을 것이다. 하지만 지금 아이를 자기 손 밖에 내놓는다는 것은 생각만 해도 떨렸다. 그래서 그녀는 아기를 숨 막힐 정도로 가슴에 꼭 껴안고 급히 뛰어갔다.

살짝 언 땅이 발밑에서 갈라지자 그녀는 그 소리에 놀랐다. 잎사귀들이 바람에 바스락거리고 그림자가 흔들리면 피가 심장으로 역류하는 것 같았고, 그때마다 그녀는 걸음을 더욱 재촉했다. 그녀는 속에서 솟구치는 힘에 스스로 놀랐다. 아이의 무게는 깃털처럼 가벼웠고, 두려운 생각이 어른거릴 때마다 내부에 있는 초자연적인 힘이 더 커지는 것 같았기 때문이다. 창백한 그녀의 입술에서는 하나님을 향한 기도가 자주, 자신도 모르게 터져 나왔다. "오, 주님! 도와주소서!"

이 세상의 모든 어머니들이여, 이 아이가 당신의 해리 또는 윌리이고 그 아이를 잔인한 노예 상인이 당신에게서 떼어내려 한다면, 그리고 당신이 그 사내를 직접 보았고 매매계약서가 서명되는 것을 보았다면, 달아날 시간이 자정에서 정오까지밖에 없다면, 당신은 얼마나 빨리 걸을 수 있겠는가? 그 몇 시간 안에, 아기를 가슴에 안고, 머리를 당신 어깨에 기댄 채 작고 부드러운 팔로 당신의 목을 감싸고 잠든 아기를 안고, 당신은 몇 킬로미터나 걸을 수 있는가?

아이는 잠들었다. 처음에 아이는 엄숙하고 긴장된 분위기 때문에 깨어 있었다. 하지만 아이가 숨소리나 말소리를 낼 때마다 엄마가 서둘러 막으며 가만히 있어야 무사할 거라고 수없이 다짐했기 때문에, 아이는 엄마 목을 안고 조용히 있다가 졸음을 못 참게 되면 이렇게 물을 뿐이었다.

"엄마, 나, 자도 돼?"

"그럼, 우리 예쁜 아기. 자고 싶으면 자."

"그런데 엄마, 내가 잠들어도 나쁜 사람들이 나를 데려가지 못하게 할 거지?"

"당연하지, 하나님이 우리를 지켜주실 거야!" 엄마의 뺨은 더 하얘졌고 커다랗고 검은 눈은 더욱 빛이 났다.

"정말이지, 엄마?"

"그럼, 정말이지!" 엄마는 자기 목소리에 스스로 놀랐다. 그것은 자기 목소리가 아니라, 내부에 있는 어떤 영혼에서 나오는 소리 같았기 때문이다. 아이는 작은 머리를 엄마의 어깨에 힘없이 늘어뜨리고 금세 잠들었다. 그 따뜻한 팔의 감촉, 목덜미에 와 닿는 부드러운 숨소리는 그녀의 걸음을 더욱 활기차게 만들어주었다. 천진하게 잠든 아이가 조금씩 움직여 그녀를 건드릴 때마다 아이의 알 수 없는 힘이 전류처럼 그녀의 몸 안으로 밀려 들어오는 것 같았다. 정신의 힘은 육체보다 엄청나게 우월해서 사람의 힘과 용기를 키우고, 근육을 강철처럼 만들어 아무리 약한 자도 천하의 장사로 둔갑시킨다.

그녀는 현기증이 날 정도로 빠른 속도로 농장, 숲, 농장과 숲의 경계선을 지나쳤다. 익숙한 곳들을 뒤로하며 그녀는 꾸물거리지 않았다. 잠시도 쉬지 않고 나아갔다. 불그스레한 아침 햇살이 떠오를 즈음 익숙한 지형이 끝나고 눈앞에 긴 길이 드러났다.

그녀는 안주인을 따라 오하이오 강[15]에서 멀지 않은 T마을의 몇몇 지인의 집을 방문한 적이 있었기 때문에 그 길을 잘 알았다. 오하이오 강을 건너 거기까지 가는 것이 그녀가 처음에 급히 짠 탈출 계획이었다. 그다음부터는 하나님에게 운명을 맡길 수밖에 없다.

말과 마차들이 큰길을 따라 오가기 시작했다. 흥분한 사람 특유의 예리한 직감으로 그녀는 자신의 성급한 걸음과 멍한 태도 때문에 사람들의 눈에 띄거나 의심을 받을지도 모른다고 생각했다. 그녀는 아이를 땅에 내려놓고, 옷과 모자를 매만진 다음, 외모가 흐트러지지 않는 한도 내에서 최대한 빨리 걸었다. 작은 보따리에서 케이크와 사과를 꺼내 아이의 발걸음을 재촉하는 수단으로 썼다. 그녀가 사과를 아이의 몇 발자국 앞에 던져놓으면 아이는 사과를 쫓아 힘껏 달려갔다. 이런 방법을 반복해서 1킬로미터 이상 갔다.

잠시 후 두 사람은 맑은 시내가 흐르는 울창한 숲에 당도했다. 아이가 배고픔과 갈증 때문에 칭얼댔다. 그녀는 아이와 함께 울타리를 넘어갔다. 그리고 길에서 보이지 않도록 커다란 바위 뒤에 자리를 잡은 다음, 짐에서 음식을 꺼내 아이에게 아침을 주었다. 아이는 그녀가 아무것도 먹지 않는 모습을 보고는 궁금해하면서도 안쓰러워했다. 아이가 엄마의 목을 껴안더니 자기가 먹던 케이크를 엄마 입 속에 억지로 넣으려 하자 그녀는 목이 메었다.

"아냐, 아냐, 해리! 엄마는 우리가 안전해질 때까지 아무것도 안 먹을 거야! 우리는 강 있는 데까지 계속 가야 해!" 그리고 그녀는 다시 급히 길을 떠났다. 그녀는 규칙적으로 쉬어가면서, 침착하게 앞으로 나아갔다.

수 킬로미터를 걸으면서 많은 동네를 지나쳤지만 그녀를 개인적으로 아는 사람은 없었다. 아는 사람을 우연히 만났더라도 주인집의 좋은 평판 덕분에 도망자라는 의심은 전혀 사지 않을 것이라고 그녀는 생각했다. 또한 꼼꼼히 들여다보지 않으면 그녀는 물론 아이도 흑인의 피가 섞였다고 생각하지 않을 만큼 피부가 희었기 때문에 의심받지 않고 가기가 훨씬 쉬웠다.

정오 무렵, 그녀는 좀 휴식을 취하고 저녁에 먹을 음식을 사기 위해 한 소박한 농장에 딸린 집에 들렀다. 위험 지역에서 어느 정도 벗어났다는 생각에 초인적으로 발휘했던 정신적 긴장이 누그러졌고, 몸도 피곤하고 배도 고팠다.

친절하고 말 많은 주인 여자는 선량해 보였으며 무엇보다 말 상대가 와준 것에 기뻐하는 것 같았다. 그 여자는 "친구들 집에서 일주일 정도 지내려고 잠시 길을 떠났다"는 엘리자의 말을 별 의심 없이 받아들였다. 그 말은 사실 엘리자가 가슴속에서 진짜였으면 하고 간절히 바라는 것이기도 했다.

해가 지기 한 시간 전쯤, 엘리자는 오하이오 강변에 있는 T마을에 들어갔다. 피곤하고 발이 아팠지만 정신력은 여전히 강했다. 그녀는 먼저 강을 바라보았다. 강은 자유의 땅 가나안과 자신을 가르는 요단 강처럼 눈앞에 펼쳐져 있었다.

지금은 초봄이었다. 강물은 불어 있었고 물살이 빨랐다. 커다란 얼음 조각들이 탁한 물살을 타고 이리저리 무겁게 흔들렸다. 켄터키 쪽 강변의 특이한 형태 때문에 건너편 땅은 물속에 잠겨버렸고, 그 자리에 엄청난 얼음 덩어리가 박혀 있었다. 강이 구부러진 부분에 있는 좁은 건널목에는 얼음이 잔뜩 쌓여 있었다. 얼음 조각들은 층층이 쌓여 상류에서 내려오는 얼음을 막아주는 임시 방파제 역할을 했는데, 그 바람에 강 전체를 가로질러 거의 오하이오 쪽 강변까지 엄청나게 요동치는 급류가 형성되어 있었다.

엘리자는 잠시 강변에 서서 이 나쁜 상황을 놓고 심각하게 고민했다. 그녀는 이런 조건에서는 평소처럼 나룻배가 다니지 못할 것이라고 생각하고는 몇 가지 물어보기 위해 강둑에 있는 작은 선술집으로 갔다.

불 가에서 음식을 끓이고 찌면서 저녁을 준비하던 술집 안주인은 엘리자가 나긋나긋하면서도 약간 가련한 목소리로 말을 걸자 손에 포크를 쥔 채 일손을 멈췄다.

"무슨 일이에요?" 술집 안주인이 물었다.

"B마을로 가는 배가 없나요?" 엘리자가 말했다.

"당연히 없지!" 여인이 말했다. "배는 진즉 끊어졌어요."

엘리자의 실망하는 표정에 놀란 여인이 궁금한 듯이 다시 물었다.

"강을 건너고 싶은 게로구먼. 누가 아파요? 굉장히 걱정스러운 것 같은데?"

"우리 아이가 너무 위험해서요." 엘리자가 말했다. "어젯밤까지만 해도 그런 얘기를 못 들었어요. 나룻배를 탈 수 있지 않을까 해서 오늘 꽤 먼 길을 달려왔거든요."

"음, 정말 안됐네." 술집 여자도 모정이 솟아오르는 것 같았다. "나도 정말 걱정되는구먼. 솔로몬!" 그녀는 창가에서 집 뒤에 있는 작은 건물 쪽으로 소리를 질렀다. 가죽 앞치마를 두른 손이 매우 더러운 사내가 문가에 나타났다.

"솔로몬, 근데 오늘밤에 배 띄운다는 말 못 들었어요?"

"누가 해보겠다고 했어. 현명한 짓인지는 모르겠지만." 남자가 말했다.

"요 아래 사는 사람이 있는데, 오늘밤에 볼일이 있어 강을 건너갈 거예요. 저녁때 밥 먹으러 이리로 올 테니 색시는 여기 앉아서 기다려요. 아기 참 귀엽네." 여자는 아이에게 케이크를 주면서 말했다.

하지만 너무 지친 아이는 힘없이 울었다. "가여운 녀석, 얘는 걷는 데 익숙하지 않은데 내가 너무 재촉했어요." 엘리자가 말했다.

"그럼 아이를 방으로 데려와요." 여자는 작은 침실 문을 열어주며 말했다.

그 방에는 안락한 침대가 놓여 있었다. 엘리자는 피곤해하는 아이를 침대에 눕히고 아이가 잠들 때까지 손을 잡아주었다. 하지만 그녀는 쉴 수 없었다. 추격자들이 쫓아오고 있다는 생각을 하면 뼈에 불이 붙는 것 같았다. 그녀는 자신과 자유 사이를 가로막고 있는 거친 물살을 하염없이 바라보았다.

여기서 잠시 추격자들의 행동을 쫓아가보자.

셸비 부인은 점심식사를 급히 차리게 하겠다고 약속했지만 아침에도 봤듯이, 이 집에서는 뭘 해도 한 번에 되지 않는다는 게 곧 밝혀졌다. 헤일리가 듣는 자리에서 내려진 지시는 적어도 대여섯 명의 꼬마 전달자를 거쳐 클로이 아줌마에게 전달되었다. 그나마 이 고위급 인사는 심드렁하게 콧방귀를 몇 번 뀌고 머리를 두어 번 흔들더니 이상할 정도로 느긋하게, 불필요할 정도로 꼼꼼하게 손을 놀렸다.

이유는 모르겠지만, 하인들 사이에서는 아무리 꾸물거려도 안주인이 별로 화내지 않을 거라는 분위기가 퍼져 있었다. 그리고 희한한 사건들이 계속 터져 일의 순조로운 진행을 막았다. 어떤 운 나쁜 사람이 그레이비 소스를 엎어버리는 바람에 소스를 정성껏, 요리법에 맞춰, 처음부터 다시 만들어야 했다. 지나칠 정도로 정확하게 국자를 저으며 조리 일을 감독하던 클로이는 누가 아무리 서두르라고 재촉해도 "나는 덜 익은 그레이비 소스를 식탁에 올려 아무도 손대지 않는 꼴을 볼 수 없다"며 퉁명스레 대꾸할 뿐이었다. 또 어떤 사람이 물통을 엎질러 새 물을 뜨러 샘에 다시 가야 했으며, 이런 일련의 사건을 더욱 뒤죽박죽으로 만드는 사람도 있었다. 이따금 헤일리 나리가 안절부절못하고 있다, 도저히 자기 의자에 앉아 있지 못하고 창가와 현관 사이를 왔다 갔다 하고 있다는 소식이 전해졌고, 그때마다 사람들 사이에서는 낄낄거리는 소리가 터져 나왔다.

"제 복이지!" 클로이 아줌마는 씩씩거리며 말했다. "제 놈이 버릇을 고치지 않으면 언젠가는 천벌을 받을 거야. 주님이 벌을 줄 테니, 그때 그놈 얼굴을 보자고!"

"천벌을 받겠죠, 당연히요." 꼬마 제이크가 말했다.

"그래도 싸지!" 클로이 아줌마가 엄숙하게 말했다. "그놈은 아주 많은 사람들의 마음을 아프게 했어. 난 다 알아!" 그녀는 포크를 높이 쳐들고 외쳤다. "조지 도련님이 읽어준 계시록에 그렇게 나와 있어. 영혼들이 제단에서 외친다! 주님께 사악한 자들에게 복수를 내려달라고 외친다! 그러면 주님은 그 말을 들으시고 그렇게 행하시리라!"

클로이 아줌마는 주방에서 가장 존경받는 사람이었기 때문에 모두가 입을 쩍 벌리고 그녀의 말에 귀를 기울였다. 이제 식사를 얼추 다 차렸기 때문에 모든 주방 식구들은 느긋하게 그녀와 잡담을 나누고, 그녀의 말에 귀를 기울였다.

"나쁜 사람들은 영원히 불에 타겠죠?" 꼬마 제이크가 말했다.

"이봐!" 이때 모두를 깜짝 놀라게 하는 목소리가 들렸다. 톰 아저씨의 목소리였다. 그는 어느 틈에 들어와 문가에 서서 이들의 대화를 듣고 있었다.

"이봐!" 그가 말했다. "아무것도 모르면서 마구 떠드니 겁이 나는군. 영원히라는 말은 무서운 말이야. 생각하기에도 끔찍하구먼. 어떤 사람한테도 그런 말을 쓰면 안 돼."

"노예 장사꾼한테만 그런 말을 쓰는데요." 앤디가 말했다. "그런 사람들한테는 그런 소원을 빌 수밖에 없어요. 너무 나쁜 사람들이에요."

"그자들은 젖먹이 아기를 엄마한테서 강제로 떼어내서 남에게 팔잖우. 그 어린 것들이 울고불면서 엄마의 옷자락에 매달리는데도. 그런데도 강제로 떼어내서 내다팔잖우? 그리고 남편과 아내를 생이별시키잖우?" 클로이 아줌마가 울먹이며 말했다. "그자들이 사람의 생명을 앗아가면서도 무슨 양심의 가책을 느끼는 줄 아우? 술 마시고 담배 피우고, 아무 거리낌 없이 그 짓을 하잖우? 오, 주님, 귀신은 그런 자들을 잡아 가지 않고 뭐 하고 있습니까?"

클로이는 체크무늬 앞치마로 얼굴을 감싸고는 펑펑 울기 시작했다.

"그런 나쁜 사람들을 위해서도 기도해야 돼. 성경에 그렇게 쓰여 있어." 톰이 말했다.

"기도하라고요! 주님, 그건 너무 힘들어요! 저는 그들을 위해서는 기도 못 해요!"

"클로이, 그것이 주님의 힘이야. 그런 짓을 하는 불쌍한 인간들, 그 영혼이 얼마나 끔찍한지 생각해봐! 당신이 그런 자들하고 다른 것에 감사해야 해, 클로이. 나는 그런 불쌍한 인간들의 운명을 타고나느니 천 번이라도 팔려 가겠어."

"저도요, 엄청." 제이크가 말했다. "우리는 벌 안 받겠지, 앤디?"

앤디는 어깨를 으쓱하더니 그렇다는 뜻으로 휘파람을 불었다.

"오늘 아침에 주인나리가 나가시지 않아서 다행이야." 톰이 말했다. "나는 팔려 나가는 것보다 그게 더 가슴이 아파. 주인님 입장에서는 당연해. 오히려 내가 더 가슴이 아파. 난 주인님을 아기 때부터 모셨거든. 주인님을 잘 알아. 이제는 주님의 뜻을 따르는 게 낫겠다는 생각이 들어. 주인님도 어쩔 수 없어. 옳은 일을 하신 거야. 하지만 내가 떠난 후가 걱정이군. 주인님이 나처럼 집안일을 죄다 감독하고 모든 일을 처리하실 수는 없을 텐데. 우리 하인들은 다 착하지만 별로 꼼꼼하지 못해. 그게 신경이 쓰여."

이때 종이 울려 톰은 거실로 올라갔다.

"톰." 주인이 다정하게 말했다. "알려줄 게 있다. 이 신사께서 이따가 너를 데려가실 때 네가 이 자리에 없으면 내가 1000달러를 물어주기로 각서를 써 드렸다. 이분은 오늘 다른 일 때문에 나가 있을 거야. 그러니 너는 오늘 하루를 네 마음대로 써도 된다. 가고 싶은 데가 있으면 어디든 가도 돼."

"고맙습니다, 주인님." 톰이 말했다.

"이봐, 이건 알아두라구." 노예 상인이 말했다. "쓸데없는 수작을 부려서 네 주인을 곤경에 빠뜨리지 말란 말이야. 내가 나중에 왔을 때 네놈이 없으면 네 주인한테서 돈을 한 푼도 안 빼놓고 다 받을 테니까. 네 주인이 내 말을 들었으면 뱀장어 같은 네놈을 이렇게 믿지 않을 텐데."

"주인님." 톰이 몸을 곧추세우며 말했다. "노마님께서 주인님을 제 팔에 안겨주셨을 때 저는 여덟 살이었고 주인님은 한 살도 안 됐습죠. 노마님이 제게 말씀하셨어요. '자, 톰, 네가 모실 도련님이다. 잘 돌봐드려라'라고요. 이제 제가 주인님께 여쭙겠습니다. 제가 기독교를 믿은 이후로 한 번이라도 약속을 깨거나 말씀을 거역한 적이 있나요?"

셀비 씨는 가슴이 벅차올랐고, 눈에 눈물이 맺혔다.

"착한 녀석." 그가 말했다. "네가 진실만 얘기한다는 것을 주님은 아실 게다. 내가 능력만 되었다면 세상을 줘도 너를 팔지 않았을 게다."

"그리고 기독교를 믿는 여자로서 분명히 말하는데." 셀비 부인이 말했다. "나는 무슨 수를 써서라도 너를 빨리 다시 사 올 거야." 그리고 헤일리를 향해 말했다. "톰을 누구한테 팔든 나한테 꼭 알려주세요."

"물론이죠." 노예 상인이 말했다. "저놈을 한 일 년쯤 데리고 있다가 다른 사람에게 팔 겁니다."

"그때 당신에게 유리하게 거래하겠어요." 셀비 부인이 말했다.

"물론, 저야 상관없죠. 노예 장사는 잘되기도 하고 못되기도 합니다. 저는 선량한 장사꾼입니다. 부인, 제가 바라는 건 이 일로 먹고사는 것뿐입니다. 모든 사람들이 바라는 게 그것이 아닌가 합니다."

셀비 부부는 이 장사꾼의 잘난 척하는 태도에 짜증이 났다. 하지만 두 사람 모두 지금은 감정을 자제해야 할 때라는 걸 알고 있었다. 이자가 탐욕스럽고 무자비한 태도를 보일수록 엘리자 모자가 이자에게 잡힐지 모른다는 셀비 부인의 두려움은 더욱 커졌고, 그래서 여성이 할 수 있는 모든 수를 써서 이자를 오래 붙들어두어야겠다는 생각 역시 더 커졌다. 그래서 그녀는 우아하게 미소를 짓고, 맞장구를 치고, 친한 척 잡담을 나누는 등 그가 모르는 사이에 시간이 많이 지나가도록 안간힘을 썼다.

두시가 되자, 샘과 앤디가 말들을 말뚝 쪽으로 데려왔다. 말들은 아침에 한바탕 소동을 벌이며 몸을 푼 탓인지 훨씬 원기가 넘치는 것 같았다.

밥을 먹어 흡족한 샘은 기회만 있으면 말참견을 하려 했다. 그가 앤디에게 자기가 아침에 세운 혁혁한 공을 장황하게 늘어놓고 있을 때 헤일리가 다가왔다.

"네 주인은 개를 안 키우는 모양이구나." 헤일리는 말에 올라탈 준비를 하면서 말했다.

"개야 많이 있죠." 샘이 의기양양하게 말했다. "저기 브루노는 아주 사나운 놈입니다요! 저 녀석 말고도 껌둥이들이 거의 한 마리씩은 다 키우고 있습죠."

"휴!" 헤일리가 한숨을 쉬며 개에 대해서 또 무슨 말을 하자, 샘이 중얼거렸다. "개를 따져봐야 무슨 소용이 있담."

"하지만 네 주인은 도망친 깜둥이를 쫓는 개는 안 키우지 않느냐."

샘은 그의 마음을 정확히 알고 있었으나 계속 순진한 표정을 지었다.

"우리 개들은 모두 냄새를 아주 잘 맡습죠. 그런 훈련은 못 받았지만 아주 좋은 놈들이죠. 브루노, 이리 와!" 그가 옆에서 어슬렁거리고 있던 뉴펀들랜드 개[16]에게 휘파람을 불자 개가 요란하게 꼬리를 흔들며 다가왔다.

"뒈져라, 이놈아!" 헤일리가 일어나면서 말했다. "어서 말에 타."

샘은 지시에 따라 말에 오르면서 교묘하게 앤디를 간질였다. 앤디가 웃음을 터뜨리자, 화가 치민 헤일리는 채찍으로 앤디를 쳤다.

"앤디, 너 때문에 놀랐잖아." 샘이 정색을 하며 말했다. "이건 중요한 일이야, 앤디. 장난치면 안 돼. 이런 식으로 하면 나리를 도울 수가 없어."

"강으로 곧장 뻗은 길로 가자." 영지의 경계에 이르자 헤일리가 단호한 어조로 말했다. "난 그놈들이 다니는 길을 다 알지. 그놈들은 땅 밑에 길을 만들어놓았어."

"맞습니다." 샘이 말했다. "헤일리 나리는 항상 정곡을 찌른단 말입니다. 그건 그렇고 강으로 가는 길은 두 개가 있는데요. 흙탕길과 신작로요. 어느 길로 가실 건가요?"

앤디는 순진한 얼굴로 샘을 쳐다봤다. 그리고 처음에는 자기도 처음 들어보는 지리적 사실에 깜짝 놀랐다가 곧 그의 뜻을 알아차렸다.

"물론 리지는 흙탕길로 갔을 거라고 생각되는데요. 사람들이 거의 다니지 않는 길이걸랑요." 샘이 말했다.

헤일리는 워낙 의심이 많고 천성적으로 허풍을 믿지 않는 사람이었지만 이번에는 그 생각을 따르려는 것 같았다.

"너희 두 놈이 거짓말쟁이가 아니라면 그렇게 하자!" 그는 잠시 생각한 뒤 이렇게 말했다.

헤일리의 진지한 말투가 너무 우스워 앤디는 약간 뒤로 처진 다음 말에서 굴러 떨어질 뻔할 정도로 몸을 흔들며 웃었다. 반면에 샘의 얼굴은 아무런 변화 없이 엄숙했다.

"물론, 나리께서 마음에 드시는 길을 택하셔도 됩니다. 나리께서 직선 도로가 좋다고 생각되면 그리로 가시죠. 저도 다시 곰곰이 생각해보니까 직선 도로가 좋을 것 같은데요." 샘이 말했다.

"그 계집애는 당연히 인적이 드문 길로 갔을 거야." 헤일리는 샘의 말에 아랑곳하지 않았다.

"세상에 이런 말이 있지 않습니까요." 샘이 말했다. "여자들은 이상하다. 여자들은 절대로 사람들이 생각하는 대로 행동하지 않는다. 대체로 반대로 행동한다. 여자들은 천성적으로 반대로 하게끔 되어 있다. 그러니까 이쪽으로 갔을 거라고 생각되면 우리는 저쪽 길로 가야 한다는 겁니다. 그러면 반드시 잡을 수 있을 겁니다. 자, 제 개인적인 생각으로는요. 리지가 저 흙탕길로 갔을 것 같아요. 그러니까 신작로로 쫓아가는 게 낫다 그거죠."

헤일리는 여성에 대한 이 심오한 이론을 듣고도 신작로를 택할 마음이 그다지 생기지 않는 것 같았다. 그는 단호하게 반대 길로 가겠다고 선언하고는 샘에게 그 길에 이르려면 얼마나 더 가야 하는지 물었다.

"조금만 더 가면 됩니다요." 샘은 앤디에게 살짝 윙크를 지어 보이고는 엄숙한 말투로 덧붙였다. "하지만 이 문제를 잘 생각해보니까, 그 길로 가지 않는 게 좋을 것 같습니다. 저는 한 번도 그 길로 다녀본 적이 없걸랑요. 인적도 없고 길을 잃을지도 몰라요. 그 길의 상태가 어떤지는 아무도 모르잖습니까."

"아무리 그래도, 나는 그 길로 가기로 했어."

"지금 생각해보니까요, 그 길은 시냇물 때문에 곳곳이 막혀 있다는 말을 들은 것 같아요. 그렇지 않니, 앤디?"

앤디는 잘 몰랐다. 그 길에 대해 '사람들이 하는 말'은 들은 적이 있지만, 가본 적은 없었던 것이다. 한마디로 그는 아무래도 좋았다.

정도의 차이가 있는 거짓말 중에서 보다 나은 것을 찾는 일에 익숙해 있는 헤일리는 샘이 처음 말한 흙탕길이 맞을 거라고 생각했다. 그는 앞서 말한 흙탕길은 샘이 자기도 모르게 꺼낸 말이었으며, 그 길로 가지 못하게 하려는 헷갈리는 설득의 말은 엘리자를 붙잡히게 하지 않으려고 샘이 나중에 생각해낸 철저한 거짓말이라고 단정했다.

그래서 샘이 길을 가리키자 헤일리는 주저하지 않고 그 길로 뛰어들었고, 샘과 앤디가 그 뒤를 따랐다.

그 길은 오래된 도로였다. 예전에는 강으로 향해 뻗어 있어 공용도로로 사용되었지만 신작로가 생기면서 오랫동안 방치되었다. 말로 한 시간 정도 가는 거리는 탁 트여 있었지만 그다음부터는 많은 농장과 농장 울타리 때문에 여기저기가 막혀 있었다. 물론 샘은 이런 사정, 즉 이 길이 오래전에 폐쇄되었다는 사실을 정확히 알고 있었다. 하지만 앤디는 전혀 몰랐으므로 한 시간 정도 하인의 의무에 따라 복종한다는 기분으로 따라가다가 간간이 "정말 험하구먼. 제리의 발굽이 상하지 않을까"라고 투덜댈 뿐이었다.

"경고하는데, 네놈들이 아무리 구시렁거려도 이 길에서 돌아가지 않을 거니까 입 닥치고 있어!" 헤일리가 말했다.

"나리 좋으실 대로 가셔야죠!" 샘은 짐짓 침울한 목소리로 말하면서 동시에 앤디에게는 활짝 웃으며 윙크를 보냈다. 앤디는 너무 재미있어 거의 폭발할 지경에 이르렀다.

샘은 기분이 매우 좋았다. 민첩하게 여기저기 둘러보면서, 가끔씩 먼 언덕 위에서 "여자 모자를 봤냐"고 외치거나, 앤디를 향해 "저 밑에 보이는 사람이 리지 아냐?"라고 물었다. 그것도 항상 거칠고 바위가 많은 지역에서 소리를 질렀기 때문에 급히 달려가는 게 모두에게 고역이었다. 따라서 헤일리는 길을 가는 내내 편안하지 않았다.

이런 식으로 한 시간 정도 말을 달린 뒤 일행은 거친 내리막길을 내려가 커다란 농장에 딸린 마당으로 들어갔다. 밭에서 일하는 노예들만 보일 뿐 백인은 한 사람도 없었다. 하지만 거대한 마당이 길을 정면으로 막고 있는 것으로 보아 그들의 여행은 이제 막다른 길에 다다른 것이 분명했다.

"제가 뭐라고 했어요?" 샘이 섭섭하다는 투로 말했다. "다른 고장에서 오신 신사분이 여기서 나고 자란 토박이보다 이곳 지리를 어떻게 더 잘 알 수 있겠어요?"

"이 사기꾼!" 헤일리가 말했다. "넌 처음부터 다 알고 있었지?"

"제가 다 안다고 말씀드렸는데 나리께서 제 말을 믿지 않았잖아요? 전 나리께 이 길은 막혀 있다, 울타리로 막혀 있다, 끝까지 갈 수 없을 것 같다고 다 말씀드렸습니다. 우리 앤디도 들었어요."

그의 말은 모두 사실이었기 때문에 불쌍한 노예 상인은 솟아나는 분노를 억눌러야 했다. 세 사람은 오른쪽으로 방향을 돌려 큰길을 향해 진군을 재개하는 수밖에 없었다.

헤일리 일행은 이렇게 지체를 거듭하는 바람에 엘리자가 아이를 마을 선술집에 눕힌 지 사십오 분이 지난 후에야 같은 장소에 도착했다. 엘리자는 창가에 서서 다른 방향을 보고 있었는데, 샘은 예리한 눈으로 그녀를 발견했다. 헤일리와 앤디는 2미터쯤 뒤처져 있었다. 이 절체절명의 순간에, 샘은 자기 모자를 날려버리면서 누구나 알아들을 수 있을 정도로 크게 비명을 질렀다. 엘리자는 그 소리에 소스라치게 놀라 급히 뒤로 몸을 숨겼다. 간발의 차이로 헤일리 일행이 창가를 스치면서 집을 돌아 정문 쪽으로 달려갔다.

엘리자에게는 이 순간에 목숨이 달려 있었다. 그녀가 머물던 방에는 강으로 향한 쪽문이 나 있었다. 그녀는 아이를 안고 문으로 나가 강으로 향하는 계단을 급히 내려갔다. 그녀가 강둑 아래로 사라지는 순간, 노예 상인이 그녀의 모습을 보았다. 헤일리는 말에서 뛰어내리면서 큰 소리로 샘과 앤디를 불렀다. 그는 사슴을 쫓아가는 사냥개처럼 엘리자의 뒤를 쫓았다. 절체절명의 순간이었다. 엘리자는 발이 땅에 닿지도 않는 듯이 달려 단박에 물가에 다다랐다. 세 사람이 바로 뒤까지 쫓아오자, 그녀는 하나님이 절박한 사람에게만 주시는 놀라운 힘을 발휘해 큰 고함소리와 함께 공중으로 몸을 날렸다. 그녀는 탁한 물살을 건너뛰어 멀리 있는 얼음 조각 위에 떨어졌다. 그것은 미칠 정도로 절박한 사람이 아니면 도저히 할 수 없는, 필사의 도약이었다. 헤일리, 샘 그리고 앤디는 이 광경에 본능적으로 탄성을 터뜨렸다.

그녀가 올라탄 거대한 녹색 얼음 덩어리는 곧 그녀의 몸무게를 못 이겨 갈라지기 시작했다. 하지만 그녀는 그곳에 가만히 있지 않았다. 그녀는 처절한 힘을 발휘해 또다시 크게 고함을 지르며 다른 얼음으로, 다시 그 옆의 얼음 위로, 구르며 뛰어올랐다가, 미끄러졌다가, 다시 용수철처럼 일어나곤

했다! 신발은 이미 사라졌고 양말은 발목 부분에서 찢어져 그녀가 걸음을 옮길 때마다 얼음에 핏자국이 찍혔다. 하지만 그녀는 아무것도 보지 못했고, 아무것도 느끼지 못했다. 드디어 오하이오 쪽에서 한 남자가 다가와 자기를 강둑 위로 올려주는 모습이 꿈속에서처럼 아득하게 보였다.

"누군지 모르지만 정말 용감한 여자로군!" 남자가 말했다.

엘리자는 그 사람의 목소리와 얼굴에서 그가 옛 집에서 멀지 않은 농장의 주인이라는 것을 알아차렸다.

"오, 시메스 나리! 살려주세요! 저를 숨겨주세요!" 엘리자가 말했다.

"무슨 일인가?" 남자가 말했다. "아니, 셸비 댁의 하녀가 아닌가?"

"우리 아이! 이 아이를 주인님이 저 사람에게 팔았어요! 저기 있는 사람이 새 주인이에요!" 엘리자는 켄터키 쪽 강변을 손으로 가리키며 말했다. "오, 시메스 씨, 나리도 아이를 키우시죠!"

"그럼." 남자가 그녀를 가파른 강둑 위로 끌어올리면서 말했다. "아무튼 정말 용감한 여자군. 난 언제 어디서나 용감한 사람들이 좋아."

강둑 위로 올라가자 남자는 잠시 쉬었다.

"나도 너를 돕고 싶다만." 그가 말했다. "데려가서 숨겨줄 곳이 없구나. 나로서는 저쪽으로 가라고 할 수밖에 없는데." 그는 마을의 큰길 뒤에 있는 크고 하얀 집을 가리켰다. "저 집으로 가거라. 저 집 사람들은 착하니 위험하진 않을 게다. 그 사람들이 도와줄 거야. 그다음 일은 그 사람들이 알아서 해줄 거야."

"주님이 축복을 내려주실 거예요." 엘리자가 진심으로 말했다.

"나한테 고마워하지 않아도 돼." 남자가 말했다. "크게 도와준 것도 없는데."

"나리, 다른 사람에게 절대로 얘기하시면 안 돼요!"

"무슨 그런 소리를! 나를 어떻게 보는 거야? 당연히 말 안 하지." 남자가 말했다. "자, 이젠 현명한 여자답게 행동해야 해. 너는 그동안 자유를 못 누렸지만 이제부턴 나를 위해서라도 자유를 찾아야 해."

여자는 아이를 가슴에 껴안고 급히 떠나갔다. 남자는 그 자리에 서서 여자의 뒷모습을 바라보았다.

"셸비가 나중에 이 사실을 알면 좋아하지 않겠지. 하지만 사람의 도리라는 게 있잖아? 만약 똑같은 처지에 빠진 내 여자 노예를 그 사람이 잡아주면 난 얼마든지 보답할 용의가 있어. 하지만 개들한테 쫓기면서 저렇게 자유를 찾기 위해 죽어라 애써 달아나는 사람을 모른 체할 수는 없어. 다른 사람을 사냥하고 추적하는 일도 못 하지만."

가난한 이교도인 이 켄터키 남자는 혼잣말을 했다. 그는 법적인 문제에 대해서는 잘 알지 못했고, 따라서 자기도 모르게 기독교적 선행 비슷한 행위를 한 셈이 되었다. 하지만 만약 그가 형편이 더 좋고 지식이 더 많았다면 그렇게 행동하지 않았을 것이다.[17]

강 건너편에서 이 광경을 지켜보던 헤일리는 완전히 얼이 빠졌다. 엘리자가 강둑 너머로 완전히 사라지자, 그는 어이가 없다는 눈으로 샘과 앤디를 쳐다보았다.

"저 계집애의 몸속에는 틀림없이 일곱 마리의 악마가 들어 있을 거야!" 헤일리가 말했다. "도대체 어떻게 저렇게 들고양이처럼 뛰어갈 수 있지!"

"나 참," 샘이 머리를 긁적거리며 말했다. "우리가 길을 잘못 잡은 탓이라고 욕하지 마십시오. 저도 속이 상하니까요!" 샘이 킬킬거리고 웃었다.

"지금 웃음이 나와?" 노예 상인이 성질을 냈다.

"아이구, 나리, 웃기는 걸 어떡해요." 샘이 그동안 참았던 웃음을 한꺼번에 터뜨리며 말했다. "너무 신기해요. 날고, 뛰고, 얼음이 갈라지고, 그러다 물에 풍덩 빠지고, 펄쩍, 붕……. 와! 어떻게 그렇게 뛸 수 있담!" 샘과 앤디는 눈물이 뺨에 흘러내리도록 웃었다.

"그 얼굴을 울상으로 만들어줄 테다!" 노예 상인은 채찍으로 두 사람의

얼굴을 내리쳤다.

두 사람은 잽싸게 몸을 숙이더니 괴성을 지르며 강둑 위로 달아났다. 그리고 헤일리에게 잡히기 전에 얼른 말에 올라탔다.

"안녕히 계세요, 나리!" 샘이 점잖게 말했다. "마님이 제리를 굉장히 걱정하고 계실 테니 먼저 가겠습니다요. 헤일리 나리에게는 이제 저희가 필요 없죠?" 샘은 앤디의 옆구리를 쿡 찌른 뒤 먼저 전속력으로 출발했고, 앤디가 뒤를 따랐다. 그들의 웃음소리가 멀리서 바람에 실려 희미하게 들려왔다.

chapter 8
엘리자의 탈출

엘리자는 황혼의 땅거미가 지고 있는 강을 건너 필사적으로 도주했다. 그녀는 강에서 피어오르는 희미한 저녁 안개에 섞여 강둑 위로 사라졌다. 불어난 물살과 강물에 떠다니는 얼음 덩어리들은 그녀와 추격자들 사이를 가로막은 절대적인 장벽이었다. 헤일리는 불만스러운 얼굴로 앞으로 할 일을 곰곰이 생각하면서, 작은 선술집으로 천천히 발걸음을 옮겼다. 선술집 여자는 그를 보더니 작은 문을 열어주었다. 바닥에는 낡은 카펫이 깔려 있었고, 기름 먹인 새까만 테이블보를 덮은 탁자 하나와 등받이가 높고 길쭉한 의자들이 놓여 있었다. 한쪽에 흐릿한 연기가 피어오르는 벽난로가 있고, 그 위의 난로 선반에는 화려하게 채색된 서너 개의 석고상이 있었다. 굴뚝 옆에는 긴 나무의자가 놓였는데, 헤일리는 여기에 앉아 인간의 욕망과 행복의 덧없음에 대해 깊이 생각했다.

"그 어린놈으로 뭘 하겠다는 건가?" 그는 중얼거렸다. "내 꼴이 한심하군.

궁지에 빠진 너구리 새끼 아닌가?" 별로 듣기 좋지 않은 저주의 말로 자책하자 헤일리는 기분이 조금이나마 나아지는 것 같았다. 그의 욕설은 그리 틀린 말이 아니지만, 우리의 취향에는 안 맞으므로 생략하도록 하겠다.

그는 술집으로 들려오는 한 남자의 크고 쩌렁쩌렁한 목소리에 깜짝 놀랐다. 그는 급히 창가 쪽으로 갔다.

"이런! 사람들이 떼거리로 하나님을 외치는 소리는 아니고, 그렇다면 저건 톰 로커의 목소리인데."

헤일리는 급히 밖으로 나갔다. 구석의 바 옆에, 키가 180센티미터가 넘는 떡 벌어진 근육질의 사내가 서 있었다. 그는 바깥에 털이 달린 버펄로가죽 외투를 입고 있었는데, 그것 때문에 그의 인상과 완벽하게 어울리는, 강인한 털북숭이 이미지를 풍겼다. 머리와 이목구비, 그리고 전체적인 인상은 잔인하고 폭력을 마다하지 않을 사람의 그것이었다. 독자들은 불도그가 인간 세상에 들어와 모자를 쓰고 외투를 입고 돌아다니는 모습을 상상하면 될 것이다. 그의 전체적인 인상과 체격을 보면, 그것은 전혀 사리에 맞지 않는 생각은 아니다. 한편 그와 동행한 사람은 여러 가지 면에서 그와는 대조적이었다. 동행인은 작고 말랐으며, 동작이 고양이처럼 부드럽고 민첩했다. 매서운 눈매에서는 남의 속을 꿰뚫어보고 빈틈을 찾는 듯한 표정이 느껴졌는데, 그 때문에 얼굴에서는 날카로운 이미지가 풍겼다. 가늘고 긴 코가 모든 세상일을 열심히 파헤치겠다는 듯이 툭 튀어나와 있었고, 매끄럽고 가늘고 검은 머리칼은 앞으로 뻗쳐 있었다. 그의 모든 감정과 행동은 절제된 민첩성을 나타냈다. 거인은 큰 잔에 독주를 반쯤 따라 단숨에 들이켰다. 작은 사내는 까치발로 선 채, 머리를 이쪽저쪽 돌리면서 여러 술병에 코를 대고 냄새를 맡았다. 그러고는 가늘고 떨리는 목소리로, 그러나 용의주도한 분위기를 풍기며 박하 칵테일을 주문했다. 술이 나오자 그는 마치 장한 일을 한 사람처럼 날카롭고 만족스러운 얼굴로 술잔을 보더니, 조금씩 그러나 신중

아프리카를 향해

4월 중순, 노예선 제니 호에서 바라본 고레.[18]
순조로운 날씨에 갑판에 나와 공기를 들이마시는 선원들.
아직은 비어 있는 배 화물칸이 파도에 부딪혀 텅 빈 소리를 낸다.
선장은 조바심을 내며 도착을 기다리는 듯하다.

 엉클 톰스 캐빈

시장에서의 대면

매매할 노예의 숫자와 가격에 대한 흥정이 오가고
당직 선원은 준비해 간 럼주 통과 각종 직물, 화약통을 꺼내
결정된 수량대로 추장에게 넘겨준다.

하게 나누어 마셨다.

"와, 나한테 이런 복이 오다니! 로커, 잘 있었나?" 헤일리가 앞으로 나서며 거인에게 손을 내밀었다.

"이 악마!" 그는 자신의 예법대로 대답했다. "헤일리, 여긴 웬일인가?"

쥐처럼 생긴 사내의 이름은 마크스였다. 그는 즉시 입에서 술잔을 떼고 머리를 앞으로 내밀어 처음 보는 사람을 매섭게 쳐다보았다. 마치 고양이가 움직이는 마른 잎이나 먹잇감을 쳐다보는 것 같았다.

"톰, 세상에 이런 행운이 다 있나? 실은 내가 엄청난 곤경에 빠졌네. 자네가 좀 도와줘야 할 것 같아."

"뭐? 아, 그렇겠지." 그 사내는 퉁명스럽게 대답했다. "나를 이렇게 반갑게 맞이하는 걸 보면 뻔하지. 뭔지 모르지만 큰 손해를 봤구먼. 이번엔 뭔가?"

"같이 온 분은 자네 친구인가?" 헤일리가 마크스를 궁금한 표정으로 바라보며 말했다. "혹시 동업자?"

"응, 맞아. 이봐, 마크스! 이 양반은 전에 나체즈에서 같이 일했던 내 친구일세."

"톰의 친구라니 반갑습니다." 마크스는 까마귀 발톱처럼 가늘고 긴 손을 내밀며 말했다. "헤일리 씨 맞죠?"

"맞습니다. 자, 이렇게 만나니 기분이 좋군요. 내가 오늘 조촐하나마 한잔 사리다. 자, 영감님." 헤일리는 바에 서 있는 남자에게 말했다. "여기 뜨거운 물, 설탕, 시가를 갖다주시고, 좋은 술을 많이 주시오. 진탕 마실 테니."

잠시 후, 촛불이 켜지고 난로가 활활 타오르는 가운데 이 세 양반은 우정을 돈독히 하는 데 필수품인 술과 안주를 둥근 식탁 위에 잔뜩 펼쳐놓고 앉았다.

헤일리는 오늘의 고생담을 슬프게 털어놓았다. 로커는 입을 다문 채 뚱하고 담담한 얼굴로 들었다. 마크스는 술잔을 만지작거리면서 술을 입맛에 맞

노예선 선주와 선장을 위한 프랑스어 지침서[19]

게 혼합하다가, 가끔씩 손을 멈추고는 뾰족한 코와 턱이 헤일리의 얼굴에 거의 닿을 정도로 갖다 대고 열심히 집중해서 그의 장황설을 들었다. 그는 이야기의 결말을 크게 재미있어하는 것 같았다. 엄청나게 재미있다는 듯이 얇은 입술을 삐죽이고, 어깨와 몸을 흔들면서 소리 죽여 웃었기 때문이다.

"그렇다면 당신이 당했군요?" 그는 말했다. "헤헤헤! 깨끗하게 당했구먼."

"아이들 장사가 원래 엄청 골치가 아파요." 헤일리가 우울한 목소리로 말했다.

"제 새끼들한테 신경 안 쓰는 계집 노예를 만들 수 있다면, 아마 내가 아는 한 현대에서 가장 위대한 발명일 게요." 마크스는 조용히 웃으며 말했다.

"맞소." 헤일리가 말했다. "난 그걸 잘 몰랐지. 어린애들은 에미들한테도 정말 골칫거리잖소. 걔들을 없애주면 엄마들도 좋아할 거라고 생각했지만, 그렇지 않더라고요. 애가 골치 아프고 쓸모가 없을수록 에미들은 그런 애들한테 집착한단 말씀이야."

"음, 헤일리 씨." 마크스가 말했다. "그 뜨거운 물 좀 주시오. 맞아요. 나나 모든 사람들의 생각이 바로 그렇습니다. 나도 전에 노예 장사를 할 때 여자 노예를 하나 산 적이 있죠. 촌년이지만 잘빠지고 머리가 꽤 좋았죠. 그 여자에게 몸이 안 좋은 자식이 있었어요. 곱사등이인지 뭐 그랬어요. 그러다 그 아이를 키워보겠다는 사람이 나타나 팔았어요. 어쨌든 돈이 안 드니까. 난 정말이지 그 여자가 그렇게 나올지 몰랐어요. 와, 그 모습을 당신도 봤어야 하는데. 정말 여자는 그런 아이를 더 끔찍하게 아끼는 것 같더라니까요. 아이가 몸이 안 좋아서인지 에미에게 더 달라붙었기 때문이지요. 여자의 행동도 믿어지지 않을 정도였어요. 제 친구나 가족이 죄다 죽은 것처럼 엉엉 울고 펄쩍펄쩍 뛰더라니까요. 다시 생각하게 하더군요. 맙소사, 여자들의 쓸데없는 생각은 끝이 없구나 하고요."

"음, 나도 마찬가지요." 헤일리가 말했다. "작년 여름인가, 레드 강 밑에서 여자 노예를 하나 산 적이 있어요. 잘생긴 아이가 딸려 있었죠. 당신처럼 눈이 초롱초롱했어요. 그런데 자세히 보니까 완전히 장님이더란 말입니다. 완전한 장님요. 아이는 나중에 버리면 되니까 아무 말도 안 하고 그냥 샀죠. 그러고 나서 위스키 한 통을 받고 아이를 팔았거든요. 그런데 아이를 떼어내려니까 여자가 정말 호랑이로 변하더군요. 그때는 길을 떠나기 전이어서 사슬로 묶지 않았거든요. 고양이처럼 목화를 넣어둔 가마니에 올라가더니 뱃사람이 들고 있던 칼을 빼앗아 이리저리 날뛰었어요. 그러다 아무 소용이 없다고 생각했는지 갑자기 돌아서서는 아이고 뭐고 다 데리고 강물 속으로 뛰어들었어요. 풍덩 하고 들어가 다시 떠오르지 않았어요."

"와!" 한심하다는 표정으로 두 사람의 이야기를 듣고 있던 톰 로커가 말했다. "둘 다 똑같구먼, 한심한 사람들! 분명히 말하는데, 내 손에 들어온 여자는 절대로 그런 장난을 못 쳐!"

"정말? 자네는 어떻게 하는데?" 마크스가 기세 좋게 말했다.

"어떻게 하냐고? 여자를 샀다, 근데 그 여자에게 또 팔아야 할 새끼가 딸려 있다. 난 그냥 다가가 여자 얼굴을 한 대 후려치지. 그리고 이렇게 말해. '잘 들어, 네가 한 마디라도 뻥긋하면 네 얼굴을 박살낸다. 난 한 마디도 듣고 싶지 않아. 입도 뻥긋하지 말라고. 이놈은 내 거야. 네 소유가 아니라고. 너는 이 아이한테 아무 볼일이 없어. 난 임자가 나서면 이놈을 팔 거야. 잘 들어, 이놈 갖고 나한테 장난치지 말라고. 그렇지 않으면 태어난 걸 후회하게 만들어줄 테니까.' 분명히 말하는데, 그놈들은 내 손에 잡히면 장난이 아니라는 걸 알지. 난 그놈들을 물고기처럼 조용하게 만든단 말이오. 만약에 한 놈이라도 말대꾸하면, 그냥……." 로커 씨는 주먹으로 식탁을 내리쳤다. 그 쿵 소리는 생략된 부분을 잘 말해주었다.

"그게 바로 '박력'이라는 것이구먼." 마크스가 헤일리의 옆구리를 찌르면서 말했다. 그러고 나서 또다시 킬킬대기 시작했다. "톰은 희한한 친구죠. 헤헤헤! 톰, 그놈들은 자네 말을 이해할 거야. 깜둥이들은 자네 말이 빈말이 아니란 걸 알아. 자네는 악마까지는 아니더라도 악마의 쌍둥이 형제 정도는 되니까. 정말 그래!"

톰은 그의 칭찬을 약간 겸손하게 받아들였다. 그래서 존 버니언[20]의 말대로 '개 같은 성질'에 어울리는 사근사근한 표정을 지었다.

헤일리는 이날 저녁, 음식과 술을 마음껏 먹은 탓인지 도덕성이 전에 없이 높아지고 커진 것처럼 행동했다. 그것은 헤일리처럼 기질적으로 진지하고 생각이 많은 사람에게는 특별할 것도 없는 현상이다.

"글쎄, 톰, 항상 얘기하지만 자네는 정말 나쁜 사람이야. 톰, 나체즈에서 같이 일할 때 우리가 자네 버릇에 대해 많이 얘기하지 않았나. 노예들에게 좋게 대해주면 그만큼 우리에게 이익이 돌아온다고 내가 여러 번 말하지 않았나. 그래야 죽었을 때 천국에 갈 가능성도 커지고."

"하!" 톰이 말했다. "내가 모를 줄 아나? 쓸데없는 소리로 날 피곤하게 하지 말라구. 속이 메슥거려." 톰은 이렇게 말하면서 브랜디를 한꺼번에 반 잔이나 들이켰다.

"내 말은." 헤일리는 의자를 뒤로 젖히고 크게 손짓을 하며 말했다. "내 말은 그냥, 이 사업에서는 항상 돈을 최우선으로, 그러니까 다른 사람들처럼 많이 벌도록 열심히 해야 한다는 뜻이지. 하지만 장사가 전부가 아니야. 돈이 전부가 아니지. 왜냐, 우리한테는 영혼이란 게 있으니까. 이제는 남이 내 말을 듣든 말든 상관 안 해. 그리고 그런 광경이 지긋지긋해. 이젠 벗어나고 싶어. 난 기독교를 믿네. 요즘에는 일이 꼬이면 영혼의 문제를 먼저 생각하고, 그다음에 사업을 생각하지. 나쁜 짓은 필요한 만큼만 하면 되지, 그 이상으로 악랄하게 굴어봐야 무슨 소용이 있나? 그건 별로 현명한 생각이 아닌 것 같네."

"영혼의 문제를 먼저 생각한다!" 톰이 경멸하듯이 말했다. "네 마음에서 영혼을 찾겠다는 알량한 생각은 버리시지. 아무리 노력해도 헛수고일 테니까. 악마가 네놈을 참빗으로 아무리 훑어도 하나도 찾지 못할 테니까."

"어이, 톰, 좀 지나치지 않나." 헤일리가 말했다. "친구가 잘되라고 하는 말인데 그렇게 고깝게 받아들일 필요가 있나?"

"주둥이 놀리지 말라고." 톰이 거칠게 말했다. "네놈 말은 다 들어줄 수 있는데, 신앙을 들먹거리는 말만큼은 못 들어주겠어. 속이 뒤집혀 죽을 것 같다고. 네가 나와 다른 게 뭔지 아나? 남보다 조금 더 배려하고, 조금 더 동정한다는 거야. 완전히 개수작이지. 악마를 속이고 제 몸 하나만 살겠다는 거지. 내가 모르는 줄 아나? 신앙심을 가지게 됐다는 네놈 말도 결국 비열한 수작이지. 평생 악마와 거래하면서 돈을 실컷 벌다가 죽

총기함은 프랑스 왕의 신하임을 강조하는 선장과 그 일행이 추장의 환심을 얻기 위해 가지고 온 선물의 일부다.

을 때가 되면 몰래 자기만 구원받겠다는 수작이야! 하!"

"어이, 모두 진정해. 이건 일 얘기가 아니잖아." 마크스가 끼어들었다. "사람마다 세상을 보는 눈이 다르잖아. 헤일리 씨는 분명히 훌륭하고, 나름대로 양심 있게 사는 사람이야. 그리고 톰, 자네도 나름의 방식이 있고 아주 좋은 사람이야. 하지만 여기서 말싸움해봐야 소용이 없잖나. 사업 얘기나 하자고. 자, 헤일리 씨, 할 말이 뭡니까? 우리더러 그 계집을 잡아달라는 말이죠?"

"그 여자는 내 문제가 아니오, 셸비 문제지. 나는 아이에게만 관심이 있소. 원숭이 같은 녀석을 사다니 내가 바보지!"

"자네는 항상 바보지!" 톰이 퉁명스럽게 말했다.

"자자, 로커. 시비 걸지 말게." 마크스가 혀로 입술을 축이면서 말했다. "헤일리 씨가 좋은 일감을 주신 것은 고마운 일입니다. 난 그렇게 생각해요. 잘 생각해봅시다. 이런 일은 내 전공입니다. 이 계집애 말이에요, 헤일리 씨. 어떤 여자인가요?"

"하얗고 잘생겼어요. 좋은 집안에서 잘 컸죠! 셸비에게 800에서 1000달러까지 준다고 했소. 그만하면 잘 쳐준 건데."

"하얗고 잘생기고 좋은 집안에서 잘 자랐다!" 마크스가 말했다. 날카로운 눈, 코와 입 등 얼굴 전체가 일 생각에 벅차올라 활기를 띠었다. "이봐, 로커, 좋은 기회가 왔네. 우리가 이 일을 맡자구. 우리가 잡는 거야. 물론 꼬마만 잡아서 헤일리 씨에게 넘겨주고, 계집은 올리언스로 데려가 팔자. 좋은 기회 아냐?"

대화 내내 큰 입을 쩍 벌리고 있던 톰은 마치 큰 개가 고기 덩어리를 물듯이 갑자기 입을 다물었다. 그리고 느긋하게 이 제의를 소화하고 있는 것 같았다.

"더구나 말입니다." 마크스가 펀치를 휘저으면서 헤일리에게 말했다. "강변 지역은 죄다 우리 마음대로 할 수 있는 권한이 있어요. 아무리 사소한 일이라도 우리 마음대로 처리할 수 있다는 말이죠. 톰, 재빨리 해치우자고. 이번 일이 끝나면 나도 옷을 쫙 빼입고, 반짝이는 구두도 신고, 모든 걸 최고급으로 차려입어야지." 마크스가 직업적 자부심을 활짝 드러내며 말했다. "이런 제안을 거절할 수야 없죠. 난 하루는 뉴올리언스에서 온 트위쳄 씨가 되고, 다음 날에는 펄 강변에 노예 칠백 명을 거느린 농장주 행세를 합니다. 또 다음에는 헨리 클레이의 먼 친척이나 켄터키의 늙은이 행세를 하죠. 아시다시피 사람들마다 재주가 다릅니다. 싸움판이 벌어지면 톰을 당할 사람이 없습니다. 하지만 이 친구는 거짓말은 잘 못해요. 톰은 잘 못합니다. 천성적으로 소질이 없어요. 하지만 이 나라에서, 무슨 일이든, 어떤 상황에서도 나보다 더 사람을 잘 속일 수 있는 사람이 있다면 데려와보세요. 난 내 마음을 믿어요. 그냥 믿고 마음이 시키는 대로 따라가면 다 해결됩니다. 법이 아무리 희한해도 상관없어요. 난 가끔 법이 지금보다 더 희한했으면 좋겠다고 생각해요. 그러면 엄청 더 재미있으니까."

앞에서도 드러났지만 톰 로커는 원래 생각이나 행동이 굼뜬 사람이다. 하지만 이 대목에서 그는 큰 주먹으로 테이블을 내리침으로써 마크스의 말을 가로막고 선수를 쳤다. "맞아!"

"이봐, 톰. 그렇다고 잔을 다 깰 필요는 없잖아!" 마크스가 말했다. "나중에 필요할 때를 대비해서 주먹을 아껴두라구."

"하지만 신사들. 내 몫으로는 얼마나 떨어지지?" 헤일리가 말했다.

"꼬마를 잡아주면 충분하지 않나?" 로커가 말했다. "뭘 더 바라지?"

"어, 내가 일감을 주었으니 나도 조금은 내 몫을 챙겨야 하지 않겠어? 비용을 제외하고 이익금에서 10퍼센트 정도면 어떨까?"

"헤이." 톰이 욕설을 퍼부으면서 다시 주먹으로 탁자를 내리쳤다. "내가 네 수작에 넘어갈 줄 알아, 댄 헤일리? 나를 속이려고 하다니! 마크스와 나는 순전히 너 같은 사람을 도와주려고 이런 인간 사냥 일을 맡았어. 그런데

아무것도 돌아오는 게 없다고? 어림도 없지! 우리는 여자를 팔 테니 넌 입 다물고 있어. 아니면 여자와 애 둘 다 잡아 갈 테니까. 못할 게 뭐가 있어? 네 속셈이 뻔하지 않나? 네 맘대로 해. 계집을 쫓든 우리 뒤를 쫓든 마음대로 하라고."

"아, 알았어, 이 얘기는 그만 하자구." 깜짝 놀란 헤일리가 서둘러 수습했다. "자네 일은 아이만 잡는 걸로 하자구. 톰, 아이만 잡아주면 우리 거래는, 자네 말대로, 그걸로 끝나는 거야."

"이봐." 톰이 말했다. "난 자네처럼 착한 척하지 않아. 하지만 악마를 속이지도 않네. 난 한다면 하는 사람이야. 암, 하지. 댄 헤일리, 자네도 잘 알잖나."

"알았어, 알았어, 안다고 했잖은가, 톰." 헤일리가 말했다. "일주일 안이면 아무 때라도 좋아. 사내아이를 잡아 온다는 것만 약속해줘. 그거면 되네."

"하지만 난 그걸로는 안 되지." 톰이 말했다. "나체즈에서 자네와 같이 사업했다가 내가 한 푼도 못 건진 거 생각 안 나나? 그동안 나는 뱀장어를 잡으면 어떻게 붙들어야 하는지를 배웠지. 정확하게 계산하면, 자네는 나한테 50달러 넘게 갚아야 할 돈이 있어. 돈을 안 갚으면 아이를 넘겨주지 않겠어. 난 네놈을 잘 알아."

"에이, 잘하면 1000달러에서 1600달러나 벌 수 있는 일을 줬는데, 왜 푼돈 가지고 억지를 부리나, 톰." 헤일리가 말했다.

"우리는 앞으로 오 주일이나 일감이 밀려 있어. 그 일을 어찌 다 하나? 그 일을 다 뿌리치고 네 어린애를 찾아 사방을 헤매고 다녔는데도 그 계집을 놓치면 우린 뭐가 되나? 계집년들은 잡기가 아주 지랄 같은데. 그러면 우리는 어떻게 되지? 자네가 우리에게 한 푼이라도 보상해줄 텐가? 자네가? 자네는 그럴 사람이 아니야, 하! 절대로 그럴 사람이 아니야. 당장 50달러 내놔. 우리가 일을 끝내고 돈을 받으면 그때 50달러를 돌려줄게. 우리가 못 잡으면 그 돈은 우리 수고비가 되는 거지. 공평하지 않나, 마크스?" "그럼, 그렇고말고." 마크스가 달래듯이 말했다. "그 돈은 그냥 보증금 같은 거라고 생각하세요. 헤헤! 우리는 법을 집행하는 사람들입니다. 우리는 항상 착하고 쉽게 살아야 해요. 톰이 선생에게 사내아이를 데려다줄 겁니다. 어디든지 얘기만 하세요. 그렇지 톰?"

"꼬마를 잡으면 신시내티로 데려가서 벨처 할머니 집에 맡겨놓지." 로커가 말했다.

마크스는 주머니에서 매끄러운 수첩을 꺼낸 다음, 그 안에 있던 긴 종이를 끄집어냈다. 그리고 검고 날카로운 눈을 종이에 고정시킨 채 내용을 읽기 시작했다. "반스, 셸비 카운티, 남자아이 짐, 300달러, 살든 죽든 상관없음/ 에드워드, 딕과 루시 부부, 600달러/ 하녀 폴리와 두 아이, 여자 또는 여자의 머리를 가져오면 600달러……. 우리한테 들어온 일감을 훑어보고 있습니다. 우리가 이 일을 맡을 수 있는지 보려고요." 그는 잠시 뜸을 들이다가 다시 말을 이었다. "로커, 애덤스와 스프링어를 이번 사냥에 끼워줘야 할 것 같은데. 오래전부터 부탁을 했거든."

"그 사람들은 돈을 많이 달라고 할 거야." 톰이 말했다.

"그건 내가 알아서 할게. 그들은 초짜니까 싸게 일해야지." 마크스는 이렇게 말하고 나서 계속 쪽지를 읽었다. "이 세 건은 쉬운 케이스야. 그냥 총으로 쏴 죽이거나 쏴 죽였다고 우기면 되니까. 물론 그럴 경우에는 돈을 많이 주지 않겠지만." 그는 쪽지를 접으면서 말했다. "그리고 다른 일감은 잠시 뒤로 미뤄야 할 것 같은데. 자, 이제 일 얘기를 구체적으로 합시다. 헤일리 씨, 여자가 강을 건너가는 걸 분명히 보셨습니까?"

"지금 당신을 보고 있는 것처럼 확실히 봤소."

"어떤 사람이 강둑 위로 여자를 올려주었다고 했나?" 로커가 말했다.

"맞아, 확실해."

"그렇다면 거기 어딘가에 숨었을 가능성이 큰데. 어디 숨었냐가 문제구먼.

톰, 어떻게 할까?"

"오늘밤에 꼭 강을 건너가야 돼." 톰이 말했다.

"하지만 주변에 배가 없어." 마크스가 말했다. "얼음 덩어리들이 무섭게 떠다니고 있어. 톰, 너무 위험하지 않을까?"

"그건 나도 몰라. 무조건 가야 된다는 것밖에 몰라." 톰이 단호하게 말했다.

"아이구, 죽겠구먼." 마크스는 안절부절못했다. "나 참." 그는 창가 쪽으로 걸어가며 말했다. 늑대 아가리처럼 깜깜하구먼. 그런데 톰……."

"요점은 겁이 난다 이거군, 마크스. 하지만 다른 방법이 없어. 우리는 무조건 가야 돼. 우리가 이곳에서 하루 이틀 꾸물거리면, 여자는 탈출 루트를 따라서 금방 샌더스키[21]까지 달아날 거야."

"아, 아냐. 난 하나도 겁 안 나." 마크스가 말했다. "다만……."

"다만 뭐?" 톰이 다그쳤다.

"음, 배 때문에 그러지. 배가 없잖아."

"이 집 여자가 오늘 저녁에 들어오는 배가 하나 있는데, 어떤 사람이 그걸 타고 강을 건넌다고 하더군. 우리는 하늘이 무너져도 그 사람하고 같이 강을 건너가야 돼." 톰이 말했다.

"자네들한테 좋은 개가 있는 걸로 아는데." 헤일리가 말했다.

"아주 좋은 놈들이 있죠." 마크스가 말했다. "하지만 소용이 없지 않소? 개들이 냄새를 맡을 만한 여자 물건이 없으니."

"아, 있어요." 헤일리가 신이 나서 외쳤다. "계집이 급히 달아나느라 숄을 떨어뜨렸거든요. 보닛도 놓고 갔어요."

"잘됐군." 로커가 말했다. "우리에게 넘겨."

"하지만 개들이 마구 날뛰면 계집 몸에 손상을 입힐 텐데." 헤일리가 말했다.

"그건 생각 좀 해봐야겠군요." 마크스가 말했다. "전에 모빌에서 개들이 어떤 놈을 두 동강을 내버린 적이 있거든요. 우리가 떼놓기 전에 일이 그렇게 돼버렸어요."

"저런, 걔들은 얼굴 때문에 팔려 가는 거니까 그런 일이 생기면 안 돼요. 잘 아시겠지만." 헤일리가 말했다.

"알죠." 마크스가 말했다. "게다가 그년이 이미 탈출 루트를 탔으면 개들도 못 쫓아가요. 깜둥이들이 일단 남의 도움을 받아서 위쪽 지역으로 들어가면 개들은 더 이상 쓸모가 없어요. 뒤를 쫓을 수가 없어요. 개들은 깜둥이들이 돌아다니고 다른 사람의 도움을 받지 못하는 농장에서만 제 구실을 해요."

"어이." 조금 전에 몇 가지 물어보러 술집을 나갔던 로커가 들어오면서 말했다. "그 사람이 배를 갖고 온대. 그러니까 마크스……."

마크스는 아쉬운 표정으로 톰을 힐끗 쳐다보고는 천천히 몸을 일으켰다. 헤일리는 두 사람과 훗날의 계획에 대한 몇 마디 말을 교환한 뒤, 마지못한 표정으로 톰에게 50달러를 건넸다. 그리고 삼총사는 하루의 일과를 마치고 각자 제 갈 길을 떠났다.

고상하고 독실한 기독교 신자인 우리 독자들 중 이런 사교의 장면에 거부감을 느끼는 분이 있다면, 늦기 전에 그런 편견을 버리라고 충고하고 싶다. 다시 한 번 부탁하건대, 오늘날 인간 사냥은 합법적이고 애국적인 직업으로 존경받는다는 사실을 명심하기 바란다. 미시시피 강과 태평양 사이의 그 넓은 땅 전체가 인간의 육체와 영혼을 사고파는 거대한 시장이다. 그리고 인간을 재산으로 생각하는 개념은 19세기 들어 폭발적으로 유행한 기관차와 마찬가지로 유행하고 있으며, 노예 상인과 노예 사냥꾼은 상류층에 속한다는 것도 말이다.

선술집에서 이런 광경이 전개되는 동안, 샘과 앤디는 절정의 기쁨을 만끽하며 집으로 가는 길을 재촉하고 있었다.

샘은 신났고, 이런 환희의 감정을 온갖 괴기스러운 탄성과 웃음소리를 내지르는 것으로, 온몸을 희한하게 비틀고 이상한 동작을 취하는 것으로 표현했다. 그는 가끔씩 뒤돌아 앉아 말의 꼬리와 옆구리를 보며 달리다가, 기합 소리와 함께 공중제비를 돌아 원래 자리로 돌아오곤 했다. 그러고는 엄숙한 표정으로 앤디에게 웃는 법과 연기하는 법을 강의하기 시작했다. 나중에는 손바닥으로 앤디의 옆구리를 치며 호탕한 웃음을 터뜨려, 그들이 지나간 숲에는 두 사람의 웃음소리가 오래도록 울렸다. 그러면서도 그들은 용케 말을 최고 속력으로 몰아, 열시에서 열한시 사이에 저택 외곽의 자갈길에 요란하게 말발굽 소리를 내며 도착했다. 셸비 부인이 발코니로 급히 나왔다.

"샘, 이제 왔느냐? 다른 사람들은 어디 있지?"

"헤일리 나리는 선술집에서 쉬고 있습니다. 엄청 피곤하시다네요. 마님."

"엘리자는?"

"저, 엘리자는 요단 강을 건넜습죠. 이렇게 말씀드려도 괜찮을지 모르겠지만, 가나안 땅으로 갔습니다."

"저런, 샘, 그게 대체 무슨 말이야?" 셸비 부인은 그 말에 담긴 심상치 않은 의미를 짐작하면서 숨 가쁘게 물었다.

"그게요, 마님. 하나님이 도와주셨죠. 리지는 오하이오 강을 건너갔습니다. 하나님이 두 마리 말이 이끄는 마차를 내려주신 것처럼 멋있게 건너갔습죠." 샘이 말했다.

샘은 마님 앞에만 서면 언제나 이상하리만치 충성심이 지극한 태도를 취했다. 그는 성경에 나오는 고상한 형상과 말씀을 일부러 많이 동원했다.

"샘, 이리 올라오너라." 아내를 뒤따라 베란다에 나온 셸비 씨가 말했다. "마님에게 소상히 얘기하거라. 자, 여보," 그는 아내를 팔로 감싸며 말했다. "당신 몸이 차갑고 심하게 떨리는구려. 너무 신경 쓰지 말아요."

"너무 신경 쓴다고요? 난 여자가 아닌가요, 어머니가 아닌가요? 우리 두 사람에게 그 불쌍한 아이를 이렇게 만든 책임이 없다는 말인가요? 하나님! 우리의 죄를 벌하지 마소서."

"무슨 죄 말이오, 여보? 우리는 할 일을 했을 뿐이오. 당신도 잘 알지 않소."

"그래도 죄책감이 가시지 않아요." 셸비 부인이 말했다. "아무리 논리적으로 생각해도 없어지지 않아요."

"야, 앤디, 이 깜둥이 녀석아, 빨리 움직여!" 베란다 밑에서 샘이 소리 질렀다. "얼른 말들을 마구간으로 데려가. 주인님 말씀이 안 들려?" 그리고 야자잎 모자를 손에 들고 급히 달려와 거실 문 앞에 섰다.

"샘, 어떻게 됐는지 자세히 말해봐." 셸비 씨가 말했다. "엘리자가 지금 어디 있는지 알아?"

"네, 주인님. 엘리자는 물에 떠다니는 얼음을 밟고 강을 건너갔어요. 제 눈으로 똑똑히 봤다니까요. 엄청난 광경이었습죠. 기적이라고 얘기할 수밖에 없어요. 그리고 어떤 남자가 오하이오 강변에서 리지를 끌어올렸고, 그 후로 리지는 어둠 속으로 사라졌어요."

"샘, 그 기적이라는 부분이 좀 의심스러운데. 움직이는 얼음을 딛고 강을 건넌다는 게 쉬운 일이 아니잖나." 셸비 씨가 말했다.

"쉽다굽쇼! 하나님이 보살펴주시지 않으면 아무도 그런 일을 못 하죠. 와, 아무튼." 샘이 말했다. "굉장했어요. 헤일리 나리와 저와 앤디가 강가에 있는 작은 술집에 도착했어요. 우리가 나리보다 조금 앞서 있었고요. 제가 리지를 기를 쓰고 잡으려고 했던 건 아닙니다요. 아무튼 제가 술집 창문 옆을 지나가는데 그 안에 리지가 있지 뭡니까. 뒤에서 두 사람이 쫓아오고 있었고요. 그래서 제가 일부러 모자를 떨어뜨리면서 죽은 사람도 일으키게 할 정도로 크게 소리쳤죠. 물론 리지는 제 소리를 듣고 뒤로 숨었죠. 그때 헤일리 나리가 아슬아슬하게 창문 옆을 지나갔어요. 그러고 나서 리지는 옆문으로 빠져나가 강둑 쪽으로 냅다 달렸어요. 헤일리 나리가 그때 리지를 발견

하고 소리를 질렀고, 그분과 우리는 리지 뒤를 쫓아갔습죠. 리지가 강까지 내려갔는데, 그때 강 쪽에서는 폭이 한 3미터쯤 되는 물살이 거세게 흐르고 있었고, 그 뒤에서 커다란 얼음 덩어리가 위아래로 마구 흔들리고 있었고요. 거대한 섬 같았다니까요. 우리는 바로 뒤에서 쫓아가고 있었는데, 리지가 나리 손에 금방이라도 잡힐 것 같았어요. 그때 리지가 한 번도 들어본 적이 없는 기합 소리를 내면서 점프를 하더니 얼음 덩어리 위에 올라서는 겁니다. 리지는 계속 널뛰기하듯이 기합을 넣고 점프를 했어요. 얼음이 쨍그렁! 또 껑충! 또 쨍그렁! 뿌지직! 리지는 사슴처럼 껑충껑충 뛰었는데, 아무튼 점프 실력이 보통이 아니더라니까요."

샘이 이야기하는 동안, 셸비 부인은 아무 말도 못 한 채 흥분으로 얼굴이 하얗게 질려 있었다.

"하나님, 감사합니다. 그 애는 죽지 않았어! 그런데 그 불쌍한 것은 지금 어디 있어?" 셸비 부인이 말했다.

"하나님이 보살펴주실 겁니다." 샘은 경건한 표정으로 위쪽을 쳐다보며 말했다. "마님이 저희에게 항상 가르쳐주셨듯이, 이것은 하나님의 섭리예요. 틀림없어요. 주님의 뜻을 따르면 언제나 길이 있다고 말씀하셨죠. 오늘 저 아니었으면 리지는 열 번은 잡혔을 겁니다. 제가 오늘 아침에 말 갖고 장난을 쳐가지고 점심 시간까지 나리를 붙잡아두지 않았으면 어떻게 됐겠어요? 오후에도 제가 헤일리 나리를 8킬로미터나 돌아가게 하지 않았다면 그 양반은 아마 리지를 개가 너구리를 잡듯이 잡았을 겁니다요. 이게 모두 하나님의 섭리 아니겠습니까요?"

"그런 섭리들은 모두 네가 나중에 '샘 나리'가 되었을 때나 써먹을 수 있는 것들이다. 내 집 사람들이 그런 말 하는 것은 용납할 수 없어." 셸비 씨는 최대한 근엄한 표정을 지으며 말했다.

자고로 아이나 흑인한테는 화난 척하는 게 안 통하는 법이다. 아무리 반대로 믿게 하려고 애써도 아이나 흑인은 언제나 사태의 본질을 꿰고 있기 때문이다. 그리고 샘은 셀비가 아무리 엄숙한 표정을 지어도, 이 정도의 꾸지람에 상심할 사람이 아니었다. 그는 최대한 회개하는 것처럼 입술 꼬리를 내린 채 서 있었다.

"주인님 말씀이 옳습니다. 제가 나빴습니다. 아무 이의가 없습니다. 물론 주인님과 마님이 저의 그런 행동을 칭찬해주실 리가 없습죠. 저도 그 정도는 압니다요. 하지만 저같이 보잘것없는 깜둥이라도 가끔은 못된 짓을 하고픈 충동을 받습죠. 특히 헤일리 나리 같은 양반이 못된 짓을 하려고 할 때는 더 그래요. 그 양반은 절대로 신사가 아닙죠. 저처럼 자란 사람은 그런 꼴은 절대로 못 봐요."

"그만해, 샘," 셀비 부인이 말했다. "잘못을 깨달은 것 같으니 이제 물러가거라. 클로이한테 가서 오늘 저녁때 쓰고 남은 햄을 달라고 해서 먹고. 식었을지도 모르겠지만. 너하고 앤디는 배가 고플 테니까."

"마님은 저희들을 정말 잘 챙겨주시는구면요." 샘은 잽싸게 허리를 굽혀 인사를 하고 자리를 떴다.

앞에서도 살짝 드러났듯이, '샘 나리'는 세상 물정에 탁월한 재능을 타고났다. 그것은 어떤 사건이 발생하든지 그것을 자기가 칭찬과 영광을 받는 기회로 최대한 활용하는 재능이었다. 그리고 그것에 충성심과 겸손한 태도를 적당히 섞어 언제나 주인댁의 환심을 샀다. 그는 야자잎사귀로 만든 모자를 경쾌하게 쓴 뒤, 한바탕 무용담을 늘어놓을 생각에 부풀어 클로이의 영토인 부엌으로 들어갔다.

"깜둥이들을 모아놓고 멋진 연설을 해야지." 샘은 혼잣말을 했다. "좋은 기회야. 내가 이야기보따리를 풀어놓으면 다들 눈이 휘둥그레질 테지!"

샘이 특히 좋아하는 것 중 하나는 모든 사교적인 모임에 주인공으로 참석해 만인의 주목을 받는 것이었다. 이런 자리가 있으면, 그는 가로장 울타리든 나무 꼭대기든 만족스러운 얼굴로 자리를 잡고 앉아, 연사들의 행동을 유심히 관찰했다. 그러고 나서 비슷한 피부색의 동료들을 같은 용건으로 모아놓고는 감탄이 절로 나오는 재담과 흉내 내기를 곁들여 사람들을 기쁘게 했다. 그는 항상 열정적이고 엄숙한 태도로 연설했다. 비록 자기 주변에 모이는 청중은 대체로 자기와 같은 흑인들이었지만, 가끔 더 고운 피부를 가진 사람들이 가장자리에 서서 그의 말을 열심히 들으며 웃거나 윙크를 보내는 일도 있었다. 그럴 때마다 샘은 자기의 능력에 스스로 감탄했다. 사실, 샘은 웅변을 자신의 천직이라고 여겼으며, 그런 역할을 확대시키는 기회가 오면 절대 놓치지 않았다.

　샘과 클로이 사이에는 옛날부터 일종의 적대 관계, 다시 말해 냉랭한 경쟁심 같은 것이 존재했다. 샘은 자신의 활약을 뒷받침하는 데 필수적이고 그럴듯한 근거로 신의 섭리 부분을 숙고한 끝에 이번에는 타협적인 방향으로 오늘의 연설을 끌고 가기로 마음먹었다. 비록 '마님의 명령'은 글자 그대로 지켜져야 하지만, 자기가 '마님의 뜻'을 받드는 과정에서 큰 공을 쌓았다는 것을 잘 알고 있었기 때문이었다. 그는 지금 박해받는 동지를 위해 무수한 역경을 겪은 사람처럼, 절제되고 체념한 표정으로 클로이 앞에 나타났다. 그의 이런 태도는 주인마님이 자신으로 하여금 클로이에게 무엇이든 먹고 마실 것을 달라고 하는 것을 허락했다는 사실을 그동안 클로이가 이 집의 취사장으로서 그 부속품을 관리한다는 이유로 불공평하게 누리던 권리와 지배권의 균형을 재조정하라는 뜻으로 확대 해석한 결과였다.

　사태는 그의 뜻대로 전개됐다. 아무리 이 나라의 미천하고 단순한 백성들이 선거 유세에 나선 정치인들의 감언이설에 쉽게 속는다고 해도, 이날 '샘 나리'의 정중한 태도와 연설에 의해 클로이 아줌마가 당한 패배만큼 쉽게 넘어가지는 않았을 것이다. 샘은 곧 지난 이삼 일 동안 이 집의 식탁에 올랐던 온갖 산해진미가 가득 담긴 커다란 양철 냄비 앞에 만족스럽고 의기양양한

인간 사냥

뒤돌아보니 저 멀리 대기 중인 노예선이 눈에 들어온다.
아랫마을에서는 인간 사냥을 나선 사람들의 모습이 멀어져간다.

잔혹한 결과를 예고하는
의미심장한 악수.

인간 사냥 (계속)

계속되는 약탈로 인해 크루 족이나 우아 족처럼
해안가에 사는 부족들의 '자연 비축품' 양이 점점 줄어들었다.
따라서 그들은 대륙의 심장부로 더 파고들지 않을 수 없다.
때로는 수천 킬로미터 떨어진 사바나 자이르에서
노예들이 잡혀 오기도 한다.

주마옹이 한 마을을 가리킨다.

일주일을 걸은 후 잠복 중인 사람들.

양 끝이 갈라진 이 나무 갈퀴는 죄수에게 씌우는 칼과 비슷하다.
노예들을 일렬로 묶어 연결하는 데 쓰인다.

표정으로 앉았다. 맛있는 햄, 옥수수 케이크, 다양한 기하학적 모양으로 자른 파이, 닭 날개, 새 모래주머니, 칠면조 다리 등 온갖 요리가 식탁 위에 어지럽게 올라왔다. 샘은 야자잎 모자를 왼쪽에 놓고 오른쪽에는 앤디를 시종처럼 앉히고는 왕처럼 식탁 위를 훑어봤다.

부엌은 샘의 동족들로 가득 찼다. 많은 오두막집에 흩어져 살고 있는 흑인들이 이날의 무용담을 들으려고 떼 지어 몰려왔다. 바야흐로 샘에게 영광의 시간이 온 것이다. 샘은 연설의 효과를 높이는 데 필요한 모든 장식과 각색을 곁들여 그날의 무용담을 들려주었다. 샘은 아마추어 예술가처럼 무용담의 어느 한 부분을 빠뜨려 전체의 광택을 잃는 우를 범하지 않았다. 가끔 폭소가 우레처럼 터져 나왔고, 바닥에 길게 누워 있거나 부엌 구석에 앉아 있는 아이들의 성화 때문에 연설은 더욱 길어졌다. 탄성과 웃음소리가 최고조에 달했을 때도 샘은 엄숙한 태도를 잃지 않았다. 가끔씩 눈알을 굴려 위쪽을 쳐다보거나 청중에게 두어 가지 우스꽝스러운 시선을 던졌을 뿐, 함축적인 의미가 담긴 무용담의 수준에서 벗어나는 짓은 하지 않았다.

"동포 여러분." 샘은 칠면조 다리를 들어 올리며 힘차게 말했다. "이제 아시겠죠. 그 사람은 우리 동포 중 한 명을 잡으려고 했지만, 그것은 사실 우리 모두를 잡으려고 한 것이나 마찬가지입니다. 다 똑같다는 말입니다. 그것은 분명합니다. 하지만 누구라도 우리 동포를 잡으려고 냄새를 맡고 다니는 놈이 있으면 나는 그 짓을 못 하게 할 것입니다. 내가 그자를 막을 것입니다. 형제들이여, 여러분이 도움을 청해야 할 사람은 바로 나입니다. 내가 여러분의 권리를 지켜줄 것입니다. 나는 숨이 끊어지는 순간까지 여러분을 지킬 것입니다."

"그런데요, 샘 아저씨, 아저씨는 오늘 아침까지만 해도 그 백인 나리가 리지를 잡는 걸 돕겠다고 말했잖아요. 아저씨 말은 앞뒤가 안 맞는 것 같은데요." 앤디가 끼어들었다.

포로들

지금 막 포획된 남자와 여자, 아이들이 나무 칼에 묶여 있다.
숨 막히는 더위, 비명소리, 신음소리, 작렬하는 채찍질……

이 여자 노예는 몇 살이나 되었을까?
지금 그녀는 무슨 생각을 하고 있을까?
결코 돌아갈 수 없는 잃어버린 고향을
생각하고 있는 것일까?

엄마가 어린 아들을 달래고 있다. 이 모자는 함께 팔렸는데,
선장의 말에 따르면 이런 경우는 매우 드물다고 한다.

열 명씩 한 묶음으로 발목에 족쇄가 채워진 포로들이
모여 있는 이 캠프는 장차 노예 매매가 이뤄질
지역에서 그리 멀지 않은 곳에 있다.
'바라쿤'이라 불리는 이 노예 수용소는
포획물들을 매매하기에 앞서 그들의 건강 상태를
점검하기 위해 거치는 곳이다.

바라쿤을 지키고 있는 냉혹한 감시자 엔바이바.

마을 소년 두 명이 포획물 앞에서
자랑스러운 자세를 뽐내고 있다.

117

"앤디, 내가 분명하게 말해두는데." 샘이 윽박질렀다. "너 같은 꼬마들은 잘 알지 못하면서 이러쿵저러쿵하는 게 아니란다. 행동의 원칙이라는 게 있다." 샘은 연설을 이어갔다.

"그게 바로 '판단력'이라는 거다, 앤디. 내가 리지를 추격하겠다고 생각했을 때 난 그것이 주인님의 진짜 뜻인 줄 알았다. 그런데 좀 있다가 마님 생각은 그 반대라는 걸 알았는데, 그것도 역시 '판단력'이라고 할 수 있지. 왜냐하면 마님 편을 드는 사람이 항상 많으니까. 그러니까 나는 두 가지 판단력을 모두 잃지 않았고, 원칙을 지키면서도 두 판단력을 모두 행동으로 옮겼다는 얘기지. 맞아, '원칙'이 중요해!" 샘은 닭 대가리를 열심히 흔들며 말했다. "원칙을 끝까지 지키지 않으면 무슨 소용이 있느냐?"

청중이 입을 쩍 벌리고 자기 말을 경청하고 있으니, 샘은 연설을 이어갈 수밖에 없었다.

"깜둥이 동지들이여, 진짜 중요한 것은 '지조'입니다." 샘은 난해한 주제의 이야기에 걸맞은 묘한 표정을 지으며 말했다. "이 지조라는 것을 대부분의 사람들은 갖고 있지 못합니다. 자, 생각해봅시다. 어떤 사람이 어떤 게 옳다고 싸우다가 다음 날 그와 정반대의 짓을 하면 사람들은 말하겠지요. 뭐, 당연히 말할 겁니다. 아, 저 사람 지조가 없구먼. 앤디, 그 옥수수 케이크 좀 줘. 하지만 잘 생각해봅시다. 제 비유가 너무 어렵더라도 신사 숙녀 여러분이 양해해주시기 바랍니다. 자, 내가 저 높은 건초더미 위로 올라가려고 한다고 칩시다. 이쪽에다 사다리를 놓습니다. 안 돼요. 그래도 포기하지 않고 반대쪽에 사다리를 놓았다 이겁니다. 그럼 내가 지조 없는 인간입니까? 어느 쪽에 사다리를 놓든 나는 올라가는 일에 지조를 지키고 있다 이겁니다. 그렇지 않습니까, 여러분?"

"그게 네가 지조를 지키는 유일한 일이지, 암!" 조금 마음이 불편해진 클로이 아줌마가 중얼거렸다. 즐거운 저녁 시간이 성경에 나오는 '소다 위에 부은 식초'를 닮아갔기 때문이었다.

"네, 맞습니다!" 음식과 영광을 마음껏 누린 샘은 연설을 마무리하기 위해 벌떡 일어섰다. "네, 동포 여러분들, 그리고 우리 여성분들도 마찬가지입니다. 나에게는 원칙이 있습니다. 나는 그것을 자랑스러워합니다. 이 시대에도 그렇지만, 원칙은 '모든' 시대에 아주 중요합니다. 나에게는 원칙이 있고 그것을 강력하게 지킵니다. 원칙에 맞다고 생각되면 나는 무조건 합니다. 내가 불타 죽는다고 해도 상관 안 합니다. 나는 내 발로 화형장으로 걸어가서, 원칙, 내 땅, 우리 사회를 위해 지키기 위해 마지막 피 한 방울을 흘리러 왔노라, 라고 외칠 것입니다."

"그래." 클로이가 말했다. "너의 원칙 중 하나는 오늘밤에 잠을 자러 가야 한다는 거지. 사람들을 죄다 아침까지 못 자게 만들지 말고. 자, 애들은 혼나고 싶지 않으면 가는 게 좋을걸. 당장."

"자, 깜둥이 여러분." 샘은 야자잎 모자를 인자하게 흔들며 말했다. "여러분에게 축복을 드립니다. 이제 잠자리에 드세요. 착한 어린이가 되세요."

샘의 축복을 받으며 사람들은 흩어졌다.

chapter 9
상원의원도 인간일 뿐이다

아늑한 응접실의 카펫 위로 햇살이 비치자 찻잔과 찻주전자가 반짝였다. 버드 상원의원은 의정활동을 하러 외출해 있는 동안 아내가 장만해놓은 새 부츠에 발을 넣기 위해 신고 있던 부츠를 벗었다. 버드 부인은 즐거운 표정으로, 가끔씩 장난치며 까부는 어린아이들을 나무라며 식사 준비하는 일을 감

독하고 있었다. 아이들은 듣지도 보지도 못한 온갖 장난에 몰두해 있었다.

"톰, 문고리 좀 놔둬. 사람이 있잖니! 메리! 고양이 꼬리 잡아당기지 말래도! 고양이가 불쌍하지도 않니! 짐, 식탁에 올라가면 안 된다고 했지! 안 돼, 안 돼! 여보, 오늘밤에 이렇게 갑자기 돌아오시다니, 너무 놀랐어요!" 드디어 남편에게 말할 짬이 난 그녀가 말했다.

"그래, 그래, 그냥 짧게 끝내고 왔어요. 집에 오면 조금이라도 편히 쉴 수 있을 줄 알았지. 피곤해 죽겠어. 골치도 아프고!"

버드 부인은 문이 절반쯤 열려 있는 벽장 안의 두통약을 흘끔 보고는 약을 꺼내 오려고 했으나 남편이 말렸다.

"아니, 됐어, 약은 싫어. 당신이 타주는 뜨거운 차 한 잔 마시고 좀 쉬면 돼요. 법을 만든다는 게 사람을 녹초로 만드는 일이라니까!"

그래도 상원의원은 자기가 조국을 위해 희생하고 있다는 달콤한 생각을 즐기는 듯 미소를 지었다.

"그런데 요즘 상원에서는 무슨 일을 하고 있어요?" 차 준비를 마치고 아내가 말했다.

자그맣고 온화한 버드 부인은 집에도 신경 쓸 일이 많았으므로, 의회에서 돌아가는 일로 골치 아파하는 경우가 거의 없었다. 그래서 버드 씨는 놀랐다.

"뭐, 그리 대단한 일은 아니지."

"불쌍한 흑인들에게 고기와 음료를 못 주게 하는 법을 만들고 있다던데, 사실이에요? 그런 법을 심의하고 있다고 들었는데, 기독교 나라의 의회가 어떻게 그런 법을 만들 생각을 했는지 모르겠어요!"

"여보, 당신 갑자기 정치인으로 변해가고 있구먼."

"아뇨, 말도 안 돼요! 나는 당신들이 하는 정치에는 별로 관심 없어요. 하지만 이번 일만큼은 아주 잔인하고 기독교 나라답지 않은 처사인 것 같아요. 그런 법은 통과되지 말았으면 좋겠어요."

"여보, 켄터키에서 이리로 탈출한 노예들을 돕지 못하게 하는 법이 통과됐다오. 그 생각 없는 노예 폐지론자들이 저지른 짓 때문에 지금 켄터키 주에 사는 우리 동포들은 매우 흥분해 있어요. 그래서 우리 주에서도 그런 흥분을 가라앉히기 위해 조치를 취해야 하오. 더 이상 기독교 정신과 호의를 베풀어선 안 되지."

"그게 무슨 법이죠? 그 불쌍한 사람들을 하룻밤 재워주지 못하게 하고, 먹을 것과 낡은 옷도 주지 못하게 하고, 다른 사람들에게 보내지도 못하게 하는 법은 아니겠죠?"

"유감스럽지만 그렇소, 여보. 그런 행동은 나쁜 짓을 방조하는 거요."

버드 부인은 매우 작은 키에 소심하고 얼굴이 잘 붉어지고 연푸른 눈에 복숭앗빛 혈색이 도는 여자로서, 목소리는 세상에서 가장 부드럽고 예뻤다. 그런데 용기로 말하자면, 자그마한 수컷 칠면조가 한 번 울면 뒤도 안 돌아보고 달아났으며, 집에서 키우는 평범한 개가 이빨을 한 번 보여도 그 자리에서 주저앉을 정도였다. 그녀에게는 남편과 아이들이 세상의 전부였다. 그녀는 명령이나 말씨름이 아니라 간청과 설득으로 가정을 이끌었다. 그녀가 화를 낸 적이 딱 한 번 있었는데, 그 일은 그녀의 유난히 부드럽고 따뜻한 천성 때문에 생긴 것이었다. 그녀는 어떤 형태든 잔인한 행동에는 불같이 일어나 반대했는데, 평소의 부드러운 성품을 생각하면 그럴 때의 열정은 놀랍고 불가사의할 정도였다. 평소에는 세상의 그 어떤 어머니보다 자식들에게 관대하고 너그러웠지만, 언젠가 아이들이 불량한 이웃집 아이들과 함께 저항하지 않는 새끼고양이에게 돌을 던졌다가 걸렸을 때는 아이들이 오래도록 존경심을 갖고, 평생 잊지 못할 정도로 가혹한 벌을 주었다.

"실은 말이야." 빌 도련님은 이런 말을 자주 했다. "그때 난 되게 무서웠어. 엄마가 왔는데 난 엄마가 돌아버린 줄 알았어. 날 회초리로 때리고 침대에 던져버리는 거야. 난 영문도 모른 채 밥도 굶었지. 그런데 조금 있으니 엄마가 문 밖에서 우시는 거야. 나는 그 어느 때보다 그때 더 마음이 아팠어. 그러니까 우리 남자애들은 절대로 고양이한테 돌을 던지면 안 돼!"

버드 부인은 벌떡 일어서더니 남편에게 다가갔다. 그녀는 얼굴이 빨개졌는데, 그 때문에 평소보다 더 예뻐 보였다. 그녀는 결연한 태도로, 단호한 목소리로 말했다.

"여보, 당신도 그런 법이 정당하고 기독교 정신에 부합한다고 믿나요?"

"여보, 내가 그렇다고 말해도 날 총으로 쏘진 않겠지!"

"당신이 그런 짓을 하리라고는 생각할 수도 없어요. 존, 찬성하지 않았죠?"

"그렇지만 난 공정한 정치인이오."

"창피한 줄 아세요, 존! 가엾고, 집도 절도 없는 사람들을 어떻게! 그건 부끄럽고 악독하고 혐오스러운 법이에요. 나부터 그 법은 안 지킬 거예요. 기회가 오면 가장 먼저 법을 어기겠어요. 제발 그런 기회가 왔으면 좋겠어요. 꼭 그렇게 하겠어요! 그 불쌍하고 굶주린 사람들은 단지 노예라는 이유로 평생 착취를 당하고 억눌려 살았는데, 여자가 그 불쌍한 사람들에게 따뜻한 밥과 잠자리를 주지 못한다면 그 세상은 잘못된 거예요."

"하지만 여보, 내 말 들어봐요. 당신 생각은 다 옳아. 일리가 있지. 그 점 때문에 당신을 사랑하오. 하지만 여보, 감정 때문에 판단력을 잃으면 안 돼. 이건 사사로운 감정으로 다룰 문제가 아니오. 여기엔 엄청난 공공의 이익이 걸려 있어. 지금 대중이 소요를 일으키는 사태까지 이르렀다니까. 개인적인 감정은 일단 제쳐놔야 돼."

"존, 나는 정치를 전혀 모르지만 성경을 읽을 순 있어요. 성경에는 배고픈 사람에게 밥을 주고, 헐벗은 사람에게는 옷을 주고, 외로운 사람에겐 위로를 주라고 쓰여 있어요. 난 성경 말씀대로 살고 싶어요."

"하지만 당신이 그렇게 행동해서 엄청난 사회악이 생기면……."

"하나님에게 순종한다고 해서 사회악이 생기는 건 절대 아니에요. 그럴 리

없다는 걸 알아요. 하나님이 명하신 대로 행동하는 것이 항상, 언제나 가장 안전한 삶이에요."

"자, 여보, 내 말 좀 들어봐요. 이게 아주 옳다는 명확한 근거를 제시해주겠소. 뭐냐면……."

"아, 관둬요, 여보! 당신은 밤새도록 주장을 늘어놓을 수 있겠지만 그러지 마세요. 내가 단도직입적으로 말할게요. 불쌍하고 겁에 질리고 굶주린 노예가 우리 집에 오면 당신은 그 사람이 도망자라는 이유로 쫓아낼 건가요? 그럴 건가요?"

솔직히 말해 우리의 상원의원은 사실 매우 인도적이고 마음이 약한 사람인데 오늘은 운이 나쁜 경우다. 곤경에 빠진 사람을 내치는 게 그의 장기도 아니었다. 오늘 아내와의 논쟁에서 그가 구석에 몰린 것은 자기가 절대로 이길 수 없는 주제를 건드렸기 때문이었다. 그의 아내도 물론 이 점을 잘 알고 있었다. 그래서 그는 이런 경우에 시간을 버는 데 유용한 방법을 썼다. 그는 "에헴" 하고 몇 번 헛기침을 하고는 주머니에서 손수건을 꺼내 안경을 닦기 시작했다. 적군이 방어 불능의 상태에 빠진 걸 보자 버드 부인은 유리한 형세를 더 이상 밀어붙일 의욕이 없어졌다.

"당신이 그렇게 행동하는 걸 보고 싶군요. 존. 정말 보고 싶어요! 예를 들어 밖에서는 눈발이 날리는데 한 여자를 쫓아내는 모습을요. 아니면 그냥 붙잡아서 감옥에 보내겠죠. 그러지 않겠어요? 하지만 그런다고 무슨 큰 이득을 얻겠어요!"

"물론 그것은 고통스러운 의무라고 할 수 있지." 버드 씨는 겸손한 목소리로 말했다.

"의무라고요? 존! 그런 말은 쓰지 마세요! 그게 의무가 아니란 건 당신도 잘 알잖아요. 그게 무슨 의무예요! 노예가 달아나는 게 싫다면 사람들에게 노예를 잘 대해주라고 하세요. 그게 내 신조예요. 나한테 노예가 있다면, 물

론 절대로 생기지 않기를 바라지만요. 그 사람들이 나나 당신에게서 제발 도망가주기를 바랄 거예요. 행복한 사람들은 절대 도망가지 않아요. 그 불쌍한 사람들이 도망갈 때는, 추위와 굶주림과 두려움에 시달릴 만큼 시달렸고 기댈 사람이 아무도 없다는 뜻이에요. 법이 있든 말든, 난 절대로 그렇게 못해요. 하나님, 절 도와주소서!"

"여보, 메리! 여브, 내가 논리적으로 설명해줄게."

"여보, 난 논리를 싫어해요. 특히 그런 주제에 대한 논리는 더 질색이에요. 정치하는 사람들은 누가 봐도 옳은 일을 감언이설로 잘 속이잖아요. 자기한테 일이 닥치면 그 말을 믿지도 않으면서요. 난 당신을 잘 알아요. 당신도 나처럼 그 법이 옳지 않다는 걸 잘 알아요. 그러면서도 먼저 나서서 그것을 바로잡으려고 하진 않아요."

이때 집안일을 총괄하는 흑인 하인 쿠조가 머리를 들이밀고 "마님, 부엌으로 와보세요"라고 말했다. 하인의 등장에 크게 안도한 우리의 상원의원은 짜증과 호기심이 섞인 표정으로 아내의 뒷모습을 바라본 다음 안락의자에 앉아 신문을 읽기 시작했다.

잠시 후, 문 밖에서 아내의 다급한 목소리가 들렸다. "여보! 빨리 이리 오세요."

신문을 내려놓고 부엌에 들어간 그는 눈앞에 펼쳐진 광경에 소스라치게 놀랐다. 젊고 호리호리한 여자가 두 개의 의자 위에 죽은 듯이 누워 있었다. 옷은 찢어졌고 신발은 한 짝만 신은 채 몸이 얼어 있었으며, 양말이 찢겨 나간 발의 상처에서는 피가 흘렀다. 그녀의 얼굴에는 학대받는 인종의 인상이 드러나 있었지만, 슬프고 애처로운 아름다움은 부인할 수 없었다. 얼굴에서 풍기는 충격적이고 차갑고 움직임 없는 죽음의 기운에 버드 씨는 온몸이 떨렸다. 그는 숨을 가쁘게 쉬며 말없이 서 있었다. 아내와 이 집안에서 유일한 유색인인 디나 할멈이 여인을 살리기 위해 부지런히 움직이는 동안, 쿠조 노인은 사내아이를 무릎에 앉힌 다음 재빨리 신발과 양말을 벗기고 차가운 발을 문질러주었다.

"차마 눈 뜨고 못 봐주겠구먼요." 디나 할멈이 측은하다는 목소리로 말했다. "아마 열 때문에 기절한 것 같아요. 들어올 때만 해도 꽤 기운이 있었어요. 여기서 잠시 몸 좀 녹일 수 있냐고 묻더라고요. 그래서 내가 어디서 왔냐고 물었는데 그냥 쓰러져버리지 뭐예요. 손을 보면 힘든 일을 많이 한 사람은 아닌 것 같은데."

"불쌍한 것!" 버드 부인이 애처로운 표정으로 말하는 순간, 누워 있던 여인이 크고 검은 눈을 천천히 뜨더니 공허한 눈길로 부인을 쳐다보았다. 갑자기 고통스러운 표정이 얼굴에 스치면서 그녀는 벌떡 몸을 일으켰다. "오, 우리 해리! 그 사람들이 데려갔어요?"

이 소리에 쿠조의 무릎에서 뛰어내린 아이가 팔을 들고 그녀에게 달려갔다. "오, 여기 있었구나! 여기 있었어!" 그녀는 소리쳤다.

"오, 마님!" 여자는 다짜고짜 버드 부인에게 말했다. "우리를 구해주세요! 그 사람들이 이 아이를 데려가지 못하게 해주세요!"

"여기에서는 아무도 당신을 해치지 못해요, 가여운 사람." 버드 부인이 달랬다. "당신은 안전하니까 겁내지 말아요."

"고맙습니다!" 여자가 손으로 얼굴을 가리고 흐느껴 울며 말했다. 아이는 우는 어머니의 무릎 사이로 파고들어갔다.

이 세상의 누구도 따라갈 수 없는 버드 부인의 자상하고 여성스러운 배려 덕분에 불쌍한 여인은 곧 안정을 찾았다. 난롯가 옆에 임시 침대가 마련되었고, 잠시 후 여인은 아이와 함께 깊은 잠에 빠졌다. 이제 원기를 회복한 듯한 아이도 엄마 팔을 베고 깊이 잠들었다. 그동안 극도의 불안감 속에 도망을 다닌 탓인지, 엄마는 자는 동안에도 아이를 아플 정도로 세게 껴안고 있었다. 마치 이 빈틈없는 자세를 몰래 풀고 아이를 데려가는 건 누구라도 용납할 수 없다는 것 같았다.

버드 부부는 이미 응접실로 들어가 있었다. 이상하게도, 응접실에서 아까 하다 만 대화는 아무도 꺼내지 않았다. 버드 부인은 바느질에 여념이 없었으며 버드 씨는 신문을 읽는 척했다.

"저 여자가 누구인지, 뭐 하는 사람인지 궁금하군!" 결국 버드 씨가 신문을 내려놓으면서 말했다.

"나중에 기운을 차리면 물어봅시다." 버드 부인이 말했다.

"참, 여보!" 잠시 신문을 읽으며 깊이 생각에 잠겼던 버드 씨가 다시 입을 열었다.

"네."

"저 여자한테는 당신 가운이 안 맞을 것 같지? 내려 입거나 잡아당기면, 어떻게 안 될까? 당신보다 키가 많이 큰 것 같긴 하던데."

"이따가 보면 알겠죠." 이렇게 말하는 버드 부인의 얼굴에 확연한 미소가 감돌았다.

또다시 침묵이 흘렀다. 이번에도 버드 씨가 침묵을 깼다.

"참, 여보!"

"네, 또 뭐예요?"

"왜, 봄버진[22]으로 만든 낡은 망토 있잖소. 내가 낮잠 잘 때 당신이 덮어주던 것 말이오. 그걸 갖다주는 게 좋겠어. 어쨌든 저 여자는 옷이 필요할 테니까."

이때 디나가 들어와 여자가 깨어났으며 안주인을 뵙고 싶어 한다고 말했다.

버드 부부는 부엌으로 들어갔고 큰 아이 둘이 부부의 뒤를 따랐다. 두 아이 중 작은 녀석은 막 침대에서 나온 참이었다.

여자는 지금 난롯가 옆에 있는 등받이가 높은 긴 의자에 앉아 차분한, 그러나 낙담한 표정으로 불길을 응시하고 있었다. 조금 전 사납게 흥분해 있던 모습과는 딴판이었다.

"날 보자고 했다며?" 버드 부인이 부드러운 목소리로 말했다. "이제 몸이 나아졌으면 좋으련만, 불쌍한 여자 같으니!"

긴 한숨소리만 대답으로 돌아올 뿐이었다. 엘리자가 검은 눈을 들어 절망과 애원이 섞인 시선으로 부인을 바라보자, 작은 여인의 눈에 눈물이 고였다.

"아무것도 무서워할 필요 없어요. 가여운 사람, 우리는 친구예요. 어디서 왔는지, 뭐가 필요한지 말해봐요." 그녀가 말했다.

"전 켄터키에서 왔습니다." 여인이 말했다.

"언제?" 버드 씨가 심문하는 일을 떠맡았다.

"어제 저녁에요."

"어떻게 강을 건넜지?"

"얼음 덩어리를 타고 건너왔어요."

"얼음 덩어리를 타고 건너왔다고!" 그 자리에 모인 모든 사람들이 일제히 말했다.

"네." 여인이 천천히 말했다. "그랬어요. 하나님이 도와주셨죠. 얼음을 타고 건너왔으니까요. 사람들이 뒤에서…… 바짝 쫓아왔거든요. 다른 방법이 없었어요!"

"마님, 얼음은 모두 큰 조각으로 쪼개져서 강물 위를 떠다니고 있어요!" 쿠조가 끼어들었다.

"나도 알아요." 여자가 거칠게 말을 받았다. "그래도 난 했어요! 나도 그게 가능하리라고 생각하지 않았어요. 건너갈 수 있을 것 같지 않았어요. 하지만 상관없었어요. 강을 건너지 못하면 죽을 수밖에 없었으니까요. 하나님이 보살펴주셨죠. 직접 경험하지 않으면 하나님의 힘이 얼마나 큰지 아무도 모릅니다." 여인은 눈을 반짝이며 말했다.

"노예인가?" 버드 씨가 말했다.

"네, 나리. 주인은 켄터키 분이었습니다."

"주인이 너에게 못되게 굴었나?"

"아닙니다. 좋은 주인님이었습니다."

"그럼 안주인이 괴롭혔나?"

"아뇨, 절대 아닙니다! 마님은 항상 잘 대해주셨습니다."

"그러면 무엇 때문에 그런 좋은 집에서 도망쳤죠? 이런 위험을 감수하면서까지."

여자는 날카로운 눈으로 버드 부인을 올려다보았다. 눈에서 그녀가 깊은 상심에 젖어 있다는 게 어쩔 수 없이 드러났다.

"마님." 여자가 불쑥 말했다. "마님은 아이를 잃은 적이 있나요?"

이 뜻밖의 질문은 부인에게 새로운 상처를 주었다. 어린아이 하나를 땅에 묻은 지 한 달밖에 안 되었기 때문이다.

버드 씨는 돌아서 창가 쪽으로 걸어갔고, 버드 부인은 눈물을 터뜨렸다. 하지만 곧 목소리를 가다듬고 리지에게 물었다.

"왜 그런 질문을 하죠? 난 막내를 얼마 전에 잃었어요."

"그러면 제 마음을 잘 아시겠군요. 저도 두 아이를 차례로 잃었어요. 제가 떠나온 그곳에 묻혀 있죠. 이제 저에게는 이 아이 하나밖에 안 남았어요. 저는 이 아이 없이 잠든 적이 없어요. 이 아이는 저의 전부예요. 밤이든 낮이든, 저에게 위안이고 자랑이에요. 그런데 사람들이 아이를 빼앗아 가려고 해요. 팔려고요. 저 남쪽으로 판대요, 마님. 이제까지 한 번도 엄마 품을 떠난 적이 없는 아이를 혼자 보낸다는 거예요! 저는 참을 수 없었어요. 정말 아이를 팔아버리면 전 무엇을 줘도 살 수 없다는 걸 잘 알아요. 그래서 주인님이 서류에 서명을 해서 아이가 팔린 걸 안 순간, 저는 한밤중에 아이를 데리고 나왔어요. 아이를 산 사람과 주인님 댁에서 일하는 몇몇 하인이 저를 쫓아왔죠. 나중에는 그 사람들 목소리가 들릴 정도로 바짝 쫓겼지요. 그래서 그냥 얼음 위로 뛰어들었어요. 어떻게 강을 건넜는지 저도 모르겠어요. 하지만 어떤 남자분이 저를 강둑 위로 올려준 것은 생각이 나요."

여인은 흐느끼지도 구슬프게 울지도 않았다. 그녀의 마음은 이미 눈물이 마른 곳에 가 있었기 때문이다. 하지만 주변의 모든 사람들은 각자의 개성대로 가슴이 미어지는 동정심을 드러내고 있었다.

두 꼬마는 손수건을 찾아 호주머니를 열심히 뒤지다 못 찾자 엄마의 긴 옷에 얼굴을 묻고 흐느껴 울면서 속이 후련해질 때까지 연신 옷자락에 눈물과 콧물을 닦았다. 버드 부인은 손수건에 얼굴을 감췄고, 검고 순박한 얼굴 위로 눈물을 줄줄 흘리던 디나 할멈은 예배 모임에서 들을 수 있음직한 감격의 탄성을 질렀다. "주님이 자비를 베푸셨어요!" 쿠조 노인은 연신 주먹으로 눈가를 문지르면서 가끔 괴이한 표정을 지었다. 물론 우리의 상원의원으로 말하자면 정치인이기 때문에 다른 사람들처럼 눈물을 기대할 순 없다. 그는 사람들을 등지고 서서 창밖을 바라보았으며, 오늘따라 유난히 열심히 목청을 가다듬고 안경을 닦으며 가끔 코를 풀었다. 예리하게 관찰할 만한 사람이 있다면 그가 스스로의 마음에 의구심이 일어날 때마다 코를 푼다는 걸 알았을 것이다.

"어떻게 네 주인이 좋은 분이라는 말을 할 수 있지?" 버드 씨는 목에 무언가 올라왔으나 단호하게 삼키면서 갑자기 여자 쪽으로 몸을 돌리고 소리쳤다.

"그분이 좋은 분이었으니까요. 전 어떤 경우라도 그분에 대해 그렇게 말할 거예요. 마님도 좋은 분이었어요. 하지만 그분들도 어쩔 수 없었죠. 그분들한테 빚이 있었어요. 무슨 일이 있었던 것 같아요. 잘 모르지만, 어떤 남자가 두 분 재산에 대한 소유권을 갖게 된 바람에 두 분도 그 사람이 하자는 대로 할 수밖에 없었어요. 주인님이 마님에게 말씀하는 걸 제가 들었거든요. 마님이 저를 위해서 빌고 애원하니까 주인님이 자기도 어쩔 수 없다, 서류가 이미 작성되었다고 얘기하셨어요. 그래서 아이를 데리고 도망 나온 겁니다. 아이를 빼앗기면 전 더 이상 살아갈 이유가 없어요. 이 아이가 제가 가진 전부니까요."

"남편은 있나?"

"네, 하지만 남편은 다른 사람의 소유예요. 남편의 주인은 남편을 정말 힘들게 해요. 절 만나게 해주질 않아요. 거의 언제나 그래요. 그분은 우리를 점점 심하게 괴롭혔고, 남편을 남쪽으로 팔아버리겠다고 위협했어요. 남편을 두 번 다시 볼 수 있을 것 같지 않아요!"

피상적인 관찰자들은 이런 사연을 늘어놓는 여인의 말투가 너무 차분해서 그녀가 감정이 없는 사람이라고 생각할지도 모른다. 하지만 그녀의 크고 검은 눈에는 조용하지만 깊이 자리 잡은 고뇌가 들어 있었고 그것은 냉담과는 전혀 다른 그녀의 심정을 웅변하고 있었다.

"그럼, 우리 가여운 애기 엄마는 어디로 갈 생각인가요?" 버드 부인이 말했다.

"캐나다요. 캐나다가 어디 있는지는 모르겠지만요. 캐나다는 아주 먼가요?" 여자는 소박하고 순진한 표정으로 버드 부인을 올려다보았다.

"불쌍한 사람." 버드 부인의 입에서 저절로 이 말이 튀어나왔다.

"아주 많이 멀어요?" 여자는 진지한 얼굴로 물었다.

"당신이 생각하는 것보다 훨씬 멀어요. 불쌍한 사람!" 버드 부인이 말했다. "하지만 방법을 궁리해볼게요. 자, 디나. 부엌 옆에 있는 자네 방에 이 사람의 침대를 만들어주게. 내일 아침에 어떻게 하면 좋을지 생각해볼 테니. 그건 그렇고, 절대로 무서워하지 말아요. 하나님을 믿어요. 하나님이 당신을 지켜주실 거예요."

버드 부인과 남편은 다시 응접실로 들어갔다. 버드 부인은 난로 앞에 놓인 작은 흔들의자에 앉아 앞뒤로 몸을 흔들며 깊이 생각에 잠겼다. 버드 씨는 큰 걸음으로 방 안을 왔다 갔다 하면서 중얼거렸다. "휴, 지독하게 골치 아픈 일이 생겼군!" 그는 아내 옆으로 성큼 다가갔다.

"여보, 저 여자는 여기서 나가야 해. 오늘밤에 당장. 그 장사꾼은 내일 아침에 동이 트자마자 냄새를 맡고 이리로 올 거요. 여자 혼자뿐이라면 사건이 잠잠해질 때까지 우리 집에 가만히 숨어 있으면 되지만, 저 아이가 시끄러운 말소리와 발소리에 가만히 있을 리 없어요. 틀림없소. 그자는 우리 집의 아무 창문이나 문을 열고 머리를 들이밀 거요. 내가 보기에 두 사람은 독 안에 든 생쥐야. 금방 잡힐 거야! 안 돼. 저 사람들은 오늘밤에 나가야 해."

"오늘밤이라고요! 어떻게 그럴 수 있어요? 어디로 간단 말이에요?"

"음, 갈 만한 데가 있지." 상원의원은 이렇게 말한 뒤, 뭔가 진지하게 생각하는 얼굴로 부츠를 신기 시작했다. 그러다 다리를 반쯤 집어넣다 말고, 양손으로 무릎을 감싸 안은 채 깊은 생각 속으로 빠져 들어갔다.

"정말 골치 아프게 됐군." 마침내 그는 이렇게 내뱉고는 부츠 끈을 다시 잡아매기 시작했다. 상원의원은 한쪽 부츠를 제대로 신은 뒤 다른 쪽 부츠를 손에 쥔 채 의자에 앉아 카펫의 문양을 열심히 바라보았다. "잘되겠지, 뭐. 빌어먹을!" 그는 급히 다른 쪽 부츠를 신은 뒤 창밖을 바라보았다.

버드 부인은 살아오면서 "내가 그럴 거라고 말했잖아요!" 따위의 말을 한 적이 없는 조신한 여자였다. 그녀는 오늘 같은 상황에서 남편이 생각하는 해결책이 뭔지 잘 알고 있었지만, 섣불리 남편 일에 간섭하지 않고 그냥 의자에 조용히 앉아 있기만 했다. '남편 나리'가 적당한 때가 되었다고 생각하면 자기 생각을 말할 테니 그때 듣겠다는 것 같았다.

"옛날에 알던 밴 트럼프라는 의뢰인이 있어. 원래 켄터키에 살던 사람인데 자기 노예들을 모두 풀어준 다음 저 샛강 위쪽으로 12킬로미터쯤 되는 곳에 집을 샀어. 숲 뒤쪽 말이오. 거기는 볼일이 없는 한 아무도 가지 않아. 금방 찾을 수 있는 곳이 아니거든. 그곳이라면 안전하게 숨어 있을 수 있을 거야.

그런데 오늘밤엔 나 말고는 마차를 몰 사람이 없다는 게 좀 걸리는군."

"왜 없어요? 쿠조도 마차를 잘 몰아요."

"응. 그렇긴 하지만 샛강을 두 번이나 건너야 하는데, 두 번째 강은 나처럼 지리를 잘 알지 않으면 건너기가 아주 위험해. 나는 말을 타고 그 강을 골백 번도 더 건넜으니까 길을 정확하게 알지. 그런데 다른 방법이 없군. 쿠조더러 아주 빨리, 열두시까지는 말을 갖다 놓으라고 해야겠어. 머리를 좀 써야 겠어. 저 여자를 그곳에 데려다준 다음, 쿠조가 나를 선술집에 데려갔다가, 다시 콜럼버스 행 역마차 정거장에 데려다주는 거야. 역마차는 서너시쯤 올 거야. 그러면 누가 봐도 내가 그것 때문에 온 줄 알겠지. 날이 밝는 대로 시작해야지. 거기 가면 짠돌이처럼 보이겠군. 그래도 할 수 없지!"

"오늘은 당신 마음이 머리보다 좋은 것 같네요." 부인은 작고 하얀 손으로 남편의 손을 잡았다. "나는 당신보다 더 당신을 잘 알아요. 그렇지 않았다면 당신을 사랑할 수 있겠어요?" 아담한 부인은 눈에 고인 눈물이 반짝이자 더 아름다워 보였다. 상원의원은 이렇게 예쁜 아내를 이렇게 감탄시킨 걸 보니 자기는 틀림없이 똑똑한 사람이라고 생각했다. 이렇게 되었으니 그는 근엄한 자세로 밖에 나가 마차를 준비할 수밖에 없었다. 그런데 그는 문 앞에서 멈춰 잠시 생각하더니 뒤돌았다. 그러고는 약간 머뭇거리며 말했다.

"여보, 당신이 어떻게 생각할지 모르겠는데, 저 서랍에 헨리가 쓰던 물건이 가득 들어 있잖소." 그는 이렇게 말한 뒤 급히 뒤돌아 문을 닫고 나갔다.

상원의원의 아내는 거실에 붙어 있는 작은 침실로 촛불을 들고 들어갔다. 그녀는 촛불을 서랍장 위에 내려놓고 한쪽 구석에서 열쇠를 가져와 서랍의 열쇠구멍에 깊이 넣었다. 그리고 가만히 있었다. 여느 아이들처럼 엄마 뒤를 졸졸 따라온 두 남자아이가 말없이, 그러나 심각한 표정으로 엄마를 쳐다보았다. 오, 이 글을 읽는 어머니들이여, 여러분의 집에도 그런 서랍이나 장이 있는가? 그런 어머니들에게 서랍의 열쇠구멍은 그 가여운 아가의 무덤

화요일 아홉시, 노예 매매장

노예선 선장들은 시장에 나온 노예들을 꼼꼼히 살핀다.
노예들은 네 명 또는 여섯 명씩 한 묶음이 되어 배에 실리게 될 것이다.
긴장이 고조된다. 포획된 노예들의 얼굴에는
그 어느 때보다 큰 절망이 서려 있다.

인간 상품들의 최종 도착지가 될
미국 남부의 여러 주.

으로 통하는 구멍일 것이다. 아, 그런 게 없다면 당신은 행복한 엄마다.

버드 부인은 천천히 서랍을 열었다. 거기엔 스타일과 무늬가 다른 몇 벌의 외투, 턱받이 더미, 여러 켤레의 작은 양말이 놓여 있었다. 발가락 부분이 닳고 해진 작은 구두 한 켤레도 포장지 사이로 삐죽 나와 있었다. 장난감 말과 마차, 팽이, 공도 있었다. 많은 눈물과 슬픔이 담긴 추억의 물건들이 한자리에 모여 있었다! 그녀는 서랍 옆에 주저앉아, 두 손으로 얼굴을 감싸고는 손가락 사이로 흘러내린 눈물이 서랍 속으로 떨어질 때까지 흐느껴 울었다. 그러다 갑자기 머리를 들더니 빠른 손놀림으로 단순하면서도 튼튼한 물건들을 골라 광주리에 담기 시작했다.

"엄마, 이것들을 다 버리시려고요?" 아이 중 하나가 엄마 팔을 살짝 잡으며 말했다.

"얘들아." 여자는 부드럽고 진지한 목소리로 말했다. "우리 귀엽고 예쁜 막내 헨리도 하늘에서 내려다보면서 좋아할 거야. 엄마도 이것들을 평범한 사람이나 행복한 사람에게는 주고 싶지 않아. 하지만 엄마보다 더 가슴 아파하고 더 슬퍼하는 사람에게는 줄 거야. 하나님이 이 물건들과 함께 그 사람에게 축복을 주실 거야!"

잠시 후, 버드 부인은 옷장을 열어 단순하고 실용적인 옷을 두어 벌 꺼낸 다음, 바늘, 가위, 골무 등을 옆에 놓고 작업대 앞에 앉아 조용히 남편이 부탁한 '골치 아픈' 일을 시작했다. 그녀의 바쁜 손놀림은 방구석에 있는 낡은 시계의 종이 열두 번 울릴 때까지 계속되었다. 문 밖에서 마차바퀴 소리가 나지막이 들려왔다.

"여보, 여자를 깨워줘. 지금 떠나야 해." 남편이 손에 외투를 들고 방에 들어오며 말했다.

　버드 부인은 챙겨놓은 잡다한 물건들을 급히 작은 트렁크에 넣은 뒤 남편에게 그것을 마차에 실어달라고 당부하고 나서 여자를 깨우러 갔다. 잠시 후 외투, 보닛, 그리고 은인의 소유였던 숄로 단장한 엘리자가 아이를 안고 문 앞에 나타났다. 버드 씨는 서둘러 리지를 마차에 태웠고, 버드 부인은 그녀의 뒤를 따라 마차 계단까지 올라섰다. 엘리자가 마차 밖으로 몸을 내밀고 손을 뻗자 부드럽고 아름다운 다른 손이 그 손을 잡았다. 엘리자는 간절한 의미가 담긴 크고 검은 눈으로 버드 부인의 얼굴을 가만히 응시했다. 무슨 말을 하려는 것 같았다. 그녀의 입술이 움직였다. 한두 번 무슨 말을 하려고 했지만 아무 소리도 나오지 않았다. 다만, 절대 잊을 수 없는 표정으로 하늘을 손으로 가리킨 뒤 그녀는 의자에 등을 기댄 채 손으로 얼굴을 감쌌다. 문이 닫히고 마차는 출발했다.

　애국심이 넘치던 우리 상원의원이 이게 무슨 일인가! 일주일 전만 해도 조국의 의회에서 도주 노예들, 그들을 숨겨주고 방조한 자들을 더욱 강력하게 단속하기 위한 입법을 추진하던 그가 아니었던가!

　이 고장 토박이이자 선량한 우리의 상원의원은 웅변에 관한 한 워싱턴 정가에서 어떤 동료 의원에게도 뒤지지 않았다. 그는 탁월한 웅변 실력으로 불멸의 명성을 얻었다. 주머니에 손을 꽂은 채 기품 있는 자세로 앉아서, 위대한 공공의 이익에 비하면 한 줌밖에 되지 않는 미천한 도주 노예들의 복지를 우선하는 자들의 정신적 나약함을 꾸짖던 그가 아니었던가!

　그는 그 문제에 관한 한 사자처럼 용감했으며, 자신뿐 아니라 그의 연설을 듣는 모든 사람들을 '강력하게 설득했다.' 하지만 도주 노예에 대해 그가 가진 개념은 그 단어의 사전적 의미에 지나지 않았다. 아니면 기껏해야 신문에 가끔 나오는 사진, 즉 하단에 '도주 노예'라는 설명과 함께 잔뜩 짐을 진 채 지팡이를 짚고 있는 노예 사진을 통해 얻은 이미지밖에 없었다. 진정으

로 고통에 시달리는 존재, 간청하는 인간의 눈, 공포에 떨고 있는 연약한 손, 절망적인 고뇌에 빠진 사람의 애절한 호소 같은 것을 그는 한 번도 보지 못했다. 절망적인 엄마, 그리고 지금 죽은 자기 아들의 작은 모자를 쓰고 있는 의지할 데 없는 아이도 그런 도망자의 신세로 전락할 수 있다는 생각을 그는 한 번도 하지 못했다. 우리의 연약한 상원의원은 돌이나 강철로 만들어진 사람이 아니라, 그냥 보통 사람이었다. 그것도 숭고한 마음을 가진 사람이었다. 독자들은 지금 그가 애국심을 시험당하는 딱한 처지에 빠졌다는 걸 알아야 한다. 그리고 그를 보고 남부 주에도 선량한 동포가 있다며 환호할 필요는 없다. 우리는 여러분도 이와 비슷한 상황이 닥치면 이 정도의 선행을 베풀리라는 것을 분명하게 느낀다. 우리는 미시시피 지역처럼 켄터키에도 노예들의 수난사에 가슴 아파하는 숭고하고 관대한 사람들이 있다는 걸 여러 근거를 통해 잘 알고 있다. 아, 선량한 형제들이여! 그대들이 우리의 상원의원과 같은 입장이라면 용감하고 숭고한 정신으로 그들을 도울 것이라고 기대해도 괜찮지 않겠나? 아무튼 우리의 착한 상원의원은 정치적으로 죄인인지는 모르겠으나, 지금 한밤의 고행을 통해 속죄하는 길을 가고 있다. 장마가 장기간 계속된 탓에, 지금 오하이오의 부드럽고 비옥한 땅은 진흙탕으로 변하는 데 감탄스러울 만큼 적합했다. 그리고 그 길은 유명한 오하이오 철길이었다.

"그런데 길은 다 비슷하지 않은가?" 철길이라는 개념에 익숙하지 않은 동부 출신 여행자들은 부드럽고 빨리 달릴 수 있는 길만 연상하며 이렇게 말한다.

그렇지만 순진한 동부의 친구여, 서부의 개척이 덜 된 지역에는 깊이를 알 수 없는 지독한 진창길이 있다는 사실을 알아야 한다. 그런 길은 둥그렇고 거친 통나무들을 횡으로 늘어놓고 그 사이를 흙이나 뗏장 또는 손에 잡히는 아무 걸로나 채워놓았는데, 그 동네 사람들은 그것을 길이라고 부르며 그런 곳을 말을 타고 다닌다. 그렇게 만들어진 길은 시간이 흐르고 비를 맞으면 흙과 잔디가 몽땅 씻겨 나가고, 통나무들은 원래 자리에서 올라가거나 내려가거나 열십자로 포개지는 등 정말 가관이 되며, 그 틈은 검은 진흙이 메운다.

우리의 상원의원은 이런 길을 덜커덕거리고 달려가면서 상황이 허락하는 한 끈질기게 도덕적 반성을 계속하고 있었다. 마차는 철벅, 찌익 소리를 내며 진흙탕 길을 계속 달려갔다. 상원의원과 여자와 아이는 그럴 때마다 몸이 갑자기 쏠려 내리막길 쪽 창문에 몸을 부딪히기 일쑤였다. 마차가 진흙에 빠지자 밖에서 말을 몰던 쿠조가 안간힘을 쓰며 말들을 독려하는 소리가 들렸다. 그는 온갖 방법으로 마차를 끌어내려 했으나 소용이 없었다. 상원의원의 인내심이 바닥나려 할 때 마차가 갑자기 제자리에 올라서는가 싶더니 또다시 앞바퀴 두 개가 다른 깊은 진흙탕에 처박혔다. 그 바람에 상원의원과 여자와 아이는 냅다 앞좌석으로 굴러갔다. 상원의원의 모자가 찌그러지면서 그의 눈과 코를 덮었다. 그는 체면이 구겨졌다고 느꼈다. 아이는 울기 시작했다. 쿠조가 밖에서 연신 고함을 지르며 채찍질을 하자, 말들은 발길질을 해대고, 펄쩍펄쩍 뛰면서 일어서려고 안간힘을 다했다. 마차가 다시 한 번 튀어 올랐고 이번에는 뒷바퀴가 빠졌다. 상원의원, 여자, 아이는 모두 뒷좌석 쪽으로 날아갔다. 상원의원의 팔꿈치가 엘리자의 보닛을 강타했고, 그의 모자는 그녀의 두 다리에 걸어차여 허공으로 날아갔다. 잠시 후 마차는 '수렁'에서 벗어났다. 말들은 걸음을 멈추고 숨을 헐떡였다. 상원의원은 모자를 찾아 바로 썼고, 리지는 보닛을 바로 쓰고 아이를 달랬다. 그들은 앞으로 닥칠 사고에 대비해 마음을 단단히 먹었다.

그리고 한동안 밖에서는 철벅철벅 하는 소리만 들렸고, 마차가 기울거나 흔들리는 소리만이 간헐적으로 들렸다. 사람들은 그래도 최악의 상황은 아니라고 스스로 위안하기 시작했지만 마차는 이내 푹 꺼진 땅으로 곤두박질쳤다. 그 바람에 사람들은 눈 깜짝할 사이에 일제히 일어섰다가 다시 의자에 주저앉았다. 마차가 멈췄다. 밖에서 한동안 소동이 이어진 뒤 쿠조가 문 쪽으로 다가왔다.

"주인님, 지형이 아주 좋지 않습니다. 어떻게 여기서 나가야 할지 모르겠어요. 통나무가 더 있어야 할 것 같습니다."

낙담한 상원의원은 발 디딜 만한 굳은 땅을 골라 조심스럽게 마차에서 내렸다. 그러나 한쪽 발이 깊은 수렁 속으로 쑥 들어갔다. 그는 발을 빼려다가 몸의 균형을 잃고 진흙탕 속을 뒹굴었으며, 쿠조의 도움을 받아 끔찍한 몰골로 간신히 빠져나왔다.

우리는 순전히 독자들을 배려해 그다음 이야기를 건너뛰려 한다. 한밤중을 틈타 철도 침목을 빼내어 진흙 수렁에 빠진 자기 마차의 버팀목으로 사용한 경험이 있는 서부의 여행자들은 우리의 불운한 영웅들에게 존경 어린 동정을 보내리라고 믿는다.

아주 늦은 밤, 드디어 마차는 진흙으로 범벅이 된 채 계곡을 빠져나와 여전히 흙탕물을 뚝뚝 떨어뜨리며 어느 큰 농장 집의 현관문 앞에 섰다.

그 집 사람들을 깨우는 데는 상당한 인내심이 필요했다. 결국 집주인이 나와 문을 열어주었다. 그는 체구와 키가 컸으며, 털이 많았다. 키는 양말 두께까지 포함해 180센티미터가 훌쩍 넘어 보였고, 붉은 플란넬 사냥용 셔츠를 입고 있었다. 엷은 갈색의 굵은 머리카락은 마구 헝클어져 있었고, 오랫동안 깎지 않은 수염 때문에 아무리 좋게 보아도 별로 호감이 가지 않는 인상을 풍겼다. 그는 어둠 속에서 촛불을 켜든 채 알 수 없는 표정으로 잠시 우리의 여행자들을 쳐다보았다. 우리의 상원의원이 그에게 상황을 완전히 이해시키는 데는 상당한 노력이 필요했다. 그가 최선을 다해 자기 일을 하는 동안, 독자들에게 집주인을 간단히 소개하도록 하자.

정직한 늙은이 존 밴 트럼프는 한때 켄터키 주에서 넓은 토지와 많은 노예

노예 선적

오후 세시, 도르래와 톱니의 삐걱거림으로 소란스러운 노예선.
150번째 희생자를 삼키려 입을 떡 벌리고 있는 배의 화물칸.

화물칸 속

어두컴컴한 화물칸은 노예들이 뒤척이는 바람에 이리저리 부딪치고 긁히는 쇠사슬 소리,
간간이 새어 나오는 훌쩍거림과 탁한 공기로 인한 잔기침 소리로 가득하다.
노예들로서는 알 수 없는 불안한 목적지를 향해 항해를 시작한 지 벌써 여러 날,
피로와 고통으로 얼룩진 그들의 표정에서 발견할 수 있는 것이라곤 슬픔과 절망뿐이다.
뜨거운 열기는 당장이라도 숨을 끊어놓을 듯하다.

선적된 노예들의 생활

포획된 노예들에게는 일주일에 두 번씩
물을 탄 럼주 반 잔이 배급된다.

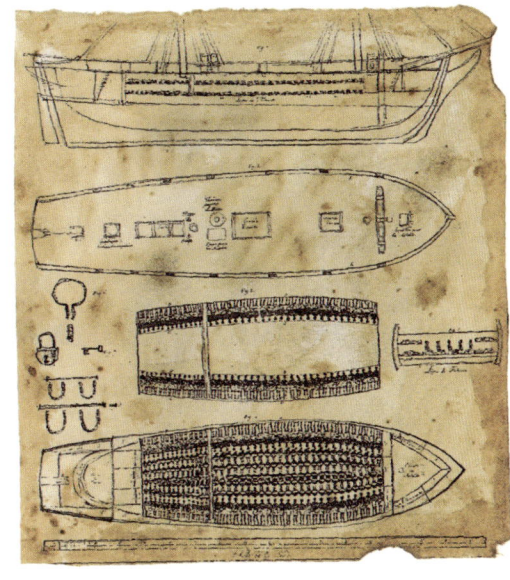

노예들은 흔히 쓰는 표현으로 숟가락 포개듯 정렬되어 선적된다.

채찍을 들고 노예들의 '춤'을
감시하고 있는 이등 항해사 해리엇.
"저렇게 춤을 추게 해야 발이 저리지 않거든요!"라는
그의 설명이 이어진다.

141

목수

노예선에 탑승한 목수장 조지프.
노예선이 아프리카 해안을 따라 출범할 준비를 하는 동안
화물창을 정돈하는 일을 한다.

들을 소유하고 살던 부자였다. 몸집에 걸맞게 성격도 통이 크고 정직하며 마음이 따뜻한 그는 오랫동안 지배자와 피지배자에게 똑같이 나쁜 노예제도의 역기능을 불편한 마음으로 지켜보았다. 그러다 어느 날, 존의 위대한 마음은 이런 속박을 계속 견딜 수 없을 만큼 크게 부풀어 올랐다. 그래서 그는 오하이오로 가서 비옥한 땅을 구입했다. 그리고 남녀노소 할 것 없이 자기가 데리고 있는 모든 노예에게 해방 문서를 쥐여주고는 마차에 태워 모두 내보냈다. 정직한 존 자신은 계곡 쪽으로 향해, 오지의 농장에 조용히 정착해 양심과 추억을 즐기며 조용하게 살고 있었다.

"당신은 노예 사냥꾼에게 쫓기는 불쌍한 여자와 아이에게 은신처를 제공해주시겠소?" 상원의원은 단도직입적으로 물었다.

"그러겠소." 정직한 존은 또렷한 목소리로 말했다.

"나도 그러실 줄 알았소이다." 상원의원이 말했다.

"오고 싶은 사람이 있으면 오라고 하시오." 크고 근육질인 사내는 상체를 앞으로 내밀며 말했다. "그래서 내가 여기 살고 있는 거니까. 아들이 일곱 명 있는데 모두 키가 180센티미터가 넘소. 언제라도 도울 준비가 돼 있는 애들이오. 환영한다고 전하시오." 존이 계속 말했다. "아무 때라도 연락하라고 하시오. 언제 어느 때 도움을 청하든 우린 상관없소." 존은 덕지덕지 엉켜 있는 머리칼을 손가락으로 쓸어 넘기면서 호탕한 웃음을 터뜨렸다.

엘리자가 잠에 곯아떨어진 아이를 품에 안은 채 지친 몸을 이끌고 간신히 문으로 다가왔다. 투박한 사내가 촛불로 그녀의 얼굴을 비췄다. 그는 동정의 말을 몇 마디 중얼거리면서 커다란 부엌 옆에 붙은 작은 침실 문을 열어준 뒤 안으로 들어가라고 손짓했다. 그는 새 초를 꺼내 불을 붙인 뒤 탁자에 내려놓았다. 그리고 엘리자에게 말을 걸었다.

"자, 색시, 일단 우리 집에 들어오면 조금도 무서워할 필요 없어요. 내가 다 알아서 하리다." 그는 벽난로 선반 위에 걸려 있는 두어 자루의 라이플 장총을 가리키며 말했다. "그리고 나를 아는 사람들은 우리 집에 온 손님을 함부로 데려가려고 하면 신상에 안 좋다는 걸 알아요. 그러니 이제 색시는 엄마가 재워주는 것처럼 조용히 잠이나 자요." 그는 문을 닫고 나갔다.

노예선의 중갑판은 교역 상품들로 가득 채워져 있다가 배가 고래 부근에 정박하자마자 비워진다. 목수장 조지프는 중간 높이에 마루를 깔고 남자와 여자를 분리하는 칸막이를 설치해 중갑판을 정돈한다. 천장의 높이는 채 1미터가 되지 않아 포획된 노예들은 어떠한 경우에도 일어설 수가 없다. 길이 31미터의 배에 500명이 넘는 사람들이 뒤얽힌데다가 식량과 물통 450개가 더해지므로 노예들의 밀집 상태는 상상을 초월한다.

"음, 보기 드문 미인이구먼." 그는 상원의원에게 말했다. "잘생긴 사람들은 도망가야 할 큰 이유가 있지. 고상한 여자가 지녀야 할 그런 관념이 있다면 말이오. 그 점에 대해서는 내가 잘 알아요."

상원의원은 엘리자의 사연을 간단히 설명해주었다.

"저런, 정말이오?" 착한 남자는 동정을 표시했다. "햐! 그건 자연의 섭리인데. 사슴처럼 쫓기다니, 불쌍한 사람이로군. 사냥을 당하다니, 지극히 당연한 일을 했는데, 어머니로서 마땅히 해야 할 일을 했다는 이유로 사냥꾼에게 쫓기다니! 이런 얘기를 들으면 욕이 안 나올 수가 없습니다." 정직한 존은 크고 반점이 있는 손등으로 눈가를 훔치며 말했다. "누구신지 모르나 내 말 좀 들어보시오. 난 예전에 한동안 교회에 다녔소. 우리 동네 목사가 성경 말씀이 하도 좋다고 떠들었기 때문이죠. 그런데 나는 그들이 말하는 그리스 정신과 히브리 정신에 찬성할 수 없었고, 그래서 그 후론 교회에 다니지 않았소. 그리스 정신을 제대로 알려주는 목사를 만날 때까지는 말이오. 그 목사는 정반대로 얘기했고, 그래서 나는 다시 마음을 잡고 교회에 다녔어요. 실은 지금도 다니고 있지요." 존은 이런 중대한 이야기를 하면서도, 말하는 내내 사이다의 병마개를 따고 있었다.

"선생도 날이 밝을 때까지 여기서 쉬는 게 좋겠소." 그는 진심으로 말했다. "우리 할멈을 불러 금방 잠자리를 마련해주리다."

"고맙소, 친구." 상원의원이 말했다. "하지만 가야 해요. 콜럼버스로 가는 밤 마차를 타야 하기 때문이죠."

"그래요? 꼭 가야 한다면 내가 조금만 길 안내를 해주겠소. 당신이 왔던 길보다 훨씬 편한 길을 가르쳐드리리다. 요새 길 사정이 아주 안 좋아요."

존은 장비를 챙기고 손에 랜턴을 들고 다시 나와 상원의원의 마차를 자기 집 뒤쪽으로 난 길로 안내했다. 헤어질 때 상원의원은 그의 손에 10달러짜리 지폐를 쥐여주었다.

"그 여자를 위해 써주시오." 그는 짧게 말했다.

"아, 예." 존도 간결하게 대답했다.

두 사람은 악수를 나눈 뒤 헤어졌다.

chapter 10
팔려 가는 노예

2월 어느 날 아침, 톰 아저씨의 오두막집 창밖 너머 잿빛 하늘에서 보슬비가 내렸다. 안에서는 침울한 얼굴들, 슬픔에 잠긴 사람들의 모습이 보였다. 난로

앞에 다림질용 천이 덮여 있는 탁자가 있었다. 방금 다린 거칠지만 깨끗한 한두 장의 셔츠가 난로 옆 의자의 등받이에 걸쳐져 있고, 클로이는 탁자 위에 다른 셔츠를 펼쳐놓고 있었다. 그녀는 솔기와 접힌 부분을 일일이 손으로 문질러 정성껏 다리면서 가끔씩 손을 들어 뺨에 흘러내리는 눈물을 닦았다.

그 옆에서 톰이 턱을 괸 채 무릎 위에 올려놓은 성경을 읽었다. 아무도 말을 하지 않았다. 아직 시각이 일러, 아이들은 바퀴 달린 침대 위에 서로 엉킨 채 깊이 잠들어 있었다.

톰은 인자하고 자기 가족을 끔찍이 아꼈다. 가족을 사랑하는 마음은 사실 이들에게는 고통의 근원이지만, 어쨌든 톰은 이 불행한 인종의 특성을 모두 지닌 사람이었다. 톰은 자리에서 일어나 말없이 아이들을 보러 갔다.

"이게 마지막이군." 그가 말했다.

클로이는 대답하지 않았다. 이미 맨들맨들해진 셔츠를 다리미로 문지르고 또 문지를 뿐이었다. 마침내 그녀는 다리미를 거칠게 내려놓고는 탁자 앞에 앉아 서럽게 울기 시작했다.

"이렇게 포기해야 하나요? 오, 주님, 어떻게 해야 하나요? 당신이 어디로 갈지, 어떤 대우를 받을지 전혀 모르는데! 마님은 일이 년 안에 당신을 다시 데려오겠다고 하시지만 한 번 나간 사람이 다시 오는 걸 나는 못 봤어요! 백인들 손에 죽겠죠! 대농장에서 일을 얼마나 힘하게 시키는지 다 들었다고요."

"거기에도 똑같은 하나님이 계셔, 클로이. 여기하고 똑같아."

"그럴지도 모르죠. 하지만 주님은 가끔 끔찍한 일이 생겨도 눈을 감아주세요. 그런 말로는 안심이 안 돼요." 클로이 아줌마가 말했다.

"나는 주님 손에 있어. 주님이 허락하지 않은 일은 절대로 일어나지 않아. 그리고 주님께 감사할 일이 하나 있어. 팔려 가는 사람이 나라는 거, 당신이나 우리 애들이 아니라는 거 말이야. 당신은 이 집에서 안전하게 살 수 있잖아. 무슨 일이 생겨도 나한테만 생길 테니 얼마나 좋아. 우리 주님이 날 보살펴주실 거야. 난 알아."

아, 용감하고 남자다운 톰은 슬픔을 억누르고 사랑하는 가족을 이렇게 위로했다! 목소리는 잠겼고 자꾸 목이 메었지만, 톰은 용감하고 꿋꿋하게 말했다.

"우리가 받은 자비를 생각하자구!" 톰은 정말 그것을 열심히 생각해야 한다고 확신하는 것 같았다.

"자비라고요!" 클로이가 말했다. "이런 일에 무슨 자비가 있어요? 이건 옳지 않아요! 주인님은 자기 빚 때문에 당신을 데려가게 해서는 안 돼요. 당신은 주인님이 당신 몸값으로 받은 돈보다 두 배는 더 일해줬어요. 주인님은 당신에게 자유를 주겠다고 약속했어요. 오래전에 약속했잖아요. 아마 주인님도 다른 도리가 없어서 그랬겠지만 그래도 이건 옳지 않아요. 그 점은 누구에게라도 자신 있게 말할 수 있어요. 당신처럼 충직한 하인이 어디 있어요? 무슨 일을 시켜도 다 해드렸잖아요. 마누라나 자식들보다 언제나 주인님 생각을 먼저 했잖아요! 그런데 빚을 갚겠다고 충성과 피를 바친 사람을 팔겠다니, 하늘도 무심하시지!"

"클로이, 그만 해. 당신이 나를 사랑한다면 그렇게 말하지 마. 어쩌면 지금이 우리가 함께 보내는 마지막 시간인지도 모르는데. 그리고 분명히 말하는데, 다시는 주인님 원망하는 소린 듣고 싶지 않아. 주인님은 아기 때부터 내 품에서 자랐어. 내가 주인님을 끔찍하게 생각하는 건 당연해. 그분에게 이 불쌍한 톰을 그렇게 많이 생각해주도록 바랄 수는 없어. 주인님은 처리해야 할 일이 아주 많아. 당연히 이런 일에 많이 신경 쓸 수가 없지. 그걸 바라는 건 무리야. 그분을 다른 백인 주인들과 비교해봐. 누가 나만큼 좋은 대우와 생활을 누렸어? 그리고 주인님이 미리 알았다면 절대로 이런 일이 생기게 내버려두지 않으셨을 거야. 난 알아."

"아무튼 이번 일은 옳지 않아요." 클로이가 말했다. 정의에 대한 완고한 신념은 그녀의 특징이기도 했다. "정확하게 짚어낼 수는 없지만, 옳지 않부분이 있어요. 난 똑똑히 알아요."

"하늘에 계신 주님을 생각해야 해. 그분은 이 세상 어느 것보다 높아. 그분이 허락하지 않으면 참새 한 마리도 떨어지지 않아."

"그런 말은 위로가 안 돼요. 하지만 생각은 해볼게요." 클로이가 말했다. "아무리 얘기해도 무슨 소용이 있겠어요. 옥수수 케이크를 만들어 아침을 잘 차려줄게요. 당신이 이런 음식을 또 언제 먹을 수 있겠어요?"

남쪽으로 팔려 가는 흑인들의 고통을 제대로 알리면 이 인종은 유난히 감정이 풍부하다는 사실을 명심해야 한다. 그들의 고향에 대한 애착은 절대로 변하지 않는다. 그들은 천성적으로 대담하거나 진취적이지는 않지만, 가정을 사랑하고 정이 많다. 이런 감정적인 특성에 알 수 없는 미래에 대한 두려움이 더해지고, 이것에 다시 남쪽으로 팔려 간다는 점이 보태지면, 이곳에서 태어나고 자란 흑인에게는 최고로 무서운 형벌이 된다. 이들에게 어떤 채찍질이나 고문보다 더 두려운 벌은 강 남쪽으로 팔아버린다는 위협이다. 우리는 이들이 잡담을 나누면서 이런 감정, 이런 공포에 대해 이야기하는 걸 직접 듣고 보았다. 이들에게 '강 남쪽'은 "어떤 여행자도 한 번 가면 돌아오지 못하는 미지의 땅"이었다.

캐나다에서 흑인 도망자들과 함께 생활하는 어떤 선교사는 탈출한 흑인들의 고백을 들어보면, 대체로 비교적 친절한 주인에게서 도주한 것이라고 한다. 거의 모든 경우, 자신들이 남쪽으로 팔려 갈 것이라는 절망적인 공포 때문에, 즉 자신이나 남편, 아내, 또는 아이들 앞에 드리워진 불길한 운명 때문에 도주의 위험을 감수한다는 것이다. 천성적으로 참을성이 많고 얌전하며 모험심이 약한 이 아프리카 출신 노예들에게 영웅적인 용기를 주고, 이들로 하여금 굶주림, 추위와 고통, 황야의 위험, 그리고 다시 체포될 경우에 겪게 될 훨씬 끔찍한 형벌을 무릅쓰게 만드는 것이 바로 남부로 보내진다는 두려움인 것이다.

식탁에 차려진 단출한 아침식사에서 김이 피어올랐다. 이날 아침, 셸비 부인은 클로이에게 저택의 아침상을 차리는 일을 면제해주었다. 이 가여운 여인은 이 작별의 만찬을 차리는 데 온 정성을 쏟았다. 그녀는 가장 좋은 닭을 잡았고, 남편의 입맛에 맞춰 옥수수 케이크를 준비했으며, 벽난로 선반에 모셔둔 항아리 속의 재료들로 아침상을 차렸다. 그것은 특별한 경우가 아니면 절대 건드리지 않는 비밀의 재료들이었다.

"야, 피트, 진수성찬이야!" 모스가 신이 나서 외치면서 맛좋은 닭고기를 잡았다.

클로이가 따귀를 갈겼다. "손 떼지 못해! 불쌍한 아버지와 마지막으로 먹는 아침식사인데 아주 신이 났구나!"

"오, 클로이!" 톰이 부드럽게 말했다.

"아, 나도 모르게 그만." 클로이가 앞치마로 얼굴을 감싸며 말했다. "마음이 너무 심란하니까 못된 행동이 나오네요."

사내아이들은 말없이 서서 처음에는 아버지를, 그다음에는 어머니를 쳐다봤다. 그때 엄마의 옷을 잡고 기어오르던 아기가 보채기 시작했다.

"그만!" 클로이는 눈물을 훔치면서 아기를 안았다. "이젠 됐다. 어서 먹어라. 제일 좋은 닭을 잡았다. 애들아, 너희들도 어서 먹어, 불쌍한 것들! 에미가 좀 심했다."

사내아이들은 다시 권할 필요도 없이, 먹을 수 있는 것은 모두 열심히 제 입에 넣었다. 아이들은 이런 일에 능숙했다. 이렇게 식구가 많은 집에서 꾸물거렸다간 금방 먹을 게 바닥나기 때문이었다.

"그럼, 당신 옷을 챙길게요." 식사를 마친 클로이가 부지런히 돌아다녔다. "놈들이 다 빼앗을 거예요. 그놈들 수법을 잘 알아요. 정말 더러운 놈들이야! 자, 류머티즘에 좋은 이 플란넬 옷은 이쪽 구석에 넣을게요. 그러니까 조심해요. 이제 당신을 챙겨줄 사람이 없으니까요. 이것은 오래된 셔츠들이고,

이쪽에 있는 건 새 셔츠예요. 양말은 어젯밤에 다 기워놓긴 했지만 나중에 꿰맬 때 편하게 쓰워서 쓰라고 볼도 넣어뒀어요. 아, 이제 누가 당신 양말을 꿰매줄까!" 클로이는 설움이 다시 북받쳐 올라 상자에 머리를 기대고 흐느껴 울기 시작했다. "생각해보세요! 당신이 병들든 건강하든, 아무도 당신을 돌봐주는 사람이 없잖아요! 난 앞으로 착하게 살 생각 없어요!"

식탁에 올라와 있던 모든 음식을 다 먹어치운 아이들은 이제야 상황이 좀 이상하다는 생각이 들기 시작했다. 어머니의 우는 모습을 보고, 아버지의 슬픈 얼굴을 본 아이들은 훌쩍거리며 눈가에 손을 댔다. 톰 아저씨는 아기를 무릎 위에 올려놓고 마음껏 놀게 내버려두었다. 아기는 아빠의 얼굴을 할퀴고 머리칼을 잡아당겼다. 또한 가끔 기쁨의 웃음을 터뜨렸는데, 그것은 순전히 자기 마음에서 우러나온 웃음 같았다.

"아이구 불쌍한 것! 너도 언젠가는 이런 꼴을 당하겠지. 너도 네 남편이 팔려 가는 걸 보게 되겠지. 아니면 네가 팔려 가거나. 이 사내놈들도 마찬가지일 테지. 얘들도 좋은 값에 임자가 나오면 언제라도 팔려 가겠죠. 깜둥이들은 살아봐야 소용없어요!"

이때 한 아이가 소리쳤다. "저기, 마님이 오세요."

"마님도 아무 도움이 안 돼요. 그런데 왜 오시지?" 클로이가 말했다.

셸비 부인이 들어왔다. 클로이는 퉁명스럽게 의자를 내주었다. 그녀는 클로이의 행동이나 태도에 전혀 신경 쓰지 않는 것 같았다. 그녀의 얼굴은 창백했고 근심이 어려 있었다.

"톰, 내가 왜 왔냐면……." 그녀는 갑자기 말을 멈추고 말없이 그 자리에 있는 사람들을 쳐다보더니 의자에 앉았다. 그리고 얼굴을 손수건으로 가리고 흐느끼기 시작했다.

"아, 마님, 이러지 마세요!" 클로이가 울음을 터뜨렸고, 한동안 모든 사람들이 일제히 구슬프게 울었다. 신분의 높고 낮음을 막론하고 이 자리에 모

인 이들이 함께 흘린 눈물 속에서, 압박받는 자들의 설움과 분노가 조금이나마 사라졌다. 오, 고통 받는 사람을 방문한 여러분이여, 돈으로 무엇을 못 사겠느냐만 그것을 차갑고 꺼림칙한 얼굴로 준다면 그것은 진정한 동정심에서 우러나온 눈물 한 방울보다 가치가 없다는 걸 아는가?

"우리 착한 톰." 셸비 부인이 말했다. "난 너에게 소용이 되는 걸 아무것도 줄 수가 없어. 돈을 줘도 빼앗길 테니까. 하지만 하나님 앞에서 맹세해. 난 반드시 네가 팔려 간 곳을 알아낼 거야. 그래서 돈이 마련되는 즉시 널 되찾을 거야. 그때까지 주님을 믿고 버텨야 해!"

이때 아이들이 헤일리 나리가 오고 있다고 소리를 질렀다. 곧 무례한 발길질 소리와 함께 문이 열렸다. 전날 밤 말을 많이 탄데다가 사냥감을 잡는 데 실패해 전혀 마음이 편치 못한 헤일리가 문 앞에 험악한 얼굴로 서 있었다.

"어이, 깜둥이, 준비됐나? 부인도 계셨군요." 헤일리는 셸비 부인을 보자 모자를 벗어 인사했다.

클로이는 상자를 닫고 끈으로 묶었다. 그리고 일어서서 노예 상인을 퉁명스럽게 쳐다보았다. 눈물이 순식간에 불꽃으로 변한 것 같았다.

톰은 순순히 일어나, 무거운 짐가방을 어깨에 메고 새 주인의 뒤를 따라갔다. 그의 아내도 아기를 안고 마차가 있는 곳까지 따라갔다. 아이들도 계속 울면서 부모의 뒤를 따랐다.

셸비 부인은 상인에게 다가가 이들에게 잠시만 이별의 시간을 주라고 진심으로 부탁했다. 두 사람이 말하는 동안, 톰의 가족은 모두 이미 마구를 갖추고 문가에 서 있는 마차로 걸어갔다. 노인, 어린이 할 것 없이 동네에 사는 모든 사람들이 친구와 작별을 나누기 위해 마차 주위에 모였다. 톰은 이 동네에서 최고의 하인으로, 또한 기독교 설교자로 존경을 받았기 때문에 모든 사람들, 특히 아낙네들이 그와의 이별을 슬퍼했다.

"클로이, 당신은 우리보다 잘 견디고 있군요!" 울고 있던 한 여인이 침울하고 차분한 얼굴로 마차 옆에 서 있는 클로이를 발견하고 말했다.

"난 눈물이 다 말랐지!" 그녀는 마차 쪽으로 걸어오는 노예 상인을 무섭게 노려보며 말했다. "저 버러지 같은 놈 앞에서는 눈물을 보이고 싶지도 않아. 절대로!"

"어서 타!" 헤일리가 자기를 험상궂은 얼굴로 노려보는 하인들 사이를 비집고 들어가 톰에게 말했다.

톰이 마차에 올랐다. 헤일리는 마차 좌석 밑에서 묵직한 족쇄를 꺼내 톰의 두 발목에 단단히 채웠다.

마차를 빙 둘러싼 사람들 사이에서 분노의 신음소리가 새어나왔다. 셸비 부인이 베란다에서 말했다.

"헤일리 씨, 그런 안전 조치는 전혀 필요 없어요."

"부인, 모르시는 말씀 마세요. 난 댁 때문에 벌써 500달러나 날렸습니다. 또 위험을 감수할 순 없어요."

"마님은 저런 놈에게 뭘 기대하시지?" 클로이가 분노하며 말했다. 이제 아버지의 운명을 이해한 듯한 두 사내아이는 엄마의 옷을 붙들고 서서 격하게 흐느꼈다.

"조지 도련님을 뵙고 떠나지 못해 마음이 아프구먼요." 톰이 말했다.

헤일리가 말에게 채찍을 휘둘렀다. 톰은 슬픈 표정으로 정든 집의 마지막 모습을 응시하며 이렇게 떠났다.

셸비 씨는 이 시간에 집에 없었다.

그는 절박한 필요에 의해, 자기가 무서워하는 한 남자의 손아귀에서 벗어나기 위해 쫓기듯이 톰을 팔았다. 거래가 끝난 뒤 그가 가장 먼저 느낀 것은 안도감이었다. 하지만 아내의 충고를 들으면서, 마음속에 반쯤 잠자고 있던 후회가 밀려왔다. 톰의 남자답고 당당한 태도 때문에 그의 불편한 마음은 더욱 커졌다. 셸비 씨는 나에겐 이런 일을 할 '권리'가 있다, 다른 사람들도 모두 이런 거래를 한다. 어떤 사람들은 그럴 필요가 없는데도 이런 거래를 한다. 그렇게 수없이 자위했으나 소용이 없었다. 그는 불편한 마음을 도저히 달랠 수 없었으며, 거래가 마무리되는 불쾌한 장면을 목격하고 싶지 않았다. 그래서 그는 자기가 돌아오기 전에 모든 일이 끝나기를 바라며, 시골로 짧은 출장을 떠났다.

톰과 헤일리를 태운 마차는 먼지를 일으키며 길을 달렸다. 눈에 익은 많은 장소를 지나 마침내 영지의 경계를 지나자 탁 트인 공용 도로가 나타났다. 그 길을 따라 1.5킬로미터 정도를 달린 뒤, 대장간 앞에 이르자 헤일리는 갑자기 마차를 세웠다. 그는 마차에서 수갑을 들고 나와 가게로 들어갔다. 그것을 조금 조정하기 위해서였다.

"저놈이 워낙 덩치가 커서 이게 좀 작단 말이야." 헤일리는 톰을 손가락으로 가리키며 수갑을 주인에게 보여주었다.

"이런! 저 사람은 셸비네 집에 사는 톰 아닌가? 그분이 톰을 팔았나요?" 대장장이가 말했다.

"그래 팔았어." 헤일리가 말했다.

"설마, 정말요?" 대장장이가 말했다. "정말 뜻밖인데요. 그런데 저 사람은 족쇄를 채우지 않아도 돼요. 누구보다 충직하고, 최고의 노예……."

"그래, 알아. 하지만 아무리 좋은 놈들도 기회만 있으면 도망치려 한단 말이야. 어리석은 놈들. 어디로 가야 할지도 모르면서, 칠칠맞지 못하고, 술이나 처먹는 놈들이지. 이런 놈들은 발에 족쇄를 채울 수밖에 없어. 다 필요가 있어. 그래야 실수가 없지."

"손님, 켄터키 검둥이들은 저 강 아래쪽 대농장으로 팔려 가는 걸 아주 싫어합니다. 그리로 가면 금방 죽기 때문이죠. 그렇죠?" 대장장이는 연장을 찾으며 말했다.

"맞아, 아주 빨리 죽지. 기후 문제도 있고 이런저런 이유로 빨리 죽어주니까 이 장사가 계속 잘되지."

"톰처럼 일 잘하고 조용하고 착한 놈을 저런 사탕수수 농장 같은 데 팔아야 하는 사람은 참 마음이 안 좋았겠어요."

"응, 하지만 놈은 아직 기회가 있어. 저놈을 잘 대해주겠다고 주인한테 약속했거든. 우선 괜찮은 집에 집 안에서 일하는 하인으로 집어넣었다가 열이나 기후를 잘 견디면[23] 다른 깜둥이들처럼 좋은 잠자리를 갖게 되겠지."

"저 사람의 마누라와 아이들은 아마 여기 남는 모양이죠?"

"응, 하지만 저놈은 다른 마누라를 얻게 되겠지. 여자들은 사방에 널려 있으니까." 헤일리가 말했다.

이런 대화가 오가는 동안, 톰은 가게 바깥에 슬픈 표정으로 앉아 있었다. 이때 뒤에서 다급한 말발굽 소리가 들렸다. 톰이 놀라움에서 깨어나기도 전에 조지 도련님이 마차 속으로 뛰어들었다. 그리고 톰의 목을 껴안고는 흐느껴 울기 시작했다.

"이건 정말 나쁜 짓이야! 누가 뭐라고 하든 다 엉터리야. 이건 추잡하고 사악하고 못된 짓이야! 내가 어른이라면 이런 짓을 못 하게 했을 거야. 이런 짓을 하면 안 돼!" 조지는 비명을 억지로 참고 있는 것 같았다.

"오, 조지 도련님! 정말 다행이에요! 도련님을 못 보고 떠나 정말 마음이 아팠습니다. 정말 다행이에요!" 이때 톰이 발을 약간 움직였고, 조지가 톰의 발에 채워진 족쇄를 쳐다보았다.

"누가 이런 짓을!" 그는 주먹을 추켜올리며 큰 소리로 외쳤다. "그 늙은 놈을 때려줄 테야. 반드시!"

"안 돼요, 도련님. 그러시면 안 됩니다. 그리고 그렇게 큰 소리로 말해도 안 돼요. 저한테는 도움이 안 돼요. 저 사람 화만 돋울 거예요."

"그럼 때리지 않을게. 톰을 위해서야. 하지만 이건 생각만 해도 정말 나쁜 짓이야, 그렇지? 아무도 나한테 얘기를 안 해줬어. 아무도. 톰 링컨이 얘기

안 해줬으면 난 아무것도 몰랐을 거야. 집에 가면 다 혼내주겠어."

"그러면 안 돼요, 조지 도련님."

"도저히 참을 수가 없어! 이건 나쁜 짓이야! 잠깐만, 톰 아저씨." 조지는 가게를 등지고 서더니 은밀한 목소리로 말했다. "톰 주려고 돈을 갖고 왔어."

"오, 조지 도련님, 받을 수 없어요." 톰은 상당히 감동했다.

"받아야 돼!" 조지가 말했다. "클로이 아줌마한테 말했더니, 돈에 구멍을 뚫어 끈을 매달아야 한다고 했어. 그러면 남의 눈에 띄지 않고 목에 걸고 다닐 수 있다면서. 그렇지 않으면 깡패 같은 놈들이 빼앗아 간대. 톰, 나는 정말 저 사람을 때려주고 싶어! 그래야 속이 풀릴 것 같아."

"안 돼요, 그러지 마세요, 도련님. 저한테는 전혀 도움이 안 돼요."

"그럼 참을게. 톰을 봐서라도." 조지는 이렇게 말하고 나서 급히 지폐를 톰의 목에 묶어주었다. "자, 됐어. 이제 안 보이게 겉옷 단추를 채워. 이 돈을 보면서 꼭 명심해야 돼. 내가 나중에 반드시 톰을 찾아서 다시 데려올 거야. 클로이 아줌마하고 벌써 다 얘기됐어. 아줌마한테도 걱정하지 말라고 했어. 그렇게 할 거야. 아버지가 그렇게 하지 않으면 평생 쫓아다니면서 조를 거야."

"오! 조지 도련님, 자기 아버지를 그렇게 얘기하면 안 됩니다."

"톰 아저씨, 나쁜 뜻으로 말한 건 아냐."

"자, 도련님." 톰이 말했다. "도련님은 착한 아들이 되어야 해요. 얼마나 많은 사람들이 도련님을 생각하는지 잊지 마셔야 해요. 항상 어머니 옆에 있어야 해요. 절대로 어리석은 행동을 해서 엄마 마음을 아프게 하면 안 돼요. 잘 들으세요, 도련님. 주님은 좋은 것들을 우리에게 두 배로 주시지만, 어머니는 한 분밖에 주시지 않아요. 도련님이 백 살까지 산다 해도 엄마를 또 만나지는 못해요. 그러니까 어머니 말씀 잘 듣고 무럭무럭 커서 어머니에게 위안을 주는 사람이 되어야 해요. 그래야 착한 아이죠. 그렇게 하실 거죠?"

"알았어, 그렇게, 톰 아저씨." 조지가 진지하게 말했다.

"그리고 말하는 것도 조심해야 해요, 조지 도련님. 도련님 나이의 사내아이들은 가끔 제멋대로 하려고 하죠. 자연히 그렇게 돼요. 하지만 진짜 신사는, 이게 제가 도련님한테 바라는 건데요, 제 부모에 대해 불경스러운 말을 함부로 입 밖에 내지 않는답니다. 도련님도 그렇게 생각하시죠?"

"그럼. 톰은 항상 나한테 좋은 말만 해줬잖아."

"제가 더 오래 살았으니까요." 톰은 소년의 부드러운 곱슬머리를 크고 억센 손으로 쓰다듬었다. 하지만 목소리는 여자처럼 부드러웠다. "그리고 모든 게 도련님한테 달려 있어요. 오, 조지 도련님, 도련님한테는 없는 게 없어요. 공부도 할 수 있고, 특권도 있고, 읽고 쓰기도 할 줄 아시잖아요. 도련님은 크면 위대하고 똑똑하고 선량한 어른이 될 거예요. 그러면 집안 모든 사람들, 어머니와 아버지가 도련님을 자랑스러워할 거예요! 아버지처럼 훌륭한 주인이 되어야 합니다. 그리고 어머니처럼 훌륭한 기독교인이 되세요. 성경에 '이제 너는 젊은 시절에 네 창조주를 기억하라'는 말씀이 있잖아요."

"그래, 꼭 좋은 사람이 될게, 톰 아저씨. 약속할게." 조지가 말했다. "꼭 '일등급' 사람이 될 거야. 너무 절망하지 마. 집으로 다시 데려올게. 오늘 아침에도 클로이 아줌마한테 말했지만, 내가 어른이 되면 사방에 아저씨의 집을 지을 거야. 카펫이 깔린 응접실도 만들어줄게. 톰을 행복하게 살게 할 거야!"

이때 헤일리가 수갑을 들고 나타났다.

"이봐요, 아저씨." 조지가 일어서며 당당한 목소리로 말했다. "아저씨가 톰에게 한 짓을 아버지와 어머니에게 다 얘기하겠어요!"

"얼마든지." 노예 상인이 말했다.

"아저씨는 평생 사람을 사고팔고, 가축처럼 사슬로 묶으며 사니 부끄러운 줄 아세요. 언젠가는 부끄러워할 거예요." 조지가 말했다.

"도련님처럼 대단한 사람들이 사람 사고파는 걸 원하니까 나도 그들처럼 좋은 사람이지." 헤일리가 말했다. "사람을 사는 게 파는 것보다 더 나쁘다고 할 수도 없지!"

"나는 어른이 되면 절대로 사람을 사지도 않고 팔지도 않을 거예요." 조지가 말했다. "오늘 나는 내가 켄터키 사람이라는 게 부끄러워요. 전에는 항상 자랑스러웠는데." 조지는 말에 꼿꼿이 앉아 주변을 둘러보았다. 마치 켄터키 주 전체가 자기 생각에 감동받기를 바라는 것 같았다.

"톰 아저씨, 잘 가! 아무리 어려워도 꿋꿋하게 견뎌야 해." 조지가 말했다.

"잘 가요, 도련님." 톰은 다정하게, 감탄하는 눈으로 조지를 바라보았다. "주님이 축복해주실 거예요. 아, 켄터키에 도련님 같은 분은 많지 않아요!" 시야에서 사라지는 솔직한 소년을 보며 톰이 벅찬 마음으로 말했다. 톰은 소년이 탄 말의 말발굽 소리가 완전히 사라질 때까지, 고향의 마지막 소리, 마지막 모습이 없어질 때까지 그쪽을 바라보았다. 하지만 가슴 한쪽, 그 어린 손이 귀중한 돈을 걸어주었던 곳은 따스해지는 것 같았다. 톰은 한 손을 올려 가슴에 댔다.

다시 유럽을 향해

다음 날 동이 트자마자 유럽으로 출발할 목화를 배에 싣고 있다. 돛대를 세 개 단 저 범선이 무거워지면 유럽에서 아프리카로, 아프리카에서 미국으로, 다시 미국에서 유럽으로 이어지는 이 수치스러운 삼각무역의 고리가 채워질 것이다.

"톰, 내 말 잘 들어." 헤일리가 마차로 다가오면서 수갑을 던졌다. "나하고 먼 길을 가야 하는데, 내가 깜둥이들을 다루는 방식으로 할 거야. 우선 네가 나한테 잘하면 나도 너한테 잘해준다. 나는 절대로 내 깜둥이들을 함부로 다루지 않아. 최선을 다해서 잘 대해주지. 자, 너는 그냥 편안하게 앉아 있기만 하면 돼. 허튼 수작 부리지 말라구. 나는 깜둥이들이 부리는 수작을 꿰고 있으니까 나한텐 안 통해. 깜둥이들이 얌전히 있고, 도망치려 하지만 않으면 나하고 잘 지낼 수 있어. 그렇지 않으면 그건 네놈들 실수야. 내 실수가 아니니까 날 원망하지 말라구."

톰은 헤일리에게 자신은 결코 달아날 생각이 없다는 걸 거듭 알려주었다. 사실 무거운 쇠 족쇄를 양발에 차고 있는 사람에게 이런 충고는 불필요했다. 하지만 헤일리는 인간 재산을 새로 얻으면 이런 훈계로 관계를 시작하는 버릇이 있었다. 그것은 즐거움과 안심을 얻고 불쾌한 사건을 미연에 방지하기 위해 계산된 행동이었다.

이제 톰의 이야기를 잠시 접어두고, 우리 책의 다른 주인공들의 운명을 따라가보자.

chapter 11
머리가 혼란스러워진 노예

보슬비가 내리는 어느 날 늦은 오후였다. 켄터키 주 N마을의 작은 시골 여관 앞에서 한 여행자가 말에서 내렸다. 그가 술집에 들어서니 항구에 몰아닥친 악천후를 피해 잡다한 인간들이 모여 있었고, 그런 군상들이 빚어내는 흔한 장면들이 펼쳐지고 있었다. 대체로 키가 크고 깡마르고 사냥용 옷을 입은 켄터키 사람들에게 이 술집은 편안한 휴게실이었다. 한쪽 모퉁이에는 이들이 들고 온 라이플 장총이 아무렇게나 쌓여 있고, 나머지 구석에는 화약 주머니, 사냥감 넣는 주머니, 사냥개, 그리고 어린 흑인 아이들이 아무렇게나 뒤섞여 뒹굴었다. 벽난로의 양쪽 끝에는 키 큰 신사들이 모자를 쓴 채 진흙 묻은 부츠를 난로 선반에 올려놓고 의자를 뒤로 젖힌 자세로 느긋하게 쉬고 있었다.

바 뒤에 서 있는 여관 주인은 대부분의 이 고장 사람들처럼 체격이 크고 착하고 유순한 사람이었다. 그는 텁수룩한 머리 위에 엄청나게 높은 모자를 쓰고 있었다.

사실 이 방에 있는 사람들은 모두 남자 권위의 상징인 모자를 쓰고 있었다. 펠트 모자, 야자잎 모자, 비버털로 만든 모자, 고급 군대식 모자, 모두 공화국의 진정한 독립을 나타내는 것이었다. 실제로 모자는 개개인의 특징을 상징하는 것 같았다. 어떤 사람들은 모자를 한쪽으로 기울여 썼다. 이런 사람들은 유머러스하고 유쾌하며 매사에 털털했다. 모자챙을 코 위까지 눌러 쓴 사람들은 성격이 거칠었다. 이런 사람들은 순전히 자기가 '좋아서' 모자를 쓴 사람들이다. 그런가 하면 모자를 뒤로 젖혀서 쓰는 사람들도 있다. 이런 사람들은 빈틈이 없고, 확실한 전망을 원한다. 반면 모자를 어떻게 써야 하는지 관심도 없고 알지도 못하는 사람들은 아무렇게나 머리에 얹어놓았다. 실제로 모자의 다양한 형태에는 셰익스피어 연구에 못지않은 내용이 들어 있었다.

여러 깜둥이들이 헐렁한 바지에 몸에 꽉 끼는 셔츠를 입고 바쁘게 이리저리 돌아다녔지만, 특별한 볼일이 있어서라기보다는 자기 주인과 손님들이 필요로 하는 것이 있으면 무엇이라도 즉시 대령하겠다는 의지를 표현하는 것에 지나지 않았다. 벽난로의 불길은 탁탁 소리를 내며 엄청나게 굵은 굴뚝으로 기운차게 빨려 올라가고 있었다. 바깥쪽 문과 창문이 모두 활짝 열려 있었고, 무명천으로 만든 창문 커튼들이 세고 축축한 바람에 펄럭거렸다.

이 정도면 흥청거리는 켄터키 술집의 모습이 연상될 것이다.

　오늘날의 켄터키 사람들은 조상에게서 물려받은 성격과 특징을 그대로 간직하고 있다. 이들의 선조는 거친 사냥꾼이었다. 그들은 숲에서 살았으며, 넓은 하늘 아래에서 별을 촛불 삼아 잤다. 요즘 이 땅에 살고 있는 후손들도 항상 천막을 집으로 여기며 산다. 이들은 항상 모자를 쓰고 다니며, 선조들이 푸른 풀밭에서 뒹굴고 나무나 개 등에 발을 올려놓았던 것처럼 아무 데서나 자고, 의자나 벽난로 선반 같은 데 발을 올려놓는다. 이들은 겨울이든 여름이든 창문과 대문을 죄다 열어놓고, 커다란 폐 속으로 마음껏 공기를 들이마신다. 이들은 또 모든 사람을 '나그네'라는 순박한 이름으로 부른다. 이 세상의 피조물 중에서 가장 솔직하고 격의 없고, 가장 즐겁게 놀 줄 아는 부류인 것이다.

　이렇게 자유롭고 편안하게 있는 사람들 속으로 우리의 여행자가 들어갔다. 그는 다부진 몸매에 깔끔한 옷차림이었다. 얼굴은 둥글고 선해 보였으며, 태도에서는 까다로운 인상이 풍겼다. 그는 직접 들고 온 여행 가방과 우산을 매우 소중하게 다뤘다. 하인들이 달려와 짐을 들어주겠다고 했으나 그때마다 고집스럽게 거절했다. 그는 약간 불안한 기색으로 바를 둘러보더니 소중한 자기 짐을 가장 따뜻한 곳의 의자 밑에 집어넣고 의자에 앉았다. 그러고는 벽난로 선반에 발을 올려놓고 좌우로 침을 뱉는 옆 사람을 약간 불안한 기색으로 쳐다보았다. 이 나약한 신참은 옆 사람의 용기와 기력에 조금 놀라는 것 같았다.

　"나그네구려, 안녕하슈?" 그 사람이 신참이 앉아 있는 쪽으로 환영의 축포를 쏘듯, 씹는담배에서 나온 침을 힘껏 뱉으며 말을 걸었다.

　"아, 네." 신사는 약간 놀란 얼굴로 침을 피하며 대답했다.

　"뭐 새로운 소식 있어요?" 그 사람은 호주머니에서 새 담배와 커다란 사냥칼을 꺼내며 다시 물었다.

"내가 아는 건 없소이다." 신사가 답했다.

"담배 씹겠수?" 첫 번째 남자가 친근한 태도로 노신사에게 담배를 권했다.

"사양하겠습니다. 담배는 몸에 잘 안 맞아서요." 키 작은 신사는 몸을 피하며 말했다.

"담배 안 하슈?" 키 큰 남자는 아무렇지도 않은 듯 씹는담배 한 쌈지를 입 안에 털어 넣어 떨어져가는 담배 즙을 보충했다.

노신사는 키다리가 자기 쪽으로 침을 발사할 때마다 약간 움찔했다. 키다리는 이 모습을 보고는 착하게도 사격의 방향을 돌려, 한 도시를 침몰시킬 정도의 침 폭탄을 계속 날렸다.

"저게 뭐죠?" 노신사는 한 무리의 사람들이 큰 벽보 주변에 몰려 있는 것을 가리키며 물었다.

"깜둥이 찾는 광고요." 모인 사람 중 하나가 짧게 대답했다.

노신사 윌슨 씨는 자리에서 일어나 가방과 우산을 정성스럽게 매만진 뒤 안경을 조심스럽게 꺼내 코 위에 단단히 걸쳤다. 벽보의 내용은 다음과 같았다.

"물라토 도망자. 이름은 조지. 키는 182센티미터에 얼굴색이 희고 갈색 곱슬머리. 매우 똑똑함. 언변이 좋고 읽고 쓸 줄 앎. 백인 행세를 할 가능성도 있음. 등과 어깨에 깊은 상처가 있음. 오른손에 'H' 낙인이 찍혀 있음.

위 노예를 산 채로 잡아오면 400달러를 드림. 죽였다는 만족스러운 증거를 제시하는 사람에게도 같은 액수의 포상금을 드림."

노신사는 공부하는 사람처럼 벽보를 처음부터 끝까지 낮은 소리로 따라 읽었다.

앞에서 말한 대로 열심히 침 폭탄을 날리던 키다리는 포격을 멈추더니 거추장스러운 다리를 선반에서 내리고 일어섰다. 그러고는 벽보 앞으로 걸어가더니, 일부러 벽보를 향해 담배에 전 침을 날렸다.

"엿 먹으라지!" 그는 다시 의자에 앉았다.

"어이, 낯선 양반, 왜 그러슈?" 여관 주인이 물었다.

"저 벽보를 쓴 자가 여기에 있으면 그놈에게도 침을 뱉어주겠어." 키다리 남자가 담배 자르는 작업을 다시 시작하며 말했다. "저런 아이를 데리고 있으면서 함부로 대했다면 잃어버려도 싸지. 저런 벽보는 켄터키의 수치요. 누가 뭐래도 내 마음은 그렇소!"

"그건 맞는 말이지." 여관 주인이 수첩에 메모를 하면서 말했다.

"선생, 나도 어린 노예들을 데리고 있소이다." 키다리가 침 폭탄 공격을 재개하며 말했다. "난 걔들한테 항상 말해요. '애들아, 떠나고 싶으면 어서 가! 난 절대로 뒤쫓지 않는다'라고요. 걔들한테 언제든 도망칠 자유가 있다고 말해줬어요. 내가 상황이 어려워질 때를 대비해 해방 문서도 다 만들어줬고요. 걔들도 다 알아요. 나그네 양반, 이 지역에서 나보다 깜둥이들을 밖으로 많이 내보낸 사람은 없다오. 우리 아이들은 500달러어치의 망아지를 데리고 신시내티까지 갔다가도 돈을 갖고 다시 돌아왔어요. 항상 그랬어요. 걔들이 그럴 수밖에 없는 이유가 있지요. 노예를 개처럼 다루면 노예들도 개처럼 일하고 개처럼 행동합니다. 하지만 사람대우를 해주면 사람처럼 일한다 그거예요." 키다리 가축 상인은 기분이 풀렸는지, 난롯가를 향해 침으로 완벽한 '축포'를 날림으로써 도덕 강의를 마무리했다.

"선생 말이 다 맞소." 윌슨 씨가 말했다. "저 벽보에 나와 있는 아이는 아주 훌륭한 젊은이예요. 난 장담할 수 있어요. 저 아이는 내가 운영하는 목화 포장 공장에서 오륙 년 정도 일했는데 최고의 일꾼이었죠. 재주도 많아요. 목화 세척기도 발명했어요. 정말 훌륭한 기계죠. 다른 공장에서도 많이 사용하고 있어요. 특허권은 저 아이 주인이 갖고 있지만."

"뻔하군." 가축 상인이 말했다. "특허권은 제가 갖고 그걸로 돈을 우려먹은 다음에 입 씻고 아이 오른손에 낙인을 찍었겠지. 나한테 기회가 있으면 그 아이 손에 내 낙인을 찍어 내 노예로 만들고 싶구먼."

"그런 애들은 노상 말썽을 피워요." 방의 반대편에 있던 천박하게 생긴 남자가 말했다. "그래서 족쇄를 채우고 낙인을 찍는 겁니다. 얌전하게 굴면 그러지 않았을 테죠."

"내 말은, 주님은 그들도 인간으로 만들었다 이겁니다. 그 사람들을 짐승 취급하면 안 된다는 거죠." 가축 상인이 매정하게 쏘아붙였다.

"깜둥이들이 똑똑해봤자 주인에게는 도움이 안 됩니다." 상대방도 적수의 멸시하는 듯한 말에 방어 자세를 취하고 거칠게 응수했다. "사용할 수도 없는데, 깜둥이한테 재능 같은 게 있어봐야 무슨 소용이오? 개들이 쓸모가 있는 것은 내 주변에 놓고 부려먹을 때뿐이오. 나도 전에 그런 놈이 한두 명 있었는데, 다 강 아래 지역으로 팔아버렸소. 그러지 않았다면 틀림없이 죄다 도망갔을 테지."

"차라리 독한 마음 먹고 주님한테 그 사람들에게서 영혼을 죄다 없애달라고 간청하는 게 낫겠소." 가축 상인이 말했다.

이때 말 한 필이 끄는 마차가 여관 앞에 당도하자 이들의 대화가 중단되었다. 잘 차려입은 신사가 좌석에 앉아 있었고 흑인 하인이 말을 부렸다.

모든 사람들이 새 얼굴을 열심히 쳐다보았다. 비 오는 날 할 일 없는 사람들은 새로운 얼굴이 등장하면 어김없이 자세히 관찰하게 돼 있다. 그는 키가 매우 컸다. 피부는 스페인 사람처럼 까무잡잡했고, 눈은 검었고, 머리카락은 새까맣고 반곱슬이었다. 잘생긴 매부리코, 얇고 곧은 입술, 그리고 아름다운 팔과 다리는 사람들에게 범상치 않은 인상을 심어주었다. 그는 편하게 손님들 속으로 들어와 자기 시종에게 트렁크 놓을 곳을 턱으로 알려준 뒤, 손님들을 향해 살짝 고개를 숙여 인사했다. 그러고는 손에 모자를 든 채 바로 천천히 걸어가 자기가 오클랜드 셸비 카운티에서 온 헨리 버틀러라고 말했다. 그리고 무심한 표정으로 뒤돌아 벽보 쪽으로 천천히 걸어가 그것을 읽었다.

"짐." 그가 하인을 불렀다. "버난에서 만난 아이가 이 사람 같은데. 안 그래?"

"네, 주인님." 짐이 대답했다. "손에 있는 낙인은 확실치 않은데요."

"음, 나도 물론 보지 못했지." 이방인은 아무렇지 않게 하품을 하면서 말했다. 그러고는 주인에게 지금 글 쓸 일이 있으니 방을 마련해달라고 부탁했다.

주인은 상전 대하듯이 아부를 떨었다. 남녀노소 일곱 명 정도의 흑인이 부지런히 돌아다녔다. 이들은 손님방을 준비하려는 열정에 넘쳐 서로 발을 밟고 엉켜 넘어지는 등 메추라기들처럼 요란하게 법석을 떨었다. 그러는 동안, 손님은 방 한가운데 있는 의자에 편안한 자세로 앉아 옆 사람과 대화를 나누기 시작했다.

공장주 윌슨은 이방인이 들어온 순간부터 불안한 호기심으로 그를 쳐다보았다. 그 사람을 어디서 만나 인사한 것 같은데 정확하게 기억나지 않았다. 그 남자가 말하거나 움직이거나 웃을 때마다 그는 움찔하며 그에게서 눈을 떼지 못했다. 그러다 이방인의 맑고 검은 눈이 윌슨을 쳐다보자 그는 급히 시선을 거두었다. 그때 불현듯 하나의 기억이 머리를 스쳤다. 그는 놀라고 충격을 받은 표정으로 이방인을 한동안 응시하다가 그에게 다가갔다.

"윌슨 씨죠?" 이방인은 손을 내밀며 그럴 줄 알고 있었다는 투로 말했다. "일찍 알아보지 못해서 미안합니다. 제가 이제야 생각나시는 모양이군요. 저는 오클랜드 셸비 카운티에서 온 버틀러입니다."

"아, 네." 윌슨 씨는 꿈꾸는 듯한 목소리로 대답했다.

이때 한 흑인 소년이 들어와 손님에게 방이 준비됐다고 알렸다.

"짐, 트렁크들을 챙기게." 신사는 태연한 목소리로 말한 다음, 다시 윌슨에게 말했다. "괜찮으시면 제 방에서 사업 얘기를 좀 하고 싶습니다만."

윌슨 씨는 몽유병 환자처럼 멍한 표정으로 그의 뒤를 따라갔다. 두 사람은 이층의 큰 방으로 들어갔다. 새로 지핀 불이 탁탁 소리를 내며 탔고, 많은 하인들이 부산하게 마무리 정리를 하고 있었다.

모든 준비가 끝나고 하인들이 떠나자, 젊은 신사는 조심스럽게 문을 잠그고는 열쇠를 주머니에 집어넣었다. 그리고 돌아서서 팔짱을 끼며 윌슨 씨 얼굴을 똑바로 쳐다보았다.

"조지!" 윌슨 씨가 말했다.

"네, 조지입니다." 젊은이가 말했다.

"몰라볼 뻔했어!"

"제가 변장을 잘한 것 같습니다." 젊은이가 웃으며 말했다. "노란 피부는 호두나무 즙을 써서 연한 갈색으로 만들었고 머리는 검게 염색했습니다. 저 벽보 속의 인물하고는 전혀 다르죠?"

"오, 조지. 정말 위험한 장난을 하고 있구먼. 그만두라고 하고 싶어."

"제가 알아서 하겠습니다." 조지는 자신감 넘치는 미소를 지으며 말했다.

말이 난 김에 약간의 설명을 보태겠다. 조지는 아버지 쪽으로 따지면 백인계라고 할 수 있다. 그의 흑인 어머니는 빼어난 아름다움 때문에 주인의 욕정의 노예로 전락했고, 그 바람에 아버지를 알 수 없는 여러 자식을 낳았다. 켄터키 최고의 명예로운 집안에서 태어난 조지는 유럽인의 기질과 불굴의 정신력을 물려받았다. 어머니로부터는 물라토의 피부색을 조금 물려받았지만, 새까만 눈동자만큼은 어머니를 많이 닮았다. 피부색과 머리색을 조금만 바꾸면 그는 지금처럼 멋있는 스페인계 신사로 변신할 수 있었다. 그에게 점잖은 행동과 신사다운 태도는 매우 자연스러운 것이어서, 이런 대담한 연기, 즉 하인과 여행하는 신사를 연기하는 데 전혀 어려움이 없었다.

착하면서도 매우 소심한 노신사 윌슨 씨는 초조하게 방 안을 왔다 갔다 했다. 존 버니언의 표현처럼 '머릿속에서 온갖 생각이 뒤죽박죽된 것 같았다'. 그는 조지를 돕고 싶은 소망과 법과 질서를 지켜야 한다는 생각 사이에서 꽤 혼란스러워하는 것 같았다. 그는 힘없이 걸으면서 말했다.

"조지, 자네는 합법적인 주인의 집에서 나와 도망가고 있어. 이 점은 의심의 여지가 없네. 게다가 이런 말 해서 미안하네만, 조지, 그래, 이 말을 꼭 해야겠어. 조지, 이런 말을 하는 건 내 의무야."

"뭐가 미안하다는 말씀이십니까?" 조지가 침착하게 물었다.

"음, 자네의 이런 모습을 본다는 것 자체가, 말하자면, 자네 나라의 국법에 어긋나는 짓이라는 거지."

"제 나라요!" 조지는 크고 비장한 목소리로 힘주어 말했다. "제가 무슨 나라가 있습니까? 무덤밖에 없습니다. 차라리 무덤 속에 누워 있었으면 좋겠습니다!"

"자, 조지, 아니야, 아니야. 그런 말은 도움이 안 돼. 그런 말은 사악하고, 성경에도 안 맞아. 조지, 자네 주인은 모진 사람이야. 그건 사실이야. 그자의 행동은 욕먹어도 싸. 그 사람을 변호할 생각은 없네. 하지만 자네도 여호와의 천사가 하갈에게 여주인 사라에게 돌아가 복종하라고 명령한 것, 또 사도 바울이 오네시모를 주인에게로 돌려보낸 것을 잘 알잖나?" [24]

"저에게 그런 식으로 성경을 인용하지 마십시오, 윌슨 씨." 조지가 눈을 번득이며 말했다. "싫습니다! 제 아내는 기독교인입니다. 저도 제가 원하는 걸 얻을 수 있다면 기독교인이 될 겁니다. 하지만 제 처지에 있는 사람에게 성경대로 하라는 말씀은 모든 것을 포기하라는 말과 같습니다. 저는 전능하신 하나님께 간청합니다. 자유를 찾겠다는 게 나쁜 짓인지 하나님께 여쭤보고 싶습니다."

"그런 생각은 당연해, 조지." 착한 노인은 코를 풀면서 말했다. "맞아, 당연해. 하지만 자네한테 그런 감정을 부추기지 않는 것도 내 의무야. 그래, 자네에게 정말 미안하네. 아주 고약한 일이야. 하지만 사도는 '모든 사람을 주님이 소명을 내려준 곳에서 생활하도록 하라'고 말하질 않았나? 우리는 모

두 신의 섭리에 복종해야 하네, 알았나?"

조지는 머리를 뒤로 젖히고 넓은 가슴 위로 다부지게 팔짱을 꼈다. 그의 입술에 비장한 미소가 어렸다.

"하나 묻겠습니다, 윌슨 씨. 만약 인디언들이 아내와 아이들을 남기고 당신을 포로로 데려가 평생 자기들을 위해 옥수수 농사를 지으라고 했다고 칩시다. 당신은 그런 조건에서 평생 사는 게 의무라고 생각하나요? 길 잃은 첫 번째 말을 찾는 게 신의 섭리라고 생각하지 않을까요, 그렇죠?"

작은 노신사는 그의 비유에 정신이 번쩍 들었다. 그는 논리에 밝은 사람은 아니지만 이와 같은 특별한 주제에 대해선 어떤 논리학자도 입을 다물 수밖에 없다는 것쯤은 알 수 있었다. 그래서 그는 우산의 살을 일일이 폈다 접었다가, 다시 속의 주름을 누르면서 일반적인 훈계로 계속 몰아붙였다.

"조지, 그런데 말이야. 나는 항상 자네를 친구라고 생각해왔네. 내가 무슨 말을 하는지 그건 다 자네를 위해서 하는 말일세. 자, 들어봐. 난 자네가 큰 모험을 하고 있는 것 같아. 잘된다는 희망이 없어. 만약 잡히면 전보다 상황이 더 안 좋아질 거야. 그자들은 자네를 학대하고 반쯤 죽일 거야. 그리고 강 남쪽으로 팔겠지."

"윌슨 씨, 저도 다 압니다." 조지가 말했다. "그래도 위험을 감수하겠습니다." 그가 윗옷을 젖혀 두 정의 권총과 단도를 보여주었다. "보셨죠!" 그가 말했다. "저는 싸울 준비가 돼 있습니다! 강 남쪽으로는 죽어도 안 갑니다! 절대로요! 죽음이 닥치더라도 한 뼈기 임자 없는 땅을 얻을 수 있겠죠. 그게 켄터키에서 제가 소유하는 처음이자 마지막 땅이 될 겁니다!"

"조지, 그런 끔찍한 생각은 하지 마. 내 마음이 점점 더 무거워지네. 정말 자네가 걱정돼. 조국의 법을 어기다니!"

"또 조국이라는 말을 하시는군요! 윌슨 씨, 당신에게는 조국이 있습니다. 하지만 노예 어머니에게서 태어난 저나 저 같은 사람들에게 무슨 조국이 있습니까? 우리에게 무슨 법이 있나요? 우리는 법을 만들지 않았습니다. 그 법에 찬성하지도 않았습니다. 그 법은 우리와 아무 상관이 없습니다. 법은 우리를 짓밟고 가둘 뿐입니다. 제가 백인들이 말하는 독립선언서를 모르는 줄 아십니까? 일 년에 한 번, 정부의 권력은 모든 국민들의 합의에 의해 나왔다고 말하는 것 아닙니까? 누가 그런 말을 곧이들을 것 같습니까?"

지금 윌슨 씨의 마음은 한 가마니의 목화에 싸여 있는 것 같았다. 그는 포근하고 부드럽지만 흐릿하고 혼란스러웠다. 그는 조지를 진심으로 동정했지만, 뭔가 모호한 감정이 그를 괴롭혔다. 그래도 끈기 있게 그에게 '좋은' 말을 해주는 게 자기 의무라고 생각했다.

"조지, 그건 나쁜 생각이야. 이 말은 친구로서 꼭 해야겠네. 자네는 그런 생각들로 혼란스러워하면 안 되네. 그런 생각은 나빠, 조지. 자네 처지의 젊은이들에게 아주 나빠." 윌슨 씨는 탁자에 앉아 우산 손잡이를 신경질적으로 잡아 뜯기 시작했다.

"윌슨 씨." 조지는 그의 앞에 단호한 자세로 앉았다. "자, 저를 보십시오. 저는 당신 앞에 앉아 있습니다. 어느 모로 보나 당신과 똑같지 않습니까? 내 얼굴과 손, 내 몸을 보십시오." 젊은이는 당당하게 일어섰다. "제가 다른 사람들과 무엇이 다릅니까? 윌슨 씨, 제 말 들어보세요. 제게 아버지가 있었습니다. 당신처럼 켄터키의 신사였죠. 하지만 그분은 돌아가실 때 영지를 보호하기 위해 제가 개나 말과 함께 팔려 가지 않게 신경을 써주지는 않았습니다. 저는 어머니가 일곱 자식과 함께 보안관이 주관하는 장터에 매물로 나가는 걸 제 눈으로 봤습니다. 형제자매들이 어머니 눈앞에서 하나씩 다른 주인들한테 팔려 갔어요. 내가 가장 어렸죠. 어머니가 옛 주인 앞에 무릎을 꿇으며 나와 함께 자기도 사달라고 빌었습니다. 그러면 적어도 자식 하나는 건질 수 있으니까요. 그런데 그 사람은 어머니를 묵직한 부츠로 걸어찼습니다. 제 눈으로 똑똑히 봤습니다. 나중에 내가 그 사람 말에 목이 묶인 채 그의 집으

로 질질 끌려갈 때 어머니가 신음하고 비명 지르는 소리도 들었습니다."

"그다음엔 어떻게 됐지?"

"주인은 어떤 장사꾼한테 제 누나도 샀습니다. 누나는 신앙심이 깊고 착했어요. 침례교도25였죠. 불쌍한 우리 어머니가 젊었을 때처럼 아주 아름다웠죠. 누나는 잘 자라서 예절도 발랐어요. 나는 처음엔 누나가 팔려 와서 좋아했죠. 동무가 생겼으니까요. 그러나 곧 후회했습니다. 나는 문가에 서서 누나가 채찍으로 맞는 소리를 다 들었어요. 채찍이 제 심장 속을 파고드는 것 같았어요. 그런데도 저는 누나를 도울 수가 없었어요. 누나는 성실한 기독교인으로 살기를 바랐다는 이유로 채찍으로 맞았습니다. 당신네들의 법은 노예 소녀에게 그렇게 살 권리를 주지 않습니다. 마지막으로 본 건 누나가 다른 상인에게 사슬에 묶인 채로 끌려가 뉴올리언스 시장으로 팔려 가는 모습이었습니다. 그것이 제가 아는 누나의 마지막 모습입니다. 그래도 전 컸습니다. 오랫동안 아버지도 어머니도 누나도 없이, 개보다 나를 더 걱정해주는 사람 없이 혼자 자랐습니다. 제 삶에는 채찍질, 욕, 굶주림밖에 없었습니다. 너무 배가 고파서 백인들이 개에게 던져주는 뼈다귀만 집어먹어도 반가웠습니다. 어렸을 때 저는 항상 울면서 밤을 꼬박 새웠죠. 배가 고파서도 아니고 채찍질 때문도 아니었습니다. 그게 아닙니다. 어머니와 누나들 때문에 울었습니다. 세상에 나를 사랑해줄 사람이 하나도 없기 때문이었습니다. 저는 평화가 뭔지, 편안한 게 뭔지 몰랐습니다. 당신의 공장에서 일하기 전까진 어떤 사람에게도 다정한 말을 들어보지 못했습니다. 윌슨 씨, 당신은 제게 잘해주었습니다. 당신은 제게 잘 사는 방법과 읽고 쓰는 법을 배우도록, 또 스스로 무언가를 해보도록 격려해주셨어요. 그 점에 대해서는 제가 얼마나 감사하고 있는지 하나님이 아십니다. 그러다 아내를 만났죠. 당신도 보셨으니 제 집사람이 얼마나 아름다운지 아시겠지요. 그녀가 절 사랑한다는 걸 알았을 때, 그녀와 결혼했을 때, 전 살아 있다는 게 믿기지 않을 정도로 행복했습니다. 제 집사람은 얼굴만큼 마음도 아름다웠습니다. 그러나 지금 어떻게 됐는지 아십니까? 주인이 내게 와서 일, 친구들, 제가 좋아하는 모든 것과 강제로 이별을 시켰어요. 그리고 저를 그 더러운 구석에 처박았어요! 왜 그랬을까요? 그 사람 말로는 내가 주제를 모른다는 겁니다. 내가 깜둥이에 불과하다는 걸 가르쳐주겠다고 합니다. 결정적으로 나와 아내 일에 끼어들었어요. 저더러 아내를 버리고 다른 여자와 살림을 차리라고 말했어요. 당신들의 알량한 법이 그자에게 그런 권리를 준 겁니다. 윌슨 씨, 생각해보세요! 어머니와 누나들의 가슴을 찢어놓고, 나와 아내의 가슴을 찢어놓는 것은 나한테만 일어나는 일이 아니란 말입니다. 하지만 당신네들의 법이 그런 짓을 허용하고, 켄터키의 모든 백인에게 그런 짓을 할 권력을 주고, 아무도 거부하지 못하게 합니다! 이런 걸 '내' 조국의 법이라고 말씀하시나요? 저에겐 아버지가 없듯이 조국도 없습니다. 하지만 앞으로는 조국이 생길 겁니다. 당신네들의 조국은 갖고 싶지 않습니다. 저는 조용히 이 나라를 빠져나갈 겁니다. 그리고 캐나다에 가면 그곳의 법이 저를 보호해줄 겁니다. 거기가 제 조국이 될 것이고, 저는 그 나라의 법에 복종할 것입니다. 누구라도 저를 막으려 하면 마음대로 하라지요. 난 무서울 게 없으니까요. 마지막 숨이 붙어 있는 순간까지 싸워서 내 자유를 지킬 겁니다. 백인들은 자기네 선조들이 그렇게 했다고 말하죠. 그것이 백인들에게 정당한 행동이었다면, 나에게도 정당합니다!"

조지는 어떤 때는 탁자에 앉아서, 어떤 때는 방 안을 돌아다니면서 눈물, 번득이는 눈빛, 절망적인 몸짓을 섞어 긴 연설을 마쳤다. 마음 약한 노신사는 끓어오르는 감정을 주체하지 못하고 크고 노란 실크 손수건을 꺼내 열심히 눈물을 닦았다.

"모두 무너뜨려!" 그는 갑자기 소리쳤다. "나는 이런 말을 한 번도 한 적이 없네만, 지옥의 저주나 받으라지! 욕하고 싶지 않지만 할 수 없네. 자, 조지,

자네 마음대로 해! 계속 가! 하지만 조심해야 돼. 조지, 사람을 죽이지 마. 사람은 죽이지 말게. 가능하면 때리지도 말고, 알지? 그건 그렇고 자네 집사람은 지금 어디 있나?" 그는 벌떡 일어나 방 안을 이리저리 걷기 시작했다.

"갔습니다, 선생님. 아이를 안고 떠났습니다. 아무도 어디 있는지 몰라요. 북극성을 따라갔어요. 언제 만날지, 만날 수나 있을지 아무도 모르죠."

"어떻게 그런 일이! 믿기지가 않네! 그렇게 친절한 집에서 달아나다니?"

"친절한 집도 빚에 쪼들리면 아이를 어미의 품에서 떼어내 그걸로 주인의 빚을 갚죠. 이 나라의 법이 그걸 허용합니다." 조지가 비장하게 말했다.

"그래, 그래." 정직한 노인은 주머니를 뒤지기 시작했다. "아마 내가 잘못 생각하고 있었나 봐. 제기랄, 내 생각이 틀렸어!" 그는 불쑥 이렇게 말했다. "자, 조지, 이거 받게." 그는 호주머니에서 지폐 뭉치를 꺼내 조지에게 주었다.

"안 됩니다!" 조지가 말했다. "당신은 이미 저에게 너무 많은 걸 베풀어주셨습니다. 그러면 당신이 곤란해질 겁니다. 저에게도 원하는 데 갈 수 있을 만큼의 돈은 충분히 있습니다."

"아니야, 받아야 돼, 조지. 돈은 어디에서든 큰 도움이 되거든. 마음만 순수하다면 아무리 큰돈을 받아도 괜찮아. 받아, 어서!"

"그럼, 나중에 돌려드린다는 조건으로 받죠." 조지가 돈을 받으면서 말했다.

"조지, 이런 식으로 얼마나 더 돌아다닐 생각인가? 갈 길이 너무 멀지 않았으면 좋겠는데. 계획은 좋은데 너무 위험해. 그리고 그 흑인 아이는 누구지?"

"믿을 만한 아이입니다. 캐나다로 도망친 지 일 년 좀 더 됐죠. 그런데 캐나다에 갔다가 주인이 그 애가 도망간 것에 너무 화가 나서 늙은 어머니를 무지막지하게 채찍으로 때린다는 말을 들었어요. 그래서 어머니를 찾아 기회를 봐서 탈출시킬 생각으로 돌아가는 중입니다."

"어머니를 만났나?"

머리가 혼란스러워진 노예

게시판과 벽보를 통한 노예 매매 광고.
"오늘 오후 두시, 경매를 통한 검둥이 매매"

루이지애나 항구 도착

항해를 시작한 지 6주. 일그러지고 지친 노예들은
항구에 도착한 바로 당일 탐욕스러운 구매자들의 검열을 받기 시작한다.
그러나 이것은 참여자인 남부 상류층 사람들에게는 하나의 오락거리,
구경거리에 지나지 않는다.

신사를 자부하는 고매한 남부 지주들이
직접 장사꾼들을 상대할 수는 없는 노릇이다.
그들은 항상 관리인을 대리로 내세워
노예 매매에 참여한다.

"아직 못 만났습니다. 그 집 주위에서 상황을 보고 있는데 아직 기회를 못 잡았습니다. 그 아이는 저와 함께 오하이오까지 가서 자기를 도와줬던 친구들에게 저를 소개해준 다음에 자기 어머니에게 가기로 했습니다."

"위험해, 너무 위험해." 노인이 말했다.

조지가 일어나더니 노인을 무시하는 듯이 미소를 지었다.

노신사는 조금 감탄하는 눈빛으로 조지를 머리에서 발끝까지 훑어보았다.

"조지, 굉장히 멋있게 변했군. 고개를 꼿꼿하게 세우고, 말하고 행동하는 게 딴 사람 같아." 윌슨 씨가 말했다.

"자유인이기 때문이죠!" 조지가 당당하게 말했다. "네. 주인님 집에서 나올 때도 떳떳하게 말했습니다. 난 자유라고요!"

"조심하게. 다시 잡힐지 모르니까."

"모든 인간은 자유롭고, 언젠가 다 똑같이 무덤에 들어간다는 점에서 평등합니다." 조지가 말했다.

"자네의 대담성은 어이가 없을 정도야." 윌슨 씨가 말했다. "이렇게 가까운 술집까지 오다니!"

"윌슨 씨, 대담하긴 하죠. 하지만 이 술집은 옛집과 너무 가까운 곳이어서 오히려 사람들은 절대 이런 데를 눈여겨보지 않아요. 그들은 계속 먼 곳에서만 저를 찾을 겁니다. 저를 봐도 저인지 모를 거예요. 집의 주인은 이 카운티에 살고 있지 않으니까, 이 동네에는 그를 아는 사람도 없고요. 게다가 주

머리가 흔란스러워진 노예

노예 매매

남자들은 벌거벗은 채로
머리부터 발끝까지
세세한 검열을 받는다.

진열대에서 주워 찢어진 노예 매매 광고지.
"다음 주 목요일, 8월 3일, 일등급의 건강한 검둥이 94명 판매.
성인 남자 39명, 소년 15명, 성인 여자 24명, 소녀 16명.
시에라리온에서 방금 도착"

거래는 보통 800달러 선에서 이뤄지지만, 여기 있는 25세의 헨리처럼
최상의 건강 상태를 가진 노예라면 가격은 1800달러까지 올라가기도 한다.

인이 그를 찾는 걸 포기했기 때문에 지금은 쫓기고 있지 않아요. 사람들이 벽보를 봐도 저를 의심하진 않을 겁니다."

"하지만 손에 찍혀 있는 낙인은 어떡하고?"

조지는 장갑을 벗어 치료 중인 상처를 보여주었다.

"해리스 씨가 준 이별 선물이죠." 그는 냉소적으로 말했다. "그 사람은 내가 도망치기 이 주일 전에 낙인을 찍어야겠다고 생각했어요. 내가 조만간 도망칠 거 같다고 말하더군요. 재미있지 않습니까?" 그는 다시 장갑을 끼며 말했다.

"생각만 하면, 자네 처지와 자네가 겪는 모험을 생각하면 피가 차갑게 식는 것 같네." 윌슨 씨가 말했다.

"제 피는 옛날부터 차가웠습니다, 윌슨 씨. 지금은 펄펄 끓으려고 하지만요." 조지가 말했다.

"윌슨 씨." 조지는 잠시 침묵한 뒤 다시 말했다. "저는 아까 당신이 저를 알아보는 걸 눈치챘습니다. 당신의 놀란 표정 때문에 내 정체가 드러날까 봐 여기서 얘기 좀 하자고 한 것입니다. 저는 내일 아침 일찍, 동트기 전에 출발할 겁니다. 내일 저녁쯤이면 오하이오에서 편안하게 잘 수 있기를 바라죠. 저는 낮 시간에 이동하고, 최고 호텔에서 숙박하고, 그 동네의 유지들과 만찬을 벌일 겁니다. 안녕히 가십시오, 제가 잡혔다는 소식을 들으시면 제가 죽었다고 아시면 됩니다!"

조지는 바위처럼 당당하게 서서 왕자의 기품으로 손을 내밀었다. 키 작은 노인은 그 손을 굳게 잡고 흔들었다. 그리고 다시 당부의 말을 빠르게 퍼부은 다음, 자기 우산을 들고 힘없이 방에서 나갔다.

노인이 밖에서 문을 닫으려는 순간, 조지는 뭔가를 골똘히 생각하며 문 쪽을 바라보았다. 어떤 생각이 그의 머리를 스치고 지나간 것 같았다. 그는 급히 달려가 문을 다시 열었다.

"윌슨 씨, 잊은 게 있습니다."

노인이 다시 방에 들어왔다. 조지는 전처럼 문을 잠갔다. 그리고 잠시 망설이는 듯이 바닥만 응시한 채 가만히 있었다. 그러다가 드디어 용기를 낸 듯 고개를 들었다.

"윌슨 씨, 당신은 기독교인의 사랑으로 저를 잘 대해주셨습니다. 기독교인다운 친절함을 베풀어주시길, 마지막으로 한 가지만 더 부탁드리고 싶습니다."

"그래 말해보게, 조지."

"저, 당신의 말씀이 맞습니다. 저는 지금 엄청난 모험을 하고 있습니다. 제가 죽어도 이 세상에 저를 걱정하는 사람은 하나도 없습니다." 조지는 숨을 크게 들이쉬며 엄청난 용기를 발휘해 말을 이었다. "잡히면 맞아 죽겠지요. 그리고 개처럼 파묻힐 거고 하루만 지나면 아무도 저라는 인간을 신경 쓰지 않을 겁니다. 불쌍한 제 아내만 빼놓고요! 불쌍한 사람! 아내는 통곡을 하겠죠. 윌슨 씨, 만약 기회가 있다면, 이 작은 핀을 제 아내에게 전해주십시오. 아내가 크리스마스 선물로 준 것입니다. 이걸 제 아내에게 주고 제가 죽는 순간까지 아내를 사랑했다는 말을 전해주십시오. 부탁을 들어주시겠죠? 네?"

"그럼, 물론이지, 불쌍한 사람!" 노신사는 핀을 받았다. 그의 눈에는 눈물이 고였고 목소리는 처량하게 떨렸다.

"한마디만 더 전해주십시오." 조지가 말했다. "제 마지막 소망인데요, 아내에게 캐나다로 갈 수 있으면 꼭 가라고 전해주십시오. 주인마님이 얼마나 잘 대해주시든, 집에서 얼마나 큰 사랑을 받든, 뒤돌아보지 말고 떠나라고 신신당부를 해주십시오. 노예의 인생은 반드시 비참하게 끝나게 돼 있으니까요. 우리 아이를 자유로운 사람으로 키우라고, 그래서 나 같은 인생을 살게 하지 말라는 말도 전해주십시오. 윌슨 씨, 꼭 전해주셔야 합니다. 그렇게 해주시겠죠?"

"그럼, 꼭 전해줌세. 자네는 죽지 않을 거야. 난 믿어. 힘을 내게. 자네는 용감한 사람이야. 하나님을 믿어, 조지. 끝까지 몸 성하기를 비네. 내 마음은 그것뿐이야."

"믿을 하나님이 있나요?" 조지가 비통한 목소리로 노신사의 말을 가로채듯 말했다. "저는 제 평생, 이 세상에 하나님이 계실 리가 없다고 생각할 수밖에 없는 수많은 사건을 듣고 봤습니다. 당신 같은 기독교 신자들은 얼마나 끔찍한 일들이 벌어지고 있는지 상상도 못 합니다. 당신들에게는 하나님이 있겠죠. 우리에게도 있을까요?"

"오, 안 돼. 그런 말 하면 안 돼, 이 친구야!" 노신사는 거의 울먹이다시피 했다. "그렇게 생각하지 마! 하나님은 계셔, 분명히 계셔! 구름과 어둠이 그분을 가리고 있지만, 언제나 정의와 심판을 내리시지. 하나님은 분명히 계시네, 조지. 믿어야 돼. 하나님을 믿게. 하나님이 반드시 자네를 도와주실 거야. 모든 일이 잘될 거야. 이 세상이 아니면, 저세상에서라도."

순박한 노인의 믿음과 자비심이 워낙 커서 그의 말에는 잠시나마 위엄과 권위가 실렸다. 어지러운 마음에 방 안을 왔다 갔다 하던 조지가 걸음을 멈췄다. 그리고 잠시 생각에 잠기더니 조용히 말했다.

"그렇게 말씀해주셔서 고맙습니다. 윌슨 씨는 좋은 친구입니다. 당신의 말씀을 잘 생각해보겠습니다."

chapter 12
합법적인 노예 거래

라마에서 슬퍼하며 크게 통곡하는 소리가 들리니 라헬이 그 자식을 위하여 애곡하는 것이라, 그가 자식이 없으므로 위로 받기를 거절하였도다.[26]

헤일리 씨와 톰은 흔들리는 마차에 함께 타고 가면서 각자 자기 생각에 몰두해 있었다. 나란히 앉은 두 사람이 각자 어떤 생각을 하는지 궁금하다. 두 사람은 똑같은 눈과 귀, 손, 신체 기관들을 갖고 있으며 눈앞에 지나가는 풍경 역시 같다. 그런데 생각하는 것은 딴판이다. 참으로 놀라운 현상이다.

예를 들어, 헤일리 씨는 우선 톰의 키와 체격을 생각했고 시장에 내놓을 때까지 살을 찌워서 건강한 상태를 유지하는 경우 받을 수 있는 가격을 계산했다. 그는 또 노예를 사서 모으는 방법을 생각했다. 남자와 여자, 아이 노예들을 각각 사들였을 때의 시장가치를 따져보았고, 거래에 도움이 되는 이야깃거리도 생각했다. 이어 자신을 돌아본 그는 스스로 인도적인 사람이라고 생각했다. 다른 노예 상인들은 자기 재산인 '깜둥이들'의 손과 발을 모두 쇠사슬로 묶지만 그는 발에만 족쇄를 채웠다. 톰의 경우, 말썽만 부리지 않으면 손을 자유로이 쓰도록 허용했다. 그는 인간은 천성적으로 감사할 줄 모른다고 생각했다. 따라서 자기가 베풀어준 자비를 톰이 과연 고마워할지 의심스러웠다. 그는 자신이 은혜를 베푼 '깜둥이들'로부터 그저 그런 사람으로 취급받는다. 하지만 헤일리는 자신에게 여전히 착한 성품이 남아 있다는 것을 깨닫고 스스로 놀랐다!

톰은 낡고 두꺼운 책[27]에 담긴 말씀들을 생각했다. 다음과 같은 말씀이 그의 머릿속을 계속 지나갔다. "그들이 이제는 더 나은 본향을 사모하니 곧 하늘에 있는 것이라. 이러므로 하나님이 그들의 하나님이라 일컬음 받으심을 부끄러워하지 아니하시고 그들을 위하여 한 성을 예비하셨느니라." 본래 '무지하고 배우지 못한 사람들이' 시작한 이 고대의 말씀은 오랜 세월 동안 톰처럼 가난하고 소박한 사람들의 마음에 이상한 영향력을 계속 미쳤다. 이 말씀은 나팔소리가 용기와 힘과 열정을 불러일으키듯이, 암흑 같은 절망만 가득했던 영혼의 깊은 곳을 자극해 분발시킨다.

헤일리는 주머니에서 잡동사니 신문을 꺼내 광고란을 열심히 들여다보기 시작했다. 글을 빨리 읽지 못하는 그는 눈으로 짐작한 내용을 귀로 확인하려는 듯, 낮은 소리로 낭독했다. 그는 이런 방식으로 광고를 천천히 소리 내서 읽었다.

유언 집행인의 흑인 판매!
법원 명령에 따라 2월 20일 화요일 켄터키 주 워싱턴 시 법원 정문 앞에서 다음과 같은 흑인들을 경매에 붙인다. 해거 60세, 존 30세, 벤 21세, 솔 25세, 앨버트 14세. 위 상품을 제시 블러치포드의 채권자들과 상속인들을 대리해 판매함.
- 유언 집행인 새뮤얼 모리스, 토머스 플린트

"여기는 꼭 가봐야겠다." 헤일리는 달리 말 상대가 없었기 때문에 톰에게 말했다.
"톰, 너도 알다시피, 나는 일등품 노예들만 모아서 내려갈 작정이거든. 화목하고 즐거운 길동무가 될 것 같은데. 먼저 워싱턴 시로 가야겠다. 도착하면, 일을 보는 동안 너를 잠시 수용소에 넣어두어야 할 것 같다."
톰은 이런 좋은 소식을 곧이곧대로 받아들였다. 그는 속으로 이런 운명에 처한 남자 노예 가운데 얼마나 많은 사람들이 아내와 자식을 거느리고 있을까, 그들이 처자식을 남기고 떠날 때 자기 같은 기분을 느꼈을까 생각했다. 자기가 곧 수감될 것이라는 즉흥적이고 소박한 정보가, 항상 스스로 정직하고 바르게 살아왔다고 자부했던 가여운 사람에게 결코 좋은 기분을 불러일으키지 않았다는 점도 여기서 짚고 넘어가야겠다. 그렇다. 가여운 톰은 자랑할 것이 별로 없었지만, 자신의 정직함에 자부심을 느꼈다는 것을 밝혀두어야겠다. 만약 톰이 사회적으로 더 높은 계급에 속했다면 아마 이런 곤경에 빠지지 않았을 것이다. 그러나 해가 저물고 저녁이 되자 헤일리와 톰은 워싱턴에서 각자 자리를 잡았다. 한 사람은 술집에 앉아 있고 다른 한 사람은 수용소에 들어가 있었다.

다음 날 열한시 무렵, 온갖 종류의 사람들이 법원 건물 계단 앞에 떼 지어 모여들었다. 경매가 시작되기를 기다리면서 담배를 피우는 사람, 담배를 씹는 사람, 침을 뱉는 사람, 욕을 하는 사람, 이야기를 하는 사람 등 각자의 취향과 성격에 따라 하는 짓도 가지가지였다. 경매에서 팔릴 남자들과 여자들이 한곳에 모여 앉아 낮은 목소리로 이야기를 나누고 있었다. 해거라는 이름으로 선전되었던 여자는 얼굴 모습이나 체격이 전형적인 아프리카인이었다. 그녀는 60세라고 쓰여 있었지만, 고된 노동과 질병으로 나이가 더 들어 보였다. 그녀는 눈도 약간 멀었고, 관절염 탓에 거동도 불편했다. 그녀의 옆에는 유일하게 남은 아들인 앨버트가 서 있었다. 열네 살인 앨버트는 똑똑하게 생긴 소년이었다. 소년은 해거의 대가족에서 마지막으로 남은 식구였다. 나머지 가족들은 한 명씩 남부의 노예시장으로 팔려 나갔다. 어머니는 떨리는 두 손으로 막내아들을 붙잡고 있었다. 그녀는 아들을 살펴보러 사람들이 접근할 때마다 몹시 두려워하는 눈으로 쳐다보았다.

"해거 아줌마, 걱정 말아요." 노예들 가운데서 가장 나이가 많은 남자가 말했다. "내가 토머스 나리에게 이야기했어요. 나리께서는 아줌마 모자를 될 수 있는 대로 함께 팔 생각이에요."

"내가 늙어서 힘이 없다는 말은 당치도 않아요." 여자가 떨리는 손을 쳐들면서 말했다. "나는 아직 요리도 할 수 있고, 마룻바닥 청소나 빨래도 할 수 있어요. 나는 제값을 할 수 있어요. 싼값에 팔려도 좋아요. 당신이 이 말을 꼭 전해줘요." 여자는 간절하게 말했다.

이때 헤일리가 사람들 사이로 비집고 들어가 그 남자 앞에 섰다. 그리고 그의 입을 벌려 입 안을 들여다보고, 치아를 손으로 만져보았다. 또 똑바로 세웠다가 허리를 구부리게 하는 등, 여러 가지 동작을 시키면서 근육을 살

핀 뒤 다른 남자에게 가서 똑같은 검사를 했다. 마지막으로 소년을 본 헤일리는 아이의 팔을 만져보았고, 손을 펴게 해 손가락을 들여다본 다음, 제자리뛰기를 시켜 순발력을 살폈다.

"그 아이를 사려면 저도 사야 해요." 노파가 기를 쓰고 말했다. "그 아이와 저는 묶음으로 나온 매물입니다. 나리, 저는 아직 힘든 일도 할 수 있어요. 아무리 일이 많아도 할 수 있어요."

"농장 일을 할 수 있다고?" 헤일리가 힐긋 노파를 쳐다보면서 가소롭다는 듯이 말했다. "그럴듯한 이야기로군!" 헤일리는 입에 시가를 물고 두 손을 주머니에 넣고 모자를 삐딱하게 젖혀 쓴 다음 행동을 준비했다. 그는 검사 결과에 만족한 듯했다. "이 물건들을 어떻게 생각하시오?" 헤일리가 검사할 때 따라다니던 한 남자가 마음을 결정하기 위해서 물었다.

"글쎄요." 헤일리가 침을 뱉으면서 대답했다. "젊은 놈들과 저 아이가 나올 때 응찰할 거요."

"주인은 노파와 저 아이를 함께 팔려고 하는데요." 남자가 말했다.

"사봤자 이익이 별로 없어요. 늙은이는 별로 쓸모가 없어."

"그럼 사지 않겠단 말이죠?"

"바보나 저런 늙은이를 사겠지요. 눈도 반쯤 멀었고 관절염으로 등도 휜데다 멍청하잖소."

"이런 늙은 여자도 사는 사람들이 있지요. 몸은 볼품이 없지만, 생각보다 일을 잘 견딜 수 있어요." 남자가 잘 생각해본 듯이 말했다.

"그렇지 않아요." 헤일리가 대답했다. "저런 노파는 공짜로 줘도 싫어요. 이제 더 볼 게 없어요."

"아들과 함께 사주지 않으면 노파가 딱해집니다. 아들 곁에 붙어서 떨어지려고 하지 않으니까요. 노파는 싸게 살 수도 있을 텐데."

"돈 많은 사람들이야 제멋대로 돈을 쓰겠지만 나는 관심 없소. 저 아이는

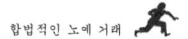

낙찰받아서 농장 일꾼으로 쓰겠지만 노파에게는 전혀 관심 없어요. 거저 준 대도 싫소."

"노파가 아주 실망할 텐데요."

"당연히 그렇겠지요." 노예 상인이 냉담하게 말했다.

군중의 웅성거리는 소리 때문에 두 사람의 대화는 여기서 끝났다. 키가 작고 활동적인 경매인이 거만한 태도로 사람들을 헤치고 들어왔다. 노파는 숨을 죽이면서 본능적으로 아들을 잡았다.

"앨버트, 엄마 곁에 꼭 붙어 있어라. 그래야 함께 팔릴 수 있어."

"엄마, 사람들이 우릴 떼어놓을 것 같아 무서워요."

"얘, 우리는 반드시 함께 간다. 우릴 떼어놓으면 나는 절대 못 살아." 노파가 격하게 말했다.

경매인은 큰 소리로 사람들에게 길을 비키라고 말했다. 경매가 시작되기 직전이었다. 사람들이 물러나 빈 공간이 생기자 경매가 시작되었다. 매물 목록에 올라 있던 다른 남자 노예들은 다양한 가격으로 낙찰되어 금방 팔려나갔다. 시장의 수요가 제법 활발한 것을 보여주는 현상이었다. 헤일리는 그중 두 명을 낙찰받았다.

"자, 꼬마야, 네 차례다." 경매인이 망치로 소년을 건드리면서 말했다. "일어나서 뜀뛰기 실력을 보여줘라."

"우리 둘을 함께 팔아주세요, 나리. 제발 부탁입니다." 노파가 아들을 붙잡고 늘어졌다.

"떨어져." 경매인이 노파의 손을 밀어젖히면서 무뚝뚝하게 말했다. "네 차례는 맨 끝이야. 자 검둥이, 뜀뛰기 해봐." 경매인이 소년을 단상 위로 떠밀자 소년의 뒤에서 노파의 처량한 신음소리가 들렸다. 소년은 걸음을 멈추고 뒤를 돌아보았다. 그러나 이제 머뭇거릴 시간이 없었다. 소년의 크고 총명해 보이는 두 눈에서 눈물이 왈칵 솟아올랐다.

소년의 건강한 모습, 민첩한 팔과 다리, 똑똑해 보이는 얼굴은 즉각 경쟁을 불러일으켰고 예닐곱 사람이 동시에 가격을 불렀다. 경쟁자들이 떠드는 소리에 두려움에 떨던 소년은 낙찰을 선언하는 망치소리가 들릴 때까지 계속 주변을 두리번거렸다. 한번은 여기를 보고 다음에는 저기를 보았다. 헤일리가 소년을 샀다. 소년은 단상에서 떠밀려 새 주인에게 넘어갔다. 소년은 잠시 멈춰 서서 뒤를 돌아보았다. 그때 가여운 그의 어머니가 온몸을 떨면서 아들을 향해 두 팔을 뻗었다.

"저도 같이 사주세요, 나리. 제발 주님을 위해 저를 사주세요. 사주시지 않으면 저는 죽을 겁니다!"

"내가 사도 너는 죽게 돼 있어. 골칫거리지, 안 돼!" 헤일리는 퉁명스럽게 말하고는 몸을 돌렸다.

가여운 노파의 경매는 간단히 끝났다. 헤일리에게 말을 걸었던, 동정심이 완전히 메마른 것 같지는 않아 보였던 남자가 헐값에 노파를 샀다. 이제 구경꾼들은 흩어지기 시작했다.

이번 경매의 희생자들은 오랫동안 한 집에서 같이 자란 사람들이었다. 그들은 눈뜨고 볼 수 없을 정도로 절망한 표정으로 비통해하는 어머니의 주변에 모였다.

"나에게 아들 하나도 남겨둘 수 없단 말인가요? 아들 하나는 데리고 살도록 해주겠다고 나리께서 말씀하셨는데." 노파는 가슴이 미어질 것 같은 목소리로 넋두리를 되풀이했다.

"해거 아줌마, 주님을 믿으세요." 일행 가운데 연장자가 슬픈 목소리로 말했다.

"주님이 무슨 소용이야?" 노파는 격렬하게 흐느꼈다.

"어머니! 어머니! 울지 마세요! 사람들이 그러는데 어머니의 새 주인은 좋은 분이래요." 소년이 말했다.

"좋은 분이면 뭐 해? 나는 관심 없다. 앨버트! 아들아! 너는 내 마지막 자식이야. 주님, 저는 어떻게 살아야 하나요?"

"자, 너희들 중에 저 여자를 떼어낼 사람 없느냐?" 헤일리가 냉정하게 말했다. "저렇게 울어봤자 좋을 게 없을 텐데."

일행 중 연장자가 반은 설득으로 반은 완력으로, 결사적으로 아들을 붙잡고 늘어지는 노파를 떼어놓았다. 일행은 노파를 새 주인의 마차로 데리고 가면서 위로했다.

"자, 가자!" 헤일리는 새로 산 세 명의 노예를 떼밀면서, 한 꾸러미의 수갑을 꺼내서 한 사람씩 손목에 채웠다. 그러고는 각자의 수갑을 긴 쇠사슬로 묶은 다음, 일행을 앞세우고 수용소로 향했다.

며칠 뒤 헤일리와 그의 새로운 인간 재산들은 오하이오의 한 배에 올랐다. 노예 일행은 배가 이동하는 동안 다른 노예 상품들이 수시로 보충되는 여행을 시작했다. 배가 여러 항구에 정박할 때마다 헤일리는 새 노예들을 직접 사거나, 그의 대리인이 미리 사서 보관하고 있던 노예들을 넘겨받았다.

이라 벨르 리비에르 호는 같은 이름의 강을 운항하는 어떤 배에 못지않게 당당하고 아름다운 자태를 뽐내며, 경쾌하게 하류 쪽으로 내려갔다. 하늘은 맑았고 노예들의 머리 위에는 자유국 미국의 국기인 성조기가 펄럭였다. 갑판에는 좋은 옷을 입은 신사 숙녀들이 산책을 즐기며 인생을 만끽하고 있었다. 헤일리 일행을 제외한 모든 사람들이 활기에 넘쳤고, 들뜬 기분으로 즐거워했다. 헤일리의 노예 일행은 다른 짐들과 함께 아래 갑판에 '저장되어' 있었다. 그들은 긴 쇠사슬에 한 줄로 묶인 채 앉아 낮은 소리로 대화를 나눴다.

"이놈들아." 헤일리가 활발하게 걸어와서 말했다. "기운을 내서 즐겁게 지내야지. 자, 시무룩한 표정은 지워버려. 어떤 어려움이 닥쳐도 용감하게 버텨야지. 너희가 나한테 잘하면 나도 너희들에게 잘해줄 거야."

그들은 일제히 "예, 나리"라고 대답했다. 이 대답은 불쌍한 아프리카인들이 오랜 세월 동안 사용한 표어 같은 것이었다. 그러나 일행이 별로 즐거운 표정이 아니었다는 사실은 인정하지 않을 수 없다. 그들은 모두 마지막 이별을 한 아내, 어머니, 형제자매, 자녀를 그리워하는 마음 때문에 생각이 조금씩 달랐다. 그들은 '낙담하는 대신 즐거운 마음을 가질 필요'가 있었으나, 원한다고 해서 명랑한 기분이 저절로 생기는 것은 아니었다.

"나는 아내가 있어요." '존, 30세'라고 광고에 소개된 흑인이 수갑 찬 손을 톰의 무릎 위에 얹으며 말했다. "아내는 내가 이렇게 팔려 가는 걸 전혀 몰라요. 불쌍한 여편네!"

"어디 살고 있나?" 톰이 물었다.

"여기서 조금 떨어진 하류 지방의 선술집에서 일하지요. 마누라를 마지막으로 한 번만 더 보는 것이 제 평생소원입니다."

불쌍한 존으로서는 당연한 소원이었다. 존의 두 눈에서 백인들과 똑같은 눈물이 줄줄 흘러내렸다. 마음이 아픈 톰은 긴 한숨을 쉬었다. 톰은 서투르나마 그를 위로하려고 애썼다.

위쪽의 선실에는 아버지들과 어머니들, 남편들과 아내들이 있었다. 즐겁게 춤을 추는 아이들이 수많은 나비처럼 그들의 주변을 뛰어다녔다. 그곳에서는 모든 것이 아주 쉽고 안락했다.

"엄마." 아래 갑판에서 방금 올라온 한 소년이 말했다. "이 배에 노예 상인이 타고 있어요. 저 아래서 네 명인가 다섯 명의 노예를 봤어요."

"불쌍한 것들!" 아이 어머니는 슬픔과 분노가 반씩 섞인 어조로 말했다.

"뭐가 있다는 거예요?" 다른 어머니가 물었다.

"아래 갑판에 노예가 몇 명 있다는군요."

"그런 꼴을 보인다는 것 자체가 이 나라의 수치예요!"

"이 문제에 대해서는 쌍방 간에 할 말이 아주 많답니다." 특실 문가에 앉아서 바느질을 하던 점잖은 부인이 대화에 끼어들었다. 그녀의 어린 딸과 아들이 옆에서 놀고 있었다. "나는 남부에서 산 적이 있는데 흑인들에게는 해방되는 것보다 노예로 사는 것이 더 좋다는 말씀을 드리지 않을 수 없군요. 어떻게 보면, 편하게 노예생활을 하는 흑인들도 있어요."

자기 의견에 대해 이런 이의가 제기되자 처음의 부인이 말했다. "노예제도에서 가장 끔찍한 부분은 인간의 감정과 애정을 무참하게 짓밟는 거예요. 예를 들면 가족이 생이별을 하는 경우죠."

"그게 나쁜 일인 것은 분명하죠." 방금 다 만든 아기 옷을 들고 유심히 살펴보면서 끝손질을 하던 여자가 말했다. "하지만 그런 일이 자주 일어나는 것 같지는 않던데요."

"오, 자주 일어난답니다." 첫 번째 여자가 강조했다. "나는 켄터키와 버지니아[28]에서 여러 해 살면서 사람들 가슴을 미어지게 하는 사례를 많이 봤답니다. 부인, 저기 있는 두 자녀를 누가 부인에게서 떼어내 판다고 생각해보세요."

"우리의 감정을 바탕으로 비천한 노예 계층의 감정을 추측하는 것은 불가능해요." 무릎 위의 털실을 정리하던 다른 부인이 말했다.

"부인, 그런 식으로 말씀하시면 알 수 있는 게 아무것도 없답니다." 첫 번째 부인이 다소 격앙된 어조로 말했다. "나는 노예를 부리는 가정에서 태어나고 자랐어요. 나는 노예들도 우리와 똑같은 감정이 있다는 걸 알아요. 어쩌면 더욱 예민하게 느끼는지도 모르지요."

상대방은 "그렇군요"라고 말하면서 하품을 했다. 선실 창밖을 내다보던 그 여자는 처음에 시작했던 말을 다시 한 번 되풀이했다. "결국 노예들은 해방되는 것보다 노예생활이 더 편해요."

"아프리카 인종이 하인 같은 비천한 처지에 머물러야 한다는 것이 신의 뜻이란 데는 의문의 여지가 없습니다." 선실 문 옆에 앉아 있던 검은 정장의 신사가 엄숙한 표정으로 말했다. 그는 목사였다. "성경에도 '가나안은 저주를 받아 그 형제들의 종들의 종이 되어라'라고 쓰여 있습니다."

"초면에 실례입니다만, 성경의 그 구절이 그런 뜻입니까?" 옆에 서 있던 키 큰 신사가 물었다.

"물론입니다. 오래전에 그 인종을 노예로 만든 것은 이유는 알 수 없지만 신의 뜻에 합당했습니다. 신의 뜻에 맞서 이견을 제시하면 안 되죠."

"신의 뜻이 그렇다면, 우리는 계속 검둥이들을 사들여도 되겠군요?" 그 남자는 이렇게 말하면서 헤일리를 돌아보았다. 마침 헤일리는 두 손을 주머니에 넣은 채 난로 옆에 서서 이 대화에 귀를 기울이고 있었다.

"그렇습니다." 키 큰 남자가 말했다. "우리는 모두 신의 명령에 따라야 합니다. 검둥이들을 사고팔고 끌고 다니며 지배해야 합니다. 그것이 검둥이들이 창조된 목적이지요. 매우 신선한 견해 같지 않습니까, 낯선 양반?" 남자가 헤일리에게 말했다.

"난 그런 생각을 안 해봤습니다." 헤일리가 말했다. "나는 길게 이야기할 능력도 없고 배운 것도 없어요. 단지 먹고살기 위해 노예 장사를 할 뿐이죠. 노예 장사가 옳지 않다면, 나중에 회개하면 그만 아닙니까?"

"당신은 골치 아픈 문제에서 이제 벗어나지 않았습니까?" 키 큰 남자가 말했다. "성경을 안다는 것이 어떤 건지 이제 알았지요? 이 훌륭한 신사처럼 당신도 성경을 공부했다면 이런 사실을 오래전에 알고 큰 고민을 덜었을 것입니다. 당신은 그냥 이렇게 말할 수 있었을 테죠. '저주를 받아……' 이름이 뭐였더라? 그걸로 모든 고민이 해결되었을 겁니다." 이 낯선 사람은 우리가 켄터키의 선술집에서 독자들에게 소개했던 바로 그 가축 상인이었다. 가축 상인은 자리에 앉아 담배를 피우기 시작했다. 그의 길고 냉정한 얼굴에 흥미로운 미소가 감돌았다.

감성과 지성이 매우 풍부한 인상을 풍기는, 키가 크고 후리후리한 한 청년이 대화에 끼어들어 성경의 말씀을 다시 인용했다. "성경에는 '가나안인의 저주'뿐만 아니라 '그러므로 무엇이든지 너희가 남에게 대접을 받고 싶거든 먼저 남을 대접하여라'라는 말씀도 있지요."

"우리같이 식견이 짧은 사람들도 쉽게 이해할 수 있는 말씀 같군요." 가축상 존이 말했다. 존은 다시 화산처럼 담배를 피워댔다.

청년은 잠시 말을 멈췄다. 뭔가 할 말이 더 있는 눈치였다. 그때 갑자기 배가 멈췄다. 일행은 증기선 승객들이 흔히 그러듯이, 배가 어디에 도착했는지 알아보러 몰려갔다.

"두 사람 다 목사인가요?" 선실 밖으로 나갈 때 존이 일행 중 한 사람에게 물었다.

그 사람이 고개를 끄덕였다.

배가 멈추자 흑인 여성 하나가 배에 걸쳐놓은 계단 위로 뛰어 올라왔다. 그녀는 사람들을 밀치면서 노예들이 모여 앉아 있는 곳으로 나는 듯이 걸어갔다. 이어 그녀는 광고에서 '존, 30세'라고 소개된 불운한 상품을 얼싸안고 자기 남편이라면서 눈물을 흘리며 흐느꼈다.

그러나 강자들의 이익과 편의를 위해 약자들이 강제로 생이별을 당하는, 매일 듣는 이런 가슴 아픈 이야기는 할 필요가 없다! 오래 침묵을 지키고 있지만 귀머거리는 아닌 하나님의 귀에 매일 들리는 이런 이야기를 되풀이할 필요는 없다.

앞서 인도주의와 하나님의 대의명분을 주장했던 젊은이도 팔짱을 낀 채 이 광경을 바라보았다. 그가 돌아서자 헤일리가 옆에 서 있었다. 젊은이는 침통하게 헤일리에게 말했다. "여보시오, 어떻게 이런 장사를 한단 말이오? 저 불쌍한 사람들을 보시오! 지금 나는 집에 가서 아내와 아이를 만날 것을 생각하면서 기뻐하고 있어요. 그런데 나를 가족들에게 데려다주는 종소리가 이 불쌍한 남자와 여자를 영원히 갈라놓을 거요. 하나님은 이 일로 당신을 심판대에 세우실 거요."

노예 상인은 말없이 몸을 돌렸다.

"여보쇼." 가축상이 헤일리의 팔꿈치를 건드리면서 말을 걸었다. "목사들도 다 다른가 봅니다. 안 그래요? '가나안 사람에게 저주를 내리라'라는 말씀에 이 젊은 목사는 찬성하지 않는 것 같지 않소?"

헤일리는 귀찮다는 듯이 무슨 말을 중얼거렸다.

"그리고 저건 최악의 경우 아니겠소?" 가축상 존이 말했다. "아마 저런 짓은 하나님도 찬성하지 않을 거요. 내가 생각하기에는, 당신이 장차 주님의 심판대에 섰을 때, 우리 모두와 마찬가지로 그분도 찬성하지 않을 거요."

헤일리는 생각에 잠긴 채 배의 반대편 끝으로 걸어갔다.

'앞으로 노예들을 한두 번 더 사 모아서 어느 정도 이익을 남기면 이 노릇을 그만둬야겠다. 정말로 위험해지고 있어.' 헤일리는 이런 생각을 하면서 수첩을 꺼내 계산을 시작했다. 헤일리 옆에 있던 많은 신사들은 헤일리의 이런 동작을 불편한 양심의 구체적인 증거로 생각했다.

배는 포구에서 유유히 미끄러져 나왔고 사람들은 다시 이전의 즐거운 생활로 돌아갔다. 남자들은 이야기를 하고 산책을 하며 담배를 피우고 책을 읽었으며, 여자들은 바느질을 하고, 아이들은 놀았다. 그리고 배는 제 갈 길을 갔다.

어느 날 배가 켄터키의 작은 도시에 멈추자, 헤일리는 사소한 볼일을 보러 잠시 상륙했다.

톰은 족쇄를 찼어도 천천히 돌아다니는 데는 지장이 없었기 때문에 배의 옆면 가까이 다가가 난간 너머를 하염없이 바라보고 서 있었다. 얼마 후 그는 노예 상인이 흑인 여자 한 명을 데리고 빠른 걸음으로 돌아오는 모습을 보았다. 여자는 팔에 어린 아기를 안고 있었다. 여자는 제법 좋은 옷을 입고 있었으며 흑인 남자 한 명이 작은 트렁크를 들고 여자의 뒤를 따랐다. 여자는 트렁크를 든 남자와 쾌활하게 이야기를 하면서 걸쳐놓은 다리를 건너 배

위로 올라왔다. 종소리가 울리고 기적이 울리자 엔진이 요란한 소리를 내면서 배를 강 하류 쪽으로 밀어냈다.

여자는 아래 갑판에 쌓여 있는 상자와 나무통 사이로 걸어가 앉더니, 아기와 놀기 시작했다.

헤일리는 배를 한두 바퀴 더 돈 다음 돌아와서 그 여자 옆에 앉았다. 그는 시큰둥한 표정으로 여자에게 무언가 속삭이듯 이야기했다.

톰은 얼마 후 여자의 눈썹 위에 짙은 먹구름이 스치는 것을 보았다. 여자는 몹시 흥분한 듯 빠른 말투로 대답했다.

"그 말을 못 믿겠어요. 나는 믿을 수 없어요!" 톰은 여자가 말하는 것을 들었다. "나리는 나를 놀리고 있어요!"

"믿지 못하겠거든 이걸 봐라!" 헤일리가 서류를 한 장 꺼내면서 말했다. "이게 네 매매계약서다. 네 주인의 서명이 있어. 나는 현금으로 상당히 많은 돈을 지불했다. 자 봐라!"

"주인 나리가 날 그런 식으로 속였을 리 없어요. 그럴 리가 없어요!" 여자는 점점 더 흥분했다.

"여기서 글을 읽을 수 있는 사람을 잡고 얼마든지 물어봐라! 여기 좀 보세요!" 헤일리는 지나가는 사람에게 말했다. "이걸 읽어주시겠소? 이 여자는 내가 이 서류의 내용을 말해줘도 믿으려 하지 않아요."

"보자, 이건 존 포스딕이 서명한 매매계약서군요." 남자가 말했다. "루시와 아이를 당신에게 넘긴다는 내용이오. 내가 보기에는 확실한데."

여자가 미친 듯이 고함을 지르자 주변 사람들이 쳐다보았다. 노예 상인은 소란을 피우는 이유를 사람들에게 간단히 설명해주었다.

"주인님은 남편이 일하는 선술집에 나를 빌려준다고, 그래서 나를 루이빌[29]로 보낸다고 말했어요. 주인님이 직접 그렇게 말했어요. 주인님이 나에게 거짓말했다는 걸 믿을 수 없어요."

"이 딱한 여자야, 주인은 너를 팔았어." 선량해 보이는 남자가 서류를 들여다본 뒤 말했다. "주인이 너를 판 것은 틀림없는 사실이야."

"그렇다면 더 이야기할 필요 없어요." 여자가 갑자기 조용해지면서 말했다. 여자는 아기를 꼭 껴안고 상자 위에 앉아서 등을 돌린 채 강물만 하염없이 바라보았다.

"조금 지나면 마음이 진정될 거야." 노예 상인이 말했다. "여자들은 인내심이 강하거든."

여자는 차분해 보였고 배는 계속 앞으로 나갔다. 아름다운 여름의 미풍이 동정심 많은 요정처럼 그녀의 머리 위를 스치고 지나갔다. 바람은 눈썹이 검은지 갈색인지 묻지 않고 불어준다. 여자는 햇빛이 물결 위에 반사되어 황금색 파문을 만드는 것을 보았고 사람들이 즐겁게 떠드는 소리를 들었다. 그녀 주변에서 이야기를 나누는 사람들은 모두 안락하고 편안했다. 그러나 여자의 가슴은 커다란 돌덩이가 얹힌 것처럼 무거웠다. 엄마 품에 안긴 아기가 일어나 앉아서 작은 손으로 여자의 볼을 만졌다. 앉았다 섰다 하며 소리를 지르고 종알거리면서 엄마의 기분을 풀어주려는 것 같았다. 여자가 갑자기 아기를 힘주어 껴안았다. 영문을 모르는 아기의 얼굴 위로 여자의 눈물이 한 방울 두 방울 떨어지기 시작했다. 여자는 조금씩 점점 더 차분해지는 듯했다. 그녀는 아기를 보살피고 젖을 먹이는 데 몰두했다.

생후 10개월 된 사내아기는 나이에 비해 유달리 몸집이 크고 팔다리의 힘이 세고 튼튼했다. 잠시도 가만히 있지 않고 벌떡벌떡 일어서는 아기를 돌보느라 여자는 여념이 없었다.

"괜찮은 녀석이군!" 갑자기 아기 앞에 나타난 남자가 주머니에 두 손을 집어넣은 채 말했다. "아기가 몇 살이냐?"

"열 달하고 반 됐습니다." 아기 어머니가 대답했다.

그 남자는 아기에게 휘파람을 불고 막대사탕을 한 개 내밀었다. 아기는 얼른 사탕을 받아 흔히 아기들이 하는 방식으로 보관했다. 즉 바로 입에 넣고 빨았다.

"별난 놈이야! 이게 뭔지 아는군!" 남자는 휘파람을 분 다음 걸어갔다. 배의 건너편에 도착한 남자는 쌓인 상자더미 위에서 담배를 피우는 헤일리를 만났다.

낯선 남자가 성냥을 꺼내 담배에 불을 붙이면서 말했다. "초면에 실례지만, 당신이 데려온 저 여자는 쓸 만해요."

"그럼요, 얼굴도 제법입니다." 헤일리가 입에서 담배 연기를 내뿜으면서 대답했다.

"저 여자를 남부로 데려갑니까?"

헤일리가 담배를 계속 피우면서 고개를 끄덕였다.

"농장 일꾼으로 씁니까?"

"나는 어느 농장의 주문을 받아 인원을 채우고 있는 중이지요. 저 여자를 농장 일꾼들 속에 집어넣을 생각입니다. 저 여자는 요리를 잘한대요. 농장의 주방에서 쓰거나 면화 따는 일을 시킬 수 있죠. 손가락이 면화 일에 적합해요. 나는 그 점을 봤죠. 어느 쪽이든 잘 팔릴 겁니다." 말을 마친 헤일리는 다시 시가를 피웠다.

"농장에서 아기는 원하지 않을 거요."

"아기는 기회가 오는 대로 팔 겁니다." 헤일리가 새 시가에 불을 붙이면서 대꾸했다.

"어리니까 상당히 싼 가격에 팔아야 할 거요." 낯선 남자가 상자더미 위로 올라와 편안하게 자리를 잡으면서 말했다.

"그건 잘 몰라서 하는 소리요. 아주 똑똑한데다 체격이 반듯하고 살도 올랐고 튼튼하거든요. 살이 벽돌처럼 탄탄하더라고요!"

"그건 사실이오. 하지만 키우려면 성가시고 돈도 들지요."

"무슨 소리! 다른 짐승들처럼 키우기가 수월하답니다. 강아지를 키우는 것보다 조금도 더 어렵지 않아요. 이 녀석은 한 달만 지나면 뛰어다닐 겁니다."

"나는 애 키우기 좋은 곳을 알고 있소. 내가 이 꼬마를 거기로 데려가고 싶소만. 지난주에 여자 요리사가 아기를 잃었지요. 여자가 옷을 널고 있는 동안, 아기가 빨래 통에 빠져 죽었어요. 내 생각에 그 여자가 이놈을 키우면 좋을 것 같은데."

헤일리와 낯선 남자는 한동안 말없이 담배만 피웠다. 둘 다 이 이야기의 나머지 문제를 먼저 꺼내려 하지 않는 듯했다. 마침내 낯선 남자가 다시 입을 열었다.

"어쨌거나 당신은 저 녀석을 처분해야 하니까 10달러 이상 받을 생각은 아니겠지요?"

헤일리는 고개를 젓더니 보기 좋게 침을 뱉었다.

"그렇게는 안 합니다. 절대 안 되지요." 헤일리는 다시 담배를 피우기 시작했다.

"낯선 양반, 그럼 얼마를 받을 작정이시오?"

"예, 글쎄요. 내가 직접 키울 수도 있고 맡겨서 키울 수도 있어요. 이놈은 유달리 건강하게 잘 클 겁니다. 앞으로 여섯 달만 키우면 100달러는 나갈 거요. 일이 년 지나서 작자만 잘 만나면 200달러는 받을 거요. 그러니 50달러에서 한 푼도 깎아줄 수 없어요."

"어, 낯선 양반! 그건 터무니없는 가격이오."

"적당한 가격입니다!" 헤일리가 단호하게 고개를 끄덕이면서 말했다.

"30달러를 내겠소. 그 이상은 한 푼도 안 되오."

"그럼 내 생각을 말해보리다." 헤일리가 새로운 결심을 했다는 듯이 다시 침을 뱉고 나서 말했다. "서로 공평하게 양보해서 45달러만 받겠소. 그 이하는 안 됩니다."

"좋소! 그렇게 합시다." 낯선 남자가 잠시 뜸을 들인 다음에 말했다.

"됐소! 댁은 어디서 내립니까?" 헤일리가 물었다.

"루이빌이오."

"루이빌이라. 아주 잘됐군. 저녁 무렵에 거기 도착해요. 아기는 잠이 들 겁니다. 만사가 순조로울 거요. 아이를 울리지 않고 조용히 떼어내기만 한다면 모든 일이 잘 풀릴 겁니다. 나는 일을 조용히 처리하고 싶소. 요란법석을 떠는 건 질색이거든요." 상대방이 주머니에서 꺼낸 몇 장의 현찰을 건네받은 후 헤일리는 다시 시가를 피우기 시작했다.

배가 루이빌의 부두에 멈췄을 때는 화창하고 고요한 저녁이었다. 아기를 품에 안고 앉아 있던 흑인 여자는 깊이 잠들어 있었다. 그러나 도착한 포구의 이름을 외치는 소리를 듣고는 잠에서 깨어 상자 사이에 자기 외투를 깔아서 만든 잠자리에 아기를 서둘러 눕히고 뱃전으로 달려갔다. 부두를 오고 가는 많은 호텔 종업원 가운데서 혹시 남편의 모습을 찾을까 해서였다. 여자는 난간 위로 몸을 내밀고 건너편 육지 위를 오가는 사람들을 유심히 살폈다. 그러는 동안 여자와 아기 사이로 사람들이 밀려들었다.

"자, 이제 시간이 됐군요." 헤일리가 잠든 아기를 안아 올려 낯선 남자에게 건넸다. "지금 깨워서 울게 하면 안 됩니다. 애가 울면 저 여자가 소란을 피우고, 난리가 날 거요." 아기를 조심스럽게 받은 남자는 상륙하는 사람들 속으로 금방 사라졌다.

삐걱거리는 소리와 함께 엔진이 연기를 내뿜으면서 배가 부두에서 물러나 천천히 강의 물길에 합류할 때 여자는 자기가 앉아 있던 자리로 돌아왔다. 아기는 간 데 없고 노예 상인이 앉아 있었다.

"아니, 아기는 어디 있어요?" 놀란 여자는 미친 듯이 묻기 시작했다.

"루시, 네 아기는 떠났다. 우선 그 사실부터 알아야 한다. 너는 아기를 데리고 남부에서 살 수 없어. 그래서 내가 지체 높은 가정에 팔 수 있는 기회를

잡았다. 그 가정에 보내면 아기는 네가 키우는 것보다 더 잘 클 거야."

　노예 상인은 기독교적 정신으로 보나 정치적 수완으로 보나 완벽한 경지에 도달했다. 이런 태도는 최근 북부의 일부 설교사들과 정치인들이 권고해 왔다. 헤일리 역시 이런 태도를 취함으로써 인간적인 나약함과 편견을 모두 극복했다. 그의 감정은 누구나 적절한 노력과 학습을 통해 성취할 수 있는 위치에 도달해 있었다. 훈련이 덜 된 사람들이 극도의 절망과 고뇌로 미칠 듯한 표정을 지은 여자의 시선을 마주 대했다면 심기가 몹시 불편했을 것이다. 그러나 사람은 훈련을 받으면 그런 일에도 익숙해질 수 있다. 연방의 영광을 위해 최근 북부 전체가 맹렬히 전개하는 노력의 위대한 목표가 바로 그것이다. 그러므로 노예 상인은 흑인 여자가 주먹을 쥔 채 숨도 제대로 쉬지 못하고 죽을 것처럼 괴로워하는 모습을 보면서, 이것은 장사에 따르는 불가피한 현상이라고 생각했다. 그는 단지 여자가 고함을 칠 것인지, 벌떡 일어나 배 위에서 한바탕 소동을 피울 것인지만 계산하고 있었다. 우리의 이상한 제도를 지지하는 다른 사람들과 마찬가지로, 헤일리 역시 소동을 대단히 싫어했다.

　그러나 여자는 비명을 지르지 않았다. 마치 총알을 정통으로 심장에 맞은 사람처럼 울지도 않고 눈물을 흘리지도 않았다.

　여자는 현기증을 느끼는 듯 주저앉았다. 여자는 맥 빠진 두 손을 힘없이 늘어뜨렸다. 두 눈은 앞을 쳐다보고 있었지만 동공에는 초점이 없었다. 갈피를 잡지 못하는 여자의 귀에는 배 안의 온갖 소음과 엔진 돌아가는 소리가 꿈속에서 들려오는 것처럼 느껴졌다. 충격을 받아 말을 잃은 불쌍한 여자는 참담한 심정을 나타내기 위해 울거나 눈물을 흘리지 않았다. 여자는 아주 조용했다.

　자신이 거둔 이익만 생각하는 노예 상인은 우리나라의 일부 정치인과 똑같이 인간미 넘치는 사람이 되었다. 그는 그런 상황에 적합한 위로의 말을

합법적인 노예 거래

멤피스에서 뉴올리언스로.

멤피스 부두 선적장

목화를 실은 바지선들이 미시시피 강 줄기를 가르며 멕시코 만 방향 수평선 너머로 천천히 사라진다. 1815년에 등장한 이 대형 증기선들은 미국 남부의 농장주들이 번성하는 데 힘을 실어주었다. 우리가 방문할 곳은 바로 그 농장주들의 집이다. 1860년 인구 조사에 따르면, 200만 명의 백인 중 약 35만 명에 불과한 극소수가 노예 전부를 소유하고 있다. 수치로 보면 노예들의 수는 383만 8765명에 이른다.

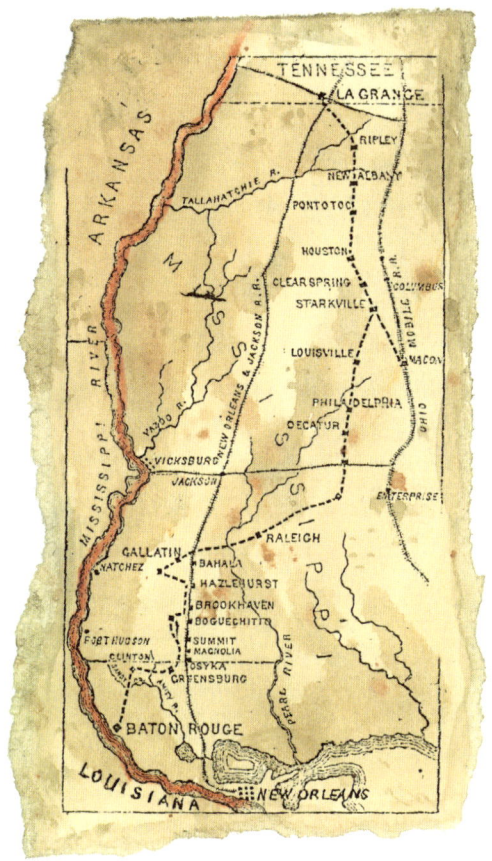

남부의 대농장으로 향하는 뱃길

하고 싶은 기분을 느끼는 눈치였다.

"루시, 이런 일이 너에게 힘들다는 것을 나도 안다. 그러나 너처럼 똑똑하고 지각 있는 여자가 이만한 일로 포기해서는 안 된다. 어쩔 수 없지만 이런 일이 필요하다는 건 너도 알지 않느냐!"

"오, 나리, 제발 그만 하세요!" 여자가 숨이 막히는 사람처럼 말했다.

"루시, 넌 똑똑한 여자야. 앞으로 잘해줄게. 강 아래 지방에 내려가서 좋은 집에 소개해주마. 넌 오래지 않아 새 서방을 얻을 게다. 너처럼 괜찮은 여자는……."

"오! 나리, 지금은 제발 그만 하세요." 빠르게 지껄이는 여자의 목소리에서 너무나 깊은 고뇌가 느껴졌기 때문에 헤일리는 지금 당장은 사태를 수습할 수 없다고 생각했다. 그는 일어섰고, 여자는 고개를 돌려 자기 외투에 얼굴을 묻었다.

노예 상인은 한동안 여자 앞을 오락가락하면서 때때로 발걸음을 멈추고 여자를 바라보았다.

"그래, 괴롭겠지." 헤일리는 혼잣말을 했다. "하지만 떠들지는 않는구나. 한동안 슬퍼하게 내버려두자. 시간이 지나면 괜찮아지겠지!"

톰은 이 거래를 처음부터 끝까지 지켜보았다. 그는 결과를 완전히 이해했다. 그에게는 이 모든 일이 말로 표현할 수 없을 정도로 무섭고 잔인해 보였다. 왜냐하면 가난하고 무지한 그는 사건을 일반화해 보다 넓은 시각에서

합법적인 노예 거래

며칠간의 항해가 끝난 점오, 뉴올리언스에 도착하다

평균적인 노예 착취 현황을 보면,
농장주 2만 5000명은 10명 이하의 노예를,
6만 8000명은 노예 1명을 데리고 있으며,
100명이 넘는 노예를 소유한 농장주도 1500명이나 된다.
또한 250여 명의 지방 귀족 농장주는 200명 이상의 노예를,
10명의 귀족 농장주는 무려 500~1000명의 노예를 거느리고 있다.

볼 수 없었기 때문이다. 그가 기독교 목사들에게 교육을 받았다면 이 사건을 더 좋게 생각하거나 합법적인 거래에서 흔히 발생하는 상황으로 생각했을 것이다. 미국의 한 신학자[30]의 말마따나 "나쁜 제도가 아니라 사회생활 및 가정생활의 다른 모든 관계와 불가분의 관계에 있는 제도"가 노예 거래라는 것을 알았을 것이다. 그러나 우리가 보는 바와 같이 톰은 책이라곤 신약성경밖에 읽지 못한 가난하고 무지한 사람이기 때문에 이런 견해로 자신을 위로할 수가 없었다. 짓밟힌 갈대처럼 상자 위에 누워 고통스러워하는 불쌍한 여자가 부당한 일을 당했다고 생각하며, 톰의 내부에 있는 영혼은 피를 흘렸다. 미국의 주법은 감정을 느끼고 피를 흘리는 생명체이며 불멸의 영혼을 가진 인간을 짐 꾸러미나 나무통 또는 여자가 누워 있는 상자와 똑같이 상품으로 냉정하게 분류한다.

톰은 여자에게 다가가서 뭔가 위로의 말을 하려 했다. 그러나 여자는 신음 소리만 낼 뿐이었다. 톰은 자신 또한 눈물을 줄줄 흘리면서 하늘나라의 사랑과 인간을 불쌍히 여기는 예수와 영원한 집에 관해 이야기했다. 그러나 여자는 고뇌로 인해 듣지 못하고 감정이 마비되어 느낄 수 없었다.

조용하고 변함없는 영광스러운 밤이 찾아왔다. 하늘에는 수많은 천사들의 장엄한 눈동자가 아름답게 반짝였으나 소리는 나지 않았다. 그 머나먼 하늘에서는 어떤 말씀이나 동정하는 목소리도 들리지 않았고, 구원의 손길도 내려오지 않았다. 사업이나 즐거운 일을 이야기하는 목소리가 하나 둘 사라졌다. 배 안의 모든 사람들이 잠들어 뱃전을 때리는 물결소리만 또렷하게 들려왔다. 상자 위에 몸을 뻗고 누워 있던 톰은 가끔 여자가 엎드린 채 숨을 죽이고 흐느끼며 우는 소리를 들었다. "오, 이제 어쩌면 좋아? 오, 주님! 선하신 주님, 저를 도와주소서!" 가끔 들리던 여자의 중얼거림도 점점 작아져 사라졌다.

자정 무렵, 톰은 갑자기 놀라 잠에서 깼다. 무언가 검은 형상이 빠르게 그

합법적인 노예 거래

뱃길을 따라 운송된 목화 꾸러미를 하역하는 작업

를 지나쳐서 배 옆으로 갔다. 이어 물에서 풍덩 하는 소리가 났다. 그 광경을 본 사람도 없고 그 소리를 들은 사람도 없었다. 고개를 들어서 보니 여자가 있던 곳에는 아무도 없었다! 그는 몸을 일으켜 여기저기 둘러보았으나 헛수고였다. 가슴에서 피를 흘리던 불쌍한 영혼은 드디어 조용해졌다. 강물은 아무 일도 없었다는 듯이 출렁거리며 흘러갔다.

이런 불의를 보고 치미는 분노를 느낀 사람들이여, 참고 또 참자! 인간으로서 슬픔을 느끼는 영광의 주님께서는 억압받는 사람들이 느끼는 한 번의 고뇌와 한 방울의 눈물도 잊지 않는다. 주님의 인내하고 너그러운 가슴은 세상의 고통을 담고 계신다. 그분처럼 인내하며 고통을 담아두라. 하나님처럼 사랑으로 수고하라. "주님이 구원하는 때가 오리라."

상쾌한 기분으로 일찍 일어난 노예 상인은 자신의 가축들을 살펴보러 왔다. 이번에는 그가 당황해서 두리번거릴 차례였다.

"여기 있던 여자 못 봤느냐?" 그가 톰에게 물었다.

잠자코 있는 것이 현명한 처사라는 것을 배워서 아는 톰은 본 사실과 짐작되는 사실을 털어놓을 기분이 아니었다. 그는 모른다고 대답했다.

"여자가 밤에 기항한 포구에서 내렸을 가능성은 분명히 없다. 왜냐하면 배가 설 때마다 내가 일어나서 감시를 했기 때문이지. 나는 너희 같은 것들을 절대 다른 사람에게 맡기지 않는다."

헤일리는 톰이 특별히 흥미를 느낄 만한 화젯거리라도 되는 양 남이 듣지 않게 톰에게만 이야기했다. 톰은 대꾸하지 않았다.

상인은 배 안과 상자와 나무통과 기관실은 물론 굴뚝 옆까지 샅샅이 뒤졌으나 헛수고였다.

"자, 말해라, 톰. 어서 솔직하게 말해." 수색이 소득 없이 끝나자 헤일리가 톰이 서 있는 곳으로 와서 말했다. "넌 지금 이 일에 관해 무언가 알고 있다. 네가 알고 있는 걸 내게 말하지 않으면…… 열시쯤에 여자가 여기 누워 있는 걸 내가 보았다. 그리고 열두시에 다시 봤고 한시와 두시 사이에도 봤는데 네시에 보니까 없어졌다. 너는 그 여자 옆에서 밤새 자고 있었다. 넌 뭔가 알고 있다. 모를 리가 없어."

"저, 나리." 톰이 입을 열었다. "새벽 무렵에 뭔가 제 옆을 지나갔습니다. 저는 잠이 덜 깼지요. 그다음에 풍덩 하는 소리가 크게 들렸지요. 그래서 저는 잠이 싹 달아났고 여자는 보이지 않았습니다. 저는 그것밖에 모릅니다."

상인은 충격을 받지도 않았고 놀라지도 않았다. 왜냐하면 앞에서도 말한 바와 같이, 그는 일반인에게는 생소한 많은 일을 겪었기 때문이다. 무시무시한 죽음의 현장을 봐도 그는 조금도 두려워하지 않았다. 그는 장사를 하는 동안 사람이 죽는 장면을 여러 번 본 터라 죽음이 익숙했다. 그는 죽음이 그의 사업을 몹시 부당하게 곤경에 빠뜨리는 고약한 손님이라고 생각했다. 그래서 헤일리는 여자가 화물에 불과하다고 욕설을 퍼부었다. 그는 자신이 지독하게 운이 나쁘며 이런 식으로 일이 계속 꼬이면 이번 여행에서 이익을 남기기는 틀렸다고 푸념했다. 간단히 말해서 그는 자신이 분명히 부당한 대우를 받았다고 생각하는 눈치였다. 그러나 여자는 영광스러운 연방정부[31]가 나서서 요구한다 해도 도망자를 절대 내주지 않는 영역으로 도망쳤기 때문에 헤일리로서도 어쩔 도리가 없었다. 기분이 몹시 나빠진 노예 상인은 작은 수첩을 꺼내 들고 주저앉았다. 그는 분실물 난에다 없어진 여자의 가격을 적어넣었다.

"저 노예 상인이라는 자는 정말 기가 막힌 인간 아냐? 피도 눈물도 없는 인간이야! 정말로 끔찍하군."

"아, 저런 노예 상인들은 어딜 가나 사람 취급을 못 받아요! 점잖은 사회에서는 절대 환영받지 못하지요."

그런데 여러분, 누가 노예 상인을 만든 걸까? 누가 가장 많은 비난을 받아야 할까? 계몽되고 교양 있고 지적인 사람들이 비난받아야 할까? 아니면 가

난한 노예 상인이 비난을 받아야 할까? 노예 상인은 여러분이 지지하는 체제의 결과일 뿐이며, 노예 거래를 촉구하는 여론을 조장한 것은 여러분이다. 노예 상인이 자기 장사에 수치심을 느끼지 않을 정도로 타락과 방탕으로 내몬 것도 여러분이다. 여러분이 노예 상인보다 더 나은 점이 무엇인가?

여러분은 고등교육을 받았고 상인은 무지하다. 여러분은 지위가 높지만 그는 낮고, 여러분은 교양이 있지만 그는 상스럽다. 여러분은 재능이 있으나 그는 단순하다. 이 모든 것이 사실 아닌가?

심판의 날에 바로 이런 점들이 고려될 경우 노예 상인이 여러분보다 용서받기가 더 쉬울 것이다.

합법적 상거래에서 발생한 이런 하찮은 사건을 마무리하면서 우리는 미 의회 의원들에게 인도적인 정신이 완전히 결여돼 있다고 생각해서는 안 된다는 것을 세계인에게 상기시켜야 한다. 노예 거래라는 특이한 제도를 우리 정부가 보호하고 지속시키기 위해 엄청난 노력을 기울이는 것을 보고 행여 미 의원들의 인도주의 정신에 대해 의문을 품을 사람이 있을지도 모르기 때문이다.

외국의 노예 무역을 폐지해야 한다고 주장한다는 면에서 미국의 거물들이 누구에게도 뒤지지 않는다는 사실을 모르는 사람이 어디 있는가? 미국인 가운데는 이 문제를 논할 때 가장 교훈적인 언행을 일삼는 클라크슨[32]과 윌버포스 같은 사람이 수없이 많다. 독자 여러분, 아프리카에서 들여온 흑인들을 사고파는 행위는 참으로 끔찍하다! 생각할 수도 없는 일이다. 그러나 켄터키에서 데려온 흑인을 거래하는 행위는 완전히 다른 일이다!

chapter 19
퀘이커 정착촌

이제 우리 앞에 아주 고요한 광경이 펼쳐진다. 크고 넓으며 깔끔하게 칠해진 부엌의 노란색 바닥은 매끈하게 윤기가 돌고 먼지 한 점 보이지 않는다. 요리용 화덕은 검게 그을었지만 깨끗하다. 가지런히 정돈된 반짝거리는 주석 그릇들은 말로 표현하기 어려울 정도로 식욕을 자극한다. 반들거리는 녹색 의자들은 오래되었으나 견고하다. 북슬북슬한 털을 깐 작은 흔들의자에는 천을 이어 붙여서 만든 쿠션이 한 개 놓여 있다. 쿠션은 여러 가지 색깔의 모직 천을 솜씨 있게 꿰매 붙여서 만들었다. 어머니의 넓은 품을 연상시키는 오래된 큰 흔들의자의 팔걸이는 누군가를 환영하는 것처럼 넓고 크다. 정말로 안락해서 앉아보고 싶은 생각이 들게 하는 이 흔들의자에는 새털을 넣은 쿠션들이 유혹하듯 놓여 있다. 정직하고 가정적인 즐거움을 줄 뿐 아니라, 장식 무늬가 있는 대리석처럼 응접실 가구로 적합한 안락의자다. 부드럽게 앞뒤로 흔들리는 이 의자 위에는 우리의 오랜 친구 엘리자가 고운 바느질감을 내려다보며 앉아 있다. 그렇다. 엘리자는 켄터키의 집에 있을 때보다 더 창백하고 수척한 모습이다. 기다란 속눈썹의 그늘에는 슬픔이 조용히 깃들어 있고 부드러운 입술 선에도 슬픈 기색이 어려 있다. 마음이 소녀 같았던 그녀가 깊은 슬픔에 단련되는 동안 성숙하고 강해졌다는 것을 첫눈에 알아볼 수 있다. 열대의 나비처럼 마루 위를 여기저기 뛰어다니면서 장난을 치는 어린 아들 해리를 바라보기 위해 가끔 검고 큰 눈을 쳐들 때는, 과거 행복했던 시절에는 결코 볼 수 없었던 단호하고 침착한 깊은 의지가 엿보였다.

엘리자 옆에는 무릎 위에 빛나는 주석 프라이팬을 올려놓은 여자가 앉아

있다. 여자는 팬 안에 담긴 말린 복숭아를 일일이 고르고 있다. 여자의 나이는 쉰다섯에서 예순 정도로 보인다. 그러나 여자의 얼굴은 나이가 들수록 점점 밝고 고와지는 그런 얼굴이었다. 퀘이커교[33]의 양식에 따라 정확하게 만든 리세 크레이프[34] 모자와 짧게 접어 가슴에 단 모슬린 손수건 그리고 담갈색의 숄과 드레스는 그녀가 어떤 사회에 속해 있는지 잘 보여주었다. 부드러운 솜털이 돋고 건강한 장밋빛 혈색이 도는 둥근 얼굴은 잘 익은 복숭아를 연상시켰다. 나이가 들어 듬성듬성 하얗게 센 머리칼을 이마 위부터 가르마를 타서 단정하게 뒤로 빗어 넘겼다. 그녀의 이마 위에 시간이 써놓은 것은 지상의 평화와 남편에 대한 헌신밖에 없었다. 이마 아래 반짝이는 크고 맑은 갈색 눈은 정직하고 사랑스러워 보였다. 여자의 눈만 보아도 마음 밑바닥에 어떤 여자보다 착하고 진실한 성품이 깃들어 있다는 것을 알 수 있다. 아름다운 젊은 여자들에 대한 찬사와 노래는 그렇게 많이 나왔으나 노년 여성의 아름다움을 알아차리는 사람은 없는 까닭은 무엇일까? 이 주제에 관한 영감을 얻고 싶은 사람들을 작은 안락의자에 앉아 있는 우리의 좋은 친구 레이철 할리데이에게 소개하고 싶다. 규칙적으로 삐걱거리는 소리를 내는 안락의자는 그녀의 어려웠던 젊은 시절과 숨이 막힐 듯한 사랑을 느꼈던 시절, 혼란스럽고 불안한 시기를 함께 겪었다. 그녀가 의자를 부드럽게 앞뒤로 흔들면서 내는 규칙적인 마찰음은 다른 의자였다면 참기 어려웠을 것이다. 그러나 늙은 시미언 할리데이는 의자의 소리가 음악소리보다 듣기 좋다고 종종 강조했다. 그의 자녀들도 어머니의 안락의자에서 나는 소리가 세상에서 제일 좋다고 말했다. 그 이유가 무엇일까? 자상한 말과 부드러운 훈계, 어머니의 따뜻한 애정이 이십 년 이상 그 의자에서 나왔기 때문이다. 수많은 머리 아픈 문제와 가슴 아픈 문제가 이 의자에서 해결되었다. 몸과 마음을 곤란하게 하는 문제들이 모두 이 의자에 앉은 자애로운 여자에 의해 해결되었기 때문이다. 하나님께서 이 여인에게 축복을 내리소서!

"그래, 엘리자, 그대는 아직도 캐나다로 갈 생각인가요?"[35] 할리데이 부인이 복숭아를 내려다보면서 조용히 물었다.

"예, 마님." 엘리자가 확고한 태도로 말했다. "저는 계속 가야 해요. 어떤 일이 있어도 멈출 수 없어요."

"내 딸, 캐나다에 도착하면 무슨 일을 할 생각이죠? 그 문제를 생각해봐야 해요."

'내 딸'이라는 말이 레이철 할리데이 부인의 입에서 자연스럽게 나왔다. 그녀의 얼굴은 모성을 대표하는 얼굴이었고 그녀에게는 '어머니'라는 단어가 세상에서 가장 잘 어울리는 것 같았다.

엘리자의 손이 가늘게 떨렸고 눈물이 몇 방울 흘러 고운 바느질감 위에 떨어졌다. 그러나 엘리자는 단호하게 대답했다.

"닥치는 대로 무슨 일이든지 할 거예요. 뭐든 일거리를 찾을 수 있게 되기를 바라고 있어요."

"그대만 좋다면 얼마든지 여기 머물러도 좋아요."

"오, 고맙습니다. 하지만……." 엘리자는 해리를 가리키면서 말을 계속했다. "저는 밤에 잠을 이룰 수가 없어요. 쉴 수도 없고요. 간밤 꿈에서 노예 사냥꾼이 이 집 마당으로 들어서는 모습을 보았어요." 엘리자는 몸을 떨었다.

"가여워라!" 레이철이 자신의 눈가를 닦으면서 말했다. "하지만 그렇게 무서워할 필요는 없어요. 주님은 우리에게 우리 마을로 도망친 사람을 추격자에게 빼앗기지 말라고 명하셨어요. 그대를 추격자들에게 빼앗기는 일은 절대 없을 테니 내 말을 믿어요."

문이 열리고 작고 통통한 여자가 문 앞에 서 있다. 명랑하고 화사한 표정을 지은 여자의 얼굴은 익은 사과를 연상시켰다. 그녀의 옷차림은 레이철과 같았다. 깔끔한 회색 드레스를 입고 모슬린 손수건을 단정하게 접어 둥글고 풍만한 가슴에 달고 있었다.

"루스 스테드먼 부인, 안녕하세요." 레이철이 루스의 두 손을 반갑게 잡으면서 말했다. "어떻게 지냈어요, 루스?"

"잘 지냈지요." 루스가 작은 담갈색 보닛을 벗어 손수건으로 먼지를 털면서 대답했다. 그녀가 보닛을 벗자 작고 둥근 머리가 나타났고 그 위에는 퀘이커교도의 모자가 오뚝하게 얹혀 있었다. 루스가 작고 살찐 손으로 부지런히 머리를 매만졌음에도 여기저기서 삐져나온 몇 가닥의 곱슬곱슬한 머리가 아래로 흘러내렸다. 그녀는 삐져나온 머리를 곱게 매만져서 제자리로 올렸다. 스물다섯 살쯤 되어 보이는 방문객은 머리매무새를 고치느라 들고 있던 손거울에서 고개를 돌리고, 그녀를 보는 모든 사람들처럼 만족한 표정을 지었다. 왜냐하면 그녀는 오로지 성실한 마음과 즐거운 이야기로 남자를 기쁘게 하는 재주를 그 어떤 여자 못지않게 타고났기 때문이다.

"루스, 이 사람이 내 친구 엘리자 해리스예요. 이 어린애가 내가 이야기했던 꼬마고요."

"엘리자, 만나게 돼서 반가워요." 루스는 엘리자가 오래전부터 기다렸던 옛 친구라도 되는 것처럼 악수를 했다. "이 아이가 그대의 귀여운 아들이군요. 아이 주려고 케이크를 조금 가져왔어요." 루스는 작은 성의가 담긴 케이크를 아이에게 내밀면서 말했다. 다가온 아이는 늘어진 곱슬머리 사이로 그녀를 빤히 쳐다본 다음 슬금슬금 눈치를 보면서 받았다.

"루스, 아기는 어쨌어요?" 레이철이 물었다.

"아, 곧 들어올 거예요. 제가 들어오는데 댁의 따님 메리가 다른 아이들에게 보여준다고 광으로 데리고 갔답니다."

이때 순간 문이 열리고 장미꽃 같은 메리가 아기를 안고 들어왔다. 커다란 두 눈이 정직해 보이는 메리는 어머니를 닮아서 눈동자가 갈색이었다.

"아하!" 레이철이 다가가서 하얀 피부에 살이 통통하게 오른 커다란 아기를 받아 안았다. "아주 잘생겼구나. 많이 자랐네!"

"아무렴요. 많이 컸지요." 부산스러운 루스가 아기를 받아 작은 비단 두건과 여러 겹의 겉옷을 벗기기 시작하면서 말했다. 그녀는 아기의 옷을 여기 저기 당기고 여며 옷차림을 고쳐준 다음 입을 맞추고 나서 아기가 혼자 놀도록 바닥에 내려놓았다. 아기는 이런 절차에 완전히 익숙한 듯이 엄지손가락을 입 안에 넣은 채 딴 일에 관심을 쏟았다. 아기 어머니는 자리에 앉아서 흰색과 파란색이 섞인 긴 양말을 꺼내 부지런히 뜨개질을 하기 시작했다.

"메리, 너는 주전자에 물을 채우는 게 좋지 않겠니?" 어머니가 부드럽게 지시를 내렸다.

메리는 주전자를 들고 우물로 갔다가 곧 다시 나타나 주전자를 난로 위에 얹었다. 난로 위에서 금방 끓어 김을 내뿜기 시작한 주전자는 사람의 마음을 훈훈하게 만드는 인정의 상징이었다. 그리고 메리는 레이철이 부드럽게 속삭이는 몇 마디 말에 따라 복숭아를 불 위의 스튜 냄비에 집어넣었다.

하얀 반죽 판을 내려놓고 앞치마를 두른 레이철은 조용히 비스킷을 구울 준비를 했다. 그녀는 먼저 메리에게 지시를 내렸다. "메리, 존에게 닭을 준비하라고 일러두는 것이 좋지 않겠니?" 메리는 어머니의 말을 전하러 나갔다.

"그런데 에비게일 피터스는 좀 어때요?" 레이철이 비스킷을 만들면서 안부를 물었다.

"아, 건강이 많이 좋아졌어요." 루스가 대답했다. "제가 오늘 아침에 들러서 침대를 정리하고 집 청소를 했어요. 오후에는 레아 힐스가 가서 빵과 파이를 구웠는데 며칠 동안 먹기에 충분할 거예요. 제가 오늘 저녁에 다시 가서 그녀를 돌볼 예정이고요."

"저는 내일 가서 빨래를 해주고 바느질거리가 있는지 살펴봐야겠군요." 레이철이 말했다.

"아! 그것 잘됐어요!" 루스가 대답했다. "한나 스탠우드가 아프단 소식을 들었거든요. 존이 어젯밤에 그 집에 들렀죠. 저도 내일 가봐야 해요."

퀘이커교도

예배를 마치고 나오는 퀘이커교도들. 퀘이커교는 17세기 영국에서 조지 폭스가 만든 기독교의 한 교파다.

박해에도 불구하고 퀘이커 공동체는 남부의 여러 주에서 적극적인 활동을 펼친다. 퀘이커교도들은 1688년부터 노예제도를 기독교 정신에 반대되는 것으로 주장해왔다는 점에서 그 공적을 인정받아 마땅하다.

"그대가 하루 종일 머물러야 하면 존에게는 우리 집에 와서 식사를 하라고 해요." 레이철이 권했다.

"고마워요. 내일 사정을 봐서 그럴게요. 시미언 씨가 들어오시네요."

집 안으로 들어오는 시미언 할리데이는 키가 크고 건장한 근육질의 남자였다. 그는 암갈색 외투와 바지를 입고 챙이 넓은 모자를 썼다.

"루스, 잘 지냈어요?" 시미언은 커다란 손으로 여자의 작고 통통한 손을 잡으면서 인사를 했다. "존도 잘 있죠?"

"아! 존은 건강해요. 나머지 식구들도 잘 있고요." 루스가 쾌활하게 대답했다.

"여보, 무슨 소식이라도 있나요?" 레이철이 비스킷을 오븐에 넣으면서 물었다.

"피터 스티븐스가 오늘밤에 친구 몇 명을 데리고 오겠다고 말합디다." 시미언이 뒷문 쪽에 있는 깨끗한 개수대에 손을 씻으면서 의미심장한 어조로 말했다.

"정말로요!" 레이철이 생각에 잠긴 표정으로 엘리자를 잠깐 바라보면서 말했다.

"엘리자는 성이 해리스라고 했죠?" 방에 다시 들어온 시미언이 엘리자에게 물었다.

엘리자가 떨리는 목소리로 그렇다고 대답할 때 레이철은 재빨리 남편을 쳐다보았다. 엘리

1688년, 한 무리의 독일·스위스계 퀘이커교도들이 저먼 타운 결의문[36]을 발표한다. "그들이 비록 흑인이라 할지라도 그들을 노예로 부리는 것이 백인을 노예로 부리는 것보다 더 합당하다는 주장을 우리는 용납할 수 없다. 사람을 훔치거나 납치하는 이들, 그 사람을 사고파는 이들 모두 그들과 똑같은 사람이 아닌가?"

자는 자기를 찾는 광고 전단이 나돌았을 가능성을 시사하는 시미언의 질문을 받고 두려움을 느꼈다.

"여보!" 시미언이 현관에서 레이철을 불러냈다.

"여보, 왜 그래요?" 레이철이 밀가루가 묻은 손을 문지르면서 현관으로 나갔다.

"이 여자의 남편이 지금 마을에 와 있어요. 오늘밤 우리 집으로 올 거요."

"지금 그 말이 정말이에요, 여보?" 레이철의 얼굴이 기쁨으로 환해졌다.

"틀림없는 사실이오. 어제 피터가 마차를 타고 다른 정착촌[37]에 갔다가 그곳에서 늙은 여자와 남자 둘을 봤답니다. 그중 한 남자가 자기 이름이 조지 해리스라고 말했답디다. 해리스라는 남자의 이야기를 듣고 나서 나는 누구인지 확신했어요. 그 역시 똑똑하고 호감이 가는 사람이오."

"저 여자에게도 지금 알려줄까요?" 시미언이 물었다.

"일단 루스에게 말해줘요." 레이철이 대답했다. "루스, 이리 와봐요."

루스가 뜨개질감을 내려놓고 잠시 후 뒷문 현관으로 나왔다.

"루스, 우리 남편이 그러는데, 마지막 일행에 가담한 엘리자의 남편이 오늘밤 우리 집으로 온대요. 그대는 어떻게 생각해요?" 레이철이 물었다.

작은 퀘이커교도 여인이 갑자기 기뻐하는 바람에 대화가 잠시 중단되었다. 루스가 손뼉을 치면서 깡충 뛰어오르는 통에 퀘이커교 모자 아래 고정시켰던 그녀의 머리카락 두 갈래가 풀려서 흘러내려 하얀 에이프런 위에서 빛을 발했다.

"루스, 쉿! 조용히 해요. 지금 엘리자에게 말해도 될까요?" 레이철이 차분하게 물었다.

"지금 당장 말해줘야죠! 만약 그 사람이 제 남편 존이라면 제 기분이 어떻겠어요? 당장 이야기해줘요."

"루스, 그대는 자신을 통해 이웃을 사랑하는 법을 배우는군요." 시미언이 환한 미소를 지으면서 말했다.

"그럼요. 그러기 위해 우리가 태어난 것 아니겠어요? 제가 남편과 우리 아기를 사랑하지 않는다면 저 여자의 심정을 몰랐을 거예요. 자, 어서, 저 여자에게 말해줘요. 어서!" 루스는 설득하듯이 레이철의 팔을 잡았다. "부인이 저 여자를 저쪽 침실로 데리고 가서 이야기하는 동안 닭은 제가 튀길게요."

레이철은 엘리자가 바느질을 하고 있는 주방으로 들어갔다. 작은 침실 문을 열고 엘리자를 안내하면서 레이철이 부드러운 어조로 말했다. "나와 같이 이리 들어가요. 전해줄 소식이 있어요."

엘리자의 창백한 얼굴로 피가 왈칵 몰렸다. 일어선 그녀는 불안과 초조로 몸을 떨면서 자기 아들 쪽을 쳐다보았다.

"아뇨. 아뇨." 작은 루스가 달려와 엘리자의 손을 잡으면서 말했다. "두려워하지 말아요. 좋은 소식이에요, 엘리자. 들어가요, 어서!" 루스는 엘리자를 살며시 문 쪽으로 밀었고, 그녀의 뒤로 문이 닫혔다. 그러고 나서 돌아선 루스는 어린 해리를 끌어안고 아이에게 입을 맞추기 시작했다.

"아가야, 곧 아빠를 만날 거란다. 알겠니? 아빠가 오고 있어." 아이가 이상하다는 표정으로 쳐다보는 동안 루스는 같은 말을 몇 번이고 되풀이했다.

한편 침실에서는 또 다른 장면이 전개되고 있었다. 레이철 할리데이가 엘리자를 자기 가까이 끌어당기며 말했다. "주님이 그대에게 자비를 베푸셨어요. 그대의 남편이 '속박의 집'[38]에서 탈출했답니다."

갑자기 엘리자의 얼굴에 몰려 표정을 환하게 만들었던 피가 다시 한꺼번에 심장으로 되돌아갔다. 얼굴이 창백해진 그녀는 현기증을 느끼고 주저앉았다.

"용기를 내요." 레이철이 엘리자의 머리 위에 손을 얹으면서 말했다. "남편은 지금 친구들과 함께 있어요. 그 친구들이 오늘밤 이곳으로 데리고 올 거예요."

"오늘밤이라구요!" 엘리자가 되풀이했다. "오늘밤이라구요!" 그녀는 그 말이 무엇을 의미하는지 전혀 이해할 수 없었다. 그녀의 머릿속은 꿈에 취한 듯이 혼란스러웠다. 잠시 모든 것이 안개 속처럼 희미했다.

    정신을 차렸을 때 그녀는 포근한 침대 속에 누워 있었다. 작은 루스가 담요를 덮고 있는 그녀의 손에 각성제를 바르고 문질렀다. 눈을 뜬 그녀는 꿈속에 있는 기분이었다. 오랜 시간 무거운 짐을 운반한 사람이 짐을 내려놓고 쉴 때처럼 상쾌하고 나른한 기분이었다. 도망친 순간부터 끊임없이 계속된 긴장의 끈이 이제 풀렸다. 이상한 안도감과 함께 쉬고 있다는 느낌이 들었다. 커다란 검은 눈을 뜬 채 누워 있는 동안 그녀는 주위 사람들의 움직임을 조용한 꿈속에서 보는 것처럼 바라보았다. 침실 문이 열리자 그녀는 다른 방의 모습을 보았다. 그 방 안에는 하얀 식탁보를 덮은 저녁상이 차려져 있었다. 찻주전자의 물 끓는 소리가 꿈속처럼, 흥얼거리는 노랫소리처럼 희미하게 들렸다. 그녀는 루스가 케이크 판과 잼을 담는 받침 접시를 들고 왔다 갔다 하는 모습을 보았다. 그러다 해리의 손에 케이크를 쥐여주거나 머리를 쓰다듬어주기 위해 가끔 멈추는 것도 보았다. 루스는 해리의 긴 머리카락을 자신의 하얀 손가락에 감기도 했다. 가끔 자신의 침대 옆에 와서 이불의 주름을 펴서 잘 덮어주고 침대를 정리해주는 레이철의 모성애가 넘치는 자애로운 모습도 보았다. 레이철의 행동은 모두 엘리자에 대한 호의를 표현한 것이었다. 엘리자는 레이철의 크고 맑은 갈색 눈이 마치 자신을 비추는 일종의 햇빛 같다는 생각이 들었다. 자기 남편이 들어오자 루스가 재빨리 다가가서 가끔 인상적인 몸짓을 하거나 작은 손가락으로 침실 쪽을 가리키면서 무언가 진지하게 속삭이는 모습도 보았다. 엘리자는 루스가 아기를 안고 차를 마시기 위해 자리에 앉는 것을 보았다. 사람들이 모두 테이블에 앉은 가운데 어린 해리는 레이철의 보살핌을 듬뿍 받으면서 높은 의자에 앉아 있는 광경을 보았다. 사람들이 낮게 이야기하는 목소리와 티스푼이 부딪치는 소리,

잔과 받침 접시가 부딪치는 소리가 음악처럼 한데 어우러져 즐거운 휴식의 꿈을 이루었다. 엘리자는 별빛이 빛나고 서리가 내려 추운 밤에 아이를 데리고 도망쳤던 무서운 자정 이후 자본 적이 없는 곤한 잠을 달게 잤다.

그녀는 꿈에 아름다운 나라를 보았다. 푸른 초목이 우거진 해안과 쾌적한 섬, 바닷물이 아름답게 반짝이는 그 나라는 영원한 휴식의 땅처럼 보였다.

그곳의 한 집에서 그녀는 여기가 그녀의 집이라고 말하는 사람들의 친절한 목소리를 들었다. 엘리자는 자기 아들이 행복하고 자유롭게 노는 모습을 보았다. 그녀는 남편의 발소리를 들었고 그가 가까이 다가오는 것을 느꼈다. 두 팔로 그녀를 껴안은 남편이 흘리는 눈물이 그녀의 얼굴 위로 떨어질 때 그녀는 잠에서 깨어났다! 그것은 꿈이 아니었다. 해는 진 지 오래였다. 아이는 그녀의 옆에 누워 조용히 자고 있었다. 촛대에서 타는 촛불이 희미한 빛을 던지고 있었다. 남편이 그녀의 베개 옆에서 흐느껴 울고 있었다.

다음 날 아침 퀘이커교도의 집안 분위기는 명랑했다. '어머니'가 일찍 일어나 분주한 딸들과 아들들에게 둘러싸여 있었다. 우리가 어제 독자들에게 소개할 시간이 없었던 자녀들은, 레이철의 "이렇게 해주겠니?" 같은 부드러운 지시나 그보다 더 완곡한 "그렇게 해주는 것이 어떻겠니?" 같은 부탁에 따라 움직이며 아침식사 준비를 했다. 인디애나[39] 주의 여러 풍요로운 계곡에서 차리는 아침식사에는 장미의 잎을 따고 앞뜰에서 자라는 관목의 가지를 다듬는 등 어머니 이외의 일손이 필요한 복잡다단한 절차가 있기 때문이다. 그래서 존은 신선한 물을 뜨러 샘으로 달려갔고, 시미언 주니어는 옥수수 케이크를 만들기 위해 가루를 체에 걸렀으며, 메리는 커피 열매를 갈아서 가루를 냈다. 레이철은 조용히 돌아다니면서 비스킷을 만들고 닭을 잘라 토막을 내며 밝은 햇살처럼 모든 과정을 골고루 감독했다. 만약 많은 일꾼들이 제대로 다스려지지 않아 지나친 의욕 때문에 마찰이나 충돌이 빚어질

위험이 발생할 경우, 그녀의 "참아줘"라든가 "나라면 지금 그렇게 하지 않을 거야" 같은 다정한 말로 어려움이 충분히 해소되었다. 켈트의 방랑시인들이 쓴 비너스의 허리띠[40] 이야기는 여러 세대에 걸쳐 전 세계의 이목을 집중시켰다. 하지만 우리는 사람들의 관심을 집중시키고 모든 일을 조화롭게 진행시키는 레이철 할리데이의 허리띠 이야기를 쓰는 편이 낫겠다. 그러는 편이 현대에 훨씬 더 적합할 것이다.

다른 여러 가지 준비가 진행되는 동안 시미언은 셔츠 소매를 걷은 채 한쪽 구석의 작은 거울 앞에 서서 반가부장적인 행동인 면도를 하고 있었다.[41] 이 커다란 주방 안에서 모든 일이 매우 조용하고 화기애애하게 진행되었기 때문에 온 가족들이 자신의 일에 즐거움을 느끼는 듯이 보였다. 집 안에는 어디에나 상호 신뢰와 우애가 흘러넘쳤다. 심지어 탁자에 놓은 칼과 포크가 부딪치는 소리마저 조화를 이루는 듯이 들렸다. 닭고기와 햄 같은 음식마저 요리 과정이 기쁜 듯 프라이팬에 볶을 때 즐겁고 유쾌한 소리를 냈다. 어린 해리를 데리고 나온 조지와 엘리자가 너무나 인정 넘치고 즐거운 환대에 마치 꿈을 꾸는 듯한 기분을 느낀 것도 무리가 아니었다.

메리가 화덕 앞에 서서 핫케이크를 굽는 동안 마침내 모든 사람이 아침 식탁에 자리를 잡았다. 완벽하고 정확한 황금빛이 도는 갈색으로 익은 핫케이크가 바로 식탁으로 옮겨졌다.

식탁 윗자리에 앉은 레이철이 그토록 진정으로 행복해 보인 적이 없었다. 레이철은 케이크 접시를 건네주거나 잔에 커피를 따르는 행동에도 모성애와 열성이 넘쳐흘렀으며 음식과 음료에 영혼을 담아주는 것처럼 보였다.

조지가 백인들과 대등한 자격으로 식탁에 앉은 것은 이때가 처음이었다. 처음 앉았을 때 그는 다소 긴장이 되고 어색한 기분을 느꼈다. 그러나 이 가정에서 아침 햇살처럼 퍼지는 소박한 친절이, 안개 같은 긴장과 어색함을 흩어버렸다.

이것이 진정한 가정이었다. 가정이란, 조지가 그 진정한 의미를 아직까지 몰랐던 단어였다. 그리고 하나님에 대한 믿음과 하나님의 뜻에 대한 신뢰가 그의 가슴을 감싸기 시작했다. 마치 보호와 신뢰의 황금 구름이 피어올라서, 염세적이고 무신론적인 회의와 격심한 절망은 살아 있는 복음의 빛 앞에서 녹아 사라지는 것 같았다. 그 복음은 살아 있는 얼굴들이 숨결처럼 내뿜고 천 가지 무의식적인 사랑과 선의의 행동을 함으로써 가르쳐지는 것이다. 그것은 사도의 이름으로 건네진 한 잔의 차가운 물이 반드시 보답받는 것과도 같았다.

"아버지, 또 적발되면 어쩌죠?" 시미언의 아들이 케이크에 버터를 바르면서 물었다.

"내가 벌금을 물어야지." 시미언은 차분하게 대답했다.

"하지만 아버지를 감옥에 집어넣으면 어떻게 해요?"

"너와 어머니가 농장 일을 해나갈 수 있지 않니?" 시미언이 미소를 지으면서 말했다.

"물론 어머니는 못하는 일이 거의 없어요. 하지만 그런 법을 만드는 것은 수치스러운 일이잖아요?"

"시미언, 너를 통치하는 사람들을 나쁘게 말해서는 안 된다." 아버지가 엄중하게 타일렀다. "우리가 정의와 자비를 베풀 수 있도록 하시는 분은 오직 주님뿐이다. 만약 우리의 통치자들이 우리에게 대가를 요구하면 우리는 그 대가를 지불해야 한다."

"저는 노예를 소유한 사람들이 싫어요!" 모든 현대의 개혁가들처럼 소년은 비기독교적인 감정을 느끼면서 말했다.

"네 말이 놀랍구나, 아들아. 네 어머니는 너를 그렇게 가르친 적이 없다. 만약 주님이 고난에 처한 노예 소유자를 우리 집 문 앞에 데려오시면 나는 노예와 다름없이 대접할 생각이다."

　시미언의 아들은 얼굴을 새빨갛게 붉혔다. 그러나 어머니는 미소를 지으면서 말했다. "시미언은 착한 아들이에요. 점점 성장하면 자기 아버지 같은 사람이 될 거예요."

　"저희 때문에 여러분이 곤경에 빠지지 않기를 바랍니다." 조지가 불안한 표정으로 말했다.

　"겁낼 것 없소. 조지. 우리가 세상에 보내진 것은 어려운 사람을 돕기 위해서요. 우리가 훌륭한 대의명분을 위해 곤란을 감수하지 않는다면 그게 부끄러운 일이오."

　"하지만 저로서는 폐를 끼치는 것을 감당할 수가 없습니다." 조지가 말했다.

　"그런 것은 걱정하지 마시오. 조지. 우리가 이런 일을 하는 것은 하나님과 인간을 위해서요." 시미언이 말했다. "이제 그대가 오늘 낮 동안 조용히 지내고 있으면 밤 열시에 피니스 플레처가 그대 일행을 다음 은신처까지 데리고 갈 거요. 추격자들이 뒤를 바짝 따라오고 있어요. 지체할 여유가 없소."

　"만약 그렇다면 왜 저녁까지 기다리는 겁니까?" 조지가 물었다.

　"마을 주민 전체가 친구나 마찬가지인데다 망을 봐주니까 여기서는 낮에 안전하게 지낼 수 있어. 밤에 이동하는 것이 더 안전한 것으로 밝혀졌지요."

chapter 14
에반젤린

───────

인생을 비추는 젊은 별!
거울에 비추기도 아까운 귀여운 모습!
드물게 태어나는 사랑스러운 사람

잎이 채 피지 않은 아름다운 한 송이 장미여.[42]

미시시피! 샤토브리앙[43]이 산문시에서 묘사한 것처럼, 사람들이 꿈에도 생각하지 못하는 놀라운 식물과 동물의 서식지 속을 끊임없이 외롭게 흐르는 거대한 강의 주변 풍경이 마법의 지팡이로 요술을 부리듯 계속 변화한다.

꿈과 낭만이 깃든 이 강은 그러나 한 시간도 지나지 않아 찬란한 환상에서 깨어나 현실에 직면했다. 세계의 어떤 강이 이처럼 풍부한 재화와 모험을 품에 안아 대양으로 운반하겠는가? 이 나라에서는 열대와 극지방에 나는 것을 제외한 모든 산물이 자란다! 물살이 빨라 거품이 이는 탁한 강물이 거세게 흘러간다. 구세계가 본 적 없는 정력적인 인간 집단이 앞뒤를 가리지 않고 맹렬히 추진하고 있는 사업은 이 강물의 흐름과 닮은 점이 있다. 또한 이 강물은 압제받은 인간들의 눈물, 무력한 사람들의 탄식, 가난한 사람들의 처절한 기도, 그리고 미지의 하나님을 두려워하지 않는 마음 같은 훨씬 무서운 화물도 실어 날랐다. 보이지 않고 말이 없다고 하나님의 존재를 모르는 인간들이 많으나, 하나님은 "땅 위의 모든 가난한 사람들을 구원하기 위해 당신의 처소에서 나오실 것"이다.

지는 해의 햇살이 바다처럼 넓은 강 위에서 반짝인다. 공기가 차가워지고, 검은 이끼가 화환처럼 걸린 크고 칙칙한 편백나무가 황금색 햇빛을 받아 빛난다. 무거운 짐을 실은 증기선은 계속 앞으로 나아간다.

숱한 농장에서 나온 면화 짐짝을 갑판과 측면에 쌓아, 멀리서 보면 거대한 회색의 직사각형 상자처럼 보이는 배는 인근의 상업 중심지를 향해 육중하게 앞으로 나아간다. 사람들로 붐비는 갑판 위를 잠시 훑어보니, 겸손한 우리의 친구 톰이 보인다. 톰은 갑판에 잔뜩 쌓인 면화 짐짝 사이의 작은 틈새에 있다.

셸비 씨가 설명한 탓도 있지만, 원래 남의 기분을 상하게 하지 않는 조용한 성격 때문에 톰은 헤일리 같은 자한테서도 깊은 신임을 얻었다.

처음에 헤일리는 미덥지 않은 기분으로 하루 종일 톰을 주시했고, 밤에 잘 때도 족쇄를 채워놓았다. 그러나 참고 불평하지 않으며 항상 만족한 듯이 행동하는 톰의 모습을 보고 헤일리는 족쇄를 풀어주는 시간을 조금씩 늘렸다. 가끔씩 톰은 가출옥을 허가받은 모범수처럼 배 안을 자유롭게 돌아다닐 수 있었다.

항상 조용하고 순종적인 톰은 급한 일이 생길 때마다 배의 아래 칸에서 일하는 선원들을 도와주어 그들에게도 좋은 평판을 들었다. 그는 켄터키의 농장에서 일할 때처럼 성심성의를 다해 선원들을 도와주었다.

톰은 자기가 할 일이 없다고 생각되면 갑판에 쌓인 면화 짐짝들 틈 속에 들어가 성경을 열심히 읽었다. 우리가 그를 발견한 곳이 바로 이곳이다.

뉴올리언스에서 160킬로미터 이상 거슬러 올라온 이곳은 강이 주변의 땅보다 높아, 강 양쪽에 6미터 높이로 쌓은 거대한 제방 사이로 강물이 흐른다. 증기선의 갑판에 나온 여행객들은 마치 물 위를 떠다니는 성의 꼭대기에 선 것처럼 주변 풍경을 내려다본다. 톰은 자기 앞에 계속 나타나는 농장들을 바라보았다. 마치 자신이 가고 있는 인생의 지도를 보는 듯했다.

그는 먼 들판에서 일하는 노예들을 보았다. 수많은 농장마다 노예들의 오두막이 줄지어 선 마을이 햇빛을 받아 반짝이는 것도 보았다. 노예 마을에서 멀리 떨어진 곳에 주인들의 웅장한 저택과 놀이터도 보였다. 영화의 장면이 바뀌듯이 톰의 어리석은 마음은 켄터키의 농장으로 되돌아갔다. 그곳에는 그늘을 드리운 너도밤나무 고목과 주인의 저택, 넓고 서늘한 여러 개의 거실, 다양한 꽃과 베고니아가 무성하게 자란 작은 오두막이 있다. 그곳에서 어릴 때부터 함께 자란 친구들의 다정한 얼굴이 눈에 선했다. 바쁘게 일하는 아내의 모습도 보였다. 그녀는 남편의 저녁상을 차리느라 분주했다. 웃고 떠들며 노는 자식들의 즐거운 목소리도 들렸다. 자기 무릎 위에서 재

잘거리는 아기의 소리도 들렸다. 그러다 갑자기 모든 광경이 사라지고 덩굴 식물과 편백나무와 스쳐 지나가는 농장들이 다시 나타났고 배의 기계가 삐걱거리는 소리도 다시 들려와, 회상 속에 떠오른 지난날이 모두 사라졌다는 것을 일깨워주었다.

이런 경우, 사람들은 아내에게 편지를 쓰고 아이들에게 소식을 전한다. 그러나 톰은 글을 쓸 줄 모른다. 우편 제도는 그에게 있으나 마나다. 넓은 이별의 바다 너머에서 다정한 말이나 소식은 건너오지 않았다.

면화 짐짝 위에 펴놓은 성경책을 손가락으로 짚어가면서 언약의 말씀을 한 단어씩 따라가는 톰의 눈에서 눈물이 떨어져 성경책을 적시는 것은 이상한 일일까? 톰은 책을 읽는 속도가 느려 한 구절에서 다음 구절로 넘어가는 것이 힘들었다. 다행스러운 것은 이 책은 느리게 읽어도 지장이 없도록 쓰여 있다는 점이다. 성경의 말씀은 한마디 한마디에 담긴 무한한 가치를 이해하기 위해 종종 황금덩이처럼 따로 저울질할 필요가 있었다. 잠시 그가 한 단어씩 짚어가면서 소리 내어 읽는 모습을 따라가보자.

"너희는…… 마음에…… 근심하지…… 말라. 하나님을 믿으니…… 또 나를 믿으라. 내 아버지의…… 집에…… 거할 곳이…… 많도다."

키케로[44]는 사랑했던 외동딸을 땅에 묻을 때, 불쌍한 톰처럼 진정한 슬픔을 느꼈다. 둘 다 남자이므로 슬픔이 그리 절실하지 않았을 수도 있다. 그러나 키케로는 숭고한 희망의 말씀을 깊이 생각하거나 미래에 다시 만나는 것은 기대할 수 없었다. 그는 그런 말씀을 보았다 해도 십중팔구 믿지 않았을 것이다. 그의 머릿속에는 원고가 진본인지 번역이 올바른지에 관한 천 가지 의문이 먼저 떠올랐을 것이기 때문이다. 그러나 가여운 톰 앞에는 필요한 말씀이 펼쳐져 있었고, 그 말씀은 명백한 하나님의 말씀이며 진리였다. 따라서 그의 소박한 마음속에는 단 하나의 의문도 떠오를 가능성이 없었다. 말씀은 진리여야만 했다. 진리가 아니라면 그가 어떻게 살 수 있겠는가?

 엉클 톰스 캐빈

남부의 거대한 영지

극소수의 지주들이 광활한 영지를 독점하고 있다.
남북전쟁 이전 옛 남부의 건축물은 여러 가지 양식이 절충되어 있다.
영국에서 건너와 간소하게 변형된 18세기 영국의 조지 양식을 비롯해 고대 그리스 양식,
19세기 초반 영국 섭정기의 양식이 뒤섞여 있다가 1840년부터는 고딕 양식이 가미된다.
지금은 이른바 '진저브레드'라고 불리는 이탈리아풍의 빅토리아 양식이 유행이다.

톰의 성경에는 박식한 주석 전문가들이 여백에 주해와 도움 말씀을 달아놓지 않았다. 그러나 톰 자신이 고안한 표시와 길잡이로 장식돼 있기 때문에 가장 박식한 해설보다도 톰을 더 잘 안내해주었다. 주인집 자녀들이 관습처럼 그에게 성경을 읽어주었다. 특히 조지 도련님이 열성적이었다. 두 사람이 함께 읽을 때 톰은 중요한 구절이 나오면 펜에 잉크를 찍어서 굵은

밑줄을 긋고 표시를 해두었다. 그러면 그 부분은 눈에 더 잘 들어와 더욱 큰 감동을 받았다. 그래서 그의 성경책에는 온통 갖가지 표시가 되어 있었으므로, 톰은 내용을 다 읽는 수고를 하지 않고도 좋아하는 구절을 금방 찾을 수 있다. 그의 앞에 펼쳐진 구절들은 지난날 집에서 일어난 사건들을 일깨워주었다. 이처럼 과거의 즐거움을 떠올리게 하는 성경은 그에게 떠나간 인생의 전부일 뿐만 아니라 앞으로 닥칠 인생에 있어서도 전부처럼 보였다.

배에 탄 승객들 가운데는 부호이면서 뉴올리언스에서 가족과 살고 있는 젊은 신사가 있었다. 그의 이름은 세인트클레어였다. 그는 대여섯 살 정도로 보이는 딸과 친척인 듯한 숙녀 한 사람과 동행하고 있었다. 숙녀는 특히 소녀를 보호하는 데 열심인 것 같았다.

톰은 가끔 소녀를 바라보았다. 소녀는 배 안을 바쁘게 오가는 사람들 가운데 하나였기 때문이다. 한 장소에 진득하니 머물지 않는 소녀는 햇빛이나 여름의 미풍처럼 자유분방하게 쏘다녔다. 한 번 보면 쉽게 잊히지 않는 아이였다.

뚱뚱하지도 마르지도 않은 소녀의 모습은 완벽하게 아름다운 어린이의 모습이었다. 사람들이 머릿속에 그리는 신화나 우화의 주인공을 연상시키는 소녀의 우아한 모습은 굽이치는 물결과 허공의 바람처럼 자연스러웠다. 소녀의 얼굴은 아름다움 때문이 아니라 꿈꾸는 듯한 진지한 표정 때문에 사람들의 눈길을 끌었다. 그런 특이한 표정이 사람들을 생각에 잠기게 만들고, 극도로 정서가 메마르고 융통성 없는 사람들조차 까닭 모를 감동을 받게 했다. 아이의 머리 모양, 목과 가슴의 윤곽이 특히 고귀한 인상을 주었다. 얼굴 주변에 구름처럼 물결치는 긴 황갈색 머리칼, 사람의 영혼을 끄는 깊은 하늘색 눈동자, 눈 위에 그늘처럼 드리워진 황금색 속눈썹이 소녀와 다른 아이들을 뚜렷하게 구분해주고 소녀가 배 안을 돌아다닐 때 지나치는 사람마다 뒤돌아보게 만들었다. 그러나 그런 특징에도 불구하고 소녀는 흔히 말하는 뚱하거나 우울한 아이는 아니었다. 반대로 천진난만한 얼굴과 경쾌한 모습 위에 순진하고 쾌활한 장난기가 드리워져 여름날의 나뭇잎 그림자처럼 어른거렸다. 아이는 항상 장밋빛 입가에 보일 듯 말 듯한 미소를 띤 채 끊임없이 움직였다. 행복한 꿈을 꾸는 듯 콧노래를 흥얼거리면서 두둥실 떠가는 구름처럼 가벼운 걸음으로 이곳저곳을 바쁘게 쏘다녔다. 아버지와 여자 보호자는 아이의 뒤를 따라다니느라 쉴 틈이 없었다. 간신히 붙잡아놓아도 소녀는 여름의 구름처럼 다시 슬그머니 빠져나왔다. 무슨 짓을 하든 꾸지람이나 야단치는 소리를 듣지 않았기 때문에 아이는 마음대로 돌아다녔다. 항상 흰 옷을 입은 소녀는 그림자처럼 가지 않는 장소가 없었으나 이 아이에게는 때나 먼지가 묻지 않았다. 요정 같은 이 꼬마의 발길은 배 안의 아래층과 위층의 구석구석까지 미쳤다. 깊고 푸른 눈에 황금빛 머리를 한 소녀는 이렇게 배 안을 날듯이 돌아다녔다.

땀을 흘리면서 일하던 화부는 뜨거운 화통 속을 신기한 눈으로 쳐다보는 소녀의 모습을 자주 보았다. 소녀는 화부를 두려움과 연민이 섞인 시선으로 바라보았다. 마치 화부가 커다란 위험에 처한 것으로 생각하는 눈치였다. 타륜을 잡은 조타수는 조타실 창문 앞에 그림 같은 소녀의 머리가 나타났다 사라지면 손을 멈추고 미소를 지었다. 아이에게 축복을 기원하는 걸걸한 목소리가 하루에 천 번도 더 들렸다. 굳은 표정을 짓고 있던 사람들도 아이가 지나가면 저절로 미소를 지었다. 아이가 위험한 장소를 겁 없이 돌아다니면, 사람들은 엉겁결에 거칠고 검은 손을 뻗어 구해낸 다음 안전한 길로 가게 했다.

흑인 특유의 친절하고 부드럽고 곧잘 감동하는 성격을 타고난 톰은 철없고 순진한 이 아이를 지켜보면서 점점 큰 관심을 갖게 되었다. 톰에게는 아이가 거의 신성한 존재처럼 느껴졌다. 어두컴컴한 면화 짐짝 뒤에 황금색 머리가 나타나 푸른 눈동자로 자신을 엿보거나, 화물더미 꼭대기에서 내려다 볼 때면, 톰은 자기의 신약성경에서 걸어 나온 천사들 가운데 하나를 보았다는 생각이 들었다.

아이는 헤일리의 노예들이 쇠사슬에 묶인 채 앉아 있는 곳을 자주 찾아와서 주변을 맴돌았다. 아이는 슬며시 그들 가운데로 들어와 당혹감과 슬픔이 섞인 진지한 표정으로 살펴보곤 했다. 가끔은 가냘픈 손으로 쇠사슬을 들어 올린 후 애처로운 듯이 한숨을 쉬면서 훌쩍 떠났다. 양손에 캔디와 견과류, 오렌지를 잔뜩 들고 노예들 앞에 갑자기 나타난 경우도 몇 차례 있었다. 아이는 가져온 것을 일행에게 나누어 주고 돌아갔다.

톰은 아이와 친해지고 싶었기 때문에 말 붙일 기회를 엿봤다. 그는 어린이들의 비위를 맞추고 자신을 따르도록 하는 간단한 방법을 많이 알고 있었다. 톰은 그런 기술을 구사하기로 작정했다. 그는 체리 씨로 앙증맞은 바구니를 만들거나 히커리 열매로 도깨비 탈을 만들거나 딱총나무 수지로 뜀뛰기를 하는 묘한 인형을 만들 줄도 알았다. 여러 가지 크고 작은 호루라기를 만드는 재주는 그리스 신화에 나오는 목양의 신 판[45]도 무색할 지경이었다. 그의 주머니에는 아이들의 관심을 끌 만한 잡다한 물건이 잔뜩 들어 있었다. 전 주인의 아이들을 데리고 놀 때 쓰던 것들이었다. 지금 그는 소녀에게 말을 붙이고 친해지기 위해 기특할 정도로 신중하고 경제적인 방식으로 그 장난감들을 하나씩 꺼냈다.

아이는 주변의 모든 일에 왕성한 호기심을 나타냈지만 낯선 사람들을 대할 때는 수줍어했다. 아이의 환심을 사는 작업은 쉽지 않았다. 아이는 장난감을 부지런히 늘어놓고 있는 톰 주변의 상자나 짐 위에 카나리아처럼 서서 바라보기만 했다. 톰이 작은 물건을 몇 개 건네주자 아이는 굳은 표정으로 부끄러워하면서 받았다. 그러다가 마침내 두 사람은 아주 친해졌다.

"작은 아씨의 이름이 뭐지요?" 질문을 해도 좋을 정도로 분위기가 무르익었다고 판단한 톰이 물었다.

 엉클 톰스 캐빈

남부 신사

제임스 버틀러는 자신이 실제 귀족임을 조금도 의심치 않는다.
600명이 넘는 흑인 노예를 데리고 있다는 점에서 그는 봉건영주나 다름없다.
선조들이 독립선언으로 쟁취해낸 자유의 가치를 그 역시 소중히 여기며,
바로 그 자유 속에서 자신이 누리는 모든 특혜를 정당화한다.
200년이 넘는 혈통을 자랑하는 명문가의 후손이기에
그는 대부분의 미국인보다 훨씬 우월하다는 자부심을 갖고 있다.
입구를 장식한 대리석 현관과 널찍한 회랑이 있는 그의 저택은
바람이 잘 통할 뿐 아니라 주변 자연경관과도 조화를 이루고 있다.

교회와 군대 그리고 법이야말로 우리 남부 신사에게 어울리고 요구되는 항목들이다. 상업은 의식적으로 배제하고 농업은 살아가는 데 필요한 방편으로만 여긴다. 사냥과 말(馬)로 요약되는 남부 신사의 삶에서 전반적인 재산 관리를 담당하는 집사의 임무는 실로 막중하다.

기둥의 머리 부분

손님과 여행객을 정중하고 예의바르게 맞이하는 임무를 지닌
수석집사 찰스, 그리고 제임스 버틀러의 자랑스러운 선조들의
초상화가 진열된 방.

225

"에반젤린 세인트클레어." 아이가 대답했다. "하지만 아빠하고 우리 집 식구들은 모두 에바라고 불러. 아저씨 이름은 뭐야?"

"제 이름은 톰입지요. 켄터키에 살 때 아이들은 저를 톰 아저씨라고 불렀습니다."

"그러면 나도 톰 아저씨라고 불러야겠네. 왜냐하면 아저씨가 좋으니까. 근데 톰 아저씨는 어디로 가?"

"저도 모릅니다. 에바 아가씨."

"몰라?"

"예, 모릅니다. 누군가에게 팔릴 거예요. 그런데 누구에게 팔려 갈지 저도 모른답니다."

"우리 아빠가 아저씨를 사면 되는데." 에바가 급히 말했다. "아빠가 사면 아저씨는 잘 살 수 있어. 오늘 당장 아빠에게 부탁해야지."

"고마워요, 작은 아가씨."

배는 목재를 싣기 위해 작은 포구에 멈췄다. 에바는 아버지가 부르자 깡충깡충 뛰어갔다. 톰도 일어서서 목재 싣는 일을 도와주러 갔다. 곧 그는 일꾼들 틈에 섞여 부지런히 일했다.

에바와 아버지는 뱃전의 난간 앞에 함께 서서 배가 부두에서 멀어지는 광경을 지켜보았다. 그런데 배의 외륜이 물속에서 두세 번 돌자 선체가 갑자기 요동을 쳤고, 그 바람에 아이는 몸의 균형을 잃고 배의 난간을 지나 강물로 떨어졌다. 당황한 아버지는 아이를 따라 뛰어들려고 했으나, 헤엄을 더 잘 치는 사람이 벌써 아이를 구조하러 들어간 것을 본 뒷사람이 그를 붙잡았다.

아이가 난간 밖으로 떨어질 때 톰은 바로 밑의 갑판에 서 있었다. 그는 아이가 물에 빠져 가라앉는 것을 보자마자 뒤따라 물속에 뛰어들었다. 가슴이 넓고 팔이 강한 톰 같은 사람에게 물 위에 떠 있는 것은 일도 아니었다. 잠시 후 아이가 물 위로 떠오르자 톰은 아이를 잡아 팔로 안고 뱃전으로 헤엄쳤다. 배 위에 있던 수많은 사람들이 팔을 뻗어 물이 뚝뚝 떨어지는 아이를 받아 올렸다. 아이를 받으려고 애쓰는 수많은 팔이 마치 한 사람의 팔처럼 동시에 움직였다. 몇 분 후 아버지가 아이를 받았다. 물에 흠뻑 젖은 채 의식을 잃은 아이는 숙녀용 선실로 옮겨졌다. 이런 비상사태 때 항상 그렇듯이 친절하고 호의적인 여자 승객들이 앞을 다투어 간호하러 나섰다. 그러나 결과적으로는 간호를 방해해 회복을 지연시키는 짓들만 했다.

바람이 없어 무덥고 답답한 다음 날, 배는 드디어 뉴올리언스에 접근했다. 기대감과 하선 준비로 배 전체가 소란스러워졌다. 선실에서는 승객들이 소지품을 챙기고 정리하면서 상륙 준비를 했다. 선원들과 하녀들도 입항할 때 배가 훌륭해 보이도록 선실 안을 청소하고 닦아 윤을 내느라 분주했다.

앞 갑판에서는 우리의 친구 톰이 팔짱을 낀 채 불안한 표정으로 배 반대편에 있는 한 무리의 사람들 쪽을 힐끗 쳐다보았다.

그곳에는 전날보다 얼굴이 더 창백해진 에반젤린이 서 있었다. 그러나 얼굴색을 빼면 어제 사고의 흔적은 보이지 않았다. 아이 옆에 서 있는 자상하고 기품 있는 젊은 신사는 면화 짐짝에 팔꿈치를 기댄 채 커다란 수첩을 들여다보고 있었다. 언뜻 보기에도 그 신사는 에바의 아버지가 분명했다. 기품 있는 머리 모양, 커다란 하늘색 눈동자, 황갈색 머리칼 등이 아이와 똑같았다. 그러나 표정은 완전히 달랐다. 크고 푸른 눈동자는 많이 닮았지만, 아이처럼 꿈을 꾸는 듯이 신비하고 심오한 표정은 볼 수 없었다. 한마디로, 그의 눈은 맑고 또렷하게 빛났지만 이 세상의 빛만 가득했다. 입술 선은 아름다웠으나 입가에는 자부심과 다소 냉소적인 기운이 감돌았다. 몸매는 균형이 잡혔고, 동작에는 거리낌 없는 우월감이 배어 있었으나 여전히 점잖았다. 그는 무관심, 익살과 경멸이 뒤섞인 쾌활한 기분으로 헤일리의 말에 귀를 기울였다. 헤일리는 지금 두 사람이 흥정 중인 상품의 품질에 관해 장황하게 설명하고 있었다.

"도덕성과 기독교의 덕성을 모두 갖춘 특제품이란 말이군요. 완벽하군!" 헤일리가 설명을 마치자 세인트클레어가 말했다. "자, 그러면 켄터키 식으로 말해, 우리 착한 양반께서는 얼마나 손해를 보십니까? 내가 얼마를 지불하면 되나요? 나한테서 얼마나 벗겨 먹을 심산이오? 어서 말해요!"

"글쎄요, 저 친구는 내가 1300달러는 받아야 본전을 뽑을 수 있어요. 지금 제가 손해를 볼 형편이 아니거든요."

"너무하군!" 클레어가 하늘색 눈으로 헤일리를 쳐다보면서 말했다. "하지만 당신은 그 가격에 넘기면서 나를 특별히 배려해주었다고 말할 테지요."

"이 어린 아가씨가 녀석을 좋아하는 눈치니까요. 좋아할 만한 놈입니다."

"아! 그래요. 그것이 당신이 자비를 베푸는 이유로군요. 어디 자선을 베푸는 기독교인으로서, 저자를 얼마나 싸게 넘겨서 어린 아가씨를 섬기게 할 생각이오?"

"글쎄요, 그건 생각을 좀 해봅시다." 노예 상인이 말했다. "말처럼 튼튼한 저 팔다리와 넓은 가슴을 보세요. 저 머리통과 빈틈없는 이마도 좀 보시구요. 무슨 일을 시켜도 다 할 수 있는 놈이지요. 실은 내가 점찍어두었던 놈입니다. 저놈처럼 튼튼하고 건장한 녀석은 상당한 값이 나갑니다. 머리가 우둔해도 몸값이 제법 높아요. 하지만 녀석의 계산 능력을 볼 것 같으면 보통 실력이 아닙니다. 그건 내가 보증해요. 그래서 녀석의 값이 비싸지는 겁니다. 저놈은 자기 주인의 농장 전체를 관리했거든요. 사업에도 남다른 재주가 있는 놈이에요."

"좋지 않아, 아주 안 좋군. 검둥이가 아는 것이 너무 많소!" 젊은 사람이 여전히 입가에 조롱하는 듯한 미소를 띤 채 말했다. "그래봤자 아무 소용이 없어요. 당신네가 똑똑하다는 놈들은 도망을 치거나 말을 훔치고 말썽이나 일으키는 게 다반사요. 녀석이 똑똑하다니까 그것 때문에 200~300은 깎아 줘야겠소."

"예, 녀석의 성격을 모른다면 그렇게 생각할 수도 있지요. 하지만 전 주인과 다른 사람들이 쓴 추천서를 보여드릴 수도 있습니다. 이걸 보면 놈이 참으로 독실한 기독교 신자란 걸 알 수 있어요. 겸손한데다 기도를 좋아하는 독실한 신자지요. 정말 보기 드물죠. 전에 살던 동네의 깜둥이들은 저 녀석을 설교자라고 불렀어요."

"그렇다면 우리 집에서 목사처럼 부리면 되겠군." 젊은 사람이 무덤덤하게 말했다. "아주 좋은 생각이야. 우리 집 사람들은 신앙심이 많이 부족하거든."

"농담하시는군요."

"농담인지 어떻게 아셨소? 당신이 방금 설교자라고 장담하지 않았소? 어떤 종교회의나 평의회에서 시험에 통과했습니까? 자, 그 서류나 넘기시오."

만약 젊은 신사의 선량한 눈빛에서 이 모든 농담이 결국은 값을 깎자는 의도에서 나온 것임을 확신하지 않았다면 노예 상인은 인내심을 잃었을 것이다. 헤일리는 기름때가 번질거리는 수첩을 면화 짐짝 위에 내려놓고 그 안에 든 서류를 조급하게 검토하기 시작했다. 젊은 신사는 계속 무관심하고 지루한 표정으로 상인을 내려다봤다.

"아빠, 아저씨를 사세요! 아빠는 아무 문제 없이 돈을 낼 수 있잖아요." 에바가 화물 짐짝 위에 올라와 신사의 목을 안으면서 속삭였다. "아빠가 돈이 많다는 걸 나는 알아요. 난 저 아저씨를 갖고 싶어요."

"무엇 때문에 저 사람이 필요하니? 딸랑이 상자 같은 장난감으로 쓸래, 흔들목마로 쓸 거니?"

"행복하게 살게 해주고 싶어요."

"아주 훌륭한 이유로구나."

이때 노예 상인이 셸비가 서명한 보증서를 내밀었다. 젊은 신사는 긴 손가

락 끝으로 서류를 받아 건성으로 훑어보았다.

"신사다운 솜씨군. 철자법도 잘 맞아. 하지만 나는 이자의 신앙심에 대해서는 확신이 안 서요." 젊은 신사가 다시 짓궂은 표정을 지으면서 말했다. "이 나라는 신앙심 깊은 백인들 때문에 거의 다 망했소. 선거철만 되면 신앙심이 깊다고 자처하는 정치인들, 교회와 국가에서 신앙을 빙자해 온갖 비리를 저지르면서 다음에 또 누굴 속일지 모르는 백인들이 나라를 망쳤어요. 지금 같은 노예 시장에서 신앙심이 거래 대상이 되고 있는 줄은 몰랐소. 최근에는 신문을 보지 않아서 신앙심이 얼마나 잘 팔리는지도 모르겠소. 당신은 이 검둥이의 신앙심을 빙자해서 몇 백 달러를 더 받을 생각이오?"

"농담을 좋아하시는군요. 하지만 그 말에 일리가 있다는 것 정도는 나도 압니다. 신앙심은 사람마다 다르게 마련이지요. 꼴불견으로 믿는 사람이 있는가 하면, 진실한 마음으로 예배드리는 사람도 있지요. 노래 부르고 고함을 지르는 사람도 있습니다. 백인이나 흑인이나 다 마찬가지예요. 나는 깜둥이들 가운데서도 누구 못지않게 온건하고 성실하고 정직하고 경건하게 믿는 사람들을 실제로 보았습니다. 그런 깜둥이들은 세상에 무슨 일이 있어도, 자신이 나쁘다고 생각하는 행동은 절대 하지 않아요. 톰의 옛날 주인이 그에 관해 한 말을 이 보증서에서 보셨지요?"

"그래요, 내가 이런 종류의 신앙심 깊은 검둥이를 사도 좋다는 것과 내 행동이 천국의 장부에 선행으로 기록될 수 있다는 것을 당신이 나에게 납득시킬 수 있다면 나는 돈을 약간 더 지불해도 상관하지 않겠소. 어떻게 생각하시오?"

"저, 사실 저는 그런 보증을 할 수 없지요. 모든 인간은 누구나 자기 행동에 책임을 져야 하니까요."

"신앙심 값을 더 지불하는 사람에게 요구하는 거래조건을 들어줄 수 없다니 너무하는 거 아니오?" 젊은 신사가 돈다발을 꺼내 넘겨주면서 말했다.

"이 돈이나 세어보시오. 늙은 양반!"

"그러지요." 헤일리가 반기는 기색이 역력한 표정으로 대답했다. 상인은 낡은 펜을 꺼내 거래계약서를 작성한 다음, 잠시 뒤 그것을 젊은 신사에게 건네주었다.

"상품 목록이 품목별로 나눠져 제대로 작성되었는지 봐야겠군." 신사는 계약서를 훑어보면서 말했다. "어느 정도 물건을 샀는지 보자. 내가 머리통과 넓은 이마, 팔과 손과 다리에 얼마를 지불한 셈인가? 거기다 교육과 지식, 재능, 정직성, 신앙심의 값까지 지불한 거야! 아뿔싸! 아마도 신앙심 값은 좀 적게 받았겠지. 자, 가자. 에바!" 그는 딸의 손을 잡고 배를 가로질러 톰에게 다가갔다. 그러고는 손가락 끝으로 톰의 턱을 무성의하게 들어 올리더니 흡족한 듯이 말했다. "톰, 고개를 들어봐. 새 주인이 맘에 드는지 봐야지."

톰이 올려다보았다. 명랑하고 준수한 젊은 얼굴을 보면 누구나 즐거운 기분이 들게 마련이다. 톰은 눈물이 솟구치는 것을 느끼면서 진심으로 말했다. "하나님, 주인님에게 축복을 내리소서!"

"그래. 나도 복을 받기를 바라네. 자네 이름이 뭐였더라? 톰이라고 했던가? 어느 모로 보나 나와 자네의 간청으로 복 받을 가능성이 높군. 자네, 마차를 몰 줄 아나?"

"평소에 많이 몰았습니다." 톰이 대답했다. "셸비 주인님이 말을 많이 키우셨거든요."

"그래, 자네에게 사륜마차를 맡길 생각이야. 그런데 조건이 있네. 일주일에 한 번 이상 술에 취하면 안 돼. 특별한 경우만 예외야."

톰이 다소 자존심이 상한 듯한, 놀란 표정으로 대답했다. "주인님, 저는 술을 입에 대지 않습니다."

"그런 이야기는 많이 들었어. 두고 보자고. 자네가 술을 마시지 않는다면

우리 가족 모두에게 좋지. 걱정하지 말게." 톰이 심각한 표정을 풀지 않자, 젊은 신사는 기분 좋게 덧붙였다. "난 자네가 일을 잘하리라고 믿어."

"걱정하지 마십시오, 주인님."

"그리고 아저씨는 행복하게 살 거야." 에바가 말했다. "아빠는 누구에게나 친절하시고 항상 사람들을 웃게 만드셔."

"아빠는 네가 톰을 추천한 게 대단히 고맙단다." 세인트클레어가 돌아서서 걸어가면서 말했다.

chapter 15
톰의 새 주인과 여러 가지 사건

겸손한 주인공 톰의 인생 실타래가 이제 지위가 더 높은 집안 사람들과 엮이게 되었으므로 새 주인들에 관해 간단히 설명할 필요가 있을 것 같다.

어거스틴 세인트클레어는 루이지애나 주의 부유한 농장주의 아들이었다. 그의 가족은 캐나다 출신이었다. 기질과 성격이 비슷한 선대의 형제 가운데 한 사람은 버몬트[46] 주에서 농장을 시작해 성공했고, 다른 한 사람도 루이지애나에서 부유한 농장주가 되었다. 어거스틴의 어머니는 위그노교파에 속한 프랑스계 숙녀였다. 그녀의 친정은 정착 초기에 루이지애나로 이주했다. 그녀와 남편은 어거스틴과 그의 형을 낳았다. 어머니로부터 유달리 섬세한 체질을 물려받은 어거스틴은 의사들의 권고에 따라 유년기의 대부분을 버몬트에 있는 삼촌 댁에서 보냈다. 추운 기후에 단련해 약한 체질을 강화하기 위해서였다.

어릴 때부터 두드러졌던 극도로 민감한 성격은 일반적인 남자들의 강인한 기질보다는 여자의 부드러운 기질에 더 가까웠다. 그러나 세월이 흐르면서 남성다운 거친 태도가 나무껍질처럼 굳어져서 부드러운 기질을 덮었다. 하지만 그의 마음 깊은 곳에는 여전히 예민한 감수성이 생생하게 살아 있다는 사실을 아는 사람은 거의 없었다. 그는 항상 이상적인 것과 미적인 것을 좋아했으며, 뛰어난 재능을 타고났다. 그는 또한 실생활의 업무를 싫어하는 경향이 있었다. 이는 흔히 여러 가지 재능이 균형을 이룬 결과다. 대학을 마친 직후, 그는 매우 열정적인 연애에 빠져들었다. 그에게 기회가 온 것이었다. 사람의 일생에 한 번 찾아오는 때가 닥쳤다. 지평선에 그의 별이 떴다. 그러나 그것은 많은 사람들에게 떠오르지만 헛된 환상으로 끝나 오직 꿈속에서만 기억되는 경우가 너무나 많은 별이었다. 그는 북부의 한 주에서 고결하고 아름다운 여자를 만나 한눈에 반했다. 두 사람은 사랑하는 사이가 되었고 결혼을 약속했다. 그런데 그가 결혼을 준비하기 위해 남부로 내려와 있을 때 뜻밖에도 그가 그 여자에게 보낸 편지들이 되돌아왔다. 그녀의 후견인이 동봉한 짧은 쪽지에는, 반송된 편지가 그에게 도착하기 전에 그의 약혼녀는 다른 남자의 아내가 되어 있을 것이라는 내용이 적혀 있었다. 충격을 받아 미칠 지경이 된 그는 다른 많은 사람들이 그렇듯이 그녀와의 모든 과거를 잊기 위해 필사적으로 노력했다. 자존심이 너무 강해 애원이나 해명을 요구하지 않은 그는 화려한 사교계의 소용돌이 속에 뛰어들어 그해 최고 미인의 애인으로 인정받았다. 치명적인 편지를 받은 지 보름 만이었다. 결혼 준비가 끝나자마자 그는 빛나는 검은 눈동자와 수십만 달러의 재산을 가진 미인의 남편이 되었다. 말할 필요도 없이, 모든 사람들이 그를 세상에서 가장 행복한 사람이라고 생각했다.

 밀월의 단꿈에 빠진 신혼부부가 폰처트레인 호수[47]에 있는 화려한 별장에서 상류사회 친구들과 즐거운 나날을 보내던 어느 날, 너무나 낯익은 필체의 편지 한 통이 그에게 전달되었다. 그 편지는 그가 방 안 가득 모인 손님들 앞에서 명랑한 대화를 주도해 분위기가 한창 무르익었을 때 전달되었다. 필체를 본 그의 얼굴이 납처럼 창백해졌다. 그러나 그는 평정을 잃지 않은 채 마주 앉은 숙녀와 주고받던 재담을 간신히 마무리 짓고 모임에서 빠져나왔다. 자기 방에 혼자 들어간 그는 봉투를 열고, 읽어봐야 소용없는 그 편지를 읽었다. 그것은 옛 약혼녀가 보낸 편지였다. 그녀는 자신이 그동안 후견인 가족에게 당한 박해를 길게 설명했다. 후견인이 자기 아들을 그녀와 결혼시키려고 했다는 것이다. 그녀는 세인트클레어의 편지가 끊어진 지 오래되었다고 설명했다. 그녀는 지치고 의심이 들 때까지 그에게 편지를 계속 썼고, 근심에 시달리느라 건강도 나빠졌다. 그러다 그들이 자신과 클레어를 상대로 벌인 사기의 전모를 마침내 알게 되었다. 편지는 희망과 감사 그리고 변함없는 사랑의 고백으로 끝을 맺었다. 불행한 청년에게 이 편지를 읽는 것은 죽는 것보다 더 괴로웠다. 그는 즉각 답장을 썼다.

"당신의 편지를 받았지만 때가 너무 늦었습니다. 나는 편지의 사연을 모두 믿습니다. 나는 절망에 빠졌습니다. 나는 결혼을 했고 모든 것이 끝났습니다. 그냥 날 잊어주십시오. 우리 둘이 할 수 있는 일은 이제 잊는 것밖에 없습니다."

이렇게 두 연인의 로맨스는 끝났고, 어거스틴 세인트클레어가 꿈꾸었던 이상적인 인생도 끝났다. 그러나 현실은 남았다. 미끄러져가는 보트와 흰 돛을 단 배들이 무리를 지어 유유히 떠 있던 반짝이는 푸른 물결은 빠져나가고, 노와 찰싹거리는 파도의 음악 소리가 사라진, 진흙뿐인 갯벌 같은 현실만 남았다.

물론 소설에서는 주인공이 깊은 마음의 상처를 입고 죽으면 그걸로 이야기는 끝이 난다. 또한 소설 속에서는 이런 전개가 매우 편리하다. 그러나 실제 생활에서는 우리의 인생을 빛나게 만들었던 모든 것이 죽어도 우리는 죽지 못한다. 먹고 마시고 옷을 입고 산책하고 친구 집을 방문하고 물건을 사고팔고 이야기를 나누고 책을 읽는 따위의 지극히 바쁘고도 중요한 일상생활이 있다. 이 모든 활동이 우리가 계속해야 하는 이른바 '삶'을 구성한다. 어거스틴에게도 그런 삶이 남아 있었다. 만약 그의 아내가 완벽한 여인이었다면 끊어진 실타래와도 같은 그의 인생을 다시 이어서 밝게 빛나도록 만들었을지 모른다. 그러나 마리 세인트클레어는 남편의 인생이 파탄났다는 사실조차 알아차리지 못했다. 앞서 말했듯이, 그녀는 아름다운 외모와 빛나는 눈동자 그리고 수십만 달러의 재산을 소유하고 있었다. 그러나 이 가운데 어떤 것도 남편의 병든 마음을 치료할 수 없었다.

  어거스틴이 시체처럼 창백한 얼굴로 소파 위에 누운 채 고통의 원인이 갑작스러운 심한 두통이라고 호소하자, 그녀는 각성제인 녹각정 냄새를 맡으라고 권했다. 창백한 안색과 두통이 몇 주간 계속되는데도 그녀는 세인트클레어가 그렇게 약골인지 몰랐다는 말만 했다. 그는 두통에 매우 자주 시달렸고 그것은 아내에게도 매우 불행한 일이었다. 그는 아내와 함께 외출하는 것을 즐기지 않았는데, 신혼의 여자가 자주 혼자 나들이를 하는 것은 남들의 눈에 이상하게 비쳤기 때문이다. 어거스틴은 그처럼 눈치 없는 여자와 결혼한 것을 내심 기쁘게 생각했다. 그러나 신혼의 겉치레와 예절을 갖추는 기간이 끝나자, 그는 평생 귀여움과 시중을 받으며 살아온 아름다운 젊은 여인이 가정의 안주인이 되기란 매우 힘들다는 사실을 깨달았다. 마리가 지닌 얼마 안 되는 이타심과 사리 분별력은 무의식적이고 극도로 강한 이기심에 묻혀버리고 말았다. 자기주장만 내세울 뿐 남의 주장에는 철저히 무지하고 둔감한 성격 때문에, 그녀의 이기심은 더욱 심각한 문제로 부각되었다. 그녀는 어릴 때부터 자신의 변덕을 받아주는 데 급급한 하인들에게 둘러싸여 살았다. 그녀는 하인들도 감정과 권리를 갖고 있다는 생각을 어렴풋하게라도 해본 적이 없었다. 그녀의 아버지는 외동딸이 무엇을 부탁하든, 사람이 해줄 수 있는 것인 한 거절해본 적이 없었다. 물론 그녀가 사회생활을 시작했을 때도 아름답고 세련된 상속녀인 그녀의 발 앞에는 신랑감으로서 자격을 갖춘 남자들과 못 갖춘 남자들이 줄을 섰다. 그래서 그녀는 자기를 아내로 맞은 어거스틴이 행운아라는 사실을 조금도 의심하지 않았다. 감정이 메마른 여자가 사랑을 주고받을 때 무자비한 빚쟁이가 되기 쉽다고 가정하는 것은 큰 실수다. 철저히 이기적인 여자처럼 타인의 사랑을 무자비하게 강요하는 사람은 세상에 없다. 그녀는 매력이 줄어들수록 질투심이 강해졌고 타인의 사랑을 마지막 한 방울까지 무분별하게 강요했다. 따라서 세인트클레어가 구애하던 시기의 습관에 따라 아낌없이 보였던 존중과 관심을 끊기 시작한 후에도, 술탄의 왕비 같은 마리는 노예 같은 남편을 포기할 생각이 전혀 없었다. 그녀는 눈물을 흘리고 토라지고 불평하고 꾸짖는 등 가정불화를 자주 일으켰다. 쾌활하고 관대한 세인트클레어는 선물과 듣기 좋은 말로 아내를 구슬리려고 했다. 그리고 마리가 예쁜 딸의 어머니가 되자 그는 처음으로 애정 비슷한 감정에 눈을 뜨는 기분을 느꼈다.

세인트클레어의 어머니는 유난히 고상하고 순수한 성품을 지닌 여성이었다. 세인트클레어는 딸에게 자기 어머니의 이름을 붙여주고 딸이 어머니의 모습을 재현해주기를 기대했다. 그런데 이 일이 까다롭고 질투심 강한 아내에게 트집의 빌미를 제공했다. 아내는 남편이 딸에게 애정을 쏟는 것을 의심하고 싫어했다. 남편이 딸에게 애정을 쏟는 만큼 자신은 애정을 빼앗긴다고 생각한 것이다. 아이가 태어난 다음부터 마리의 건강이 차츰 나빠졌다. 그녀는 몸과 마음이 모두 오랫동안 무기력했고, 끝없는 권태와 불만 속에서 남편과 마찰을 빚은데다, 임신과 출산 기간의 건강 악화까지 겹쳤다. 이런 생활이 젊고 아름다웠던 미인을 불과 몇 년 만에 피부색이 누렇고 미모가 시든 환자로 변모시켰다. 그녀는 스스로 여러 가지 병에 걸렸다는 상상에 시달리는 한편, 자신이 모든 면에서 이용을 당해 고통스러운 인생을 살고 있다고 생각했다.

대지주들의 생활 양식

안주인이 사용하는 거실에는 선조들의 초상을 넣은 액자를 비롯해
고급스러운 도자기와 가구들이 가득하다. 그녀는 지금 한 유명인사를 접견하고 있다.
당시 루이지애나에서 각광받고 유행하던 프랑스 시의 대가 바이런 씨다.
백인 남자와 옥토룬 여자 사이에서 태어난 그는 굉장한 부자다.
출중한 미모를 지닌 그의 어머니는 상류층 남자들의 정부로 인기가 있었기 때문이다.

그녀의 불평에는 끝이 없었다. 하지만 그녀의 주특기는 두통을 핑계로 종일 누워 있는 것인 듯했다. 일주일에 사흘이나 자기 방에 틀어박힌 적도 있었다. 모든 집안 행사가 하인들에게 맡겨졌기 때문에 세인트클레어는 가정 생활이 전혀 편안하지 않았다. 그의 외동딸은 극도로 섬세하고 연약해서, 누군가 보살피고 돌봐주지 않으면 곧 무능력한 엄마의 희생자가 될 게 뻔했다. 그는 그 점이 두려웠다. 그는 딸을 데리고 버몬트로 갔고, 사촌누나인 오필리어 세인트클레어에게 남부에서 자기 식구들과 함께 살자고 설득했다. 우리가 세인트클레어 일행을 독자들에게 처음 소개했을 때 그들은 버몬트에서 집으로 돌아가는 중이었다.

지금 뉴올리언스의 돔 지붕들과 첨탑들이 멀리 시야에 보이고 있으나 오필리어를 소개할 시간은 아직 충분하다.

뉴잉글랜드의 몇몇 주를 여행한 사람들은 커다란 농장 저택과 잔디가 단정하게 깎인 정원, 밀집한 사탕단풍나무 그늘이 드리워진 시원한 마을들을 기억할 것이다. 또한 질서정연하고 조용하며 늘 안정된 마을 전체의 분위기도 기억할 것이다. 빠진 것도 없고 흐트러진 것도 없는 고장이다. 울타리에는 느슨한 말뚝이 보이지 않고, 창문 아래 라일락이 작은 무리를 지어 자라는 잔디밭에는 쓰레기 하나 없다. 주택 안의 방들은 넓고 깨끗하며, 어떤 변화도 겪은 적이 없고 앞으로도 겪을 것 같지 않은 분위기가 감도는 것을 기억할 것이다. 방 안에 놓인 가구들과 장식품은 한 번 잡은 제자리를 굳게 지키고 식구들의 모든 일상생활은 방구석에 놓인 낡은 시계처럼 정확하게 진행된다. 가족의 '거실'에는 존경스러우리만치 안정감 있는 서가가 설치돼 있다. 그리고 유리문이 달린 서가에는 롤랑[48]의 『고대사』, 밀턴[49]의 『실낙원』, 버니언의 『천로역정』, 소코트의 『가족 성경』이 역시 근엄하고 존경할 만한 다른 수백 권의 책과 함께 단정하게 꽂혀 있는 것을 기억할 것이다. 집 안에 하인은 없으나 하얀 모자와 안경을 쓴 숙녀가 어제나 오늘이나 할 일이 없는 것처럼 매일 오후 딸들과 함께 바느질을 한다. 오래된 주방 바닥은 얼룩이나 티끌로 더럽혀진 적이 없어 보인다. 식탁과 의자, 여러 가지 조리도구도 흐트러짐 없이 정돈돼 있다. 하루에 세 번, 어떤 날은 네 번이나 주방에 식사가 차려지고 식구들의 빨래와 다림질도 주방에서 하는데도 말이다. 그뿐 아니라 커다란 버터와 치즈 덩어리들도 조용한 곳에 신비로운 방식으로 보관되어 있다.

사촌이 찾아와 남부의 저택으로 초대했을 때 오필리어는 그런 농장의 저택과 가정에서 대략 사십오 년 동안 조용한 생활을 하고 있었다. 대가족의 장녀인 그녀는 부모에게 여전히 '아이들' 가운데 하나로 취급받았다. 그녀가 올리언스로 초대받은 것은 이 집안의 가장 획기적인 사건이었다. 늙었지만 쾌활한 오필리어의 아버지는 책꽂이에서 모스[50]의 지도책을 꺼내 올리언스의 정확한 위도와 경도를 확인했다. 또한 플린트[51]의 남부와 서부 여행기를 읽어 딸이 가는 지방의 성격을 판단했다.

선량한 어머니는 "올리언스가 샌드위치 군도[52]나 다른 이교도의 땅처럼 사악한 곳이 아니었으면 좋겠다"고 걱정스럽게 말했다.

오필리어 세인트클레어가 사촌과 함께 올리언스로 내려가는 문제를 '의논한다'는 소식이 목사와 의사, 그리고 피바디의 여성 모자 가게에도 알려졌다. 물론 이처럼 중요한 일을 의논하는 데는 마을 전체가 참여하지 않을 수 없었다. 노예폐지론을 강력히 지지하는 목사는 오필리어의 남부 이주가 그곳 사람들의 노예제도 고수를 부추기지 않을까 걱정했다. 반면 강력한 식민주의자인 의사는 뉴잉글랜드 주민들이 남부 사람들을 나쁘게 생각하지 않는다는 것을 보여주기 위해 오필리어가 내려가야 한다는 견해로 기울어졌다. 그는 사실 남부 사람들을 격려해줄 필요가 있다고 생각했다. 그녀가 떠나기로 결심한 사실이 사람들에게 공개되자, 그녀의 모든 친구들과 이웃들이 이 주일 동안 그녀를 다과회에 초대해 그녀의 전망과 계획을 충분히

숲이 우거진 오솔길 깊숙한 곳에 또 하나의 대저택이 위용을 자랑하고 있다.

물어보고 조사했다. 의상 제작을 돕기 위해 집에 온 모슬리 양은 오필리어가 만들어달라고 부탁한 의상과 관련해 매일 중요한 정보를 얻어냈다. 세인트클레어가 오필리어에게 50달러를 주고 가장 맘에 드는 옷을 사라고 당부한 사실이 모슬리 양을 통해 확인되었다. 그리하여 새로 주문한 실크 드레스 두 벌과 보닛 하나가 보스턴에서 배달되었다. 이런 큰돈의 지출에 대해 여론이 엇갈렸다. 모든 것을 따져볼 때 평생에 한 번뿐인 좋은 기회라고 말하는 사람들이 있는가 하면 그 돈을 선교단에 기부하는 것이 더 좋았을 것이라고 강력하게 주장하는 사람들도 있었다. 그러나 뉴욕에서 보내온 양산이 자기네 고장에서는 처음 보는 물건이라는 것과 주인에 대한 평판과 상관없이 그녀의 실크 드레스가 가장 훌륭하다는 데는 모든 사람이 동의했다. 또한 햄스티치 자수법으로 장식한 손수건에 관한 믿을 만한 소문도 나돌았다.

오필리어가 레이스 달린 휴대용 손수건을 한 장 갖고 있다는 소식이 전해졌다. 한 술 더 떠서 이 손수건의 네 귀퉁이에 수가 놓여 있다는 소식도 전해졌다. 그러나 뒤의 소식은 만족스러운 확인이 이루어지지 않아 지금까지 미결로 남아 있다.

지금 독자가 보고 있듯이 반짝이는 여행용 갈색 리넨 드레스를 입고 있는 오필리어는 키가 크고 얼굴은 네모로 각이 진 모습이다. 마른 얼굴의 바깥선은 상당히 뚜렷하다. 그녀는 모든 문제에 확고한 결정을 내리는 것이 습관화된 사람처럼 입술을 굳게 다물고 있다. 짙고 날카로운 눈동자는 무엇이든 참견할 거리를 찾는 사람처럼 주변의 물체를 끊임없이 둘러본다. 그녀의 모든 행동은 절도가 있고 힘이 넘쳤다. 그녀는 말수가 적었지만, 일단 입을 열면 말투가 상당히 직설적이고 표현이 적절했다.

그녀는 질서와 방법 그리고 정확성의 화신이었다. 항상 정확하게 시간을 지키는 그녀의 시간관념은 기차를 연상시킨다. 또한 그녀는 자신의 이상과 반대되는 것은 확고하게 멸시하고 혐오했다.

그녀가 볼 때 죄 중의 죄, 즉 모든 죄를 합친 죄악은 '무기력'이라는 한 단어로 표현된다. 그녀는 이 어휘를 강조해 발음함으로써 최악의 멸시를 나타낸다. 그녀는 마음속에 확실하게 품고 있는 목적의 달성과 직접적이고 불가피한 관계가 없는 모든 형태의 절차를 이 한마디로 단정 짓는다. 아무 일도 안 하는 사람, 무얼 해야 할지 정확하게 모르는 사람, 착수한 일을 이루기 위한 가장 직접적인 방법을 쓰지 않는 사람은 그녀에게 철저한 경멸 대상이었다. 그녀는 이런 경멸을 말보다는 험악한 표정, 즉 말하기도 부끄럽다는 표정으로 나타냈다.

정신 계발 문제에 있어서 분명하고 강력하며 적극적인 생각을 갖고 있었던 그녀는 역사와 영국 고전을 철저히 정독했다. 좁고 한정된 범위 안에 있는 그녀의 생각은 매우 강력했다. 그녀의 신학적인 신조는 적극적이고 분명한 형태로 분류되어 마치 트렁크 안에 정리된 짐처럼 질서정연했다. 신조가 너무 많아서 새로운 것은 더 끼어들 여지가 없었다. 인생의 대다수 문제와 관련된 그녀의 이념 또한 그런 식으로 분류가 끝났다. 거기에는 모든 분야가 망라된 집안일과 고향의 여러 가지 정치적 관계도 포함된다. 이 모든 신조보다 더 넓고 높으며, 이런 신조를 뒷받침하는 깊고 강력한 인간 존재의 원칙은 양심이었다. 뉴잉글랜드 여성만큼 양심을 지배적이고 포괄적인 원칙으로 생각하는 사람은 없다. 양심은 가장 깊은 곳에 있는 바위 같은 기반이며 가장 높은 산보다 더 높이 솟아오른다.

오필리어는 '당위'의 철저한 노예였다. 그녀는 입버릇처럼 말하는 '의무의 길'에 대한 확신에 따라 방향을 정했고, 물이나 불도 그녀를 막을 수 없다. 그녀는 갈 길이 정해졌다고 확신하기만 하면 바로 우물 속에 뛰어들거나 포탄이 장전된 대포의 아가리라도 거침없이 막아섰을 것이다. 그녀에게 정의의 기준은 대단히 높고 광범위해서 인간의 나약한 천성에 양보하는 경우는 거의 없다. 그런데 그녀는 그 기준에 도달하기 위해 영웅적인 노력을 했음에도 실제로 거기에 도달하는 경우도 결코 없었다. 따라서 그녀는 종종 미흡한 듯한 기분에 시달렸고, 이는 그녀의 신앙에 다소 우울한 영향을 미쳤다.

그런데 지금 오필리어가 어거스틴 세인트클레어의 명랑하고 안이하며 시간관념이 희박하고 비실용적이며 회의적인 생활을 어떻게 견딜 것인가? 간단히 말해 무례하고 뻔뻔하며 태평스럽고 자유로운 그의 생활과 그녀가 소중히 생각하는 습관이나 견해를 어떻게 조화시킬 것인가?

솔직히 말해, 그녀는 사촌동생인 클레어를 매우 좋아했다. 그가 어릴 때는 교리문답을 가르쳤고, 그의 옷을 세탁하고 머리를 빗겨주었으며, 그가 가야 할 길로 이끌었다. 그녀는 어린 어거스틴을 돌본 것을 따뜻한 추억으로 간직하고 있었다. 어거스틴은 오필리어의 이런 호감을 독점적으로 활용해 그녀의 '의무의 길'이 뉴올리언스를 향하고 있다는 것을 쉽게 납득시킬 수 있

산책에서 돌아오는 안주인

물라토 하녀가 안주인 옆에 서서 양산을 받쳐 들고 있다.
목련처럼 하얀 안주인의 생기 없는 얼굴 속에는
사실 가공할 만한 경영수완이 감춰져 있다.
대부분의 영지가 그러하듯, 농장을 원활히 돌아가게 하고
운영을 책임지는 것은 대체로 남편이 아닌 바로 이 안주인들이다.

었다. 그는 오필리어에게 자기와 함께 가서 에바를 돌봐줘야 하며, 자기 아내의 잦은 병치레 때문에 집안 전체가 파탄 나는 것을 막아야 한다는 것을 납득시켰다. 집안을 관리할 사람이 없다는 생각이 그녀의 마음에 들었다. 그녀는 도와줄 사람이 없는 어린 소녀를 좋아했다. 그녀는 어거스틴을 이교도에 가까운 사람으로 생각했음에도 그의 재담을 들으면 웃었고, 그의 실수를 눈감아주었다. 그를 아는 사람들이 믿기 어려울 정도로 그녀는 어거스틴에게 관대했다. 그러나 오필리어의 다른 여러 가지 측면은 독자가 직접 친해져서 알아내야 한다.

지금 그녀는 어지럽게 놓여 있는 크고 작은 가방과 상자, 바구니에 둘러싸인 채 앉아 있다. 이런 것들에는 그녀가 일일이 열심히 묶고 포장한 여러 가지 물건들이 담겨 있다.

"에바, 네 물건들을 잘 챙겼니? 물론 안 했겠지. 아이들은 제 물건을 챙기는 법이 없지. 저기 얼룩무늬가 있는 융단 가방과 파란색 작은 종이 상자에는 너의 나들이용 보닛이 들어 있다. 그게 2번이다. 그리고 인도 고무로 만든 가방이 3번이고 내 줄자와 바늘 상자는 4번, 휴대용 종이 상자는 5번, 옷의 칼라를 담은 상자는 6번, 저 작은 모피 트렁크는 7번이다. 네 양산은 어떻게 했니? 그걸 내게 다오. 종이로 싸서 내 양산과 함께 우산에 함께 묶어야겠다."

"고모, 지금 집에 가는데 그럴 필요가 있나요?"

"제대로 간수하려고 그러는 거야. 사람은 어떤 물건이든 잘 간수해야 돼. 그래, 에바, 네 골무통은 집어넣었겠지?"

"고모, 나는 정말 모르겠는데요."

"그래, 신경 쓰지 마라. 내가 살펴보마. 골무통, 왁스, 실패 두 개, 가위, 칼, 줄자. 다 맞구나. 여기 넣어라. 얘, 네 아빠하고 여행 다닐 때는 도대체 어떻게 한 거냐? 네 물건을 다 안 잃어버린 게 신기하구나."

"고모, 난 물건을 잘 잃어버려요. 잃어버리면 아빠가 뭐든지 또 사주셨거든요."

"맙소사, 어찌 그런 일이!"

"고모, 그게 더 편해요."

"그건 아주 칠칠치 못한 방법이란다."

"그런데, 고모, 어쩌죠? 트렁크에 물건이 너무 많아서 뚜껑이 닫히지 않아요."

"내가 닫으마." 고모는 물건을 눌러서 트렁크 속에 밀어 넣은 다음, 그 위에 올라서면서 장군처럼 말했다. 그래도 트렁크의 아가리는 조금 열려 있었다.

"에바야, 이리 올라오너라!" 오필리어가 힘차게 말했다. "한 번 한 일은 다시 할 수 있어. 이 트렁크를 닫아서 잠가야 돼. 달리 방법이 없단다."

아마 이런 결연한 발언에 겁을 먹은 듯, 트렁크는 항복했다. 걸쇠가 짤깍하고 제 구멍으로 들어갔다. 오필리어는 열쇠를 돌려서 잠근 뒤, 열쇠를 의기양양하게 주머니에 집어넣었다.

"자, 이제 준비가 끝났다. 네 아빠는 어디 가셨니? 이제 짐을 내놓을 때가 된 것 같은데. 에바야, 살펴보거라. 혹시 아빠를 찾을 수 있을지도 모른다."

"아, 아빠는 남자용 객실 건너편에서 오렌지를 드시고 있어요."

"내릴 때가 다 된 걸 모르는 모양이구나. 네가 뛰어가서 말씀드리는 게 좋지 않겠니?"

"아빠는 무슨 일이든 서두르는 법이 없어요. 그리고 배는 아직 부두에 닿지 않았어요. 그러니까 고모, 우리도 구경하러 나가요. 보세요! 저 거리 위에 우리 집이 보여요!"

배는 이제 지치고 거대한 괴수의 신음 같은 둔탁한 소리를 내면서 부두에 정박해 있는 여러 배 사이로 들어갈 채비를 했다. 에바는 자기 고향 도시를 알아볼 수 있는 여러 개의 첨탑과 돔 지붕, 도로 표지판을 가리키면서 즐겁게 재잘거렸다.

"그래, 아주 멋지구나. 하지만 맙소사! 배는 멈췄는데 네 아빠는 어디 있는 거냐?"

이제 평소처럼 상륙하는 사람들이 혼잡을 빚고 웨이터들이 사방으로 바쁘게 뛰어다녔다. 남자들은 트렁크와 융단 가방과 상자를 끌어내리고 여자들은 큰 소리로 아이들을 부르는 가운데, 모든 사람들이 배에서 내리기 위해 한꺼번에 배의 측면으로 몰려들었다.

짐들을 사열받는 군인처럼 질서정연하게 늘어놓은 후 바로 전에 굴복시킨 트렁크 위에 의연한 자세로 앉아서 감시하는 오필리어는 짐을 사수하기로 작심한 사람처럼 보였다.

"제가 트렁크를 운반해드릴까요, 부인?" "부인의 짐을 들어다드릴까요?" "당신의 짐을 운반해드리면 안 될까요, 부인?" 그녀는 쏟아지는 질문을 못 들은 체했다. 마분지에 꽂힌 바늘처럼 꼿꼿한 자세로 우산과 양산 다발을 움켜잡고 단호하고 엄숙한 표정으로 앉아 있는 그녀는 전세마차 마부들을 질리게 만들기에 족했다. 그녀는 틈이 날 때마다 에바에게 푸념했다. "네 아빠는 도대체 무슨 생각을 하고 있는 거냐? 배 밖으로 떨어지지는 않았을 터인데 필시 무슨 일이 생긴 것이 분명하다." 그녀가 진짜 절망에 빠져들기 시작할 무렵에 그가 평소의 태평한 태도로 나타나 먹다 남은 오렌지 조각을 에바에게 주었다.

"자, 버몬트의 사촌누님, 하선 준비가 된 것 같군요."

"나는 준비를 마치고 한 시간 가까이 기다렸어. 정말로 네 걱정을 하기 시작했단다."

"잘하셨어요. 마차가 대기하고 있습니다. 이제 사람들도 많이 내렸으니 떠밀리지 않겠군요. 기독교인답게 점잖게 내립시다." 그는 뒤를 따르는 마부에게 "이 짐을 들어라"라고 말했다.

"내가 가서 짐을 제대로 싣고 있는지 봐야겠다." 오필리어가 말했다.

"오, 누님, 소용없어요."

"아무튼 이 짐과 이 짐 그리고 이 짐은 내가 들고 간다." 오필리어가 상자 세 개와 융단 가방 하나를 골라내면서 말했다.

"제발, 누님, 이곳에서 버몬트 풍속을 너무 고집하지 마세요. 누님도 최소한의 남부 원칙을 따라야 합니다. 숙녀가 그렇게 많은 짐을 들고 걸어 다니면 안 돼요. 사람들이 누님을 하녀로 착각하면 어쩌려고요. 짐들을 이 친구에게 주세요. 달걀처럼 조심스럽게 갖다 놓을 겁니다."

사촌이 그녀의 보물 같은 짐을 모두 받아들자 오필리어는 자포자기한 눈초리로 지켜보았다. 그리고 잠시 후, 마차에 안전하게 보관돼 있는 짐을 다시 보자 몹시 즐거워했다.

"톰은 어디 있어요?" 에바가 물었다.

"아, 그 사람은 밖에 있다. 마차를 뒤집은 그 술주정뱅이 대신 일하도록 톰을 네 엄마에게 평화의 선물로 갖다 바칠 생각이다."

"톰은 훌륭한 마부가 될 거예요. 나는 알아요. 그 아저씨는 술을 절대 안 마신대요."

마차는 스페인과 프랑스 양식을 섞어서 지은 오래된 저택 앞에 멈췄다. 이 건물은 뉴올리언스 일부 지역에 있는 주택의 전형적인 표본이다. 무어 양식으로 지어진 사각형 건물이 마당을 둘러싸고 있다. 마차는 아치형 대문을 통과해 안으로 들어갔다. 내부의 마당은 아름답고 관능적인 상상력을 만족시키기 위해 지어진 것 같았다. 붉은색의 넓은 복도가 사면을 둘러쌌고 복도의 무어식 아치와 가는 기둥, 아라베스크 장식은 과거 역사를 생각나게 했다. 동양인들이 스페인을 통치했던 낭만적인 시대를 꿈속에서 보는 듯한 기분을 느끼게 했다. 마당 가운데 있는 분수에서 은빛 물줄기가 높이 뻗어 올라갔다가 대리석 받침대 위에 떨어져 끊임없는 물보라를 일으켰다. 대리석 받침대는 향기롭고 무성한 오랑캐꽃으로 둘러싸여 있다. 수정처럼 맑은 분수의 물속에는 많은 금빛과 은빛 물고기들이 살아 있는 보석처럼 반짝이면서 빠르게 헤엄쳐 돌아다녔다. 분수대 둘레에 설치된 산책로는 기상천외하고 다양한 모자이크를 이룬 자갈로 포장되어 있다. 산책로는 다시 부드러운 녹색의 벨벳 같은 잔디밭으로 둘러싸였고 마차가 다니는 길이 그 전체를 감쌌다. 꽃이 피어 향기가 진동하는 커다란 오렌지나무 두 그루가 편안한 그늘을 드리웠다. 각종 열대 화초와 아라베스크 조각이 새겨진 대리석 화분이 잔디밭 속에 둥글게 배열되어 있다. 윤기가 흐르는 잎이 돋고 불꽃처럼 붉은 꽃이 핀 거대한 석류나무들과 짙은 색 이파리에 은빛의 별을 단 것처럼 보이는 아라비아 재스민, 제라늄, 많은 꽃송이의 무게에 눌려 휜 장미, 황금빛 재스민, 레몬향이 풍기는 버베나가 만발해 향기를 발산했다. 그뿐 아니라 오래된 알로에가 여기저기에 심겨 있다. 알로에는 잎이 묘하게 거대해서 백발의 마법사가 앉아 있는 모습을 연상시켰다. 알로에는 훨씬 빨리 지는 향기로운 꽃들로 둘러싸여서 이상하게 더욱 장엄해 보였다.

마당을 둘러싼 회랑에는 커튼이 쳐져 있었는데 무어 산 재료로 만든 듯했다. 커튼은 햇볕을 가리기 위해 필요하면 언제나 아래로 내릴 수 있었다. 전체적으로 저택의 외양은 호화롭고 낭만적이었다.

마차가 저택 안으로 들어갈 때 에바는 벅찬 기쁨을 이기지 못해 새장을 박차고 나가 날아오르려는 한 마리의 새 같았다.

"아, 정말 아름답고 정다운 집이죠? 나는 우리 집이 정말 좋아요. 아름답죠?" 에바가 오필리어에게 물었다.

"참 아름다운 집이구나." 오필리어가 마차에서 내리면서 말했다. "하지만 상당히 오래된 이교도의 저택처럼 보이는구나."

마차에서 내린 톰은 차분하고 기쁜 표정으로 주변을 둘러보았다. 흑인의 가슴속 깊은 곳에는 화려하고 풍요롭고 아름다운 세계에 대한 열정이 숨어 있다는 사실을 독자는 염두에 둘 필요가 있다. 톰은 화려하고 풍요롭고 공상적인 것을 동경하는 열정을 가슴속 깊이 간직하고 있었다. 흑인들은 순박한 취향에 이끌려 거칠게 탐닉하는 열정 때문에 보다 냉정하고 정확한 백인종에게 조롱의 대상이 된다.

오필리어가 저택에 대한 소감을 표현하자, 가슴속에 관능적 쾌락을 즐기는 시인의 기질을 품고 있는 세인트클레어가 경탄하는 표정으로 주변을 둘러보는 톰에게 미소를 띠며 이렇게 말했다.

"톰, 자네도 내 집이 마음에 드는가 보군."

"예, 주인님. 아주 훌륭해 보입니다."

이런 대화가 오가는 동안 모든 여행 가방이 마차에서 내려졌고 마부는 요금을 받았다. 한편 남녀노소 모든 하인들이 먼 길을 다녀온 주인을 맞이하기 위해 아래층과 위층의 회랑을 통해 우르르 몰려나왔다. 그들 가운데서 고급 옷을 입은 혼혈 청년이 두드러지게 눈에 띄었다. 최신 유행에 맞춰 옷을 차려입은 그 청년은 향수를 뿌린 아마포 손수건을 손에 들고 우아하게 흔들었다.

그 청년은 재빨리 움직이면서 모든 사람들을 안으로 들여보내 반대편 끝에 있는 베란다로 쫓았다.

"모두 도로 들어가거라! 부끄럽게 이러지 마라." 그는 근엄한 목소리로 말했다. "돌아오신 주인님이 식구들과 만나시는 것을 방해할 셈이냐?"

청년이 거드름을 피우면서 점잖은 말로 타이르자 모든 하인들이 부끄러워하는 눈치가 역력했다. 짐을 운반하러 온 두 명의 건장한 하인을 제외한 나머지 사람들은 상당한 거리 밖으로 물러났다.

아돌프의 체계적인 정리 덕분에 세인트클레어가 마부에게 품삯을 지불하고 돌아섰을 때는 화려한 공단 조끼를 입고 금으로 된 체인을 늘어뜨린 아돌프 외에 다른 사람들은 보이지 않았다. 흰 바지를 입은 아돌프는 정중하게 허리를 굽혀 절을 했다.

"아, 아돌프, 너로구나?" 주인이 손을 내밀면서 말했다. "잘 지냈니?" 아돌프는 이 주일 전부터 세심하게 준비를 해온 즉흥 연설을 아주 유창하게 늘어놓기 시작했다.

"그래, 그래. 공부를 많이 했구나, 아돌프." 세인트클레어가 평소처럼 무관심하고 익살스러운 어투로 지시했다. "짐이 제자리에 놓였는지 살펴보거라. 조금 있다가 너희들을 보러 나오마." 그는 오필리어를 데리고 베란다 쪽의 문을 통해 열려 있는 응접실로 들어갔다.

이런 일이 벌어지는 동안 에바는 나는 새처럼 현관과 응접실을 지나 역시 베란다 쪽으로 문이 있는 작은 내실로 들어갔다.

키가 크고 눈동자의 색이 짙고 피부색이 누르스름한 여자가 소파에 누워 있다가 반쯤 몸을 일으켰다.

"엄마!" 기쁨에 들뜬 에바가 달려들어 여자의 목을 껴안고 얼굴을 비벼댔다.

"그만하면 됐다, 조심해야지. 그만, 자꾸 그러니까 엄마 머리가 아프잖니." 어머니가 딸에게 힘없이 입을 맞춘 뒤 말했다.

방 안으로 들어온 세인트클레어는 남편으로서 정식 예의를 갖추어 아내를 포옹한 다음 사촌누나를 소개했다. 마리는 커다란 눈으로 사촌시누이를 바라본 다음, 열의 없이 인사를 했다. 이때 하인들이 방문 앞에 몰려왔다. 매우 점잖게 생긴 중년의 혼혈여성이 맨 앞에 서 있었다. 문 앞에 선 그녀는 기쁨과 기대감으로 안절부절못했다.

"아, 매미가 왔네!" 에바가 나는 듯이 방을 가로질러 달려가 두 팔로 유모인 매미를 껴안고 몇 번이고 입을 맞추었다.

이 여자는 아이 때문에 머리가 아프다는 말을 하지 않았다. 반대로 제정신인지 의심스러울 정도로 아이를 껴안고 웃기도 하고 울기도 했다. 매미의 품에서 벗어난 에바는 하인들과 한 사람씩 돌아가면서 악수를 하고 입을 맞췄다. 이 광경을 본 오필리어는 나중에 속이 울렁거렸다고 고백했다.

"그래, 너희 남부 아이들은 별 이상한 짓도 다 하는구나." 오필리어가 말했다.

"자, 그럼, 어떻게 할까요?" 세인트클레어가 대꾸했다.

"나는 누구나 친절하게 대하고 싶고 기분을 상하게 만들기를 원치 않으나 입을 맞추는 것만은……."

"깜둥이라서 그럴 마음이 없는 거죠?"

"그야 그렇지. 그 아이는 어쩌면 그럴 수 있니?"

세인트클레어가 복도로 나가면서 웃으며 말했다. "이것 보게. 여기서 무슨 배급이라도 하는 게냐? 유모, 지미, 폴리, 수키, 모두 모였구나? 주인을 보니까 반가운 거냐?" 그는 한 사람씩 악수를 했다. "아기들을 조심해서 돌봐야지!" 그는 기어 다니는 작고 새카만 아기에게 발이 걸려 넘어질 뻔하자 덧붙였다. "내가 혹시 누군가를 밟게 되면 그렇다고 말해주렴."

세인트클레어가 잔돈을 나누어 주자 하인들은 웃고 떠들면서 요란하게 주인님의 축복을 빌었다.

"자, 이제, 나가 놀아야 착하지." 이 말이 떨어지자, 희고 검은 하인들이 문밖으로 사라져 베란다로 들어갔다. 그 뒤를 따르는 에바는 학생용 가방을 들고 있었다. 에바는 집으로 돌아오는 여행길에서 가방 안에 사과와 견과류, 사탕, 리본, 레이스, 온갖 종류의 장난감을 가득 담았다.

세인트클레어는 뒤돌아서 가려다가 톰을 발견했다. 톰은 몸의 중심을 한쪽 다리에서 다른 쪽 다리로 바꾸면서 불편한 듯이 서 있었다. 그 옆에는 아돌프가 멋쟁이 생활에 어울리는 태도라도 되는 듯이 무관심한 표정으로 난간에 몸을 기댄 채 오페라글라스로 톰을 살펴보고 있었다.

"이런 건방진 녀석 같으니." 주인이 오페라글라스를 쳐서 떨어뜨리면서 말했다. "그게 네 동료에게 할 짓이냐?" 주인은 아돌프가 입고 있는 공단 조끼를 손가락으로 건드리면서 이렇게 덧붙였다. "이 조끼는 내 것 같은데."

"오! 나리. 이 조끼는 포도주를 흘려 얼룩이 졌습니다. 나리처럼 지체 높은 신사는 절대로 이런 조끼를 입으시면 안 되죠. 저는 제가 입어도 좋다고 생각했습지요. 저 같은 불쌍한 깜둥이에게 어울리는 조끼입니다."

아돌프는 머리를 뒤로 젖히면서 향수 냄새가 나는 머리를 손가락으로 우아하게 쓸어 넘겼다.

"그러냐?" 세인트클레어가 관심 없다는 듯이 말했다. "자, 이제 톰을 주인 아씨에게 인사시킬 것이다. 그런 다음 네가 톰을 주방으로 데리고 가거라. 그에게 건방진 행동을 하지 않도록 조심해야 한다. 그는 너 같은 애송이보다 가치가 두 배나 더 나간다."

"나리는 언제나 농담도 잘하십니다." 아돌프가 웃으면서 대답했다. "나리께서 기분이 좋으신 걸 보니까 저도 기쁩니다."

"이쪽으로 와, 톰." 세인트클레어가 손짓을 했다.

톰은 방 안으로 들어갔다. 그는 벨벳 카펫을 부러운 듯이 바라보았다. 여러 개의 거울과 그림, 조각, 커튼 등 상상도 하지 못한 화려한 실내 장식과 가구 앞에 선 톰은 마치 솔로몬 왕 앞에 나온 시바의 여왕처럼 정신을 차릴 수가 없었다.[53] 그는 카펫을 발로 밟는 것조차 두려워하는 것 같았다.

"마리, 여기 데려왔소." 세인트클레어가 아내에게 말했다. "당신이 부탁한 마부를 사왔소. 술을 절대 마시지 않는 착실한 깜둥이오. 당신이 원한다면 마차를 영구차처럼 얌전하게 몰 거요. 자, 이제 눈을 뜨고 한번 봐요. 내가 집을 떠나 있는 동안 당신 생각을 안 한다는 말은 이제 하지 말아요."

마리가 누운 채 톰을 가만히 바라보았다.

"저 사람은 술을 마실 거예요." 마리가 말했다.

"아니, 그는 신앙심이 깊고 술을 마시지 않는다는 보증을 받은 상품이오."

"일이나 잘했으면 좋겠네요." 안주인이 말했다. "하지만 내가 너무 큰 기대를 하는 거예요."

"돌프, 톰을 아래층으로 데려가거라." 세인트클레어가 말했다. "내 말을 명심하고."

아돌프가 점잖게 앞장을 섰고 톰은 거구를 이끌고 그 뒤를 따랐다.

"아주 거인이군요." 마리가 말했다.

"자, 여보." 세인트클레어가 침대 옆에 있는 의자에 앉으면서 말했다. "너그럽게 대해줘요. 하인들에게 고운 말을 쓰도록 해요."

"당신은 예정보다 두 주나 늦게 왔어요." 마리가 샐쭉해서 말했다.

"그래요. 편지에 그 이유를 썼잖소."

"편지가 어쩜 그렇게 짤막하고 냉담할 수 있어요!"

"참! 우편마차가 막 떠나려고 해서, 그 정도밖에 쓸 수 없었다니까."

"당신은 항상 그런 식이죠. 언제나 핑계를 대고 여행 기간을 늘리면서 편지는 짧게 쓰지요."

"당신에게 보여줄 게 있소." 세인트클레어가 주머니에서 예쁜 벨벳 상자를 꺼내서 열었다. "봐요, 당신에게 선물하려고 뉴욕에서 산 물건이오."

에바가 아버지의 손을 잡고 찍은 은판사진이었다. 두 사람의 영상이 선명하고 부드럽게 새겨져 있었다.

마리는 불만스러운 표정으로 들여다보았다.

"당신 자세가 왜 이렇게 어색해요?"

"자세야 보기 나름이지. 그런데 사진이 실물과 아주 닮은 것 같지 않소?"

"내 생각이 뭐 그리 중요하겠어요. 당신은 매사에 내 의견을 무시하는데." 마리가 상자를 닫으면서 말했다.

'목을 매달아야 할 여자로군!' 세인트클레어가 마음속으로 생각했다. 하

지만 그는 이렇게 덧붙였다. "자, 마리. 사진이 실물과 아주 비슷한 것 같지 않소? 쓸데없는 소린 그만 해요."

"당신이 나를 조금이라도 배려한다면 이런 식으로 물건을 들이대면서 본 소감을 말하라고 강요하지 않을 거예요. 당신은 내가 두통으로 하루 종일 누워 지내는 걸 잘 알잖아요. 당신이 도착하고 나서 벌어진 소동 때문에 나는 죽을 지경이에요."

"올케는 항상 심한 두통에 시달리나요?" 커다란 안락의자에 조용히 앉아서 여러 가지 가구의 가격을 차례차례 매기고 있던 오필리어가 갑자기 일어나면서 말했다.

"예, 하루도 두통에 시달리지 않는 날이 없답니다." 마리가 대답했다.

"두통에는 주니퍼 열매 차가 특효예요. 에이브러햄 페리 집사 부인이 항상 그렇게 말했어요. 부인은 뛰어난 간호사랍니다." 오필리어가 말했다.

"호숫가에 자라는 주니퍼 나무의 첫 번째로 익은 열매를 따오라고 지시해야겠군." 세인트클레어가 엄숙한 표정으로 하인 부르는 줄을 당기면서 말했다. "긴 여행을 하셨으니 누님도 처소에 가서 쉬고 원기를 회복하셔야지요. 돌프, 매미에게 이 방으로 오라고 해라." 에바가 기뻐하며 껴안고 입을 맞췄던 점잖은 혼혈 여자가 곧 들어왔다. 정갈한 옷차림의 매미는 머리에 빨간색과 노란색의 높은 터번을 쓰고 있었다. 오늘 에바가 선물로 주면서 직접 머리에 둘러준 것이었다. "매미, 이 부인을 잘 보살펴드리게. 피곤해서 쉬고 싶으실 거야. 거처하실 방으로 모시고 가서 편안히 지내도록 해드리게." 오필리어는 매미의 뒤를 따라 방을 나갔다.

chapter 16
톰의 안주인

"여보, 이제 당신의 황금시대가 동트고 있소." 세인트클레어가 말했다. "현실적이고 집안일에 밝은 뉴잉글랜드의 사촌누님이 당신의 어깨 위에 있는 모든 짐을 덜어주고, 당신이 원기를 회복해서 더 아름답고 젊어질 수 있도록 시간을 마련해줄 거요. 집안의 모든 열쇠를 넘겨주는 의식을 곧 거행합시다."

오필리어가 도착하고 며칠 뒤 아침식사 때 이런 말이 나왔다.

"나도 형님을 환영해요." 마리가 손으로 힘없이 턱을 받치면서 말했다. 하지만 "집안 살림을 맡아보면 형님도 한 가지를 알게 될 거예요. 이 집에서는 안주인들이 노예라는 사실 말이에요."

"아, 그거야 분명히 알게 되겠지. 그 밖에 진실의 세계도 발견할 거요." 세인트클레어가 대답했다.

"당신은 우리가 편하자고 노예들을 부리는 것처럼 말해요. 하지만 그 문제를 진지하게 생각해보면 노예를 모두 내보내는 게 나을지도 몰라요."

커다란 눈으로 심각하게 어머니를 바라보던 에반젤린이 당혹스러운 표정을 지으면서 짤막하게 말했다. "엄마, 그럼 왜 노예들을 데리고 있나요?"

"나도 모르겠다. 난 귀찮다는 것밖엔 모르겠어. 노예들은 내 생활에 성가신 존재들일 뿐이야. 내 건강을 나쁘게 만드는 가장 큰 원인이 노예들이야. 우리 집 노예들은 사람을 괴롭히는 데는 제일이지."

"오, 마리, 오늘 아침에 기분이 좋지 않은가 보구려." 세인트클레어가 말했다. "당신도 그렇지 않다는 걸 알지 않소. 세상에 매미 같은 하녀가 어디 있겠소? 그녀가 없으면 당신은 어쩔 뻔했소?"

"내가 본 하녀 중에서는 매미가 최고지요. 하지만 매미는 이기적이에요. 지독하게 이기적이죠. 그건 인종적인 결함이에요."

"이기심은 중대한 결함이오." 세인트클레어가 엄숙하게 말했다.

"매미를 보세요." 마리가 말했다. "밤에 잘 자는 것을 보면 매미가 이기적인 인간이란 것을 알 수 있어요. 내가 심한 두통에 시달릴 때는 거의 매시간 내 시중을 들어야 한다는 사실을 알면서도, 그치는 깨워도 잘 일어나지 않아요. 간밤에 매미를 깨우느라 고생을 했더니 오늘 아침의 내 몸 상태는 최악이에요."

"엄마, 매미가 지난 며칠 동안 꼬박 밤을 새지 않았나요?" 에바가 대화에 끼어들었다.

"그걸 네가 어떻게 알았니?" 마리가 따지듯 물었다. "그것이 불평을 한 모양이구나."

"매미는 불평하지 않았어요. 엄마가 잠을 잘 주무시지 못한다는 말을 한 것뿐이에요. 여러 날 동안 계속 못 주무셨다고요."

"하루나 이틀 밤 로자나 제인에게 대신 시중을 들게 하고 매미를 쉬게 하는 것이 좋지 않을까?" 세인트클레어가 말했다.

"당신이 어떻게 그런 말을 할 수 있어요? 당신은 정말로 배려할 줄 몰라요. 나는 너무나 예민해서 조그만 숨소리만 들어도 잘 수가 없어요. 익숙하지 않은 하녀가 주변에 있으면 아마 돌아버릴 거예요. 매미가 나에게 조금이라도 관심을 갖고 있다면 깨울 때 더 빨리 일어나는 게 마땅하지요. 나는 아주 헌신적인 하인들 얘기를 많이 들었어요. 그런데 나는 그런 하인을 거느릴 팔자가 못 되나 봐요." 마리가 한숨을 지었다.

오필리어는 이런 대화를 유심히 들었다. 그녀는 의견을 내놓기 전에 자신의 위치를 완전하게 파악하기로 결심한 듯이 입을 굳게 다물고 있었다.

"매미에게도 좋은 점이 있어요." 마리가 말했다. "매미는 원만하고 윗사람을 존중할 줄 알아요. 그렇지만 마음속으로는 이기적이죠. 자기 남편 걱정으로 끊임없이 안달을 해요. 나는 결혼해서 이곳으로 올 때 그녀를 데려오지 않을 수 없었어요. 하지만 친정아버지는 그녀의 남편이 꼭 필요했죠. 남편이 대장장이였기 때문에 많이 필요했지요. 그래서 나는 생각을 해본 다음, 매미에게 남편과 다시 함께 사는 것이 편치 않을 테니까 서로 헤어지라고 말해주었어요. 지금 생각하면 그때 내가 우겨서라도 매미가 딴 사람과 결혼하도록 만들었어야 했어요. 나는 생각이 짧고 마음이 약해서 끝까지 우기고 싶지 않았어요. 그때 나는 아버지의 농장이 내 건강에 맞지 않아 그곳에 갈 수 없으니, 남은 평생 동안 남편을 한두 번 이상 만나는 것은 기대하지 말라고 매미에게 말했어요. 다른 남자를 구해보라고 권했지요. 하지만 그녀는 완강하게 거부했어요. 매미는 고집이 세서 남들 말을 안 듣고 제 생각만 우기는 구석이 있어요."

"매미에게 아이들이 있나요?" 오필리어가 물었다.

"예, 둘이요."

"아이들과 헤어져 사는 게 슬프겠군요."

"그렇다고 아이들을 데려올 수는 없어요. 아이들이 지저분해서 데리고 살 수가 없어요. 그뿐 아니라 매미가 아이들에게 시간을 많이 빼앗기게 되잖아요. 매미가 가족 문제로 섭섭하게 생각하고 있다는 건 나도 알아요. 하지만 그녀는 다른 남자와 결혼할 생각이 없죠. 또 자기가 내게 매우 필요한 사람이고 내 건강이 매우 약하다는 것을 잘 알면서도, 가능하면 내일이라도 남편에게 가리라는 것도 알아요. 정말이에요. 가장 충성스럽다는 하인들도 모두 다 그렇게 이기적이죠."

"생각만 해도 괴롭군." 세인트클레어가 무덤덤하게 대답했다.

오필리어는 사촌동생을 유심히 바라보았다. 갑자기 울화가 치민 세인트클레어의 얼굴이 붉게 변했다. 말할 때 그의 입가에 냉소가 떠올랐다.

"그래요. 매미는 언제나 내 마음에 드는 하녀지요." 마리가 말했다. "북부에 사는 하녀들이 매미의 옷장을 한번 볼 수 있었으면 좋겠어요. 비단과 모슬린으로 만든 옷들뿐만 아니라 진품 아마포로 만든 옷까지 걸려 있다니까요. 언젠가는 매미가 입고 갈 옷을 준비하고 모자를 손질해주다가 오후를 다 보낸 적도 있어요. 그녀는 학대란 게 뭔지도 모르죠. 매를 맞아본 적은 평생에 한두 번밖에 없을 거예요. 그녀는 매일 커피나 홍차를 진하게 타서 마시고 설탕까지 넣는답니다. 정말 가증스럽지요. 하지만 세인트클레어는 아랫것들이 제멋대로 살도록 내버려둬요. 우리 집 하인들은 너무 오냐오냐해서 버릇이 나빠졌어요. 하인들이 버릇없는 아이들처럼 이기적으로 행동하는 데는 우리 부부도 약간 책임이 있어요. 하지만 나는 세인트클레어에게 입이 아프도록 이야기했어요."

"그건 나도 마찬가지요." 세인트클레어가 조간신문을 집어 들면서 말했다.

어머니의 말을 들으며 서 있던 아름다운 에바의 얼굴에 특유의 진지하고 신비로운 표정이 떠올랐다. 아이는 조용히 어머니의 의자로 걸어가서 두 팔로 어머니의 목을 껴안았다.

"에바, 왜 그러니?"

"엄마, 내가 하룻밤만 엄마를 간호하면 안 될까요? 딱 하루만. 엄마를 불안하게 하지 않을게요. 잠도 안 잘게요. 나도 밤에 가끔 생각을 하면서 깨어 있을 때가 있어요."

"얘야, 쓸데없는 말을 하면 안 돼! 넌 참 이상한 아이로구나." 마리가 말했다.

"그래도 엄마, 내가 지키게 해줘요." 에바가 수줍게 말했다. "매미는 몸이 안 좋아요. 요즘 항상 머리가 아프다고 말하던데요."

"매미가 또 안달이 났구나! 매미도 다른 하인들과 똑같아. 머리나 손가락이 조금만 아프면 법석을 떤다니까. 그런 짓을 하도록 내버려두면 안 돼. 절대로! 난 이런 문제는 항상 원칙대로 해요." 에바가 오필리어를 돌아보면서 말했다. "형님도 원칙이 필요하다는 걸 아시게 될 거예요. 하인들이 약간 언짢아하거나 아프다고 하소연할 때마다 다 받아주면 주인은 일에 치여서 정신을 못 차릴 거예요. 나는 불평하지 않아요. 내가 얼마나 참고 사는지 아무도 모를 거예요. 조용히 참는 게 의무라고 생각하고 그냥 참아요."

장황한 연설 끝에 마리가 내린 이 결론이 너무나 황당하다고 생각한 세인트클레어가 웃음을 참지 못하고 껄껄 웃자, 오필리어는 놀라서 두 눈이 동그래졌다.

"내가 몸이 좋지 않다는 사실을 살짝 꺼내기만 해도 이이는 항상 저렇게 웃는답니다." 마리가 고통을 감수하는 순교자 같은 목소리로 말했다. "나는 이이가 그 사실을 기억하는 날이 오지 않기만을 바랄 뿐이죠!" 마리가 손수건을 눈 위로 가져가며 말했다.

약간 멋쩍은 침묵이 뒤를 이은 것은 물론이다. 마침내 세인트클레어가 시계를 보면서 일어나더니 시내에서 약속이 있다고 말했다. 에바는 그의 뒤를 따라갔고 오필리어와 마리만 탁자 앞에 남았다.

"세인트클레어는 항상 저렇다니까요!" 가책을 느껴야 할 가해자가 더 이상 눈에 보이지 않자 마리가 다소 과장된 동작으로 눈에 댔던 손수건을 뗐다. "그이는 나의 고통을 지금이나 앞으로나 영원히 모를 거예요. 여러 해 동안 그랬으니까요. 내가 불평을 하고 아프다고 수선을 피우는 데는 그만한 이유가 있답니다. 남자들은 아내의 바가지를 지겨워해요. 하지만 나는 혼자 참고, 또 참지요. 그러니 세인트클레어는 내가 무엇이든 다 참을 수 있는 여자라고 생각하는 거예요."

오필리어는 마리가 이 말에 어떤 대답을 기대하는지 정확하게 알지 못했다.

오필리어가 답변을 궁리하는 동안 마리는 눈물을 다 닦아내고 전체적인 옷매무새를 고치고 나서 주부들이 흔히 하는 집안일에 대해 오필리어와 이야기하기 시작했다. 이런 마리를 보고 있자니, 소나기를 맞은 비둘기가 깃털을 가다듬는 모습이 연상되었다. 두 사람은 찻장과 옷장 관리, 아마포 다리기, 물품 보관 등에 관해 이야기했다. 이런 집안일을 모두 오필리어가 감독하는 것으로 두 사람 사이에 양해가 이루어졌다. 이와 관련해서 마리가 어찌나 많은 지침과 책임을 일러주었는지, 오필리어처럼 체계적이고 실무적인 머리를 타고나지 않은 사람이 들었다면 머리가 어지러워지고 완전히 혼란에 빠졌을 것이다.

"대충 다 말씀드린 것 같네요." 마리가 말했다. "그러니까 내가 다음에 또 아프면 저랑 상의할 필요 없이 형님이 전부 처리하면 되겠어요. 단 에바 일만 나와 의논해주면 돼요. 걘 아직 관심이 필요한 아이거든요."

"아이는 아주 착해 보이던데." 오필리어가 대답했다. "저렇게 착한 아이는 본 적이 없어요."

"에바는 좀 특이한 아이예요. 특이한 점이 아주 많아요. 나를 조금도 안 닮았거든요." 이어 마리는 감상적인 생각에 젖은 듯이 한숨을 쉬었다.

오필리어는 내심 이렇게 생각했다. '닮지 않았으면 좋겠군.' 하지만 그녀는 이런 생각을 입 밖에 낼 정도로 분별없는 사람은 아니었다.

"에바는 항상 하인들과 함께 있고 싶어 해요. 어떤 아이들은 그래도 괜찮아요. 나도 어렸을 때는 흑인 아이들과 많이 놀았거든요. 그래도 나쁜 영향을 받지 않았어요. 그런데 에바는 자기가 주변에 있는 하인들과 동등한 존재라고 생각하는 것 같아요. 그런 태도가 그 아이의 특이한 점이에요. 그런 생각을 버리도록 만들 수가 없네요. 내 생각에는 세인트클레어가 그런 생각을 부추기는 것 같아요. 사실 세인트클레어는 이 집안 모든 사람들한테 관대하거든요. 자기 아내만 빼놓고요."

오필리어는 할 말이 없어 다시 침묵을 지켰다.

"이제 하인들을 눌러서 복종시키는 길밖에는 없어요. 나는 어릴 때부터 그런 방법이 자연스럽다고 생각했어요. 하지만 에바는 모든 하인들의 버릇을

남부 노예주의 재배 작물들

19세기 남부의 노예주에서는 담배, 인디고, 쌀, 사탕수수 대신
목화가 주요 재배 작물로 자리 잡는다. 사우스캐롤라이나에서 조지아 주로 확대된 목화 재배는
이어 앨라배마, 미시시피, 루이지애나, 텍사스 주 일부까지 퍼져간다.
목화 이외의 작물은 뉴올리언스의 사탕수수, 켄터키의 담배, 노스캐롤라이나의 여러 작물,
버지니아의 보리 정도에 지나지 않는다.

사탕수수 / 마 / 목화

잘못 들이고도 남을 아이예요. 아이가 커서 주인이 되었을 때 어떻게 행동할지 알 수가 없어요. 나도 항상 하인들에게 친절하게 대해요. 하지만 하인들에게 자기 분수를 알도록 해야 하죠. 에바는 그런 일을 안 해요. 하인의 지위가 어떤 것인지 그 애에게 납득시킬 수가 없어요. 매미를 재우기 위해 자기가 밤에 나를 돌보겠다고 말하는 걸 보세요! 걘 그냥 내버려두면 항상 그런 식으로 행동한다니까요."

"하인들도 인간이고 피곤하면 쉬어야 한다고 생각한다는 말이군요."

"그럼요, 당연하죠. 나는 도리에 벗어나지만 않으면 하인들의 편의를 봐주는 데 특별히 신경을 쓴답니다. 매미도 가끔 자기 편한 시간에 잠을 잘 수 있어요. 거기엔 아무 문제가 없어요. 나는 매미 같은 잠꾸러기는 처음 봤어요. 바느질을 하거나 서 있거나 앉아 있거나 때와 장소를 가리지 않고 자니까요. 위험하지는 않아요. 매미는 잠을 충분히 자거든요. 하지만 하인들을 외래종 꽃이나 귀한 도자기처럼 대하는 것은 정말 말도 안 되는 짓이죠." 머리가 크고 푹신한 소파에 힘없이 누워 각성제가 든 아담한 유리병을 집으면서 말했다.

"그런데요." 그녀는 말을 이었다. 죽어가는 아라비아 재스민의 마지막 숨결처럼 잦아드는 그녀의 숙녀인 체하는 목소리는 하늘에서 들려오는 것처럼 느껴졌다. "오필리어 형님도 아시다시피, 나는 자기 이야기를 잘 안 하는 사람이랍니다. 그런 성격이 아니고 내키지도 않거든요. 사실 말할 힘도 없어요. 하지만 남편과 나의 생각이 완전히 다른 게 몇 가지 있어요. 세인트클레어는 나를 한 번도 이해한 적이 없고 이해하려고 하지도 않아요. 내 건강이 나빠진 근본적인 원인이 그것인 것 같아요. 세인트클레어에게 악의는 없다고 믿고 싶어요. 그러나 남자들은 기질적으로 이기적이고 여자를 배려하지 않아요. 적어도 나는 그런 인상을 받았어요."

뉴잉글랜드 사람들의 신중한 기질을 적지 않게 물려받았을 뿐만 아니라 남의 가족 문제에 휩쓸리는 것을 극도로 싫어하는 오필리어는 사촌동생 집안에 불화가 닥칠 것 같은 예감을 느꼈다. 그래서 오필리어는 중립적인 표정을 짓고 주머니에서 1미터가 넘는 양말을 꺼냈다. 이 양말은, 사람들은 손이 한가하면 사탄의 꼬임에 넘어가 못된 짓을 저지른다는 와츠 박사의 주장에 따라 그런 짓을 막기 위해 항상 들고 다니는 물건이었다. 그녀는 입을 굳게 다문 채 절도 있는 동작으로 뜨개질을 시작했다. 마치 노골적으로 '나한테 말을 시키려고 노력할 필요가 없다. 나는 당신의 문제에 개입할 생각이 없다'는 뜻을 시위하는 듯했다. 사실 그녀의 표정은 돌사자만큼 냉담했다. 그러나 마리는 오필리어의 그런 태도에 전혀 개의치 않았다. 그녀는 말 상대가 앞에 있으니 이야기를 하는 것이 자신의 의무라고 생각했다. 그녀에게는 그걸로 충분했다. 그녀는 원기를 북돋워주는 각성제를 계속 들이마시면서 이야기했다.

"나는 세인트클레어와 결혼할 때 하인들과 재산을 가지고 왔어요. 법적으로 내 하인과 내 재산은 내 마음대로 관리할 권리가 있죠. 남편은 남편대로 자기 재산과 하인을 갖고 있고요. 나는 남편이 자기 재산을 마음대로 관리하는 것은 상관하지 않아요. 하지만 남편은 내 재산 문제에도 개입하려고 들어요. 그이는 허무맹랑하고 낭비적인 생각을 하고 있어요. 특히 하인들을 다루는 문제가 그래요. 그는 생각을 실제로 행동에 옮겨서 내 앞이나 자기 앞에 하인들을 풀어놓기도 해요. 하인들이 온갖 문제를 일으키도록 방치해놓고 손가락 하나 까딱하지 않죠. 세인트클레어는 대체로 다정해 보이지만 어떤 문제로 의견이 갈릴 때는 정말 두렵다니까요! 그이는 이 집에서 우리 부부 외에는 매를 들어서는 안 된다는 방침을 굳게 지키고 있어요. 그리고 자기가 처리하는 일을 내가 거역하지 못하도록 해요. 그의 행동이 어떤 결과를 초래하는지 형님도 봐야 할 거예요. 왜냐하면 세인트클레어는 모든 하인들이 자기를 무시할 때도 혼낼 생각을 안 하거든요. 하인들에 대한 제재를 나에게 미루는 게 얼마나 잔인한 것인지 곧 아시게 될 거예요. 우리 집 하인들은 몸만 어른이지 어린애나 다름없다는 걸요."

"난 그 문제에 대해 전혀 모릅니다. 모르는 것을 주님께 감사드려요!" 오필리어가 간단히 대답했다.

"하지만 여기서 지내려면 어느 정도는 알아야 해요. 직접 대가를 치르고 배워야 해요. 어리석고 부주의하고 비합리적이고 어린애 같고 고마워할 줄 모르는 하인들이 사람을 얼마나 짜증나게 하는지 몰라요."

마리는 하인들이 화제에 오르면 항상 놀라울 정도로 신바람이 나는 것 같았다. 눈을 부릅뜨고 이야기에 열중하는 그녀는 자신이 쇠약해서 힘이 없다는 사실을 완전히 잊은 것 같았다.

"형님은 모르세요. 하인들이 장소와 방법을 가리지 않고 얼마나 안주인을 괴롭히는지 모르실 거예요. 하지만 세인트클레어에게 하소연을 해봤자 소용이 없어요. 그는 아주 이상한 말만 해요. 우리가 하인들을 그렇게 만들었으니 우리가 참아야 한다는 거예요. 하인들이 잘못을 하는 원인이 우리한테 있으니까 그들의 잘못을 책잡아 벌을 주는 게 잔인한 행동이라는 거예요. 우리가 하인들의 입장이 되어도 조금도 더 잘하지 못할 거라나요. 하인들을 통해 우리 자신을 판단할 수 있다는 듯이 말해요."

"주님이 그들을 우리와 같은 피로 창조했다는 것을 올케는 믿지 않나요?" 오필리어가 간단히 물었다

"아니죠. 나는 절대로 믿지 않아요! 말이야 듣기 좋죠! 하지만 그들은 타락한 족속이잖아요."

"그들도 불멸의 영혼을 갖고 있다고 생각하지 않나요?" 점점 약이 오른 오필리어가 반박했다.

"오, 그래요." 마리가 하품을 하면서 말했다. "물론 그걸 의심하는 사람은 없겠죠. 하지만 그들과 우리를 비교하는 것이 가능하다는 듯이, 어떤 식으로든 그들을 우리와 대등한 관계에 놓는 것은 턱도 없는 짓이지요! 세인트클레어는 매미를 남편과 떼어놓은 것이 마치 나를 자기에게서 떼어놓는 것과 같다는 투로 말한다니까요. 그런 식으로 비교할 수는 없어요. 매미는 내가 느끼는 감정을 느끼지 못해요. 당연히 그건 완전히 다르잖아요. 그런데도 세인트

클레어는 그걸 모른 체해요. 내가 에바를 사랑하듯이 매미가 불결한 아기들을 사랑한다고 생각하는 거나 마찬가지예요. 그런데도 세인트클레어는 건강이 나쁘고 아픈 나에게 매미를 돌려보내고 다른 사람을 쓰는 것이 의무인 양, 정말 멀쩡한 정신으로 나를 설득하려 한 적도 있었다니까요. 그런 제안은 나로서도 견디기 힘들었어요. 나는 감정을 잘 드러내는 사람이 아니에요. 말없이 참는 것을 생활의 원칙으로 삼거든요. 그건 아내의 고된 운명이지요. 그래서 참아요. 하지만 그런 말을 들으니 감정이 폭발했어요. 그다음부터는 그 문제에 대해서 입도 뻥긋하지 않더군요. 그러나 그이의 표정을 보거나 사소하게 던지는 말만 들어도 그의 생각이 조금도 변하지 않았다는 것을 알 수 있어요. 남편의 그런 태도가 너무나 견디기 힘들고 화가 난답니다."

오필리어는 자기도 모르게 입을 떼게 될까 봐 몹시 걱정하는 표정이 역력했다. 하지만 오필리어는 마리가 이해만 할 수 있다면 뜨개질 속에 많은 의미가 담겨 있다고 시위를 하는 것처럼 부지런히 바늘을 움직였다.

"이제 형님도 어떤 인간들을 관리해야 하는지 아셨을 거예요." 마리가 계속해서 말했다. "무질서한 집안을 다스리는 거죠. 내가 건강하지 않은 이 몸으로 질서를 유지한 몇 가지를 제외하면, 하인들은 이 집 안에서 제멋대로 행동하고 하고 싶은 짓은 무엇이든 다해요. 그걸 관리하는 거예요. 나는 쇠가죽 채찍을 가끔 사용했답니다. 너무 힘든 일이었어요. 다른 사람들도 다 하는 일을 세인트클레어가 해주면 오죽 좋겠어요."

"그게 뭔데요?"

"감옥이나 매질하는 집으로 하인들을 보내는 거죠. 그게 유일한 방법이에요. 내 건강이 이렇게 나쁘지만 않아도 세인트클레어보다 두 배의 힘으로 집안 관리를 했을 거예요."

"세인트클레어는 하인들을 어떻게 다스리는데요?" 오필리어가 물었. "매질은 절대 안 하죠?"

"형님도 아시겠지만, 남자들은 위압적인 방법을 써요. 남자들에겐 그게 편하거든요. 그이가 눈을 똑바로 뜨고 단호하게 말을 하면 번개가 번쩍이는 느낌이 들어요. 그 눈초리가 참 이상해요. 나도 세인트클레어의 그런 태도가 무서워요. 그가 그런 표정을 지을 때는 하인들도 두려워한다는 것도 알죠. 그런데 내가 아무리 닦달을 하고 꾸지람을 해도 그이가 정색을 하고 한 번 눈을 흘기는 것만큼 효과를 거둘 수가 없답니다. 세인트클레어는 아무 걱정이 없죠. 그래서 그이가 나에게 관심을 기울이지 않는 거예요. 형님도 집안을 관리하게 되면 엄하게 단속하는 길밖에 없다는 걸 아시게 될 거예요. 하인들은 너무 게으른데다가 속임수까지 쓰는 못된 인간들이에요."

"또 옛날 가락이 나오는군." 세인트클레어가 가벼운 발걸음으로 들어섰다. "이런 못된 하인들이 참으로 엄청난 대가를 치르게 생겼군. 특히 게으른 것들은 큰일 났어요! 누님도 이제 알았을 거요." 그는 마리의 건너편에 있는 소파에 길게 누우면서 계속 말했다. "마리와 내가 예로 든 경우에 비추어보면 하인들은 변명의 여지가 전혀 없어요. 게으른 것은 용서할 수 없죠."

"당신은 아주 나빠요!" 마리가 말했다.

"지금 내가 나쁘다는 거요? 여보, 나는 변명을 아주 잘한다고 항상 생각하는데. 나는 언제나 당신 생각대로 하려고 노력해요."

"당신은 그럴 생각이 전혀 없어요."

"아, 그렇다면 내가 잘못 생각했나 보오. 여보, 바로잡아줘서 고맙소."

"당신은 정말로 사람의 약을 올리기로 작심했군요."

"여보, 날이 점점 더워지고 있어요. 게다가 나는 돌프와 오랜 시간 입씨름을 했소. 그래서 지금 너무 피곤해요. 그러니 제발 다정하게 대해줘요. 당신이 짓는 미소의 그늘에서 좀 쉬게 해줘요."

"돌프가 어떻게 했기에 그래요? 녀석은 너무 뻔뻔하고 무례해서 도저히 참을 수가 없어요. 잠깐만이라도 녀석을 내 마음대로 다스려봤으면 소원이 없겠어요. 나라면 녀석의 기를 완전히 꺾어놓을 거예요!"

"당신 말에서 평소의 날카로운 양식이 묻어나는구려. 돌프의 문제는 이런 거지. 녀석은 너무 오랫동안 내 완벽한 인품과 은혜에 젖어 산 탓에 드디어 자기가 주인이라고 착각하는 지경에 이른 것 같아요. 그래서 녀석의 잘못을 조금 일깨워줄 필요가 있었소."

"어떻게요?"

"내 옷을 나만 입고 싶다는 뜻을 녀석에게 충분히 이해시켜야 했소. 또 그 동안은 녀석이 화장수를 쓰도록 허용했었지만 그만두게 했고. 내 아마포 손수건을 녀석에게 열 장 정도로 한정시킨 것은 참으로 잔인한 조치였지만 어쩔 수 없었지. 녀석은 그 문제를 특히 언짢게 생각했소. 나는 녀석의 생각을 바꾸기 위해 아버지처럼 타이르지 않을 수 없었소."

"오, 세인트클레어, 하인들을 대하는 법을 언제 배울 건가요? 당신이 하인들의 버릇을 나쁘게 만드는 것은 정말 싫어요!"

"내가 하인 다스리는 법을 배우면, 주인처럼 행세하고 싶은 불쌍한 개가 얼마나 큰 피해를 입겠소? 내가 녀석에게 내 화장수와 아마포 손수건을 사용하는 재주밖에 가르치지 못했다면 그런 물건을 녀석에게 준다고 해서 아까울 게 뭐가 있겠소."

"그렇다면 녀석을 왜 좀 더 잘 가르치지 않았니?" 오필리어가 단호한 태도로 불쑥 물었다.

"너무 성가시니까요. 내가 게을러서 그래요. 매를 휘두르는 것보다 게으름이 더 많은 영혼을 망치지요. 게으름만 피우지 않았다면 나는 완벽한 천사가 되었을 겁니다. 누님이 사는 버몬트의 늙은 형제들이 '윤리적 악의 정수'라고 흔히 불렀던 것이 바로 게으름이라고 나는 생각합니다. 참으로 심오한 생각이지요."

"너 같은 노예 소유자들은 자신에 대한 책임이 크다." 오필리어가 말했다.

"나는 절대로 노예 같은 것은 소유하지 않을 생각이야. 너는 너의 노예들을 교육해서 이성을 지닌 존재로 대접해야 한다. 그러니까 불멸의 창조물로 대접해야 한다는 거지. 하나님의 심판대에 설 때를 생각해서 그래야 돼. 그게 내 생각이다." 그녀는 오전 내내 자신의 마음속에서 점점 강력해진 열정의 물결을 갑자기 쏟아냈다.

"오! 누님." 세인트클레어가 급히 일어나면서 말했다. "누님이 우리에 관해 얼마나 아십니까?" 그는 피아노 앞에 앉아 생동감 넘치는 곡을 연주했다. 세인트클레어는 천재적인 음악적 재능을 타고난 것이 분명했다. 그의 연주는 자신감이 넘쳤고 훌륭했다. 빠르게 움직이는 그의 손가락은 새처럼 동작이 가볍고 확고했다. 음악을 연주함으로써 즐거운 기분을 느끼려고 애쓰는 사람처럼 그는 여러 곡을 차례차례 연주했다. 연주를 마친 그는 일어나서 쾌활하게 말했다. "누님은 우리에게 좋은 이야기를 해주었고 의무를 다했어요. 나는 전반적으로 누님의 의견에 찬성합니다. 누님이 직설적으로 말했는데도 처음에는 내가 정확하게 알아차리지 못했으나 다이아몬드처럼 소중한 진실을 지적한 것에 대해서는 의문의 여지가 없습니다."

"내가 볼 때 그런 종류의 이야기는 아무 소용이 없는 것 같아요." 마리가 말했다. "우리보다 하인들에게 더 잘해주는 사람이 있으면 나와보라고 해요. 그런데 잘해주는 것이 하인들에게는 눈곱만치도 이익이 되지 않아요. 버릇만 점점 나빠지기 때문이에요. 말로 타이르는 문제만 해도 그래요. 나는 목이 쉬도록 그들의 의무 따위를 이야기했어요. 하인들이 돼지나 마찬가지로 설교의 말씀을 이해하지 못하더라도 원하면 교회에 갈 수 있다고 생각하고요. 내 생각처럼 교회 출석은 하인들에게 아무런 이익이 되지 않지만, 그래도 그들은 기회 있을 때마다 교회에 나가죠. 아까 말했듯이 하인들은 타락한 족속이에요. 그들은 지금이나 장래에나 어떤 도움도 받지 못해요. 아무리 노력해도 그들을 쓸모 있는 인간으로 만들 수 없어요. 아시다시피 나는 그들을 개선시키려고 노력했지만 형님은 그런 경험이 없는 거죠. 나는 하인들 속에서 태어나 성장했기 때문에 알아요."

자신이 할 말을 다 했다고 생각한 오필리어는 침묵을 지켰다. 세인트클레어가 휘파람을 불었다.

"여보, 휘파람 좀 그만 불었으면 좋겠어요. 머리가 더 아프단 말이에요." 마리가 말했다.

"불지 않으리다. 내가 안 했으면 좋겠다고 생각하는 것이 또 있소?" 세인트클레어가 말했다.

"당신이 내 고생을 조금이라도 동정해줬으면 좋겠어요. 당신은 나에게 아무런 동정심도 느끼지 않나 봐요."

"내 사랑하는 비난의 천사여!"

"그런 식으로 말하면 정말로 화가 나요."

"그럼 어떤 식으로 말하는 게 좋겠소? 당신이 원하는 대로 하리다. 말만 하면 그 방식대로 하리다. 당신을 만족시킬 수만 있다면."

마당에서 즐거운 웃음소리가 베란다의 비단 커튼 사이로 들어왔다. 세인트클레어가 커튼을 젖히고 내다보더니 따라 웃었다.

"무슨 일이니?" 오필리어가 난간으로 다가가면서 물었다.

톰이 마당의 이끼 낀 작은 의자에 앉아 있었고, 그의 윗옷 단춧구멍마다 재스민 꽃이 꽂혀 있었다. 그리고 에바가 즐겁게 웃으며 그의 목에 화환을 걸어주고 있었다. 그런 다음 에바는 재잘거리는 참새처럼 계속 웃으며 톰의 무릎 위에 앉았다.

"톰, 정말로 우스워 보여!"

차분하게 너그러운 미소를 짓고 있는 톰도 작은 아가씨만큼이나 즐거워하는 것 같았다. 주인을 본 톰은 계면쩍은 표정을 지었다.

"어떻게 아이가 저렇게 놀도록 내버려두니?" 오필리어가 말했다.

"뭐 어떻습니까?" 세인트클레어가 대답했다.

"글쎄, 잘 모르겠지만 많이 불쾌하구나!"

"누님은 아이가 커다란 개를 쓰다듬어주는 것은 해롭지 않다고 생각하지요. 그 개가 검은 개라도 말입니다. 하지만 그 동물이 생각하고 추리하고 감정을 느끼고 불멸의 영혼을 가졌을 경우에는 질색을 합니다. 그렇다고 인정하세요, 누님. 나는 북부 사람들 일부가 느끼는 감정을 잘 압니다. 물론 우리가 북부 사람들과 같은 감정을 느끼지 않는 것은 조금도 미덕은 못 됩니다. 그러나 남부의 풍속은 기독교도의 도리에 따르지요. 즉 개인적인 편견에 입각한 감정은 지워버립니다. 나는 북부로 여행을 갈 때마다 북부 사람들보다 남부 사람들에게 이런 태도가 훨씬 강하다는 것을 느껴요. 북부 사람들은 뱀이나 두꺼비처럼 흑인을 싫어하면서 그들에 대한 부당한 대우에는 분노합니다. 북부 사람들은 노예 학대를 싫어하지만 개인적으로 흑인들과 접촉하는 것도 전혀 원하지 않아요. 북부 사람들은 흑인들을 아프리카로 보내서 보이지도 않고 냄새도 나지 않기를 원합니다. 그러고 나서 선교단 한두 개를 보내 그들의 희생으로 흑인들을 더 나은 인간으로 만들기를 바랍니다. 그렇지 않아요?"

"그래, 그 말에도 일리가 있구나." 오필리어가 생각에 잠긴 채 대답했다.

"어린아이들이 없다면 가난한 하층민은 뭘 하겠습니까?" 세인트클레어가 난간에 기댄 채 에바를 바라보면서 말했다. 아이는 톰을 데리고 자리를 떴다. "어린아이가 유일하고 진정한 민주주의자죠. 이제 톰은 에바의 영웅입니다. 그의 이야기에 아이는 놀라워하고 그의 노래와 감리교[54] 찬송가는 오페라보다 낫습니다. 허섭스레기 같은 장난감이 들어 있는 그의 주머니가 아이에게는 보석 광맥이나 마찬가지예요. 톰은 피부가 검을 뿐이지 세상에서 가장 훌륭한 인간이에요. 다른 종류의 축복을 받을 수 없는 가난한 하층민에게 주님이 눈에 띄게 던져준 장미 가운데 하나가 바로 이것입니다."

"그 말은 좀 이상하구나." 오필리어가 말했다. "네가 하는 말을 사람들이 들으면 교수로 착각하겠다."

"교수라니요?"

"그래, 종교학 교수 말이다."

"당치도 않습니다. 누님 마을 사람들 말마따나 교수는 아니지요. 더욱 나쁜 점은 내가 실천과는 거리가 먼 사람이 아닌가 싶다는 거고요."

"그렇다면 왜 그런 말을 하니?"

"말보다 쉬운 게 어디 있겠습니까? '실천해야 할 선행 스무 가지를 나열하는 것이 스무 가지 선행 중 한 가지를 직접 실천하는 것보다 더 쉽다'는 말이 있잖아요. 난 이 말이 셰익스피어가 남의 입을 빌려서 한 말이라고 봐요. 이것은 힘든 일을 나눠서 하면 가능하다는 말이 아니죠. 나의 강점은 말이고 누님의 강점은 행동이죠."

이 무렵 톰의 외적인 상황 가운데는 세상 사람들 말처럼 불평할 것이 하나도 없었다. 에바가 톰을 좋아한 것은 아이의 고귀한 성격에서 우러난 본능적인 감사와 사랑의 표현이었다. 그래서 아이는 말을 탈 때나 산보를 할 때 하인의 보호가 필요할 경우 톰을 특별 수행 하인으로 쓰게 해달라고 부탁했다. 톰은 다른 일반적인 일도 하지만, 에바가 원할 때마다 아이의 시중을 들었다. 지시라는 말은 톰에게 어울리지 않는다는 걸 독자들도 예상할 수 있을 것이다. 세인트클레어는 하인들의 복장에 특히 세심한 주의를 기울였기 때문에 톰은 좋은 옷을 입었다. 그에게 정해진 업무는 한가한 일이었다. 매일 집 안을 살펴보고 아래 하인들에게 일을 지시하는 것이었다. 마리 세인트클레어는 톰이 자기 가까이 올 때는 말 냄새를 풍기지 못하도록 했다. 또한 그녀를 불쾌하게 만들 수 있는 일은 맡지 말라는 지시도 떨어졌다. 왜냐하면 그녀의 신경계통은 불쾌감으로 촉발되는 고통을 견딜 능력이 없기 때문이었다. 그녀의 설명에 따르면, 자신은 불쾌한 냄새를 조금만 맡아도 견딜 수 없으며, 그것만으로도 그 자리에서 세상의 모든 고통을 잊고 저세상으로 가기에 충분하다는 것이었다. 그래서 톰은 솔질이 잘 된 양복을 입고 반들거리는 장화를 신고 깨끗한 커프스를 하고 칼라를 달았다. 나이가 들고 중후한 톰이 이렇게 차려입고 나서면 카르타고 주교 못지않게 신수가 훤했다.

그는 그와 같은 민감한 종족이 깊은 관심을 기울이는 아름다운 장소에서 살았다. 그는 또한 새와 꽃, 분수, 향수, 정원에 비치는 햇빛과 아름다운 풍경, 비단 커튼, 그림, 반들거리는 장식품, 조각상, 도금된 공예품 등 그의 눈에 알라딘의 궁전처럼 꾸며진 응접실의 물건들을 조용히 감상하며 즐거워했다.

만약 아프리카에 진보하고 세련된 민족이 등장한다면 우리와 같은 서구의 냉담한 종족이 거의 인식하지 못한 화려하고 찬란한 문명생활이 그곳에서 눈을 뜨게 될 것이다. 언젠가는 그런 민족이 나타나서 인류의 발전이라는 위대한 드라마에서 자신의 역할을 다할 것이다. 황금과 보석, 향신료와 춤을 추는 야자수, 놀라운 화초들과 경이적인 비옥한 땅을 가진 머나먼 신비한 나라가 새로운 형식의 예술과 찬란한 문화를 창조할 것이다. 그리고 더 이상 멸시당하고 짓밟히지 않는 흑인종이 인류 생활에서 아마도 가장 새로운 장엄한 계시를 보여줄 것이다. 온화함과 겸손한 순응, 우월한 정신의 추구, 전능하신 신에 대한 믿음, 어린이 같은 소박한 애정, 용서를 통해서 흑인들은 그런 계시를 보여줄 것이다. 이 모든 것을 통해 흑인 인종은 독특한 기독교적 생활의 최고 형태를 나타낼 것이다. 하나님은 사랑하는 민족을 벌로써 정화하는 것처럼, 고통의 도가니에 빠진 가난한 아프리카를 선택했는지도 모른다. 다른 모든 왕국들이 심판을 받고 멸망할 때 하나님이 새로 건설할 왕국에서 가장 고귀하게 만들기 위해 검은 대륙을 선택했을 것이다. 먼저 온 자는 나중이 되고 나중에 온 자가 먼저가 되는 것이다.

마리 세인트클레어가 일요일 아침에 가는 손목에 다이아몬드 팔찌를 차고 화려한 옷을 입고 베란다에 나왔을 때, 그녀는 이런 생각을 하고 있었을까? 아마도 그랬을 가능성이 크다. 아니면 그것 말고 다른 생각을 했는지도 모른다. 왜냐하면 마리는 지금 나름대로 선행을 후원하고 있으며, 다이아몬드, 비단, 레이스, 보석류로 전신을 휘감은 채 아름다운 교회에 다녔기 때문이다. 그녀는 신앙에 심취하기 위해 교회에 나갔다. 마리는 항상 일요일에는 매우 경건한 생활을 하는 것을 신조로 삼았다. 날씬하고 우아하며 동작이 유연한 그녀는 스카프를 안개처럼 두르고 서 있었다. 우아하고 아름다운 그녀는 참으로 즐거운 기분을 느꼈다. 그리고 그녀의 옆에는 완벽한 대조를 이루는 오필리어가 서 있었다. 오필리어의 실크 드레스와 숄과 손수건이 훌륭하지 않아서 대조를 이룬 것이 아니라, 뻣뻣하게 모가 나고 꼿꼿한 태도 때문에 대조적이었다. 옆에 선 마리의 우아한 자태와 마찬가지로 오필리어의 이런 모습도 뚜렷하게 눈에 띄었다. 하나님의 은총을 받는 것과 아름답게 보이는 것은 완전히 별개다!

"에바는 어디 있죠?" 마리가 아이를 찾았다.

"계단에서 매미와 이야기를 하고 있어요."

계단에서 에바는 매미에게 무슨 이야기를 하고 있었을까? 마리는 듣지 못하지만 독자들과 우리는 두 사람의 이야기를 들을 수 있다.

"매미의 머리가 많이 아프다는 걸 난 알아."

"주님, 우리 에바 아가씨를 축복하소서! 얼마 전부터 머리가 자꾸 쑤신답니다. 아가씨는 걱정할 필요 없어요."

"그래, 매미가 외출하니까 나도 기뻐. 이거 받아." 아이는 매미를 껴안으면서 말했다. "매미, 내 각성제 병을 줄게."

"뭐라고요! 금쪽같은 우리 아가씨. 다이아몬드가 박혀 있는 약병을 주시다니! 아가씨, 이런 물건은 저에게 합당치 않아요."

"왜 합당치 않아? 매미에게 필요한 거야. 나는 필요 없어. 엄마는 머리가 아프면 항상 이걸 사용하거든. 매미도 이걸 쓰면 머리가 덜 아플 거야. 아니, 그냥 가져. 그래야 내 마음이 즐거워. 자."

"아가씨가 참으로 대견한 말씀을 하시네!" 에바가 약병을 가슴에 밀어 넣자 매미가 말했다. 아이는 매미에게 입을 맞춘 다음 계단을 내려가 어머니에게 뛰어갔다.

"거기서 무얼 한 거냐?"

"매미에게 각성제를 교회에 갖고 가라고 했어요."

"에바야!" 마리가 못 참겠다는 듯이 발을 구르며 말했다. "금으로 만든 네 각성제 병을 매미에게 주다니! 넌 언제 합당하게 처신하는 법을 배울 거니? 어서 가서 도로 갖고 와, 당장!"

에바는 슬픈 표정으로 땅을 천천히 내려다보면서 몸을 돌렸다.

"마리, 애를 그냥 둬요. 아이가 하고 싶은 대로 하게 내버려둡시다." 세인트클레어가 말했다.

"여보, 저래서 애가 어떻게 이 세상을 살아갈 수 있겠어요?" 마리가 대꾸했다.

"주님이 아시겠지. 하지만 천국에 가면 아이가 당신이나 나보다 더 좋은 대접을 받을 거요."

"아빠, 그만 하세요. 엄마가 속상해하세요." 에바가 아버지의 팔꿈치를 살짝 건드리면서 말했다.

"그래, 넌 교회에 갈 준비가 되었니?" 오필리어가 정색을 하고 세인트클레어에게 물었다.

"고맙지만 나는 가지 않습니다."

"나는 세인트클레어가 교회에 나갔으면 좋겠어요." 마리가 말했다. "하지만 이이는 종교에 털끝만치도 관심이 없어요. 정말로 남 보기가 부끄러워요."

"나도 알아." 세인트클레어가 말했다. "여자들은 세상살이를 배우려고 교회에 가지. 여자들의 경건한 신앙심 덕분에 남자들이 체면을 유지해요. 나는 교회에 가도 매미가 다니는 교회에 갈 거요. 매미의 교회는 적어도 사람의 영혼을 일깨우는 요소가 있소."

"고함을 질러대는 감리교회는 끔찍해!" 마리가 말했다.

"당신의 남부끄럽지 않은 교회와는 아주 다르지. 당신의 교회는 죽음의 바다 같은 곳이오, 마리. 남자한테 그런 교회에 나오라고 하는 것은 무리요. 에바, 너도 교회에 가고 싶니? 나하고 집에서 놀자."

"고마워요, 아빠. 하지만 나는 교회에 갈래요."

"지루하지 않니?"

"조금 지루하고 졸리기도 하지만 나는 자지 않으려고 애써요."

"그런데 무엇 때문에 가니?"

"아빠도 잘 아시잖아요." 에바가 낮은 소리로 속삭였다. "하나님은 우리를 원한다고 고모가 말씀하셨어요. 하나님은 우리에게 모든 것을 주신다는 걸 아빠도 알잖아요. 하나님은 우리에게 많은 노력을 원하지도 않으셔요. 예배는 그다지 지루하지 않아요."

"귀여운 우리 딸은 책임감이 있구나!" 세인트클레어가 딸에게 입을 맞췄다. "착하다. 가서 나를 위해 기도해주렴."

"그럴게요. 난 항상 아빠를 위해 기도드려요." 아이는 어머니를 따라 마차 안으로 뛰어 들어갔다.

계단 위에 서 있던 세인트클레어는 마차가 떠날 때 딸을 향해 손으로 키스를 보냈다. 그의 두 눈에 커다란 눈물방울이 맺혔다.

"오, 에반젤린! 정말 잘 지은 이름이야." 세인트클레어가 말했다. "너는 하나님이 나에게 보낸 천사다."

그는 잠시 이런 감회에 젖었다. 그러나 시가를 피우면서 〈피케이윤〉[55]을

1860년 8월
앨라배마 주 가드슨 부근의 목화 농장

윌리엄 하인버드의 목화밭으로 폭염이 쏟아진다.
하지만 누구 하나 감히 일손을 늦추려 하지 못한다.
노동은 때때로 새벽 세시부터 밤 아홉시까지 이어지기도 한다.
이 일곱 규모의 농장에서는 건장한 남자 한 명이
4만 제곱미터의 목화밭을 경작하는 것으로 추산된다.
노예 한 명이 최고 900킬로그램의 면화를 수확하기도 하지만,
1인당 평균 수확량은 550킬로그램 정도다.

 엉클 톰스 캐빈

켄터키 주에 있는 30만 제곱미터의 소규모 경작지

18세 때 750달러를 주고 사들인 조지는
지금 그 두 배의 값이 나간다.

목화 열매의 굵기는 호두 한 알만 하다.

목화 수확
8월 26일 오후

사이먼의 곳간은 여느 곳간과 다름없이
먼지와 거미줄이 가득하고 온갖 쓰레기로 뒤덮인
황폐한 공간이다.

지친 노예만큼이나 척박해진 토양

늦은 밤, 30여 명의 노예가 목화밭에서 돌아오고 있다. 이들을 이끌고 목화밭 출구로 향하는 흑인 관리인 역시 노예들을 폭군처럼 다루기는 마찬가지다. 그는 모든 노예들의 두려움의 대상이자 증오의 대상이다.

읽는 동안 작은 전도사에 관한 생각을 잊었다. 그는 다른 사람들과 아주 다른 것일까?

"에반젤린, 너도 알다시피." 마리가 딸에게 말했다. "하인들을 친절하게 대하는 것은 옳고 적절한 행동이야. 하지만 하인을 우리 친척이나 우리 같은 계급의 사람들처럼 대우하는 것은 부적절하단다. 매미가 병이 났을 때 네 침대에 재우면 안 돼."

"하지만 그렇게 하고 싶어요, 엄마." 에바가 말했다. "그렇게 해야 매미를 돌보기가 더 편하고 내 침대가 매미 것보다 더 좋으니까요."

마리는 딸의 대답에 도덕적 인식이 전혀 없는 걸 보고 크게 실망했다.

"이 아이에게 내 말을 이해시키려면 어떻게 해야 하나요?" 마리가 말했다.

"아무것도 할 필요 없어요." 오필리어가 의미심장한 대답을 했다.

에바는 잠시 미안하고 당황한 표정을 지었다. 그러나 다행히도 아이들은 한 가지 생각을 오래 하지 않는다. 몇 분 뒤 에바는 덜컹거리며 달리는 마차의 창문 밖에 나타나는 여러 가지 풍경을 보면서 즐겁게 웃었다.

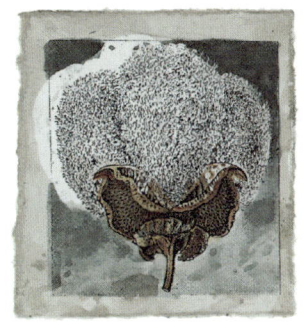
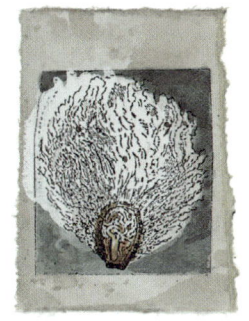
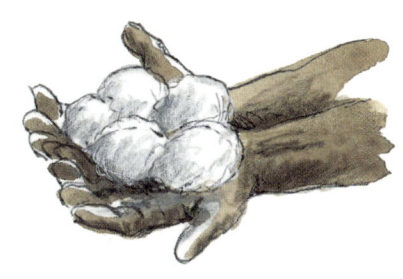

킹 코튼[56]

남녀를 막론하고 모든 노예들은 1인당 하루 약 100킬로그램의 목화솜을 생산해야 한다.
코튼은 남부에서 최고의 가치를 지닌다. 1860년 현재 남부의 목화 수확량은 450만 꾸러미로
약 100만 톤이 넘는 것으로 추산되는데, 이는 미국 전체 수출량의 5분의 3에 해당한다.
참고로 1820년의 목화 수확량은 32만 꾸러미로 약 7.2톤에 지나지 않았다.

목화를 실어 나르는 노새들의 삶 또한
농장 노예들만큼이나 고통스럽기 짝이 없다.

"자, 숙녀 여러분, 오늘 교회 예배는 어땠나요?" 세인트클레어가 저녁 식탁에 편안히 앉아서 물었다.

"G박사님께서 아주 훌륭한 설교를 했어요." 마리가 대답했다. "당신도 들었으면 좋았을 텐데. 그분 설교는 내 생각을 정확하게 표현했어요."

"많이 유익했나 보군. 아마 주제가 아주 광범위했나 보지." 세인트클레어가 말했다.

"나는 사회에 관한 내 의견을 말하는 거예요. 설교 제목은 '주님이 창조하신 만물은 한때의 아름다움이 있다'였어요. 박사님은 사회의 모든 질서와 구별이 하나님에 의해 정해졌다는 것을 증명했어요. 어떤 사람들은 지위가 높고 어떤 사람들의 지위가 낮은 것은 적절하고도 아름답다는 말씀도 했고요. 다스리기 위해 태어난 사람들이 있는가 하면 봉사하기 위해서 태어난 사람들도 있다는 것 등을 말씀하셨죠. 박사님은 노예제도를 둘러싸고 벌어지는 온갖 우스꽝스러운 소동에 이 이론을 잘 적용해서 성경이 우리의 견해와 사회제도를 지지한다는 것을 분명하게 증명했어요. 당신도 그 설교를 들었으면 좋았을 거예요."

"아, 나는 그런 설교를 들을 필요가 없소. 나는 그런 설교 못지않게 나에게 좋은 것이 무엇인지 수시로 〈피케이윤〉을 읽고 시가를 피우면서 얼마든지 배울 수 있어요. 당신도 알다시피 나는 교회에서 그런 걸 배우지 못해요."

"동생은 왜 이런 견해를 받아들이지 못하지?" 오필리어가 물었다.

"누구, 나 말입니까? 누님도 아시다시피 나는 은혜를 모르는 인간 망종이기 때문에 그런 종교적 주제는 나를 도덕적으로 그다지 깨우쳐주지 못합니다. 만약 내가 노예문제에 관해 발언을 한다면 다음과 같이 터놓고 말할 겁니다. '우리는 노예제도를 지지하며 노예제도를 유지하고자 한다. 노예제도는 우리에게 편리하고 이익을 주는 제도다.' 왜냐하면 이것이 노예문제의 본질이거든요. 결국 그것이 신성시되는 노예문제의 모든 것이지요. 어디에 사는 누구나 그 점을 이해할 겁니다."

"여보, 당신은 너무나 불경스러워요." 마리가 말했다. "당신 말은 정말 충격적이군요."

"충격적이라고! 그건 사실이오. 그런 문제에 대한 종교적인 발언은 올바르고 신앙심이 돈독한 사람들이나 듣고 싶어 하는 거요. 이야기가 나왔으니까 하는 말인데, 그런 논리를 한 걸음 더 진전시켜, 과음이나 밤샘 도박같이 젊은이들 사이에서 흔히 볼 수 있는 여러 가지 행위들도 다 아름다운 청춘의 일부라고는 왜 말하지 못하지? 그런 짓도 다 선하고 신의 뜻이라는 말을 듣고 싶은데."

"그래, 동생은 노예제도가 옳다는 거야, 그르다는 거야?" 오필리어가 물었다.

"누님, 나는 뉴잉글랜드 사람들처럼 무서우리만치 솔직하게 말할 뜻은 없습니다." 세인트클레어가 쾌활하게 말했다. "만약 내가 이 질문에 대답한다면 누님이 다른 질문을 대여섯 개 더 퍼부으리란 것을 알아요. 뒤로 갈수록 질문이 더 어려워질 테고요. 그래서 나는 입장을 분명히 밝히지 않으렵니다. 나는 다른 사람들의 유리 집에는 돌을 던지지만 스스로는 그런 유리의 집을 지을 생각이 없는 유의 인간이에요."

"저이는 항상 저런 식으로 말한다니까요." 마리가 말했다. "고모님은 저이한테서 속 시원한 대답을 결코 들을 수 없어요. 왜냐하면 저이는 종교를 싫어하고 항상 이런 식으로 도망가기 때문이죠."

"종교라!" 세인트클레어가 말했다. 그의 말투 때문에 두 여자의 시선이 그에게 쏠렸다. "종교라! 교회에서는 종교가 뭐라고 말합디까? 이기적이고 세속적인 사회의 모든 사악한 제도에 맞춰 현실을 이리저리 왜곡하고 올렸다 내렸다 하는 것이 종교인가요? 나의 무신론적이고 세속적이며 눈이 먼 천성보다도 인간에게 덜 이성적이고 덜 관대하고 덜 공정하고 덜 배려하는 것이 종교인가요? 아니죠! 내가 종교를 찾을 때는 나보다 더 높은 것을 찾아야지 더 낮은 것을 찾아서는 안 되지요."

"그럼 동생은 성경이 노예제도를 정당화한다는 것을 안 믿는구먼." 오필리어가 말했다.

"성경은 우리 어머니의 책이었어요. 어머니는 성경 말씀대로 살다가 돌아가셨어요. 나는 어머니가 그렇게 사신 것을 생각하면 기분이 언짢아요. 내가 그런 행동을 통해 만족했던 것처럼 어머니도 브랜디를 마시고 담배를 씹고 욕을 하면서 만족감을 느낄 수 있다는 것을 증명하고 싶어요. 하지만 그걸 증명할 수 있다면 나 자신의 모든 것에 대해 조금도 만족감을 못 느끼게 되고 어머니에 대한 나의 존경심도 빼앗겼을 겁니다. 무엇인가 존경할 것이 있다는 건 이런 세상에서는 정말로 위로가 되지요. 간단히 말하자면요." 세인트클레어는 갑자기 다시 쾌활한 목소리로 말했다. "내가 원하는 것은 다른 물건을 각각 다른 상자에 보관하는 것입니다. 유럽과 미국 사회의 전체 구조는 이상적인 윤리 기준으로 엄격히 심사하면 통과할 수 없는 여러 가지 요소로 구성되어 있어요. 인간은 절대적인 정의를 갈망하지 않고 나머지 세계와 대충 보조를 맞추기만 원한다는 것은 이미 널리 알려졌습니다. 지금 누군가가 나서서 노예제도가 우리에게 필요하고, 노예제도 없이는 사회를 유지할 수 없고, 노예제도를 포기하면 우리는 빈곤해질 것이라고 주장하면서 노예제도를 유지하겠다는 의사를 밝힐 경우, 이는 강력하고 분명하며 논리가 정연한 발언입니다. 거기에는 존중할 만한 진실이 내포돼 있습니다. 우리가 사람들의 행동을 바탕으로 판단을 한다면 세상의 대다수는 우리의 입장을 뒷받침할 겁니다. 그러나 어떤 사람이 엄숙한 얼굴로 성경을 인용해 읊어대기 시작하면 나는 그 사람이 정도에서 벗어났다고 생각할 것입니다."

"당신은 정말 무자비하고 냉정한 사람이에요." 마리가 말했다.

"글쎄, 어떤 일이 벌어져서 면화 값이 영원히 떨어지고 재산인 노예가 시장에서 안 팔리는 상황을 가정해봐요. 그러면 우리는 성경 원리의 새로운 변형본을 만들어야 하지 않겠소? 갑자기 교회 안으로 엄청나게 많은 빛이 쏟아져 들어가서 성경의 모든 가르침과 논리가 지금까지와는 반대였다는 것이 즉각 드러나는 상황을 생각해봐요." 세인트클레어가 말했다.

"어찌 되었든, 나는 노예제도가 존재하는 사회에서 태어난 것을 고맙게 생각해요." 마리가 소파에 기대면서 말했다. "나는 노예제도가 정당하다고 믿어요. 솔직히 말하면, 노예제도가 반드시 존재해야 한다고 생각해요. 어쨌든 노예제도가 없으면 나의 생활이 불가능해질 것이 분명하니까요."

"애야, 너는 어떻게 생각하니?" 때마침 꽃 한 송이를 들고 들어온 에바에게 세인트클레어가 물었다.

"뭐에 대해서요, 아빠?"

"북부 버몬트의 삼촌댁처럼 사는 게 좋니, 아니면 우리처럼 많은 노예들을 데리고 사는 게 좋니?"

"아, 당연히 우리 집처럼 사는 게 좋아요."

"왜?" 세인트클레이가 딸의 머리를 쓰다듬으면서 물었다.

"더 많은 사람들을 사랑할 수 있으니까요." 에바가 진지한 표정으로 말했다.

"에바다운 말이구나." 마리가 말했다. "저 애가 늘 하는 이상한 말 가운데 하나일 뿐이에요."

"아빠, 내 말이 이상해요?" 에바가 아버지의 무릎 위에 앉으면서 속삭였다.

"이런 세상에서는 약간 그렇단다. 그런데 우리 에바는 저녁 시간 내내 어디 가 있었니?"

"아, 톰의 방에서 노래를 들었어요. 저녁은 디나 아줌마가 만들어줬고요."

"톰의 노래를 들었다고?"

"네! 톰은 새 예루살렘, 빛나는 천사들, 또 가나안에 대한 아름다운 이야기를 노래로 불렀어요."

"그 노래가 오페라보다 더 좋았겠구나?"

"네, 톰이 나중에 노래를 가르쳐준다고 했어요."

"음악 레슨이로구나, 그렇지? 너도 점점 자라는구나."

"예, 톰은 나를 위해 노래하고 나는 톰에게 성경을 읽어주죠. 그리고 톰은 성경 구절의 뜻을 설명하구요."

"어머나! 뜻밖이구나. 올해의 새 농담이로구나." 마리가 말했다.

"톰은 성경을 해설하는 데 서툴지 않소. 내가 장담하지." 세인트클레어가 말했다. "톰은 신앙심을 타고난 사람이오. 오늘 아침 일찍 말들을 마구간에서 끌어내리려고 갔었소. 톰에게 미리 연락하지 않고 마구간 뒤에 있는 톰의 작은 방에 가봤더니 혼자서 예배를 드리는 소리가 나더군요. 나는 근래에 톰처럼 간절한 기도를 올리는 사람을 보지 못했소. 톰은 진정한 사도의 열정으로 기도 속에서 나의 복을 빌더라고."

"당신이 듣고 있는 걸 알았나 보군요. 그런 수법은 전에 들어본 적이 있어요."

"만약 그랬다면 톰은 별로 정치적인 사람이 아니군. 왜냐하면 나에 대한 자기 생각을 기탄없이 하나님에게 고해 바쳤으니까. 톰은 나에게 개선할 점이 분명히 있다고 믿는 눈치였어요. 그는 내가 마음을 고쳐먹기를 아주 진지하게 바라더군요."

"나도 동생이 톰의 기원을 명심하기를 바라네." 오필리어가 말했다.

"아마 누님도 톰과 같은 생각인 모양이군요. 그래요, 두고 보면 알게 되겠지요. 안 그러니, 에바?"

chapter 17
자유인의 저항

해가 저물자 퀘이커교도의 집은 '조용히' 북적거리기 시작했다. 레이철 할리데이는 그날 밤 이 집을 떠날 방랑자들이 쓸 필수품을 챙기기 위해 부산하게 움직였다. 오후의 햇살이 동쪽으로 길게 그림자를 드리웠다. 둥글고 붉은 해가 생각에 잠긴 듯이 지평선 위에 걸쳐져 있었고, 노란 햇살은 조지 부부가 앉아 있는 작은 침실을 조용히 비췄다. 조지는 아이를 무릎에 앉힌 채 아내의 손을 잡고 침대에 앉아 있었다. 두 사람 다 깊이 생각에 잠겨 있었으며, 뺨에는 눈물 자국이 남아 있었다.

"그래, 엘리자, 당신 말이 다 맞아. 당신은 좋은 사람이야. 나보다 훨씬 훌륭해. 당신 말대로 할게. 자유인답게 행동하도록 노력할게. 기독교인처럼 생각하고 행동할게. 전능하신 하나님은 내가 많이 노력했다는 걸 아셔. 이제 과거는 모두 잊을 테야. 힘들고 괴로웠던 생각도 다 지워버리겠어. 성경도 읽고 선량한 사람이 되도록 노력할게." 조지가 말했다.

"캐나다에 가면 내가 당신을 도울 수 있을 거예요. 저는 재봉일도 잘하고, 세탁과 다림질에도 일가견이 있어요. 둘이 노력하면 살아갈 방도를 찾을 수 있을 거예요." 엘리자가 말했다.

"맞아, 엘리자, 우리가 함께 살고 아이도 같이 사는데 뭐가 걱정이야? 아, 엘리자, 사람들은 아내와 아기가 있다는 게 남자한테 얼마나 큰 축복인지 왜 모를까? 나는 아내와 아이들을 애물단지라며 제대로 돌보지 않고, 쓸데없는 일에만 신경 쓰는 사람들을 보면 가끔 이상한 생각이 들어. 와, 난 지금 부자에다 권력가가 된 것 같아. 빈주먹밖에 아무것도 없지만. 지금은 하나님께 더 바랄 일이 없을 것 같다니까. 그래, 스물다섯 살 때까지 매일 짐승처

럼 일했는데도 지금 수중에 땡전 한 푼 없고, 지붕 덮인 집도, 내 것이라고 부를 수 있는 땅도 없어. 그래도 좋아. 세상이 날 내버려두기만 하면 나는 만족하고 고마워할 거야. 열심히 일해서 당신 주인에게 당신과 우리 아들 데려온 값을 보내줄 거야. 내 주인은 나를 살 때 쓴 돈보다 다섯 배나 벌었어. 난 그 사람한테는 빚진 게 없어."

"하지만 우리는 아직 위험에서 완전히 벗어나지 못했어요. 아직 캐나다에 못 들어갔잖아요." 엘리자가 말했다.

"맞아, 하지만 나는 이미 자유의 공기를 맛봤어. 그것 때문에 강해진 것 같아." 조지가 말했다.

이때 바깥방에서 열띤 대화 소리가 들렸다. 잠시 후 누가 문을 두드렸다. 엘리자는 깜짝 놀라면서 문을 열었다.

시미언 할리데이가 한 퀘이커교도와 함께 문 앞에 서 있었다. 그는 그 사람을 피니스 플레처라고 소개했다. 피니스는 키가 크고 호리호리했으며 머리카락이 붉었다. 얼굴에서는 매우 예리하고 영리한 인상이 풍겼다. 차분하고 조용하고 때 묻지 않은 인상의 시미언 할리데이와는 달리, 세상 물정에 밝고 앞날을 훤히 내다볼 수 있다는 자부심이 강한 사람 같았다. 넓은 모자 챙과 격식 차린 말투와는 전혀 어울리지 않는 특성이라 할 수 있었다.

"조지, 우리 친구 피니스가 그대 일행의 안전 문제에 대한 중요한 사실을 알았다고 하네. 그대가 직접 듣는 게 좋을 것 같군." 시미언이 말했다.

"네, 중요한 얘기를 들었습니다." 피니스가 말했다. "내가 항상 강조하지만, 이 얘기는 사람은 어디서 잠을 자더라도 한쪽 귀를 열어놔야 한다는 말의 좋은 본보기지. 어젯밤 나는 좀 외진 선술집에 들렀어요. 길에서 좀 떨어진 곳이죠. 시미언, 자네도 기억하나? 작년에 우리가 엄청 큰 귀고리를 한 뚱뚱한 여자한테 사과를 팔았던 데 말이야. 그날 나는 말을 하도 많이 타서 피곤했소. 저녁을 먹고 나서 침대가 준비될 때까지 그냥 구석에 있는 가방

더미 위에 버펄로 가죽을 덮고 누워 있었다오. 그런데 어떻게 됐는지 아시겠소? 금세 잠들어버린 거요."

"한쪽 귀를 열어놓고?" 시미언이 나직이 물었다.

"아니, 귀를 열고 자시고 할 것도 없이 그냥 곯아떨어졌나 봐. 한두 시간쯤. 많이 피곤했거든. 그러다 약간 정신이 들어서 둘러보니까 방에 몇 사람이 와 있는 거요. 둥근 탁자에 앉아서 술을 마시고 얘기하고 있더라고. 괜히 일어나서 시끄럽게 하지 말고 무슨 얘기를 그렇게 열심히 하는지 들어보자고 생각했소. 그 사람들이 퀘이커 어쩌고저쩌고 하는 소리를 들었기 때문이었소. 한 사람이 '그래, 그놈들은 틀림없이 퀘이커 정착촌에 있을 거야'라고 했거든. 그래서 열심히 들었더니, 바로 이 사람들 얘기를 하고 있더라고요. 나는 계속 자는 척하면서 그들이 떠벌인 계획을 다 들었소. 이 젊은 양반을 잡아서 켄터키에 있는 주인한테 보낼 거라고 하더군요. 그러면 그자가 이 양반을 다른 깜둥이들이 도망은 꿈도 꾸지 못하도록 만드는 데 본보기로 삼을 거라는 얘기였소. 젊은 양반의 아내는 그중 두 사람이 뉴올리언스로 끌고 가서, 순전히 자기들 몫으로 팔 거라고도 했소. 1600에서 1800달러 정도 받을 생각을 하더라고요. 그리고 아이는 처음 샀던 노예 상인에게 보낼 거라고. 그리고 또 한 사람, 짐하고 그의 모친은 켄터키의 옛 주인에게 다시 돌려보낼 거라고 했소. 여기서 좀 떨어진 마을의 보안관 두 사람을 아는데, 그 사람들과 합세해서 도망자들을 잡고, 젊은 여자는 재판이 열리기 전에 빼내올 거라는 말도 했습니다. 그중에 작으면서 말을 유들유들하게 잘하는 사람이 있었는데, 여자는 자기 몫이니까 나중에 남쪽에 팔 때 자기에게 넘기라고 우기더라고요. 그 사람들은 오늘밤 우리가 갈 길을 정확히 예상하고 있었소. 여섯에서 여덟 명 정도의 장정들이 우리 뒤를 쫓아올 것 같던데, 어떻게 해야 할까요?"

이 소식을 듣고 사람들이 보인 갖가지 반응은 화가가 그림으로 그려도 좋

을 만큼 다양했다. 비스킷을 만지다가 이 얘기를 들은 레이철 할리데이는 밀가루 묻은 손을 들어 올린 채 근심 어린 표정으로 서 있었고, 시미언은 깊이 생각에 잠긴 얼굴이었다. 엘리자는 남편에게 안겨 그의 얼굴을 올려다보았다. 조지는 주먹을 꽉 쥔 채 이글거리는 눈빛으로 서 있었다. 아내가 경매 시장으로 팔려 가고 아들이 노예 상인에게 전달되는 이런 만행을, 그것도 명색이 기독교 국가에서 법의 보호 아래 떳떳하게 행해지는 이런 만행을 봐야 한다면 다른 어떤 남자도 이런 표정을 지을 수밖에 없을 것이다.

"조지, 우리 이제 어떡해요?" 엘리자가 힘없이 물었다.

"나는 어떻게 해야 할지 알아." 조지는 작은 방으로 들어가 권총을 살펴보았다.

"아, 시미언, 어떻게 될지 짐작이 가는군." 피니스가 시미언에게 고개를 끄덕이며 말했다.

"알아, 그런 일이 없기만을 기원해야지." 시미언이 한숨을 쉬었다.

"저는 다른 분들이 이 일에 연루되는 걸 바라지 않습니다." 조지가 말했다. "마차를 빌려주시고 길만 가르쳐주시면, 제가 혼자 다음 정거장까지 가겠습니다. 짐은 힘이 아주 좋고, 죽음을 겁내지 않을 정도로 용감합니다. 저도 마찬가지고요."

"그런데, 친구, 그래도 마부가 필요할 거요." 피니스가 말했다. "싸움에 대해서는 당신이 알아서 하시오. 당신이 잘 알 테니. 하지만 길에 대해서는 내가 좀 나을 거요."

"하지만 당신을 이 일에 끌어들이고 싶지 않아요." 조지가 말했다.

"끌어들인다…… 나중에 나를 진짜 끌어들일 때나 미리 얘기해주시오." 피니스가 재미있다는 듯이, 그러나 날카로운 표정으로 말했다.

"피니스는 머리 좋고 솜씨가 좋은 사람일세." 시미언이 말했다. "조지, 이 사람 말대로 하는 게 좋아요." 그는 조지의 어깨를 다정하게 감싸며 조지가 들고 있는 총을 가리켰다. "그리고 총을 성급하게 사용하진 말게. 젊은 사람들은 혈기가 너무 넘쳐."

"제가 먼저 사람을 공격하진 않을 겁니다." 조지가 말했다. "제가 바라는 것은 우리를 내버려두는 것뿐입니다. 그러면 조용히 사라질 거예요. 하지만." 그는 잠시 말을 멈췄다. 눈빛이 어두워지면서 얼굴이 일그러졌다. "제 누이도 뉴올리언스로 팔려 갔죠. 그놈들이 누이를 왜 샀는지 잘 압니다. 그런데 이번에는 그놈들이 제 아내를 데려가 팔아먹겠다고 하지 않습니까. 하나님이 아내를 지키라고 튼튼한 두 팔을 주셨는데, 제가 그 꼴을 그냥 구경만 할 것 같습니까? 아뇨. 하나님, 도와주십시오! 그놈들이 아내와 아들을 데려가려고 하면, 저는 숨이 끊어질 때까지 싸울 겁니다. 이런 저를 비난하시겠습니까?"

"어떤 인간도 그대를 비난할 수 없소. 육신을 가진 인간이라면 그러지 못하지." 시미언이 말했다. "성경에도 '실족하게 하는 일들이 있음으로 말미암아 세상에 화가 있도다. 실족하게 하는 일이 없을 수는 없으나 실족하게 하는 그 사람에게는 화가 있도다'라고 쓰여 있소."

"어르신이 제 입장에 처해도 그렇게 할 건가요?"

"나라면 시험에 들지 않게 해달라고 기도할 거요. 인간은 약하거든." 시미언이 말했다.

"내가 그런 입장이라면 훨씬 강하게 나갈 것 같소." 피니스가 두 팔을 풍차의 날개처럼 뻗으며 말했다. "조지, 나는 대가를 치러야 하는 사람을 보면 가만 놔두지 않을 거요."

"인간이 악과 맞서 싸워야 한다는 사실을 생각하면, 조지는 마음대로 그렇게 해도 되네. 하지만 우리나라의 지도자들은 더 훌륭한 방법을 우리에게 가르쳐주었네. 인간은 분노로 하나님의 정의를 실천할 수 없다는 것이지. 하지만 이번 일은 인간의 타락에 맞서는 일일 뿐이야. 그러니 애초에 고통을 받은 사람을 제외하곤 아무도 그 권리를 빼앗을 수 없어. 우리가 유혹에 빠지지 않기만을 주님께 기도하자고." 시미언이 말했다.

"나도 기도는 하지만, 유혹이 너무 클 수도 있으니까, 그놈들은 조심해야겠지." 피니스가 말했다.

"그것은 그대가 퀘이커교도로 태어나지 않았기 때문일세." 시미언이 웃으면서 말했다. "그대에게는 옛날 습관이 아직 많이 남아 있어."

사실 피니스는 강인한 개척자요, 사슴을 한 발에 맞히는 훌륭한 사냥꾼이었다. 하지만 퀘이커교 신자인 여성과 사귀면서 그녀의 매력에 빠져 퀘이커교도 집단과 교류하게 되었다. 그는 정직하고 술을 마시지 않는 훌륭한 교도였으며 딱히 비난할 만한 점은 없었으나, 신앙심이 깊은 교도들은 그의 태도에 아직 열성이 부족하다며 흉을 봤다.

"피니스는 영원히 자기 개성대로 살 거예요." 레이첼 할리데이가 웃으면서 말했다. "하지만 우리는 모두 저 양반의 열정은 항상 올바른 곳을 향하고 있다고 생각하죠."

"자, 서둘러서 떠나는 게 좋지 않을까요?" 조지가 말했다.

"내가 네시에 일어나서 전속력으로 달려왔으니까, 저들이 계획대로 제시간에 출발한다고 해도 우리가 저들보다 족히 두세 시간은 앞서 있소. 어쨌든 어두워지기 전에 떠나는 건 위험하오. 앞마을에도 악마 같은 인간들이 있을 테고, 그들이 우리 마차를 보고 끼어들기라도 하면 여기서 기다리는 것보다 더 시간을 잡아먹을 거요. 두 시간쯤 있다가 출발하는 게 좋을 것 같군. 내가 마이클 크로스에게 가서 빠른 말을 끌고 오라고 부탁하리다. 길에서 사방을 잘 살펴보고 우리를 노리는 놈들이 있다면 빨리 알려달라고 부탁하겠소. 마이클은 보통 말보다 훨씬 빠른 말을 갖고 있으니까 위험한 상황이 생기면 우리에게 미리 알려줄 수 있을 거요. 나는 지금 짐과 노모에게 떠날 준비를 하라고 일러두고 말을 챙기겠소. 그래도 우리가 빨리 출발하는 거니까 놈들이 쫓아오기 전에 충분히 정거장에 갈 수 있어요. 자, 조지, 힘을 내요. 나는 이 사람들과 함께 이런 사건을 많이 겪어봤소." 피니스는 문을 닫고 나갔다.

"피니스는 빈틈없는 사람이야." 시미언이 말했다. "그대를 위해 최선을 다 할 걸세."

"어르신을 위험에 빠뜨려 죄송할 따름입니다." 조지가 말했다.

"그렇게 말하면 우리가 더 부담스러워, 조지. 더 이상 그런 말 하지 마시오. 우리는 양심에 따라 행동하고 있소. 다른 방법으로는 자네를 도울 수 없소." 그는 레이첼에게 돌아서서 말했다. "여보, 이 친구들이 당장 떠나야 하는 건 아니지만, 준비를 서둘러줘요."

레이철과 자식들은 옥수수 케이크를 만들고 햄과 닭고기를 굽는 등, 저녁 식사를 준비하느라 분주하게 움직였다. 그러는 동안 조지와 그의 아내는 작은 방에 앉아 서로 손을 잡은 채, 몇 시간 후면 영원히 헤어질지도 모르는 사람들처럼 대화를 나누었다.

"엘리자, 나한테는 당신밖에 없고 당신한테는 나밖에 없지만, 친구와 집, 땅, 돈, 그 모든 것을 가진 사람들도 우리처럼 서로 사랑하진 못할 거야. 당신을 만나기 전까지 불쌍한 우리 어머니와 누나를 빼면 나를 사랑해준 사람은 없었어. 나는 그날 아침, 노예 상인이 불쌍한 에밀리 누나를 끌고 가는 걸 내 눈으로 봤어. 누나는 내가 웅크려 자고 있는 방구석으로 다가와, '불쌍한 조지, 네 마지막 친구가 간다. 넌 어떻게 될까?'라고 말했어. 나는 일어나서 누나를 껴안고 마냥 울었지. 누나도 울고. 그 후 십 년 동안 나는 그런 다정한 말을 들어보지 못했어. 당신을 만나기 전까지 내 가슴은 시들어 있었고, 재처럼 말라 있었어. 그러고 나서 당신의 사랑을 받았지. 아, 그것은 죽은 사람이 살아난 것과 같았어! 그 후 난 새 사람이 됐지. 자, 엘리자, 나는 마지막 피 한 방울까지 바쳐서 그놈들이 당신을 데려가지 못하게 할 거야. 누구도 내 시체를 밟기 전에는 당신에게 손을 못 대."

"오, 주님, 자비를 베풀어주세요." 엘리자는 울먹였다. "주님이 우리가 함께 이 나라에서 빠져나가게만 자비를 베풀어주시면, 난 더 바랄 게 없겠어요."

"주님은 그놈들 편일까?" 조지는 아내에게 말하기보다는 자기 감정을 쏟아내는 데 몰두하는 것 같았다. "하나님은 이 사람들이 무슨 짓을 하고 있는지 알고 계실까? 왜 방관만 하시지? 백인들은 성경이 자기네 편이라고 하잖아. 모든 권력도 마찬가지고. 백인들은 잘살고 건강하고 모두 행복해. 교회에 다니면서 모두 천국에 가기를 바라지. 그런데 그들은 세상을 그렇게 편하게 살고 자기 마음대로 사는데, 우리같이 가난하고 정직하고 기독교를 열심히 믿는 사람들은 어때? 그 사람들보다 나으면 낫지 못할 게 없는 우리는 백인들 발밑에 흙 마냥 엎드려 있잖아. 백인들은 우리를 물건처럼 사고팔고 우리의 피와 고통과 눈물까지 거래하고 있어. 그런데도 하나님은 방관만 하고 계시잖아."

"이봐, 조지, 시편을 읽어줄 테니까 들어보시오. 그대에게 도움이 될 거요." 부엌에서 시미언의 목소리가 들렸다.

조지는 의자를 문 쪽으로 끌고 갔다. 엘리자도 눈물을 훔치면서 앞으로 다가가 시미언의 말에 귀를 기울였다.

"나는 거의 넘어질 뻔하였고 나의 걸음이 미끄러질 뻔하였으니, 이는 내가 악인의 형통함을 보고 오만한 자를 질투하였음이로다. 그들은 죽을 때에도 고통이 없고 그 힘이 강건하며 사람들이 당하는 고난이 그들에게는 없고 사람들이 당하는 재앙도 그들에게는 없나니, 그러므로 교만이 그들의 목걸이요 강포가 그들의 옷이며, 살찜으로 그들의 눈이 솟아나며 그들의 소득은 마음의 소원보다 많으며, 그들은 능욕하며 악하게 말하며 높은 데서 거만하게 말하며, 그들의 입은 하늘에 두고 그들의 혀는 땅에 두루 다니도다. 그러므로 그의 백성이 이리로 돌아와서 잔에 가득한 물을 다 마시며, 말하기를 하나님이 어찌 알랴 지존자에게 지식이 있으랴 하는도다. 그대의 기분이 이렇지 않소, 조지?"

"그렇습니다, 사실입니다." 조지가 말했다. "내 손으로 쓴 것처럼요."

"그럼 계속 들어보시오." 시미언이 계속 읽었다. "내가 어찌면 이를 알까 하여 생각한즉 그것이 내게 심한 고통이 되었더니, 하나님의 성소에 들어갈 때에야 그들의 종말을 내가 깨달았나이다. 주께서 참으로 그들을 미끄러운 곳에 두시며 파멸에 던지시니, 그들이 어찌하여 그리 갑자기 황폐되었는가 놀랄 정도로 그들은 전멸하였나이다. 주여 사람이 깬 후에는 꿈을 무시함 같이 주께서 깨신 후에는 그들의 형상을 멸시하시리이다. 내 마음이 산란하며 내 양심이 찔렸나이다. 내가 이같이 우매 무지함으로 주 앞에 짐승이오나 내가 항상 주와 함께 하니 주께서 내 오른손을 붙드셨나이다. 주의 교훈으로 나를 인도하시고 후에는 영광으로 나를 영접하시리니, 하늘에서는 주 외에 누가 내게 있으리요 땅에서는 주 밖에 내가 사모할 이 없나이다."

다정한 노인이 들려주는 고귀한 믿음의 이야기는 조지의 혼란스럽고 상처 난 영혼 위로 신성한 음악처럼 덮쳐왔다. 시편 낭독이 끝나자 조지의 아름다운 얼굴에 온화하고 누그러진 표정이 깃들었다.

"우리 눈에 보이는 이 세상이 전부라면, 그대는 아마 하나님이 어디 계시냐고 물을 거요." 시미언이 말했다. "하지만 주님이 왕국에 데려가려고 뽑아놓은 이 세상 사람들도 흔히 그런 의문을 품는다오. 주님을 믿으시오. 이 땅에서 무슨 일이 일어나든 주님이 차후에 모든 걸 올바르게 바로잡아주실 테니까."

입에서 신앙적인 감언이설이 나올 수밖에 없는 경박하고 제멋대로인 설교자가 이런 말을 했더라면 큰 설득력이 없었을 것이다. 하지만 이 말은 하나님과 인간의 정의를 위해 매일 조용히 벌금과 투옥을 각오하는 사람의 입에서 나왔으므로 큰 무게를 지닐 수밖에 없었고, 가난하고 절망적인 도망자들은 그 말에서 마음의 평화와 힘을 모두 얻을 수 있었다.

레이철은 다정하게 엘리자의 손을 잡고 식탁으로 이끌었다. 그들이 자리에 앉자, 문에서 작은 노크소리가 들리더니 루스가 들어왔다.

"아이가 신을 작은 양말들을 갖고 왔어요." 루스가 말했다. "예쁘고 따뜻한 모직 양말 세 켤레예요. 캐나다는 아주 추울 거예요. 엘리자, 힘을 내요." 그녀는 탁자를 돌아 엘리자에게 갔다. 그러고는 손을 다정하게 흔들면서 해리의 손에 과자를 쥐여주었다. "애 몫으로 과자를 조금 싸왔어요." 그녀는 주머니에서 과자 봉지를 꺼내며 말했다. "애들은 언제나 먹을 걸 찾잖아요."

"오, 감사합니다. 너무나 친절하시군요." 엘리자가 말했다.

"이리 와, 루스. 같이 저녁 먹어요." 레이철이 말했다.

"안 돼요. 아이를 존에게 맡겨놓고 왔어요. 오븐에 비스킷을 굽던 중이었거든요. 금방 가봐야 해요. 그렇지 않으면 존이 비스킷을 몽땅 태워버리고 그릇에 있는 설탕을 모두 아기에게 먹일 거예요. 그이는 항상 그래요." 작은 퀘이커 여신도가 웃으며 말했다. "그럼, 잘 가요, 엘리자. 조지도 잘 가요. 주님이 안전하게 갈 수 있도록 보살펴주실 거예요." 루스는 경쾌한 발걸음으로 방에서 나갔다.

저녁식사를 마치고 조금 있으니, 커다란 포장마차가 문 앞에 도착했다. 맑고 별이 빛나는 밤이었다. 피니스는 승객들을 챙기기 위해 날렵하게 마차에서 뛰어내렸다. 조지는 아이와 아내의 손을 양손으로 잡고 문 밖으로 나왔다. 그의 걸음걸이는 당당했으며, 얼굴은 차분하고 결의에 가득 차 있었다. 레이철과 시미언이 이들을 뒤따라 나왔다.

"뒷좌석을 정리해야 하니까 잠깐만 내려주세요." 피니스가 마차 안에 있는 사람들에게 말했다. "여자분들과 아이가 타야 하니까."

"여기 버펄로 가죽 두 장을 갖고 왔으니까 써요." 레이철이 말했다. "앉을 자리를 최대한 편하게 해야 해요. 밤새 험하게 달려야 할 테니."

짐이 먼저 마차에서 내려 늙은 자기 어머니가 내리는 것을 도와주었다.

자유인의 저항

잠깐의 휴식

루시   로즈   에밀리

하루 일과 중 유일한 휴식시간은 정오경 허용되는 15분이 전부다. 목화 재배가 확대되면서 남부의 모든 농업에서는 흑인 노예들이 임금 노동자를 대신하게 되었다.[57] 남부 주의 인구는 백인이 800만, 흑인이 400만 정도였는데, 그중 흑인의 90퍼센트는 농장 노예로 살아간다. 노예들은 목화 이외에도 쌀, 옥수수, 여러 가지 채소 등을 경작하느라 일 년 내내 주인의 밭에서 혹사당한다.

노예들이 직접 만든 각종 철제 기구. 도주에 사용될 우려가 있기 때문에 농장 감독관들은 매일 밤 이 기구들을 수거해 간다.

무거운 양동이를 들고 밭고랑을 오가는 사이먼. 일곱 살쯤 되어 보이는 이 꼬마는 목화를 따는 노예들에게 마실 물을 나르는 일을 한다. 아직까지는 극도로 힘든 작업에서 면제되고 있는 이 아이도 조만간 대부분의 또래 아이들처럼 농장의 수익을 위해 힘든 밭일을 하게 될 것이다.

297

아들의 팔을 꽉 잡은 어머니는 언제라도 추격자들이 튀어나올 수 있다는 듯 불안한 표정으로 주변을 둘러보았다.

"짐, 권총은 잘 챙겼지?" 조지가 낮고 단호한 목소리로 말했다.

"그럼." 짐이 대답했다.

"그자들이 접근하면 어떻게 해야 하는지 잘 알지?"

"당연하지." 짐이 넓은 가슴을 펴고 깊이 숨을 들이마셨다. "내가 그놈들이 어머니를 다시 데려가게 놔둘 것 같아?"

이들이 대화를 나누는 사이에 엘리자는 다정한 친구인 레이철과 작별 인사를 나누고 시미언의 도움을 받아 아이와 함께 마차 뒷자리로 올라가 버펄로 가죽이 깔린 의자에 앉았다. 그 후에 짐의 늙은 어머니가 부축을 받아 올라와 앉았고, 조지와 짐이 그 앞의 딱딱한 나무 의자에 자리를 잡았다. 그리고 피니스가 제일 앞에 앉았다.

"친구들, 잘 가시오." 시미언이 밖에서 말했다.

"신의 가호를!" 마차 속의 일행이 일제히 말했다.

마차는 덜컹거리며 얼어붙은 땅에서 출발했다.

길이 워낙 험한데다 바퀴에서 나는 소음이 심해 이들은 대화를 나눌 수 없었다. 그러나 마차는 계속 덜커덩거리며 어둠 속에서 길고 곧게 난 숲길을 지나고, 넓고 황량한 초원지대를 거쳐, 비탈길을 올라갔다가 계곡 밑으로 내려갔다. 마차는 이렇게 흔들리면서도 여러 시간 쉬지 않고 달려갔다. 아이는 엄마의 무릎에 누워 금세 잠이 들었다. 겁에 질렸던 불쌍한 노파도 마침내 두려움을 떨쳐버린 듯했다. 밤이 깊어지자, 걱정 많은 엘리자도 눈이 감기는 것을 막을 수 없었다. 전체적으로 볼 때, 피니스가 일행 중에서 제일 활기찼다. 그는 퀘이커교도답지 않게 휘파람으로 노래를 계속 부르면서 긴 여행의 무료함을 달랬다.

하지만 세시쯤 되었을까, 조지의 귀에 급한 듯하면서도 또렷한 말발굽 소리가 뒤쪽 먼 곳에서 들렸다. 그는 피니스의 팔꿈치를 쳤다. 피니스는 말들을 세우고, 귀를 기울였다.

"마이클일 거요. 그가 빠르게 말을 몰 때 내는 소리를 내가 알아요." 그는 자리에서 일어나 약간 고개를 빼고 뒤쪽을 열심히 바라보았다.

먼 언덕 위에서 한 남자가 말을 타고 급히 달려오는 모습이 희미하게 보였다.

"저기 있군, 틀림없이 마이클이야." 피니스가 말했다. 조지와 짐은 동시에 마차 밖으로 뛰어내렸다. 두 사람 다 숨소리도 내지 않으며 '아군'으로 짐작되는 사람 쪽을 쳐다보았다. 그는 계속 이쪽으로 다가왔다. 이제 그는 계곡 아래쪽으로 내려가 마차에서는 보이지 않았다. 그러다 다시 다급하고 선명한 말발굽 소리가 들려왔고, 그 소리는 점점 가까워졌다. 마침내 그는 소리치면 들리는 거리까지 접근하면서 또렷한 모습을 드러냈다.

"맞아, 마이클이군!" 피니스가 말했다. 그리고 목청껏 소리쳤다. "잘 있었나, 어이, 마이클!"

"피니스! 자네인가?"

"응, 무슨 소식 있어? 그 사람들이 쫓아오고 있나?"

"바로 뒤에 오고 있어. 한 예닐곱쯤 되는 것 같아. 술에 잔뜩 취해서 늑대처럼 죽어라고 쫓아오고 있어."

그의 말이 떨어지기가 무섭게, 이쪽으로 말들이 숨 가쁘게 달려오는 소리가 미풍에 실려 희미하게 들려왔다.

"올라타, 어서, 들어가요!" 피니스가 말했다. "싸워야 한다면, 조금 더 갈 때 까지 기다리게." 두 사람은 마차 속으로 뛰어 들어갔고, 피니스는 거센 채찍질로 말들을 달리게 했다. 마이클은 줄곧 마차 옆에 붙어 달렸다. 마차는 덜컹거리고 펄쩍펄쩍 뛰며 거의 날듯이 얼어붙은 땅을 달렸다. 그러나 뒤쫓는 자들의 말발굽 소리는 점점 또렷해졌다. 여자들도 그 소리를 듣고 두려운 얼굴로 먼 뒤쪽을 바라보았다. 멀리 언덕 꼭대기의 능선을 따라 사내들의 무리가 새벽의 붉은 하늘을 배경으로 희미하게 보였다. 언덕 쪽에서 달려오는 추격자들도 마차의 모습을 또렷하게 알아보았다. 마차 지붕을 덮은 흰 천은 멀리서도 뚜렷이 보였고, 추격자들이 내지른 잔인한 환호성이 바람을 타고 마차까지 전해졌다. 엘리자는 진저리를 치며 아이를 더 힘껏 안았고 노파는 웅얼거리며 기도하기 시작했다. 조지와 짐은 필사의 각오를 다지며 권총을 힘주어 잡았다. 추격자들과 마차 사이의 거리는 점점 좁혀졌다. 마차는 갑자기 방향을 틀어 가파른 암벽이 돌출된 쪽으로 달려갔다. 암벽은 커다란 빈터에 홀로 우뚝 솟아 있었고, 주변 지역은 평평하고 장애물이 없었다. 이 바위산은 밝아오는 하늘을 배경으로 검고 육중한 모습으로 솟아 있었으며, 보호막으로 삼고 몸을 숨기기에 매우 적합해 보였다. 이곳은 피니스에게 익숙한 곳이었다. 그는 사냥꾼으로 활동하던 시절부터 이 장소를 잘 알고 있었다.

"자, 다 왔어요!" 그는 갑자기 말을 멈추고 마차 밖으로 뛰어내렸다. "빨리 내려요, 모두. 저 바위 쪽으로 같이 갑시다. 마이클, 자네는 말을 우리 마차에 묶고 바로 아마리아네 집 쪽으로 달려가게. 가서 그 사람하고 아이들을 데리고 와."

눈 깜짝할 사이에 전원이 마차 밖으로 나왔다.

"자, 당신들은 각자 한 명씩 여자를 맡아서 같이 달리게. 지금, 바로!" 피니스가 아이를 받아 안으며 말했다.

말이 필요 없었다. 일행은 말로 설명할 수 없을 만큼 빠른 속도로 울타리를 넘어 전속력으로 바위산을 향해 뛰기 시작했다. 한편 마이클은 말에서 뛰어내려 자기 말을 마차에 묶은 뒤 급히 마차를 몰고 사라졌다.

바위산을 오르던 일행은 별빛과 새벽의 하늘빛 사이로 길 앞에 꽤 선명한 발자국이 나 있는 걸 보았다.

"어서 가자고. 조금만 가면 우리가 옛날에 사냥 다닐 때 자주 가던 동굴이 있어요. 빨리 갑시다." 피니스가 말했다.

피니스가 앞장섰다. 그는 아이를 안은 채 염소처럼 바위와 바위를 펄쩍펄쩍 건너뛰었다. 짐이 벌벌 떠는 노모를 업고 그 뒤를 따랐고, 조지와 엘리자가 맨 뒤에서 산을 올랐다. 울타리까지 따라온 추격자들도 욕설을 퍼부으며 말에서 내리더니 이들을 뒤따라 올라오기 시작했다.

잠시 후 그들은 사투 끝에 바위산 꼭대기까지 올랐다. 바위 틈새로 좁은 길이 나 있으나, 한 번에 한 사람밖에 지나갈 수 없을 만큼 좁았다. 길 끝에 이르자 이번에는 폭이 1미터도 되지 않는 낭떠러지가 나타났고, 그 낭떠러지 건너편에는 높이가 족히 10미터에 이르고 양옆은 성벽처럼 수직으로 깎아지른 듯한 또 하나의 작은 바위산이 버티고 있었다. 피니스는 낭떠러지 사이를 쉽게 건너뛴 뒤 아이를 평평한 땅에 앉혔다.

"건너오세요!" 그는 소리쳤다. "살고 싶으면 어서 뛰어와요!" 그는 한 사람씩 뛰어오는 것을 보며 말했다. 여기저기 튀어나온 바위 모서리들이 일종의 흉벽 같은 역할을 해서, 저 아래서 올라오는 추격자들은 이들의 모습을 볼 수 없었다.

"자, 다 건넜군." 피니스는 흉벽 너머로 허둥대며 올라오고 있는 추격자들의 동태를 살피며 말했다. "잡을 수 있으면 잡아보라고 해. 여기로 오려면 저 두 바위의 틈새를 통과해야 하는데, 그러면 두 사람 권총에 좋은 표적이지. 안 그렇소?"

"그래요." 조지가 말했다. "그리고 우리 문제인 만큼, 위험한 일이나 싸움은 모두 우리가 맡겠습니다."

"조지, 싸움을 하겠다면 나도 찬성이오." 피니스는 진달래 잎을 씹으며 말했다. "나는 재미있는 구경이나 하면 되겠군. 하지만 지금 저 친구들은 밑에서 우리를 지붕에 올라간 닭 보듯 올려다보면서 작전 같은 걸 짜고 있을 거요. 저들이 올라오기 전에 경고를 하는 게 낫지 않을까. 올라오면 총을 신나게 쏴주겠다고 말이오."

날이 밝아오면서 산 밑에 있는 일당의 모습이 더욱 뚜렷이 보였다. 일당은 독자들에게 낯익은 톰 로커와 마크스, 두 명의 보안관, 그리고 떠나기 전 술자리에서 브랜디 몇 잔을 마시고 깜둥이 사냥을 즐기려는 마음에 합류한 패거리들로 이루어져 있었다.

"톰, 자네 너구리들이 제대로 걸렸군." 일당 중 하나가 말했다.

"맞아, 여기서도 올라가는 게 다 보이는군." 악당 톰이 말했다. "여기 길이 있잖아. 당장 따라 올라가자고. 저놈들이 아무리 급해도 뛰어내리진 못해. 금방 잡을 수 있을 거야."

"하지만 톰, 저놈들이 바위 뒤에 숨어서 총을 쏠지도 몰라." 마크스가 말했다. "그러면 우리가 힘들어질 수 있다고."

"아이쿠! 마크스, 넌 항상 몸을 사린단 말이야. 걱정 마! 깜둥이들은 엄청 겁이 많으니까!"

"몸 사리면 안 되는 이유가 뭔가?" 마크스가 말했다. "나한테는 그게 제일 중요한데. 그리고 깜둥이들도 어떤 때는 악마처럼 대들더라고."

이때 위쪽의 바위 위에 조지가 나타나더니 침착하고 또렷한 목소리로 말했다.

"거기 밑에 있는 신사분들은 누구신가? 뭘 원하지?"

"우리는 도망친 깜둥이들을 잡으러 왔다." 톰 로커가 말했다. "조지 해리스, 엘리자 해리스, 그리고 그 자식하고 짐 셸든과 그 에미다. 여기에는 보안관들도 와 있고 영장도 갖고 있다. 내 말 들었어? 네가 조지 해리스지? 켄터키 셸비 카운티에 사는 해리스 씨의 노예 맞지?"

"내가 조지 해리스다. 켄터키에 사는 해리스라는 사람이 한때 나를 자기 재산이라고 불렀지. 하지만 지금 나는 하나님의 자유로운 땅에 서 있는 자유인이다. 내 아내와 아이도 내 소유라는 걸 알려주마. 짐과 그의 어머니도 우리와 함께 있다. 우리는 총을 갖고 있으며 우리를 지키기 위해 사용할 생각도 있다. 원한다면 올라와도 좋다. 하지만 사정거리에 제일 먼저 들어온 사람은 죽을 것이다. 다음 사람, 또 그다음 사람, 마지막 한 사람까지 죽일 것이다."

"오, 참아, 참으라고!" 작고 통통한 남자가 코를 풀며 앞으로 나와 말했다. "어이, 젊은이, 젊은 사람이 못하는 말이 없구먼. 이보게, 우리는 법을 집행하는 사람들이야. 법, 권력, 모두 우리 편이네. 그러니 얌전하게 항복하는 게 좋아. 아무리 용을 써봐야 결국 항복하게 돼 있어."

"법과 권력이 당신네 편이라는 건 나도 잘 안다." 조지가 비통한 목소리로 말했다. "당신들은 내 아내를 뉴올리언스로 끌고 가서 팔고, 우리 아이를 송아지처럼 노예 상인의 우리에 집어넣고, 또 짐의 노모는 전에 그녀를 괴롭히고 채찍질했던 잔인한 놈에게 넘기고 싶겠지. 그자는 더 이상 이분의 아들을 괴롭히지 못해 안달이 났을 테니까. 네놈은 짐과 나를 네가 주인이라고 부르는 사람들한테 보내 다시 채찍으로 맞고 고문당하고 발에 짓밟히는 꼴을 보고 싶겠지. 당신들 법은 그런 짓을 다 눈감아줄 테고. 네놈들이고 그놈들이고 부끄러운 줄 알아! 네놈들은 우리를 못 잡아. 네놈들의 법은 우리와 상관없어. 우리는 네놈들의 나라와도 상관없어. 우리는 여기, 하나님의 하늘 밑에 자유롭게 서 있다. 네놈들과 마찬가지로. 우리를 창조하신 위대한 하나님의 이름으로, 우리는 죽을 때까지 자유를 위해 싸울 것이다."

조지는 바위 위, 눈에 잘 띄는 곳에 우뚝 서서 '독립선언'을 했다. 동이 트면서 그의 까무잡잡한 뺨이 붉게 물들었고, 검은 눈동자는 분노와 절망으로 더욱 이글거렸다. 그는 인간이 하나님께 정의를 갈구하듯 이야기하는 내내 팔을 하늘로 높이 쳐들었다.

만일 산 속에 있는 그가 오스트리아에서 미국으로 탈출해 도망자들의 은

신처인 요새에서 저항하고 있는 헝가리 젊은이라면, 그는 숭고한 영웅 대접을 받았을 것이다.[58] 하지만 그는 미국에서 캐나다로 도주하는 아프리카인의 후예이기 때문에, 우리는 너무 교육을 잘 받았고 애국심이 크기 때문에, 그의 행동에서 영웅적인 정신을 찾기 어렵다. 혹시 독자들 중 이런 행위를 옹호하는 사람이 있다면, 그로 인한 책임은 본인이 져야 할 것이다. 절망적인 헝가리 도망자들이 모든 수색 영장과 합법적 정부의 권위를 묵살하고 미국으로 탈출했을 때 언론과 정부 단체는 환호와 갈채로 그들을 맞이했다. 그렇다면 절망적인 아프리카계 도망자들이 똑같은 행동을 했을 때 이러한 반응은 무엇이란 말인가?

아무튼 연설자의 태도, 눈빛, 목소리는 잠시나마 산 아래에 있는 일당을 침묵시켰다. 조지의 태도에는 세상에서 가장 포악한 자들도 입 다물게 만드는 용기와 결의가 깃들어 있었다. 완전히 감동하지 않은 사람은 마크스뿐이었다. 그는 조용히 권총의 노리쇠를 뒤로 당겼다가 조지의 말이 끝나고 잠시 침묵이 흘렀을 때 그를 향해 총을 발사했다.

"켄터키에 있는 한 네놈은 죽으나 사나 마찬가지지." 그는 권총을 소매에 닦으면서 냉소적으로 말했다.

커다란 바구니로 운반된 목화솜은 꾹꾹 눌려 큼지막한 꾸러미로 만들어진다.

구멍이 뚫린 목화솜 꾸러미.

벌써 열두 시간째 수확한 목화를 들이붓고 있다.
하지만 그것을 압축하고 포장하고 운송하려면 최소한 네 시간은 더 땀을 흘려야 한다.

조지는 급히 뒤로 몸을 숨겼고, 엘리자는 비명을 질렀다. 총알은 그의 머리와 엘리자의 뺨을 스치듯 지나가 뒤에 있는 나무에 박혔다.

"엘리자, 난 괜찮아." 조지가 재빨리 말했다.

"연설은 그만 하고, 빨리 숨게." 피니스가 말했다. "저들은 인정사정없는 악당들일세."

"자, 짐, 권총을 챙기고 나와 같이 저 고갯길을 감시하자. 첫 번째 넘어오는 놈을 내가 쏠게. 넌 두 번째 놈을 쏴. 그런 식으로 계속 쏘자고. 그러면 한 사람에게 두 발을 쏘는 일은 없을 거야."

"네가 못 맞히면?"

"꼭 맞혀." 조지가 차갑게 말했다.

"좋았어! 이 친구 보통이 아닌데." 피니스가 낮은 목소리로 중얼거렸다.

밑에 있는 일당은 마크스가 총을 쏜 후, 잠시 미적거렸다.

"아무래도 한 놈을 맞힌 것 같아." 일당 중 하나가 말했다. "꽥 하는 소리가 들렸어!"

"나도 한 놈 잡으러 올라가겠어." 톰이 말했다. "난 한 번도 깜둥이를 무서워해본 적 없어. 지금도 마찬가지야. 누가 뒤에 올 거야?" 그는 바위 위로 뛰어올라가면서 말했다.

조지는 그들의 말을 또렷하게 들었다. 그는 총을 꺼내 점검한 다음, 첫 번째 먹이가 나타날 좁은 길을 겨냥했다.

추격대 일당은 용감한 순서대로 톰을 뒤따르면서 바위산을 올라가기 시작했다. 뒤에 선 자가 앞 사람을 떼미는 식이어서 제각기 오르는 것보다 속도가 빨랐다. 곧 톰의 뚱뚱한 몸이 조지의 시야에 들어왔다. 그는 낭떠러지 바로 앞까지 올라와 있었다.

조지가 총을 쐈다. 총알은 그의 옆구리를 관통했다. 그는 부상을 입었지만 쓰러지진 않았다. 그는 미친 황소같이 괴성을 지르며 좁은 협곡을 건너뛰어 달려들었다.

"친구." 피니스가 갑자기 앞으로 나가 긴 팔로 그를 밀어내며 말했다. "우리는 너를 원하지 않아."

톰은 협곡 밑으로 나뭇가지, 덤불, 통나무, 돌맹이 들에 부딪치며 굴러갔다. 결국 상처투성이가 되어 10미터 아래의 평지에 뻗어 신음하는 신세가 되었다. 큰 나무에 옷이 걸리는 바람에 가지가 부러지면서 충격이 완화되었지만, 그렇지 않았다면 죽었을지도 모른다. 그래도 그는 상당히 큰 충격을 받았다.

"맙소사, 저놈들은 악마야!" 마크스가 올라올 때보다 훨씬 큰 힘을 내 바위들 사이로 허겁지겁 내려가며 외쳤다. 다른 일당도 마크스의 뒤를 쫓아 고꾸라지듯 굴러 내려갔고, 특히 뚱뚱한 보안관은 아주 힘차게 숨을 헉헉거리며 내려갔다.

"이보게들." 마크스가 말했다. "자네들은 어서 가서 톰을 데려와. 나는 말을 타고 가서 도와줄 사람들을 데려올 테니." 마크스는 동료들의 야유와 조롱에도 아랑곳하지 않고 자기 말을 실천에 옮겼다. 그가 말을 타고 내빼는 모습이 곧 눈에 띄었다.

"저런 여우같은 놈이 있어?" 한 사람이 말했다. "자기 일 때문에 왔는데, 우리만 남겨놓고 자기가 도망치다니!"

"자, 저기 떨어진 친구나 데려오자구." 다른 사람이 말했다. "죽었든 살았든 내 알 바는 아니지만."

톰의 신음소리를 따라 그루터기, 통나무, 관목 숲을 헤치며 나간 사내들은 쓸데없이 욕과 신음소리를 내는 데 용을 쓰고 있는 사악한 영웅이 누운 곳으로 갔다.

"신음소리는 크구먼, 톰. 많이 다쳤나?" 한 사람이 말했다.

"모르겠어. 날 일으켜줘. 우라질 퀘이커 놈! 그놈만 없었으면 몇 놈을 끌고 와서 낯짝을 볼 수 있었을 텐데."

이 추락한 영웅은 신음소리를 내며, 간신히 부축을 받아 일어섰다. 동료들은 그의 양쪽 어깨를 부축해 말이 있는 데까지 데려갔다.

"1.5킬로미터 뒤에 있는 술집까지만 데려다주게. 피를 막아야 하니까 손수건 같은 거 있으면 줘."

조지는 바위 너머로 사내들이 거구의 톰을 안장 위에 올려놓으려고 애쓰는 모습을 보았다. 사내들은 두세 번 시도했으나, 톰은 실타래가 풀리듯 번번이 땅바닥으로 무겁게 떨어졌다.

"오, 저 사람이 죽지 않았으면 좋겠어요." 일행과 함께 이 모습을 지켜보던 엘리자가 말했다.

"왜요? 자기가 자초한 거잖소." 피니스가 말했다.

"죽으면 하나님의 심판을 받기 때문이죠." 엘리자가 말했다.

"맞아요." 고비가 있을 때마다 감리교 식으로 기도하던 노파가 말했다. "구원받지 못하고 죽으면 너무 끔찍하죠."

"장담하는데 저 사람들은 쓰러진 사람을 두고 갈 거요." 피니스가 말했다.

그의 말이 맞았다. 일행은 잠시 우왕좌왕하며 상의하는 것 같더니 결국 각자 말을 타고 떠났다. 그들이 완전히 시야에서 사라지자, 피니스가 용기를 내어 말했다.

"자, 이제 내려가서 조금 걸어야겠군. 마이클에게 먼저 가서 도움을 청하고 마차를 끌고 다시 오라고 얘기해놨어요. 하지만 그 사람을 만나려면 조금 걸어야 할 것 같군요. 그 사람이 빨리 왔으면 좋겠구먼! 아직 시간이 이르니 당분간은 길에 다니는 사람이 별로 없을 거요. 목적지까지 3킬로미터 정도밖에 안 남았소. 어젯밤 길이 그렇게 험하지 않았다면 저 사람들을 완전히 따돌렸을 텐데."

일행이 울타리 근처에 이르자, 멀리서 마이클의 마차가 이쪽으로 오는 것이 보였다. 그 뒤에 몇몇 사람들이 말을 타고 따라오고 있었다.

"아, 저기, 마이클과 스티븐, 아마리아가 오는군." 피니스가 기쁨의 탄성을 질렀다. "이제 됐어. 이제 안심해도 돼."

"그러면 잠깐 가서 저 불쌍한 사람을 어떻게 좀 해봐요. 끔찍하게 신음하고 있잖아요." 엘리자가 말했다.

"그게 기독교 정신이겠지. 그 사람을 데려와서 같이 갑시다." 조지가 말했다.

"그리고 퀘이커 마을로 데려가서 치료해줌세." 피니스가 말했다. "생각보다 괜찮은데. 우리가 치료해도 괜찮을 것 같군. 자, 한번 볼까." 사냥과 숲 생활을 하는 과정에서 초보적이나마 수술 기술을 터득한 피니스는 환자 옆에 무릎을 꿇고 앉아 상태를 살펴보기 시작했다.

"마크스, 자넨가?" 톰이 죽어가는 목소리로 말했다.

"아니, 아닌 것 같은데. 마크스라는 사람은 자기 몸만 끔찍하게 생각해서 벌써 도망갔지." 피니스가 말했다.

"이대로 죽는 줄 알았소." 톰이 말했다. "그 빌어먹을 개자식은 내가 죽어가고 있는데 도망갔어. 불쌍한 우리 어머니가 항상 세상이 다 그렇다고 말씀하셨지."

"저런! 이 불쌍한 사람 말하는 걸 들어봐요. 엄마가 있대요." 늙은 흑인 여자가 말했다. "불쌍해 죽겠어."

"자, 가만있어. 움직이지 말고, 소리도 지르지 말게, 친구." 톰이 움찔하며 피니스의 손을 밀어내자 그가 말했다. "출혈을 막지 않으면 자네는 죽어." 피니스는 자기 손수건을 꺼내고 일행이 갖고 있는 수건을 받아 임시로 수술할 준비를 했다.

"네놈이 이 밑으로 나를 밀었잖아." 톰이 죽어가는 목소리로 말했다.

"음, 내가 밀지 않았다면 당신이 우리를 밀었겠지." 피니스가 허리를 구부리고 붕대를 매어주면서 말했다. "됐어, 붕대를 묶어줄 테니 가만있게. 우리는 당신에게 잘해주고 있잖아. 우리는 악감정을 품은 사람들이 아냐. 당신을 당신 어머니만큼 잘 돌봐줄 사람이 있는 집으로 데려갈 거야."

톰은 눈을 감은 채 신음소리를 냈다. 톰 같은 부류의 억센 사내들의 몸에는 힘과 의지만 들어 있으며, 그것은 피가 흐르면 몸에서 같이 빠져나간다. 이 거구의 사내가 느끼는 무력감은 보기에도 측은할 정도였다.

마이클 일행이 도착했다. 사람들은 마차에서 좌석을 떼어냈다. 네 겹으로 접은 버펄로 가죽을 마차 한구석에 펼쳐놓고, 네 사람이 고생한 끝에 거구의 톰을 들어 거기에 뉘었다. 톰은 마차에 실리기 직전에 정신을 잃었다. 늙은 흑인 여자는 동정심을 발휘해 바닥에 앉아 그의 머리를 자기 무릎 위에 올려놓았다. 엘리자, 조지, 짐이 남은 공간에 최대한 편하게 자리 잡고 앉은 뒤, 일행은 다시 길을 떠났다.

"이 사람 상태가 어떤가요?" 마부석에서 피니스 옆에 앉은 조지가 물었다.

"총알이 피부 속으로 살짝 파고든 정도요. 하지만 굴러 떨어지면서 여기저기 부딪히고 긁힌 게 안 좋아. 피를 너무 많이 흘렸소. 피가 너무 많이 빠져나와 용기고 뭐고 다 말라버린 거요. 하지만 좋아질 거요. 이번 일로 교훈을 얻었겠지."

"그런 말씀을 들으니 기분이 좋습니다." 조지가 말했다. "이 사람이 죽었으면 나 때문에 죽은 거니까, 아무리 정당한 이유였더라도 저한테는 평생의 짐이 되었을 겁니다."

"맞소." 피니스가 말했다. "살생은 어떻게 정당화하든 추악한 짓이지. 사람이나 짐승이나 마찬가지요. 나도 한때는 유능한 사냥꾼이었소. 한번은 수사슴을 쏴 죽인 적이 있어요. 사슴이 죽어가는 눈으로 나를 쳐다보는데, 그 눈을 보니까 정말 그놈을 죽인 게 나쁜 짓이었다는 생각이 들더군. 인간의 목숨은 훨씬 진지하게 생각해야지. 자네 부인의 말마따나 죽음 후에는 하나님의 심판이 기다리고 있으니까 말이오. 내가 자라온 환경을 생각하면 이 사람들의 죽음에 대한 생각이 너무 고지식한 건지 모르겠소만. 그래도 난 이 사람들 생각을 많이 따르는 편이오."

"저 사람을 어떻게 할 생각입니까?" 조지가 물었다.

"아, 일단 아마리아네 집으로 데려갈 거요. 거기 스티븐스라는 할머니가 살고 있어. 사람들은 도커스라고 부르지. 그 할머니는 아주 훌륭한 간호사요. 간호하는 일을 천직으로 알지. 아픈 사람을 돌봐줄 때 보면 그렇게 잘 어울릴 수가 없어요. 이 사람을 그 할머니에게 한 보름 정도 맡기게 될 거요."

마차가 한 시간 정도 달리자 아담한 농장이 나타났다. 지친 여행자들은 이 집에서 풍성한 아침상을 받았다. 톰 로커는 평소에 자기가 쓰던 것보다 훨씬 깨끗하고 푹신한 침대로 옮겨졌다. 사람들은 그의 상처를 주의 깊게 치료하고 붕대를 감아줬다. 그는 지친 아이처럼 가끔 눈을 떠 자기 병실을 조용히 왔다 갔다 하는 형상들과 창문에 걸린 흰 커튼을 번갈아 쳐다보았다. 자, 이제 이 일행에 대한 이야기는 여기서 잠시 접어두자.

chapter 18
오필리어 양의 경험과 의견

우리의 친구 톰은 소박한 명상에 잠길 때면 흔히 자기 운명을 이집트로 팔려 간 요셉[59]의 운명과 비교하면서 그보다는 낫다고 자위하곤 했다. 실제로 주인의 감시 하에 살면서 시간이 흘러감에 따라, 그 비유가 잘 들어맞는다는 생각이 더욱 커졌다.

세인트클레어는 돈 문제에 관한 한 게을렀고 관심도 없었다. 그래서 식료품 조달과 장사는 주로 주인만큼 부주의하고 헤픈 아돌프가 맡아서 했다. 이 두 사람 사이에서 집의 재산은 빠른 속도로 사라지고 있었다. 전에 오랫동안 주인의 재산을 자기 것처럼 돌봐온 톰으로서는 살림의 낭비를 저지하지 못한다는 사실에 속이 편치 않았다. 그래서 그는 노예들이 흔히 취하는 조용하고 간접적인 방식으로 가끔 자기의 생각을 전하곤 했다.

세인트클레어는 처음에는 톰에게 일을 많이 맡기지 않았으나, 그의 건전한 사고방식과 훌륭한 관리 능력에 크게 감명을 받고는 점점 더 그를 신뢰하게 되었고, 급기야 집안의 사업과 물품 조달 일체를 그에게 맡기게 되었다.

"아냐, 아냐, 아돌프." 어느 날 아돌프가 자기 손에서 권력이 빠져나가는 걸 불평하자 주인이 말했다. "톰을 그대로 내버려둬. 너는 필요한 것만 알지만, 톰은 수입과 지출을 다 알아. 누군가 챙기지 않으면 언젠가는 돈이 바닥날 거야."

톰은 게으른 주인에게 무한한 신임을 받았다. 주인은 고액권을 쳐다보지도 않고 톰에게 주었고, 톰이 잔돈을 주면 세보지도 않고 주머니에 넣었다. 톰이 마음만 먹었다면 부정을 저지를 기회와 유혹은 많았다. 하지만 톰이 그러지 않은 것은 오로지 단순한 성격을 타고난데다 기독교 신앙으로 그런 성격이 더욱 강해진 탓이었다. 톰이 받고 있는 무제한의 신임은 최고의 정확성을 나타내는 속박이자 보증수표였다.

아돌프의 경우는 달랐다. 그는 원래 경솔하고 제멋대로인데다, 그동안 감독하기보다 방임하기를 잘하는 주인에게 어떤 구속도 받지 않았기 때문에 자기 것이 주인 것이고 주인 것이 자기 것이라는 식으로, 완전히 뒤죽박죽 된 상태로 재산을 관리했다. 가끔 세인트클레어까지 그의 그런 태도에 당황하곤 했다. 하지만 세인트클레어의 상식으로는 하인들에게 그런 훈련을 시키는 것은 부당하고 위험한 짓으로 보였다. 후회가 끊임없이 반복되었지만, 그의 심성은 태도를 단호하게 바꿀 만큼 강해지 않았다. 바로 이 후회가 다시 방종을 키웠다. 아주 심한 잘못을 발견한 적도 있었지만, 그는 자기가 자기 몫을 제대로 했다면 하인들이 그런 실수를 저지르지 않았을 거라며 가볍게 넘어가곤 했다.

톰은 유쾌하고 명랑하고 잘생긴 젊은 주인을 충성심과 존경심 그리고 아버지 같은 걱정이 묘하게 섞인 감정으로 대했다. 주인이 절대로 성경을 읽지 않는 것, 절대로 교회에 가지 않는 것, 우스갯소리를 할 기회가 생기면 어김없이 농담을 하는 것, 일요일 저녁마다 영화관과 오페라 극장에 가는 것, 집안 형편에 비해 너무 자주 파티장, 클럽, 저녁 모임에 가는 것, 톰은 이 모든 것을 다른 사람들처럼 확연하게 알 수 있었고, 이는 '주인님이 기독교인이 아니다'라고 믿는 근거가 되었다. 그러나 주인이 아니고 다른 사람이었다면 톰은 이런 생각을 매우 천천히 드러냈을 것이다. 톰은 작은 자기 방에 혼자 있을 때면 자신만의 소박한 방식으로 주인을 위해 수없이 기도를 올렸다. 톰은 다른 흑인들과 달리 자기 뜻을 이따금 넌지시 드러내는 사람이 아니었다. 예를 들어 안식일 바로 다음 날, 세인트클레어는 엄선된 사람들만 모이는 흥겨운 파티에 초대받아 나간 뒤, 밤 한두 시쯤 고주망태가 된 채 다른 사람의 부축을 받아 집에 왔다. 톰과 아돌프가 그날 밤 함께 시중을 들었는데, 아돌프는 공포에 질린 톰을 촌스럽다며 마음껏 비웃었다. 아마 이 사건을 좋은 놀림감으로 여기는 듯했다. 그러나 정말 단순한 톰은 젊은 주인을 위해 기도하느라 그날 밤 한숨도 자지 못했다.

"톰, 왜 안 가고 서 있지?" 이튿날 세인트클레어는 가운과 슬리퍼 차림으로 서재에 앉아 톰에게 물었다. 세인트클레어가 방금 톰에게 돈을 주며 여러 심부름을 시킨 뒤였다.

"다 되지 않았어, 톰?" 톰이 계속 지시를 기다리는 듯 서 있자, 주인이 말했다.

"아무래도 다 안 된 것 같습니다, 주인님." 톰이 심각한 얼굴로 물었다.

세인트클레어는 신문과 커피잔을 내려놓고 톰을 쳐다보았다.

"왜, 톰, 무슨 일이지? 네 얼굴이 관처럼 엄숙하구나."

"주인님, 저는 너무 슬픕니다. 저는 언제나 주인님이 모든 사람에게 좋은 분이라고 생각해왔습니다."

"오, 톰, 그런데 내가 그렇지 않다는 말인가? 자, 무슨 얘기를 하고 싶은 거야? 뭔가 원하는 게 있는데, 지금 운을 떼는 것 같군."

"주인님은 항상 저에게 잘해주십니다. 저는 전혀 불만 없습니다. 하지만 주인님이 잘 대해주지 않는 사람이 하나 있습니다."

"톰, 도대체 왜 그러나? 똑바로 말해봐. 무슨 말을 하려는 거야?"

"어젯밤에요, 그러니까 한두시쯤 그런 생각이 들었습니다. 그때 이 문제를 곰곰이 생각했어요. 주인님이 스스로에게 잘 대해주지 못하고 있다는 생각 말입니다."

톰은 주인을 등진 채 문 손잡이를 잡고 말했다. 세인트클레어는 얼굴이 화끈거렸다. 그러나 얼른 웃음으로 얼버무렸다.

"아, 그게 전부인가?" 그는 짐짓 쾌활하게 말했다.

"전부입니다!" 톰은 갑자기 뒤돌아 무릎을 꿇었다. "오, 사랑하는 젊은 주인님! 저는 주인님이 모두, 육체와 정신을 모두 잃을까 봐 두렵습니다. 성경에도 '그것이 마침내 너를 뱀같이 물 것이요 독사같이 쏠 것'이라고 쓰여 있지 않습니까, 주인님?"

톰은 목이 메었고 눈물이 뺨 위로 흘러내렸다.

"불쌍하고 어리석은 사람 같으니!" 세인트클레어의 눈에도 눈물이 글썽거렸다. "일어서게, 톰. 난 울어줄 가치도 없는 사람이야."

하지만 톰은 애원하는 표정을 지을 뿐, 일어서려 하지 않았다.

"좋아, 이젠 그 사람들의 말도 안 되는 파티에는 가지 않겠네." 세인트클레어가 말했다. "명예를 걸고 약속할게. 나도 왜 진작 이런 결심을 하지 않았는지 모르겠어. 난 항상 그런 자리를 경멸했고, 그것 때문에 나 자신을 경멸했어. 자, 톰, 그만 눈물을 닦고 어서 나가서 일 보게. 어서, 어서." 그리고 한마디 덧붙였다. "날 축복하지 말게. 난 이제 그렇게 훌륭한 사람이 아니야." 그는 이렇게 말하면서 톰을 문 쪽으로 천천히 밀었다. "자, 내 명예를 걸고 맹세할게. 다시는 그런 모습을 보이지 않겠네." 한결 기분이 좋아진 톰은 눈물을 닦으면서 나갔다.

"저 사람에게만큼은 신용을 지키겠어." 세인트클레어는 문을 닫으면서 중얼거렸다.

그리고 세인트클레어는 그렇게 했다. 그는 어떤 형태의 천박하고 방탕한 생활에도 별로 유혹을 느끼지 않는 성격이었기 때문이다.

한편 남부 하녀들의 중노동을 시작한 우리 친구 오필리어 양의 숱한 시련은 누가 이야기할까?

오필리어 양의 경험과 의견

운송

폭염 또는 열차 문제로 인해 수확한 목화의 운송이 지연되고 있다. 이 목화 운송열차는 노스캐롤라이나로 향할 예정이다.

열차를 운전하는 삼보는 자신이 아프리카 우화 속에 등장하는 꾀 많은 토끼 같다고 고백한다.
"목화밭에서 멀어지면 채찍질에서도 멀어진다!"

315

남부 지방의 저택에서 일하는 하인들의 세계는 이들을 키운 안주인의 성격과 능력에 따라 천차만별이다.

북부와 마찬가지로 남부 지방에도, 사람을 부리고 가르치는 데 비범한 재능과 요령을 가진 여인들이 있다. 이런 여인들은 특별히 엄격한 태도를 취하지 않으면서도 자기 집에 사는 다양한 하인을 쉽게 복종시키고, 집안에 조화롭고 체계적인 질서를 세우는 능력을 발휘한다. 하인들의 별난 태도를 통제하고, 그에게 부족한 점을 다른 사람의 장점으로 보완하는 식으로 균형을 잡아줌으로써 조화롭고 질서 있는 체계를 잡는 것이다.

앞에서 소개한 셸비 부인이 이런 주부였다. 남부에 이런 여인들이 흔하지 않다면, 그것은 이 세상에 원래 이런 사람이 드물기 때문이다. 이런 사람들은 세상 어느 곳에서도 비슷한 빈도로 만날 수 있다. 이들은 가정이라는 독특한 사회를 자신의 훌륭한 살림 솜씨를 보여주는 좋은 기회로 삼는다.

마리 세인트클레어나 그녀의 친정어머니는 이런 부류의 주부가 아니었다. 마리는 게으르고 철이 없었으며 매사에 체계가 없고 즉흥적이었다. 그녀에게서 가르침을 받은 하인들이 안주인과 다를 것이라고 기대해서는 안 된다. 마리는 이 집이 처한 혼돈 상태를 오필리어에게 정확히 설명했다. 비록 그 원인은 정확하게 알려주지 않았지만.

오필리어는 '섭정관'의 임무를 시작한 첫날, 새벽 네시에 일어났다. 그리고 이 집에 온 이후 하녀를 몹시 놀라게 만들었던 대로 자기 방을 직접 정리했다. 그러고 나서 이 집의 모든 찬장과 장에 대한 강력한 공격에 나설 채비를 갖췄다.

창고, 옷장, 그릇장, 부엌, 지하실 등 집 안의 모든 시설들이 철저한 검열을 받았으며, 어둠 속에 숨어 있던 것들이 모두 환한 곳으로 끌려 나왔다. 부엌과 각 방의 책임자들과 권력자들이 오금을 못 펴게 하고, 많은 이들이 '북부 숙녀가 하는 짓들'에 대해 수군거리게 만들 만큼 검열의 강도는 셌다.

주방장이자 부엌의 절대권력자인 디나 할머니는 이런 소동을 권한 침해라고 여겨 몹시 화가 났다. '마그나 카르타'[60] 시절, 왕에게 권력을 빼앗긴 귀족들도 이보다 더 분노하지 않았을 것이다.

디나는 나름대로 독특한 성격을 지닌 인물이었다. 독자들에게 그녀를 조금 소개하지 않으면 그녀는 불공평하다고 여길 것이다. 아프리카 인종의 타고난 재능 때문이겠지만, 그녀는 클로이 아줌마처럼 훌륭한 요리사였다. 하지만 클로이가 체계적인 훈련을 받고 부엌에 배치된 요리사인 반면, 디나는 자수성가한 천재에 가까웠다. 그리고 천재들이 일반적으로 그렇듯이, 그녀는 적극적이고 고집이 셌으며 엉뚱한 면이 있었다.

디나는 일부 현대 철학자들처럼 어떤 논리와 이성도 경멸했으며, 항상 직관적인 신념에 의지했다. 이 점에 있어서 그녀는 난공불락이었다. 남들이 재능과 권위를 동원하고 아무리 설명을 퍼부어도 그녀는 자기 방법보다 나은 게 있다는 걸 믿지 않았으며, 아무리 사소한 일이라도 일하는 방식을 조금도 바꾸지 않았다. 그녀의 옛 안주인, 즉 마리의 어머니도 디나의 이런 성격을 인정했었다. 그리고 결혼한 '마리 양(디나는 항상 젊은 안주인을 이렇게 불렀다)' 역시 디나와 싸우는 것보다 그대로 놔두는 게 낫다고 판단했다. 디나는 이렇게 정상의 자리에서 군림했다. 그녀는 가장 복종적인 태도와 가장 완고한 태도를 모두 필요로 하는 외교술의 대가였기 때문에 정상에 군림하는 일은 쉬웠다.

디나는 핑계를 만드는 데도 대가였다. 사실 그녀는 '요리사는 잘못할 수 없다', 그리고 '남부 지방의 요리사는 자기의 모든 죄와 결점을 뒤집어씌울 풍부한 희생양을 거느리고 있어 언제나 완전무결하고 완벽한 요리사의 지위를 유지할 수 있다'는 말을 신조로 삼았다. 만약 저녁 식탁의 어느 한 부분에서 실수가 나오면, 그녀는 도저히 반박할 수 없는 쉰 개의 이유를 댔다. 물론 그 실수는 쉰 명의 다른 하인들이 저지른 것이고, 디나는 그저 열심히 욕만 퍼부으면 되었다.

그러나 디나의 요리에서 결점이 발견되는 경우는 드물었다. 그녀의 일하는 방식이 매우 두서가 없고 쉬운 길을 놔두고 돌아가는 식이긴 하지만, 평소에 그녀의 부엌이 허리케인이 관통한 듯한 모습이긴 하지만, 조리도구 놓아두는 곳이 대략 일 년의 날수만큼 많긴 하지만, 인내심을 갖고 기다리면 그녀는 어떤 식도락의 대가도 결점을 찾을 수 없는 완벽한 식사를 차렸다.

시간이 흘러, 저녁식사를 준비할 때가 되었다. 일하는 중간에 휴식과 명상을 겸한 긴 시간적 여유를 필요로 하며 모든 준비 과정을 쉽게 처리하고 싶어 하는 디나는 부엌 바닥에 앉아 뭉툭한 파이프를 빨고 있었다. 그녀는 담배에 거의 중독돼 있었고, 요리 과정에서 영감이 필요할 때마다 일종의 자극제로서 담배에 불을 붙였다. 그것은 어쩌면 살림을 관장하는 뮤즈[61]를 불러오는, 디나만의 방식이었다.

디나 주변에는 남부 가정집에서 많이 볼 수 있는 흑인 하인들이 빙 둘러앉아 콩껍질을 까고, 감자껍질을 벗기고, 닭털을 뽑는 등 식사 준비에 여념이 없었다. 디나는 가끔씩 명상을 멈추고는 자기 옆에 있는 푸딩 젓는 막대기로 '젊은 것들'의 옆구리를 쿡쿡 찌르거나 머리를 쥐어박았다. 사실 디나는 쇠막대기로 젊은 하인들의 곱슬머리 위에 군림했으며, 그녀의 표현을 빌리면 이들을 순전히 '자기 수고를 덜어주기 위해' 태어난 사람으로 여기는 것 같았다. 이것이 그녀가 배워서 온힘으로 실천하는 체제의 정신이었다.

오필리어는 저택의 다른 부분에서 혁명적인 시찰을 모두 끝낸 뒤 마지막으로 부엌에 들어왔다. 이미 여러 소식통으로부터 소식을 전해들은 디나는 전통을 고수하겠다는 방어 태세를 다졌다. 새로운 조치가 지시되면, 노골적이고 눈에 띄는 싸움은 피하되, 죄다 반대하고 무시하기로 마음먹었다.

부엌 바닥에는 큰 벽돌이 깔렸고, 한쪽 벽을 따라 거대한 구식 난로가 설치되어 있었다. 세인트클레어는 예전에 이 난로를 편리한 현대식 스토브로 바꾸라고 설득했지만 실패했었다. 어떤 퓨지주의자[62]나 보수적인 학파 사람들도 유서 깊으나 불편한 도구에 디나보다 더 고집스럽게 집착하지 못했을 것이다.

세인트클레어는 처음 북부 지방을 여행했을 때 삼촌댁 부엌의 체계적인 시설에 큰 감명을 받았었다. 그는 디나의 일에 조금이라도 도움이 될 거라는 낙천적인 착각에 빠져, 자기 집 부엌에 찬장과 서랍, 다양한 기구를 설치해 체계적인 관리를 꾀했다. 그러나 그것들은 동시에 다람쥐나 까치에게도 많은 은신처를 제공하는 부작용을 낳았다. 서랍과 장이 많아질수록, 디나가 걸레, 빗, 낡은 신발, 리본, 버려진 조화를 비롯한 기타 집안의 '골동품'을 넣어두는 장소도 그만큼 늘어났다.

오필리어가 부엌에 들어왔으나, 디나는 일어나지도 않고 느긋하게 담배를 피우면서 일하는 하인들에게만 신경 쓰는 척하면서, 곁눈으로 그녀의 행동을 주시했다.

오필리어는 서랍들을 열기 시작했다.

"이 서랍에는 뭘 넣어두지, 디나?" 그녀가 물었다.

"서랍이야 아무거나 넣는 데 다 좋죠, 아씨." 디나가 말했다. 정말 그런 것 같았다. 오필리어는 서랍에 든 잡동사니 중에서 고급 비단 식탁보를 먼저 꺼냈다. 피가 얼룩진 것으로 보아 생고기를 싸는 데 사용했던 게 분명했다.

"이게 뭐야, 디나? 주인마님이 제일 아끼는 식탁보로 고기를 싸면 안 되지."

"오, 아씨, 아녜요. 수건이 하나도 없어서 고기를 쌌던 거예요. 나중에 빨려고 넣어놓은 거예요."

"칠칠치 못하긴!" 오필리어는 중얼거리면서 계속 서랍을 뒤졌다. 서랍에는 향신료인 육두구 두세 개와 분쇄기, 감리교에서 쓰는 찬송가집, 마드라스 무명천으로 만든 두어 장의 손수건, 실 뭉치와 편물 조각, 담배 마는 종이와 파이프, 몇 개의 과자, 포마드가 들어 있었고 금박 입힌 도자기 받침 접시

한두 개, 한두 짝의 낡은 구두, 양파를 싸서 정성스럽게 핀을 꽂아놓은 플란넬 천 조각, 몇 장의 비단 테이블 냅킨과 걸레, 꼰 실과 바늘들, 각종 향초를 걸러내는 울퉁불퉁한 종이 몇 장이 나왔다.

"육두구는 어디에 보관하지, 디나?" 오필리어는 인내심을 잃지 않게 해달라고 기도하는 표정으로 물었다.

"여러 군데죠, 아가씨. 저 위에 있는 깨진 찻잔에도 있고, 저 찬장에도 조금 있어요."

"이 분쇄기 안에도 조금 있군." 오필리어는 육두구를 꺼내 보이며 말했다.

"아, 맞다, 오늘 아침에 제가 거기에 넣었어요. 제가 잘 쓰는 물건들은 손 닿는 곳에 놓는 편이라서요." 디나가 말했다. "제이크, 뭘 구경하고 있어? 혼날래? 저기 가만히 있어!" 그녀는 죄인에게 막대기를 휘두르며 말했다.

"이건 뭐지?" 오필리어는 포마드가 들어 있는 받침 접시를 들었다.

"아, 그건 제 머릿기름이죠. 편리하게 쓰려고 거기 담았어요."

"주인마님이 가장 아끼는 받침 접시를 그걸 담는 데 쓴다고?"

"아! 제가 너무 바빠 정신이 없어서 그랬어요. 오늘 당장 치울게요."

"비단 테이블 냅킨도 여기 두 장이나 있네."

"그건 나중에 빨려고 거기 뒀어요."

"이 집에는 빨랫감 모아놓는 곳이 없단 말인가?"

"저, 세인트클레어 주인님이 그래서 수납장을 갖다주셨어요. 그런데 수납장 위에서 비스킷을 만들고, 또 제가 쓰는 물건들을 그 위에 놓다 보니까, 나중엔 수납장 뚜껑 열기가 쉽지 않더라고요."

"비스킷은 저기 있는 반죽 테이블에서 만들면 되잖아?"

"참, 아가씨도, 거긴 이런저런 접시들을 잔뜩 올려놓기 때문에 공간이 없어요."

"그러면 접시들을 씻어서 치우면 되잖아?"

"저보고 접시를 닦으라고요!" 디나의 목소리가 높아졌다. 평소의 점잖은 태도를 지키지 못할 만큼 분노가 커졌기 때문이다. "숙녀분들이 부엌일을 알기나 하는지 궁금하네요. 주인님이 식사하시고 내놓는 그 많은 접시를 설거지하고 치우는 데 제 시간을 다 보내라는 말씀인가요? 마리 양도 저한테 그런 말씀을 한 적이 없습니다요, 한 번도요."

"양파는 왜 여기에 들어 있지?"

"아, 네!" 디나가 말했다. "그게 거기 들어가 있었네요. 왜 거기에 들어가 있을까? 특별한 스튜를 만들 때 쓰려고 챙겨놨던 건데. 낡은 플란넬 천에 싸놓은 걸 제가 잊었나 봐요."

오필리어는 향초를 거를 때 쓰는 거름종이들을 들어 올렸다.

"아유, 만지지 마세요. 저는 물건들을 제가 잘 아는 곳에 보관하는 편이에요." 디나는 단호한 어조로 말했다.

"하지만 종이에 난 이런 구멍들은 자네도 싫겠지?"

"그게 있으면 향초를 거를 때 편해요." 디나가 말했다.

"하지만 서랍 속으로 다 흘러 들어간 게 안 보여?"

"아, 네. 아씨가 계속 물건들을 그렇게 뒤집어놓으면 계속 더 흘러 들어갈 거예요. 벌써 많이 흘렸잖아요." 디나는 언짢은 얼굴로 서랍이 있는 곳으로 갔다. "아가씨는 이층에 올라가 계세요. 청소 시간이 되면 제가 다 알아서 할 테니까요. 그렇지만 숙녀분들이 옆에 있으면 저는 아무 일도 못 해요. 야, 샘, 아이한테 그 설탕그릇을 주지 마! 한 번만 더 그러면 혼구멍을 내준다!"

"내가 부엌 전체를 조사하고 나서 모든 물건들을 정리해놓을 거야. 딱 한 번만! 그다음부터는 내가 정리한 대로 둬둬."

"아, 오필리어 양, 그런 것은 숙녀들이 할 일이 아니죠. 저는 숙녀분들이 그러는 걸 본 적이 없어요. 돌아가신 마님이나 마리 양도 안 그랬어요. 저는 그럴 필요가 없다고 생각하는데요." 디나는 화가 나서 부엌을 이리저리 걸어

다녔다. 그 사이 오필리어는 접시들을 다 꺼내 수북이 쌓은 다음 분류했다. 수십 개의 접시에 나뉘어 있던 설탕을 하나의 큰 그릇에 담았으며, 씻어야 할 냅킨과 테이블보와 수건을 추려낸 다음, 자기 손으로 직접 씻고 닦고 정리했다. 그녀의 속도와 민첩한 동작에 디나는 질색했다.

"맙소사, 북부 여자들이 다 저렇게 일하면, 정말 숙녀도 아냐." 그녀는 자기 목소리가 들리지 않을 만큼 떨어져 자기 '부하' 몇 명에게 속삭였다. "나는 대청소 시간이 되면, 누구 못지않게 물건들을 똑바로 정리해. 하지만 숙녀들이 여기저기 돌아다니면서 내가 모르는 물건들을 죄다 들춰내면 싫어."

공평하게 말하면, 디나는 시도 때도 없이 발작을 일으키듯 부엌의 대대적인 개혁과 정비를 단행했다. 그것을 디나는 '대청소'라고 불렀는데, 이때가 되면 엄청난 열의로 모든 서랍과 장을 바닥이나 테이블 위에 뒤집어놓는 바람에 부엌은 평소보다 일곱 배나 더 난장판이 되었다. 그러면 디나는 파이프를 물고 느긋하게 물건들을 훑어보면서 정리법에 대한 설교를 늘어놓았고, 또 어린 하인들을 모두 동원해 양철그릇을 열심히 닦게 해서, 대여섯 시간 동안 부엌에는 최고로 활기 넘치는 혼돈 상태가 지속됐다. 누가 이 모든 소란에 대해 물어보면, 그녀는 흡족한 표정으로 '대청소 중'이라고 설명했다. 디나는 자신이 바로 '질서의 정신'이며 질서라는 면에서 완벽성이 떨어진다면 그것은 모두 '젊은 것들'이나 다른 사람들 탓이라는 착각을 즐겼다. 모든 양은그릇을 닦고, 식탁을 백옥처럼 하얗게 문지르고, 눈에 거슬리는 모든 물건을 눈에 띄지 않는 구멍과 구석에 처박고 나면, 디나는 멋지게 옷을 차려입고 깨끗한 앞치마를 두르고 크고 화려한 마드라스 터번을 머리에 쓰고 나타나 모든 '젊은 것들'이 부엌에 접근하지 못하게 했다. 자기가 물건들을 정리한 것처럼 보이게 하기 위해서였다. 사실 이 주기적인 대청소 작업은 집 전체에 큰 불편을 주었다. 디나는 어떤 필요성이 생기더라도, 적어도 '대청소' 기간의 열정이 가라앉을 때까지는 깨끗이 닦인 그릇들을 사용해서는 안 된다고 주장할 정도로 그것에 터무니없이 집착했다.

오필리어는 며칠 만에 집안의 모든 부분을 철저히 개혁해서 체계를 잡았다. 하지만 집안일이라는 것이 전적으로 하인들의 협조에 달려 있기 때문에, 그녀의 고생은 사실 시지프스[63] 또는 다나이데스[64]의 고생과 같은 것이었다. 몹시 절망한 그녀는 어느 날 세인트클레어에게 부탁했다.

"이 집에서는 체계 비슷한 것도 세울 수가 없어!"

"정말 그래요." 세인트클레어가 대답했다.

"이렇게 관리가 안 되고, 낭비가 심하고, 혼란스러운 집은 본 적이 없어!"

"아마 그러실 겁니다."

"네가 주부라면 그렇게 시큰둥하게 받아들이지 못할걸."

"오, 누님, 누님도 아실지 모르지만 우리 주인들도 두 유형으로 나뉩니다. 탄압하는 종류와 탄압받는 종류이죠. 우리처럼 천성적으로 착하고, 엄격한 태도를 싫어하는 부류는 불편이 상당히 많아도 감수합니다. 집 안에 엉망이고 엉성하고 무식한 체제를 그냥 내버려두고 싶으면, 그 결과도 감수해야 한다는 거죠. 세상에는 엄격하게 다스리지 않고도 훌륭한 지략으로 집안에 질서와 체계를 세우는 사람들이 드물지만 있습니다. 하지만 난 그런 사람이 아닙니다. 그래서 오래전에 세상일을 그냥 흘러가는 대로 내버려두자고 결심했습니다. 난 그 불쌍한 악마들을 두들겨 패지 못해요. 그 사람들도 그걸 잘 알고 있고요. 칼자루는 자기들이 쥐고 있다는 것도 잘 알죠."

"하지만 시간만 낭비되고 질서도 없어, 모든 집안일이 한심하게 돌아가고 있어!"

"누님 고향인 버몬트 사람들은 북극만큼 위쪽에 살아서 그런지 시간을 지나치게 중시해요! 필요한 시간보다 두 배나 시간이 많은 사람들에게 시간을 아끼는 게 무슨 소용이 있나요? 질서와 체제 문제도 그래요. 소파에 누워 책 읽는 것 말고 딱히 할 일이 없는 사람에게는 점심이나 저녁이 한 시간 빠르

뉴올리언스 근교의 호마[65]

사탕수수

'흑인 감독관'의 삼엄한 감시 하에 이루어지는 사탕수수 수확 작업.
남자들이 1미터 길이로 베어둔 수숫대를 여자들이 주워 모으고 있다.
노예들이 작업을 할 때 흔히 부르는 노래는 현실에 대한 한탄과 소박한 바람으로 가득 차 있다.
하지만 작업을 재촉하느라 휘두르는 백인 감시자의 채찍질에
그들의 하소연 섞인 노래 역시 몇 번이나 멈추곤 한다.

거나 늦어도 큰 문제가 되지 않습니다. 그리고 디나는 요리를 잘하거든요. 수프, 스튜, 구운 닭고기, 디저트, 아이스크림까지요. 그걸 모두 저 아래 있는, 뒤죽박죽된 저 부엌에서 다 만듭니다. 디나가 일하는 방식은 아주 훌륭해요. 하지만 맙소사! 우리가 부엌에 내려가서 연기를 맡고, 하인들이 요리 준비하느라 쪼그려 앉아 있거나 허둥지둥 뛰어다니는 모습을 보면, 밥맛이 떨어져 도저히 먹지를 못할 겁니다! 착한 누님, 이 일은 누님이 좀 참아주십시오! 이 일은 가톨릭의 고난보다 힘든 일일뿐더러 별로 도움이 되지도 않습니다. 누님은 누님대로 화가 나고, 디나는 엄청나게 혼란스러워할 겁니다. 자기 맘대로 하게 내버려두세요."

"하지만, 어거스틴, 내가 부엌 물건들을 어디서 찾아냈는지 알아?"

"제가 모를까 봐요? 국수방망이는 디나 침대 밑에 있고, 육두구와 담배는 호주머니에 같이 들어 있고, 설탕은 예순다섯 개나 되는 접시에 담겨 구석이란 구석에 다 처박혀 있어요. 또 어떤 때는 접시를 냅킨으로 닦다가 또 어떤 때는 낡은 자기 코트 자락으로 닦는 걸 제가 모르는 것 같습니까? 하지만 디나는 훌륭한 저녁 식탁을 차리고 최고의 커피를 만든다는 게 중요하죠. 누님은 군인이나 정치인의 능력을 판단할 때처럼 '결과물'을 놓고 디나를 판단해야 합니다."

"하지만, 비용의 낭비를 생각해봐!"

"아, 그 문제요! 되도록 모든 물건을 창고에 넣고 열쇠를 항상 갖고 다니세요. 필요할 때마다 조금씩 내주시고요, 잡다한 일에 대해 자꾸 캐묻지 마세요. 그건 좋지 않아요."

"그게 신경이 쓰여, 어거스틴. 하인들이 별로 정직하지 않다는 느낌을 떨칠 수가 없어. 너는 그 사람들을 믿니?"

어거스틴은 오필리어가 심각하고 걱정스러운 표정을 짓자 크게 웃음을 터뜨렸다.

"아, 누님, 좋은 말씀입니다. 정직이라! 마치 정직을 기대하신다는 말투군요. 정직이라! 물론 저 사람들은 정직하지 않아요. 저 사람들이 왜 정직해야 하죠? 어떻게 해야 저 사람들을 정직하게 만들 수 있나요?"

"교육시키면 되지."

"교육이라! 말도 안 돼요. 나더러 무슨 교육을 시키란 말입니까? 물론, 마리라면 농장 하인들을 죄다 쥐고 흔들 정신력이 있죠. 하지만 그녀도 저들 중에서 진짜 사기꾼을 솎아내지는 못할 겁니다."

"그럼 정직한 하인이 하나도 없다는 거야?"

"글쎄요, 가끔 자연은 비현실적으로 단순하고 진실되고 성실한 사람들을 만들어냅니다. 아무리 나쁜 조건에서도 심성이 변하지 않는 이들이죠. 하지만 누님도 알듯이, 유색인 아이는 어머니의 젖을 먹는 데도 부정한 방법을 쓰지 않을 수 없다는 걸 느끼고 압니다. 그런 수법은 자기 부모뿐 아니라 부모의 안주인, 주인집의 도련님과 아가씨에게도 적용됩니다. 그들에게 속임수와 사기는 필요한 기술이고, 불가피한 버릇인 셈이죠. 그들에게 다른 걸 기대하는 건 옳지 않아요. 정직하지 않다는 이유로 벌을 주면 안 됩니다. 솔직히 말해 노예들은 평생 의존적이고, 반은 어린아이 같은 상태로 살아요. 그래서 이들이 재산의 권리를 인식하게 하거나, 주인의 선이 곧 자신의 선이라고 생각하게 만들기는 불가능합니다. 저로서는 그들을 정직하게 만드는 방법을 모르겠어요. 톰 같은 친구는 도덕적인 면에서 보면 기적이라고 할 수 있죠!"

"그러면 그들의 영혼은 어떻게 되겠니?" 오필리어가 물었다.

"그 문제는 우리가 신경 쓸 일이 아닙니다." 세인트클레어가 말했다. "저는 실생활에서 드러나는 사실들만 봅니다. 사실, 사람들은 일반적으로 흑인이라는 인종 전체가 우리의 이익이라는 면에서 보면 모두 악마의 편에 있습니다."

"너무 끔찍한 말이야!" 오필리어가 말했다. "부끄러운 줄 알아야 해."

"저도 지금은 잘 모르겠어요. 이런 점에 있어서는 우리도 다른 사람들과 다를 바가 없지요. 신분이 높은 사람이든 낮은 사람이든요. 온 세상을 보세요. 다 똑같은 얘기예요. 하층민은 자신보다 높은 계층의 복지를 위해 몸과 마음, 영혼과 정신을 이용당하고 있잖아요. 영국도 그렇고 온 세상이 다 그렇습니다. 그런데 유독 기독교 세계만 우리가 자기들과 조금 다른 형태로 산다는 이유로 질색하고 분노를 터뜨린단 말입니다."

"버몬트에서는 안 그래."

"아, 네, 뉴잉글랜드나 자유주[66] 사람들은 우리보다 낫죠. 잠깐, 종이 울리는군요. 누님, 우리의 편견을 잠시 접어두고 저녁이나 먹으러 갑시다."

늦은 오후, 오필리어가 부엌에 들어가자 흑인 아이들이 소리쳤다. "와, 프루 할멈이 오늘도 투덜거리며 오고 있어."

키가 크고 뼈만 남은 흑인 노파가 러스크와 뜨거운 롤빵을 담은 광주리를 머리에 인 채 부엌으로 들어오고 있었다.

"오, 프루! 왔군." 디나가 말했다.

프루는 특유의 잔뜩 찌푸린 표정과 뚱하고 볼멘 목소리를 갖고 있었다. 그녀는 광주리를 내려놓고, 쪼그려 앉아 팔꿈치를 무릎에 올려놓았다.

"아이구, 내가 빨리 죽어야지."

"죽는 게 뭐가 좋다고 그래?" 오필리어가 말했다.

"그러면 이 고생을 면할 수 있으니까요." 프루는 바닥에서 눈을 떼지 않은 채 퉁명스럽게 말했다.

"그럼 왜 술을 마시고 소동을 피워?" 침실 하녀로 일하는 깔끔한 쿼드룬 아이가 산호색 귀고리를 찰랑거리며 말했다.

프루는 험악한 눈으로 쳐다보았다.

"자, 프루, 러스크나 보자구. 여기 계신 아가씨께서 값을 치르실 거야."

디나가 말했다.

오필리어는 스무 개 남짓한 빵을 꺼냈다.

"저기 선반 꼭대기에 있는 깨진 항아리에 티켓 몇 장이 있을 거다. 제이크, 네가 올라가서 가져와라." 디나가 말했다.

"티켓? 그게 뭐지?" 오필리어가 말했다.

"우리는 저 여자의 주인에게 티켓을 사고요, 그걸 주면 그 사람들이 우리에게 그만큼 빵을 줘요."

"그리고 주인님은 내가 집에 가면 내 돈과 티켓을 세죠. 혹시 내가 잔돈이라도 챙겼을까 봐요. 그랬다간 전 반쯤 죽어요."

"할멈은 그래도 싸." 버릇없는 침실 하녀 제인이 말했다. "그렇게 하지 않으면 주인 돈으로 술을 마시니까. 저 할멈이 그래요, 아가씨."

"난 앞으로도 계속 그렇게 살 거야. 그렇지 않으면, 술로 이 비참한 인생을 잊어버리지 않으면 살 수가 없으니까."

"주인님의 돈으로 일부러 짐승이 되겠다니 정말 나쁘고 바보 같은 짓이야." 오필리어가 말했다.

"아가씨, 그 말이 맞을지도 모르죠. 하지만 난 앞으로도 계속 그렇게 살 거구면요. 네, 정말로요. 죽어버렸으면 좋겠구면요. 정말로. 어서 죽어서 이 한심한 인생을 끝냈으면 좋겠어요." 그녀는 뻣뻣한 노구를 천천히 일으킨 다음, 광주리를 다시 머리에 이었다. 그러나 부엌을 나가기 전에 아직도 자기 귀고리를 만지작거리고 있는 그 쿼드룬 여자를 쳐다보았다.

"그 귀고리가 좋아 죽겠나 보지. 까불고 머리를 까딱거리며 다른 사람들을 깔보게. 하지만 잊지 마. 너도 조금 있으면, 나처럼 가난하고 늙고 사고나 치는 종자가 될 거다. 너도 싹수가 노랗다, 홍!" 그녀는 심술궂은 악담을 남기고 부엌에서 나갔다.

"밥맛없는 늙은이 같으니!" 주인이 쓸 면도 물을 준비하고 있던 아돌프가 말했다. "내가 주인이라면 지금보다 훨씬 더 많이 고생시켰을 거야."

"저런 천한 것들은 점잖은 집안에 돌아다니지 못하게 해야 될 것 같아요." 제인이 말했다. "세인트클레어 씨는 어떻게 생각하시나요?" 그녀는 아돌프를 향해 아양을 떨며 말했다.

여기서 한 가지 짚고 넘어가야 할 것은 이 집의 하인 중 아돌프는 주인의 이름과 주소를 갖다 쓰는 버릇이 있었고, 그의 행동거지는 뉴올리언스의 유색인 사이에서 세인트클레어 씨의 그것으로 통하고 있었다는 점이다.

"나는 물론 당신의 의견에 동의합니다, 베노아 양." 아돌프가 말했다.

제인은 마리 세인트클레어가 데리고 온 하인이었으며, 베노아는 마리의 친정집 성이었다.

"베노아 양, 그 귀고리는 무도회 때 쓰시려는 건지 여쭤봐도 될는지요? 너무 매력적이라서요!"

"세인트클레어 씨, 남자들이 얼마나 무례하게 굴지 걱정이네요!" 제인은 귀고리가 다시 딸랑거릴 때까지 귀여운 머리를 흔들었다. "당신이 저에게 또 질문을 한다면 저는 저녁 내내 당신과 춤을 추지 않겠어요."

"오, 그렇게 잔인하게 말씀하시다니! 저는 당신이 분홍색 탈러턴[67] 드레스를 입으실 건지 아닌지, 알고 싶어 죽겠습니다." 아돌프가 말했다.

"뭐 하는 거야?" 밝고 작은 쿼드룬 여성인 로자가 계단을 뛰어 내려오며 말했다.

"어머, 세인트클레어 씨가 너무 무례하게 굴잖아."

"이제 이 일은 로자 양에게 맡기고 난 가야겠군." 아돌프가 말했다.

"이 사람은 뻔뻔해요." 로자는 작은 한쪽 발로 균형을 잡고 선 채 아돌프를 심술궂은 눈으로 쏘아보며 말했다. "언제나 날 화나게 한다니까요."

"오, 숙녀분들, 참으세요. 두 분 사이에서 제 마음이 찢어질 것 같습니다." 아돌프가 말했다. "어느 날 아침 제가 침대에서 죽은 채로 발견되면, 그 때문인 줄 아십시오."

"아유, 이 지겨운 놈 말하는 것 좀 봐!" 두 여자는 크게 웃으며 말했다.

"자, 조용히 해! 부엌에서 까부는 꼴은 못 봐줘." 디나가 말했다. "내 앞에서 노닥거리는 꼴은 못 봐."

"디나 아줌마는 무도회에 가지 못해서 심술부리는 거야." 로자가 말했다.

"백인들만 모이는 그런 무도회에는 가고 싶지 않아." 디나가 말했다. "지네들이 백인이나 되는 것처럼 까불기는. 아무리 잘난 척해도 너희들이나 나나 다 똑같은 깜둥이야."

"디나 아줌마도 고불거리고 뻣뻣한 머리를 곧게 펴려고 매일 기름을 바르잖아요?" 제인이 말했다.

"아무리 그래도 다시 곱슬머리가 되지." 로자가 머리를 흔들어 자기의 길고 윤이 나는 곱슬머리를 흘러내리게 하며 말했다.

"주님의 눈에는 곱슬머리도 머리카락이야." 디나가 말했다. "아가씨한테 물어볼까? 너희 두 사람 머리가 나은지 내 머리가 나은지. 어서 나가, 이 실없는 것들아. 여기서 얼씬거리지 말란 말이야!"

이때 이들의 대화는 이중으로 방해를 받았다. 계단 위에서 면도 물을 밤새도록 준비할 거냐고 묻는 세인트클레어 씨의 목소리가 들렸다. 또한 오필리어가 식당에서 나오면서 이렇게 말했다.

"제인과 로자는 왜 여기에서 빈둥거리고 있지? 어서 집에 들어가 모슬린 천이나 챙겨."

러스크를 파는 노파가 사람들과 대화를 나눌 때 줄곧 부엌에 있던 우리의 친구 톰은 그녀를 따라 거리로 나왔다. 그는 걸어가는 그녀를 쳐다보며 이따금씩 참았던 신음소리를 냈다. 드디어 그녀가 어느 집 현관 앞에 광주리를 내려놓더니, 어깨에 두르고 있던 낡고 색 바랜 숄을 매만지기 시작했다.

"광주리를 조금만 들어드리겠습니다." 톰이 동정하는 목소리로 말했다.

"댁이 왜요?" 여자가 말했다. "난 도움 같은 건 필요 없어요."

"어디 아프거나 몸이 안 좋으신 것 같습니다." 톰이 말했다.

"난 아픈 데 없다우." 여자가 짧게 말했다.

"난 그냥." 톰이 그녀를 빤히 쳐다보며 말했다. "난 그냥 술을 멀리 하라고 말하고 싶었습니다. 술이 몸과 마음을 다 망친다는 걸 모르시나요?"

"나도 내 몸이 망가진다는 건 알아요." 여자는 볼멘소리로 말했다. "그런 것까지 알려줄 필요는 없우. 나는 추악하고, 못됐어요. 내 몸을 내가 망치고 있어요. 오, 주님, 빨리 절 데려가소서!"

톰은 음산하고 생기 없는 목소리로 여인이 뱉어내는 이런 무시무시한 말을 듣고 몸을 떨었다.

"오, 주님이 자비를 베푸실 겁니다! 불쌍한 사람 같으니. 예수 그리스도라는 말 못 들어봤어요?"

"예수 그리스도? 그게 누구요?"

"주님입니다." 톰이 말했다.

"사람들이 주님과 최후의 심판과 고통의 날에 대해 말하는 걸 들어본 것 같군. 들어봤수다."

"그런데 우리 불쌍한 죄인들을 사랑하시고 우리 때문에 돌아가신 주 예수님에 대한 얘기를 아무도 안 해줬나요?"

"그런 건 몰라요." 여자가 말했다. "우리 영감이 죽은 뒤로 날 사랑해준 사람은 없었으니까."

"고향이 어디입니까?" 톰이 물었다.

"켄터키요. 어떤 사람이 시장에 내다팔 아이들을 키우라고 날 데리고 있었지. 그런데 아이들이 크자마자 다 팔았다우. 마지막으론 나까지 한 협잡꾼에게 팔아넘겼고, 지금 주인이 그 사람한테서 나를 샀지."

"어쩌다가 이렇게 술독에 빠지게 되었습니까?"

"내 비참한 생활을 잊으려고 마셨지. 이 집에 온 다음에 난 아기를 하나 낳았다우. 난 주인님이 협잡꾼은 아니니까, 하나 정도는 키울 수 있을 거라고 생각했어요. 얼마나 귀여운 녀석이었는지 몰라. 주인마님도 처음에는 아기를 많이 생각해주는 것 같았지. 녀석은 울지도 않았고, 통통하게 살이 쪘다우. 그런데 마님이 병이 드는 바람에 난 마님을 돌봐드려야 했어요. 나도 열병에 걸려서 젖이 모두 말랐고. 그러니 아기는 점점 뼈와 가죽만 남게 되었는데 마님은 내 새끼 먹일 우유를 사주지 않는 거유. 내 말은 잘 안 들었어요. 참다못해 젖이 안 나온다고 말씀드리니까 다른 사람의 젖을 먹이면 되지 않느냐고 하더군. 아기는 점점 더 말라갔고, 울고 또 울고, 또 울었지. 밤낮으로. 나중에 정말 뼈와 껍질만 남았는데, 마님은 아이가 차라리 죽었으면 좋겠다고 하더군. 정말 그렇게 말했어요. 그리고 아이 때문에 내가 잠을 못 자면 좋을 게 없다면서 밤에도 나를 내보내주지 않았다우. 자기 방에서 나를 재웠지. 결국 아기를 다락방 같은 곳에 치워놓았는데, 어느 날 밤새 울다가 죽어버렸어요. 그렇게 죽었어. 그때부터 술에 손을 댔어요. 애기 울음소리가 귀에서 떠나지 않으니 어떡하겠우. 그래서 술을 마셨우. 앞으로도 마실 거라우. 술 때문에 죽는 한이 있어도 마실 거라우. 주인님이 나더러 고통을 받을 거라고 하기에 난 지금도 그렇다고 말했지."

"오, 불쌍한 사람이군요. 주 예수께서 우리를 사랑하시고, 우리를 위해 돌아가셨다는 말을 아무도 해주지 않았단 말입니까? 주님이 우리를 도와주셔서 우리는 죽으면 천국에 가 편히 쉴 수 있다는 말을 아무도 해주지 않았단 말이지요?"

"내가 천국에 갈 것 같아요?" 여자가 말했다. "백인들이 가는 그곳에 내가 갈 것 같아? 거기서도 그 사람들을 만나면 어떻게 하려구? 차라리 죽도록 고생하다가 주인님과 마님이 없는 곳에 가고 말지." 여자는 평소처럼 신음 소리를 낸 뒤, 광주리를 다시 머리에 이고 힘없이 걸어갔다.

사탕수수즙 제조

농장 모퉁이에서 소들의 느린 걸음을 따라 돌아가며
사탕수수를 으깨고 있는 이 구식 절구는
마치 절대 멈춰서는 안 될 운명이라도 타고난 듯하다.
원통형 롤러 속에 다발로 넣어 으깨진 사탕수수에서 즙이 흘러나온다.
짓이겨진 수숫대 찌꺼기는 나중에 이 사탕수수즙을 정제할 때 사용할 화덕의 연료로 쓰일 것이다.
이 농장의 연간 설탕 생산량은 약 200통인데,
이를 위해서는 최소 120만 제곱미터의 사탕수수밭을 경작해야 한다.
게다가 최소 250명의 노예와 80마리의 소,
60마리의 노새라는 '가축'이 필요하다.

톰은 뒤돌아 슬픈 마음으로 집을 향해 걸어갔다. 정원에서 톰은 꼬마 아가씨 에바를 만났다. 소녀는 네덜란드 수선화로 만든 화환을 쓰고 있었고, 눈은 기쁨으로 빛이 났다.

"오, 톰! 여기 있었구나. 찾아서 너무 좋아. 아빠가 톰 아저씨에게 말해서 조랑말을 꺼내 새 마차를 타도 된다고 하셨어." 에바는 톰의 손을 잡으며 말했다. "그런데 무슨 일이야, 톰? 얼굴이 왜 이렇게 시무룩해."

"마음이 좀 안 좋아서요, 에바 아가씨." 톰이 슬픈 목소리로 말했다. "말들을 냉큼 끌고 올게요."

"얘기해봐, 톰. 무슨 일인지. 아까 보니까 프루 할머니와 얘기하던데."

톰은 간단하고 진지한 말로 에바에게 프루의 사연을 들려주었다. 에바는 다른 아이들처럼 탄성을 지르지도, 놀라지도, 울지도 않았다. 아이의 뺨은 점점 하얘졌고, 눈 밑에는 짙은 그늘이 졌다. 아이는 두 손을 자기 가슴에 얹고 깊이 한숨을 쉬었다.

chapter 19
오필리어 양의 경험과 의견 (계속)

"톰, 말들을 안 데리고 와도 돼. 나가고 싶지 않아." 에바가 말했다.

"왜요, 에바 아가씨?"

"그 얘기를 들으니 마음이 너무 아파." 에바가 말했다. "마음이 너무 아파." 에바는 다시 힘주어 말했다. "안 갈 테야." 에바는 돌아서서 집 안으로 들어갔다.

며칠 뒤, 프루 할멈 대신 다른 여자가 러스크를 갖고 나타났다. 오필리어

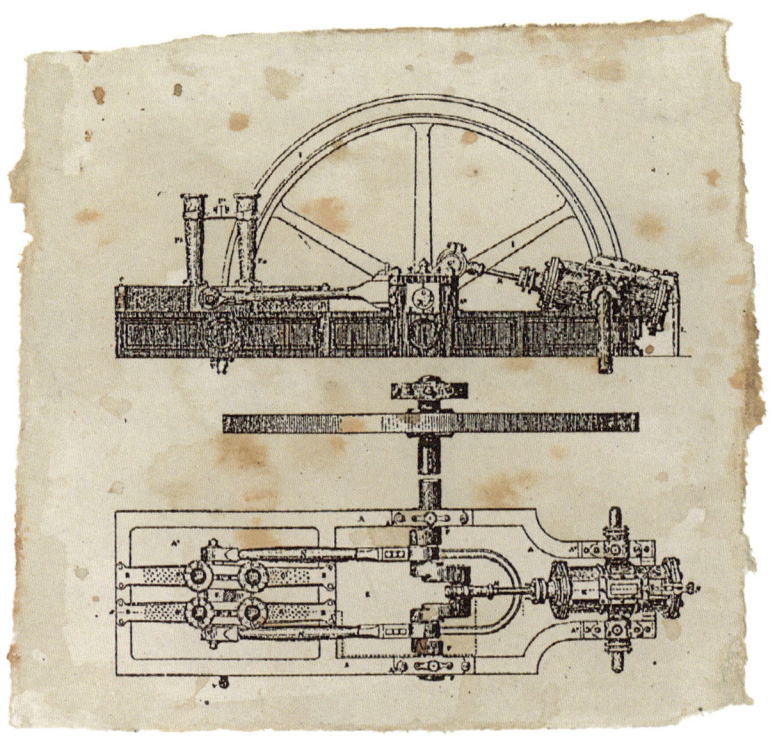

한 작업장에서 주운 당밀 정제기 도안

산업혁명이 진행되고……

증기기관[68]의 출현!
이 현대식 정제기는 신대륙에 도래한 산업화 시대를 예고한다.
내연기관의 연결관과 크랭크축이 교차하면서 흘러나온 당밀은
증기를 가득 내뿜는 거대한 보일러를 통해 럼주로 만들어진다.
바로 이 산업화의 물결 속에서 노동력 절감이 가속화되고
북부 주가 이끄는 노예제도 폐지 움직임 또한 점점 확대되어간다.

 엉클 톰스 캐빈

흰색[69], 그 순결하고 고귀한 색으로
치장한 지주 윌리엄 피켓 경

는 부엌에 있었다.

"어! 프루는 어디 갔어?" 디나가 말했다.

"프루는 이제 안 와요." 여자는 아리송하게 대답했다.

"왜?" 디나가 말했다. "죽었어?"

"정확한 이유는 우리도 몰라요. 지하실에 있어요." 여자는 오필리어의 눈치를 살피며 말했다.

오필리어가 러스크를 고른 뒤, 디나는 문까지 여자를 따라갔다.

"프루에게 무슨 일이 있었어?" 디나가 물었다.

여자는 말하고 싶어 죽겠으나 간신히 참는 듯하다가, 마침내 낮고 은밀한 목소리로 털어놨다.

"저, 이 얘긴 아무한테도 말하면 안 돼요. 프루가 또 술을 마셨어요. 그래서 사람들이 하루 종일 지하실에 가둬놨어요. 파리들이 꼬이는 걸 보니 죽은 모양이라고 사람들이 말하는 소릴 들었어요."

디나가 기겁을 하고 돌아선 순간, 옆에 요정 같은 에반젤린의 모습이 보였다. 에바는 두려움에 질려 커다랗고 신비로운 눈을 동그랗게 떴고, 입술과 뺨은 마지막 피 한 방울까지 빠져나간 것처럼 창백했다.

"하나님 맙소사! 에바 아가씨가 기절하시겠네! 아가씨가 다 듣고 있는 데서 얘기하다니, 우리가 미쳤어. 주인님이 아시면 엄청 화를 내실 텐데."

"난 기절 안 해, 디나." 아이는 단호하게 말했다. "그리고 내가 이런 얘기를 들으면 왜 안 돼? 불쌍한 프루가 고생하는 것에 비하면 내가 이 얘기 듣는 게 뭐가 대수야?"

"맙소사! 이런 얘기는 에바 아가씨처럼 착하고 예민한 아가씨가 들을 얘기가 아니에요. 사람을 돌게 하고도 남아요!"

에바는 다시 한숨을 쉰 뒤 느리고 우울한 걸음걸이로 이층으로 올라갔다.

오필리어는 노파의 소식을 열심히 캐물었다. 디나는 톰이 얼마 전 아침 프루에게서 들었다는 세세한 이야기를 덧붙인 장황한 변형판 이야기를 들려주었다.

"말도 안 돼. 정말 끔찍해!" 그녀는 세인트클레어가 의자에 길게 누워 신문을 읽고 있는 거실로 들어가면서 소리쳤다.

"참으세요. 이번엔 어떤 농간을 찾아내셨는데요?" 그가 말했다.

"이번엔 뭐냐고? 나 참, 그 사람들이 프루를 채찍으로 때려 죽였대!" 오필리어는 사건의 전말을 자세히 들려주었고, 가장 충격적인 부분은 더욱 장황하게 설명했다.

"언젠가 이런 일이 생길 줄 알았어요." 세인트클레어는 신문에서 눈을 떼지 않은 채 말했다.

"그럴 줄 알았다고! 이 일을 모르는 척할 거야?" 오필리어가 말했다. "이런 일에 개입해서 처리해줄 행정위원이나 뭐 그런 사람은 없어?"

"누님, 이런 사건에서 사람들은 남의 '사유재산권'을 침해하지 못하게 돼 있어요. 어떤 사람이 자기 재산을 없애든 말든, 남들이 이러쿵저러쿵할 수 없죠. 그 불쌍한 사람은 아마 도둑이었거나 술주정뱅이였을 겁니다. 그 죽은 여자를 동정할 사람은 많지 않을걸요."

"그건 극악무도한 짓이야. 끔찍해, 어거스틴! 그렇게 말하면 너도 천벌을 받을 게다."

"누님, 내가 한 짓도 아니고, 나도 어찌할 방법이 없어요. 도울 수 있다면 돕죠. 하지만 비열하고 잔인한 인간들이 비열하고 잔인한 짓을 하겠다는데 내가 뭘 어쩌겠습니까? 그 사람들은 절대권력자고, 무책임한 폭군들이에요. 간섭해봤자 소용없을 겁니다. 이런 사건이 일어났을 때 실질적으로 어떤 조치를 취할 수 있는 법이 없어요. 가장 좋은 방법은 눈을 감고 귀를 닫고, 그저 내버려두는 거예요. 그게 우리에게 남은 유일한 방법입니다."

"너는 이런 일에 어떻게 눈을 감고 귀를 닫을 수 있니? 어떻게 이런 일

모른 척할 수 있어?"

"사랑하는 누님, 그럼 어떻게 했으면 좋겠습니까? 우리가 사는 이 세상에는 온통 천하고 무식하고 게으르고 사람 속을 뒤집어놓는 계층이 엄연히 있어요. 그 사람들은 이 세상에서 주인 행세를 하는 사람들의 손아귀에 아무 이유 없이 이미 들어가 있죠. 인류의 절반을 차지하는 건 진지하게 생각할 줄 모르고 자제력도 없는 사람들, 자기 이익조차 현명하게 지키지 못하는 사람들이라는 사실을 아셔야 해요. 이렇게 체계가 잡혀버린 사회에서 아무리 고상하고 인간미가 넘치는 사람이라 한들 눈을 감고 마음을 독하게 먹는 것 말고 뭘 할 수 있나요? 그렇다고 이 불쌍한 족속들을 제가 모조리 살 수도 없고요. 정의의 기사로 변신해서 한 도시에서 일어나는 모든 악행을 일일이 찾아다니며 바로잡을 수도 없잖습니까. 제가 할 수 있는 최선의 행동은 그런 일에 끼어들지 않는 겁니다."

세인트클레어의 준수한 얼굴이 잠시 어두워졌다. 그는 짜증난다는 듯이 얼굴을 찌푸리더니 갑자기 환한 미소를 지으며 말했다.

"사촌누나, 운명의 여신처럼 그렇게 날 보지 마세요. 누님은 커튼 사이로 세상에서 늘 일어나는 이런저런 일 중에서 아주 작은 부분을 살짝 본 것뿐입니다. 인생의 어두운 구석을 모조리 캐고 염탐하면 우리는 아마 살고 싶은 생각이 싹 달아날 거예요. 디나의 부엌을 샅샅이 뒤지는 경우처럼요." 세인트클레어는 다시 소파에 등을 기대고는 신문 읽는 데 몰두했다.

오필리어는 의자에 앉아 뜨개질감을 끌어당겼다. 그녀의 얼굴은 분노로 굳어 있었다. 그녀는 뜨개질을 계속했다. 그러나 이렇게 생각에 잠겨 있는 동안에도 그녀의 마음속에서는 분노가 들끓었다. 드디어 그녀가 폭발했다.

"어거스틴, 너는 모르겠지만, 나는 이런 일을 그냥 넘길 수 없어. 네가 이런 제도를 옹호하다니 정말 혐오스럽다. 내 생각은 그래!"

"뭐라고요?" 세인트클레어가 오필리어를 올려다보며 말했다. "또 시작입니까?"

"그래, 네가 이런 제도를 옹호하는 게 정말 혐오스럽다고 했어!" 오필리어도 점점 열이 올랐다.

"누님, 내가 이 제도를 옹호한다고요? 내가 옹호한다고 누가 그랬습니까?" 세인트클레어가 말했다.

"당연히 넌 노예제도를 옹호하고 있어. 너희 동네 사람들, 남부 사람들은 다 그래. 그렇지 않다면 왜 노예를 데리고 있니?"

"누님은 이 세상에 자기가 옳지 않다고 생각하는 일은 한 번도 하지 않은 사람이 있다고 생각하십니까? 그렇게 순진하신가요? 누님은 옳지 않다고 생각하는 일을 전에도 전혀 안 했고, 지금도 전혀 안 하시나요?"

"내가 그랬다면 난 반성해." 오필리어는 뜨개질바늘들이 달그락거리며 부딪칠 정도로 손에 힘을 주었다.

"나도 마찬가지예요." 세인트클레어가 오렌지껍질을 벗기며 말했다. "나도 항상 후회하며 살죠."

"그럼 왜 그런 짓을 계속해?"

"우리 착하신 누님은 반성하고 난 다음에 그 잘못을 한 번도 되풀이한 적이 없나요?"

"글쎄, 유혹이 아주 큰 경우에만 그랬지." 오필리어가 말했다.

"저도 지금 아주 큰 유혹을 받고 있어요." 세인트클레어가 말했다. "그게 바로 내 고민입니다."

"하지만 나는 앞으로는 그러지 않겠다고 항상 다짐하고, 그런 버릇을 버리려고 노력해."

"나도 십 년 동안, 결심했다가 깨는 일을 반복했죠. 하지만 아직도 잘 모르겠어요. 사촌누님은 그동안 지은 죄를 모두 씻었나요?" 세인트클레어가 말했다.

"어거스틴." 오필리어는 뜨개질감을 내려놓고 진지하게 말했다. "네가 내 단점을 비난하는 건 당연해. 나도 네 말이 모두 맞다고 생각해. 나보다 더 명확하게 말할 수 있는 사람은 없어. 하지만 결국, 너와 나 사이에는 약간 차이가 있는 것 같아. 나는 내가 한 번 틀렸다고 생각한 일을 계속하면 오른손을 잘라버리고 싶었을 거야. 그래도 행동과 말을 일치시키기는 힘들지. 네가 나를 비난해도 할 말이 없어."

"오, 누님," 어거스틴은 바닥으로 내려앉더니 오필리어의 무릎을 베고 누웠다. "내 말을 그렇게 심각하게 받아들이지 마세요. 내가 어렸을 때부터 쓸데없이 건방지게 구는 건 누님도 잘 아시잖아요. 저는 누님 약 올리는 걸 좋아해요. 그뿐입니다. 그냥 누님이 열 받는 걸 보고 싶어서요. 저는 누님이 끔찍할 정도로, 딱할 정도로 착한 사람이라고 생각합니다. 그런데 그 생각만 하면 피곤해 죽겠어요."

"하지만 어거스틴, 이건 중요한 문제야." 오필리어는 그의 이마를 손으로 짚으며 말했다.

"끔찍하게 중요하죠." 그가 말했다. "그런데 있잖아요, 난 더운 날에는 심각한 얘기를 하고 싶지 않아요. 모기가 사방에 돌아다니면, 고상하게 도덕적으로 도약할 생각이 안 나거든요." 세인트클레어는 벌떡 일어서며 다시 말했다. "아, 이젠 알 것 같아요. 북부연방이 왜 항상 남부연합보다 더 자비로운지 이젠 알 것 같아요. 문제의 본질이 뭔지 알겠어요."

"어거스틴, 넌 정말 실없는 사람이구나!"

"내가요? 글쎄요, 그런 것 같기도 하네요. 그런데 이번만 진지하게 말할게요. 일단 저 오렌지 바구니 좀 주세요. 내가 좀 고생을 해야 하니까. 성경 말씀에도 '너희는 건포도로 내 힘을 돕고 사과로 나를 시원하게 하라'고 했잖아요." 어거스틴은 바구니를 받으며 말을 이었다. "시작할게요. 인간의 역사가 전개돼오면서 사람은 자기와 비슷하지만 가련한 이삼십 명의 노예를 데리고 있을 필요성이 생깁니다. 고상한 세상 여론의 관점에서 보면……."

"네가 뭘 진지하게 말하겠다는 건지 모르겠다." 오필리어가 말했다.

"잠깐, 이제 나와요, 계속 들어보세요. 누님, 문제의 요점은." 그의 잘생긴 얼굴이 진지하고 열성적인 표정으로 급변했다. "노예제도라는 이 추상적인 문제에 대해서는, 내 생각엔 딱 한 가지 이론밖에 없어요. 농장을 운영하기 위해 노예를 살 돈이 있는 농장 주인들, 그 농장주들을 기쁘게 해줘야 하는 성직자들, 나라를 통치하려는 정치인들은 세상이 깜짝 놀랄 만큼 능숙한 솜씨로 언어와 윤리학을 주무를 수가 있어요. 그들은 자연의 이치와 성경 말씀을 마음대로 왜곡하기도 하는데, 사람들은 그들의 말 외에는 믿을 게 없어요. 그런데 결국 사람들도 세상도 이제는 그들의 말을 눈곱만큼도 안 믿는다는 겁니다. 노예제도는 악마가 만든 제도예요. 이게 핵심입니다. 그리고 내가 보기에, 노예제도는 악마가 만든 것치고는 꽤 잘 만든 물건이에요."

오필리어는 뜨개질을 멈추고 놀란 표정을 지었다. 그녀의 놀란 표정을 즐기는 듯 세인트클레어는 말을 이었다.

"누님은 잘 이해하지 못하는 것 같네요. 하지만 누님이 내 말을 편견 없이 받아들인다면, 제 생각을 깨끗하게 다 털어놓겠습니다. 주님과 인간이 모두 저주하는 이 노예제도의 본질이 뭘까요? 군더더기는 다 떼버리고 노예제도의 뿌리와 핵심까지 내려가면 뭐가 나오죠? 우리 형제 쿼시[70]는 무지하고 약합니다. 그런데 나는 똑똑하고 강해요. 나는 방법도 알고 능력도 있기 때문에 그자의 모든 것을 훔친 뒤 내 것으로 만들어버립니다. 그리고 그 사람한테는 순전히 내가 주고 싶은 만큼만 찔끔 주죠. 그러면 나는 아무리 힘들고 더럽고 내키지 않는 일도 쿼시에게 시킬 수 있어요. 나는 일하기 싫어하니까 쿼시가 일해야 합니다. 햇볕에 내 살이 타니까 쿼시가 나 대신 햇볕 속에 있어야 합니다. 쿼시가 돈을 벌어오면 내가 그 돈을 쓰죠. 진창길이 나타날 때마다 쿼시가 엎드리면 나는 신발을 젖게 하지 않고 그자를 밟고 갈 수 있죠. 쿼시는 죽을 때까지 자기 뜻이 아니라 내 뜻에 따라 삽니다. 그러다 마침내 하늘나라로 가면 나는 잘됐다고 생각하죠. 이게 노예제도에 대한 제 생각입니다. 이 땅에 사는 사람들 중에 우리 노예법을 법전에 나와 있는 대로 해석하는 사람은 없을 겁니다. 노예 학대 문제를 따지는데, 다 헛소리예요! 노예제도 자체가 이 모든 학대의 본질이란 말입니다. 이 나라가 아직 소돔과 고모라[71]처럼 아직 망하지 않은 유일한 이유는 이 말이 실제보다 엄청 좋은 의미로 사용되기 때문이에요. 부끄럽게도 우리는 미개한 짐승의 몸이 아니라 여자의 몸에서 태어난 인간이기 때문에, 대부분의 사람들은 이 야만적인 법이 우리 손에 쥐어준 권력을 최대한 행사하는 것을 꺼리고 있을 뿐이죠. 그중에서 가장 지나친 사람, 가장 악독하게 구는 사람이 있지만, 그들도 실은 법이 허용하는 한도 내에서 제 권력을 휘두르는 것뿐입니다."

세인트클레어는 일어났다. 그리고 흥분했을 때 늘 그랬듯이 빠른 걸음으로 방 안을 왔다 갔다 했다. 그리스 조각처럼 아름다운 얼굴은 실제로 끓어오르는 열정으로 불타는 것 같았다. 그는 크고 푸른 눈을 반짝이며 자기도 모르게 몸을 움직였다. 그가 이렇게 흥분한 것을 한 번도 보지 못했던 오필리어는 죽은 듯이 조용히 앉아 있었다.

"누님, 솔직하게 말할게요." 그는 사촌누이 앞에서 갑자기 걸음을 멈췄다. "쓸데없는 말인지 모르겠지만, 솔직히 말하면, 나는 이 나라가 몽땅 땅 속으로 꺼져버려 이 나라의 모든 부정과 비참한 상태가 빛으로부터 가려질 수 있다면, 나도 기꺼이 나라와 함께 땅 속으로 꺼질 용의가 있다는 생각을 여러 번 했습니다. 전에 배를 타고 여기저기 돌아다니거나 수금 여행을 다니면서, 잔인하고 구역질나고 비열하고 천박한 자들을 많이 봤습니다. 그자들은 바로 우리 법률에 의해서 절대권력자 행세를 하고 있어요. 그자들은 많은 남녀와 아이들을 상대로 사기를 치고, 훔치고 도박하듯이 돈으로 노예를 삽니다. 그런 것을 생각하면, 또 그런 자들이 절박한 처지의 아이들, 어리거나 나이 먹은 여자 노예들의 실질적인 주인 노릇을 하는 꼴을 보니까 내 조국을 저주하고 인간이라는 종족 자체를 저주하고 싶은 마음이 저절로 생깁디다!"

"어거스틴!" 오필리어가 말했다. "그만하면 됐다. 내 평생 그런 말은 북부에서도 들어본 적이 없다."

"북부라고요!" 세인트클레어의 표정이 금방 바뀌면서 평소의 냉담한 어조가 약간 돌아왔다. "휴! 그 북부 사람들도 냉혈한이죠. 북부 사람들은 다 냉혈한입니다. 거기 사람들은 우리처럼 까놓고 욕하지도 못하잖아요. 우리는 그래도 욕할 땐 심하게 하는데."

"글쎄, 하지만 문제는……." 오필리어가 말했다.

"아, 그렇군요. 문제는 그게 아니라는 말이죠. 누님이 어쩌다가 죄악으로 가득 찬 이런 비참한 상태에 빠졌죠? 음, 누님이 전에 일요일마다 내게 가르쳐주었던 성경 말씀으로 대답해볼까요. 저는 평범한 세습 덕분에 이렇게 됐어요. 내 하인들은 아버지 하인들이었고, 또 어머니 하인들이었어요. 지금은 다 내 소유가 됐죠. 게다가 또 그 자식들이 늘어나니까 이제는 꽤 재산이 많아졌어요. 누님도 아시지만 우리 아버지는 원래 뉴잉글랜드에서 오신 분입니다. 누님의 아버지와 똑같아요. 평범한 구시대 사람이었어요. 꼿꼿하고 힘이 넘치고 의젓하고 강철 같은 의지를 지니셨죠. 누님의 아버지는 뉴잉글랜드에 정착하셔서 황무지를 지배하고 거기에서 자연의 존재를 쫓아내셨죠. 그런데 우리 아버지는 루이지애나에 터를 잡고 남녀 노예를 지배하시고 그들에게서 자연의 심성을 쫓아내셨습니다. 어머니는……." 세인트클레어는 자리에서 일어나 방 끝에 걸려 있는 사진 쪽으로 걸어갔다. 그러고는 존경 어린 표정으로 사진을 올려다보았다. "어머니는 성스러운 분이었어요. 저를 그런 눈으로 보지 마세요. 제 말뜻을 아시잖아요. 어머니도 물론 죽을 수밖에 없는 인간으로 태어났지만, 제가 보기에 어머니에게는 인간이 빠질 수 있는 유약함이나 실수의 흔적이 전혀 없었어요. 어머니를 기억하는 사람들은 노예든 자유인이든 하인, 지인, 친척이든 모두 똑같은 말을 합니다. 어머니야말로 바로 성경 말씀이 인간의 모습으로 구현된 분이었습니다. 오, 어머니, 어머니!" 세인트클레어는 마음이 복받치는 듯 손을 맞잡았다. 그러고는 갑자기 매무새를 만지고 나서 되돌아와 낮은 의자에 앉아 말을 계속했다.

"형님과 나는 쌍둥이였어요. 사람들은 쌍둥이는 서로 닮아간다고 하잖아요. 하지만 우리는 모든 점에서 정반대였어요. 형은 눈이 검고 불타는 것 같았고, 머리는 칠흑처럼 검었고, 얼굴은 뚜렷하고 아름다운 로마풍에 짙은 갈색 피부를 가졌어요. 반면에 저는 푸른 눈에 금발, 그리스풍의 얼굴선, 하얀 피부를 가졌죠. 형님은 활동적이고 빈틈이 없는 반면, 저는 소극적이고 늘 꿈에 젖어 살았죠. 형은 친구나 같은 계급의 사람들에게는 관대했지만 자기보다 못한 사람들에게는 거만하고 위압적이었어요. 또한 자기에게 반대하는 것에는 무엇이든 무자비하게 대했어요. 하지만 우린 둘 다 진실한 사람이었습니다. 형의 진실된 마음은 자긍심과 용기에서 나왔고, 내 진실된 마음은 약간 추상적인 이상주의에서 나왔지만요. 우리는 여느 형제들이 그렇듯이, 서로를 친구처럼 사랑했습니다. 안 그럴 때도 있었지만 대체로 서로 좋아했어요. 형은 아버지의 귀여움을 받았고, 저는 어머니의 귀여움을 받았죠.

저는 모든 문제들에 대해 병적이라고 할 수 있을 정도로 날카로운 감정과 예민한 감수성을 지닌 소년이었죠. 그런데 형과 아버지는 이것을 전혀 이해하지 못했고, 동감하지도 않았습니다. 하지만 어머니는 이해했어요. 그래서 앨프리드 형과 싸워 아버지가 나를 무섭게 노려보시면 난 어머니 방으로 들어가 어머니 옆에 가만히 앉아 있었어요. 당시 어머니의 모습이 생각나요. 뺨은 창백했고 눈은 깊고 부드러웠고 생각에 잠겨 계셨죠. 어머니는 항상 흰 옷을 입었어요. 전 계시록에서 깨끗하고 흰 리넨 옷을 입은 성자들에 대한 구절을 읽을 때마다 어머니를 연상하곤 했습니다. 어머니는 여러 가지에 천재적인 재능이 있었는데, 특히 음악에 뛰어나셨습니다. 어머니는 오르간 앞에 앉아 옛날 가톨릭교회의 아름답고 장엄한 음악을 연주했고, 인간이 아니라 천사 같은 목소리로 노래를 불렀어요. 저는 어머니의 무릎을 베고 누워 울고, 꿈꾸고, 도저히 말로 표현할 수 없는 여러 감정을 느끼곤 했습니다.

당시에는 노예제도가 지금처럼 논란이 되지 않았어요. 이 제도에 어떤 폐단이 있다고 생각하는 사람은 없었습니다.

아버지는 타고난 귀족이었어요. 아버지는 틀림없이 태어나기 전부터 고귀하신 분들의 세계에 살다가 이 세상에 나올 때 그 옛 자긍심을 갖고 오신 것 같아요. 왜냐하면 아버지의 집안은 원래 가난했고 그다지 고결한 가문이 아니었는데, 당신은 뼛속까지 귀족의 자긍심이 배어 있었으니까요. 형은 아버지의 그런 모습을 이어받았습니다.

생각해봅시다. 전 세계의 귀족층은 자기네 사회의 경계선 밖에 대해서는 인간애를 발휘하지 않아요. 그 경계선은 영국 다르고, 미얀마[72] 다르고, 또 미국 다릅니다. 하지만 어느 나라든 귀족층은 자기네의 그 선을 넘어가지 않아요. 자기가 속한 계급에서 고통, 고생, 부정이라는 문제가 생기면 펄펄 뛰다가도 다른 계급에서 똑같은 문제가 발생하면 냉담합니다. 아버지에게 그 경계선은 피부색이었습니다. 같은 계층의 사람들 사이에서 우리 아버지보다 더 정의롭고 관대한 분은 없었습니다. 하지만 아버지는 흑인들을, 피부의 진한 정도에 따라 인간과 동물 사이에 놓인 일종의 연결고리처럼 여겼고, 이런 가설에 따른 등급에 맞춰 정의감과 관대한 태도를 발휘했습니다. 제 생각엔 만약 어떤 사람이 아버지에게 흑인들도 인간의 영혼을 가진 존재가 아니냐고 노골적으로 물어봤다면 아마 좀 얼버무리다가 결국엔 '그렇다'라고 대답했을 것입니다. 하지만 우리 아버지는 그런 영적인 문제로 많이 고민하는 분이 아니었어요. 상류층의 지도급 인사로서 확고하게 하나님을 경배하는 것 외에 다른 종교적인 감정은 그분에게 없었습니다.

아버지는 오백 명의 흑인 노예를 부렸어요. 그분은 타협하지 않았고, 무섭게 몰아치는 성격에 꼼꼼한 사업가였어요. 모든 일은 체계적으로 움직여야 했고, 예외 없이 정확하고 정밀하게 유지되어야 직성이 풀리는 분이었죠. 자, 그런데 실제로 이 모든 일은 매사에 게으르고 쓸데없이 군소리를 하고 다니는 칠칠치 못한 노예들이 해야 하잖아요. 노예들은 태어나서 평생 동안 버몬트 사람들의 말마따나 '게으름 피우는 것' 외에 다른 걸 배울 의욕이라곤 전혀 없는 환경 속에서 사는 작자들입니다. 그러니 아버지 농장에서 나 같은 예민한 아이의 눈에 끔찍하고 고통스러운 일이 얼마나 많이 벌어졌을지 누님도 짐작할 수 있을 겁니다.

다른 얘기는 다 그만두고, 아버지 밑에 감독관이 한 사람 있었어요. 아주 덩치가 크고, 키도 크고, 힘이 장사인 이교도 같은 자였어요. 누님에게는 죄송한 말씀이지만, 버몬트 출신치고는 별종이었죠.[73] 그 사람은 무자비와 잔혹성에 관한 한 체계적인 교육이라든가 실생활에서 실천할 수 있는 학위라도 받았나 싶을 정도의 인간이었습니다. 어머니는 그자의 행동을 도저히 참지 못했습니다. 나도 못 참았습니다. 하지만 우리 아버지를 움직이는 힘은 전적으로 그자에게 있었어요. 영지의 절대군주는 사실 그 사람이었죠.

그때 저는 어렸지만 모든 종류의 인간을 지금처럼 똑같이 사랑했어요. 인간성 탐구에 대한 열정이 자리를 잡아가던 시절이었죠. 저는 노예들이 사는 오두막과 그들이 일하는 들판에 굉장히 자주 갔어요. 그런 데가 제가 제일 좋아하는 곳이었죠. 저는 그런 곳에서 갖가지 불평과 고뇌의 소리를 들었고, 그 얘기를 어머니에게 그대로 전해드렸어요. 어머니와 저는 일종의 불만처리위원회를 만들었던 셈이죠. 우리는 잔인한 짓을 못 하게 저지했어요. 그리고 그런 선행을 스스로 뿌듯해했죠. 그런데 결국 세상사가 늘 그렇듯이 제 열정이 좀 지나쳤습니다. 감독관인 스텁스는 아버지에게 일꾼들이 관리가 되지 않는다며 관두겠다고 말했어요. 아버지는 어머니에게 다정하고 관대한 남편이었지만, 필요하다고 생각하면 절대 양보하지 않는 분이기도 했어요. 아버지는 우리와 일꾼들 사이에 들어와 바위처럼 자리를 잡았습니다. 아버지는 어머니에게 존경심이 담긴 말로, 그러나 분명하게, 집안 하인들에 대해서는 어머니가 안주인이지만 밭 일꾼들에 대해서는 어떤 간섭도 허용할 수 없다고 못을 박았어요. 아버지는 어떤 사람보다 어머니를 존중하고 존경했지만, 아마 누가 당신 사업에 개입하면 성모 마리아에게라도 똑같은 말을 했을 겁니다.

어머니가 아버지에게 동정심을 불러일으키려고 논리적으로 설득하시는 것을 몇 번 봤어요. 어머니의 가슴 아픈 호소를 아버지는 점잖게 듣기는 했지만 매우 실망스럽고 냉정한 태도를 보이셨어요. 아버지는 이런 식이었습니다. '쉽게 말하면 이런 얘기요. 스텁스와 헤어져야 하는가, 아니면 계속 데리고 있어야 하는가? 스텁스는 굉장히 정확하고 정직하고 유능한 사람이오. 하지만 그 사람도 인간이지. 아무도 완벽할 수는 없어. 그런데 그를 계속 데리고 있으려면 예외적인 사건이 가끔 일어나더라도 그 사람이 하는 일을 전폭적으로 밀어줘야 하오. 어떤 관리 업무에도 약간의 엄격한 태도는 불가피하오. 보편적인 규칙이라도 특정 사안에는 가혹한 결과를 낳을 수 있소.' 마지막의 격언 같은 말을 아버지는 굉장히 잔인한 사건이 일어났을 때 사용하는 결정타로 여기는 것 같았어요. 이렇게 훈시를 늘어놓고 나서 아버지는 어려운 일을 해치운 사람처럼 소파 위에 다리를 얹고는 낮잠을 주무시거나 신문을 읽었어요.

사실 아버지는 정치가에게 필수적인 재능을 그대로 보여주신 것입니다. 아버지는 기회만 있었다면, 폴란드도 오렌지 쪼개듯 쉽게 분할하고, 아일랜드는 조용히 그리고 체계적으로 짓밟았을 거예요.[74] 결국 어머니는 아버지 말씀에 절망하고는 포기했어요. 자기가 보기에는 불의와 잔혹성이 가득 차 있는 것 같은데 주변 사람들은 그렇게 생각하지 않는 경우, 어머니처럼 고결하고 섬세한 분이 어떤 느낌을 가졌을지는 전혀 알 수 없어요. 그런 분들에게 이 지옥 같은 세상은 기나긴 슬픔의 세월이었겠지요. 그러니 자식을 당신의 생각과 감정으로 교육시키는 것 외에 달리 무슨 일을 할 수 있었겠어요? 그런데 교육 문제에 대해 말하자면, 아이들은 오로지 타고난 천성대로 자라게 돼 있습니다. 앨프리드 형은 요람에서부터 귀족이었습니다. 성장 과정에서 형의 모든 감정과 논리는 당연히 귀족식으로 바뀌었고, 어머니의 모든 훈계는 없어져버렸습니다. 반대로 내 경우, 어머니의 말씀은 마음 깊이 새겨졌습니다. 어머니는 외견상 아버지의 말씀을 거역하거나 다른 의견을 표현한 적이 없었습니다. 하지만 어머니는 당신의 깊고 열성적인 천성, 즉 모든 인간은 아무리 미천하더라도 가치와 존엄성을 지녔다는 개념을 나의 영혼에 심어주었습니다. 어머니가 밤에 별을 가리키며 '하늘을 봐라, 어거스트! 세상에서 아무리 가난하고 미천한 사람이라도 저 별들이 모두 사라지면 하나님처럼 영원히 살게 된단다'라고 말씀하실 때 저는 어머니의 얼굴을 경외감을 갖고 바라보았습니다.

어머니에겐 아름다운 옛날 그림들이 약간 있었습니다. 그중에 예수님이 맹인을 치료하는 그림이 하나 있었죠. 그 그림은 너무나 아름다웠고, 저에게 깊은 인상을 남겼습니다. 어머니는 '어거스트, 저 그림을 봐라. 저 맹인은 가난하고 혐오스러운 거지였어. 그런데도 예수님은 저 사람을 불러 머리에 손을 얹으셨어. 그 점을 잊지 말아라, 애야'라고 말씀하셨어요. 내가 만약 어머니의 보살핌을 더 오래 받았더라면, 내 안에 숨겨진 열정이 살아나 성인이나 개혁가, 순교자가 되었을지도 모릅니다. 하지만 슬프게도 나는 겨우 열세 살 때 어머니의 품을 떠났고, 그 후 어머니를 다시 뵙지 못했죠!"

세인트클레어는 머리를 감싼 채 한동안 아무 말도 하지 않았다. 잠시 후, 그는 고개를 들어 말을 이어갔다.

"인간의 미덕이라는 건 모두 하찮고 비열한 쓰레기예요! 그런 것은 대체로 경도와 위도, 지리적 위치 따위가 인간의 성품과 어우러져 일어나는 문제예요. 더 큰 요인은 우연일 뿐이에요. 예를 들면, 누님의 부친은 버몬트의 한 마을에 정착합니다. 그곳 주민들은 사실상 모두 자유롭고 평등하죠. 그들은 장로교회의 평범한 신도나 집사가 되거나 경우에 따라 분리주의자 회원이 되며, 우리 같은 남부 사람들을 그저 이교도보다 조금 더 나은 인간으로 생각합니다. 하지만 그 사람들도 우리 아버지처럼 관행과 습관이 찍어낸 복제품일 뿐입니다. 내 눈에는 그 사람들에게서도 마찬가지로 강력하고 위압적이고 지배적인 오십 가지 형태의 정신이 엿보입니다. 누님도 누님 마을 사람들에게 스콰이어 싱클레어가 노예들보다 우월감을 느끼지 않았다는 사실을 납득시키기가 얼마나 힘든지 잘 아실 겁니다. 사실 그 사람도 우연히 민주주의 시대에 태어나서 민주주의 이론을 받아들였지만 마음속으로는 오륙백 명의 노예를 지배했던 우리 아버지처럼 철저한 귀족주의자였습니다."

오필리어는 이런 식의 설명에 반발심이 생겨 뜨개질하던 손을 멈추고 무슨 말을 하려고 했으나, 세인트클레어가 그녀의 말을 막았다.

"누님이 무슨 말을 하려는지 다 압니다. 저는 사실 그 사람들이 모두 똑같다고 말하는 게 아닙니다. 어떤 사람은 모든 일이 자연적인 성향에 반하는 상황에 처하고, 또 어떤 사람은 모든 일이 자연에 순응하는 환경에 떨어집니다. 그러면 한 사람은 나중에 상당히 의지가 강하고 거칠고 위압적인 민주주의자가 되지만, 다른 사람은 의지가 강하고 거친 독재자가 되는 것이죠. 만일 두 사람이 루이지애나에 농장을 소유하고 있다면 그들은 같은 틀에서 뽑아낸 총알 두 개처럼 닮게 되어 있습니다."

"넌 참 무책임하구나!" 오필리어가 말했다.

"북부 사람들을 모욕하려는 것은 아닙니다." 세인트클레어가 말했다. "남에게 존경심을 표하는 게 제 장점이 아니라는 것은 누님도 잘 아시죠. 그건 그렇고 제 과거 이야기로 다시 돌아가봅시다."

"아버지는 돌아가실 때 모든 재산을 우리 쌍둥이 형제가 서로 상의해서 나누라고 하셨어요. 하나님의 땅에서 숨 쉬는 인간 중에 앨프리드 형만큼 고상하고 관대한 사람은 없어요. 물론 같은 계급의 사람에 관한 한 그렇다는 얘기죠. 우리 형제는 단 한 번의 불미스러운 언쟁이나 감정싸움 없이 이 재산 분할 문제를 원만하게 처리했죠. 우리는 처음에는 농장 일을 함께 했습니다. 그리고 외향적인 성격 덕분에 나보다 두 배나 더 능력을 발휘한 앨프리드 형은 열성적으로 농장을 운영해서 크게 성공했습니다.

하지만 이 년 동안 시험적으로 농장 일을 해봤더니, 저는 농장 경영 문제에 있어서는 형의 좋은 협력자가 될 수 없다는 게 증명됐습니다. 내가 개인적으로 알지도 못하고 관심도 없는, 노예 상인에게서 사서 숙소에 몰아넣고 뿔 달린 가축처럼 밥 주고 일을 시킬 뿐인 노예를 칠백 명이나 거느린다는 문제, 인생에서 가장 기본적인 욕구를, 그것도 최저 수준으로만 충족시켜준 채 노예를 노동시키는 문제, 끊임없이 채찍질이 필요하다는 처음이자 마지막이며 유일한 주장…… 이 모든 것들이 지로서는 감당할 수 없을 만큼 혐오스럽고 역겨웠습니다. 그리고 불쌍한 영혼들을 바라보는 어머니의 생각을 떠올리면 농장 일을 하기가 더욱 두려워졌습니다.

노예들이 이 모든 고생을 즐기고 있다는 말은 말도 안 되는 소리입니다. 오늘날까지 거만한 북부 사람들이 우리의 죄를 열심히 사과하는 척하면서 내뱉는 쓰레기 같은 말을 저는 참을 수 없습니다. 세상에 어떤 인간이 새벽부터 밤까지, 주인의 끊임없는 감시를 받으며, 늘 똑같은 중노동을 하길 원한답니까? 일 년간 일하는 데 딱 적당한 바지 두 벌과 구두 한 켤레, 그리고 딱 죽지 않을 만큼의 음식과 잠자리를 제공받으면서 말입니다. 그런 식의 삶이 편할 수도 있다고 생각하는 자가 있다면, 난 그 사람도 한번 그렇게 살아보라고 하고 싶어요. 나 같으면 차라리 개를 사서 일을 시키겠습니다. 양심이

라도 깨끗하게요."

"나는 너나 이곳 사람들이 이 모든 일에 동의하고, 그것이 성경 말씀에 비춰 올바르다고 생각하는 줄 알았어." 오필리어가 말했다.

"헛소리예요! 우리는 아직 그 정도까지 타락하지 않았어요. 앨프리드 형은 누구 못지않은 절대군주가 되기로 결심한 사람이기 때문에 이런 변명을 하는 척도 안 합니다. 아니죠. 형은 그 낡고 잘난 '가장 강한 자의 권리'라는 말을 발판으로 삼아 아주 높은 곳에 오만하게 서 있습니다. 그리고 형은 미국의 농장주들은 '형태만 다를 뿐, 영국 귀족들과 자본가들이 하층민들에게 하고 있는 짓을 하고 있을 뿐이다'라고 말합니다. 다시 말해 노예들의 몸과 뼈, 정신과 영혼을 사유화해 자신들의 목적과 편의를 위해 착취하고 있다는 얘기죠. 형은 다수의 민중을 노예화하지 않으면 명목상으로든 실질적으로든 고도의 문명은 존재할 수 없다고 말합니다. 형의 말로는, 세상에는 우리에게 육체적 노동을 제공하고 동물처럼 갇힌 채 사는 하층계급이 반드시 있어야 한다는 겁니다. 그럼으로써 상류계급 사람들은 지성을 확장하고 사회를 발전시키고 이런 하층민을 지도할 정신적 여유와 부를 얻을 수 있다는 논리죠. 형의 논리는 아까도 말했듯이, 형이 타고난 귀족이기 때문입니다. 하지만 나는 형의 말을 믿지 않아요. 내가 타고난 민주주의자이기 때문이죠."

"세상에 그 두 가지를 비교할 수 있니?" 오필리어가 말했다. "영국의 노동자들은 팔리거나 가족과 생이별을 당하거나 채찍으로 맞지 않아."

"노동자도 고용주에게 팔린 것과 마찬가지로 전적으로 고용주의 처분에 맡겨져 있어요. 노예 소유자는 말 안 듣는 노예를 채찍으로 때려 죽일 수 있죠. 자본가들도 노동자를 굶겨 죽일 수 있습니다. 가정의 안정이라는 문제도 마찬가지예요. 제 자식이 팔려 가는 꼴을 보는 것과 자식이 집에서 굶어 죽는 걸 보는 것 중 뭐가 더 악랄하다고 말할 수는 없어요."

"하지만 그런 논리는 노예제도가 다른 나쁜 제도보다 더 악랄하다는 증명

오필리어 양의 경험과 의견(계속)

카카오열매

열 살 소녀 이다는
하루에 열네 시간 이상을
카카오밭에서 일한다.

노스캐롤라이나 주 그린즈버러의 카카오 농장

카카오나무에 달린 카카오열매 수확.
500명이 넘는 노동자들이 일하는 이 카카오 농장에서는
초콜릿의 원료인 카카오열매 씨앗, 즉 카카오 빈을 연간 340톤이나 생산한다.
노스캐롤라이나 주의 농장들은 담배, 쌀, 사탕수수, 카카오 등 비교적 다양한 작물을 수확하고 있다.
커피를 비롯한 다른 열대성 식물은 기후조건으로 인해
서인도제도나 남아메리카에 한해 재배된다.

으로는 부족해."

"변명하려고 이런 말을 하는 게 아닙니다. 아니에요. 다른 건 몰라도 우리의 노예제도는 인권에 대한 더 대담하고 노골적인 침해예요. 우리는 실제로 사람을 말처럼 사고, 이를 검사하고, 관절을 꺾어보고, 걸음걸이를 검사한 다음 값을 치르잖아요. 노예 투기꾼, 노예를 사육하는 사람, 노예 장사꾼, 브로커 들이 이 문명사회에서 노예들을 물건처럼 진열합니다. 그 물건이 본질적으로는 우리와 똑같은 인간인데도요. 다시 말해, 그자들은 노예의 감정은 전혀 고려하지 않고 단지 다른 인간이 이용하고 발전하도록 하기 위해 한 인간의 존재를 완전히 사유화하겠다는 겁니다."

"나는 이 문제를 그런 식으로 생각해본 적이 없어." 오필리어가 말했다.

"저는 전에 영국을 여행하다가 하층민의 생활상을 기록한 문서를 많이 봤어요. 앨프리드 형이 자기 노예들은 영국 인구에서 큰 비중을 차지하는 노동자층보다 잘산다고 말한다고 해도 반박할 수는 없습니다. 그리고 누님도 지금까지 내가 한 얘기 때문에 앨프리드 형이 잔인한 주인이라고 여겨서는 안 됩니다. 왜냐하면 형은 그런 사람이 아니니까요. 물론 형은 절대군주처럼 살고, 순종하지 않는 자들을 무자비하게 다룹니다. 만일 노예가 반항하면, 형은 양심의 가책 없이 수사슴을 사냥하듯 그 자리에서 총으로 쏴 죽일 겁니다. 하지만 전체적으로 보아, 형은 자기 노예들을 잘 먹이고 잘 재워준다는 점에 일종의 자부심 같은 걸 갖고 있어요.

나는 형을 볼 때마다 노예들을 가르쳐야 한다고 계속 재촉했어요. 그러니까 기쁘게도 형은 일요일마다 목사를 불러 노예들과 교리문답 시간을 갖도록 해주었어요. 형은 속으로는 개나 말과 교리문답을 하는 것과 다를 바 없다고 생각했겠지만 어쨌든 그렇게 했어요. 사실 태어나는 순간부터 열악한 환경 때문에 우둔해져 동물처럼 살고, 일주일 내내 힘든 노동에 시달려 자신을 돌아볼 시간이 없는 그들이 일요일에 몇 시간 교리문답을 한다고 해서 크게 달라질 수는 없죠. 영국 공장 노동자들을 가르치는 주일학교 교사들이나 우리나라 농장 일꾼들을 가르치는 교사들이나 다 똑같은 말을 할 겁니다. 거기나 여기나 피장파장이라는 얘기죠. 그러나 이 땅의 노예들한테서는 놀라운 예외가 보입니다. 바로 흑인들은 백인들보다 천성적으로 종교적 감성이 풍부하다는 사실입니다.

"그건 그렇고, 넌 어쩌다 농장 생활을 그만뒀어?" 오필리어가 말했다.

"음, 우리는 한동안 그럭저럭 농장 일을 같이 꾸려갔는데, 결국 앨프리드 형도 내가 도저히 농장주 성향이 아니라는 걸 파악한 거죠. 더구나 형은 제 의견을 존중해 농장을 개혁하고 변화시키고 모든 면에서 농장 생활을 향상시켜주었는데도 내가 여전히 불만스러워하니까 어처구니없어했죠. 사실 내가 가장 증오한 것은 우리가 이 남녀 노예들을 순전히 돈벌이 수단으로 부려먹고, 그럼으로써 우리의 모든 무지, 잔인성, 악이 영속화된다는 점이었습니다.

게다가 나는 세세한 농장 일에 계속 간섭했거든요. 나 자신이 최고로 게으른 인간이기 때문에 나는 게으른 사람들에게 동질감을 많이 느꼈습니다. 그 불쌍하고 칠칠치 못한 개 같은 노예들은 목화를 담은 바구니의 무게를 늘리기 위해 바닥에 돌을 넣거나 자루 속에 흙을 넣고 그 위에 살짝 목화를 얹는 짓을 하지만, 입장을 바꿔놓고 생각하면 나라도 그렇게 하지 않을 수 없었을 거라는 생각이 들었습니다. 그래서 나는 노예들이 속임수를 썼다고 해서 채찍으로 때릴 수 없었고, 때리고 싶지도 않았습니다. 그러니까 농장에는 당연히 규율이 잡히지 않았죠. 결국 형과 나는 옛날에 나와 존경하는 아버지가 그랬던 것처럼 도저히 조화를 이룰 수 없는 지점에 이르게 됐죠. 형은 내가 나약한 감상주의자이고 사업을 할 성향이 아니라고 말했습니다. 나에게 예금과 뉴올리언스에 있는 우리 가문의 저택을 갖고 시나 쓰며 살라고, 자기는 계속 농장을 경영하겠다고 말했어요. 그래서 우리는 헤어졌고, 전

이리로 오게 된 겁니다."

"그런데 왜 노예들을 해방시켜주지 않았어?"

"아, 그렇게까지는 못했죠. 노예들을 돈벌이 수단으로 데리고 있는 짓은 저는 못 합니다. 하지만 돈을 쓰기 위해 노예들을 데리고 있는 것은 그리 나쁜 일로 생각되지 않았습니다. 노예 중에는 옛 저택의 하인들도 있었어요. 나하고 많이 친했죠. 그리고 어린 노예들은 그 노예들의 자식들입니다. 모두 지금 생활에 만족하고 있어요." 그는 말을 멈추더니 생각에 잠겨 방 안을 왔다 갔다 했다.

"저에게도 그냥 흘러가는 대로 살지 않고, 이 세상에서 뭔가 하겠다는 계획과 포부를 품었던 시절이 있었습니다." 세인트클레어가 말했다. "일종의 노예해방가가 되겠다, 내 땅에서 얼룩과 때는 벗겨내겠다는 좀 막연하고 모호한 열망이 있었어요. 젊은이들은, 아시겠지만, 젊은 열정에 못 이겨 발작 같은 걸 일으키잖아요. 그런데……."

"왜 그렇게 안 했어?" 오필리어가 말했다. "너는 실제로 진지하게 한 일이 없어. 돌아보렴."

"아, 그건, 세상일이 제 뜻대로 돌아가지 않았어요. 솔로몬처럼 절망에 빠졌어요. 그것이 우리 두 사람에게 모두 교훈을 준 불가피한 사건이었다는 생각이 들지만, 어쨌든 전 형과 헤어진 이후 개혁가가 되는 대신 부목(浮木)이 되어, 큰 물살을 따라 흔들리며 떠다녔습니다. 형은 우리가 만날 때마다 나를 책망합니다. 형이 나보다 낫다는 건 나도 인정합니다. 형은 진짜 무언가를 해내기 때문입니다. 형의 인생은 자기 의견이 논리적으로 정확하게 반영된 결과지만, 제 인생은 생각과 결과가 따로 노는 개탄스러운 인생이죠."

"사랑하는 동생, 이런 집행유예 같은 인생에 만족해?"

"만족하냐고요! 난 만족스러운 인생을 경멸한다고 말하지 않았나요? 아무튼 노예해방 이야기로 돌아가죠. 난 노예제도에 대한 내 생각이 특별하다고 생각하지 않아요. 많은 사람들이 속으로는 나와 똑같이 생각할 겁니다. 이 땅은 노예제도 밑에서 신음하고 있습니다. 노예제도는 노예들에게도 나쁘지만 주인들에게는 더 나쁩니다. 사악하고 경솔하고 타락한 다수의 계층이 노예들뿐만 아니라 스스로에게도 악마라는 사실을 깨닫게 하는 데는 안경이 필요 없습니다. 영국의 자본가들과 귀족들은 우리가 느끼는 이런 감정을 느끼지 못해요. 그들은 우리처럼 자기들이 타락시킨 계급의 사람들과 부대끼며 살지 않기 때문입니다. 그런데 노예들은 우리와 같은 집에서 살고 있어요. 그들은 우리 아이들과 어울려 놉니다. 아이들은 어른들보다 빨리 친해져요. 흑인들은 아이들이 항상 매달리고 사귀고 싶어 하는 인종이기 때문입니다. 만약 에바가 보통 아이들보다 천사 같은 심성을 지닌 아이가 아니었다면 그 아이의 심성은 벌써 망가졌을 거예요. 그런데 우리는 노예들 사이에서 천연두가 돌아도 모른 체하며 우리 아이들은 천연두에 걸리지 않을 거라고 생각합니다. 그리고 노예들을 계속 배우지 못하고 사악한 상태에 있도록 방치하면서, 우리 아이들은 그것에 영향을 받지 않을 것이라고 생각합니다. 이 나라의 법률은 흑인들에 대한 실효성 있는 교육을 금지하고 있어요. 그것도 아주 교묘하게 막아놓고 있습니다. 왜냐하면 흑인들을 한 세대만 철저하게 교육시키면 세상이 뒤집어지기 때문이죠. 우리가 노예들에게 자유를 주지 않으면 그들은 자기 힘으로 쟁취하려 들 겁니다."

"노예제도의 끝은 어떻게 될까?" 오필리어가 말했다.

"모르겠어요. 한 가지 확실한 것은 지금 전 세계에서 민중이 꿈틀거리고 있고, 조만간 '최후의 심판일'이 온다는 사실입니다. 유럽과 영국, 그리고 이 나라에서도 같은 현상이 벌어지고 있어요. 어머니는 늘 언젠가 그리스도가 재림해서 모든 인간이 자유롭고 행복해지는 새 천년이 올 거라고 하셨어요. 그러고는 어린 저에게 '당신의 왕국이 온다'고 기도하라고 가르쳤습니다. 가끔 뼈와 가죽만 남은 이들이 내지르는 그 모든 한숨과 신음을 듣고,

꿈틀거리는 움직임을 보면, 어머니가 늘 말씀하셨던 그날이 오고 있다는 신호가 아닌가 생각합니다. 하지만 주님이 나타나시는 날까지 누가 살 수 있을까요?"

"어거스틴, 나는 가끔 네가 주님의 왕국과 그리 멀리 떨어져 있지 않다는 생각이 들어." 오필리어는 뜨개질감을 내려놓고 걱정스러운 표정으로 사촌 동생을 쳐다보았다.

"좋게 생각해주시니 고맙습니다. 하지만 저는 천당과 지옥을 왔다 갔다 하고 있어요. 이론적으로는 천국의 문 앞에까지 갔다가 실생활에서는 지옥의 흙먼지까지 곤두박칠치고 있죠. 아, 차 마시라는 벨이 울리는군요. 그만 갑시다. 그리고 이제 이런 얘기는 그만 하죠. 저는 평생에 한 번도 솔직하고 진지한 대화를 한 적이 없어요."

식사하는 자리에서 마리가 프루 사건을 꺼내며 말했다. "형님은 우리가 모두 야만인이라고 생각하실 것 같아요."

"그건 야만적인 짓이지만 남부 사람 전체가 다 야만인이라고 생각하진 않아요." 오필리어가 말했다.

"저런 종자들 중에는 정말 상종 못 할 사람들이 있어요. 살아서는 안 될 정도로 아주 못된 놈들이 있어요. 그런 사람에게는 일말의 동정심도 생기지 않아요. 처신만 똑바로 했다면 이런 일은 일어나지 않았을 거예요." 마리가 말했다.

"엄마, 프루 할머니는 불행했어요. 그래서 술을 마신 거예요." 에바가 말했다.

"싱거운 소리 마라! 그건 핑계야. 나도 불행해. 아주 많이." 마리는 수심에 잠겼다. "아마 내가 그 노예보다 더 큰 시련을 겪고 있는 것 같은데. 그건 검둥이란 족속이 너무 나쁘기 때문이야. 아무리 엄격하게 다뤄도 도저히 길들여지지 않는 놈들이 있어. 아버지가 데리고 있던 검둥이 중에 정말 게으르고, 툭하면 일하기 싫어서 도망가고, 늪지에서 빈둥거리고, 도둑질하고, 하여튼 온갖 못된 짓을 골라 하는 놈이 있었어. 허구한 날 잡아서 채찍으로 때렸지만 소용이 없었단다. 마지막으로 도망갔을 때 그치는 늪에서 죽었어. 아무 이유가 없어. 아버지가 항상 잘 대우해준 게 문제야."

"나는 한 노예를 길들인 적이 있소." 세인트클레어가 말했다. "감독관이나 주인이 도저히 손을 대지 못했던 사람이었지."

"당신이요?" 마리가 말했다. "아, 당신이 이런 일을 한 번이라도 해봤다니 반갑군요."

"음, 그는 힘이 세고 덩치가 컸어. 순수한 아프리카 태생의 노예였는데, 비범할 정도로 자유에 대한 본능이 강했소. 전형적인 아프리카 사자였지. 이름이 스키피오였는데, 아무도 그 사람을 어떻게 하지 못했어요. 그래서 이리저리 팔려 다니다가 결국 앨프리드 형이 산 거요. 형은 자기가 그 사람을 통제할 수 있을 거라고 생각했거든. 아무튼 어느 날, 그는 감독관을 때려눕히고 늪지대 속으로 깊숙이 도망쳤어. 그때 나는 앨프리드 형의 농장을 손님으로 방문하고 있었지. 우리 형제의 동업이 깨진 후였거든. 형은 엄청나게 화가 나 있었어. 나는 다 형이 잘못한 거라고 말하고 내가 그자를 길들일 수 있는지 없는지 내기하자고 했소. 그래서 내가 그를 잡으면 내 식대로 실험을 해보기로 합의했지. 남자들 예닐곱 명이 총과 개들을 데리고 추격에 나섰소. 그런데 사람들은 사람을 사냥할 때도 사슴을 사냥할 때처럼 열정을 보이더군. 다 관습 때문이지. 솔직히 말해 그 일에 일종의 중재자로 개입한 나도 상당히 흥분이 되더군.

개들이 으르렁거리며 앞서 달리고, 우리는 말을 타고 뒤쫓아 결국 그를 바짝 몰아붙였지. 그는 수사슴처럼 펄쩍펄쩍 뛰어 달아나면서 한동안 우리를 멀찌감치 따돌렸지만, 결국 막다른 등나무 숲에서 오도가도 못하게 됐소. 그러자 돌아서더니 우리 개들과 용감하게 싸우기 시작했소. 그는 이쪽저쪽으로 개들에게 덤벼 진짜 맨주먹으로 개 세 마리를 때려 죽였어. 우리가 보다 못해 총을 쏴서 그자를 쓰러뜨렸소. 그자는 바로 내 발밑에 쓰러졌고 상처에서는 피가 흘렀소. 그 불쌍한 녀석이 나를 올려다보는데 눈에는 사나이다운 기백과 절망감이 교차하고 있었어. 나는 개와 일행을 뒤로 물러나게 하고는 내 포로라고 못 박았지. 그 사람들이 총을 못 쏘게 하려면 그 방법밖에 없었거든. 나중에 내가 내기한 사실을 계속 내세우니까 결국 형이 그자를 나에게 팔았다오. 나는 그 흑인을 데리고 와서 이 주 만에 세상에서 가장 순종적인 사람으로 길들였지."

"도대체 어떤 방법을 썼어요?" 마리가 물었다.

"음, 아주 간단한 방법을 썼지. 그 사람을 내 방으로 데려와 훌륭한 잠자리를 마련해주고, 상처에 붕대를 감아주고, 완전히 회복될 때까지 내가 직접 간호해줬소. 그리고 좀 시간이 지난 다음에 해방문서를 만들어주면서 가고 싶은 데로 가라고 말했다오."

"그러니까 떠났어?" 오필리어가 말했다.

"아뇨. 그 바보 녀석은 문서를 두 조각으로 찢더니 집에서 나가지 않겠다고 했어요. 나는 그보다 더 용감하고 훌륭한 사람을 본 적이 없습니다. 강철처럼 믿음직하고 성실했어요. 그 사람은 나중에 기독교를 받아들였고 아이처럼 유순하게 변했어요. 호숫가에 있는 제 별장을 관리했는데 아주 잘해냈죠. 그런데 첫 번째 콜레라가 유행할 때 그 친구를 잃었죠. 사실 그 사람은 나를 위해 제 목숨을 바친 겁니다. 내가 병에 걸려 거의 사경을 헤맸는데, 다른 사람들은 모두 공포에 질려 달아났는데도 스키피오는 내 옆에 거인처럼 서서 날 돌봐주었고, 소생시켜줬어요. 그런데, 아, 불쌍한 사람! 내가 나은 직후에 자기가 병에 걸린 거예요. 그 사람을 구할 방법이 없었어요. 그 사람이 죽었을 때보다 더 슬펐던 적은 없었어요."

에바는 아버지가 얘기하는 동안, 조금씩 그의 곁으로 다가갔다. 아이는 입을 벌린 채 눈을 크게 뜨고 아버지의 이야기에 몰입해 있었다.

그가 이야기를 마치자, 에바는 갑자기 그의 목을 껴안더니 눈물을 쏟았다. 그러고는 격렬하게 흐느꼈다.

"에바, 우리 아가, 왜 그러니?" 세인트클레어는 아이의 작은 몸이 격정을 못 이겨 떠는 것을 보고 깜짝 놀랐다. "아이가 있는 데서 이런 얘기를 하면 안 되는데. 불안해하잖아."

"아뇨, 아빠, 불안하지 않아요." 에바는 이런 아이 특유의 강한 의지로 금세 평상심을 회복했다. "저는 불안하지 않아요. 아빠 얘기가 다 내 마음속에 쌓여 있어요."

"그게 무슨 말이니, 에바?"

"아빠, 지금은 말씀을 못 드리겠어요. 너무나 많은 생각이 나요. 나중에 말씀드릴게요."

"그래, 다 잊어버려. 울지만 말아라. 이 아빠가 걱정되잖니." 세인트클레어가 말했다. "이걸 봐라. 너 주려고 예쁜 복숭아를 갖고 왔어."

에바는 복숭아를 받고 웃음을 지었다. 하지만 아이의 입언저리는 흥분 때문에 여전히 뒤틀려 있었다.

"자, 금붕어 보러 가자." 세인트클레어는 아이의 손을 잡고 베란다 쪽으로 걸어갔다. 잠시 후 비단 커튼 사이로 즐거운 웃음소리가 들렸다. 에바와 세인트클레어가 장미 꽃잎을 서로에게 던지고 정원의 오솔길 사이로 서로 쫓으며 놀고 있었다.

그러고 보니 우리의 겸손한 친구 톰이 높은 양반들의 흥미진진한 이야기에 밀려 소홀히 취급받는 듯한 걱정이 생긴다. 하지만 독자들이 우리와 함께 마구간 위의 작은 다락방에 올라가보면 그의 생활을 조금이나마 알 수 있으리라. 이곳은 침대 하나, 의자 하나, 그리고 톰의 성경책과 찬송가집이 놓인 작고 투박한 스탠드로 꾸며진 그런대로 쓸 만한 방이다. 그는 지금 이 방에서 석판 앞에 앉아 엄청나게 생각을 집중해야 하는 어떤 일에 몰두해 있다.

사실 톰은 고향 생각이 점점 간절해진 터라 얼마 전 에바를 졸라 습자지 한 장을 얻었다. 그리고 조지 도련님에게 배웠던 문학 지식을 총동원해 고향에 편지를 보내겠다는 야심찬 생각을 했다. 그래서 지금 석판을 앞에 놓고 초고를 쓰기 위해 바쁘다. 그런데 톰은 큰 난관에 봉착했다. 몇몇 철자는 형태조차 까맣게 잊었기 때문이다. 설사 기억이 난다 해도 그 글자를 어떤 말에 써야 하는지 헷갈렸다. 그가 숨을 몰아쉬며 열심히 작업에 몰두하는 동안, 에바는 새처럼 그의 뒤에 있는 의자 위에 올라가 그의 어깨 너머로 지켜보고 있다.

"오, 톰 아저씨! 재미있는 일을 하고 있네!"

"에바 아가씨, 집사람과 자식들에게 보낼 편지를 쓰고 있어요." 톰은 손등으로 눈가를 훔쳤다. "하지만 아무리 애를 써도 제대로 못 쓸 것 같아요."

"내가 도와줄게. 나도 글쓰기를 좀 배웠거든. 작년에는 알파벳을 다 쓸 수 있었는데, 잊어버리지 않았을까 걱정이네."

에바는 작은 황금빛 머리를 톰의 머리와 맞댔다. 두 사람은 진지하고 열띤 의논을 시작했다. 두 사람은 똑같이 열심이었으며 똑같이 무지했다. 단어 하나하나를 장시간 의논하고 상의하면서 두 사람은 작문을 시작했다. 두 사람은 이것이 편지 비슷하게 보일 것이라고 굳게 믿는 것 같았다.

"됐어, 톰 아저씨, 정말 멋있게 쓴 것 같아." 에바가 기쁜 표정으로 편지를 들여다보며 말했다. "톰의 부인과 아이들이 이 편지를 보면 얼마나 좋아할까. 아, 톰이 가족들과 헤어진 일은 너무 안됐어. 아빠한테 말해서 곧 집에 돌아가게 해줄 거야."

"마님은 돈을 모으는 대로 제 몸값을 내고 다시 데려가신댔어요." 톰이 말했다. "마님은 약속을 꼭 지키실 거예요. 조지 도련님도 나를 데리러 오신다고 했어요. 징표로 이 1달러를 주셨거든요." 톰은 윗도리 밑에서 소중한 1달러짜리 지폐를 꺼냈다.

"아, 그렇다면 꼭 올 거야. 너무 잘됐다!" 에바가 말했다.

"그래서 편지를 보내서 내가 어디에 있는지 가르쳐주고, 또 불쌍한 클로이한테도 내가 잘 있다는 소식을 알려주려고요. 집사람이 몹시 무서워했거든요. 불쌍한 사람!"

"톰!" 이때 세인트클레어가 방에 들어오면서 말했다.

톰과 에바는 깜짝 놀랐다.

"이게 뭔가?" 세인트클레어는 석판을 들여다보며 물었다.

"아, 톰이 쓴 편지예요. 내가 편지 쓰는 걸 도와주고 있어요." 에바가 말했다. "잘 썼죠?"

"두 사람 다 실망시키고 싶지 않지만, 톰, 아무래도 편지를 쓰려면 나한테 들고 오는 게 좋을 것 같다. 내가 나갔다 돌아와서 바로 봐줄게."

"톰은 꼭 편지를 써야 해요." 에바가 말했다. "왜냐하면 톰의 예전 주인아줌마가 톰을 되찾아가려고 돈을 보내실 거래요. 그 사람들이 그랬다고 톰이 말했어요."

세인트클레어는 속으로 그런 말은 마음씨 좋은 주인들이 팔려 가는 하인들에게 실제로 약속을 지킬 의도는 없이, 다만 그들의 두려움을 조금이라도 덜어주기 위해 하는 상투적인 말일 뿐이라고 생각했다. 하지만 그는 이런 생각을 입 밖으로 내지는 않았다. 다만 톰에게 말을 끌어내 외출할 차비를 하라고 지시했다.

톰의 편지는 그날 저녁 적절한 모양으로 쓰여, 무사히 우체국에 보내졌다.

오필리어는 여전히 집안 살림을 꾸려가는 데 들어가는 노고를 마다하지 않았다. 디나에서부터 어린 하인에 이르기까지, 모든 집안 식구들은 오필리어가 대단히 '희한한 사람'이라는 데 의견이 일치했다. 이 말은 남부의 하인들이 윗사람이 마음에 안 들 때 쓰는 단어였다.

이 집안 하인 중 이른바 상류층에 속하는 아돌프, 제인, 로자는 모두 오필리어를 숙녀로 볼 수 없다는 데 동의했다. 숙녀들은 오필리어처럼 줄기차게 일하는 법이 없기 때문이다. 또한 그녀는 전혀 점잔을 빼지 않았다. 그들 모두 그녀가 세인트클레어 가문의 친척이라는 점에 놀랐을 정도다. 마리조차 항상 바삐 사는 오필리어를 보는 게 아주 피곤하다고 실토할 지경이었다. 사실 오필리어의 근면한 태도는 시도 때도 없이 이어져 불만의 근거가 될 만했다. 그녀는 새벽부터 밤까지 절박한 사정에 쫓기는 사람처럼 열심히 바느질을 했다. 일감을 넣어두어야 할 밤이 되어도 바느질거리가 생기면 그 자리엔 어김없이 그녀가 또 나타나 평소처럼 활기차게 일을 시작했다. 그녀를 지켜보는 것 자체가 고역이었다.

chapter 20
톱시

어느 날 아침, 오필리어가 집안일로 분주할 때 세인트클레어가 계단 아래서 그녀를 불렀다.

"누님, 이리 내려와보세요. 보여드릴 게 있어요."

"뭔데?" 오필리어는 하고 있던 바느질거리를 그대로 들고 아래층으로 내려갔다.

"이걸 보세요. 누님 방에 두고 쓰시라고 샀습니다." 세인트클레어는 여덟 살이나 아홉 살쯤 되는 흑인 소녀를 끌어냈다.

소녀는 흑인 중에서도 피부색이 유난히 검은 편이었다. 동그란 두 눈이 유리알처럼 반짝이는 소녀는 방 안에 있는 모든 물건을 쉴 새 없이 홀깃홀깃 쳐다보았다. 새 주인의 거실에 놓인 화려한 가구와 장식에 놀라 반쯤 벌린 소녀의 입 안으로 희고 가지런한 치아가 보였고, 아무렇게나 가늘게 땋은 곱슬머리는 사방으로 뻗쳐 있었다. 교활하고 영악한 인상이 기묘하게 뒤섞인 얼굴에는 지극히 엄숙하고 수심에 찬 표정이 어울리지 않는 베일처럼 드리워져 있었다. 자루 같은 천으로 만든 더럽고 남루한 옷을 입은 소녀는 두 손을 앞에 얌전하게 포갠 채 서 있었다. 착한 오필리어가 몹시 실망해서 "너무나 이교도 야만인 같다"고 나중에 말한 것처럼, 소녀의 외모는 전체적으로 도깨비처럼 이상한 몰골이었다. 오필리어는 세인트클레어를 돌아보며 말했다.

"어거스틴, 도대체 어쩌자고 저런 애를 데려왔어?"

"누님이 가르치면 되죠. 아이를 올바르게 가르치세요. 이 아이가 검둥이 중에서도 아주 재미있는 물건이란 생각이 들었거든요. 자, 톱시." 그는 개를 부를 때처럼 휘파람을 불고 나서 이렇게 덧붙였다. "어서 노래를 부르고 춤 솜씨를 보여주렴."

유리처럼 반들거리는 검은 눈에는 짓궂은 익살기가 감돌았다. 맑은 고음으로 특이한 흑인 노래를 부르기 시작한 소녀는 손과 발로 요란하고 별난 박자를 맞추며 몸을 빙글 돌려 박수를 치고 무릎을 맞댔다. 소녀는 흑인 토착음악 특유의 허스키한 목소리를 있는 대로 돋워 노래를 불렀다. 마침내 공중제비를 두어 번 넘고 나서 기적 소리처럼 소름끼치는 괴성을 지르면서 마지막 곡조를 길게 뽑더니, 갑자기 카펫에 내려와 두 손을 포개고 섰다. 독실한 신자처럼 엄숙하고 유순한 소녀의 표정은 곁눈질을 할 때만 교활하게 변했다.

놀란 오필리어는 선 채로 완전히 마비되어 말을 잃었다.

평소의 장난기가 발동한 세인트클레어는 오필리어의 놀란 표정을 즐기는 기색이 역력했다. 그는 다시 소녀에게 말했다.

"톱시, 이 분이 네 주인아씨다. 너를 이분에게 드릴 거야. 이제부터 얌전하게 굴어야 한다."

"예, 주인님." 경건하고 엄숙한 표정으로 대답할 때 톱시의 교활한 두 눈이 다시 반짝거렸다.

"이제부터 착한 사람이 되어야 한다. 알겠지, 톱시?" 세인트클레어가 말했다.

"네, 주인님." 여전히 두 손을 얌전하게 포갠 채 톱시가 다시 눈을 깜박거리며 대답했다.

"어거스틴, 어쩌자고 이런 애를 데려왔어?" 오필리어가 말했다. "네 집에는 이런 성가신 어린 것들이 너무 많아 지금도 몸을 움직일 때마다 걸리적거리는데. 오늘도 아침에 일어나보니 한 녀석은 문 뒤에서 잠들어 있고, 새카만 머리 하나는 테이블 아래 튀어나와 있고, 또 한 녀석은 문 앞의 흙 터는 매트 위에 누워 있더구나. 녀석들은 가는 곳마다 칭얼대거나 히죽거리고, 주방 마루에서 나뒹굴고 있어! 무엇 때문에 이 아이를 데려오고 싶은 생각이 들었니?"

"누님이 가르칠 아이라고 말씀드렸잖아요? 누님은 항상 교육을 입에 달고 살지 않습니까? 새로 구한 표본을 누님에게 선물해서 누님이 직접 아이를 올바른 길로 훈육시키도록 해야겠다고 생각했지요."

"분명히 말하지만 나는 이런 아이를 원치 않는다. 아이들 일이라면 지금도 원하는 것 이상으로 많이 하고 있거든."

"그게 누님 같은 기독교인들이 할 일이지요. 기독교인은 교회를 세우고 가여운 선교사를 이교도에게 보내 평생을 바치도록 하잖아요. 하지만 나는 이교도를 자기 집에 들여 기독교인으로 개종시키는 수고를 하는 것을 보고 싶

배턴 루지[75]의 중소 경작지들

이제 대농장을 벗어나 대부분 중소규모로 운영되는 배턴 루지 지역의 농장들을 들러보자.
대농장에 비하면 이곳 흑인 노동자들의 생활은 한결 인간적으로 보이지만 고된 노동에 시달리기는 마찬가지다.
백인 노동자 또한 예외는 아니어서 중간 감시자 노릇만 하는 경우는 거의 없다.
수확량을 높이기 위해 그들 또한 흑인 노예들과 함께 일해야 한다.
안락함이라고는 찾아보기 힘든 농장주의 집은 중소 농장들의 궁핍함을 말해준다.

습니다! 정작 그런 상황이 닥치니까 이교도들이 더럽고 못마땅하며 돌보기가 너무 벅차다고 거절하는 겁니까?"

"어거스틴, 내가 그렇게 생각하지 않는다는 걸 너도 잘 알지 않니?" 오필리어의 태도가 뚜렷하게 누그러졌다. "그래, 진정한 선교사의 일이 되겠구나." 그녀는 아이를 조금 전보다 훨씬 호의적으로 바라보면서 말했다.

세인트클레어가 정곡을 찌른 것이다. 오필리어의 양심은 그 어느 때보다 예민하게 반응했다. 그녀는 이렇게 덧붙였다. "하지만 굳이 이 아이를 살 필요까지는 없었던 것 같은데. 너의 집에는 내가 모든 시간과 기술을 바쳐 돌볼 아이들이 이미 충분히 많이 있단다."

세인트클레어는 그녀의 옆으로 다가가면서 말했다. "그렇다면, 누님. 제가 괜한 소리를 했나 봅니다. 봐주세요. 누님은 아주 착한 사람이고 어쨌거나 나는 별 뜻 없이 한 말입니다. 사실 이 아이는 내가 매일 지나다니는 싸구려 식당의 주정뱅이 부부의 소유였어요. 그 부부가 아이를 때리고 욕설을 퍼부어 아이가 자지러지는 꼴을 보는 게 지겨웠어요. 아이가 영리해 보이고 우습게 생긴데다 뭔가 쓸모 있는 인간을 만들 수 있겠다 싶어서 누님에게 드리려고 샀던 겁니다. 자, 어서 훌륭한 정통 뉴잉글랜드의 양육방법으로 가르쳐보세요. 어떤 교육적 성과를 거두나 봅시다. 나는 사람을 가르치는 재주가 없지만 누님이 한번 해보기를 바랍니다."

"그래, 할 수 있는 대로 해보마." 오필리어가 대답했다. 새로 온 아이에게 다가가는 그녀의 표정은, 무언가 자비로운 목적을 지녔을 것이라고 생각하면서 검은 거미에게 다가가는 사람과 흡사했다.

"끔찍하게 더럽구나, 게다가 이건 뭐 벗은 거나 마찬가지구나."

"아래층으로 데려가서 목욕을 시키고 옷을 갈아입히세요."

오필리어가 아이를 주방으로 데리고 갔다.

"주인님이 검둥이를 또 데려왔어!" 디나가 새로 온 아이를 흘겨보면서 말했다. "저런 애는 가까이하기 싫어!"

"어머, 저리 가! 주인님이 왜 이런 천한 검둥이를 자꾸 데려오시는지 정말 모르겠다니까!" 로자와 제인이 질색하면서 말했다.

"쓸데없는 소리 하지 말고 저리 가. 미스 로자, 너나 얘나 다 똑같은 검둥이다." 로자의 말 가운데 일부는 자기를 겨냥한 것이라고 생각한 디나가 되받았다. "너는 자기가 백인이라고 생각하는 모양이구나. 너는 흑인도 아니고 백인도 아냐. 나라면 차라리 둘 중 하나를 택하겠다."

오필리어는 새로 온 아이를 씻기고 옷을 갈아입힐 만한 사람이 없다는 것을 알아차렸다. 그래서 그녀는 퉁명스러운 제인의 도움을 받아 직접 아이를 씻기는 수밖에 없었다.

버려지고 학대받은 아이의 첫 번째 목욕과 몸단장에 관해 자세히 설명하면 독자들도 듣기 거북할 것이다. 사실 이 세상에서 많은 사람들이 강요당하는 삶과 죽음은 그 실태가 너무 처참해서 같은 인간으로서 감당하기 힘든 충격을 준다. 오필리어는 선하고 효과적이며 실용적인 해결 방법을 하나 알고 있었다. 솔직하게 말하면 별로 자비로운 태도는 아니었지만 그녀는 칭송받을 만큼 철저하게, 모든 역겨운 일을 꼼꼼하게 해냈다. 그녀의 원칙에서 인내심 발휘는 최고의 미덕이었다. 아이의 등과 어깨에서 커다란 채찍 자국과 굳은 상처의 딱지를 본 그녀는 아이가 너무 가여웠다. 그 상처는 지금까지 아이가 몸담고 있던 제도가 남긴 지울 수 없는 흔적이었다.

"저걸 보세요!" 제인이 상처를 가리키면서 말했다. "저걸 보면 장난꾸러기란 걸 알 수 있잖아요? 우리는 골치깨나 썩을 거예요. 난 이런 어린 검둥이들이 싫더라! 정말 역겨워! 주인님이 이런 애를 왜 샀는지 모르겠어요!"

'어린 것'은 우울한 표정으로 제인의 의견에 귀를 기울이는 눈치였다. 이런 태도는 아이에게 습관이 된 듯했다. 다만 간간이 제인의 귀고리를 강렬한 시선으로 슬쩍 훔쳐볼 뿐이었다. 오필리어는 아이에게 어울리는 옷으로 몽땅 갈아입히고 머리를 짧게 잘라주는 일까지 마치고 나서야, 아이가 전보다 훨씬 기독교인처럼 보인다고 다소 만족스러운 태도로 말했다. 그녀의 마음속에는 아이를 교육시킬 계획이 엉글기 시작했다.

오필리어는 아이의 앞에 앉아 물었다.

"몇 살이냐, 톱시?"

"몰라요, 아씨." 아이가 흰 치아를 드러내며 씩 웃었다.

"몇 살인지 몰라? 너에게 말해준 사람이 없었니? 네 어머니는 누구니?"

"없어요!" 아이는 다시 웃으며 대답했다.

"어머니가 없어? 그런 말이 어디 있니? 어디서 태어났는데?"

"태어난 적 없어요!" 톱시는 또 미소를 지으면서 우겼다. 그 모습이 꼭 도깨비 새끼 같았다. 만약 오필리어가 신경과민으로 흥분을 잘하는 성격이었다면 지옥에서 올라온 새카만 꼬마 도깨비를 붙잡았다고 생각했을 것이다. 그러나 오필리어는 평온하고 현실적이며 침착한 성격이었다. 그녀는 약간 엄한 어조로 말했다.

"애야, 나한테 그런 식으로 대답하면 못쓴다. 나는 너와 장난하는 게 아니다. 네가 어디서 태어났고 아버지와 어머니가 누군지 말해봐."

"태어난 적이 없다니까요." 아이는 목청을 더 높이면서 한 말을 되풀이했다. "아버지도 없고 어머니도 없어요. 어떤 투기꾼이 다른 애들 여러 명이랑 함께 나를 키웠걸랑요. 주로 수 할멈이 우리를 돌봐줬어요."

아이가 진지하게 말했다. 그때 제인이 짧게 웃음을 터뜨리면서 말했다.

"맙소사! 아씨, 이런 아이들은 많아요. 투기꾼이 어린아이들을 싸게 샀다가 키워서 시장에 팔거든요."

"네 주인 부부하고는 얼마나 함께 살았니?"

"몰라요, 아씨."

"일 년이냐, 그 이상이냐, 아니면 이하냐?"

"몰라요, 아씨."

"맙소사, 아씨, 저런 천한 검둥이들은 몰라요. 시간관념이 없다니까요. 검둥이들은 일 년이 뭔지 몰라요. 자기 나이도 모르는데요."

"하나님 이야기를 들어본 적 있니, 톱시?"

아이는 무슨 말인지 모르겠다는 표정을 지었으나 여전히 히죽거렸다.

"누가 너를 만들었는지 아니?"

"제가 알기론 아무도 없어요." 아이는 웃으며 짧게 대답했다.

아이는 하나님이라는 개념을 재미있게 생각하는 눈치였다. 눈을 깜박거리며 이렇게 덧붙였기 때문이다.

"아마 나 혼자 컸을 거예요. 누가 나를 만들었다고 생각하지 않아요."

"바느질은 할 줄 아니?" 화제를 좀 더 구체적인 것으로 돌려야겠다고 생각한 오필리어가 물었다.

"아뇨, 아씨."

"그럼, 뭘 할 줄 아니? 주인 부부를 위해 무슨 일을 했니?"

"물 긷고, 접시를 닦고, 칼 닦고, 손님이 오면 시중을 들었어요."

"주인이 네게 잘해주었니?"

"그런 거 같아요." 아이가 교활한 시선으로 오필리어를 훑어보면서 대답했다.

세인트클레어가 그녀의 의자 뒤에 기대고 있었기 때문에 오필리어는 이상과 같은 고무적인 대화를 끝내고 일어섰다.

"누님, 처녀지를 찾았군요. 누님의 생각을 심으세요. 이렇게 접근 가능한 처녀지는 많지 않을 거예요."

오필리어의 교육 개념은 그녀가 지닌 다른 모든 개념과 마찬가지로 매우 관습적이고 명확했다. 그 개념은 백 년 전에 뉴잉글랜드에서 유행했으며, 지금도 철도가 들어가지 않는 몇몇 낙후된 오지에 여전히 보존되어 있다.

간결하게 요약한다면 다음과 같은 몇 개의 단어로 압축될 수 있다. 짧은 지시에 대한 복종, 교리문답, 바느질, 읽기 교육, 거짓말은 매로 다스리는 것. 교육 면에서 많이 개화되었음에도 불구하고 이런 교육 개념은 오지에 아직 남아 있었다. 또한 우리의 할머니들이 이런 교육방식으로 그런대로 공정한 사람들을 키워낸 것도 엄연한 사실이다. 현대인 가운데 많은 사람들이 그 사실을 기억하고 증명할 수 있다. 좌우간 오필리어는 다른 교육방식은 알지 못했다. 그래서 그녀는 자기가 맡은 이 이교도에게 최선을 다하고, 정성을 쏟았다.

아이가 오필리어의 소유라는 사실이 집안에 두루 선포되었다. 주방에서 사람들이 아이를 보는 시선이 곱지 않았기 때문에 오필리어는 아이의 활동과 교육 영역을 주로 자신의 침실로 한정하기로 결심했다. 독자들도 곧 알게 되겠지만, 그녀는 자기희생을 결심하게 된다. 즉 지금까지는 침실 하녀들의 도움을 철저히 불신한 채 자신의 침대를 직접 정리하고 청소하고 먼지를 털었지만, 이제는 이 모든 일을 톱시에게 가르치는 순교자의 고난을 자청했던 것이다. 참으로 불행한 날이다! 독자 가운데 그와 동일한 일을 해본 적이 있는 사람들은 오필리어가 얼마나 큰 자기희생을 결심했는지 이해할 수 있을 것이다.

오필리어는 첫날 아침 톱시를 자기 침실로 데려가 침대 정리의 기술을 엄숙하게 가르치는 것으로 교육을 시작했다.

여러 갈래로 땋았던 머리를 단발로 자르고, 목욕을 한 다음 깨끗한 옷을 단정하게 입고 풀을 빳빳하게 먹인 앞치마를 두른 후 공손하게 오필리어의 앞에 선 톱시의 모습을 보라. 아이는 장례식에나 어울릴 법한 엄숙한 표정을 짓고 있다.

"톱시, 지금부터 침대 정리하는 방법을 가르쳐주마. 내가 침대를 정리하는 방법은 아주 남다르단다. 너는 정리하는 방법을 잘 배워야 해."

스무 명의 노예를 거느린 농장주 너트

너트는 수백 제곱미터의 농지를 갖고 있다.
하지만 그에게 취미나 여가생활은 먼 나라 이야기,
일상의 무료함을 달래러 이따금 시내에 나가는 것이 전부다.
고단함이 묻어나는 생활 속에서도
그는 여전히 지방 귀족이라는 우쭐함을 간직하고 있다.

위스키를 보관하는 병 모양의 바구니

이미 조리된 온갖 종류의 음식을 데우는 데 쓰이는 솥.

빵

커피

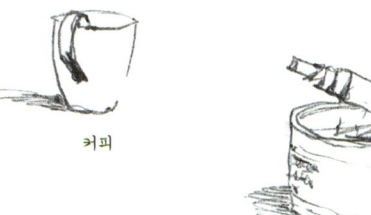

정어리

비스킷 상자

소농장주의 일반적인 식사

그가 먹는 음식은 돼지고기와 밀가루 죽을 기본으로 하는
노예들의 식사와 거의 다를 바 없다.

소규모 경작지

멕시코 만에서 멀어질수록 보다 원시적인 형태의 소규모 경작지들이 곤궁하게 운영되고 있다.
터커의 경작지는 10제곱미터 정도의 목화밭이 울타리로 둘러쳐져 있고
그 너머에는 수박밭과 까치밥나무 한 그루, 그리고 제멋대로 자란 풀들이 가득하다.

진흙과 회반죽으로 통나무를 고정시켜 만든 터커의 집.
뒤쪽 부엌에는 생선과 고기를 훈증하는 작은 공간과
커다란 물 함지가 있다.

노예들의 오두막

터커의 집 근처에 있는 이 오두막은 이 년 전
그가 대출을 받아 사들인 네 명의 노예들이 생활하는 곳이다.
서로 가까이 거주하며 함께 식사를 하고 일도 나눠서 한다는 점에서
그와 노예들의 관계는 꽤나 밀접하다. 하지만 그들 사이에도
백인과 흑인, 주인과 노예라는 신분의 차이는 예외 없이 존재한다.

냇은 터커가 월 20달러에
임대한 노예다.
일반적인 노예 임대는
10~30달러 선에서 이루어진다.

터커 역시 노예들과 마찬가지로
삽질과 괭이질을 하지만 그래도 그는
스스로를 귀족이라고 여긴다.

"네, 마님." 톱시는 한숨을 쉬면서 대답한다.

"자, 이걸 봐. 이게 시트의 가장자리란다. 이쪽이 시트의 오른쪽이고 이건 왼쪽이야. 외울 수 있겠니?"

"네, 마님." 톱시가 다시 한숨을 쉬면서 대답한다.

"자, 이제 아래 시트를 받침대 위에 펴야 돼. 그런 다음에 끝을 잘 접어서 매트리스 밑으로 밀어 넣는데, 이때 주름이 잡히지 않게 해야 한다, 알겠니?"

"네, 마님." 톱시가 주의를 집중하면서 말했다.

"하지만 위의 시트는 이런 식으로 펴야 한단다." 오필리어가 설명했다. "끝까지 단단히 잡아당겨서 주름이 잡히지 않게 하고 가장자리가 이렇게 아래까지 내려오도록 해야 돼."

"예, 마님." 톱시는 전처럼 말했다. 그러나 우리는 오필리어가 알아차리지 못한 사실을 덧붙일 필요가 있다. 착한 부인이 열심히 방법을 설명하는 와중에 잠시 등을 돌렸을 때, 어린 제자는 장갑 한 켤레와 리본 한 개를 옷소매 안에 슬쩍 숨긴 다음 전과 다름없이 두 손을 착실하게 포개고 서 있었다.

"자, 톱시, 네가 한번 해봐." 오필리어는 시트를 모두 걷어낸 다음 의자에 앉았다.

톱시가 매우 진지한 자세로 솜씨 있게 시트 정리를 마치는 것을 본 오필리어는 만족했다. 톱시는 시트를 잡아당겨 주름을 모두 없애면서 침대를 정리하는 동안 내내 침착하고 진지한 태도를 보였다. 침착하고 진지한 자세는 오필리어가 역점을 둔 덕목이었다. 그러나 일을 막 마칠 무렵, 재수 없이 리본의 끝부분이 톱시의 옷소매 밖으로 삐져나와 나풀거렸고, 그것은 금방 오필리어의 눈에 띄고 말았다. 그녀는 즉시 리본을 잡아챘다. "이게 뭐니? 이런 고약하고 못된 아이를 보았나! 너 이거 훔쳤지!"

부인이 톱시의 옷소매에서 리본을 빼냈으나 아이는 조금도 당황하지 않았다. 아이는 영문을 모르겠다는 듯이 순진한 표정을 지으면서 놀란 눈으로 리본을 쳐다볼 뿐이었다.

"맙소사! 그건 필리 아씨의 리본이잖아요? 어떻게 내 옷소매 안에 들어가 있지?"

"톱시, 이 고약한 것 같으니, 내 앞에서 거짓말할 생각 마. 네가 리본을 훔쳤지?"

"아씨, 저는 맹세코 훔치지 않았어요. 아씨가 보여줄 때까지 한 번도 본 적이 없어요."

"톱시, 거짓말이 얼마나 나쁜 짓인지 모르니?"

"저는 거짓말을 절대 안 해요. 필리 아씨." 톱시가 아주 침착하게 대답했다. "저는 지금까지 사실만을 이야기했어요. 정말요."

"톱시, 네가 그렇게 거짓말을 하면 매질을 하는 수밖에 없다."

"맙소사. 아씨. 하루 종일 매질을 하신대도 달리 할 말이 없어요." 톱시가 훌쩍거리며 말했다. "저는 그 리본을 한 번도 본 적이 없어요. 내 옷소매 안에 저절로 딸려 들어간 거예요. 필리 아씨가 침대 위에 놓아둔 리본이 옷에 걸려서 내 소매 안으로 들어간 거라고요."

오필리어는 이런 뻔뻔한 거짓말에 너무 화가 나 아이의 몸을 움켜잡고 흔들었다.

"그 따위 거짓말은 내 앞에서 다시는 하지 마!"

몸을 흔들어대자 아이의 다른 쪽 소매에 있던 장갑이 마루 위에 떨어졌다.

"딱 걸렸구나! 이래도 리본을 훔치지 않았다고 우길 셈이냐?"

이렇게 되자 톱시는 장갑을 훔친 사실은 자백했다. 그러나 리본은 훔치지 않았다고 여전히 잡아뗐다.

"톱시야, 모든 걸 자백하면 이번만은 매질을 하지 않으마." 오필리어가 사정조로 말하자, 톱시는 뉘우치는 태도를 지으며 리본과 장갑을 훔쳤다고 자백했다.

"자, 이제 말하거라. 네가 우리 집에 온 뒤 어제 하루 종일 쏘다니도록 내버려두었으니 다른 물건도 훔쳤겠지. 내가 다 알고 있다. 자, 다른 물건을 훔쳤으면 털어놔. 때리지 않을게."

"이를 어쩌나, 아씨! 에바 아가씨가 목에 거는 빨간 물건을 내가 집어 왔어요."

"그랬구나, 못된 것 같으니! 그래 또 무얼 훔쳤니?"

"로자의 귀고리도 가져왔어요. 빨간 거요."

"당장 훔친 물건들을 모두 가져와."

"맙소사, 아씨! 가져올 수가 없어요. 다 타버렸걸랑요!"

"태웠다고! 무슨 얘기냐? 가서 가져오겠니, 아니면 매를 맞겠니?"

울음을 터뜨린 톱시는 중언부언하며 지시에 따를 수 없다고 큰 소리로 떠들었다. "그게 모두 타버렸단 말이에요."

"어째서 그걸 태웠느냐?" 오필리어가 물었다.

"제가 나쁜 년이라서 그렇죠. 저는 정말로 나빠요. 어쩔 수가 없어요."

이때 에바가 아무것도 모른 채 방 안으로 들어왔다. 에바의 목에는 톱시가 말한 것과 똑같은 산호 목걸이가 걸려 있었다.

"에바, 그 목걸이 어디서 찾았니?" 오필리어가 물었다.

"찾다니요? 하루 종일 목에 걸고 있었는데요." 에바가 말했다.

"어제도 그 목걸이를 걸고 있었니?"

"네. 그런데 고모, 재미있는 것은 밤에도 벗어놓지 않았다는 거죠. 잘 때 깜박했지 뭐예요."

오필리어는 완전히 어리둥절한 표정이 되었다. 그때 로자가 새로 다리미질한 리넨 천을 담은 바구니를 머리에 이고 방 안으로 들어오자 오필리어는 더욱 당황했다. 문제의 산호 귀고리가 로자의 귀에 걸려 있었던 것이다!

"이런, 얘를 어떻게 해야 할지 정말 모르겠구나!" 오필리어는 절망적인 목

소리로 말했다. "톱시, 어쩌자고 저 물건들을 훔쳤다고 거짓말을 했니?"

"그야 아씨가 털어놓으라니까 그랬죠. 더 털어놓을 게 없어 둘러댔어요." 톱시가 두 눈을 문지르면서 말했다.

"그렇다고 네가 하지도 않은 일을 자백하기를 바란 건 아니야. 그런 짓도 다른 거짓말과 마찬가지로 나빠."

"어머, 그래요?" 톱시는 천연덕스럽게 말했다.

"그것 보세요. 저런 말썽꾸러기는 입만 열면 거짓말을 한다니까요." 로자가 화난 표정으로 톱시를 쏘아보며 말했다. "내가 세인트클레어 주인님이라면 피가 날 때까지 때려줄 거예요. 암요. 호된 벌을 주고말고요!"

"안 돼, 안 돼, 로자." 에바가 명령하는 투로 말했다. 에바는 가끔 그런 태도를 취했다. "그렇게 말하면 못써, 로자. 난 그런 말 듣기 싫어."

"맙소사! 에바 아가씨는 너무 착해서 검둥이들을 어떻게 다뤄야 하는지 몰라요. 저런 것들은 싹부터 잘라야 한다니까요."

"로자, 그만 해!" 에바가 눈을 부릅뜨며 말했다. "그딴 말을 다시 했단 봐!" 에바의 볼이 짙게 물들었다.

로자는 순식간에 겁에 질렸다.

"에바 아가씨는 세인트클레어 가문의 피를 물려받은 것이 분명해요. 아가씨는 주인어른과 꼭 같은 식으로 말해요." 로자가 방을 나가면서 중얼거렸다.

에바는 톱시를 바라보고 서 있다.

사회의 양극단을 대표하는 두 어린이가 서 있다. 피부색이 희고 머리는 갈색이며 눈은 깊고 이마는 기품 있는, 고상하고 귀한 가문의 어린이는 공주처럼 행동한다. 다른 어린이는 피부색이 검고 눈치가 빠르며 이해가 느리고 두려움에 움츠러들었으나 예민하게 반응한다. 두 아이는 자기 인종을 대표한다. 색슨 출신은 오랜 세월의 발전과 지배 경험과 교육을 통해 신체적으로나 도덕적으로 우월하다. 아프리카 출신은 오랜 세월 동안의 억압과 복종,

비참한 백인들

황폐한 숲이나 버려진 밭에서 사냥을 하거나 물고기를 잡으며
또는 가축을 키우며 생계를 이어가는 백인들도 있다.
이 지역에서 심심찮게 볼 수 있는 이 하층민들은 대부분
위스키에 절어 피폐한 삶을 연명한다.
병색이 완연한 누르스름한 외모 때문에 그들은 흔히
'진흙 먹는 사람들'이라고 불린다.

이 지역에서 가장 후미진 곳으로 가보기 위해
마차를 빌렸다.

흑인에게도 멸시를 당하는 그들이지만,
스스로는 백인이라는 인종적 우월감과 함께
공민(公民)으로서 기본적인 대우를 받는다는
자부심을 갖고 있다.

무지, 노역, 악덕의 소산이다!

어쩌면 에바의 마음속에서 그와 비슷한 생각이 싸우고 있었는지도 모른다. 그러나 아이의 생각은 상당히 불분명하며 막연한 직관일 뿐이다. 천성이 고귀한 에바는 마음속에 그런 생각이 간절하게 떠올랐지만 아직 말로 표현할 수 있는 능력은 없었다. 오필리어가 톱시가 부린 말썽과 나쁜 행동을 길게 늘어놓자 에바는 혼란과 슬픔을 느끼는 듯했으나 다정하게 말했다.

"불쌍한 톱시, 왜 물건을 훔쳤니? 이제는 식구들이 너를 잘 보살펴줄 거야. 네가 물건을 훔치지 않도록 내가 무엇이든 나눠 줄게."

톱시는 난생처음 이처럼 친절한 말을 들었다. 에바의 다정한 말투와 행동이 본데없고 버릇없는 아이의 마음을 이상하게 감동시켜, 톱시의 영악하게 빛나는 동그란 눈에 눈물 같은 것이 반짝였다. 그러나 톱시는 곧 짧은 웃음을 터뜨리며 습관적인 미소를 지었다. 욕설만 듣던 귀에 친절한 말은 천상의 일처럼 믿기 어렵다. 그리고 톱시는 에바의 말이 재미있었지만 이해하기가 어려워 믿지 않았다.

톱시를 어떻게 가르칠 것인가? 오필리어는 문제가 점점 더 어렵게 느껴졌다. 그녀의 훈육 원칙은 효과가 없는 것 같았다. 그녀는 시간을 두고 생각하기로 했다. 오필리어는 시간을 버는 한편 어두운 골방의 도덕 교육적 효과를 기대하며 이 문제에 대한 생각이 정리될 때까지 아이를 골방에 가두기로 했다.

"매질을 하지 않고 저 아이를 다스릴 방법이 생각나지 않는구나." 오필리어가 세인트클레어에게 말했다.

"그렇다면 속이 시원해질 때까지 때리세요. 누님에게 행동의 전권을 드릴게요."

"아이들은 항상 매로 다스려야 해." 오필리어가 말했다. "매 없이 애를 키웠다는 소리를 들어본 적이 없거든."

"물론 그렇지요. 최선이라고 생각하시는 대로 하세요. 다만 한 가지 의견만 말씀드리죠. 나는 이 아이가 쇠 부지깽이로 맞고 주인의 손에 잡히는 대로 삽이나 부젓가락으로 맞아 쓰러지는 모습을 봤어요. 아이는 그런 학대에 익숙해 있으니 누님이 효과를 거두려면 상당히 세게 채찍질을 해야 할 겁니다."

"그러면 어떻게 하는 게 좋을까?"

"심각한 질문을 시작했군요. 누님이 직접 답을 찾기를 바랍니다. 남부에서 오직 매로만 다스릴 수 있는 인간을 다룰 때 쓰는 가장 보편화적인 방법은 채찍질입니다. 채찍으로도 안 되는 경우가 있지만요."

"난 모르겠어. 이런 애는 난생처음 봤어."

"이곳에는 그런 아이들뿐만 아니라 그런 어른들도 많아요. 그런 인간들을 어떻게 다스리겠습니까?"

"내가 대답하기에 너무 벅찬 질문이야."

"나도 그래요. 끔찍한 잔혹행위가 가끔 신문에 보도되잖아요. 프루 사건이 대표적인 예죠. 원인이 뭘까요? 대부분의 경우 가해자와 피해자 모두 점점 경직되지요. 노예 주인은 더욱 잔인해지고 흑인들은 더 무감각해집니다. 채찍질과 학대는 아편 같아서 효과가 낮아지면 다시 양을 배로 늘려야 해요. 나는 노예 소유주가 된 초기에 그 사실을 알았습니다. 나는 언제 중지해야 할지 알 수 없었기 때문에 아예 시작하지 않기로 결심했어요. 뿐만 아니라 나 자신의 타고난 도덕적 천성을 보호하겠다는 결심도 했습니다. 그래서 우리 집 하인들은 다 버릇없는 아이처럼 행동해요. 그래도 양쪽 모두 짐승처럼 되는 것보다는 지금 상태가 낫다고 생각합니다. 누님은 우리의 교육적 의무에 관해 많은 말씀을 하셨죠. 우리와 함께 사는 수많은 노예의 표본인 한 어린아이를 누님이 교육해보기를 나는 진심으로 원합니다."

"남부의 제도가 그런 아이들을 만들고 있어."

"나도 압니다. 하지만 그런 아이들이 만들어지고 존재합니다. 그런 아이들을 어떻게 해야 할까요?"

"실험 기회를 준 것에 대해 너에게 감사를 해야겠구나. 교육은 의무로 보이지만 나는 인내심을 가지고 최선을 다할 생각이다." 오필리어는 칭송받을 만한 수준의 열성과 정력을 발휘해 자신의 새로운 실험 대상에 몰두했다. 그녀는 아이에게 활동 시간표와 할 일을 만들어주고 글 읽기와 바느질을 가르치기 시작했다.

아이는 글 읽기를 빨리 배웠다. 아이는 마법을 부리듯이 글자를 빨리 배웠고 오래지 않아 쉬운 책을 읽을 수 있게 되었다. 그러나 바느질은 훨씬 어려운 과제였다. 고양이처럼 유연하고 원숭이처럼 민첩한 아이는 바느질이라면 질색을 했다. 그래서 아이는 바늘을 부러뜨리거나 교활하게 창밖으로 버리거나 벽의 갈라진 틈 속에 숨기기도 했다. 실을 헝클어뜨리거나 끊고 오물을 묻혔다. 남이 보지 않는 틈을 타서 실패를 멀리 던져버리기도 했다. 아이의 동작은 노련한 마술사만큼 빨랐고, 표정관리 또한 아주 훌륭했다. 오필리어는 그처럼 많은 사고가 연달아 일어날 가능성이 없다는 생각을 떨칠 수 없었으나, 아이를 감시하고 있다가는 다른 일을 할 수 없었기 때문에 아이가 못된 짓을 하는 현장을 잡을 수가 없었다.

오래지 않아 톱시는 집안의 명물이 되었다. 게으름을 부리고 우거지상을 하고 남의 흉내를 내는 재주가 무궁무진해 보였다. 아이는 춤을 추고 공중제비를 넘고 노래를 부르고 휘파람을 불 뿐 아니라 좋아하는 소리는 모조리 흉내를 냈다. 노는 시간에는 저택의 모든 꼬마들을 몰고 다녔다. 톱시가 하는 짓을 놀라워하는 꼬마들은 존경하는 표정으로 입을 벌리고 따라다녔다. 다만 에바 아가씨만 예외였다. 비둘기가 간혹 반짝이는 뱀에게 홀리듯이 에바는 야성적인 톱시의 못된 장난에 넋을 빼앗기는 것처럼 보였다. 오필리어는 에바가 톱시와 놀기를 좋아하는 것을 못마땅하게 여겨 어울리지 못하게 하라고 세인트클레어에게 당부했다.

"허허, 아이들끼리 놀게 놔두세요. 톱시와 노는 것이 에바에게도 좋을 겁니다."

"하지만 저렇게 불량한 아이와 노는 것이 걱정되지 않아? 에바도 못된 짓을 배울 거야."

"나쁜 짓을 가르칠 수 없을 겁니다. 다른 아이들에게는 가르칠지 모르지만, 양배추 잎이 이슬에 젖지 않듯이 에바는 나쁜 행동에 물들지 않을 거예요. 한 방울도 스며들지 않을 겁니다."

"너무 자신하지 마. 내 아이라면 톱시하고 절대로 놀지 못하게 할 텐데."

"누님의 아이들에게는 필요 없을지 모르지만 내 아이에게는 필요할 겁니다. 에바의 버릇이 나빠질 거였으면 몇 년 전에 벌써 그렇게 됐을 거예요."

나이 많은 하인들은 처음에는 톱시를 멸시하고 자주 꾸짖었다. 그러나 그들은 오래지 않아 자기네 생각을 고쳐야 할 이유를 알아차렸다. 톱시에게 화를 낸 사람은 누구나 곧 불편한 사고를 반드시 당한다는 사실이 분명해졌기 때문이다. 한 쌍의 귀고리나 아끼는 장신구가 사라진다든가, 옷 하나가 엉망이 된 채로 갑자기 발견되기도 했다. 또는 욕을 한 사람이 뜨거운 물이 담긴 통을 밟는 사고를 당하기도 하고, 가장 좋은 외출복을 입고 있을 때 머리에 구정물 세례를 받기도 했다. 사고가 일어날 때마다 조사를 했으나 이런 부끄러운 짓을 한 장본인은 발견되지 않았다. 이름이 거론된 톱시는 집안의 법정에 여러 차례 세워져 조사를 받았으나 그때마다 진지한 표정으로 확고하게 결백을 주장해 혐의를 벗었다. 누가 그런 짓을 했는지 모르는 사람은 없었다. 그러나 심증을 뒷받침할 수 있는 직접 증거를 하나도 찾을 수가 없었다. 오필리어는 공정한 사람이어서 증거가 없으면 더 이상 혐의를 주장하지 않았다.

가해자는 자기의 혐의를 벗기에 가장 유리한 순간에 못된 짓을 했다. 따라서 침실 하녀인 로자와 제인에게 가해진 보복은, 흔히 생기기 마련인 다음과 같은 상황과 때를 맞추었다. 즉 톱시는 두 사람이 안주인의 눈 밖에 나서 불평을 해도 동정을 받지 못하는 때를 골랐다. 간단히 말해, 톱시는 자기를 내버려두는 것이 편하다는 점을 오래지 않아 집안 식구들에게 이해시켰다. 그래서 톱시를 건드리는 사람은 없었다.

손재주가 뛰어나고 열성적인 톱시는 가르쳐주는 것을 놀라울 정도로 빠르게 배웠다. 몇 차례 실습을 받자, 톱시는 까다로운 오필리어도 흠을 잡지 못할 정도로 깔끔하게 침실을 정돈하는 방법을 터득했다. 시트를 주름이 지지 않도록 펴고 베개를 정확히 제자리에 놓고 방을 쓸고 먼지를 털어 완벽하게 정리하는 데는 톱시를 따를 사람이 없었다. 그런데 톱시는 작심을 했을 때는 이렇게 일을 잘하지만, 자주 작심을 하는 스타일이 아니었다. 오필리어가 사나흘 동안 인내심을 발휘해 찬찬히 감독한 뒤, 톱시가 마침내 가르친 대로 따라와 감독 없이도 잘할 것이라고 생각해서 다른 바쁜 일에 매달리기라도 하면, 톱시는 한두 시간 동안 광란의 축제를 벌이곤 했다. 아이는 침대 정리를 내팽개친 채 베갯잇을 잡아 빼고 헝클어진 머리로 베개에 박치기를 해 때로는 베개가 터지고 새털이 사방으로 날아가 온통 새털로 뒤덮인 방 안에서 귀신이 나올 것처럼 만들었다. 아이는 기둥을 타고 올라가 꼭대기에서 거꾸로 매달렸다. 침대 시트를 방 안에 가득 펼쳐놓기도 하고 덧베개에 오필리어의 잠옷을 씌워서 들고 거울 앞에서 혼자 노래를 부르고 휘파람을 불고 얼굴을 찌푸리면서 온갖 꼴불견을 연출했다. 오필리어는 아이의 이런 행동을 간결하게 '야단법석'이라고 표현했다.

언젠가 오필리어는 자신의 최고급 인도산 분홍색 캔톤 크레이프 숄을 터번처럼 머리에 두른 톱시가 거울 앞에서 본격적으로 무대연습을 하는 장면을 발견했다. 오필리어가 평소의 그녀답지 않게 부주의하게 열쇠를 서랍 속에 남겨두었던 것이다.

"톱시! 이게 무슨 짓이냐?" 인내심이 한계에 이른 오필리어가 꾸짖었다.

"몰라요, 아씨. 제가 원래 나쁜 년이기 때문이겠죠."

"너를 어떻게 해야 할지 정말 모르겠구나, 톱시."

"아씨, 절 때리셔야 해요. 옛날 아씨는 항상 저를 때리셨어요. 저는 매를 맞지 않으면 일하지 않는 버릇이 있거든요."

"톱시, 나는 너를 때리기 싫어. 넌 마음만 먹으면 잘하잖니. 왜 잘하려고 하지 않니?"

"아씨, 저는 매를 맞는 게 습관이 됐어요. 매를 맞는 게 저한테도 좋은 것 같아요."

오필리어가 마침내 매를 들면 톱시는 한결같이 울고불고 비명을 지르며 애걸을 해서 한바탕 소동을 일으켰다. 그러나 삼십 분도 지나지 않아 발코니 위에 올라앉은 톱시는 그녀를 우러러보는 '어린 것들'에게 둘러싸여, 조금 전에 무슨 일이 있었느냐는 듯이 기고만장했다.

"필리 아씨가 나에게 매질을 했거든. 그렇게 때려서는 모기도 못 죽일 거야. 옛날 주인님이 살점이 떨어지도록 때리는 걸 못 봐서 그래. 옛날 주인님은 매질을 어떻게 하는지 안단 말이야!"

톱시는 항상 자기의 잘못과 비행을 커다란 자랑거리로 삼았다. 나쁜 짓이 남보다 뛰어난 점이라고 생각하는 것이 분명했다.

톱시는 귀를 기울이는 몇 명의 어린아이에게 이런 말을 자주 했다. "야, 검둥이들아, 너희가 죄인이란 걸 아니? 너희와 모든 사람이 죄인이걸랑. 백인들도 죄인이야. 필리 아씨가 그렇게 말했어. 하지만 내 생각엔 그중에서도 검둥이들이 가장 큰 죄인이야. 하지만 너희는 나에게 어떤 죄도 지을 수 없다는 걸 알아야 해. 나는 엄청나게 사악해서 나한테는 아무도 못된 짓을 할 수 없단 말이지. 옛날 마님은 하루의 절반을 나를 욕하는 데 보냈어. 내가 세상에서 가장 사악한 인간인 것 같아." 말이 끝나면 톱시는 공중제비를 하고 높은 난간 위에 올라가 잘난 척하며 으스댔다.

일요일이 되면 오필리어는 톱시에게 교리문답을 진지하게 가르쳤다. 톱시는 들은 말을 기억하는 재주가 비상해서 막힘없이 대답을 했기 때문에 가르치는 사람도 신명이 났다.

"교리문답이 그 아이에게 무슨 소용이 있겠습니까?" 세인트클레어가 말했다.

"물론 교리문답은 아이들에게 유익해. 너도 잘 알겠지만 어려서 교리문답을 배워두는 게 좋아." 오필리어가 대답했다.

"뜻을 이해하든 말든 상관없나요?"

"아, 어릴 때는 절대 이해를 못 하지. 하지만 어른이 되면 깨닫게 되거든."

"나는 아직도 깨닫지 못했어요. 하지만 누님이 어린 나에게 상당히 철저하게 주입했다는 사실만큼은 장담할 수 있습니다."

"그래, 너는 배우는 능력이 항상 뛰어났어, 어거스틴. 나는 항상 너에게 큰 기대를 걸었단다."

"지금은 기대를 접었나요?"

"나는 네가 어릴 때처럼 착했으면 좋겠다는 생각을 한단다."

"저도 그래요. 그건 사실입니다. 톱시에게 교리문답을 계속 가르치세요. 언젠가 보람을 느낄 때가 오겠죠."

이런 대화가 진행되는 동안 두 손을 포갠 채 검은 조각상처럼 서 있던 톱시는 오필리어의 신호가 떨어지자 암송을 계속했다.

"자신들의 의지에 따라 자유인이 된 우리의 첫 번째 선조는 그들이 만들어진 상태에서 떨어졌다."

톱시가 눈을 깜박이면서 궁금하다는 듯이 바라보았다.

"왜 그러니? 톱시." 오필리어가 물었다.

"아씨, 그 상태란 것이 켄터키 주인가요?"

"무슨 주?"

"그들이 떨어진 주 말이에요. 우리가 켄터키 주에서 내려왔다고 주인님이 말하는 걸 가끔 들었거든요."

세인트클레어가 웃음을 터뜨렸다.

"뜻을 설명해주지 않으면 저 애가 뜻을 새로 만들어낼 겁니다. 그 대목에 아주 이론이 암시된 것처럼 보이는군요."

"어거스틴, 입 좀 다물어라. 네가 웃으면 내가 무슨 일을 할 수 있겠니?"

"공부를 더 이상 방해하지 않는다고 맹세할게요." 세인트클레어는 신문을 들고 응접실로 들어가 톱시가 암송을 끝낼 때까지 앉아 있었다. 이따금 중요한 단어 몇 개의 표현을 기묘하게 바꾸는 것을 제외하면 암기공부는 모두 잘됐다. 세인트클레어는 얌전히 있겠다는 약속을 했음에도, 톱시의 이런 실수를 즐기는 악취미가 발동해 기분전환을 하고 싶은 생각이 들 때마다 아이를 불러서 불경스러운 실수를 다시 하라고 시켰다. 물론 오필리어가 항의를 했지만 말이다.

"어거스틴, 네가 이런 식으로 나가면 내가 어떻게 저 애를 가르칠 수 있겠니?" 오필리어가 입버릇처럼 말했다.

"제가 잘못했습니다. 다시는 안 그럴게요. 하지만 저런 익살맞은 꼬마가 중요한 단어로 실수하는 척하며 말장난하는 것이 정말 재미있어요."

"하지만 너는 그릇된 방식으로 아이를 인정해주는 거야."

"글쎄요. 아이가 보기엔 이 단어나 저 단어나 다를 게 없나 보지요."

"너는 내가 이 아이를 올바로 키우기를 원했잖아. 그리고 저 아이도 이성을 가진 인간이라는 사실을 기억하고 네가 아이에게 미치는 영향을 신중히 생각할 필요가 있다."

"물론 그래야겠죠. 하지만 톱시가 늘 하는 말처럼 '저는 정말 나빠요!'"

대부분 이런 방식으로 일이 년 동안 톱시의 훈련이 계속되었다. 오필리어는 만성적인 질병처럼 톱시에 대한 걱정을 하루라도 하지 않는 날이 없었다.

그러나 사람들이 신경통이나 만성두통에 익숙해지듯이 오필리어도 시간이 지남에 따라 톱시 때문에 생기는 근심에 익숙해졌다.

세인트클레어가 톱시에게 느끼는 즐거움은, 사실 사람들이 앵무새나 사냥개의 재주를 보고 즐거워하는 것과 같은 종류의 것이었다. 사람들이 톱시가 지은 죄를 들이대면서 모욕을 줄 때마다 아이는 세인트클레어의 의자 뒤로 몸을 피했다. 세인트클레어는 여러 가지 방식으로 아이의 잘못을 무마해주었다. 아이는 세인트클레어로부터 수없이 받은 잔돈으로 호두와 캔디를 사서 집안의 모든 어린애들에게 아낌없이 나누어 주었다. 톱시에게 정의란 친절하고 자유로운 것이었다. 다만 자신을 지킬 때만은 악착같았다. 그녀는 우리의 등장인물 가운데 하나로 확실하게 소개되었으니, 자신의 차례가 되면 다른 인물들과 함께 등장할 것이다.

chapter 21
켄터키

우리의 독자들은 잠시 톰 아저씨가 예전에 살던 켄터키 농장의 오두막으로 되돌아가서 남은 사람들에게 무슨 일이 일어났는지 살펴보는 것을 마다하지 않을 것이다.

어느 여름날 늦은 오후, 넓은 응접실의 문과 창문은 기분 좋은 미풍이 들어올 수 있도록 모두 열려 있었다. 셸비는 응접실로 통하는 넓은 홀에 앉아서 집 안 전체를 둘러보았다. 의자에 느긋하게 기댄 채 두 발을 다른 의자 위에 올려놓은 셸비는 저녁식사를 마치고 시가를 피우고 있었다. 문가에 앉은 셸비 부인은 고운 옷감을 바느질하느라 바빴다. 그녀는 뭔가 마음속에 품고 있는 것을 털어놓을 기회를 찾는 사람처럼 보였다.

"클로이가 톰의 편지를 받은 거 알죠?" 셸비 부인이 말했다.

"아! 그랬어? 톰이 그곳에서 친구를 사귄 거 같던데. 그래 잘 지내고 있답디까?"

"아주 좋은 집으로 팔려 간 거 같아요. 주인들이 잘 대해주고 일도 고되지 않대요."

"잘됐군. 아주 반가운 소식이구먼." 셸비가 진심으로 말했다. "톰은 남부의 저택에 잘 적응해서 이곳에 돌아오고 싶지 않을 거요."

"그 반대예요. 자기를 되살 수 있는 돈이 언제 마련되는지 간절하게 물었어요."

"나도 모르오. 사업이 한 번 잘못되면 끝이 안 보이니 말이오. 늪지대로 길을 잘못 들어 이 웅덩이에서 저 웅덩이로 건너뛰는 것 같소. 이 사람 돈을 빌려서 저 사람 빚을 갚고 저 사람 돈을 빌려 이 사람 빚을 갚는 식이오. 시가 한 대 피우면서 한숨 돌릴 틈도 없이 어음의 만기일이 돌아오고 빚 독촉이 그치지 않는데다 이리 뛰고 저리 뛰느라 정신을 차릴 수 없을 지경이오."

"여보, 사태를 수습할 방도가 있을 것 같아요. 농장 하나와 말을 전부 팔아 빚을 청산하는 게 어떻겠어요?"

"에밀리, 당치도 않소! 당신은 켄터키에서 가장 세련되고 우아한 여성이지만 사업을 이해하는 분별력은 없어요. 여자들은 사업을 절대 몰라."

"하지만 사정을 조금이라도 이야기해줘야지요. 최소한 당신이 진 빚의 목록이라도 알려주어야 당신이 사업을 경제적으로 운영하는 것을 내가 도울 수 있지요."

"귀찮군, 성가시게 굴지 마오. 에밀리! 나도 정확히 몰라. 나 역시 대충 짐작만 하고 있을 뿐이오. 사업을 재정비하고 빚을 청산하는 일은 클로이가 만든 파이의 가장자리를 잘라내는 것처럼 간단한 일이 아니오. 당신은 사업

에 관해 아무것도 모르지 않소."

 자신의 생각을 납득시킬 방법이 없는 셸비는 신사가 사업 문제를 아내와 의논할 때 흔히 쓰는, 아주 편리하고 설득력 있게 주장하는 방식을 따라 목소리를 높였다.

 셸비 부인은 한숨을 내쉬면서 입을 다물었다. 남편은 그녀가 사업을 모르는 여자에 불과하다고 주장했지만 사실 그녀는 명석하고 정력적이며 실용적인 정신의 소유자였다. 그녀의 정신력은 모든 면에서 남편보다 우월했다. 그러므로 그녀의 경영 능력을 인정하는 것이 셸비의 생각처럼 아주 터무니없는 가정은 아니다. 그녀는 톰과 클로이에게 한 약속을 지킬 결심이었으므로 주변 상황이 점점 어려워지자 한숨을 쉰 것이다.

 "여보, 그 돈을 마련할 방법이 없을까요? 가여운 클로이! 오로지 남편 생각밖에 없어요!"

 "그 문제라면 미안하오. 내가 성급하게 약속을 했나 보오. 이제는 자신이 없소. 클로이에게 사실대로 말해서 마음을 돌리도록 하는 것이 상책일 것 같아. 한두 해 지나면 톰은 새로 아내를 얻고 클로이도 다른 남자를 맞아들이는 게 좋을 거요."

 "여보, 나는 우리 집 하인들에게 그들의 결혼이 우리의 결혼처럼 신성하다고 가르쳐왔어요. 난 클로이에게 절대 그런 충고를 할 수 없어요."

 "그들이 처한 노예의 현실과 미래에 당신이 도덕성의 짐을 지운 것은 딱한 행동이오. 나는 항상 그렇게 생각했소."

 "여보, 그건 성경이 가르치는 도덕성일 뿐이에요."

 "그래, 맞아, 에밀리. 난 당신의 종교적 관념에 참견할 생각은 없어요. 다만 그런 도덕성이 노예 상태에 있는 사람들에게는 극도로 어울리지 않는다고 생각할 뿐이오."

 "그건 사실이죠. 내가 이 모든 상황을 진심으로 싫어하는 이유가 바로 그

거예요. 여보, 나는 불쌍한 톰 부부에게 한 이 약속에서 벗어날 수가 없어요. 만약 내가 달리 돈을 구할 방법이 없으면, 음악 선생이라도 하겠어요. 음악 교습은 잘 할 수 있으니까 돈을 벌 수 있어요."

"에밀리, 그런 식으로 품위를 떨어뜨릴 생각이오? 나는 그 방법에 절대 동의할 수 없소."

"품위를 떨어뜨리다니요! 의지할 데 없는 사람들에 대한 신의를 저버리는 것보다 더 품위가 떨어지겠어요? 절대 그렇지 않아요!"

"당신은 항상 영웅처럼 현실을 초월하는구려. 하지만 그런 비현실적인 행동을 하기 전에 다시 한 번 생각해봐요."

이때 베란다 끝에 클로이가 나타나 대화가 중단되었다.

"죄송합니다. 마님." 클로이가 말했다.

"그래, 클로이, 무슨 일이야?" 안주인이 일어서서 베란다 끝으로 가면서 물었다.

"마님이 오셔서 이 시를 좀 봐주세요."

클로이는 자주 닭이나 오리 같은 가금류를 뜻하는 '폴트리'를 시를 의미하는 '포이트리'라고 발음했다. 집안의 젊은 하인들이 빈번하게 고쳐주고 충고를 하는데도 클로이는 나름의 표현방식을 즐겼다.

예컨대 그녀는 이런 식으로 폴트리를 포이트리라고 불렀다. "어머나 놀라워라! 이건 정말 좋아. 정말 좋은 시예요."

셸비 부인은 클로이가 아주 진지한 표정으로 생각에 잠겨 내려다보고 있는 몇 마리의 기진맥진한 닭과 오리를 바라보면서 미소를 지었다.

"마님께서 치킨파이를 만드실 건지 궁금해서요."

"그래, 클로이. 나는 상관없어. 좋을 대로 요리해."

닭과 오리를 잡은 클로이는 넋이 나간 사람처럼 보였다. 닭은 그녀의 안중에도 없는 게 분명했다. 마침내 그녀는 짧은 웃음을 터뜨리면서 말했다. 짧게 웃는 것은 그녀가 자신 없는 제안을 할 때 종종 드러내는 습관이었다.

"마님, 이를 어쩌죠? 주인님과 마님께서 수중에 쓸 돈이 없으니 그 돈 때문에 얼마나 걱정이 크시겠어요?" 클로이가 다시 웃었다.

"무슨 말인지 못 알아듣겠어, 클로이." 하지만 셸비 부인은 클로이의 태도에서 자기네 부부가 조금 전에 나눈 이야기를 클로이가 모두 들었다는 것을 조금도 의심하지 않았다.

"어머나, 이를 어째! 마님," 클로이가 웃으며 말했다. "다른 댁에서는 검둥이 하인들을 사람들에게 빌려주고 돈을 받는대요! 하인들을 집에서 놀리면서 밥만 축내게 하지 마세요."

"그래, 클로이, 우리에게 누굴 밖에 빌려주라는 거야?"

"맙소사! 제가 어떤 의견을 내겠다는 게 아니라요. 샘이 그러는데 루이빌에 있는 퍼펙셔너에서 케이크와 패스트리를 잘 만드는 사람을 구한대요. 샘의 말이, 일주일에 4달러씩 준다는군요."

"그래서?"

"제 생각에는 마님, 제가 샐리를 데리고 집안일을 해와서 이제 샐리도 어느 정도 일을 할 줄 알아요. 거의 저만큼 잘해요. 만약 마님이 저를 보내주시면 돈 버는 걸 거들게요. 제가 만든 케이크나 파이가 퍼펙셔너보다 못하지 않아요."

"아, 컨펙셔너! 제과점 이야기로구나, 클로이."

"마님, 이름은 상관없어요. 하도 이상해서 똑바로 외울 수가 없구먼요!"

"하지만 클로이, 아이들을 떼어놓고 가도 괜찮겠어?"

"그럼요, 마님! 사내아이들은 이제 일을 할 만큼 컸어요. 일도 아주 잘하고요. 그리고 아기는 샐리가 돌보면 돼요. 샐리는 활달한 처녀라서 아기를 잘 돌볼 거예요."

"루이빌은 여기서 먼데."

"무슨 걱정이세요? 강 아래쪽으로 내려가니까 아마 남편 있는 곳과 더 가까울걸요?" 마지막 말을 질문하듯이 끝낸 클로이가 셀비 부인을 바라보았다.

"아냐, 클로이, 네 남편이 있는 곳은 160킬로미터나 떨어져 있어."

클로이의 얼굴빛이 어두워졌다.

"걱정할 필요 없어. 클로이, 어쨌든 루이빌에 가면 남편 있는 곳과 더 가까워지니까. 그래, 가도 좋아. 네가 번 돈은 한 푼도 빠뜨리지 않고 저축했다가 남편을 다시 사 올 때 쓸게."

밝은 햇살이 먹구름을 은빛으로 빛나게 만들듯이 클로이의 어두웠던 표정이 갑자기 밝아졌다. 얼굴에서 빛이 나는 것 같았다.

"어머나! 마님은 너무나 착하셔요! 저도 그렇게 생각하고 있었어요. 저는 옷이나 구두 같은 것은 필요 없으니까 버는 돈은 모두 저축할 수 있어요. 마님, 일 년이 몇 주지요?"

"52주."

"그래요? 일주일마다 4달러니까, 일 년이면 얼마가 되나요?"

"208달러지."

"와!" 클로이가 놀란 목소리로 기뻐하며 말했다. "그럼, 마님, 제가 그 돈을 다 벌려면 얼마나 일해야 하나요?"

"아마 사오 년은 걸릴걸. 하지만 네가 그 기간을 다 채울 필요는 없어. 네가 번 돈에다 내가 얼마를 보탤 거야."

"마님이 음악교습 같은 걸 하시는 건 찬성할 수 없어요. 그 문제에 대해서는 주인님 말씀이 옳아요. 그러시면 절대 안 돼요. 제가 일하러 간 사이에 우리 식구가 아무 데도 가지 않았으면 좋겠어요."

"걱정하지 마, 클로이. 내가 가족을 잘 보살필게." 셀비 부인이 미소를 지으며 말했다. "그래 언제 떠날 예정인데?"

"저는 아무 때나 상관없어요. 샘이 망아지들을 강으로 몰고 갈 때 저를 데려다주겠대요. 그래서 짐만 몇 가지 챙기면 돼요. 마님만 허락하시면 내일 아침에 샘과 떠날게요. 마님이 제 통행증을 쓸 때 추천서도 써주세요."

"알았어, 클로이. 주인님이 반대하지 않으면 그렇게 하지. 우선 주인님과 상의해야 되거든."

셸비 부인은 계단을 올라갔고 기쁨에 넘친 클로이는 떠날 준비를 하러 자기 오두막으로 돌아갔다.

"어머나, 조지 도련님! 제가 내일 루이빌로 가는 거 모르시죠?" 클로이는 오두막으로 들어오는 조지를 보고 말했다. 그녀는 아기의 옷을 바쁘게 정리하기 시작했다. "아이들 옷을 좀 정리해놓으려고요. 조지 도련님, 저는 일주일에 4달러를 벌기 위해서 떠날 거예요. 제가 번 돈을 마님이 모두 모아두었다가 남편을 다시 사 올 때 쓰시게 하려고요!"

"야! 정말 놀라운 소식이네. 어떻게 가려고?"

"내일 샘과 떠나요. 자, 조지 도련님, 여기 앉아서 남편에게 자초지종을 알리는 편지를 써주시겠어요?"

"그러고말고. 톰 아저씨가 이 소식을 들으면 정말 기뻐하겠네. 당장 집에 가서 종이와 잉크를 갖고 올게, 클로이 아줌마. 그다음에 새로 태어난 망아지들과 모든 집안 소식을 편지에 쓸게."

"그러세요, 조지 도련님. 어서 가세요. 도련님에게 닭고기 요리를 만들어 드릴게요. 당분간 이 아줌마와 식사를 많이 못 할 테니까요."

chapter 22
풀은 마르고 꽃은 시든다

우리 모두의 인생은 하루하루 지나간다. 우리의 친구 톰의 인생도 그렇게 지나가 이 년이 흘렀다. 사랑하는 가족과 헤어진 후 멀리 떨어져 그리워하고 있었으나 아직은 뚜렷하게 느낄 정도로 비참한 생활은 아니었다. 사람 마음의 심금은 조율이 너무나 잘돼 있기 때문에 줄이 모두 끊어지지 않고는 조화로운 음향을 완전히 파괴하지 못한다. 지나간 세월을 돌이켜보면 상실과 시련의 연속으로 보이지만 떠오르는 옛일들을 새로운 기분으로 다시 보면 당시의 괴로움이 완화되므로, 우리의 지난 삶이 완전히 행복했던 것은 아닐지라도 완전히 비참했던 것도 아님을 깨닫게 된다.

톰은 한 권밖에 없는 책을 읽으면서 '어떤 환경에 처해도 만족하는 법을 배운' 사람이었다. 톰은 그런 인생관이 선하고 합리적인 원칙이라고 생각했다. 또한 그것은 그가 같은 책을 읽고 습득해 정착시킨 사려 깊은 습관과도 잘 조화되는 것으로 보였다.

우리는 앞 장에서 톰이 집으로 편지를 보낸 사실을 밝힌 바 있다. 조지 도련님이 쓴 답장이 오래지 않아 도착했다. 조지의 반듯하고 둥근 글씨체는 톰의 말마따나 '방 건너편'에서도 읽을 수 있을 정도였다. 편지에는 집안 사정에 관한 여러 가지 새로운 소식이 담겨 있었다. 독자들은 이미 잘 아는 내용이다. 톰은 클로이가 루이빌의 제과점에 취직한 경위와 패스트리 만드는 그녀의 솜씨가 뛰어나 많은 돈을 벌고 있다는 것, 그 돈 전부를 톰을 다시 사는 데 쓰기 위해 모으고 있다는 소식을 들었다. 샐리와 가족 모두의 보살핌 아래 모스와 피트는 잘 자라고 아기는 온 집 안을 뛰어다닌다는 것이었다.

현재 톰의 오두막은 닫아놓았다. 그러나 조지는 톰이 돌아온 다음에 추가

수색작업에 동원된 일급 사냥꾼

아직 어린 나이에 민병대에 지원한 윌리엄.

정찰병인 빌의 주특기는 올가미 던지기다.

도주

한 농장주의 집 주위가 소란스럽다.
농장주가 고용한 몇 명의 하수인이 어제에 이어 오늘도 부근 지역 수색을 준비하고 있다.
남부에서는 백인 주민을 보호하기 위해 각 주마다 의무적으로 연방군대 외에 민병대를
유지하고 있다. 정찰병들은 거의 매주 해당 주의 농장을 구역별로 나누어 관리한다.
지금 그들이 찾는 것은 노예 상인들이 들이닥치기 직전 아들을 데리고 도망친 여자 노예다.
아들과 이별해야 할지도 모를 절박한 순간을 눈치챈 엄마 노예의 선택은 도주였다.

하거나 장식할 물건들에 관해 상세하게 썼다.

  이 편지의 마지막 부분에는 조지의 학교 과목이 열거되었는데 각 항목마다 앞에는 거창한 대문자를 썼다. 그리고 톰이 떠난 후 농장에서 태어난 망아지 네 마리의 이름도 적혀 있었다. 조지는 어머니와 아버지의 안부도 함께 전했다. 편지의 형식은 분명하고 간결했다. 톰은 조지의 편지가 현대에 등장한 가장 뛰어난 글의 표본이라고 생각했다. 지칠 줄 모르고 편지를 들여다보던 톰은 편지를 자기 방에 걸어두기 위해 액자에 넣는 적합한 방법을 에바와 의논하기까지 했다. 액자에 넣는 데 가장 큰 장애물은, 편지의 앞뒷면이 함께 보이도록 만드는 어려운 작업이었다.

  톰과 에바의 우정은 에바가 성장함에 따라 더욱 깊어졌다. 충실한 하인에 대한 다감하고 부드러운 감정을 아이가 어디에 간직하고 있는지 알기는 어렵다. 톰은 아이를 이 세상의 연약한 존재로 사랑하는 한편, 천상의 신 같은 존재로 숭배했다. 이탈리아의 선원이 아기 예수의 초상화를 바라보듯이, 톰은 에바를 쳐다보았다. 존경과 친절이 뒤섞인 감정으로 소녀를 바라보았다. 아이가 들려주는 아름다운 이야기에 맞장구를 치고 수많은 색깔을 지닌 무지개처럼 아이를 둘러싼 다양한 요청을 들어주는 것이 톰에게는 가장 큰 기쁨이었다. 오전에 시장에 들르면 톰은 항상 꽃가게의 진열대를 살피면서 아이에게 만들어줄 희귀한 꽃다발에 쓸 꽃들을 골랐다. 또한 집에 돌아오면, 아이 몫으로 가장 좋은 복숭아나 오렌지를 슬며시 챙겨 주머니에 집어넣었다. 그가 멀리서 다가갈 때 대문에서 밝은 금발머리를 내미는 아이의 모습을 보는 것이 톰에게는 세상에서 가장 즐거운 광경이었다. 아이가 "톰 아저씨, 오늘은 뭘 줄 거야?"라고 물을 때 그는 가장 행복했다.

  에바는 톰 못지않게 열심히, 친절하게 보답하려 했다. 에바는 어린아이였으나 책을 읽고 아름다운 음악에 귀를 기울일 줄 알았으며, 시적인 상상력이 풍부했고, 장엄하고 고귀한 것에 본능적으로 공감하는 착하고 예쁜 아이

군 탈영병 출신인 찰은
농장주가 고용한 하수인이다.

였다. 또한 에바는 톰이 전에 들어본 적 없는 열성적인 성경 애독자였다. 처음에 아이는 겸손한 자기 친구를 즐겁게 해주려고 성경을 낭독했다. 그러나 오래지 않아 그녀의 정직한 천성이 덩굴처럼 뻗어 나와 거룩한 책을 휘감았다. 성경은 그녀의 기이한 그리움과 열정적이고 상상력이 풍부한 어린이들이 느끼고 싶어 하는 유의 감정을 일깨웠기 때문에 에바는 성경을 좋아했다.

에바가 가장 좋아한 대목은 계시록과 예언서였다. 아이는 이런 부분에 나오는 모호하고 경이적인 환영과 열정적인 말씀에 감동을 받아 부질없이 그 뜻을 물었다. 소녀와 단순하고 늙은 어린이 격인 톰은 성경을 읽고 똑같은 감정을 느꼈다. 두 사람은 자신들이 앞으로 나타날 영광에 관해 이야기하고 있다는 것밖에 알지 못했다. 아직 오지 않은 그 놀라운 영광은 사람의 영혼을 기쁘게 해주었지만 두 사람은 그 이유를 알지 못했다. 물리학적으로나 윤리학적으로 이해할 수 없는 것이 항상 무익한 것은 아니다. 두 개의 어두운 영원, 즉 영원한 과거와 영원한 미래 사이에서 영혼은 몸을 떠는 이방인처럼 깨어난다. 그러나 빛은 에바를 둘러싼 작은 공간 위만 비췄을 뿐이므로 그녀는 보이지 않는 세계를 동경할 수밖에 없었다. 영감의 희미한 기둥에서 그녀를 향해 나오는 목소리와 그림자 같은 움직임은 보이지 않는 세계를 동경하는 그녀의 마음속에서 메아리치며 대답이 된다. 그 신비한 형상은 알 수 없는 상형문자가 새겨진 수많은 부적과 보석과 같았다. 그 형상들을 가슴에 품은 에바는 자신이 신비의 베일을 통과할 때 그 의미를 이해할 것으로 기대한다.

우리의 이야기가 이 시점에 도달했을 때 세인트클레어 가족과 하인 전체는 일시적으로 폰처트레인 호수의 별장에 있다. 무덥고 건강에 좋지 않은 도시를 떠날 능력이 있는 사람들은 모두 여름의 열기를 피해 호숫가나 시원한 바다의 산들바람을 찾았다.

세인트클레어의 별장은 대나무로 만든 베란다가 설치돼 있고, 사방에 달린 문이 정원과 놀이터를 향해 있는, 동인도[76] 양식의 작은 건물이었다. 공동으로 사용하는 거실은 커다란 정원으로 트여 있고 정원에는 갖가지 그림 같은 식물과 꽃이 향기를 발산했다. 정원을 굽이도는 산책길은 호수의 가장자리 바로 앞까지 뻗어 있었다. 호수에는 잔잔한 은빛 물결

흥분한 감독관이 고함을 질러대며 수색대원들에게 명령한다. 그는 이번 인간 사냥팀을 진두지휘할 것이다.

이 햇살을 받으며 찰랑거렸다. 호반의 풍경은 수시로 변하면서 시간이 지날수록 더욱 아름다워졌다.

이제 짙은 황금빛 저녁놀에 완전히 물든 수평선이 장엄하게 빛나는 가운데 수면은 또 하나의 하늘이 되었다. 호수는 수많은 영혼처럼 오가는 흰색 돛을 단 배들만 제외하면 장밋빛이나 황금색의 줄무늬로 뒤덮였다. 빛나는 노을 속에 나타나 반짝이는 작은 금빛 별들이 물속에서 떨고 있는 자기네 모습을 내려다보았다.

톰과 에바는 정원 끝부분의 나무그늘 아래에 있는, 이끼로 덮인 작은 의자에 앉아 있었다. 때는 일요일 저녁이었고 에바는 자기 성경을 펴서 무릎 위에 올려놓았다. 아이는 성경을 읽었다. "또 내가 보니 불이 섞인 유리 바다 같은 것이 있고……."

에바가 갑자기 읽기를 멈추고 호수를 손으로 가리켰다. "톰, 저게 그 바다야."

"뭐라고요, 에바 아가씨?"

"저기 안 보여?" 아이는 유리처럼 반짝이는 물을 가리켰다. 오르내리는 수면은 하늘의 황금빛 노을을 반사했다. "저기 불이 섞인 유리 바다가 있어."

"정말 그렇군요. 에바 아가씨." 말을 마친 톰이 노래를 부르기 시작했다.

오, 내게 아침의 날개가 있다면
가나안의 물가로 날아가리라
빛나는 천사들이 나를
새 예루살렘에 있는 나의 집으로 데려가리라

"톰 아저씨, 새 예루살렘은 어디 있을까?" 에바가 물었다.

"오, 에바 아가씨. 하늘의 구름 속에 있습니다."

"나는 그걸 본 것 같아. 저 구름 속을 봐! 커다란 진주로 만든 성문처럼 보여. 성문 너머 아주 멀리 있는 것도 볼 수 있어. 온통 황금으로 만들었어. 톰, 〈빛나는 천사〉를 불러줘."

톰은 널리 알려진 감리교 찬송가를 불렀다.

나는 수많은 천사들이
그곳에서 영광을 누리는 것을 보네
모든 천사들은 새하얀 두루마기를 입었고
승리의 종려나무 가지를 들고 있네

"톰 아저씨, 나는 천사들을 봤어."

톰은 에바의 말을 조금도 의심하지 않았다. 그는 조금도 놀랍게 생각하지 않았다. 만약 에바가 천국을 보았다고 말했을지라도 그는 전적으로 믿었을 것이다.

"저 천사들은 가끔 내 꿈속에 찾아와." 에바의 두 눈은 점점 꿈을 꾸는 듯이 변했다. 아이는 낮은 목소리로 노래를 불렀다.

  모든 천사들은 새하얀 두루마기를 입었고
  승리의 종려나무 가지를 들고 있네

"톰 아저씨, 나는 저기로 갈 거야."
"어디로요? 에바 아가씨."
아이는 일어서서 작은 손으로 하늘을 가리켰다. 저녁노을이 아이의 갈색 머리와 발갛게 물든 뺨을 비춰 천상의 광채가 뿜어 나오는 듯했다. 아이의 두 눈은 열렬히 하늘 속을 바라보았다.
"나는 빛나는 천사들이 있는 저기로 갈 거야. 톰, 난 오래지 않아 갈 거야."
충직한 늙은 하인은 갑자기 가슴에 통증을 느꼈다. 톰은 지난 여섯 달 동안 에바의 작은 손이 더욱 여위고 피부는 더 투명해지며 호흡이 점점 가빠지는 것을 자주 봤다고 생각했다. 그전에는 몇 시간씩 달리거나 정원에서 놀 수 있었던 아이가 금방 피로해져 활기를 잃었다. 톰은 아이가 기침을 자주 하며 온갖 약을 다 먹여도 낫지 않는다고 오필리어가 말하는 소리도 들었다. 지금 아이의 볼과 작은 손은 높은 열로 타는 듯이 뜨거웠다. 그러나 에바의 말이 암시하는 생각을 톰은 여태까지 알아차리지 못했다.
에바 같은 아이가 또 있었을까? 그렇다, 있었다. 그러나 그들의 이름은 언제나 무덤의 비석에 있다. 그들의 상냥한 미소와 천상의 눈빛, 남다른 말과 행동은 그리워하는 사람들의 가슴에 소중한 보물처럼 묻혀 있다. 산 사람들의 모든 선함과 아름다움이 이 세상에 없는 사람의 비범한 매력과는 비교가 안 된다는 전설 같은 이야기를 얼마나 많은 가정에서 들었는가? 천국에는

인간 사냥

얌전히 대기 중인 이 개도 잠시 후면 사냥개 특유의 후각과 공격성으로 먹잇감을 향해 달려들 것이다!
어떤 개들은 도망친 노예를 추적하는 일만을 위해 따로 특별한 조련과정을 거치기도 한다.

사납게 짖어대는 개들,
증오에 찬 사람들의 고함소리와 함께 출발하는 잔혹한 사냥팀.

광활하게 펼쳐진 늪지대를 건너는 수색대의 발걸음은
진흙탕 속에서 조금씩 더뎌진다.

무장한 병력이 철통같이 에워싸고 있는 이 지역을 벗어나기란 쉬운 일이 아니다. 만약 일주일이 지나도록 외부의 신속한 도움을 받지 못한다면 도망자들은 분명 굶주림을 견디지 못해서라도 원래의 자리, 바로 가혹한 채찍질이나 더 끔찍한 형벌이 기다리는 농장으로 되돌아갈 수밖에 없을 것이다. 어쩌면 사냥팀의 악랄함이야말로 그들이 발각되지 않고 이 저주의 땅 덩어리를 벗어나야만 하는 이유인지도 모른다.

특별한 천사의 무리가 있는 것 같다. 그들의 임무는 지상에 잠시 내려와 머물면서 고집 센 인간의 마음을 사랑하다가 천국의 집으로 돌아갈 때 가지고 올라가는 것이다. 눈 속 깊은 곳에서 반짝이는 영혼의 빛을 볼 때, 아이들의 평범한 말에 비해 너무 상냥하고 지혜로운 말 속에 어린 영혼이 모습을 드러낼 때는 그 아이를 이승에서 데리고 살겠다는 희망을 버려야 한다. 왜냐하면 하늘이 그 어린 영혼에 점을 찍어놓아서 불멸의 빛이 그 눈동자에서 반짝이는 것이기 때문이다.

그럼에도 에바처럼 사랑스러운 아이가 있을까! 너의 자리를 지키는 아름다운 별! 너는 떠난다. 그러나 너를 극진히 사랑하는 사람들은 그것을 모른다.

오필리어가 급히 부르는 소리 때문에 톰과 에바의 대화가 중단되었다.

"에바, 에바! 얘야, 이슬이 내린다. 밖에 그러고 있으면 안 돼!"

에바와 톰은 서둘러 집 안으로 들어갔다.

늙은 오필리어는 간호하는 기술이 뛰어났다. 뉴잉글랜드 출신인 그녀는 환자가 모르는 사이에 가볍게 시작되어 증세를 알아차리기 어려운 이 병의 초기 증상을 잘 알았다. 수없이 많은 착하고 아름다운 사람을 휩쓸어 간 이 병은 생명의 실 하나를 끊기에 앞서 돌이킬 수 없는 죽음의 도장을 찍는다.

그녀는 아이가 약하게 마른기침을 하고 낮에 볼이 상기되는 것을 눈여겨보았다. 눈동자의 생기와 열로 인한 쾌활한 태도에 그녀는 속지 않았다.

그녀는 세인트클레어에게 자신의 걱정을 알리려고 했다. 그러나 평소의 무관심하고 낙천적인 태도와 달리, 그는 불안하고 성마른 태도로 오필리어의 의견을 일축했다.

"불평 좀 하지 마세요, 누님. 아주 질색입니다! 아이가 한창 자라는 게 안 보이세요? 아이들은 빠르게 성장할 때 종종 기력을 잃어요."

"하지만 기침이 심하잖니!"

"기침 이야기는 그만두세요. 별거 아닙니다. 가벼운 감기에 걸린 모양이죠."

"엘리자 제인도 바로 저랬단다. 엘렌과 마리아 손더스도 그랬고."

"아! 간호사들이 하는 도깨비 전설 같은 이야기는 그만 하세요. 노인네들은 지혜가 너무 많아 아이가 기침이나 재채기를 하는 것만 봐도 큰일 난 것처럼 안절부절못한다니까요. 아이가 밤공기를 쐬지 않도록 단속하고 잘 돌보세요. 아이가 너무 지칠 때까지 놀지 않도록 하시고요. 그러면 아이의 건강은 아주 좋아질 겁니다."

세인트클레어는 이렇게 말했지만 점점 불안하고 초조해졌다. 그는 매일 에바를 열심히 지켜보았다. "아이는 아주 건강해"라는 말을 되풀이하는 횟수로 보면 그의 근심이 얼마나 큰지 알 수 있었다. 그는 기침이 어떤 병의 증세가 아니라 아이들이 흔히 앓는 배탈 같은 것이라고 생각했다. 그러나 세인트클레어는 아이 옆에 있는 시간이 전보다 많아졌고 외출 때 데리고 나가는 빈도도 늘었다. 그는 며칠마다 처방법이나 혼합 강장제를 가지고 들어와 이렇게 말했다. "아이에게 필요한 건 아니지만, 몸에 해로운 건 아니니까."

여기서 밝히지 않을 수 없는 사실이 한 가지 있다. 즉 그의 가슴을 철렁 내려앉게 만든 것은 무엇보다 아이의 정신과 감정이 나날이 성숙해진 것이었다. 아이는 상상력이 풍부한 어린이의 매력을 여전히 유지하고 있었으나 가끔 매우 깊은 생각에서 우러난 말을 무의식적으로 했다. 또한 아이의 입에서 나오는 기이하고 지혜로운 말은 이 세상 사람의 생각이 아니라 성령을 통해 받은 것 같았다.

그럴 때마다 세인트클레어는 갑자기 전율을 느끼고 포옹으로 아이를 구할 수 있다는 듯이 아이를 꼭 껴안았다. 아이를 결코 보내지 않겠다는 굳은 결의가 그의 가슴속에 용솟음쳤다.

아이의 모든 마음과 영혼은 사랑과 친절을 베푸는 일에 완전히 몰입한 것 같았다. 전부터 아이는 충동적으로 친절을 베풀었으나 지금은 감동적이고 여성적인 배려를 하고 있다는 것을 누구나 알 수 있었다. 아이는 여전히 톰시를 비롯해 여러 가지 피부색의 아이들과 노는 것을 좋아했다. 그러나 이제는 놀이에 참여하기보다는 주로 지켜보았다. 에바는 한 번에 삼십 분씩 앉아서 톱시의 신기한 장난을 바라보면서 웃었다. 그런 다음에는 그림자가 아이의 얼굴 위로 스쳐 지나가는 듯이 보였고 눈동자가 흐려지면서 생각은 멀리 떠났다.

"엄마, 우리는 왜 하인들에게 글 읽기를 가르치지 않아요?" 어느 날 에바가 갑자기 어머니에게 물었다.

"애야, 왜 그런 걸 묻니? 아무도 가르치지 않는단다."

"왜 안 가르치나요?"

"하인들은 글을 읽어도 소용이 없기 때문이야. 일하는 데 아무 도움이 안 되거든. 하인들은 오로지 일만 하기 위해 태어났단다."

"하지만 엄마, 하인들도 하나님의 뜻을 배우기 위해 성경을 읽어야 해요."

"아! 하인들에게 필요한 것을 읽어주면 배울 수 있단다."

"엄마, 성경은 모든 사람이 직접 읽어야 할 것 같아요. 읽어줄 사람이 없어서 직접 읽어야 할 필요가 생길 때가 많거든요."

"에바, 너는 이상한 애로구나."

"오필리어 고모는 톱시에게 글 읽기를 가르쳤어요."

"그래, 가르친 효과가 어떤지 너도 봤잖니. 난 톱시처럼 고약한 애는 처음 봤다!"

"매미가 가여워요! 성경을 대단히 좋아해서 굉장히 읽고 싶어 해요. 내가 읽어줄 수 없게 되면 매미는 어쩌겠어요?"

마리는 서랍 속의 물건들을 바쁘게 살펴보면서 대답했다.

"에바, 하인들에게 성경을 읽어주는 것 외에도 생각해야 할 일이 많이 생길 게다. 하인들에게 성경을 읽어주는 것도 괜찮기는 하지만 말이다. 나도 건강했을 때는 그 일을 직접 했단다. 하지만 네가 고운 옷을 입고 사교계에 나가면 그럴 시간이 없을걸. 이걸 봐라! 네가 어른이 되면 줄 보석이야. 내가 처음 무도회에 나갔을 때 치장했던 거야. 에바, 그때 엄마는 정말 아름다웠단다."

에바는 보석함을 집어 다이아몬드 목걸이를 들어 올렸다. 아이는 생각에 잠긴 커다란 눈으로 목걸이를 잠시 바라보았으나 딴생각을 하는 것이 분명했다.

"애야! 표정이 왜 그렇게 우울하니?"

"엄마, 이 보석들은 비싸겠지요?"

"그럼, 비싸지. 아버지가 프랑스에 주문한 거란다. 한 재산은 될 게다."

"내가 하고 싶은 일을 할 수 있도록 이 보석들을 가졌으면 좋겠어요!"

"이걸로 뭘 하게?"

"팔아서 자유주에 땅을 사고 우리 하인들을 모두 데리고 가서 선생님을 불러 읽기와 쓰기를 가르치고 싶어요."

에바는 어머니의 웃음소리 때문에 말을 멈췄다.

"기숙학교를 세운다고! 피아노 치는 법도 가르치고 벨벳에 그림 그리는 법도 가르치지 그러니?"

"나는 하인들에게 성경 읽는 법을 가르칠 거예요. 직접 편지를 쓰고 편지에 적힌 글을 읽을 수 있도록 가르칠 거예요." 에바가 차분하게 말을 계속했다. "엄마, 나도 알아요. 읽기와 쓰기를 모르기 때문에 하인들은 무척 고생을 해요. 톰은 그걸 느끼고 있어요. 매미도 그렇고 하인들 대다수가 그래요. 그건 옳지 않아요."

"에바, 그만 하거라. 너는 아직 어린애야! 이런 일에 관해 아무것도 모른다. 게다가 네 말을 듣고 있자니 내 머리가 아프구나."

마리는 자기 입맛에 딱 맞는 대화가 아니면 편리한 핑계로 두통을 내세웠다.

에바는 슬며시 자리를 떴다. 하지만 그 후 에바는 매미에게 글 읽는 법을 열심히 가르쳤다.

chapter 23
헨릭

이 무렵 세인트클레어의 형 앨프리드가 이틀 일정으로 열두 살짜리 큰아들을 데리고 호수에 있는 별장을 방문했다.

이 쌍둥이 형제처럼 희귀하고 볼 만한 광경은 없었다. 자연은 형제간에 닮은 점을 만들어준 것이 아니라 모든 면을 반대로 만들었다. 그러나 신비한 유대가 형제를 유달리 다정한 우애로 연결시키는 듯했다.

두 사람은 나란히 팔짱을 끼고 오솔길을 오르내리거나 정원을 산책했다. 하늘색 눈에 금발인 어거스틴은 몸매가 유연하고 우아하며 쾌활했다. 짙은 눈동자와 도도한 로마인의 외모를 지닌 앨프리드는 사지가 튼튼하고 결단력이 있었다. 두 사람은 항상 상대의 견해와 행동을 비판하면서도 함께 있는 것을 좋아했다. 마치 자석의 양극이 서로 끌어당기듯이 상반되는 점이 두 사람을 친하게 만드는 것 같았다.

앨프리드의 장남인 헨릭은 귀티 나는 짙은 눈동자를 지닌 왕자처럼 기품 있고 쾌활한 소년이었다. 그는 고상하고 우아한 사촌누이동생 에반젤린을 소개받는 순간부터 완전히 반해버린 것 같았다.

에바는 눈처럼 흰 작은 애완용 망아지를 갖고 있었다. 망아지는 어린 여주인처럼 온순해서 타기가 아주 쉬웠다. 열세 살가량 되는 흑백혼혈 소년이 헨릭을 위해 얼마 전에 많은 돈을 주고 산 작고 검은 아라비아 말을 몰고 올 때 톰이 뒷베란다에 끌고 온 말이 에바의 망아지였다.

헨릭은 새로운 소유물에 대한 소년다운 자부심을 느꼈다. 앞으로 나가 어린 마부로부터 고삐를 넘겨받으면서 헨릭은 혼혈 소년을 유심히 바라본 후 눈살을 찌푸렸다.

"이게 뭐냐, 도도, 이 게으른 놈! 오늘 아침에 내 말을 씻기지 않았구나."

"씻겼어요, 도련님." 도도가 기어들어가는 목소리로 말했다. "말이 저 혼자 먼지를 묻힌 거예요."

"이 나쁜 놈아, 입 닥쳐라!" 헨릭이 말채찍을 사납게 치켜들었다. "감히 어디서 말대꾸를 해?"

눈동자의 색깔이 옅고 용모가 준수한 혼혈 소년은 체격이 헨릭과 같았으며 훤칠한 넓은 이마 위에 곱슬머리가 덮여 있었다. 그의 핏줄에 백인의 피가 섞여 있다는 사실은, 볼에 순간적으로 나타난 홍조와 열심히 설명할 때 반짝이는 눈빛으로 알 수 있었다.

"헨릭 도련님!"

헨릭은 말채찍으로 하인의 얼굴을 후려치고 한쪽 팔을 움켜잡고 무릎을 꿇게 한 다음 숨이 찰 때까지 매질을 했다.

"이 뻔뻔한 놈아! 내가 말할 때 대꾸를 해서는 안 된다는 것을 배워볼 테냐? 말을 당장 데리고 가서 깨끗하게 씻겨. 네놈이 분수를 알도록 가르쳐주겠다."

"젊은 주인님." 톰이 거들고 나섰다. "도도는 마구간에서 끌고 나올 때 말이 땅에 뒹굴었다는 걸 이야기하려는 것 같습니다. 말이 힘이 넘쳐서 땅에 뒹굴어 흙이 묻었습니다. 도도가 말을 씻기는 것을 제가 봤습니다."

"말하라고 할 때까지 입 다물어!" 말을 마친 헨릭은 승마복을 입고 서 있는 에바에게 말을 걸기 위해 몸을 돌려 계단을 걸어 올라갔다.

"이 바보 같은 녀석 때문에 기다리게 해서 미안해. 녀석이 돌아올 때까지

여기 의자에 앉자. 누이야, 왜 그러니? 우울해 보이는구나."

"가여운 도도에게 어떻게 그처럼 잔인하고 못되게 굴 수 있어?"

"잔인하고 못됐다고!" 소년은 정말로 놀랐다. "사랑하는 에바, 무슨 소릴 하는 거야?"

"오빠가 그런 짓을 하면서 나를 사랑하는 에바라고 부르는 거 싫어."

"네가 도도를 몰라서 그래. 거짓말과 변명만 늘어놓는 놈이라서 이런 방법을 쓰지 않으면 녀석을 다룰 수가 없어. 즉시 콧대를 꺾는 게 유일한 방법이야. 아예 입을 놀리지 못하게 해야 돼. 그게 아빠가 다스리는 방법이지."

"하지만 톰 아저씨가 그건 사고였다고 했잖아. 아저씨는 절대 거짓말을 안 해."

"그렇다면 톰은 흔치 않은 늙은 검둥이로구나! 도도는 입만 벌리면 거짓말을 하는데."

"오빠가 그런 식으로 다루니까 겁이 나서 속이는 거야."

"아니, 에바, 너 도도를 정말로 좋아하는구나. 내가 질투를 느낄 정도로 말이야."

"맞을 짓도 하지 않은 아이를 때리니까 그렇지."

"놈이 매 맞을 짓을 해서 때린 거야. 그래도 정신을 못 차리거든. 도도는 보통 검둥이니까 몇 대 맞는 건 아무렇지도 않게 생각해. 하지만 네가 싫다면 네 앞에서는 도도를 때리지 않을게."

에바는 잘생겼지만 마음에 들지 않는 사촌오빠에게 자신의 감정을 이해시키려는 노력이 부질없다는 것을 깨달았다.

얼마 후 도도가 말을 끌고 나타났다.

"도도, 이번에는 아주 잘했어." 어린 주인이 훨씬 점잖게 말했다. "자, 이제, 내가 에바 아가씨를 안장에 태우는 동안 아가씨의 말을 잡고 있어."

도도가 걸어와서 에바의 조랑말 옆에 섰다. 도도는 근심스러운 표정이 역력했고 운 흔적이 남아 있었다.

여자에게 신사답게 행동하는 것을 중요하게 생각하는 헨릭은 예쁜 사촌을 금방 안장 위에 태우고 고삐를 모아 누이의 손에 쥐여주었다.

그러나 헨릭이 고삐를 넘겨줄 때 에바는 도도가 서 있는 쪽으로 몸을 굽힌 채 "잘했어, 도도, 고마워"라고 말했다.

놀란 도도는 아름다운 어린 소녀의 얼굴을 올려다보았다. 금방 얼굴이 붉어진 혼혈 소년의 두 눈에 눈물이 고였다.

"이리 와, 도도." 그의 주인이 다급하게 불렀다.

주인이 안장에 오르는 동안 도도는 말을 잡고 서 있었다.

"여기 사탕 살 잔돈을 줄 테니 가서 사 먹어라."

헨릭은 에바의 뒤에서 산책로를 따라 천천히 말을 달렸다. 도도는 두 아이의 뒷모습을 바라보며 서 있었다. 한 사람은 그에게 돈을 주었다. 다른 한 사람은 그가 훨씬 더 원하는 것을 주었다. 그것은 다정하고 친절한 말이었다. 도도는 어머니와 헤어진 지 몇 달 되지 않았다. 그의 주인은 노예 시장에서 용모가 준수한 도도를 보고 자기 집의 예쁜 조랑말과 잘 어울릴 것이라고 생각하고 샀다. 그래서 지금 어린 주인이 도도를 길들이고 있었던 것이다.

정원의 다른 곳에 있던 세인트클레어 형제도 구타 장면을 보았다.

어거스틴은 얼굴을 붉혔으나 평소의 냉소적이고 무관심한 태도로 간단하게 의견을 밝혔다.

"앨프리드 형, 아마 저게 공화국 식의 교육인가 보지?"

"헨릭은 화가 나면 물불을 안 가리는 성격이야." 앨프리드가 무심하게 말했다.

"형은 이런 기회를 아이의 현장 실습으로 생각하는 것 같군." 어거스틴이 냉담하게 말했다.

"나도 어쩔 수가 없어. 현실이 그런걸. 헨릭은 진짜 문제아야. 애 엄마와 나는 포기한 지 오래됐어. 하지만 저 도도란 녀석도 대단한 놈이야. 아무리 매질을 해도 끄덕도 안 하거든."

"이런 식으로 '모든 인간은 자유롭고 평등하게 태어났다'는 공화국 교리 문답[77]의 첫 번째를 헨릭에게 가르치는군."

"흥, 그건 토머스 제퍼슨[78]이 빌려 온 프랑스의 정서와 허튼소리 가운데 하나지. 지금까지 그런 말이 우리 사회에 나돈다는 것은 참으로 터무니없는 일이야."

"나도 그렇게 생각해." 세인트클레어가 의미심장하게 말했다.

"인간이 자유롭게 태어나거나 평등하게 태어나지 않는다는 사실을 누구나 쉽게 알 수 있기 때문이지. 사람은 각자 다르게 태어나. 내가 볼 때 공화주의자들의 절반은 허튼소리를 해. 고등교육을 받고 지식수준이 높은 부유하고 세련된 사람들은 평등한 권리를 누려야 하지만 어리석은 하층민은 아니야."

"하층민이 그런 생각을 못 하게 할 수 있다면 그래. 하지만 프랑스에서는 하층민이 평등한 권리를 얻은 적이 한 차례 있었어."

"지금 내가 하는 것처럼 하층민은 끊임없이 계속 억눌러야 해." 앨프리드는 누군가를 밟고 서 있는 것처럼 발을 구르면서 말했다.

"하지만 예를 들어 산토도밍고[79]의 경우처럼 하층민이 봉기하면 엄청난 혼란이 벌어져."

"흥, 이 나라에서는 우리가 그런 사태에 대처할 수 있어. 요즘 유행하는 이 모든 교육에 관한 고상한 주장에 우리는 반대할 필요가 있다구. 하층민은 교육을 받아서는 안 돼."

"그 문제는 이제 바로잡을 가망이 없어. 하층민은 교육을 받게 될 거야. 어떻게 교육하느냐 하는 문제만 남았지. 우리의 제도는 하층민을 야만인과 짐승이 되도록 부추기고 있어. 우리는 인간의 모든 유대를 파괴하면서 그들을 짐승으로 만들고 있다고. 만약 그들이 지배자가 된다면 우리는 교육의 결과를 보게 될 거야."

"그들은 결코 지배자가 될 수 없어!"

"그래, 옳은 말이야. 증기를 주입하고 배기 안전밸브를 잠근 다음 그 위에 앉아 있다가 어떤 꼴이 될지 지켜보자고."

"그래, 지켜봐야겠지. 보일러가 튼튼하고 기계가 원활히 돌아가기만 한다면 나는 안전밸브 위에 앉는 것이 무섭지 않아."

"루이 16세 시대의 귀족들도 그렇게 생각했어. 지금 오스트리아와 교황 비오 9세[80]도 그렇게 생각하지. 어느 즐거운 날 아침에 보일러가 폭발하면 당신네들은 모두 하늘나라에서 만날 거야."

"시간이 지나면 알게 되겠지." 앨프리드가 웃으면서 말했다.

"정말이지 우리 시대에 하나님의 법과 같은 것이 위력을 발휘하게 되면, 대중이 들고일어나고 하층민이 지배자가 될 거야."

"그건 빨갱이 공화주의자들이나 하는 허튼소리야, 어거스틴! 왜 정치판에 나서지 않냐? 너는 정치 연설가로 이름을 날릴 게다. 그래, 네가 말하는 천한 대중의 새 시대가 오기 전에 나는 죽어 없어지기를 바란다."

"천하든 귀하든, 대중의 시대가 오면 그들이 형과 같은 사람들을 다스리게 될 거야. 그들은 형 같은 사람들이 만들어놓은 지배자가 되겠지. 프랑스 귀족들은 대중을 과격한 공화주의자로 만든 덕분에 과격파 공화주의 집정관들의 지배를 실컷 받았어. 아이티 주민들은……."

"어거스틴, 진정해! 가증스럽고 경멸받아 마땅한 아이티에 질리지도 않았니? 아이티 주민은 앵글로색슨이 아니었어. 그들이 앵글로색슨이었다면 역사는 달라졌겠지. 앵글로색슨은 세계를 지배하는 민족일 뿐만 아니라 지배자가 되는 것이 마땅한 민족이야."

"우리 노예들에게 앵글로색슨의 피가 지금 상당량 주입되고 있어." 어거스틴이 말했다. "백인의 타산적이고 단호한 성격, 통찰력과 아프리카 열대의 열정을 함께 물려받은 노예들이 많아. 만약 이 땅에 산토도밍고 같은 사태가 벌어진다면 앵글로색슨의 피를 받은 노예들이 앞장설걸. 우리의 피 속에 불타는 모든 오만을 간직한 혼혈 흑인들, 즉 백인 아버지의 아들들은 언제까지나 사고 팔리는 거래의 대상이 되지는 않을 거야. 그들은 어머니의 종족인 흑인들과 함께 봉기할 거야."

"그건 터무니없는 생각이야."

어거스틴이 말을 계속했다. "이런 경우에 적합한 옛말이 있지. '노아[81]의 때에 된 것과 같이 인자의 때에도 그러하리라. 사람들이 먹고 마시고 장가들고 시집 가더니 홍수가 나서 그들을 다 멸망시켰다.'"

"어거스틴, 내 생각에 너의 재능은 전반적으로 순회 설교사에 적합한 것 같군." 앨프리드가 웃으면서 말했다. "우리는 두려워할 필요가 없어. 우리가 이길 승산은 십중팔구나 돼. 우리는 권력을 장악하고 있어." 그는 발을 구르면서 계속 말했다. "우리에게 복종하고 있는 민족은 계속 억압받고 우리에게 복종해야 해. 우리는 권력을 유지하기에 충분한 힘을 지니고 있단 말이야."

"헨릭처럼 훈련받은 자손들은 자신들의 화약고를 지키는 지극히 냉정한 수호자가 되겠지. 그런데 이런 속담이 있지. 스스로를 다스리지 못하는 자는 남을 다스리지 못한다."

"문제는 거기 있어." 앨프리드가 생각에 잠겨 말했다. "우리의 사회제도가 자녀들을 훈련하기에 어려운 것은 사실이야. 전반적으로 우리의 풍토에서는 도를 지나친 열정을 허용하는 폭이 너무 커. 나는 헨릭 때문에 어려움을 겪고 있어. 그 아이는 심성이 너그럽고 따뜻하지만 흥분하거나 화가 나면 걷잡을 수가 없거든. 복종하는 관습이 더 강한 북부로 아이를 유학 보낼 생각이야. 북부에 가면 하인들보다는 친구들과 더 많이 어울리겠지."

"자녀 교육은 인류의 기본 과업이니까 지금 우리의 제도 하에서 교육이 제대로 이루어지지 않는다는 건 깊이 생각해볼 문제지."

도주 노예들을 찾아서

사우스캐롤라이나 주 컬럼비아의 도심 곳곳에 도망친 노예들의 명단이 나붙어 있다.
이 사무실은 도주 노예들의 신체적 특징을 비롯한 모든 정보를 건네받아 현상공고문을 작성한다.
적지 않은 양의 현상문은 노예들의 도주가 얼마나 빈번했는지를 말해준다.
프랑스어에는 도주 노예 중 숲이나 산으로 피신해 살아가는 이들을 가리키는
'마롱 노예'라는 단어가 따로 있을 정도다.

현상금 150달러.
2일 밤 주인집에서 도망친 검둥이 남자 헨리 메이.
나이 22세가량, 키 165~170센티미터, 보통 피부색에 골격 좋음. 머리숱 많고 잘 정돈된 옆 가르마.
18개월 동안 루이빌의 선술집에서 일했음. 아직 루이빌에 있기를 바라지만
자유주(아마도 오하이오 주의 신시내티)로 도망치려 할 것임. 분명 증기선을 타고 탈출을 시도할 것임.
뛰어난 요리사이고 가내 하인으로서 재능이 많음.
도망칠 때 짙은 색 새 자켓과 바지를 입고 있었으나 다른 옷도 있음.
루이빌에서 찾아낸 사람에게는 50달러, 루이빌에서 100여 킬로미터 떨어진 주내에서 찾는 사람에겐 100달러,
주 밖에서 붙잡아 대려오는 사람이나 감옥에 있더라도 되찾아오기만 해주면 150달러 사례함.
1858년 9월 3일. 켄터키 주 버즈타운에서 윌리엄 버크.

현상문

개별적으로 또는 집단으로 수많은 노예들이 도주를 시도한다. 그들은 주로 북부 자유주로 향하거나 미개척지의 원시림 속으로 숨어든다.
이 현상공고는 한 지역 신문에서 찾아낸 것인데, 일반적인 현상공고는 작은 광고지 형식으로 다양한 설명이 곁들여진다.
예를 들면 '헨리, 25세, 허벅지에 흉터 많음……', '패니, 목이 쇠사슬로 묶여 있음……', '톰, 달군 쇠로 볼에 낙인이 찍힘……' 등이다.
하지만 자유를 찾아 도망치는 노예보다는 체념하고 살아가는 노예들이 훨씬 많다. 자유주 사람들 중에는 도망쳐 온 노예를
원래의 주인에게 다시 팔아넘기려 흥정하는 파렴치한 이들도 있다. 바로 이런 이유로 노예들은 자유주 사람조차 두려워하기도 한다.

"어떤 분야에서는 교육이 제대로 이루어지지 않지만 다른 분야에서는 올바른 기능을 발휘하고 있어. 남부의 교육은 소년들에게 남자의 도리와 용기를 가르쳐주지. 비열한 인종의 여러 가지 악덕이 남부 백인의 미덕을 오히려 강화해주거든. 헨릭은 노예들의 일반적인 풍토인 거짓말과 속임수를 보고 진실의 가치를 더욱 절실히 깨닫고 있지."

"하인에 대한 기독교인다운 견해로군!"

"기도교도답든 아니든 그건 사실이야. 세상일이 다 그래."

"그럴지도 모르지."

"어쨌든 모두 부질없는 이야기야, 어거스틴. 우리는 이 오래된 길을 오백 번도 더 돈 것 같은데 장기나 한 판 둘까?"

형제는 베란다 계단을 서둘러 올라가 가벼운 대나무 탁자 위에 장기판을 놓고 마주 앉았다. 장기의 말을 배열할 때 앨프리드가 말했다.

"할 말이 있어, 어거스틴. 내 생각이 너와 같았다면, 나는 뭔가 일을 저질렀을 거야."

"나도 그렇게 생각해. 형은 항상 행동이 앞서는 사람이니까. 그래, 뭘 했을까?"

"네가 부리는 하인들을 본보기로 삼는 거야." 앨프리드가 빈정거리는 미소를 지었다.

"내 하인들을 본보기로 내세워 사회의 모든 압박을 견디도록 하라고 말하는 것은 그들의 머리 위에 에트나 산[82]을 올려놓고 버티라고 말하는 것이나 같아. 개인은 사회의 전체 행위에 맞서서 아무것도 할 수 없어. 어떤 교육이든 국가가 나서든가 교육에 관한 공감대가 형성되어 사회의 주류를 이루든가 해야 돼."

"네가 먼저 둬." 앨프리드가 말했다. 형제는 금방 장기에 몰두해 베란다 아래서 말발굽 소리가 들릴 때까지 조용했다.

"아이들이 오는군." 어거스틴이 일어서면서 말했다. "형! 여길 봐. 저렇게 아름다운 걸 본 적 있어?" 참으로 아름다운 광경이었다. 짙은 눈썹과 곱슬머리에 윤기가 도는 헨릭의 뺨이 번들거렸다. 그는 함께 들어오는 아름다운 사촌누이 쪽으로 몸을 굽히면서 쾌활하게 웃었다. 에바는 하늘색 승마복을 입었고 같은 색의 모자를 쓰고 있었다. 운동으로 볼이 화사하게 상기된 그녀의 보기 드물게 투명한 피부와 금빛 머리가 더욱 돋보였.

"참으로 눈부시게 아름답군!" 앨프리드가 말했다. "정말이야, 어거스트, 머지않아 사내들 애간장깨나 태우지 않겠어?"

"그렇겠지. 하나님도 아실 거야!" 어거스틴이 딸을 말에서 내려주기 위해 서둘러 내려가다가 갑자기 비통한 어조로 대답했다.

"에바, 피곤하지 않니?" 그는 딸을 품에 안으면서 물었다.

"아뇨, 아빠." 아이가 대답했다. 그러나 딸이 가쁜 숨을 몰아쉬는 것을 보고 아버지는 놀랐다.

"애야, 왜 그렇게 빨리 말을 몰았니? 건강에 해롭다는 걸 잘 알잖니."

"아빠, 기분이 너무 좋았거든요. 말 타는 것이 너무 재미있어서 잊었어요."

세인트클레어는 에바를 안고 응접실로 들어가 소파 위에 눕혔다.

"헨릭, 에바를 조심스럽게 보살펴야 한다. 에바를 데리고 너무 빨리 말을 달리면 안 돼."

"제가 에바를 잘 돌봐줄게요." 헨릭이 소파 옆에 앉아 에바의 손을 잡으면서 말했다.

잠시 후 에바는 건강이 훨씬 좋아졌다. 그녀의 아버지와 삼촌은 장기판으로 되돌아갔고 아이들만 남았다.

"에바, 너도 알다시피, 아빠가 여기서 이틀만 머물 거라서 나는 너무 속이 상해. 이제 떠나면 아주 오랫동안 너를 보지 못할 거야! 난 너와 함께 지내면 더 착해지도록 노력하고 도도에게 못되게 굴지 않을 거야. 나는 도도를 학대할 생각이 없어. 너도 알다시피, 나는 성질이 몹시 급하거든. 하지만 도도에게 정말로 못된 짓을 하는 건 아냐. 가끔 용돈도 준다구. 도도가 좋은 옷을 입은 거 너도 봤잖아. 내 생각에 도도는 전반적으로 잘 살고 있는 거야."

"오빠를 사랑해줄 사람이 곁에 하나도 없는데도 오빠는 자신이 잘 산다는 생각이 들겠어?"

"나? 글쎄, 물론 아니겠지."

"오빠가 도도를 친구들에게서 떼어내 멀리 데려와서 지금 도도는 자기를 사랑해줄 사람이 하나도 없어. 그런 식으로는 아무도 잘 살 수 없어."

"하지만 나로서는 어쩔 수가 없어. 그 애 엄마를 데려다줄 수도 없고 내가 그 애를 사랑해줄 수도 없지. 내가 아는 한 그 애를 사랑해줄 사람은 없어."

"왜 오빠는 사랑해줄 수 없다는 거야?"

"도도를 사랑하라고! 아니, 에바, 나에게 그걸 강요하지 마! 그 애를 좋아할 수는 있어. 그러나 자기 하인을 사랑하는 사람은 없어."

"나는 정말 사랑하는데."

"정말 이상하구나!"

"우리가 서로 사랑해야 된다는 성경 말씀 못 봤어?"

"아, 성경! 분명히 성경에는 그런 구절이 엄청 많지. 하지만 실제로 그럴 생각을 하는 사람은 없다구. 에바, 너도 알겠지만, 아무도 그렇게 안 해."

에바는 대답하지 않았다. 그녀는 잠시 시선을 고정한 채 생각에 잠겼다.

그녀가 입을 뗐다. "어쨌거나, 오빠, 불쌍한 도도를 사랑해줘. 그리고 나를 봐서라도 그 애에게 친절하게 대해줘!"

"너를 위해 뭐든 할게. 왜냐하면 너는 내가 본 사람들 중에서 가장 아름답고 사랑스러운 사람이니까." 헨릭은 잘생긴 얼굴이 붉어질 정도로 진지하게 말했다. 에바는 표정을 조금도 바꾸지 않고 아주 단순하게 헨릭의 말을 받아들였다. 에바는 단지 이렇게 말했다. "오빠가 그렇게 생각한다니 나도 기뻐. 오빠가 꼭 기억하기를 바라."

 저녁식사를 알리는 종이 울려 두 아이의 대화는 끝났다.

chapter 24
불길한 징조
―――――

 이 일이 있고 나서 이틀 뒤 앨프리드 세인트클레어와 어거스틴은 헤어졌다. 어린 사촌오빠와 함께 지내면서 자극을 받은 에바는 감당할 수 없는 과로를 해서 급속하게 체력이 떨어지기 시작했다. 마침내 세인트클레어는 의사를 불러 진찰을 받는 데 동의했다. 그는 의사를 부르는 것을 불길한 진실을 인정하는 것이라고 여겨 항상 꺼려온 터였다.

 그러나 하루 이틀이 지나면서 에바의 건강이 몹시 나빠졌고, 결국 외출을 할 수 없을 정도가 되자 세인트클레어는 의사를 불렀다.

 마리 세인트클레어는 아이의 건강과 체력이 조금씩 나빠지는 것을 알아차리지 못했다. 왜냐하면 그녀는 자신이 걸렸다고 믿은 두세 가지 새로운 병을 연구하는 데 몰두해 있었기 때문이었다. 마리의 첫 번째 원칙은, 자기처럼 큰 고통을 받는 사람은 절대 없다는 확신이었다. 따라서 그녀는 자기 주변에 있는 사람이 아플 수 있다는 견해에 대해 몹시 화를 내며 거부하기 일쑤였다. 누가 아프다는 이야기가 나오면 그녀는 항상 게으른 탓이라거나 기력이 부족한 탓이라고 확신했다. 그녀는 사람들이 자신과 같은 고통을 겪는다면 차이를 곧 알게 될 것이라고 생각했다.

 한동안 오필리어는 마리가 어머니답게 에바의 병을 걱정하도록 몇 차례 일깨워주려 했으나 허사였다.

"그 애의 어디가 아프다는 건지 모르겠군요." 마리가 항상 하는 말이었다. "뛰어다니며 잘 놀잖아요."

"하지만, 아이가 기침을 하잖아요."

"기침이요! 기침에 관해 내게 말할 필요 없어요. 나는 하루 종일 기침을 달고 살아요. 내가 에바 나이 때 사람들은 내가 결핵에 걸렸다고 생각했어요. 밤마다 매미가 내 옆에 앉아 있었지요. 에바의 기침은 별것 아니에요!"

"그러나 에바는 몸이 점점 약해지고 숨도 가빠지고 있어요."

"내가 그런 소리를 들은 게 어디 한두 해인가요? 단순히 신경성일 뿐이에요."

"밤에 땀도 아주 많이 흘립니다."

"나도 지난 십 년 동안 땀을 흘렸어요. 밤마다 땀을 하도 많이 흘려서 옷을 짜야 할 정도로 젖는다고요. 내 잠옷에는 마른 곳이 하나도 없어요. 시트도 푹 젖어서 매미가 널어서 말린다고요! 에바는 그렇게 많은 땀을 흘리지 않아요."

오필리어는 한동안 에바의 건강 이야기를 꺼내지 않았다. 그러나 에바가 눈에 띄게 쇠약해져서 의사를 부르자 마리의 태도가 갑자기 변했다.

"나는 알고 있었어." 마리가 넋두리를 했다. "나는 그걸 느꼈어. 내가 세상에서 가장 비참한 어머니가 되리란 걸 느꼈어. 내 건강도 나쁜데 사랑하는 자식이 먼저 무덤으로 가는 꼴을 보게 됐어." 마리는 비참한 현실에서 힘을 얻은 듯 전보다 기운이 나서 밤에 매미를 깨우고 하루 종일 야단을 쳤다.

"여보, 그런 말은 하지 마오!" 세인트클레어가 타일렀다. "이번 일을 그렇게 금방 포기해서는 안 되오."

"당신은 어머니의 심정을 몰라요. 세인트클레어! 결코 나를 이해할 수 없을 거예요. 지금은 몰라요."

"하지만 다 끝난 일처럼 말하지 마시오!"

"나는 당신처럼 무관심하게 이 일을 받아들일 수 없어요. 당신의 무남독녀가 위중한 상태에 있다는 걸 당신은 못 느끼지만 나는 느껴요. 그동안 수많은 고통을 받아온 나에게는 감당하기 어려운 타격이에요."

"에바의 몸이 매우 약한 건 사실이오." 세인트클레어가 말했다. "나도 알고 있소. 아이가 너무 빨리 성장하는 바람에 기력이 고갈됐고 지금 건강 상태가 위중하다는 건 나도 알아요. 하지만 지금 아이는 순전히 여름철 더위와 사촌의 방문으로 흥분하고 과로한 탓에 쇠약해진 거요. 의사는 아직 희망이 있다고 말했어요."

"물론 당신이 낙관적으로 생각할 수 있다면 제발 그러세요. 이 세상에서 둔감한 사람들이 받은 자비죠. 나는 지금 느껴지는 이 감정이 너무나 싫어요. 나는 내 감정 때문에 더욱 비참해질 뿐이에요. 나도 다른 사람들처럼 느긋한 기분을 느낄 수 있으면 좋겠어요!"

마리는 자기 주변 모든 사람이 겪는 온갖 고통의 이유와 변명에 대해 자신이 새로 느끼는 비참한 심정을 줄줄이 늘어놓았기 때문에 '다른 사람들'은 마리가 앞서 늘어놓은 대로 넋두리를 하고 싶은 이유가 충분했다. 다른 사람이 하는 모든 말과 한 행동 또는 안 한 행동은, 마리가 무정하고 무관심한 사람들에 둘러싸여 있다는 새로운 증거였다. 무정한 주변 사람들이 그녀의 남다른 슬픔을 외면한 증거였다. 가여운 에바는 이런 말을 몇 번이나 들었다. 엄마를 불쌍하게 여겨 눈이 짓무를 정도로 심하게 운 에바는 자신이 어머니를 그처럼 비참하게 만든 것을 슬퍼했다.

한두 주가 지나자 에바의 증세는 많이 호전되었다. 하지만 이런 속기 쉬운 병세 호전은, 가차 없이 악화되는 불치병이 걱정하는 사람들의 눈을 임종 직전까지 속이는 수법 가운데 하나였다. 에바는 다시 정원과 발코니를 산책했고 아이들과 놀면서 다시 웃었다. 기뻐 어쩔 줄 모르는 세인트클레어는 딸이 곧 다른 사람들처럼 곧 건강해질 것이라고 장담했다. 그러나 오필리어와 의사는 판단착오를 일으키게 하는 이런 병세 호전을 달가워하지 않았다. 이런 확신을 가진 사람이 하나 더 있었다. 그 사람은 에바였다. 지상에서 보낼 시간이 얼마 남지 않았다고, 조용하지만 분명하게 에바의 영혼에게 속삭이는 목소리는 무엇일까? 그것은 사그라지는 자연의 은밀한 본성일까? 아니면 불멸을 향해 가는 영혼의 맥박일까? 그것이 무엇이든 에바는 천국이 가까이 왔다는 것을 조용하고 즐거운 마음으로 예언자처럼 느끼고 있었다. 에바는 황혼의 빛처럼 고요하고 가을의 눈부신 정적처럼 평화로운 기분을 느꼈다. 소녀의 평온한 가슴이 괴로운 단 한 가지 이유는, 자신을 극진하게 사랑하는 사람들 때문에 느끼는 슬픔이었다.

자상한 간호를 받았고 사랑과 많은 재산이 미래의 빛나는 생활을 보장하고 있었으나, 아이는 자신이 죽는다는 사실을 원망하지 않았다.

그녀와 단순한 늙은 벗이 함께 수없이 읽은 그 책 속에서 에바는 어린아이를 사랑했던 그분의 모습을 보고 어린 가슴에 간직했다. 에바가 바라보면서 명상에 잠길 때 그분은 먼 과거의 형상이나 그림이 아니라 현실 곳곳에 나타났다. 그분의 사랑이 에바의 이린 가슴을 이 세상에서 볼 수 없는 애정으로 채웠다. 에바는 자신이 그분과 그분의 집으로 간다고 말했다.

그러나 에바의 가슴은 뒤에 남기고 떠나는 모든 사람들에 대한 슬픈 애정과 연민을 느꼈다. 특히 아버지를 안타까워했다. 한 번도 분명하게 생각해 본 적은 없었으나 아버지가 자신을 그 누구보다 사랑한다는 것을 직감으로 느꼈기 때문이다. 또한 에바는 어머니에게서 본 모든 이기심 때문에 슬픔과 당혹감을 느꼈음에도 어머니가 너무나 사랑스러운 사람이었기 때문에 어머니도 사랑했다. 에바는 어머니가 나쁜 짓을 하지 않는다는 어린이다운 신뢰를 암암리에 품고 있었다. 어머니에게는 에바가 이해할 수 없는 면이 있었다. 하지만 어쨌거나 에바는 엄마니까 하는 생각으로 그런 면을 항상 덮어주고 넘어갔다. 에바는 어머니를 참으로 극진하게 사랑했다.

그녀는 자기가 좋아했던 충직한 하인들에 대해서도 연민의 정을 느꼈다. 그들에게 에바는 낮에 비치는 햇빛이었다. 어린이들은 보통 일반화를 하지 않지만 에바는 유달리 조숙한 아이였다. 자신이 살고 있는 사회제도 속에서 본 여러 가지 나쁜 풍습들이 하나씩 소녀의 사려 깊은 가슴속 깊은 곳으로 떨어져 내렸다. 그녀는 그런 악습에 대해 무언가 하고 싶다고 막연히 생각했다. 제도의 악습뿐만 아니라 그 속에 사는 모든 사람들을 축복하고 구원하고 싶었다. 이런 갈망은 소녀의 작고 연약한 모습과 슬픈 대조를 이뤘다.

"톰 아저씨." 어느 날 에바가 성경을 읽어주다가 말했다. "예수님이 왜 우리를 위해서 죽기를 원하셨는지 나는 이해할 수 있어."

"어째서요? 에바 아가씨."

"왜냐하면 나도 그런 감정을 느끼니까."

"무슨 소리예요? 에바 아가씨. 저는 모르겠는데요."

"아저씨에게 말해줄 수가 없어. 하지만 내가 그때 그 배에 탄 가난한 사람들을 봤을 때, 아저씨도 알다시피, 그들 가운데는 어머니를 잃은 사람도 있고 남편을 잃은 사람도 있었어. 자식들의 이름을 부르면서 우는 어머니들의 모습을 보았을 때, 불쌍한 프루 할머니 이야기를 듣고 정말 무섭다는 생각을 했을 때, 그 밖에도 수없이 많은 때에 나는 내가 죽음으로써 이 모든 비참한 생활을 끝낼 수 있다면 즐겁게 죽겠다는 생각이 들었어. 그럴 수만 있다면 나는 그들을 위해 죽고 싶어, 톰." 아이는 작고 여윈 손을 톰의 손 위에 놓으면서 진심으로 말했다.

톰은 놀라서 아이를 쳐다보았다. 소녀가 아버지의 목소리를 듣고 달려가자 톰은 아이의 뒷모습을 바라보면서 여러 번 눈물을 닦았다.

"에바 아가씨를 이 세상에 붙잡아두려는 것은 쓸데없는 짓이야." 그는 잠시 후 만난 매미에게 말했다. "아가씨는 이마에 주님의 표시를 받았어."

"그래요." 매미가 손을 들어 올리면서 말했다. "나도 항상 그렇게 말했어요. 아가씨는 이 세상 아이 같지 않다고 항상 말했지요. 아가씨의 눈 속에는 범상치 않은 것이 있다고 마님께 여러 차례 말했어요. 그 말이 실현되었어요. 우리 모두 축복받은 어린 양을 보고 있어요!"

에바가 경쾌한 걸음으로 베란다 계단을 올라가 아버지에게 갔다. 늦은 오후의 햇빛이, 흰 옷을 입고 아버지 앞으로 걸어가는 아이의 뒷모습을 후광처럼 비췄다. 아이의 혈관 속에서 느리게 타오르는 열 때문에 금발과 뺨, 눈동자가 유난히 빛났다.

세인트클레어는 딸에게 선물하려고 산 작은 조각상을 보여주려고 아이를 불렀다. 그런데 가까이 다가오는 아이의 모습을 본 세인트클레어는 갑자기 가슴에 쓰라린 통증을 느꼈다. 소녀는 너무나 강력하면서도 너무나 연약해서 우리가 차마 바라볼 수 없는 아름다운 모습이었다. 딸을 왈칵 끌어안은 아버지는 조금 전 딸에게 하려던 말을 거의 잊어버렸다.

"에바, 요즘 네 건강이 많이 좋아졌구나, 그렇지?"

"아빠." 에바가 갑자기 정색을 하면서 말했다. "아빠에게 전부터 하려던 말이 있어요. 내가 더 약해지기 전에 지금 그 말을 하고 싶어요."

에바가 무릎 위에 앉자 세인트클레어는 몸이 떨렸다. 아이는 그의 가슴에 머리를 기대면서 말했다.

"아빠, 더 이상 내 마음속에만 간직해두는 것은 아무 소용이 없어요. 내가 아빠를 떠날 시간이 다가오고 있어요. 나는 지금 가면 다시는 돌아오지 않아요!" 에바가 흐느끼면서 말했다.

"아, 내 사랑하는 딸 에바야!" 세인트클레어는 몸을 떨면서 말했다. 그러나 그의 목소리는 명랑했다. "너는 신경이 과민해지고 우울해진 거야. 그런 우울한 생각을 버려야 한다. 이걸 봐라. 너에게 주려고 작은 조각상을 샀단다!"

"아니에요, 아빠." 에바가 조각을 살며시 밀어내면서 말했다. "아빠, 자신을 속이면 안 돼요! 나는 건강이 조금도 좋아지지 않았어요. 나는 그걸 잘 알아요. 나는 우울하지도 않아요. 아빠와 친구들 걱정만 없다면 아주 행복할 거예요. 나는 떠나고 싶어요. 정말 간절히 원해요!"

"왜 그러니, 얘야? 무엇이 네 어린 마음을 그렇게 슬프게 만들었니? 너는 너를 행복하게 만들 수 있는 것을 모두 가졌고 아빠는 뭐든 너에게 줄 수 있단다."

"나는 천국에서 살고 싶어요. 하지만 친구들 때문에 여기서 살고 싶었던 거예요. 여기는 나를 슬프게 하는 것이 너무 많아요. 나는 그런 것들이 무서워요. 나는 저곳에서 살고 싶어요. 하지만 아빠를 떠나고 싶지 않아요. 아빠를 떠날 생각을 하니 가슴이 찢어지는 것 같아요!"

"무엇이 너를 슬프고 두렵게 만드는 거니, 에바?"

"여기서 벌어지는 일이 무서워요. 일은 항상 생겨요. 나는 우리 집의 불쌍한 하인들을 생각하면 슬퍼져요. 그 사람들은 나를 극진하게 사랑하죠. 그들은 모두 나에게 착하고 친절하게 대해줘요. 아빠, 나는 그들이 모두 자유로워지기를 바라요."

"에바야, 우리 하인들이 지금도 잘 산다고 생각하지 않니?"

"하지만 아빠, 만약 아빠에게 무슨 일이 생기면 그들은 어떻게 될까요? 아빠 같은 분은 아주 드물어요. 앨프리드 삼촌은 아빠와 달라요. 엄마도 아빠 같지 않아요. 불쌍한 프루 할머니의 주인들을 생각해보세요! 사람들이 얼마나 참혹한 짓을 하는지, 그리고 앞으로 할 수 있는지 아시죠?" 에바가 몸을 떨었다.

"얘야, 네가 너무 예민하게 생각하는구나. 너에게 그런 소리를 듣게 해서 정말 마음이 아프구나."

"아빠, 나는 그런 일들이 걱정돼요. 아빠는 내가 아무 고생도 하지 않고 아주 행복하게 살기를 원하죠. 다른 불쌍한 사람들이 평생 동안 오로지 고통과 슬픔만 느끼면서 살고 있는데 내가 고통을 느끼지 않고 슬픈 이야기조차 듣지 않고 아주 행복하게 살기를 원하죠. 하지만 그건 이기적인 것 같아요. 나는 마땅히 그런 일을 알아야 해요. 그들의 고통을 이해해야 해요! 그런 일들이 항상 내 가슴속 깊이 파고들었어요. 아주 깊은 곳까지 내려갔어요. 나는 그런 일을 생각하고 또 생각했어요. 아빠, 모든 노예들을 해방시킬 방법이 없나요?"

"아가, 그건 어려운 질문이다. 이런 방식이 아주 나쁘다는 데는 의문의 여지가 없단다. 많은 사람들이 그렇게 생각하지. 나 역시 마찬가지야. 나는 그들이 노예가 아니기를 진심으로 바란단다. 하지만 내가 그 문제를 해결하기 위해 어떤 행동을 해야 할지 모르겠구나!"

"아빠는 정말로 착한 분이에요. 정말 고상하고 친절하세요. 아빠는 항상 유쾌한 말씀만 하시죠. 그러니까 아빠가 나서서 이 문제를 올바로 해결하도록 모든 사람들을 설득할 수는 없나요? 아빠, 내가 죽은 후에도 생각나면 나를 위해 그렇게 해주세요. 할 수만 있다면 내가 하겠지만요."

세인트클레어는 감정이 복받쳐서 말했다. "에바, 네가 죽다니. 그런 말을 하면 못써! 나에게 너는 이 세상의 전부야."

"불쌍한 프루 할머니에게도 아이가 세상의 전부였어요. 하지만 프루는 아이가 우는 소리를 들으면서도 아무것도 할 수 없었어요. 아빠, 그런 불쌍한 사람들도, 아빠가 나를 사랑하는 것처럼 자기 자식을 사랑해요. 그 사람들을 위해 뭔가 해주세요! 불쌍한 매미도 자기 아이들을 사랑해요. 매미가 아이들 이야기를 하면서 우는 걸 나는 봤어요. 그리고 톰도 자기 자녀들을 사랑해요. 아빠, 그런 일들이 끊임없이 일어나는 것이 무서워요!"

"그래, 그래, 아가야." 세인트클레어가 에바를 달랬다. "너무 걱정하지 마라. 죽는다는 말도 하지 말고. 네가 원하는 건 뭐든 해줄게."

"아빠, 내가 떠나자마자……." 에바는 말을 멈췄다가 망설이며 계속했다. "톰에게 자유를 주겠다고 약속해주세요."

"그래, 애야. 네가 나에게 청하는 것은 세상의 무슨 일이든 하겠다."

"사랑하는 아빠." 아이가 타는 듯 뜨거운 볼을 아버지의 볼에 대면서 말했다. "아빠는 내가 아빠와 함께 가기를 얼마나 원하는지 모를 거예요."

"어디로 가려는 거냐, 애야?"

"우리의 구세주가 계시는 집으로 가고 싶어요. 주님의 집은 너무나 즐겁고 평화로워요. 그곳은 온통 사랑이 넘쳐요!" 아이는 전에 종종 갔던 장소를 이야기하듯 무의식중에 말했다. "아빠도 그곳에 가고 싶어요?"

세인트클레어는 딸을 더 꼭 껴안았으나 말은 하지 않았다.

"아빠도 나에게 오실 거예요." 아이가 조용하고 확신에 찬 목소리로 말했다. 아이는 때때로 무의식중에 그런 말을 했다.

"네 뒤를 따라가마. 너를 잊지 않을게."

세인트클레어가 작고 연약한 몸뚱이를 가슴에 품고 조용히 앉아 있는 동안 장엄한 저녁의 그림자가 두 사람의 주위를 더욱 짙게 둘러쌌다. 그는 깊은 눈동자를 더 이상 볼 수 없었으나 목소리는 영혼의 소리처럼 들려왔다. 마치 심판의 순간에 나타나는 환영과도 같이 지난 인생이 한순간에 모두 눈앞에 떠올랐다. 어머니가 올린 기도와 노래하던 찬송가. 선한 것을 갈망하고 동경했던 어린 시절. 그때와 지금 사이에 가로놓인 속세와 회의에 빠졌던 여러 해. 사람들이 말하는 남부끄럽지 않은 생활. 우리는 한순간에 많은 것을, 정말 많은 것을 생각할 수 있다. 세인트클레어는 많은 것을 보고 느꼈으나 아무 말도 하지 않았다. 점점 어두워지는 가운데 그는 아이를 안고 침실로 갔다. 아이가 잠잘 준비를 마치자 그는 하녀들을 내보내고 딸을 팔에 안은 채 흔들면서 잠들 때까지 자장가를 불러주었다.

chapter 25
어린 전도사[83]

일요일 오후였다. 세인트클레어는 베란다에 놓인 대나무 안락의자에 몸을 길게 뻗고 앉아서 시가로 기분을 달래는 중이었다. 마리는 베란다 쪽으로 난 창문의 반대편에 놓인 소파에 기대 앉아 있었다. 그녀의 주변은 극성스러운 모기떼를 막기 위해 투명한 망사 천을 둘러쳐 외부와 차단해놓았다. 힘없이 늘어진 그녀의 손에는 우아하게 장정된 기도책이 들려 있었다. 일요일이었기 때문에 기도책을 들고 있었던 것이다. 그녀는 기도책을 읽고 있다고 생각했으나 실은 손 위에 책을 펴놓은 채 계속 졸고 있었다.

 몇 군데 수소문을 해서 마차를 타고 갈 수 있는 거리에 예정된 감리교 신도 집회 장소를 알아낸 오필리어는 집회에 참석하기 위해 외출했다. 마차는 톰이 몰았다. 에바도 함께 갔다.

 "정말이지, 어거스틴." 마리가 잠시 졸다가 깨어나 말했다. "시내에 있는 포시 박사에게 왕진을 와달라고 청해야겠어요. 심장에 이상이 생긴 게 틀림없어요."

 "그 의사를 굳이 부를 필요가 있겠소? 에바를 돌봐주는 의사도 솜씨가 좋은 것 같던데."

 "심각한 증세에는 그 의사를 신용할 수가 없어요. 내 증세가 점점 심해지고 있는 거 같아요. 요 며칠 동안 밤에 이상하다고 생각했어요. 가슴이 너무 아픈데다 기분도 이상해요."

 "오, 마리, 당신은 기분이 우울한 거요. 심장에 이상이 생긴 건 아닐 거요."

 "그런 말 말아요. 당신이 그런 말을 할 줄 알았어요. 당신은 에바가 기침이나 사소한 증세만 보여도 펄쩍 뛰지요. 하지만 내 생각은 털끝만치도 안 해요."

"당신이 굳이 심장병을 앓고 싶다면 나도 당신이 심장병 환자라고 생각하도록 노력해보겠소. 난 그런 줄도 몰랐지."

"그래요. 난 당신이 때늦게 이 일로 후회하지 않기를 바라요! 당신이 믿거나 말거나 난 내가 에바 때문에 오랫동안 겪은 고통과 고생으로 심장병이 생긴 걸 벌써부터 짐작하고 있었어요."

세인트클레어는 마리가 언급한 고생이 무엇인지 말로 표현하기는 어려울 것이라고 혼잣말을 한 다음 마차가 베란다 앞에 도착해 에바와 오필리어가 내릴 때까지 무정한 철면피처럼 시가만 피웠다.

오필리어는 어떤 화제를 언급하기에 앞서 평소의 습관대로 보닛과 숄을 벗기 위해 바로 자기 방으로 건너갔다. 에바는 세인트클레어의 부름에 따라 그의 무릎에 앉아서 고모와 함께 참석한 예배를 설명해주었다.

그 직후 두 사람은 오필리어의 방에서 터져 나오는 요란한 한탄을 들었다. 소리가 어찌나 큰지 베란다 바로 앞방에서 들려오는 것 같았다. 오필리어가 누군가를 심하게 꾸짖는 소리였다.

"톱시가 또 무슨 마법의 음모를 꾸민 걸까?" 세인트클레어가 물었다. "톱시가 소동을 일으킨 게 분명해!"

그 직후 몹시 화가 난 오필리어가 범인을 잡아끌고 나타났다.

"어서 이리 나오지 못해? 네 주인님에게 고해야겠다!"

"이번엔 또 무슨 일이에요?" 세인트클레어가 물었다.

"이제 더 이상 이 아이에게 시달리면서 살 수가 없다! 참는 데도 한도가 있지. 살과 피를 가진 사람이라면 더 이상 못 참아. 이 아이에게 방 안에서 조용히 찬송가 공부를 하라고 일렀단다. 그런데 이 아이가 한 짓을 좀 봐라. 내가 열쇠를 숨긴 곳을 언제 봐두었는지 내 옷장을 열고 보닛 장식품을 모두 꺼내 갈기갈기 찢어서 인형 옷을 만들었지 뭐냐! 나는 평생 이런 애는 처음 보았다"

"형님, 이런 애들은 엄격하게 다루지 않으면 안 된다고 제가 진작 말했잖아요." 마리가 세인트클레어를 비난하는 눈초리로 바라보면서 말했다. "지금이라도 제 마음대로 할 수 있다면 저 아이를 매질하는 집으로 보내서 채찍으로 호되게 때리도록 하겠어요. 쓰러질 때까지 매질을 당하도록 할 거예요!"

"당연히 그러겠지." 세인트클레어가 말했다. "여자의 사랑스러운 규칙을 말해보오. 자기 방식대로 할 수 있을 경우라면 말이나 남자는 물론이고 하인을 반쯤 죽이려 드는 여자들을 열 명도 더 봤소."

"당신처럼 우유부단한 방식은 아무 쓸모가 없어요, 세인트클레어!" 마리가 말했다. "형님은 분별이 있는 여자니까 지금은 사태를 나처럼 볼 거예요."

철저한 살림꾼인 오필리어는 당연히 화를 낼 만했으며 아이의 교활한 행동과 낭비가 그녀의 화를 돋웠다. 오필리어와 같은 상황에 처했다면 많은 여성 독자들이 똑같이 화를 냈을 것이다. 그러나 마리의 말이 자기보다 한 술 더 떴기 때문에 오필리어의 화는 다소 누그러졌다.

"나는 아이를 그렇게 다룰 생각은 추호도 없어." 오필리어가 말했다. "하지만 어거스틴, 분명히 말하지만 이제 어떻게 해야 할지 모르겠다. 나는 가르치고 또 가르쳤어. 입이 아플 때까지 잔소리도 했고, 매질도 했다. 생각할 수 있는 모든 방법으로 벌을 주었지만 아이는 달라진 게 전혀 없어."

"톱시, 이 원숭이 같은 녀석아, 이리 와!" 세인트클레어가 아이를 불렀다.

톱시가 다가왔다. 아이는 두려움과 평소의 익살기가 뒤섞인 표정으로 동그랗고 반짝이는 눈을 깜박거렸다.

"왜 그런 짓을 했니?" 질문을 하는 세인트클레어는 아이의 표정이 재미있다는 생각을 금할 수 없었다.

"원래 제 마음이 못돼서요. 필리 아씨가 그렇게 말씀하세요." 톱시가 태연하게 말했다.

"오필리어 아씨가 너를 위해 얼마나 많이 노력하는지 모르니? 아씨는 생

도주 노예들을 도와주는 조직

미국을 종단하는 여정을 시작한 지 며칠 만에 우리는
우연히 완전무장을 한 몇몇 백인과 도주 노예들을 마주하게 되었다.
인간 사냥이 벌어지고 있는 현장에서 몇 킬로미터
떨어진 이 지역에서 도망친 노예들을 도와주고 있는 이들이
바로 그 유명한 '언더그라운드 레일로드(지하 철도)' 조직원이다.
해방 노예들과 백인 자유주의자들로 구성된 이 비밀조직은
잘 정비된 광대한 조직망을 갖추고 도주 노예들이 북부 자유주나 캐나다로
피신할 수 있도록 연결책을 주선하고 도주로를 제공한다.
1820년대에 자발적으로 생겨나 1850년부터 눈부신 활약을 펼쳤다.
언더그라운드 레일로드에는 각 그룹마다 이동경로 안내자,
은신처 제공자, 중간 연결자들이 있다.
하지만 그들 대부분은 서로를 모르는 채 비밀리에 활동한다.

최근 조직에 합류한 신입당원 밥은
석 달 전 앨라배마 주에서 도망친 노예다

제임스. K.

네비스

각할 수 있는 것은 모두 다 했다고 말씀하신다."

"예, 주인님! 아씨도 늘 그렇게 말씀하세요. 아씨는 제 궁둥이를 아주 세게 때리고 머리채를 잡아당기고 머리를 문에다 박아요. 그래도 제게는 아무 소용이 없어요. 제 머리의 털을 모두 뽑아도 소용이 없을 거예요. 저는 아주 못됐어요. 저는 어쩔 도리가 없는 깜둥이예요!"

"그래, 나는 저 애를 포기해야겠어." 오필리어가 말했다. "저 아이 때문에 더 이상 속을 썩일 수 없어."

"헌데, 제가 한 가지만 묻겠습니다."

"뭔데?"

"저, 성경이 누님이 집에서 마음대로 할 수 있는 이교도 아이 하나를 구원하기도 어렵다면 불쌍한 선교사 한두 명을 수천 명의 이교도 속에 파견하는 것이 무슨 소용이 있습니까? 이 아이는, 누님이 말하는 수많은 이교도를 대표하는 좋은 표본이라고 나는 생각합니다."

오필리어는 즉시 대답하지 못했다. 이 광경을 이제까지 말없이 지켜보고 서 있던 에바가 톱시에게 따라오라고 조용히 손짓을 했다. 베란다 구석에는 세인트클레어가 일종의 독서실로 사용하는 작은 유리방이 있었다. 에바와 톱시는 이 방 안으로 사라졌다.

"에바가 뭘 하려는 거지? 살펴봐야겠군." 세인트클레어가 말했다.

발끝으로 걸어서 다가간 그는 유리방을 가린 커튼을 들어 올리고 안을 들여다보았다. 손가락을 입술에 댄 그는 오필리어에게 와서 보라는 손짓을 조용히 했다. 두 어린이는 마루에 앉아 있었다. 밖에서는 아이들의 옆얼굴만 보였다. 톱시는 평소처럼 조심성 없고 익살스러운 무관심한 표정이었다. 그러나 건너편에 앉은 에바는 북받친 감정 때문에 얼굴이 상기돼 있었고 커다란 두 눈에는 눈물이 고여 있었다.

"무엇이 너를 그렇게 못되게 만들었니, 톱시? 왜 착한 아이가 되기 위해 노력하지 않니? 너는 다른 사람을 사랑하지 않아, 톱시?"

"사랑 같은 건 몰라요. 나는 캔디 같은 것만 좋아해요. 그뿐이에요." 톱시가 말했다.

"하지만 넌 네 아버지와 어머니를 사랑하지."

"아가씨도 알겠지만, 아무도 없어요. 전에 말했잖아요, 에바 아가씨."

"그래, 알아." 에바가 슬픈 표정으로 말했다. "하지만 오빠나 동생이나 고모는 없어?"

"네, 아무도 없어요. 물건도 사람도 아무것도 없어요."

"그렇지만, 톱시야, 네가 착해지려고 노력만 하면 너는 아마……."

"제가 아무리 착해져도 저는 검둥이에 불과한걸요. 제 껍질을 벗겨 하얗게 만들 수 있다면 그때는 노력할게요."

"하지만 네가 흑인이라도 사람들이 너를 사랑할 수 있어, 톱시. 네가 착해지면 오필리어 아씨가 너를 사랑할 거야."

톱시는 갑자기 짧게 웃었는데 이는 평소 그녀가 불신을 나타내는 동작이었다.

"넌 그렇게 생각하지 않니?" 에바가 물었다.

"아뇨. 제가 검둥이라서 오필리어 아씨는 저를 싫어해요! 저를 사랑하느니 두꺼비를 만질 거예요. 검둥이를 사랑하는 사람은 없어요. 그리고 검둥이들은 아무것도 할 수 없어요. 전 괜찮아요." 말을 마친 톱시가 휘파람을 불기 시작했다.

"오, 톱시, 네가 불쌍하구나. 난 너를 사랑해!" 갑자기 감정이 북받친 에바가 작고 가는 손을 톱시의 어깨 위에 얹으면서 말했다. "너는 아버지도 어머니도 친구도 없고 학대받는 불쌍한 아이기 때문에 나는 너를 사랑해. 나는 네가 착해지기를 바라. 톱시, 나는 건강이 아주 나빠. 오래 못 살 것 같아. 그런데 네가 못된 장난을 치니까 더 슬퍼. 나를 위해서 착해지려고 노력해줘.

터브먼[84] 장군과의 짧지만 감동적인 만남

'흑인들의 모세'라 불리는 해리엇 터브먼은 탈출의 달인이다.
메릴랜드에서 노예로 태어난 그녀는 백 번도 넘는 탈출 작전을 이끌었다.
도주 노예들의 탈출을 지휘하기 위해 그녀는 정기적으로 남부 노예주에 잠입하곤 하는데, 그 횟수가 이미 15회 정도나 된다.
그녀 혼자만의 힘으로 300명 이상의 노예들이 자유를 찾았다. 절대로 권총을 놓지 않을 것이라는 그녀는,
기력을 소진한 동족 도주 노예들에게 서슴없이 권총을 들이대며 "날 따라오든지 아니면 여기서 죽는 거야"라고 말한다.
비록 문맹이기는 하지만 한 치의 흔들림도 없는 용기로 남자들을 이끄는 그녀는 뛰어난 웅변가이기도 하다.
그녀가 도주 노예들이 즐겨 부르는 애창곡을 우리에게 들려준다.

"하나님께 영광, 예수님께도 영광
다시 구원받은 영혼
가서 소식을 전하라
다시 구원받은 영혼"

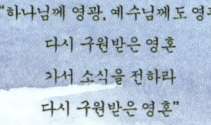

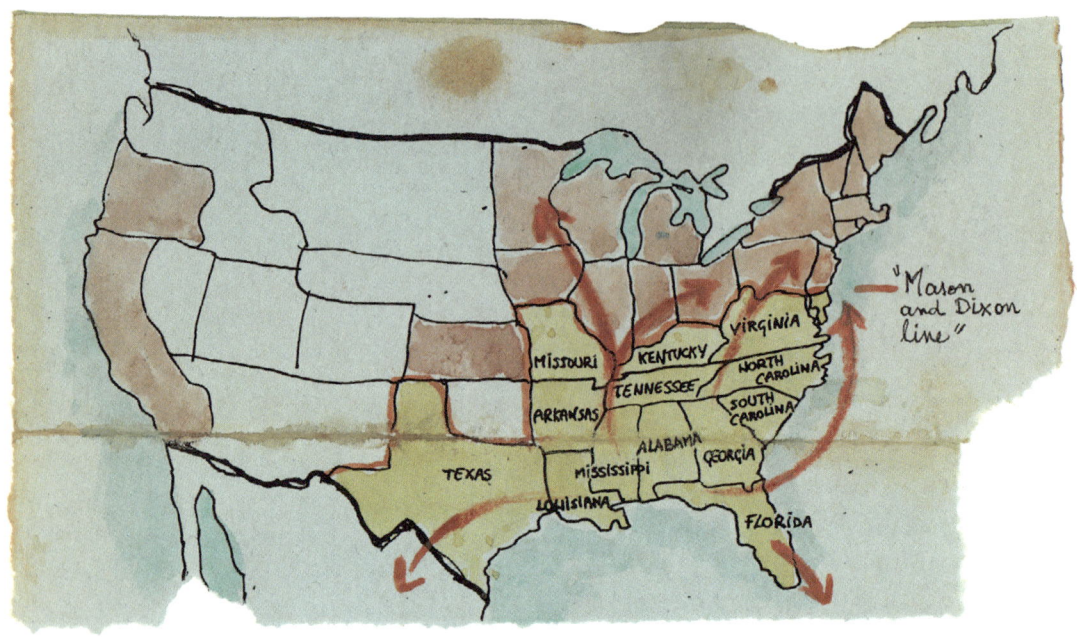

메이슨 딕슨 라인[85]

가장 유력한 도주로는 아마도 배를 이용해 미시시피 강 줄기를 따라가는 것일 터다.
도주에 성공한 노예들, 즉 붙잡혀서 채찍질이나 고문이나 공개적인 린치를 당하지 않아도 되는 노예들은
메이슨 딕슨 라인 저편에서 각자 나름의 방식으로 곤경을 모면한다.
노예주들을 통과하며 수천 킬로미터를 가는 것은 여전히 극도의 위험부담을 안고 있다.
가장 안전한 도주 방법은 낮에는 숲속에 숨어 지내다가 밤이 되면 북극성을 따라 나아가는 것이다.
이론상으로 도주 노예는 가상의 메이슨 딕슨 라인만 넘으면 위험에서 벗어났다는 안도감을 느낀다.

하지만 이론과 현실은 엄연히 다른 법.
1850년 남부인들은 모든 주의 경찰이 도주 노예 수색에 참여하고
그들을 주인에게 돌려주도록 하는 연방법을 통과시킨다.
도주 노예를 도와주는 경우 누구든 상관없이 1000달러의 벌금이나 감옥행에 처해진다.
게다가 이것은 남부 노예주에만 적용되는 것이 아니라 자유주 역시 따라야 한다!

도망칠 가능성이 있는 노예들에게 채우는 쇠고랑.

내가 너와 함께 지낼 수 있는 시간이 얼마 남지 않았거든."

흑인 아이의 둥글고 날카로운 두 눈에 눈물이 고였다. 크고 빛나는 눈물이 한 방울씩 굴러 내려 하얀 작은 손 위에 떨어졌다. 그렇다. 그 순간 진정한 믿음의 빛 한줄기가 흑인 소녀의 이교도 영혼의 어둠을 뚫고 들어갔다. 그 빛은 천국의 사랑의 빛이었다. 톱시는 머리를 무릎 사이에 넣고 흐느껴 울었다. 톱시를 내려다보는 아름다운 소녀는 죄인을 구하기 위해 몸을 굽힌 빛나는 천사의 그림을 떠올리게 했다.

"불쌍한 톱시! 예수님이 모든 사람을 똑같이 사랑하신다는 걸 모르니? 주님은 나처럼 너도 기꺼이 사랑하셔. 내가 너를 사랑하듯이 주님도 너를 사랑해. 주님은 더 훌륭하시기 때문에 더 많이 사랑하시지. 주님이 네가 착해지도록 도와주실 거야. 그리고 너는 나중에 천국에 갈 거야. 천국에 가서 백인과 다름없이 천사가 되어 영원히 살 거야. 오로지 그것만 생각해, 톱시. 너는 톰 아저씨가 노래하는 빛나는 천사 가운데 하나가 될 거야."

"사랑하는 에바 아가씨, 사랑하는 에바 아가씨! 노력할게요. 노력할 거예요. 전에는 노력할 생각을 전혀 하지 않았어요."

이 순간 세인트클레어는 커튼을 내렸다. "저 모습을 보니 어머니 생각이 나는군요." 세인트클레어가 오필리어에게 말했다. "어머니가 저에게 하신 말씀이 옳았어요. 우리가 장님의 눈을 뜨게 하기를 원한다면 우리는 예수님과 같은 마음으로 해야 합니다. 그들을 불러 우리의 손을 그들 위에 놓아야 해요."

"나는 항상 검둥이들에게 편견을 가지고 살았지." 오필리어가 말했다. "저 아이가 나를 만지는 것을 참을 수 없었던 것이 사실이다. 하지만 저 아이가 그걸 아는 줄은 몰랐어."

"어떤 아이도 자기를 싫어하는 건 알아차리지요." 세인트클레어가 말했다. "아이들에게는 싫어한다는 사실을 숨길 수 없습니다. 아무리 이익을 주고 은혜를 베풀어도 아이 마음속에 적개심이 도사리고 있는 한 감사한 마음이 생기게 할 수 없어요. 참으로 이상한 일이지만 그건 사실입니다."

"내가 어찌해야 할지 모르겠구나." 오필리어가 말했다. "나는 흑인들이 마음에 들지 않는다. 이 아이는 특히 싫어. 그런 감정을 어쩌겠니?"

"에바는 극복한 것 같아요."

"그래, 에바는 사랑이 아주 깊은 아이니까! 에바는 흔한 기독교인 행세도 하지 않아." 오필리어가 말했다. "나도 에바처럼 되었으면 좋겠다. 나에게 교훈을 줄 수 있을 거야."

"어린아이가 늙은 사도에게 교훈을 준 것은 이번이 처음은 아닐 겁니다." 세인트클레어가 말했다.

chapter 26
죽음

인생의 이른 아침에 무덤의 장막이
우리의 눈으로부터 가리는 저들을 위해 울지 마라.[86]

에바의 침실은 넓고, 저택의 다른 방들처럼 넓은 베란다 쪽으로 개방돼 있었다. 침실은 한쪽으로는 부모의 방으로 연결되었고 다른 편은 오필리어가 쓰는 공간으로 이어져 있었다. 세인트클레어는 딸의 방을 아이의 성격과 어울리도록 장식함으로써 자신의 미적 감각과 취향을 만족시켰다. 창문에는 장밋빛 커튼과 하얀 모슬린 천을 드리웠고, 마루에는 파리에서 수입한 커다란 매트를 깔았다. 그는 매트를 직접 디자인했는데, 가장자리는 장미꽃 봉

오리와 잎으로 둘러싸여 있고, 한가운데는 활짝 핀 장미꽃이 그려져 있었다. 대나무로 만들어진 침대와 의자, 소파는 독특하고 기발하고 우아한 모양이었다. 침대머리 위에는 설화석고로 만든 까치발 선반이 설치돼 있었고, 선반 위에는 날개를 접은 아름다운 천사가 은매화나무로 만든 왕관을 들고 있는 조각상이 놓였다. 침대 위에는 이곳 기후에 반드시 필요한, 화사한 장밋빛이 감도는 흰색 천에 은빛 줄무늬가 새겨진 커튼이 쳐져 있었다. 이 커튼은 모기를 막아주는 집 안의 필수품이었다. 우아한 대나무 소파에는 장밋빛 다마스크 천으로 만든 쿠션이 잔뜩 놓여 있다. 소파 위에는 조각상들의 손과 연결된 망사 커튼이 드리워 있었는데 침대의 커튼과 비슷했다. 방의 중앙에는 기발한 모양의 가벼운 대나무 탁자가 놓였다. 그리고 흰 백합 모양의 파로스 산 대리석 꽃병에는 꽃이 가득 꽂혀 있었다. 이 탁자 위에는 에바의 책과 장신구가 있고 옆에는 설화석고로 만든 우아한 필기용 책상이 있었다. 필기용 책상은 작문 실력을 높이려 애쓰는 에바를 보고 아버지가 사준 것이었다. 벽난로 위의 대리석 외벽 꼭대기에는 어린아이들을 불러 모으는 예수의 모습을 아름답게 묘사한 조각상이 세워져 있었다. 조각상 양쪽에 놓인 대리석 화병에 매일 아침 꽃다발을 꽂는 것이 톰의 자랑스럽고 즐거운 일과였다. 그 밖에 여러 자세를 취한 어린이들을 아름답게 묘사한 두세 점의 그림이 벽을 장식하고 있었다. 간단히 말해, 방 안에 들어선 사람은 어디를 보든지 어린이들의 모습과 아름다움, 그리고 평화를 보게 된다. 에바는 아침 햇살 속에서 가늘게 눈을 뜰 때마다 아름다운 생각이 떠오르게 하는 이런 광경을 반드시 본다.

에바를 잠시 활기차게 만들었던 거짓 원기는 순식간에 사라졌다. 사람들은 베란다에서 나는 에바의 발걸음 소리를 점점 듣기 어려워졌으며, 그녀가 열린 창가에 놓인 작은 소파에 누워 있는 모습을 더욱 자주 보게 되었다. 소녀는 크고 깊은 두 눈으로 호수의 물결을 응시하고 있었다.

에바가 성경을 펴놓고 작고 투명한 손가락을 힘없이 책갈피 위에 얹어놓은 채 누워 있다가 베란다에서 나는 어머니의 날카로운 목소리를 들은 것은 오후의 중간쯤이었다.

"이게 뭐냐? 이 거지 같은 계집애가 또 무슨 못된 짓을 한 게야? 네가 꽃을 꺾었지, 그렇지?" 어머니가 누군가를 세게 때리는 소리가 들렸다.

"제발, 마님! 에바 아가씨에게 주려는 거예요." 에바는 그 목소리의 주인공이 톱시란 것을 알았다.

"에바 아가씨라고! 잘도 둘러대는구나! 에바가 아무 짝에도 쓸모없는 너 같은 깜둥이의 꽃을 받고 싶어 한다던? 어서 물러가지 못해!"

잠시 후 에바는 소파에서 일어나 베란다로 갔다.

"엄마, 그러지 마세요! 나는 꽃을 좋아해요. 그 꽃 주세요. 갖고 싶어요."

"아니, 에바야. 네 방에는 지금도 꽃이 잔뜩 있지 않니?"

"아무리 많아도 또 갖고 싶어요. 톱시야, 그 꽃 이리 갖고 와."

머리를 숙이고 시무룩하게 서 있던 톱시가 다가와 꽃을 건넸다. 톱시는 수줍은 듯 망설이며 꽃을 건넸는데, 이런 태도는 평소 소름이 끼칠 정도로 뻔뻔하고 쾌활했던 톱시와는 너무나 달랐다.

"꽃다발이 너무 예쁘구나!" 에바가 꽃들을 살펴보면서 말했다.

그것은 연분홍색의 제라늄 한 송이와 하얀색 동백꽃 한 송이를 싱싱한 잎사귀로 둘러싸서 만든 특이한 꽃다발이었다. 꽃 색깔을 대비시키고 잎사귀를 일일이 정성스럽게 배열한 것이 금방 눈에 띄었다.

에바가 "톱시, 꽃을 아주 예쁘게 배열했구나"라고 말하자 톱시는 기쁜 표정을 감추지 못했다. 에바는 "여기 꽃이 없는 꽃병이 있어. 매일 여기에 아무 꽃이라도 꽂아주면 좋겠는데"라고 부탁했다.

"정말 이상한 애구나." 마리가 말했다. "도대체 왜 그런 꽃을 좋아하니?"

"걱정 마세요, 엄마. 톱시가 꽃꽂이를 하는 게 더 좋지 않겠어요?"

"물론 너만 좋다면 상관없지만. 톱시, 아가씨 말 들었지? 명심해야 한다."

톱시는 허리를 굽혀 절을 했다. 에바는 돌아서는 톱시의 뺨 위로 눈물이 흘러내리는 것을 보았다.

"엄마, 봤죠. 불쌍한 톱시는 나에게 무언가를 해주고 싶어 해요." 에바가 어머니에게 말했다.

"말도 안 돼! 저 애는 못된 장난만 좋아한다고! 저 애는 꽃을 꺾으면 안 된다는 걸 알면서도 꺾는단 말이야. 방금 그걸 봤지. 하지만 네가 꽃 꺾는 것을 내버려두고 싶으면 그렇게 하렴."

"엄마, 톱시는 전과 달라졌어요. 착한 아이가 되려고 애쓰고 있어요."

"저 애가 좋은 사람이 되려면 어지간히 애를 써야 할 게다." 마리가 관심 없다는 듯이 웃었다.

"물론 엄마도 알겠지만 불쌍한 톱시는 그동안 고생만 했어요."

"분명히 말하는데, 우리 집에 온 다음부터는 고생 안 했다. 그동안 우리 집 식구들이 저 애에게 무던히 잔소리를 하고 설교했어. 이 세상에서 할 수 있는 방법은 모두 동원했단다. 그런데도 저 애는 여전히 비열하고 앞으로도 그럴 거야. 저런 애는 아무 짝에도 쓸모가 없어."

"하지만 엄마, 저 애는 나와 전혀 다른 환경에서 자랐어요. 나는 친구들과 돈이 많아서 착하고 행복하게 자랐어요. 하지만 여기 올 때까지 톱시는 항상 어려운 환경에서 자랐어요."

"그랬겠지." 마리가 하품을 하면서 대답했다. "날씨가 참 덥네."

"톱시도 기독교인이 되면 우리처럼 천사가 될 수 있다고 생각하지 않으세요, 엄마?"

"톱시가! 말도 안 되는 소리. 너 말고 누가 그런 생각을 하겠니? 하지만 될 수 있을지도 모르지."

"엄마, 하나님은 우리 모두의 아버지인 것처럼 톱시에게도 아버지가 아닌가요? 예수님은 톱시의 구세주가 아니에요?"

"그래, 그럴지도 모르지. 하나님이 모든 인간을 만드셨으니까." 마리가 말했다. "정신을 들게 하는 내 약병은 어디 있니?"

"정말 불쌍해요!" 에바는 멀리 있는 호수를 바라보면서 반쯤 혼잣말처럼 한탄했다.

"뭐가 불쌍하다는 거니?"

"빛나는 천사가 되어 천사들과 함께 살 수 있는 사람들이 어쩔 수 없이 타락하는데도 아무도 구해주지 않잖아요."

"그건 우리도 어쩔 도리가 없단다. 에바야, 걱정해도 소용이 없어. 나는 어떻게 해야 할지 모르겠구나. 우리는 우리가 누리는 혜택에 감사해야 돼."

"저는 별로 감사하고 싶지 않아요. 아무 혜택도 받지 못하는 불쌍한 사람들을 생각하면 정말 마음이 아파요."

"참, 이상한 소리도 다 하는구나. 내가 감사하는 것은 신앙 때문이야."

"엄마, 내 머리칼을 좀 잘라내고 싶어요. 많이요."

"무엇 때문에?"

"내가 아직 힘이 있을 때 친구들에게 내 머리칼을 조금씩 나눠 주고 싶어요. 고모를 불러서 머리칼을 잘라달라고 해주시겠어요?"

마리는 목소리를 높여 옆방에 있던 오필리어를 불렀다.

오필리어가 들어오자, 베개에서 반쯤 일어나 물결치는 긴 금발을 풀어 내린 에바는 약간 괴로운 듯이 "고모, 양털 좀 깎아주세요!"라고 말했다.

"그게 무슨 말이야?" 마침 딸에게 줄 과일을 들고 방에 들어온 세인트클레어가 물었다.

"아빠, 고모에게 내 머리칼을 잘라달라고 부탁했어요. 머리숱이 많아서 너무 더워요. 그리고 머리칼을 조금씩 나눠 주고 싶기도 하고요."

오필리어가 가위를 들고 왔다.

"조심하세요. 머리 모양이 안 망가지게요." 아이의 아버지가 말했다. "보이지 않게 밑에서 잘라요. 에바의 물결치는 머리는 나의 자랑이니까."

"아빠!" 에바가 슬픈 표정으로 말했다.

"그래, 헨릭을 만나러 삼촌의 농장에 너를 데리고 갈 때까지 네 머리가 보기 좋게 자랐으면 좋겠구나." 세인트클레어가 쾌활하게 말했다.

"아빠, 저는 그곳에 못 갈 거예요. 저는 더 좋은 나라로 가요. 제 말을 믿어 주세요. 제가 나날이 더 쇠약해지는 게 안 보이세요?"

"에바야, 어째서 나에게 그런 끔찍한 말을 믿으라고 고집을 부리니?"

"사실이니까요. 그 사실을 믿으시면 아마 아빠도 저처럼 기분이 편해질 거예요."

세인트클레어는 우울한 시선으로 길고 구불거리는 딸의 머리칼을 바라보고 서 있었다. 잘라낸 머리칼은 에바의 무릎 위에 가지런히 놓였다. 아이는 머리칼을 집어 들고 유심히 들여다보았다. 머리칼을 여윈 손가락에 감아보던 아이가 걱정스러운 눈빛으로 아버지를 쳐다보았다.

"내 예감이 맞았어요!" 마리가 말했다. "내 건강을 매일 좀먹으면서 무덤으로 데려가는 일이 바로 이거야. 하지만 아무도 눈여겨보지 않아요. 나는 오래전에 이것을 보았어요. 세인트클레어, 내가 옳았다는 것을 얼마 후에 알게 될 거예요."

"그리 되면 당신은 퍽이나 속이 시원하겠소!" 세인트클레어가 쏘아붙였다.

마리는 소파에 기대 누운 채 캠브리 손수건으로 얼굴을 덮었다.

에바의 맑은 하늘색 눈동자가 사람들을 하나씩 뚫어지게 응시했다. 지상의 굴레에서 반쯤 벗어난 영혼의 조용하고 이해심 깊은 시선이었다. 에바가 둘 사이의 차이를 보고 느끼고 이해한 것이 분명했다.

소녀는 아버지를 손짓으로 불렀다. 아버지는 딸 옆에 앉았다.

"아빠, 내 기력이 매일 조금씩 약해지고 있어요. 이제 떠날 때가 됐나 봐요.

그 전에 하고 싶은 말과 행동이 있어요. 꼭 해야 돼요. 그런데 아빠는 내가 이 문제에 관해 얘기하는 것을 아주 싫어하세요. 하지만 그것을 피할 수는 없어요. 미룰 수도 없고요. 지금 말씀드릴 테니 귀를 대보세요!"

"그래, 말해보렴." 세인트클레어가 한 손으로 얼굴을 가리고 다른 손으로 에바의 손을 잡으면서 말했다.

"식구들을 모두 함께 보고 싶어요. 식구들에게 할 말이 있어요."

"그래라." 세인트클레어가 눈물을 참으면서 말했다.

오필리어가 전갈을 보내자 얼마 후 하인들 전원이 방 안에 모였다.

에바는 베개에 기대고 누워 있었다. 머리칼이 얼굴에 흐트러져 있었다. 분홍빛 뺨은 극도로 하얀 피부와 여윈 팔다리, 몸, 그리고 모든 사람을 진지하게 응시하는 커다란 눈과 가슴 아픈 대조를 이루었다.

하인들은 갑자기 감정이 복받쳤다. 천사 같은 소녀의 얼굴과 잘라내서 옆에 놓아둔 긴 머리칼, 딸을 외면하는 아버지의 얼굴, 마리의 흐느낌이 감수성이 예민하고 영향을 쉽게 받는 하인들에게 깊은 감명을 주었다. 하인들은 방에 들어올 때 서로 얼굴을 쳐다보면서 고개를 저었다. 장례식 같은 깊은 정적이 감돌았다.

에바는 몸을 일으켜 모든 사람들을 오랫동안, 진지하게 바라보았다. 모든 사람이 슬프고 두려운 표정을 짓고 있었다. 대부분의 여자들은 앞치마로 자기 얼굴을 가렸다.

"사랑하는 친구 여러분, 내가 여러분을 데려오라고 했어요." 에바가 입을 열었다. "여러분을 사랑하기 때문이에요. 여러분 모두를 사랑합니다. 그리고 할 말이 있어요. 여러분이 항상 기억해주기 바라요……. 나는 여러분을 떠날 거예요. 몇 주 지나면 여러분은 나를 볼 수 없을 거예요……."

이때 갑자기 터져 나온 신음소리와 흐느낌, 탄식 때문에 아이는 말을 멈췄다. 아이의 가는 목소리는 웅성거림 속에 완전히 묻혔다. 소녀는 잠시 기다린 뒤, 모든 사람들의 흐느낌을 중지시키는 차분한 말투로 말을 계속했다.

"여러분이 나를 사랑한다면, 내 말을 이렇게 막지 마세요. 내 말을 들어주세요. 나는 여러분의 영혼에 관한 이야기를 하고 싶어요······. 여러분은 아주 무관심한 것 같아요. 여러분은 오직 이승만 생각하지요. 하지만 여러분이 예수님이 사시는 아름다운 세상이 있다는 것을 기억했으면 좋겠어요. 나는 거기로 갈 거예요. 여러분도 거기로 갈 수 있어요. 그 세상은 나를 위해 존재하듯이 여러분을 위해서도 존재하는 거예요. 그러나 여러분이 그곳에 가기를 원한다면 게으르고 부주의하고 생각 없이 살아서는 안 돼요. 기독교를 믿어야 해요. 여러분 모두 천사가 되어 영원히 살 수 있다는 것을 기억해야 돼요······. 만약 여러분이 기독교인이 되기를 원한다면 예수님이 여러분을 도와주실 거예요. 예수님에게 기도하세요. 성경을 읽고······."

아이는 잠시 말을 멈추고 측은한 눈초리로 하인들을 바라본 다음 말을 계속했다.

"아, 사랑하는 여러분은 글을 읽을 수가 없지요. 가여운 영혼들!" 아이는 베개에 얼굴을 묻고 흐느껴 울었다. 마루에 무릎을 꿇은 채 울음을 참고 그녀의 말을 듣던 많은 사람들이 그녀에게 용기를 북돋워주었다.

"걱정하지 마세요." 소녀가 눈물에 젖은 얼굴을 들고 환하게 웃으면서 말했다. "나는 여러분을 위해서 기도했어요. 여러분이 글을 읽을 수 없다 해도 예수님은 여러분을 도와주실 거예요. 최선을 다하고, 노력하세요. 매일 기도하며 그분에게 도와달라고 간청하고, 기회 있을 때마다 사람들에게 성경을 읽어달라고 부탁하세요. 그러면 나는 여러분 모두를 천국에서 만날 수 있을 거예요."

"아멘." 톰과 매미, 그리고 감리교회에 나가는 어른 몇 명이 동시에 중얼거렸다. 나이가 더 어리고 생각이 짧은 사람들은 완전히 감동해서 고개를 무릎 위에 숙인 채 흐느껴 울었다.

"여러분 모두가." 에바가 말했다. "나를 사랑한다는 것을 알아요."

"그래요, 정말 그래요! 정말로 아가씨를 사랑해요. 주님, 아가씨를 축복하소서!" 사람들이 저도 모르게 일제히 대답했다.

"예, 나는 여러분이 그럴 줄 알았어요! 여러분 가운데 나에게 친절을 베풀지 않은 사람은 하나도 없어요. 그래서 나는 여러분에게 줄 게 있어요. 그걸 볼 때마다 나를 기억해주세요. 내 머리카락을 조금씩 나눠 드릴 거예요. 내 머리칼을 볼 때마다 내가 여러분을 사랑했고 천국에 갔으며, 천국에서 여러분과 다시 만나고 싶어 한다는 것을 기억하세요."

사람들이 흐느끼면서 어린아이 주변에 모여, 그녀가 주는 마지막 사랑의 징표 같은 머리칼을 받아 가는 광경은 도저히 묘사할 수가 없다. 그들은 무릎을 꿇고 흐느끼면서 기도를 올렸고, 소녀의 옷자락에 입을 맞췄다. 어른들은 감수성이 깊은 흑인 특유의 방식으로 기도와 축복이 혼합된 애정의 표현을 아낌없이 했다.

한 사람씩 에바의 선물을 받아 갔고, 흥분된 분위기가 어린 환자에게 미칠 영향을 걱정한 오필리어는 선물을 받은 사람에게 방에서 물러가라고 손짓했다.

마침내 모든 사람이 나가고 톰과 매미만 남았다.

"톰 아저씨." 에바가 말했다. "이 아름다운 머리카락은 아저씨에게 줄 거야. 아저씨를 천국에서 다시 만날 것을 생각하면 정말 행복해. 우리는 틀림없이 다시 만날 거야. 그리고 매미, 착하고 친절한 매미 아줌마!" 소녀는 두 팔로 늙은 유모를 껴안으면서 말했다. "유모도 천국에 가리란 걸 난 알아."

"오, 에바 아가씨! 아가씨 없이 제가 어떻게 살아가나요? 안 돼요!" 충직한 유모가 말했다. "갑자기 세상의 모든 걸 빼앗기는 것 같아요!" 매미가 복받치는 슬픔을 이기지 못하고 말했다.

오필리어는 톰과 매미를 가볍게 밀어 방에서 내보냈다. 사람들이 모두 나갔다고 생각한 오필리어가 돌아섰을 때 톱시가 방 안에 서 있었다.

"넌 어디서 갑자기 나타난 거냐?" 오필리어가 물었다.

"여기 있었어요." 톱시가 눈물을 닦으면서 말했다.

"에바 아가씨, 저는 나쁜 년이었어요. 하지만 저에게도 머리카락을 주실 거죠?"

"그럼, 가여운 톱시! 주고말고. 머리칼을 볼 때마다 내가 너를 사랑했고 네가 좋은 아이가 되기를 원했다는 걸 꼭 기억해야 해."

"에바 아가씨. 노력할게요!" 톱시가 말했다. "하지만 착해지는 건 너무 어려워요! 착해본 적이 없어서 잘 안 될 것 같아요."

"그건 예수님도 아셔. 톱시. 주님은 너를 가엾게 여기셔. 주님은 너를 도와주실 거야."

톱시는 앞치마로 눈을 가린 채 오필리어의 안내를 받아 조용히 방에서 나갔다. 방을 나갈 때 그녀는 소중한 머리칼을 자기 가슴 쪽에 간직했다.

모두 나가자 오필리어는 방문을 닫았다. 우리의 존경할 만한 숙녀도 눈앞에서 전개되는 광경을 보고는 여러 차례 눈물을 닦았다. 어린 환자가 그처럼 흥분한 결과가 미칠 영향이 그녀의 가장 큰 걱정거리였다.

세인트클레어는 내내 손으로 눈을 가린 채 같은 자세로 앉아 있었다. 모두 가고 난 뒤에도 그는 앉은 자세로 침묵을 지켰다.

"아빠!" 에바가 자기 손을 그의 손에 살며시 얹으면서 불렀다.

그는 깜짝 놀라서 몸을 떨었으나 대답은 하지 않았다.

"사랑하는 아빠!"

"나는 도저히 받아들일 수가 없다." 세인트클레어는 일어서면서 말했다. "하나님은 나에게 참으로 가혹한 시련을 주시는구나!" 세인트클레어는 이 말을 비통하게 강조했다.

"어거스틴! 하나님은 자기 소유물을 뜻대로 할 권리를 가지고 계시지 않니."

오필리어가 말했다.

"그럴지도 모르죠. 하지만 그렇다고 견디기가 더 쉬워지는 것은 아닙니다." 눈물을 보이지 않으려는 세인트클레어는 고개를 돌리면서 단호한 태도로 말했다.

"아빠, 왜 내 마음을 아프게 하세요!" 에바가 몸을 일으켜 아버지의 품에 안기면서 말했다. "속상해하시면 안 돼요." 아이가 울먹이자 세인트클레어와 오필리어는 모두 깜짝 놀랐다. 아이의 이런 태도를 본 아버지의 생각은 즉시 다른 방향으로 흘러갔다.

"사랑하는 내 딸 에바야. 쉿! 내가 잘못 생각했다. 내가 나빴다. 너를 슬프게 하지 않을 수만 있다면 내 감정과 행동을 고칠게. 그만 울어. 내가 단념하마. 그런 말을 한 내가 나빴어."

에바는 잠시 후 아버지의 팔에 지친 비둘기처럼 누웠다. 그녀 위에 몸을 굽힌 아버지는 생각해낼 수 있는 모든 다정한 말로 아이를 위로했다.

히스테리가 발작한 마리는 벌떡 일어나더니 아이의 침실 밖으로 뛰쳐나가 자기 거처로 갔다.

"에바야, 나에게는 머리카락을 주지 않았잖니." 아버지가 슬픈 미소를 지으면서 말했다.

"모두 아빠 거예요." 아이가 미소를 지으면서 말했다. "아빠와 엄마 거예요. 사랑하는 고모에게도 원하시는 만큼 드리세요. 아빠도 아시겠지만, 내가 떠나면 불쌍한 하인들은 날 잊을지도 모르니까 직접 준 거예요. 그리고 그들이 나를 기억하는 데 도움이 될까 해서 일부러 불렀어요……. 아빠는 기독교인이 아닌가요?" 에바가 미심쩍은 듯이 물었다.

"왜 묻는 거니?"

"모르겠어요. 아빠는 아주 착한데 기독교인이 되게 하는 방법을 모르겠어요."

"에바, 기독교인이 뭐지?"

"그리스도를 가장 사랑하는 사람이죠."

"너는 사랑하니, 에바?"

"확실히 사랑해요."

"너는 그분을 한 번도 본 적이 없잖니."

"그렇다고 달라지는 것은 없어요. 나는 그분을 믿고, 며칠 있으면 그분을 뵐 거예요." 어린아이의 얼굴은 타오르는 기쁨으로 점점 더 빛났다.

세인트클레어는 더 이상 말하지 않았다. 전에 어머니에게서 본 그 감정이었다. 그러나 그의 마음은 그 감정에 공명하지 않았다.

이 일이 있은 후 에바의 건강은 급속히 나빠졌다. 아이의 증세는 이제 의문의 여지가 없었다. 맹목적인 희망 때문에 현실에 눈을 감을 수 없었다. 아이의 아름다운 침실은 이제 명백하게 병실이 되었다. 오필리어는 밤낮을 가리지 않고 간호 임무를 수행했다. 그녀의 간호 능력을 과소평가하는 사람은 아무도 없었다. 손과 눈이 매우 잘 훈련되고 모든 숙달된 기술을 기민하게 발휘할 수 있는 그녀는 병실을 정돈해 편안하게 만들었고, 병실의 온갖 언짢은 일을 사람들의 눈에 띄지 않게 처리했다. 의사의 처방과 지시를 정확하게 기억해 제때 처리했기 때문에 그녀는 의사에게도 없어서는 안 될 존재였다. 하인들도 전에는 그녀의 개성과 엄격한 태도가 자유롭고 태평한 남부의 예법과 맞지 않는다는 이유로 그녀를 냉소적으로 대했지만, 이제는 그녀가 이곳에서 꼭 필요한 사람이라는 사실을 받아들였다.

톰 아저씨는 에바의 방에서 많은 시간을 보냈다. 아이는 신경과민으로 인한 심한 불안에 시달렸다. 그러다 자리를 옮겨주면 고통이 좀 누그러졌다. 연약한 아이를 안아 베개 위에 눕히거나 방 안을 오가거나 베란다로 나가는 것이 톰에게는 커다란 즐거움이었다. 신선한 바닷바람이 호수로 불어올 때나 아이가 가장 개운한 기분을 느끼는 아침에 톰은 아이와 함께 가끔 정원의 오렌지나무 아래를 산책했다. 또는 지난날 자주 찾았던 의자에 앉아서 두 사람이 좋아했던 오래된 찬송가를 아이에게 불러주었다.

아이의 아버지도 종종 딸을 안고 산책을 나갔다. 그러나 아버지는 톰보다 몸이 약해서 곧 피로해졌다. 그때마다 에바는 이렇게 말해주었다.

"아빠, 톰보고 나를 안아서 옮기라고 하세요. 톰 아저씨는 나를 안고 다니는 것을 즐거워해요. 아저씨가 지금 할 수 있는 일은 그것밖에 없다는 걸 아빠도 아시잖아요. 아저씨는 무엇이든 나를 돕고 싶어 해요."

"에바, 나도 너를 돕고 싶단다."

"그래요, 아빠는 무엇이든 할 수 있어요. 저에게 아빠는 세상에서 가장 소중한 분이세요. 아빠는 밤에 주무시지도 않고 나에게 책을 읽어주셨어요. 하지만 톰은 나를 안아 옮기고 노래를 불러주는 일밖에 못해요. 톰은 아빠보다 수월하게 나를 안아 옮길 수 있어요. 톰은 나를 거뜬히 안아서 옮겨요!"

에바를 위해 무언가를 하고 싶은 갈망은 톰만 느낀 것이 아니었다. 저택의 모든 하인들이 같은 기분을 표현했고 그 마음을 각자 할 수 있는 방법으로 실천에 옮겼다.

매미는 사랑하는 에바를 몹시 보고 싶어 했다. 그러나 마리가 기분이 너무 어수선해서 쉴 수가 없다고 하고, 따라서 다른 사람이 쉬도록 허용하는 것 역시 그녀의 원칙에 어긋난다고 선언했기 때문에, 매미는 밤이고 낮이고 에바를 볼 기회를 잡을 수가 없었다. 마리는 하룻밤에 스무 차례나 매미를 깨워서 발을 주무르거나 머리를 감게 했다. 손수건을 찾게 하거나 에바의 방에서 나는 소리를 확인시키기도 했다. 방 안이 너무 밝다며 커튼을 치게 하는가 하면 너무 어둡다고 커튼을 젖히게 했다. 매미가 낮에 사랑하는 아가씨를 간호하는 데 참여하고 싶은 생각이 간절해질 때면 마리는 매미에게 집안 곳곳의 일을 시켜 바쁘게 만드는 용한 재주를 발휘했다. 또는 마리 자신을 돌보게 해서 쉴 틈을 주지 않았다. 그래서 매미는 마리 몰래 잠깐씩 에바

방에 들러 병문안을 하는 것이 고작이었다.

"지금은 내 몸을 잘 챙기는 것이 내 의무예요." 마리는 입버릇처럼 말했다. "나는 몸이 약한데도 오로지 사랑하는 아이만 간호하고 돌봤잖아요."

"정말 그렇소. 오필리어 누님 덕분에 당신 짐이 덜어진 것 같소."

"세인트클레어, 당신은 여자의 마음을 몰라요. 어머니가 자식이 저런 상태에 있는데 간병을 하지 않을 수 있는 것처럼 말하는군요. 하지만 모두 똑같아요. 당신처럼 모든 걸 내팽개칠 수는 없다고 생각하는 내 마음을 아무도 몰라요."

세인트클레어는 미소를 지었다. 독자들은 이 대목에서 웃을 수밖에 없는 세인트클레어의 마음을 헤아릴 수 있을 것이다. 작은 영혼이 이별을 고하고 떠나는 항해는 빛나고 평화로웠다. 신선하고 향기로운 미풍이 돛단배를 천국의 해안으로 실어갔다. 죽음이 다가오고 있다는 것을 알아차리는 것은 불가능했다. 아이는 통증을 느끼지 않았다. 다만 나날이 눈에 띄지 않게 평온해지고, 부드럽게 쇠약해졌다. 아이는 매우 아름답고 사랑스럽고 믿음직스럽고 행복해해서 병상에는 순결하고 평화로운 분위기가 감돌았다. 세인트클레어는 이상하게 평온한 기분이 들었다. 아이가 나아지리라는 희망 때문이 아니었다. 그것은 불가능했다. 체념도 아니었다. 그것은 이 순간 아이를 감싸고 있는 평온한 분위기 때문이었다. 그리고 그 평온한 모습이 너무 아름다워 그는 미래를 생각하고 싶지 않았다. 그것은 우리가 밝고 온화한 가을 숲에서 느끼는, 그런 영혼의 침묵과 같았다. 나무에는 고열 때문에 나타나는 홍조 같은 단풍이 밝게 물들고 시냇가에는 마지막 꽃들이 한들거리는 가을의 숲. 우리는 숲의 이 모든 것이 곧 사라지리라는 것을 알기 때문에 가을 풍경에 더 큰 기쁨을 느낀다.

에바의 상상과 예언을 가장 잘 이해하는 친구는 충직한 시종인 톰이었다. 에바는 심기를 불편하게 만들까 봐 아버지에게 할 수 없는 말을 톰에게 했다.

그녀는 육신에서 영원히 떠나기 전 속박에서 풀려나는 영혼에게 전달되는 신비로운 암시를 톰에게만 들려주었다.

마침내 톰은 자기 방에서 자지 않고 바깥 베란다에서 밤을 지새우면서 에바의 호출에 일어날 준비를 했다.

"톰, 왜 개처럼 아무 데서나 자는 거야?" 오필리어가 물었다. "너는 기독교인답게 침대에서 자는 것을 좋아하는 규칙적인 사람인 줄 알았는데."

"네, 그렇습죠, 필리 아씨." 톰이 알 듯 모를 듯한 말을 했다. "그렇죠, 하지만 지금은……."

"그래, 지금은 어쨌다는 건데?"

"큰 소리로 말할 수 없어요. 세인트클레어 주인님이 들으면 안 되니까요. 하지만 필리 아씨, 누군가는 자지 않고 신랑이 오는 것을 기다려야 한다는 것을 아시지요."

"톰, 무슨 소릴 하는 거야?"

"성경에 이렇게 쓰여 있는 것을 아씨도 아십니다. '밤중에 소리가 나되, 보라 신랑이로다. 맞으러 나오라 하매.' 필리 아씨, 저는 매일 밤 이 구절을 생각합니다. 그 소리를 듣지 못할까 봐 저는 잠을 잘 수가 없습니다."

"저런, 톰, 어째서 그런 생각을 하는 거야?"

"에바 아가씨가 저에게 그렇게 말씀하셨거든요. 주님은 당신의 사자를 영혼 속에 보내시죠. 저는 지켜봐야 합니다, 필리 아씨. 축복받은 아이가 천국으로 들어갈 때는 천사들이 대문을 활짝 열어 우리 모두가 그 안의 영광을 볼 겁니다."

"톰, 에바 아가씨가 오늘밤은 다른 날보다 더 불편하다고 말하던가?"

"아닙니다. 하지만 아가씨께서 더 가깝게 왔다고 오늘 아침에 저에게 말했습니다. 필리 아씨, 아가씨가 무슨 소리를 들었다고 했어요. 그들은 천사들입니다. 새벽이 오기 전에 들리는 나팔 소리입니다." 톰이 즐겨 부르는 찬송가를 인용했다.

톰과 오필리어가 이런 이야기를 나눈 때가 저녁 열시에서 열한시 사이였다. 오필리어는 잘 준비를 마치고 바깥문을 잠그러 나갔다가 톰이 바깥 베란다의 문 옆에 누워 있는 모습을 발견했던 것이다.

그녀는 신경이 예민하거나 감동을 잘 받는 스타일이 아니었으나 엄숙하고 감명 깊은 톰의 말에 가슴이 뭉클했다. 그날 오후 에바는 평소보다 밝고 명랑했다. 침대에서 일어나 앉은 에바는 작은 장신구들과 귀중품들을 살펴보고 그것을 선물할 친구들을 지목했다. 그 전 몇 주 동안에 비해 그녀의 행동에는 생기가 넘쳤고 목소리는 훨씬 자연스러웠다. 저녁에 소녀의 방에 들어온 아버지는 아이의 병세가 악화된 이후 그 어느 때보다 건강해 보인다고 말했다. 딸에게 잘 자라고 키스를 하고 나서, 아버지는 오필리어에게 말했다. "누님, 마침내 아이를 우리 곁에 계속 둘 수 있을 것 같군요. 증세가 훨씬 좋아졌습니다." 세인트클레어는 몇 주 만에 기분이 훨씬 가벼워진 것을 느끼면서 방을 나갔다.

그러나 연약한 현재와 영원한 미래 사이의 장막이 더욱 얇아지는 이상하고 신비한 시각인 자정에 주님의 사자가 찾아왔다.

환자의 방에서 처음 들려온 소리는 빠른 발걸음 소리였다. 어린 환자 옆에서 밤을 새우기로 결심한 오필리어의 발소리였다. 자정이 될 무렵 그녀는 노련한 간호사들이 '이상증세'라고 부르는 변화를 알아차렸다. 곧 바깥문이 열렸고 밖에서 지키고 있던 톰이 벌떡 일어나 병실로 들어왔다.

"가서 의사를 불러와, 톰! 서둘러." 오필리어가 말했다. 방을 가로질러 걸어간 그녀는 세인트클레어의 방문을 두드렸다.

"동생, 어서 이 방으로 와."

오필리어가 부르는 소리가 관 위에 떨어지는 흙덩이처럼 세인트클레어의 가슴을 때렸다. 왜 그런 느낌이 들었을까? 그는 즉시 일어나 아이의 병실로

 엉클 톰스 캐빈

도주 노예들의 생존기

한 연대기 작가의 최근 기록에 따르면,
"기니에서 온 흑인 중 3분의 1은 보통 이주한 지 3년 이내에 사망하고
나머지 역시 고된 노동으로 15년 이상을 넘기지 못한다"고 한다.
도주 노예들의 생존율도 어쩌면 이와 비슷하지 않을까?
그들은 때로 굶주림과 질병과 싸워가며 그럭저럭 변방 사회를 이루며 살기도 한다.
이곳 플로리다 주의 한 밀림 속에는 약 80여 명의 도주 노예들이 열악한 조건 속에서 살아간다.
그들은 약간의 작물 재배나 약탈, 인근 노예들이 보내주는 구호물품,
체로키 족이나 세미놀 족 인디언과의 물물교환 등을 통해
최소한의 생계를 유지할 뿐이다.

가서 여전히 잠들어 있는 에바를 살펴보았다.

그는 무엇을 보았기에 가슴이 멎는 듯한 기분을 느낀 것일까? 두 사람은 왜 아무 말도 하지 않았을까? 가장 사랑하는 사람의 얼굴 위에 나타난 동일한 표정을 본 사람만이 그 까닭을 말할 수 있을 것이다. 묘사가 불가능하고 절망적이며 틀림없는 그 표정은 사랑하는 사람이 이제 이 세상 사람이 아니란 것을 말해준다.

그러나 아이의 얼굴 위에 공포의 흔적은 하나도 없었다. 고상한, 거의 숭고한 표정만 감돌았다. 그 표정에는 어린 영혼 속에 깃든 영적인 속성들로 둘러싸인 불멸의 생명이 나타나 있었다.

백인이라는 공통된 증오 대상을 두고 도주 노예들과 힘을 모으려는 세미놀 족 인디언이 목격되었다. 1835년에 이미 세미놀 족 지도자 오시올라는 잭슨 대통령이 제안한 조약 문서를 찢어버린 바 있다. [87]

두 사람은 아이를 뚫어지게 바라보며 완전히 말을 잃고 서 있었다. 시곗바늘이 움직이는 소리가 너무 크게 느껴졌다. 몇 분 뒤, 톰이 의사와 함께 돌아왔다. 아이를 진찰한 의사는 다른 사람들처럼 침묵을 지켰다.

"이상증세가 언제 시작됐습니까?" 의사가 낮은 목소리로 오필리어에게 물었다.

"자정 무렵이었어요."

의사가 들어올 때 잠에서 깬 마리가 옆방에서 서둘러 나타났다.

"어거스틴! 형님! 오! 무슨 일이에요?" 마리가 다급하게 지껄이기 시작했다.

"쉿!" 세인트클레어가 잠긴 목소리로 말했다. "아이가 임종을 맞고 있소!"

매미가 이 말을 듣고 하인들을 깨우러 서둘러 나갔다. 오래지 않아 온 집안 사람들이 일어났다. 등불이 켜지고 발소리가 들리고 걱정스러운 얼굴들이 베란다에 몰려와 눈물 어린 시선으로 유리창 너머를 바라보았다. 그러나 세인트클레어는 아무 소리도 듣지 못하고 아무 말도 하지 못했다. 그는 오직 잠든 아이의 얼굴에 나타난 표정만 바라보고 있었다.

"오, 아이가 일어나 다시 한 번 말을 할 수 있다면!" 세인트클레어가 입을 열었다. 그는 아이에게로 몸을 구부려 귀에 대고 말했다. "내 사랑하는 딸, 에바."

푸른색 눈을 커다랗게 뜬 아이의 얼굴에 미소가 스쳐 지나갔다. 그녀는 머리를 들고 말을 하려 했다.

"나를 알아보겠니, 에바?"

"사랑하는 아빠." 아이가 마지막 힘을 다해 아버지의 목을 두 팔로 껴안으면서 말했다. 그러나 아이의 두 팔은 금방 다시 아래로 떨어졌다. 세인트클레어가 고개를 들자 죽음의 고통이 아이의 얼굴 위에 경련을 일으키는 모습이 보였다. 아이는 숨을 쉬려고 애쓰면서 작은 두 팔을 앞으로 뻗었다.

"오, 하나님, 어찌 이런 무서운 일이!" 괴로워하며 고개를 돌려 톰의 손을 움켜잡은 세인트클레어는 자신이 무슨 행동을 하는지 의식하지 못했다. "오, 톰, 나는 죽을 것 같아!"

톰은 주인의 손을 자신의 두 손으로 감싸 쥐었다. 톰은 검은 두 볼에 눈물을 줄줄 흘리면서 항상 올려다보았던 높은 곳을 바라보며 도움을 청했다.

"이 고통이 빨리 끝나도록 기도해주게. 내 가슴이 터질 것 같아."

"오, 주님을 축복하소서. 끝났습니다. 끝났어요, 주인님! 아가씨를 보세요."

아이는 지친 사람처럼 숨을 헐떡이며 베개 위에 누워 있었다. 위로 치켜뜬 크고 맑은 두 눈은 시선이 고정돼 있었다. 아, 아이의 두 눈은 무엇을 말하는가? 천국에 관해 많은 이야기를 하는 것일까? 아이는 이승과 고통에서 벗어났다. 승리자처럼 빛나는 얼굴의 장엄하고 신비한 표정을 본 사람들은 울 생각조차 잊은 것 같았다. 숨이 멎어 조용해진 아이에게 사람들이 다가갔다.

"에바." 세인트클레어가 낮은 목소리로 불렀다.

아이는 듣지 못했다.

"오, 에바, 네가 본 것을 우리에게 이야기해주렴!" 아이의 아버지가 말했다.

밝고 영광스러운 미소가 아이의 얼굴을 스치고 지나갔다. 아이는 더듬거리며 말했다. "오! 사랑, 기쁨, 평화!" 마지막 숨을 거둔 아이는 이렇게 영생으로 갔다.

"잘 가라, 사랑하는 내 딸! 밝게 빛나는 영겁의 문이 네 뒤에 닫혔구나. 네 아름다운 얼굴을 우리는 다시는 볼 수 없게 되었다. 오, 네가 천국으로 들어가는 모습을 본 사람들은 아침에 일어나 평소와 같은 차가운 회색 하늘만을 보게 될 때 네가 영원히 떠난 것을 슬퍼할 것이다!"

chapter 27
이것이 지상의 마지막이다[88]

에바 방의 조각상들과 그림들은 하얀 천으로 가려졌다. 그 방에서는 조심스러운 숨소리와 발소리만 들렸다. 부분적으로 차양을 쳐서 가린 창문으로 햇빛이 장엄하게 비쳐들었다.

침대는 흰 천으로 덮였다. 내려다보듯이 서 있는 천사 조각상 아래에 깨어나지 못할, 영원한 잠에 든 육신이 누워 있었다.

소녀는 생전에 즐겨 입었던 소박한 흰 옷에 감싸인 채 누워 있었다. 커튼 사이로 새어든 장밋빛 빛줄기가 얼음처럼 차가운 시신을 따뜻하게 비쳤다. 무거운 속눈썹이 하얀 볼 위를 가볍게 덮고 있었다. 머리는 자연스럽게 잠든 것처럼 한쪽으로 약간 돌려져 있었다. 그러나 얼굴의 모든 선 위에는 기쁨과 안식이 뒤섞인 지고한 천국의 표정이 깃들어 있었다. 아이의 표정은 이승의 일시적인 잠이 아니라 '주님이 사랑하는 사람들에게 선물하는' 길고 성스러운 휴식을 나타냈다.

'사랑하는 에바, 너의 죽음에는 어두운 그림자가 없었다. 새벽별이 황금빛 아침놀 속으로 스러질 때 내는 빛을 띠었다. 너의 죽음은 싸우지 않고 거둔 승리이며, 투쟁 없이 받은 왕관이었다.'

팔짱을 낀 채 서서 딸의 시신을 내려다보면서 세인트클레어는 그렇게 생각했다. 아! 그가 무슨 생각을 하고 있는지 누가 알 수 있으랴? 아이가 죽어가는 침실에서 "지금 떠나고 있어요"라고 사람들이 말하는 목소리를 들은 순간부터 세인트클레어는 짙은 안개 같은 '무딘 고통'의 육중한 압박감만 계속 느꼈다. 그는 주위 사람들의 목소리를 들었다. 그는 묻기도 하고 대답하기도 했다. 사람들은 장례식 날짜와 장지를 그에게 물었다. 그는 관심이 없었으나 참을성 있게 대답했다.

아돌프와 로자가 침실을 정리했다. 평소 경박하고 변덕스럽고 유치했던 두 사람이지만 온순하고 다감한 태도로 일을 처리했다. 오필리어가 세부 사항을 감독하는 가운데 두 사람은 방 안에 부드럽고 시적인 분위기가 감돌도록 손질해 뉴잉글랜드식 장례식에 흔히 나타나기 마련인 우울하고 무서운 영안실 분위기를 걷어냈다.

여러 선반에는 아직도 꽃이 얹혀 있었다. 우아하게 잎사귀를 늘어뜨린 흰 꽃들은 모두 향기로웠다. 에바가 쓰던 작은 탁자는 흰 천으로 덮였고 그 위에는 아이가 좋아했던 꽃병이 놓여 있었다. 그리고 꽃병에는 아직 피지 않은 장미 한 송이가 꽂혀 있었다. 아돌프와 로자는 흑인 특유의 섬세한 감각으로 장막의 접힌 곳과 커튼의 늘어진 부분을 잘 매만져서 모양을 냈다. 세인트클레어가 생각에 잠겨 서 있는 방 안으로 로자가 하얀 꽃을 담은 바구니를 들고 살며시 들어왔다. 세인트클레어를 본 그녀는 한 발 물러나서 존경 어린 태도로 멈춰 섰다. 그러나 주인이 자기를 보고 있지 않다는 것을 알아차리고는 죽은 아이의 주변에 꽃을 놓기 위해 앞으로 갔다. 하녀가 딸의 작은 손에 케이프 재스민을 쥐여주고 소파 주변에 늘어놓는 모습을 세인트클레어는 꿈속에서처럼 지켜보았다.

문이 다시 열리고 울어서 눈이 부은 톱시가 앞치마 밑에 무언가를 들고 들어왔다. 로자는 재빨리 방에서 나가라는 몸짓을 했지만 톱시는 방 안으로 한 걸음 더 들어왔다.

"너는 들어오면 안 돼." 로자가 똑똑한 목소리로 날카롭게 속삭였다. "넌 이 방 일에 참견하지 마!"

"잠깐만 들어가게 해줘요! 꽃을 한 송이 가져왔어요. 정말 예쁜 꽃이에요!" 톱시가 반쯤 핀 월계화 한 송이를 들어 올렸다. "한 송이만 저기 놓게 해줘요."

"나가라니까!" 로자가 더 엄한 목소리로 말했다.

"들어오게 하거라!" 세인트클레어가 갑자기 발을 구르면서 말했다. "그 애를 들여보내."

로자는 황급히 뒤로 물러섰고, 톱시가 앞으로 나와 갖고 온 꽃을 시신의 발 앞에 놓았다. 그러고는 갑자기 침대 옆 마루에 엎드려 큰 소리로 통곡하기 시작했다.

오필리어가 서둘러 방 안으로 들어와 톱시를 일으켜 세워 진정시키려 했으나 소용이 없었다.

"오, 에바 아가씨! 오, 에바 아가씨! 저도 죽고 싶어요. 정말 죽고 싶어요!"

듣는 사람의 가슴을 찌르는 격렬한 울음소리였다. 세인트클레어의 대리석처럼 흰 얼굴이 붉게 물들었다. 에바가 죽은 후 처음으로 그의 두 눈에 눈물이 고였다.

"애야, 일어나거라." 오필리어가 부드러운 목소리로 달랬다. "너무 울면 못쓴다. 에바 아가씨는 하늘나라로 가셨다. 아가씨는 천사가 되었어."

"하지만 난 아가씨를 볼 수 없어요! 다시는 보지 못하잖아요!" 톱시는 계속 흐느꼈다.

방 안에 있던 사람들은 모두 잠시 침묵을 지켰다.

"아가씨는 나를 사랑한다고 말씀하셨어요." 톱시가 말했다. "정말이에요! 아, 아가씨! 이제 나를 사랑하는 사람은 이 세상에 하나도 없어요!"

"그건 그렇구나." 세인트클레어가 오필리어를 향해 말했다. "누님이 이 불쌍한 아이를 달래보시겠어요?"

"제가 안 태어났으면 얼마나 좋았을까요. 저는 태어나는 것을 바라지 않았어요. 조금도 원하지 않았어요. 살아봤자 아무 쓸모도 없어요."

오필리어가 부드럽지만 단호하게 톱시를 일으켜 세운 다음, 방 밖으로 데리고 나갔다. 톱시를 데리고 나가는 오필리어도 눈물을 흘렸다.

"톱시, 이 불쌍한 것아." 오필리어는 톱시를 자기 방으로 데리고 가면서 말했다. "포기하면 안 돼. 나는 저 아이와 다르지만, 너를 사랑할 수 있을 게다. 네가 저 아이한테서 그리스도의 사랑을 배웠기를 바란다. 나는 너를 사랑할 수 있어. 그리고 네가 훌륭한 기독교도 여자로 성장하도록 열심히 도와주마."

오필리어의 목소리는 말보다 더 진지했고, 목소리보다는 얼굴에 흘러내리는 정직한 눈물이 더 진지했다. 그 시간부터 오필리어는 이 가난한 아이의 마음을 감화시키는 영원한 힘을 얻었다.

"오, 내 딸 에바야. 넌 이승에서 보낸 짧은 시간에 착한 일을 참 많이 했구나." 세인트클레어는 생각했다. "오래 산 내 인생을 어떻게 평가해야 좋단 말인가?"

죽은 아이를 보기 위해 사람들이 한 명씩 방 안으로 슬며시 들어오자 낮은 속삭임과 발소리가 금세 방 안을 가득 채웠다. 잠시 뒤 작은 관이 방 안으로 운반되었다. 다음에는 장례식이 이어졌고 문상객들의 마차가 대문 앞에 속속 도착했다. 낯선 사람들이 도착해 자리에 앉았다. 조문객들은 검은색 상복을 입거나 하얀 스카프를 두르고 리본과 검은 크레이프 상장[89]을 달았다. 성경이 낭독되고 기도가 올려졌다. 세인트클레어는 눈물이 완전히 마른 사람처럼 걷고 움직였다. 그는 마지막까지 오직 한 사람, 즉 관 속에 누워 있는 금발 소녀의 얼굴을 지켜보았다. 그는 아이의 얼굴 위에 천이 덮이고 관의 뚜껑을 닫는 것을 보았다. 그는 사람들 사이에 서서 정원 아래 마련된 작은 묘지까지 걸어갔다. 아이와 톰이 자주 함께 앉아서 이야기를 하고 노래를 부르고 성경을 읽었던 이끼 낀 의자 옆에 작은 묘가 만들어졌다. 세인트클레어는 묘 옆에 선 채 우두커니 땅을 내려다보았다. 사람들이 작은 관을 내렸다. 엄숙한 말소리가 희미하게 들렸다. "나는 부활이요 생명이니 나를 믿는 자는 죽어도 살겠고." 그는 흙을 던져 넣어 메우고 쌓아 올려 작은 무

덤이 만들어지는 동안 사람들이 보지 못하도록 감추고 있는 것이 자기 딸 에바라는 사실을 깨닫지 못했다.

땅에 묻힌 시신은 주 예수의 날에 찾아올 에바의 빛나는 불멸의 모습을 담은 연약한 씨앗에 불과했다.

모든 것이 떠났고 조문객들은 죽은 아이를 더 이상 기억하지 않는 곳으로 돌아갔다. 마리의 방은 컴컴했다. 그녀는 침대에 누운 채 슬픔에 못 이겨 비통하게 흐느꼈다. 그녀는 잠시도 틈을 주지 않고 하인들을 불러서 시중을 들게 했다. 하인들은 울 틈이 없었다. 왜 하인들이 울어야 한단 말인가? 그녀 혼자만 슬퍼했다. 그녀는 세상에 그 누구도 자기처럼 느낄 수 없다고 확신하는 것 같았다.

"세인트클레어는 눈물을 한 방울도 흘리지 않아." 그녀가 말했다. "그이는 아이를 동정하지 않았어. 아이가 얼마나 고통을 받는지 알았어야 마땅한 때에 그이가 얼마나 비정하고 모질게 굴었는지, 생각만 해도 기가 막혀."

너무나 많은 사람들이 자기 눈과 귀의 노예가 되었기 때문에 대부분의 하인들은 이번 일로 가장 슬퍼하는 사람은 주인마님이라고 진심으로 생각했다. 특히 마리가 히스테리를 일으켜 의사를 부르고 마침내 자기는 죽는다고 선언할 때 그랬다. 하인들이 이리 뛰고 저리 뛰면서 더운 물병을 대령하고 플란넬 천을 마찰해 몸을 따뜻하게 만들고 마사지를 하는 소동이 계속되어 아주 볼 만한 구경거리가 되었다.

그러나 톰은 주인이 품고 있는 연민의 감정을 마음으로 느꼈다. 그는 주인이 산책 나갈 때 항상 우수에 잠긴 얼굴로 따라다녔다. 톰은 주인의 일거수일투족을 지켜보았다. 창백한 주인은 자주 에바의 방에 아무 말 없이 앉아 있었다. 주인은 작은 성경을 앞에 펴놓았지만 그 안의 글자나 단어는 눈에 들어오지 않는 것 같았다. 눈물을 흘리지 않고 시선을 고정한 채 말없이 앉아 있는 주인의 모습은 온갖 한탄과 불평을 쏟아내는 마리보다 더 슬퍼 보였다.

며칠 뒤 세인트클레어 가족은 다시 도시로 돌아갔다. 슬픔 때문에 안정을 취할 수 없었던 어거스틴은 생각의 흐름을 바꾸기 위해서라도 환경의 변화를 간절히 원했다. 그래서 그의 가족은 별장과 작은 묘지가 있는 정원을 뒤로하고 뉴올리언스로 돌아왔다. 세인트클레어는 이 거리 저 거리를 바쁘게 오가면서 바쁜 생활과 새로운 환경으로 가슴속의 빈자리를 메우려고 애썼다. 거리나 카페에서 그를 만난 사람들은 그의 모자에 꽂힌 상장을 보고야 가족의 상을 당했다는 사실을 알게 되었다. 그는 사람들과 담소를 나누었고 신문을 읽었으며 정치에 관한 전망을 하고 사업을 경영했다. 그의 미소 띤 외모가 어둡고 고요한 석관 같은 가슴을 덮고 있는 텅 빈 껍데기에 불과하다는 사실을 누가 알 수 있었겠는가?

"세인트클레어는 특이한 사람이에요." 마리가 불평조로 오필리어에게 말했다. "그가 세상에서 사랑한 사람이 있다면 어린 에바뿐일 거라고 나는 항상 생각했어요. 하지만 그이는 에바를 아주 쉽게 잊어버린 것 같아요. 아무리 해도 그가 에바 이야기를 하도록 만들 수가 없어요. 나는 그이가 좀 더 많은 감정을 드러낼 줄 알았다고요!"

"고요한 물이 더 깊다는 속담도 있잖아요." 오필리어가 애매하면서도 엄숙하게 말했다.

"난, 그런 말은 안 믿어요. 공허한 말에 지나지 않아요. 사람은 어떤 감정을 품고 있으면 그걸 드러내는 게 보통이죠. 자기도 모르게 나타나잖아요. 그래서 감정을 품는 건 참 불운한 거죠. 나도 세인트클레어처럼 태어났으면 좋겠어요. 나는 내 감정에 너무 시달려요!"

"마님, 세인트클레어 주인님도 유령처럼 여위었어요. 사람들 말이 주인님은 음식을 전혀 드시지 않는답니다." 매미가 말했다. "주인님이 에바 아가씨를 못 잊는다는 걸 전 알아요. 축복받은 우리 꼬마 아가씨를 아무도 잊지 못하죠." 매미가 눈을 닦으면서 덧붙였다.

"그래, 어찌 됐든 그이는 나를 전혀 배려하지 않아." 마리가 대꾸했다. "그이는 에바가 가엽다는 말을 나한테 한 번도 안 했어. 어머니가 남자보다 훨씬 많은 것을 느낀다는 걸 그이는 알아야 해."

"마음의 고통은 자기만 알지요." 오필리어가 엄숙하게 말했다.

"내 생각이 바로 그렇다니까요. 나는 내 감정을 알지만, 다른 사람은 내 감정을 모르는 것 같아요. 에바는 내 심정을 알아주었는데, 이제는 가고 없어요!" 소파에 기대 누운 마리는 슬픔이 복받치는 듯 흐느끼기 시작했다.

마리는 수중에 있을 때는 사물의 가치를 알지 못하다가 잃거나 떠난 뒤에야 그 가치를 깨닫는 불행한 사람들 가운데 하나다. 그녀는 무엇을 가지고 있든 소유물의 흠만 찾는 듯했다. 그러나 일단 그것이 멀리 가버리면 끝없이 아까워한다.

응접실에서 이런 대화가 계속되고 있을 때, 세인트클레어의 서재에서는 또 다른 대화가 진행 중이었다.

항상 불안한 마음으로 주인의 뒤를 따라다니던 톰은 몇 시간 전에 주인이 서재에 들어가는 것을 보았다. 주인이 나오기를 하염없이 기다리던 그는 마침내 서재에 들어가보기로 결심했다. 그는 살그머니 서재 안으로 들어갔다. 주인은 에바의 성경책을 자기 앞에서 약간 떨어진 곳에 펴놓은 채 엎드려 있었다. 톰은 다가가 소파 옆에 섰다. 그는 망설였다. 톰이 망설이고 있을 때 세인트클레어가 갑자기 일어났다. 주인은 애정과 동정이 뒤섞인 표정에 슬픔이 가득한 톰의 얼굴을 보고 깊은 감동을 받았다. 주인은 자기 손을 톰의 손 위에 올려놓고 그 위에 고개를 숙였다.

"톰, 온 세상이 달걀껍질처럼 텅 빈 것 같아."

"잘 압니다, 주인님. 저도 알아요. 하지만 주인님이 위를 보시기만 하면 에바 아가씨가 계시는 곳, 사랑하는 주 예수님이 계시는 하늘나라를 볼 수 있습니다!"

"아, 톰, 나도 위를 본다. 그러나 올려다봐도 아무것도 안 보여. 그게 문제야. 나도 볼 수 있었으면 좋겠어."

톰이 깊이 한숨을 내쉬었다.

"우리가 볼 수 없는 것을 어린이들이나 자네처럼 가난하고 정직한 사람들만 볼 수 있는 것 같아. 왜 그럴까?"

"성경에 '이것을 지혜롭고 슬기 있는 자들에게는 숨기시고 어린 아이들에게는 나타내심을 감사하나이다'라고 쓰여 있습니다." 톰이 중얼거렸다.

"톰, 나는 믿지 않아. 믿을 수가 없어. 나는 의심하는 것이 습관이 되었어. 나도 이 성경을 믿고 싶지만 그럴 수가 없어."

"주인님, 주님께 기도를 올리세요. '주님, 저는 믿습니다. 주님께서 이 불신자를 도와주십시오'라고 기도하세요."

"불가해한 신비를 누가 알겠는가?" 세인트클레어는 꿈꾸는 듯이, 두리번거리면서 혼잣말을 했다. "그 모든 아름다운 사랑과 믿음도 끝없이 변하는 인간의 연속적인 감정의 일부에 불과하단 말인가? 순식간에 사라지기 때문에 도저히 의지할 수 없는 감정에 불과한 것일까? 이제 에바도 없고 천국도 없고 그리스도도 없단 말인가?"

"오, 주인님, 있고말고요! 저는 있다는 걸 압니다. 저는 확신합니다." 톰이 무릎을 꿇으면서 말했다. "주인님, 있다는 걸 믿으세요!"

"톰, 자네는 그리스도가 있다는 걸 어떻게 아는가? 주님을 한 번도 본 적이 없잖나."

"주인님, 영혼 속에서 그분이 느껴집니다. 지금도 그분을 느끼고 있어요! 오, 주인님, 저는 마누라와 아이들과 헤어져 멀리 팔려 왔을 때 절망에 빠졌습니다. 저에게 남은 것은 아무것도 없다고 생각했지요. 그때 선하신 주님이 저를 도와주셨습니다. 주님은 '톰, 두려워하지 마라' 하고 말씀하셨지요. 그러고 나서 주님은 이 불쌍한 놈의 영혼 속에 빛과 기쁨을 가져다주시고 모든 일을 평안하게 하셨습니다. 저는 너무 행복했고 모든 사람을 사랑하는 주님의 사람이 되었습니다. 주님은 당신의 뜻이 이루어지도록 하고, 당신이 원하는 곳에 저를 두셨습니다. 저는 불평만 하는 불쌍한 인간이기 때문에 혼자서는 그렇게 할 수 없습니다. 주님은 주인님에게도 그렇게 하실 것입니다."

톰은 쉴 새 없이 눈물을 흘리면서 목멘 소리로 말했다. 세인트클레어는 머리를 톰의 어깨에 기대고 이 충직한 흑인 하인의 손을 힘차게 잡았다.

"톰, 자네는 나를 사랑하는군."

"저는 오늘같이 축복받은 날 주인님이 기독교인이 되는 것을 볼 수 있다면 목숨이라도 내놓겠습니다."

"불쌍하고 어리석은 친구!" 세인트클레어는 몸을 반쯤 일으키면서 말했다. "나는 자네들처럼 착하고 정직한 사람들의 사랑을 받을 자격이 없는 사람이야."

"오, 주인님, 저만 주인님을 사랑하는 것이 아니라 축복받은 주님이신 예수님도 주인님을 사랑하십니다."

"톰, 자네가 그걸 어떻게 알지?"

"영혼 속에서 그걸 느낍니다. 오, 주인님! 그리스도의 사랑은 지식을 초월합니다."

"참으로 이상한 일이야." 세인트클레어가 고개를 돌리면서 말했다. "1800년 전에 살다가 죽은 사람의 이야기가 아직까지도 사람들에게 영향을 미칠 수 있다는 게 이상해. 하지만 그분은 인간이 아니었어." 세인트클레어는 불쑥 이렇게 덧붙였다. "인간은 그처럼 오랜 세월 동안 살아 있는 권력을 행사할 수가 없다! 내가 어머니의 가르침을 믿고 소년 시절처럼 기도를 할 수 있다면 얼마나 좋을까!"

"주인님에게 드릴 말씀이 있습니다. 에바 아가씨는 이 부분을 즐겨 읽었습니다. 주인님께서 친절을 베푸시어 읽어주셨으면 좋겠습니다. 에바 아가씨가 떠난 뒤에는 읽어주는 사람이 거의 없습니다."

그 부분은 요한복음 11장이었다. 나사로[90]의 감동적인 일화였다. 세인트 클레어는 큰 소리로 읽었다. 이야기에서 느껴지는 비애 때문에 간간이 복받쳐 오르는 감정을 억누르느라 잠시 멈추기도 했다. 톰은 두 손을 모으고 주인 앞에 무릎을 꿇고 있었다. 톰의 평안한 얼굴에는 사랑과 신뢰와 존경이 뒤섞인 황홀한 표정이 떠올랐다.

"톰, 자네는 이 일화를 들어서 잘 알겠군!"

"저에게는 모든 내용이 환하게 떠오릅니다, 주인님."

"나도 자네와 같은 눈을 가졌다면 얼마나 좋을까."

"주님께서 그런 눈을 주인님께 내려주시기를 빌겠습니다."

"하지만, 톰, 내가 자네보다 훨씬 많은 지식을 갖고 있다는 걸 자네도 알 테지. 내가 성경을 믿지 않는다고 말한다면 자네는 어떻게 생각할 텐가?"

"오, 주인님!" 톰이 그러지 말라는 뜻으로 두 손을 높이 쳐들면서 말했다.

"내 말이 자네의 신앙심을 흔들지 않겠는가?"

"절대로 아닙니다."

"물론, 톰, 내가 아주 많은 지식을 갖고 있다는 사실을 자네는 알아야 해."

"주인님께서는 하나님의 뜻을 '지혜롭고 슬기 있는 자들에게는 숨기시고 어린 아이들에게는 나타내신다'는 말씀을 읽지 않으셨나요? 진심으로 그런 말을 하시는 건 아니지요?" 톰이 걱정스러운 어조로 말했다.

"아니, 톰, 진심이네. 나는 믿지 않아. 믿으려면 이유가 있어야 해. 하지만 나는 여전히 믿지 않아. 믿지 않는 것은 나의 못된 습관이지, 톰."

"주인님이 기도만 올리신다면!"

"내가 기도하지 않는 걸 자네가 어떻게 알지? 톰."

"기도를 하시나요?"

"주변에 사람이 있을 때는 기도를 하지. 하지만 내 기도는 특정한 대상을 향해서 올리는 게 아니야. 자, 톰, 지금 기도를 올려보게. 나에게 시범을 보여줘."

톰은 가슴이 벅차올랐다. 그가 기도로 쏟아내는 감격은 오랫동안 갇혀 있던 물처럼 쏟아져 나왔다. 한 가지는 분명했다. 톰은 자기 기도를 들어주는 사람이 있다고 생각했다. 사실 세인트클레어 역시 톰의 믿음과 감정에 편승해, 톰이 머릿속에 그토록 선명하게 그리는 천국의 문에 가까이 다가가는 것을 느꼈다. 그는 기도가 자신을 에바 가까이로 데려가는 것처럼 느꼈다.

"자네에게 고맙네." 세인트클레어는 톰이 일어설 때 말했다. "톰, 자네 기도를 듣고 싶었어. 이제 나가보게. 혼자 있고 싶어. 나중에 더 이야기하세."

톰은 조용히 방을 나왔다.

chapter 28
재회

세인트클레어 저택에서 몇 주가 빠르게 지나갔다. 생활을 뒤흔들었던 거친 물결은, 작은 돛단배가 떠다니는 평소의 흐름으로 되돌아갔다. 일상적인 현실의 가혹하고 냉담하며 초연한 진로는, 사람의 모든 감정을 오만하고 냉정하게 외면한 채 나아간다. 우리는 여전히 먹고 마시고 잠자고 다시 일어난다. 값을 흥정하고 물건을 사고팔며 질문하고 대답한다. 간단히 말해, 이미 관심을 잃은 천 가지 그림자를 쫓아간다. 그러나 삶에 대한 열렬한 관심이 사라진 뒤에도 생활의 냉랭한 기계적 습관은 남는다.

세인트클레어의 모든 흥미와 희망은 자신도 모르게 아이에게 집중되었다. 그가 재산을 관리한 것은 에바를 위해서였다. 그의 시간 활용계획도 에바에 맞춰졌었다. 그는 에바를 위해서 모든 일을 했고, 그것은 오랜 기간에 걸쳐 습관으로 굳어졌다. 물건을 사고 고치고 정리하고 처분한 것도 모두 에바를 위해서였다. 따라서 에바가 떠나고 나니 이제 진행하고 생각해야 할 것이 아무것도 없는 듯했다.

다른 인생이 있었던 것은 사실이다. 그가 한때 믿었던 그 인생은 엄숙하고 의미 있는 형상으로 나타났다. 그렇지 않았다면 그의 생활은 의미를 알 수 없는 시간의 난해한 암호의 연속과도 같았을 것이다. 믿음을 가짐으로써 시간의 암호들은 헤아릴 수 없는 신비한 질서로 변화되었다. 세인트클레어는 이를 잘 알았다. 그는 긴 시간을 지루하게 보내면서, 종종 자신을 하늘로 부르는 가늘고 어린 목소리를 들었다. 또한 그는 작은 손이 인생의 길을 가리키는 것도 보았다. 그러나 무겁고 무기력한 슬픔에 눌려 그는 일어설 수가 없었다. 세인트클레어는 다른 기독교인들보다 종교적 가르침을 훨씬 똑똑하게 이해할 수 있는 인식능력과 직관을 타고난 사람이었다. 여러 윤리적 문제의 미세한 차이와 관계를 인지하는 능력과 감각은, 종종 일생 동안 그런 것들을 외면하고 사는 사람들의 속성으로 보인다. 따라서 무어, 바이런, 괴테[91]는 평생 종교적 정서의 지배를 받는 사람보다 더 설득력 있는 말로 종교적 정서를 그려낼 줄 아는 작가들이다. 하지만 그런 정신을 가진 사람들에게 종교를 외면하는 행위는 더욱 무서운 반역이며 더 치명적인 죄악이다.

세인트클레어는 어떤 종교적 의무로 자신을 다스린다고 내세운 적이 한 번도 없었다. 그는 기독교인으로서 요구되는 조건에 대해 나름대로 직관적인 견해를 갖고 있었기 때문에 양심의 가책이 느껴질 만한 일이 생기면 의도적으로 피했다. 인간의 본성은 지극히 일관성이 없기 때문에, 아무 일에도 착수하지 않는 것이 일에 착수했다 중도에 포기하는 것보다 나아 보인다.

그러나 여러 가지 면에서 세인트클레어는 또 다른 부류의 인간이다. 그는 에바의 성경을 진지하고 정직하게 읽었다. 자신의 현재와 과거의 노선에 대해 극도의 불만을 느끼게 될 정도로, 그는 자신과 하인들의 관계를 아주 냉정하고 현실적으로 생각해보았다. 그가 뉴올리언스로 돌아온 직후에 한 일은 톰의 해방에 필요한 법적 조치에 착수한 것이었다. 그는 형식적인 절차를 마치는 대로 그 일을 마무리할 생각이었다. 한편 톰에 대한 애착은 날이 갈수록 깊어졌다. 이 넓은 세상에서 에바를 가장 많이 생각나게 해주는 사람이 톰인 것 같았다. 그래서 세인트클레어는 톰이 항상 자기 곁에 있어야 한다고 고집했다. 그는 마음속의 깊은 감정과 관련해서는 까다로웠고 사람들의 접근을 허용하지 않았으나 톰에게만큼은 항상 속마음을 털어놓았다. 누구든 톰이 젊은 주인을 모실 때 쏟는 애정과 헌신적인 태도를 봤다면 세인트클레어의 그런 행동을 조금도 이상하게 생각하지 않았을 것이다.

톰을 해방시키기 위한 법적인 절차를 밟기 시작한 다음 날, 세인트클레어는 톰을 불렀다. "톰, 자네를 자유인으로 놓아줄게. 가방을 꾸려서 켄터키로 떠날 준비를 하게."

기쁨으로 얼굴이 갑자기 밝아진 톰이 두 손을 들어 올리면서 힘차게 "주님을 축복하소서!"라고 말하자 세인트클레어는 당황했다. 그는 톰이 그처럼 서둘러 자신과 헤어지려 하는 것이 조금은 못마땅했다.

"자네는 이곳에서 그리 큰 고생은 안 했는데도 기뻐서 어쩔 줄을 모르는군." 세인트클레어가 다소 쌀쌀맞게 말했다.

"아닙니다, 주인님! 그렇지 않습니다. 제가 기뻐하는 것은 자유인이 되기 때문입니다."

"그렇군, 톰. 자네는 자유인의 생활보다 지금이 더 유복하다고 생각하지 않나?"

"그렇게 생각합니다. 세인트클레어 주인님." 톰이 힘을 주어 강조했다. "정말로 그렇게 생각합니다!"

"글쎄, 톰, 자네가 취직을 해서 돈을 벌어도 내가 준 옷을 사거나 여기에서와 같은 생활은 하지는 못할 거야."

"물론 저도 알지요, 세인트클레어 주인님. 주인님께서는 저에게 과분할 정도로 잘해주십니다. 하지만 주인님, 저는 헐벗고 초라한 집에 살며 형편이 쪼들리더라도, 다른 사람의 가장 좋은 것을 지니고 사는 것보다 저 자신의 소유물을 가지고 살겠습니다. 제 생각은 그렇습니다. 그것이 자연의 이치라고 생각합니다, 주인님."

"나도 그렇게 생각하네, 톰. 자네는 한 달쯤 있으면 이곳을 떠나 나와 이별할 걸세." 세인트클레어는 다소 불만스러운 듯이 말했다. "자네가 떠나지 않아야 할 이유가 없지." 세인트클레어는 다시 쾌활하게 이 말을 덧붙이고 나서 자리에서 일어났다. 그리고 마루 위를 걷기 시작했다.

"주인님의 괴로움이 가라앉을 때까지는 떠나지 않겠습니다. 주인님이 원하는 만큼 주인님과 함께 지내면서 도움이 될 수 있도록 하겠습니다."

"내가 괴로워하는 동안은 떠나지 않겠다고?" 세인트클레어가 슬픈 표정으로 창밖을 내다보면서 말했다. "언제 내 괴로움이 끝날까?"

"주인님이 진정한 기독인이 될 때 끝날 겁니다."

"그날이 올 때까지 자네가 머물겠다는 말이지?" 세인트클레어는 창문에서 몸을 돌려 미소를 지을 듯 말 듯한 표정으로 톰의 어깨에 손을 얹었다. "아, 톰. 자네는 참 다정하면서도 실없는 친구야! 그날까지 자네를 잡아둘 생각은 없어. 집에 있는 아내와 자식들에게 돌아가게. 내 안부도 전하고."

"틀림없이 그런 날이 올 겁니다." 톰이 눈물을 글썽거리면서 진지하게 말했다. "주님이 주인님에게 역사(役事)하실 겁니다."

"역사한다고? 어떤 종류의 역사를 말하는 건지 얘기해보게. 어디 들어보자고."

"저처럼 불쌍한 인간에게도 주님의 역사가 내립니다. 학식이 높고 부자고

친구가 많으신 주인님은 주님을 위해 할 일이 참으로 많습니다."

"톰, 자네 생각대로라면 주님은 아주 바쁘시겠군." 세인트클레어가 미소를 지으며 말했다.

"주님이 종들을 위해 봉사할 때 우리는 주님에게 봉사하는 겁니다."

"좋은 신학 이론이지, 톰. 박사의 설교보다 더 낫구먼."

이때 손님들이 도착했다는 전갈이 와 두 사람의 대화는 여기서 끝났다.

마리 세인트클레어는 에바를 잃고 나서 깊은 슬픔에 빠져 있었다. 그녀는 자기가 불행하면 주변의 모든 사람까지 불행하게 만드는 탁월한 재주를 지닌 여자였기 때문에 측근의 하인들은 어린 아가씨를 잃은 걸 원망할 충분한 이유가 있었다. 에바 아가씨의 문제해결 능력과 화해시키는 기술은 종종 어머니의 이기적이고 전제적인 횡포에서 하인들을 보호하는 방패 역할을 했기 때문이다. 특히 가족과의 관계가 완전히 끊어진 후 아름다운 주인집 딸로부터 위안을 받았던 늙고 불쌍한 매미는 가슴이 미어질 지경이었다. 매미는 밤낮으로 울 만큼 슬픔이 지나쳐 평소처럼 기민하고 재치 있게 안주인의 시중을 들지 못했다. 이로 인해 그녀는 무방비 상태로 주인마님이 퍼붓는 꾸지람을 끊임없이 듣지 않을 수 없었다.

오필리어도 상실감을 느꼈다. 그러나 심성이 선량하고 정직한 그녀는 상실감을 승화시켜 영생으로 가는 열매를 거두었다. 그녀는 전보다 다정하고 친절해졌다. 여전히 자기 일을 열심히 처리했으나, 전보다는 부드럽고 조용히 수행했다. 마치 사색과 반성으로 교훈을 얻은 사람 같았다. 그녀는 톱시를 더욱 부지런히 교육했다. 주로 성경을 가르쳤다. 이제는 톱시와 신체적으로 접촉하는 것을 꺼리거나 자기도 모르게 노골적인 혐오감을 드러내지 않았다. 개의치 않게 되었기 때문이다. 그녀는 에바가 가르쳐준 시각을 통해 톱시를 보게 되었다. 즉 하나님이 자기에게 영광과 미덕으로 인도하라고 보낸 한 인간으로 볼 뿐이었다. 그렇다고 톱시가 하루아침에 성자가 된 것

재회

몇몇 도망자는 물류 배송회사에서 사용하는
'취급주의' 딱지가 붙은, 바로 이런 종류의
상자 속에 숨어 자유를 갈망하고 있다.

자유주 펜실베이니아로 돌아오다

자유주로 피신한 도주 노예들의 안전이 그 어느 때보다 위태롭다.
그들은 연방 권력의 감시를 피해 건초더미나 헛간, 다락방 등 도처에서 숨어 지낸다.
또한 퀘이커교도들의 모자를 쓰고 여자로 변장하기도 한다.
우리가 숨죽인 채 서 있는 이곳은 매번 수많은 도주 노예들이 찾아드는 은신처다.

473

연방 권력의 파수꾼 크록과 웨인. 도주 노예들을 찾고 있는 그들은
시내에서 가장 목 좋은 곳에 자리 잡은 살룬에서 잠깐의 휴식을 마치고 나오는 길이다.
우리를 바라보는 그들의 표정에는 친절과 호기심이 교차한다.

은 아니었다. 그러나 에바의 삶과 죽음은 그 아이를 현저히 변화시켰다. 우선 그 아이에게서 냉정할 정도의 무관심이 사라졌다. 분별과 희망, 의욕, 선해지기 위한 노력이 엿보였다. 그 노력은 자주 중단되거나 지연되는 불규칙한 어려운 싸움이었으나, 그럴 때마다 아이는 다시 분발했다.

어느 날, 오필리어는 사람을 보내 톱시를 불렀다. 아이는 뭔가를 가슴에

쑤셔 넣으면서 급히 달려왔다.

"너 거기서 뭐 하니, 이 말썽꾸러기야? 또 훔치고 있었지? 틀림없어." 톱시를 부르러 갔던 로자가 오만한 태도로 톱시의 팔을 잡아채면서 말했다.

"로자, 이 손 놔! 상관하지 마." 톱시가 뿌리치면서 말했다.

"어림없지!" 로사가 말했다. "네가 뭔가 감추는 걸 봤어. 난 안 속아."

로자는 팔을 잡은 채 톱시의 가슴 안에 손을 집어넣으려 했다. 화가 난 톱시는 자신의 권리라고 생각한 것을 지키기 위해 용감하게 발로 차며 저항했다. 두 사람이 요란하게 싸우는 소리를 듣고 오필리어와 세인트클레어가 현장으로 달려왔다.

"얘가 도둑질을 했어요!" 로자가 말했다.

"훔치지 않았어!" 감정이 복받친 톱시가 울면서 외쳤다.

"그게 뭔지 모르지만, 이리 다오." 오필리어가 엄하게 말했다.

톱시는 망설였다. 그러나 두 번째 명령을 받자 가슴에서 낡은 양말 한 짝으로 만든 작은 꾸러미를 꺼냈다.

오필리어는 꾸러미를 풀었다. 에바가 톱시에게 준 작은 책 한 권이 나왔다. 작은 책에는 매일의 성경 구절이 하나씩 적혀 있었다. 함께 나온 종이봉지에 싼 머리칼 역시 기억에 길이 남을 이별의 날에 에바가 준 것이었다.

세인트클레어는 이 광경을 보고 매우 감동했다. 작은 책은 장례식 상복에서 찢어내 긴 띠처럼 만든 검은 크레이프 천에 싸여 있었다.

"왜 이 책을 헝겊으로 쌌니?" 세인트클레어가 크레이프 천을 집어 들면서 말했다.

"왜냐하면, 왜냐하면요, 에바 아가씨가 준 거니까요. 제발 빼앗지 마세요!" 톱시는 마루에 주저앉아 앞치마로 얼굴을 가리고 흐느껴 울었다.

그 광경은 측은하면서도 희극적이었다. 낡은 작은 양말과 검은 크레이프 천, 작은 책, 한 움큼의 금발, 톱시의 비통한 슬픔이 묘한 희비극을 연출했다.

미소를 지으며 입을 떼는 세인트클레어의 눈에 눈물이 글썽였다.

"자, 울지 말거라. 모두 가져가!" 그는 물건들을 모아서 톱시의 무릎에 던져준 다음 오필리어를 데리고 응접실로 갔다.

"저는 누님이 저 아이를 변화시킬 줄 알았습니다." 그는 엄지손가락을 들어 등 뒤쪽을 가리키면서 말했다. "진심으로 슬퍼할 수 있는 마음을 가진 사람은 선한 인간이 될 수 있어요. 누님이 저 아이를 좋은 아이로 키워보세요."

"저 아이가 많이 착해진 건 사실이야. 나는 저 아이에게 큰 기대를 한단다, 어거스틴." 오필리어는 세인트클레어의 팔을 잡으면서 말했다. "한 가지 물어볼 게 있다. 저 아이는 너의 소유냐 아니면 내 소유냐?"

"그야, 제가 누님에게 드렸잖아요."

"하지만 법적으로는 아니지. 나는 저 아이에 대한 법적인 소유권을 갖고 싶다."

"휴! 누님, 노예폐지론자들이 어떻게 생각할까요? 누님이 노예 소유자가 되면 사회가 퇴보했다고 하루를 단식하는 날로 지정할 겁니다."

"말도 안 되는 소리 하지 마. 나는 저 아이를 내 소유로 했으면 좋겠어. 그래야 자유주로 데리고 가서 해방시키고 이제까지 못한 일을 할 수 있는 권리가 생기지."

"누님, '좋은 일을 위해 궂은일을 하자'는 것도 유분수지, 저는 찬성할 수 없습니다."

"농담이 아니야. 우리 이 일을 합리적으로 처리하자. 노예에게 닥치는 온갖 우연과 불운에서 저 아이를 구해내지 않으면, 기독교인으로 만들려고 아무리 노력해도 아무 소용이 없어. 네가 진심으로 저 아이를 내게 줄 마음이 있으면 양도증서 같은 법적인 문서를 만들어줘."

"그럼요. 물론이죠." 세인트클레어는 앉아서 신문을 읽기 시작했다.

"지금 당장 해주면 좋겠는데."

"왜 그렇게 서두르세요?"

"지금 할 일을 다음으로 미루기 싫기 때문이지. 자 어서. 여기 종이, 펜, 잉크가 다 있어. 이 종이에 그냥 몇 자 쓰기만 하면 되잖아."

세인트클레어는 다른 상류층 사람들의 일반적인 심리상태와 마찬가지로 동사의 현재시제를 은근히 싫어했다. 따라서 그는 오필리어의 철저한 태도가 다소 성가셨다.

"어째 이러시는데요? 내 말을 믿지 않는 건가요? 누가 보면 누님이 유대인[92]들에게서 교육받은 줄 알겠어요."

"확실하게 매듭을 짓고 싶어서 그래. 네가 죽든가 파산이라도 하면 내가 아무리 노력해도 톱시는 경매장으로 끌려갈 테니까."

"누님은 정말 신중에 신중을 기하는군요. 양키[93]의 포로가 되었으니 누님의 말을 들을 수밖에 없군요." 세인트클레어는 급히 양도증서 한 통을 써주었다. 그는 법률서식에 정통해 있었기 때문에 양도증서 작성은 어려운 일이 아니었다. 그는 증서에 커다랗게 서명을 해서 거창한 작업을 마무리했다.

"자, 확실하게 작성된 문서 맞지요, 버몬트 양?" 그는 문서를 넘겨주면서 말했다.

"잘했다." 오필리어가 미소를 지었다. "헌데 증인을 세워야 하는 거 아니니?"

"정말 성가시군요." 그는 마리의 거실로 통하는 문을 열면서 말했다. "여보, 마리. 누님이 당신 서명이 필요하다는군. 여기다 당신 이름만 적어요."

"이게 뭔데요?" 마리가 문서를 훑어보면서 물었다. "말도 안 돼! 나는 형님이 워낙 독실한 분이라 이런 끔찍한 일을 안 할 거라 생각했어요." 그녀는 되는 대로 자기 이름을 쓰면서 말했다. "하지만 형님이 이 물건을 좋아한다면 얼마든지 드리죠."

"여기 있습니다. 이제 톱시의 몸과 영혼은 누님의 소유입니다." 세인트클레어가 문서를 건네주면서 말했다.

"전이나 지금이나 이 아이는 내 소유가 아니야. 하나님만이 이 아이를 내게 줄 권한을 갖고 계신다. 지금부터는 아이를 내가 보호할 수가 있게 된 것뿐이지."

"물론 이 아이는 법적으로 누님의 소유입니다." 세인트클레어가 다시 응접실로 가서 신문 앞에 앉으면서 말했다.

마리와 함께 있는 경우가 드문 오필리어는 세인트클레어의 뒤를 따라 응접실로 들어와 양도증서를 조심스럽게 보관했다.

"어거스틴, 네가 죽을 때를 대비해서, 하인들을 위해 준비를 해놓았니?" 오필리어는 뜨개질을 시작하다 말고 느닷없이 물었다.

"아니요." 세인트클레어가 신문에서 눈을 떼지 않은 채 대답했다.

"그렇다면 머지않아 네가 하인들을 관대하게 대우한 게 굉장히 잔인한 행위였다는 사실이 밝혀질 게다."

사실 세인트클레어 자신도 이 문제를 가끔 생각했다. 하지만 그는 무심히 대답했다.

"물론 곧 준비할 생각입니다."

"언제?"

"가까운 시일 안에 하겠습니다."

"그 전에 네가 죽으면 어쩌지?"

"누님, 무슨 일이 있습니까?" 세인트클레어가 신문을 내려놓고 오필리어를 쳐다보았다. "제가 황열병이나 콜레라 증세라도 보이는 것 같습니까? 그래서 제 사후대책을 마련하시느라 이렇게 열을 올리시는 거예요?"

"사람은 언제 죽을지 모르니까 그렇지."

세인트클레어는 일어나 신문지를 아무렇게나 팽개친 다음, 베란다 쪽으로 열려 있는 문으로 걸어갔다. 그는 언짢은 대화를 끝내기 위해 방을 나갔다. 그는 마지막으로 들은 '죽음'이라는 말을 기계적으로 되풀이했다. 난간에 기대고 선 그는 분수의 물이 반짝이면서 솟구쳤다 떨어지는 모습을 지켜보았다. 화단의 꽃과 나무, 화분은 아른거리는 아지랑이 속에 있는 것처럼 희미했다. 그는 누구의 입에서나 흔히 나오지만 엄청난 두려움을 불러일으키는 신비로운 단어, '죽음'을 중얼거렸다. "그런 말과 현상이 존재한다는 것이 참 신기하군." 그는 혼잣말을 했다. "우리는 죽음을 결코 잊을 수 없지. 따뜻하고 아름다운 육신을 갖고 희망과 욕망과 소망이 충만한 가운데 살던 사람이 어느 날 떠나면 영원히 사라진다!"

따스한 황금빛 저녁이었다. 그는 베란다의 반대편 끝으로 걸어갔다. 톰이 열심히 성경을 읽고 있었다. 톰은 연속된 단어들을 손가락으로 짚어가면서 진지하게 속삭이듯 읽고 있었다.

"톰, 내가 읽어줄까?" 세인트클레어가 톰 옆에 스스럼없이 앉으며 말했다.

"주인님 좋으실 대로 하세요." 톰이 고마워하면서 말했다. "주인님이 읽어주면 훨씬 잘 이해돼요."

세인트클레어는 책을 받아들어 톰이 굵게 밑줄 그은 구절을 읽기 시작했다. 내용은 다음과 같았다.

"인자가 자기 영광으로 모든 천사와 함께 올 때에 자기 영광의 보좌에 앉으리니, 모든 민족을 그 앞에 모으고 각각 구분하기를 목자가 양과 염소를 구분하는 것같이 하여, 양은 그 오른편에 염소는 왼편에 두리라." 세인트클레어는 생기 넘치는 목소리로 계속 읽었다.

"또 왼편에 있는 자들에게 이르시되 저주를 받은 자들아 나를 떠나 마귀와 그 사자들을 위하여 예비된 영원한 불에 들어가라. 내가 주릴 때에 너희가 먹을 것을 주지 아니하였고 목마를 때에 마시게 하지 아니하였고 나그네 되었을 때에 영접하지 아니하였고 헐벗었을 때에 옷 입히지 아니하였고 병들었을 때와 옥에 갇혔을 때에 돌보지 아니하였느니라 하시니, 그들도 대답하여 이르되, 주여 우리가 어느 때에 주께서 주리신 것이나 목마르신 것이나 나그네 되신 것이나 헐벗으신 것이나 병드신 것이나 옥에 갇히신 것을 보고 공양하지 아니하더이까. 이에 임금이 대답하여 이르시되 내가 진실로 너희에게 이르노니 이 지극히 작은 자 하나에게 하지 아니한 것이 곧 내게 하지 아니한 것이니라 하시리니."

세인트클레어는 이 마지막 구절에 감동을 받은 것 같았다. 그 부분을 두 번이나 읽었기 때문이다. 두 번째는 천천히 읽었다. 성경의 단어들을 마음속에서 되새기는 것 같았다.

"톰, 여기 호되게 벌 받은 사람들이 한 짓이 나와 꼭 같군. 편안히 존경받으며 잘살았지. 그리고 얼마나 많은 이웃의 형제들이 굶주리고 목마르고 병에 걸리고 감옥에 갇혔는지 물어보는 수고조차 하지 않았어."

톰은 대답하지 않았다. 세인트클레어는 일어서서 생각에 잠긴 채 베란다까지 왔다 갔다 했다. 그는 생각에 잠겨 다른 모든 것을 잊어버린 것 같았다. 그는 자기 생각에 너무나 몰두했기 때문에, 톰이 차 마실 시간임을 알리는 종이 울렸다는 걸 두 번이나 알려주고 나서야 정신을 차렸다.

세인트클레어는 차를 마시는 동안에도 내내 생각에 잠겨 있었다. 차를 마신 후 그와 마리, 오필리어는 응접실에 앉아 별다른 대화 없이 시간을 보냈.

마리는 비단 모기장을 친 소파 위에 누워 있다가 곧 잠이 들었다. 오필리어는 조용히 뜨개질에 열중했다. 세인트클레어는 피아노 앞에 앉아 바람의 신을 벗 삼아, 부드럽고 감상적인 멜로디를 치기 시작했다. 그는 깊은 회상에 잠겨 음악으로 독백을 하는 사람 같았다. 얼마 후 그는 서랍을 열고 낡은 악보 한 권을 꺼냈다. 악보는 오래된 듯 종이가 누렇게 변해 있었다. 그는 악보의 페이지를 넘기기 시작했다.

"여기 있군요." 그가 오필리어에게 말했다. "이건 어머니가 남긴 책입니다.

여기 어머니의 자필 서명이 있어요. 와서 보십시오. 어머니가 모차르트의 레퀴엠[94]을 필사한 겁니다." 오필리어가 다가가서 살펴보았다.

"어머니가 자주 부르시던 특별한 곡이었습니다. 지금도 어머니의 노랫소리가 들리는 것 같군요."

그는 장중하게 건반 몇 개를 두드린 다음 라틴어로 〈분노의 날〉을 부르기 시작했다.

바깥 베란다에서 듣고 있던 톰은 노랫소리에 이끌려 문 앞까지 다가와 진지하게 귀를 기울였다. 그는 물론 가사를 알아들을 수 없었다. 그러나 곡과 노래하는 태도가 그에게 깊은 감동을 준 듯했다. 특히 세인트클레어가 애처롭게 부르는 대목에서 감동을 받았다. 톰이 아름다운 노랫말을 알아들을 수 있었다면 훨씬 더 감동했을 것이다.

오 예수님 무슨 이유로
당신은 이 세상의 경멸과 배신을 견디시는가요?
그 두려움의 계절에서 나를 잃지 마시고
당신의 그 지친 다리로 나를 찾아주소서
십자가 위에서 당신의 영혼이 맛보았던 죽음으로
이 모든 고역이 헛되지 않도록 하소서

세인트클레어는 가사에 깊고 애절한 감정을 담아서 표현했다. 세월을 가렸던 어두운 장막이 걷히는 듯했고, 자신을 인도하는 어머니의 목소리가 들리는 것 같았다. 목소리와 악기가 모두 살아서, 천재적인 모차르트가 죽어가는 자신을 위한 진혼곡을 처음 작곡할 때 떠올린 선율에 공감해 생생하게 재현했다.

노래를 마친 세인트클레어는 몇 분 동안 손으로 얼굴을 괸 채 앉아 있다가 다시 방 안을 왔다 갔다 하기 시작했다.

"최후의 심판은 참으로 숭고한 개념입니다. 궁극적인 지혜로 모든 시대의 잘못을 심판하고 모든 도덕적 문제를 해결해주니까요. 참으로 놀라운 발상입니다."

"우리에게는 두려운 자리지."

"나에게도 두려운 자리일 겁니다." 세인트클레어는 생각에 잠겨 말을 멈췄다. "오늘 오후에 마태복음의 그 장을 톰에게 읽어주었습니다. 그 내용에 심한 충격을 받았어요. 천국에서 쫓겨나는 사람들은 엄청난 벌을 받게 되는데 그 이유는 적극적으로 선을 행하지 않았다는 것입니다. 그 가운데 모든 가능한 유해 행위가 포함되는 것처럼 취급하더군요."

"선을 행하지 않는 사람이 해를 끼치지 않는 것은 어쩌면 불가능할지도 모른다."

"그런데······." 세인트클레어가 막연하지만 진지한 감정이 실린 목소리로 말했다. "자기 감정과 교육받은 내용, 사회의 요구가 어떤 고귀한 목적의 달성을 촉구하는데도 아무런 행동을 취하지 않으면, 그 사람을 어떻게 평가해야 할까요? 일꾼으로 나서야 할 때 인간의 갈등과 고뇌, 잘못을 방관하는 중립자로 떠도는 사람을 어떻게 평가해야 할까요?"

"그런 사람은 회개하고 지금 당장 시작해야 한다고 생각해."

"항상 현실적이고 정곡을 찌르는군요!" 세인트클레어가 미소를 지으면서 말했다. "누님은 내가 평범한 생각을 할 수 있는 시간을 조금도 허락하지 않아요. 누님은 항상 나에게 현재를 들이대죠. 누님은 항상 마음속에 일종의 영원한 현재만 생각하고 있습니다."

"현재는 내가 무언가를 할 수 있는 시간이야."

"사랑하는 에바, 가여운 녀석!" 세인트클레어가 말했다. "그 애는 나를 위해 작고 순박한 영혼을 바쳤어요."

에바가 죽은 후 그가 딸에 관해 이처럼 많은 말을 한 것은 이때가 처음이었다. 그는 이야기를 하면서 가슴에 솟구치는 감정을 억누르는 것이 분명했다.

"기독교에 대한 나의 관점은 그렇습니다." 세인트클레어가 덧붙였다. "우리는 모든 사회 밑바닥에 깔려 있는 이런 괴물 같은 불공정한 체제에 저항해 자신의 존재 전체를 던지지 않고는 일관되게 기독교인이라고 자처할 수 없습니다. 필요하다면 전투라도 벌여 자신을 희생해야 합니다. 나 역시 그런 일을 하지 않은 수많은 위대한 선각자들과 기독인들과 교류했지만, 그들의 방식으로는 절대로 기독교인이 될 수 없다는 뜻이지요. 고백하자면요, 이 주제에 대한 종교인들의 무관심과 잘못에 대한 그들의 인식 결여가 다른 무엇보다도 나의 회의적인 생각을 부추겼어요. 그자들의 무관심과 인식 결여에 소름이 끼칠 정도입니다."

"네가 이 모든 것을 알고 있다면 왜 실천에 옮기지 않지?"

"아, 그건 내가 소파 위에 누워서 교회와 성직자들이 순교와 고해를 하지 않는다고 저주나 하는 정도의 박애정신밖에 갖고 있지 않기 때문이죠. 누님도 아시다시피, 다른 사람들의 순교 방식은 누구나 쉽게 알 수 있습니다."

"그래, 앞으로 우리가 달라질 것 같니?"

"미래는 오직 하나님만 아십니다. 나는 전보다는 지금 더 용감합니다. 모든 것을 잃었기 때문이죠. 잃을 것이 없는 사람은 어떤 위험도 무릅쓸 수 있잖아요."

"그래, 앞으로 어떻게 할 거니?"

"빈민들과 하층민들이 눈에 띄면, 바로 그 사람들에 대한 내 의무를 다할 겁니다. 우선 아무것도 해준 것이 없는 우리 집 하인들부터 시작해야겠죠. 어쩌면 내가 노예계급 전체에 어떤 조치를 취할 수 있는 기회가 곧 올지도 모릅니다. 모든 문명국가들 앞에서 불명예스러운 거짓 입장을 지키고 있는 이 나라를 구하기 위해 뭔가 할 수 있을지도 모르죠."

"너는 한 나라가 자발적으로 노예해방을 원하는 것이 가능하다고 생각하니?"

"모르겠어요. 지금은 위대한 행동의 시대입니다. 세계 도처에서 이해관계를 초월한 영웅적 행위들이 일어나고 있어요. 헝가리 귀족들은 엄청난 재정 손실을 감수하고 수백만 명의 농노[95]를 해방했습니다. 우리 국민 가운데서도 명예와 정의를 돈으로 평가하지 않는 관대한 사람들을 찾을 수 있을 겁니다."

"나는 그렇게 생각하지 않아."

"하지만 우리가 내일이라도 들고일어나서 노예들을 해방시킨다면 누가 수백만 명의 노예들을 교육하고, 자유롭게 사는 법을 가르쳐줄 겁니까? 우리 남부사회를 완전히 개혁하기 위해 들고일어날 사람은 결코 없을 겁니다. 남부 사람들은 너무 게으르고 비현실적이어서 노예들을 인간으로 발전시키고 변화시키는 데 필요한 구체적인 계획을 부지런히 생각하고 추진할 수 없어요. 해방된 노예들은 북부로 가야 할 겁니다. 거기엔 노동이 일반적인 관습으로 보편화돼 있으니까요. 하지만 누님의 북부 여러 주에 노예들의 교육과 지위 향상 과정을 감당할 수 있는 기독교의 박애주의 정신이 과연 있는지 말씀해보세요. 북부 사람들은 큰돈을 해외 선교단에 보내고 있지요. 그런데 자기네 도시와 마을에 온 이교도들에게도 인내심을 발휘하고, 시간과 생각과 돈을 들여 그들을 기독교인의 기준에 맞게 육성할 수 있을까요? 내가 알고 싶은 건 바로 그 점입니다. 만약 남부 사람들이 노예를 해방할 경우 노예 출신들을 교육하려 할까요? 이 도시에서 흑인 남녀들을 받아들이고 교육하고 그들과 함께 사는 생활을 인내하면서 기독교인으로 만들 사람이 얼마나 될까요? 내가 아돌프를 점원으로 만들고 싶어 한다면, 얼마나 많은 상인들이 그를 채용할까요? 내가 그에게 기술을 가르치기를 원한다면, 얼마나 많은 기술자들이 그를 훈련시킬까요? 내가 제인과 로자를 학교에 보내고 싶으면, 그 사람들을 받아들일 학교가 북부 주에 얼마나 될까요? 그들에게

낙인과 학대의 흔적

도주를 시도했던 노예들에게는 가혹한 처벌과 흔적이 남는다.[96]
인근 농장에서 우리가 만났던 도주 노예들에게도
어김없이 가해진 학대의 흔적들이 있다.

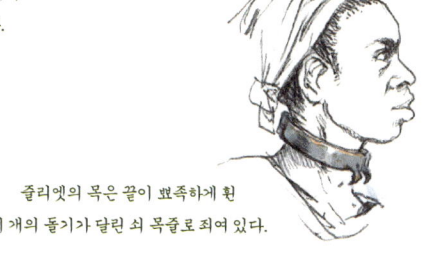

줄리엣의 목은 끝이 뾰족하게 휜
세 개의 돌기가 달린 쇠 목줄로 죄여 있다.

한쪽 귀가 잘린 밴덜.

이디는 도주 노예임을 알아볼 수 있는 표시로
윗니 두 개를 뽑히고 무릎 관절이 잘렸다.

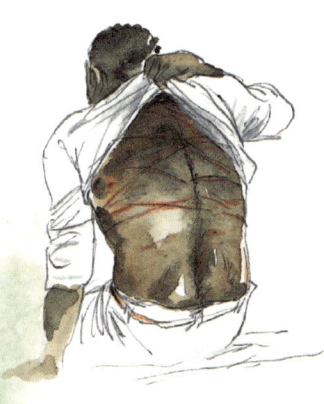

리마는 탈주한 지 보름 만에 다시 붙잡혀
50대의 채찍질을 당했다.

왼손이 잘린 메리.

달군 쇠로 왼쪽 뺨에
낙인이 찍힌 제이콥.

485

숙소를 제공할 가정이 얼마나 될까요? 제인과 로자는 남부와 북부의 많은 백인 여자들처럼 피부가 희긴 하지만요. 누님도 보다시피, 나는 우리 사회에서 정의가 실현되기를 원합니다. 우리는 좋지 않은 입장에 처해 있습니다. 우리는 남보다 두드러지게 흑인을 억압하고 있어요. 하지만 북부의 비기독교적인 편견을 가진 사람들도 우리와 마찬가지로 악랄한 압제자들입니다."

"그래, 그건 나도 동감해." 오필리어가 대답했다. "그런 풍조를 극복하는 것이 나의 사명이라는 것을 깨달을 때까지 나도 그랬으니까. 하지만 나는 그런 풍조를 극복할 수 있다고 믿어. 그리고 북부에는 선량한 사람들이 많아. 이 문제는 그 사람들이 자기네 임무가 무엇인지, 그 임무를 어떻게 수행해야 하는지에 대해 교육을 받기만 하면 돼. 이교도들에게 선교사를 파견하지 않고 이교도들을 우리 사회에 받아들이는 건 분명히 훨씬 큰 자기 부정이 되겠지. 하지만 나는 우리가 그렇게 하리라고 생각해."

"누님은 그렇게 하겠죠. 하지만 누님이 그것을 당연한 임무로 생각한다면 누님이 거부하려는 것은 무엇인지 보고 싶군요."

"물론 나는 남달리 선한 사람은 아니야. 하지만 다른 사람들도 사태를 나처럼 본다면 나처럼 행동할 거다. 나는 우리 집으로 돌아갈 때 톱시를 데려갈 생각이야. 이웃들은 처음에는 이상하게 생각하겠지. 하지만 그들도 나처럼 생각하게 될 거야. 뿐만 아니라 북부에는 네가 말한 것과 똑같이 행동하는 사람들이 많다는 사실을 나는 안다."

"그래요. 하지만 그들은 소수잖아요. 우리가 약간이라도 노예를 해방시키면 오래지 않아 북부의 반응이 나오겠죠."

오필리어는 대답하지 않았다. 잠시 침묵이 흘렀다. 세인트클레어의 얼굴에는 슬픈 꿈을 꾸는 듯한 표정이 감돌았다.

"오늘밤엔 어머니 생각이 왜 이렇게 많이 나는지 모르겠어요. 어머니가 나에게 더 가까이 다가오고 있는 것 같은 이상한 느낌이 들어요. 어머니가 늘

하시던 말이 계속 생각나요. 지난 일들이 이렇게 뚜렷하게 생각나다니 참 이상하죠."

세인트클레어는 몇 분 더 방 안을 거닌 후 다시 말했다.

"잠시 거리에 나가 오늘밤의 뉴스를 들어야겠습니다."

그는 모자를 집어 들고 방을 나갔다.

현관을 나와 마당까지 그의 뒤를 따라간 톰이 자기도 따라가야 하는지 물었다.

"아냐, 한 시간쯤 있다 돌아올 거야."

톰은 베란다에 앉았다. 달빛이 아름다운 밤이었다. 그는 분수의 물줄기가 올라갔다 떨어지는 모습을 지켜보면서 물소리에 귀를 기울였다. 톰은 가족을 생각했다. 곧 자유인이 되어 마음대로 집에 돌아갈 수 있을 것이다. 그는 아내와 자식들을 사려면 어떻게 일을 할 것인지 생각했다. 그는 곧 자기 마음대로 쓸 수 있게 된 튼튼한 팔뚝의 근육을 어루만지면서 흐뭇해했다. 가족의 자유를 사기 위해 튼튼한 팔을 얼마나 요긴하게 쓸 수 있을지 생각했다. 이어 훌륭한 젊은 주인을 생각했다. 주인이 생각나자마자 그는 주인을 위해 습관처럼 올리는 기도를 했다. 그다음에 아름다운 에바를 생각했다. 에바는 지금쯤 천사들 가운데 살고 있으리라. 생각에 몰두한 그는 분수의 물줄기 사이로 에바의 밝은 얼굴과 금발을 본 것 같은 착각을 느꼈다. 생각에 잠겼던 톰은 잠이 들었다. 그는 꿈속에서 예전에 그랬듯이 자기를 향해 뛰어오는 에바를 보았다. 에바는 머리에 재스민 화관을 쓰고 있었다. 양 볼은 빛났고, 두 눈은 기쁨으로 반짝였다. 에바는 땅에서 떠오른 것 같았다. 아이의 볼은 창백했지만 깊은 눈에서는 천상의 빛이 퍼져 나왔으며 머리 주변은 황금빛 후광이 둘러싸고 있었다. 그러고 나서 에바는 톰의 시야에서 사라졌다. 톰은 문을 두드리는 요란한 소리에 깨어났다. 대문에서 여러 사람이 웅성거리는 소리가 들려왔다.

   그는 서둘러 대문을 열었다. 조심스러운 말소리와 발걸음 소리와 더불어 몇 명의 남자들이 망토에 싸인 채 덧문 문짝 위에 누운 사람을 운반해 들어왔다. 등불이 그 사람의 얼굴을 환하게 비췄다. 운반하는 사람들이 응접실의 열린 문 앞까지 들어오자 톰은 절망의 비명을 질렀고, 그 소리는 집 안 구석구석까지 울려 퍼졌다. 응접실에는 오필리어가 아직도 앉아서 뜨개질을 하고 있었다.

   세인트클레어는 저녁신문을 보기 위해 어느 카페에 들어갔다. 그가 신문을 읽고 있을 때 거나하게 술이 취한 두 신사가 싸움을 벌였다. 세인트클레어는 한두 사람과 합세해 싸움을 말리려 했다. 그러나 그는 한 신사가 휘두르는 사냥용 단도를 빼앗으려다가 그 칼에 옆구리를 찔려 치명상을 입고 말았다.

   집 안은 울음소리와 탄식, 비명소리로 요란했다. 하인들은 미친 듯이 자기 머리를 쥐어뜯고 바닥에 쓰러지거나 넋두리를 하면서 정신없이 뛰어다녔다. 톰과 오필리어만 제정신을 갖고 있는 것 같았다. 마리는 심각한 히스테리 발작을 일으켰다. 오필리어의 지시에 따라 응접실에 있던 긴 의자 하나를 정리해 출혈이 심한 부상자를 그 위에 눕혔다. 통증과 출혈이 심해 세인트클레어는 기절해 있었다. 오필리어가 각성제를 먹이자 그는 눈을 뜨더니 주변 사람들을 뚫어지게 바라보았다. 무엇을 찾는 듯 방 안의 물건들을 열심히 살펴보던 그의 시선이 자기 어머니의 사진 위에 멈췄다.

   잠시 후 의사가 도착해 환자를 진찰했다. 의사의 표정으로 보아 희망이 없다는 것이 분명해졌다. 두려움에 휩싸인 하인들이 베란다 문과 창문 주변에 몰려들어 탄식하고 흐느끼는 가운데 의사는 세인트클레어의 상처를 치료해 주었고, 오필리어와 톰은 의사와 함께 차분하게 환자를 보살폈다.

   "자, 이제 하인들을 모두 내보내세요. 모든 것이 환자의 안정에 달려 있습니다." 의사가 말했다.

   눈을 뜬 세인트클레어는 슬퍼하는 하인들을 바라보았다. 의사와 오필리어는 하인들을 응접실에서 내보내려고 애쓰는 중이었다. "불쌍한 사람들!" 세인트클레어가 말했다. 그의 얼굴 위에 자책하는 듯한 표정이 스쳐 지나갔다. 아돌프는 한사코 나가려 하지 않았다. 그는 공포 때문에 완전히 얼이 빠진 상태였다. 마루에 쓰러진 그는 아무리 달래도 꿈쩍하지 않았다. 다른 하인들은 주인의 생명이 자신들의 조용하고 침착한 복종에 달렸다는 오필리어의 간곡한 설득에 따라 방을 나갔다.

세인트클레어는 거의 말을 할 수가 없었다. 그는 눈을 감고 있었지만 고통스러운 생각에 괴로워하는 것이 분명했다. 얼마 후 그는 자기 옆에 무릎을 꿇고 있는 톰의 손을 잡고 말했다. "톰, 이 불쌍한 사람아!"

"주인님, 뭐라고요?" 톰은 열심히 대답했다.

"나는 죽을 거야!" 세인트클레어가 잡은 손에 힘을 주면서 말했다. "기도를 해주게!"

"목사를 불러드릴까요?" 의사가 말했다.

급히 머리를 흔든 세인트클레어는 다시 톰에게 더욱 간절하게 말했다. "기도를 해주게!"

톰은 몸과 마음의 힘을 다해 죽어가는 영혼, 우수에 젖은 크고 푸른 눈으로 슬프게 바라보는 영혼을 위해 기도하기 시작했다. 글자 그대로 눈물과 통곡으로 올린 기도였다.

톰이 기도를 마치자 세인트클레어는 손을 뻗어 톰의 손을 잡고 말없이 간절한 눈빛으로 바라보았다. 그리고 눈을 감았다. 그러나 톰의 손을 여전히 잡고 있었다. 영원으로 통하는 문 앞에서 흑과 백이 평등하게 서로의 손을 잡고 있었다. 세인트클레어는 떠듬떠듬 낮은 목소리로 말했다.

오 예수님 무슨 이유로

……

십자가 위에서 당신의 영혼이 맛보았던 죽음으로
이 모든 고역이 헛되지 않도록 하소서

죽어가는 그가 노래한, 하나님의 연민을 간청한 그 가사는 그날 저녁에 그가 불렀던 노래가 분명했다. 조금씩 사이를 두고 움직이는 그의 입술에서 찬송가 구절이 토막토막 새어 나왔다.

"정신이 혼미해지고 있습니다." 의사가 말했다.

"아니야! 이제 드디어 집으로 간다!" 세인트클레어가 힘차게 말했다. "드디어! 드디어!"

말을 하려고 애쓴 탓에 세인트클레어는 탈진했다. 창백한 죽음의 빛이 그의 얼굴 위에 드리웠다. 죽음의 빛이 내리는 가운데 동정심 많은 천사의 날개에서 떨어진 것 같은 아름답고 평화로운 표정이 나타났다. 그의 얼굴은 마치 지친 아이가 잠든 것 같았다.

세인트클레어는 그렇게 몇 분 더 누워 있었다. 사람들은 전능하신 분의 손길이 그의 위에 내린 것을 보았다. 영혼이 육신을 떠나기 직전에 그는 갑자기 눈을 떴다. 눈에서는 그 환영 속의 인물을 알아본 듯한 환희의 빛이 반짝였다. "어머니!" 하고 외친 뒤 그는 세상을 떠났다.

chapter 29
보호받지 못한 사람들

우리는 착한 주인을 잃은 흑인 노예들의 고생담을 종종 듣는다. 그럴 만한 충분한 이유가 있다. 왜냐하면 하나님이 창조한 이 세상에서 이런 환경에 처한 노예처럼 보호받지 못한 채 철저히 버림 받은 인간은 없기 때문이다.

아버지를 잃은 아이는 그래도 친지들과 법의 보호를 받는다. 아이는 인간이며 인간으로서 행동할 수 있다. 즉 인정받은 권리와 지위를 갖고 있다. 그러나 노예에게는 그런 것이 없다. 법은 모든 면에서 노예를 아무 권리가 없는 상품으로 간주한다. 노예에게 그나마 주어진, 신의 피조물인 인간으로서 타고난 욕망과 감정마저 주인의 주권과 무책임한 의지를 통해서만 인정받을 수 있다. 그러나 주인이 쓰러지면 아무것도 남지 않는다.

주인으로서의 권력을 관대하게 인도적으로 행사하는 사람은 적다. 모든 사람이 이런 사실을 안다. 노예들은 그 누구보다 더 잘 안다. 따라서 노예가 학대를 일삼는 전제적인 주인을 만날 가능성과 친절하게 배려해주는 주인을 만날 가능성의 비율은 10대 1 정도라고 생각한다. 그러므로 친절한 주인의 죽음을 애도하는 울음소리가 더 크고 오래가는 것은 당연하다.

세인트클레어가 숨을 거둘 때 이 집안의 노예들은 모두 공포에 사로잡혔다. 젊은 주인은 인생의 전성기에 비명횡사했다. 절망한 하인들의 흐느낌과 비명소리가 집 안 곳곳에서 들렸다.

끊임없는 방종에 젖어 신경이 쇠약해진 마리는 남편의 임종과 함께 찾아온 충격과 공포를 버틸 힘이 없어 발작하듯이 수시로 정신을 잃었다. 결혼이라는 신비로운 인연으로 그녀와 맺어졌던 세인트클레어는 이별의 말을 할 틈도 주지 않고 영원히 떠났다.

의지력과 자제력이 남달리 강한 오필리어는 마지막까지 전력을 다해 사촌 동생을 잘 지켜주었다. 그녀는 지극히 사소한 일까지 챙겼다. 불쌍한 노예가 죽어가는 주인의 영혼을 위해서 혼신의 힘을 다해 올린 열정적인 기도에도 진심으로 동참했다.

고인의 영원한 안식을 준비하던 사람들은 그의 품에서 스프링 덮개가 달린 작고 평범한 상자를 발견했다. 상자 안에는 고상하고 아름다운 여자의 초상화가 들어 있었다. 초상화 뒤의 수정유리 밑에는 짙은 색의 머리카락이 들어 있었다. 사람들은 머리카락을 고인의 가슴 위에 놓았다. 지금은 차가운 가슴을 지난날 따뜻하게 뛰게 만들었던, 어린 시절의 꿈이 담긴 슬픈 유물이었다.

톰의 영혼은 영생에 관한 생각으로 가득했다. 생명이 없는 육신을 보살피는 동안, 그는 갑작스러운 운명의 타격이 자신을 절망적인 노예로 만들었다는 사실을 한 번도 생각하지 않았다. 그는 주인에 관해 평화로운 생각만 했다. 그는 하나님아버지의 가슴에 기도를 올릴 때 자기 내부에서 샘솟는 평정과 확신을 깨달았기 때문이다. 그는 자애로운 자신의 천성 깊은 곳에서 하나님의 충만한 사랑 같은 것을 느꼈다. 예부터 전해지는 격언 중에 이런 말이 있다. "사랑 속에 사는 사람은 하나님 속에 살고, 하나님은 그 사람 속에 산다." 톰은 희망과 믿음을 지녔고 평화를 느꼈다.

검은 상복과 기도, 엄숙한 얼굴로 가득했던 장례식이 끝나고 차갑고 우중충한 일상이 되돌아왔다. '다음에는 무엇을 해야 할까?'라는 영원히 어려운 의문이 떠올랐다.

느슨한 상복을 입고 있던 마리의 마음속에도 이 의문이 떠올랐다. 불안을 느끼는 하인들에게 둘러싸인 그녀는 커다란 안락의자에 앉아서 상장의 견본과 상복용 옷감을 살펴보았다. 북부의 집 생각을 하기 시작한 오필리어도 같은 의문을 느꼈다. 그와 동일한 의문을 느낀 하인들은 말없이 공포에 떨었다. 그들은 인정 없고 전제적인 안주인의 손에 자기네 운명이 맡겨졌다는 것을 잘 알고 있었다. 그들은 과거에 주인에게 받았던 너그러운 대접을 안주인에게는 기대할 수 없다는 것을 모두 잘 알고 있었다. 주인이 죽은 마당에 사별의 고통으로 성미가 더욱 고약해졌을 가능성이 농후한 안주인의 독재적인 학대로부터 하인들을 막아줄 벽이 사라진 것도 잘 알았다.

자신의 거실에서 바쁘게 일하던 오필리어가 가볍게 문을 두드리는 소리를 들은 것은 장례식이 끝나고 대략 이 주일이 지났을 때였다. 문을 열어보니 예쁜 혼혈 처녀인 로자가 서 있었다. 독자들도 전에 그녀를 종종 본 적이 있다. 지금 오필리어의 방문 앞에 나타난 로자는 머리카락이 흐트러져 있었고 눈은 하도 울어서 잔뜩 부어 있었다.

"오, 필리 아씨." 로자는 무릎을 꿇고 오필리어의 치맛자락을 잡으면서 말했다. "제발 마리 마님을 만나주세요. 제발 저를 위해서요! 아씨가 저를 매질하는 집으로 보내려고 해요. 이걸 보세요!" 로자는 문서 한 장을 오필리어에게 내밀었다.

그 문서는 마리가 섬세한 이탤릭체로 쓴, 매질하는 집 주인에게 보내는 전언이었다. 그것을 가지고 오는 사람을 채찍으로 열다섯 대 때리라는 내용이었다.

"네가 무슨 짓을 했는데?"

"필리 아씨도 아시지만, 제 성미가 좀 못됐잖아요. 제가 나쁜 년이에요. 제가 마리 마님의 옷을 입어봤는데, 그걸 아신 마님이 제 뺨을 때렸어요. 그런데 저는 생각 없이 건방지게 말대꾸를 했어요. 마님은 저를 요절내서 다시는 주인의 머리 위에 기어오르지 못하도록 만들겠다고 말씀하셨어요. 마님은 이걸 써서 저에게 주며 갖고 가라고 했어요. 차라리 당장 마님 손에 맞아 죽는 게 낫지요."

오필리어는 종이를 손에 들고 서서 생각에 잠겼다.

"필리 아씨도 아시잖아요." 로자가 말했다. "저는 채찍으로 맞는 것은 별로 상관하지 않아요. 하지만 그런 무섭고 징글맞은 남자에게 가는 것은 수치스러워요, 필리 아씨!"

여자들과 젊은 처녀들을 매질하는 집에 보내는 것이 이 지방 풍습이라는 것은 오필리어도 잘 알고 있었다. 매질하는 남자들은 가장 비열한 인간들이다. 그런 일을 직업으로 택할 만큼 타락한 사람들이다. 그들이 버릇을 고친

답시고 여자들의 옷을 무자비하게 벗기고 수치스러운 짓을 한다는 이야기를 오필리어는 많이 들었다. 그녀는 이런 사실을 오래전부터 알고 있었다. 하지만 날씬한 몸매의 로자가 걱정으로 경련하듯 몸을 떠는 모습을 보기 전까지는 실감하지 않았다. 여성의 정직한 심성과 뉴잉글랜드의 강한 자유의 정신에 고무되어 얼굴이 붉게 물든 오필리어는 분노로 가슴이 맹렬하게 뛰었다. 그러나 습관적으로 분별력과 자제력을 발휘한 오필리어는 감정을 억제한 채 종이를 굳게 움켜쥐고 로자에게 간단하게 말했다.

"내가 마님을 만나고 올 때니 여기 앉아 있거라."

그녀는 응접실을 가로질러 걸어가면서 "수치스러워! 망측해! 터무니없는 짓이야!"라고 혼잣말을 했다.

그녀는 안락의자에 앉아 있는 마리를 찾아냈다. 매미가 옆에 서서 마리의 머리를 빗겨주었고 제인은 발 앞에 앉아 부지런히 발을 문지르고 있었다.

"오늘은 기분이 어때요?" 오필리어가 물었다.

마리는 눈을 감은 채 깊은 한숨으로 대답을 대신했다. 잠시 후 마리가 대답했다. "형님, 모르겠어요. 평소와 다름없이 지내고 있어요." 마리가 가장자리에 3센티미터 정도 검은색 수를 놓은 흰 삼베 손수건으로 눈을 닦으면서 말했다.

"내가 온 이유는……." 오필리어가 어려운 화제를 꺼낼 때 흔히 하는 마른기침을 짧게 한 다음 말을 계속했다. "불쌍한 로자에 관해 얘기 좀 하려고요."

마리가 눈을 크게 떴다. 마른 볼이 붉게 물든 마리는 날카로운 말투로 대답했다.

"어머, 그 애가 뭘 어쨌어요?"

"그 애는 자기 잘못을 아주 깊이 뉘우치고 있습니다."

"당연히 그래야 되는 거 아니에요? 그 애는 나와 갈라서기 전에 혼이 더

나야 돼요! 나는 그 계집아이의 무례를 오래전부터 참아왔어요. 본때를 보여줘야겠어요. 아주 쓴맛을 보여줄 거라구요!"

"하지만 다른 방법으로 벌을 줄 수는 없을까요? 덜 수치스러운 방법 말입니다."

"난 그 계집애에게 망신을 줄 작정이에요. 그게 바로 내가 원하는 거예요. 그 애는 얼굴이 반반하다고 제가 무슨 숙녀라도 되는 줄 알고 있어요. 분수를 몰라요. 정신이 번쩍 나도록 혼을 낼 거예요."

"하지만 올케, 이걸 한번 생각해봐요. 처녀의 감수성과 수치심을 짓밟아버리면 그 애는 금방 타락할 겁니다."

"감수성이라고요!" 마리가 비웃으며 말했다. "그런 계집애에게 가당키나 한 말인가요? 난 그 건방진 계집애가 초라한 길거리의 흑인 창녀보다 나을 게 없다는 걸 가르쳐줄 거예요! 내 앞에서 절대로 건방을 떨지 못하게 할 거예요!"

"그렇게 잔인한 짓을 하고서 어떻게 하나님을 뵈려고 그럽니까?" 오필리어가 힘을 주어 말했다.

"잔인한 짓이라, 잔인한 짓이 뭔지 알고 싶군요! 난 겨우 채찍으로 열다섯 대 때리라는 명령만 썼을 뿐이에요. 그것도 가볍게 때리라고 당부했어요. 나는 절대로 잔인한 명령을 내리지 않았어요!"

"잔인하지 않다니! 어떤 처녀라도 당장 죽는 쪽을 선택할 겁니다!"

"형님같이 착한 분은 그렇게 생각할지도 모르죠. 하지만 그런 족속들은 그런 벌에 익숙하답니다. 그런 족속들에게 분수를 가르치려면 그 방법밖에 없어요. 예쁘다고 건방을 떨도록 놔두면 하늘 높은 줄 모르고 기어올라요. 나는 이제야 제대로 다스리기 시작한 것 같아요. 아랫것들이 자기 본분을 지키지 않으면 즉각 매질하는 집에 보낸다는 것을 모두 알게 만들 거예요." 마리는 단호한 태도로 주변을 둘러보면서 말했다.

제인은 마님의 말이 특히 자신을 지목하기라도 한 듯이 겁을 먹은 채 고개를 숙이고 있었다. 오필리어는 폭발물이라도 삼킨 듯한 표정으로 잠시 앉아 있었다. 그녀는 폭발 직전이었다. 그녀는 이런 인간과 말싸움을 해봐야 아무 소용이 없다고 생각하고, 마음을 가다듬은 뒤 굳게 입을 다문 채 방에서 걸어 나왔다.

오필리어는 돌아가서 로자를 위해서 할 수 있는 일이 없다는 말을 하기가 어려웠다. 잠시 후 남자 하인이 와서 마님이 로자를 매질하는 집으로 데리고 가라는 명을 내렸다고 말했다. 하인은 눈물을 흘리며 애원하는 로자를 끌고 급히 나갔다.

며칠 뒤 톰이 발코니 옆에 서서 생각에 잠겨 있는데 아돌프가 다가왔다. 아돌프는 주인이 죽은 후 완전히 기가 꺾여서 우울하게 지냈다. 아돌프는 마리가 자기를 항상 미워한다는 것을 알고 있었다. 주인이 살아 있을 때는 마리의 태도에 별로 주의를 기울이지 않았지만, 이제 주인이 죽었으니 자신에게 무슨 일이 닥칠지 몰라 아돌프는 하루하루를 전전긍긍했다. 마리는 변호사와 몇 차례 상담을 했다. 그녀는 세인트클레어의 형과 연락한 뒤 몸종들을 제외한 모든 하인과 시내의 저택을 팔기로 결정했다. 그러고는 자기 몸종들만 데리고 친정아버지의 농장으로 돌아갈 생각이었다.

"톰, 우리가 모두 팔리는 거 알고 있어요?" 아돌프가 말했다.

"어디서 그 말을 들었나?" 톰이 물었다.

"주인마님이 변호사와 이야기할 때 커튼 뒤에 숨어서 들었어요. 며칠 뒤에 우리 모두 경매에 붙여진대요, 톰."

"주님의 뜻대로 이루어지소서!" 톰이 팔짱을 끼고 깊은 한숨을 내쉬었다.

"주인님 같은 분은 다시 못 만날 거예요." 아돌프가 두려워하는 표정으로 말했다. "하지만 나는 마님 밑에서 사느니 차라리 팔리는 게 나아요."

톰은 고개를 돌렸다. 가슴이 답답했다. 자유에 대한 희망과 멀리 있는 아내와 자식들 생각이 참을성 많은 그의 영혼 앞에 떠올랐다. 마치 항구 부근에서 난파한 선원이 검은 파도 너머로 고향의 교회 첨탑과 사랑하는 마을 풍경을 마지막으로 바라보는 심정 같았다. 그는 팔짱을 단단히 끼고 솟아오르는 쓰라린 눈물을 참으면서 기도를 하려고 애썼다. 이 불쌍한 늙은 영혼은 자유에 대해 설명하기 어려운 애착을 갖고 있었기 때문에 더욱 고통스러웠다. 그는 다시 한 번 "당신의 뜻이 이루어지소서"라고 말했지만, 마음은 더욱 아팠다.

톰은 오필리어를 찾아갔다. 그녀는 세인트클레어가 죽은 후 유달리 톰에게 친절히 대해주었다.

"필리 아씨, 세인트클레어 주인님께서는 자유를 주겠다고 제게 약속을 하셨습니다. 해방 수속을 밟기 시작했다고 말씀하셨지요. 지금 친절한 필리 아씨가 이 사실을 마님께 말씀해주시면, 마님께서 주인님의 뜻을 받들어 수속을 계속할 생각이 들 수도 있을 것 같습니다만."

"알았어, 톰, 자네 이야기를 해줄게. 최선을 다해보겠어. 하지만 그 문제는 세인트클레어 부인에게 달려 있어. 난 큰 기대는 안 해. 하지만 노력해보지."

이 일은 로자의 사건이 있고 며칠 뒤, 오필리어가 북부로 돌아갈 준비를 하느라 바쁘던 때의 일이었다.

톰의 문제를 진지하게 곰곰이 검토한 오필리어는 앞서 마리와 이야기할 때 너무 성급하게 도발적인 언사를 썼다는 생각이 들었다. 그녀는 자신의 간곡한 뜻을 드러내지 않고 가급적 타협적으로 이야기를 끌고 가기로 마음먹었다. 심성이 고운 오필리어는 마음을 가다듬고 뜨개질거리를 집어든 후 가능한 한 호감을 살 수 있는 태도로 마리의 방에 들어가 모든 설득력을 동원해 톰의 일을 이야기하기로 작정했다.

마리는 긴 의자에 누운 채 한쪽 팔꿈치를 베개로 받치고 있었고, 물건을 사러 나갔다 돌아온 제인이 마리 앞에 얇고 검은 천의 견본을 여러 개 늘어놓고 있었다.

"그게 좋겠다." 마리가 한 가지를 고르면서 말했다. "하지만 상복으로 적합한지 자신이 없어."

"마님, 더베논 장군 댁 마님도 지난여름 장군님이 돌아가셨을 때 바로 이걸로 상복을 해 입었어요. 정말로 아름답게 잘 어울렸어요." 제인이 아양을 떨면서 말했다.

"형님은 어떻게 생각하세요?" 마리가 오필리어에게 물었다.

"그건 이 지방 관습의 문제가 아닐까요. 올케가 나보다 더 잘 판단할 수 있잖습니까."

"사실은 입을 옷이 없네요. 집은 팔려고 내놓았어요. 다음 주에 떠나는데 입을 옷을 결정해야 하거든요."

"그렇게 빨리 떠난다고요?"

"예, 세인트클레어의 형님이 편지를 보냈는데 그분과 변호사는 하인과 가구를 경매에 붙이고 저택은 우리 변호사에게 맡기는 게 좋겠다는군요."

"올케와 의논할 게 한 가지 있어서 왔습니다. 어거스틴이 죽기 전에 톰에게 자유를 주겠다고 약속하고 필요한 법적 절차를 밟았거든요. 올케가 힘을 써서 그 절차를 마무리지어줬으면 좋겠는데."

"그건 안 돼요!" 마리가 야멸차게 말했다. "톰은 이 집에서 가장 값나가는 하인이에요. 그렇게 할 수는 없어요. 게다가 톰이 무엇 때문에 자유를 원한다는 거예요? 지금처럼 사는 게 그에게는 훨씬 좋아요."

"하지만 톰은 자유를 많이, 간절히 원합니다. 어거스틴도 약속했고."

"당연히 원하겠죠. 자유 싫다는 하인이 어디 있어요. 그 족속은 원래 만족할 줄 모르는 인간들이니까요. 자신이 갖지 못한 것을 끊임없이 원하거든요. 어쨌든 나는 노예해방에 원칙적으로 반대예요. 깜둥이는 주인의 보살핌을 받으면서 일이나 잘하는 것이 가장 잘 사는 거예요. 그들에게 자유를 줘보세요. 금방 게을러져서 일도 안 하고, 술이나 마시고, 천하고 쓸모없는 인간으로 타락하거든요. 그런 경우를 수백 번도 더 봤어요. 그들에게 자유를 주는 건 잘하는 짓이 아니에요."

"그렇지만 톰은 성실하고 근면한데다 신앙심도 독실하지 않습니까?"

"오, 그런 말은 하실 필요가 없어요. 나는 그런 검둥이를 백 명도 더 봤어요. 주인이 보살펴주는 동안에만 잘하겠지요. 더 말할 필요가 없어요."

"그래도 잘 생각해봐요. 톰을 경매에 내놓으면 나쁜 주인을 만날 가능성이 높아요."

"다 쓸데없는 소리예요! 좋은 하인이 나쁜 주인을 만날 가능성은 백분의 일도 안 된다고요. 대부분은 좋은 주인들인데 모두 지어낸 이야기죠. 저는 남부에서 자랐지만 자기 하인을 학대하는 주인은 한 번도 못 봤어요. 물론 하인이 제 구실을 하는 경우에 그렇지만요. 나는 그 점에 대해서는 걱정하지 않아요."

"물론." 오필리어가 목소리에 힘을 실어서 말했다. "톰이 자유를 얻는 것은 세인트클레어의 마지막 소원 가운데 하나였어요. 그건 사랑하는 에바가 임종하는 자리에서 했던 약속 가운데 하나이기도 하고요. 나는 올케가 그 약속을 무시하고 마음대로 하리라고 생각하지 않습니다."

오필리어가 이렇게 호소하자 마리는 손수건으로 얼굴을 가리고 약병에 서둘러 코를 대면서 흐느끼기 시작했다.

"모든 사람들이 나에게 반대하는군요! 하나같이 무심하다니까. 형님이 이 모든 괴로운 문제를 다시 꺼낼 줄은 몰랐어요. 저에 대해 눈곱만큼도 배려를 안 해주시는군요. 배려해주는 사람이 하나도 없다니까. 왜 나만 이런 시련을 겪을까? 정말 힘들어. 외동딸을 얻었지만 나보다 먼저 갔어요. 까다롭게 남편감을 골라 천생배필을 맞았는데 남편마저 잃었어요. 형님은 저를 조금도 동정하지 않으시고 괴로운 문제를 그처럼 분별없이 꺼내시는군요. 제가 그

런 고통을 감당할 수 없다는 걸 뻔히 아시면서. 전 형님이 저를 호의적으로 생각하는 줄 알았어요. 하지만 너무 무정하시군요!" 마리는 숨을 헐떡이면서 흐느끼다 매미를 부르더니 창문을 열라고 지시했다. 장뇌 약병도 가져오게 했다. 그뿐 아니라 마리는 머리를 감기고 옷의 매듭을 풀게 했다. 이어 한바탕 소란이 벌어지자 오필리어는 도망치듯 자기 거처로 돌아갔다.

그녀는 더 이상 이야기해보아야 소용이 없다는 것을 곧 깨달았다. 히스테리성 발작에 관한 한 마리의 능력은 끝이 없었기 때문이다. 이 일이 있은 뒤, 하인들과 관련된 남편이나 에바의 소원이 언급될 때마다 마리는 히스테리성 발작을 편리하게 활용했다. 그래서 오필리어는 톰을 위해 차선의 조치를 강구했다. 그녀는 셸비 부인에게 편지를 보내 톰이 처한 곤경을 설명하고 톰을 구해줄 것을 간곡하게 요청했다.

다음 날 톰과 아돌프는 다른 예닐곱 명의 하인과 함께 노예 창고로 줄지어 걸어갔다. 곧 경매로 큰돈을 벌게 될 노예 상인의 편의를 돕기 위해서였다.

chapter 30
노예 창고

노예 창고! 아마 일부 독자들은 매우 끔찍한 장소를 상상할 것이다. 불결하고 어둠침침한 짐승우리나 타르타로스[97] 또는 베르길리우스[98]가 묘사한 '무시무시하고 형태와 끝을 알 수 없는' 장소를 상상할 것이다. 하지만 그렇지 않다. 아직도 그런 상상을 한다면 순진한 사람이다. 요즘 노예 상인들은 사회의 눈과 양식에 충격을 주지 않기 위해 '능숙하고 점잖게 죄 짓는' 기술을 터득했다. 인간 상품의 시장 가격은 비싸다. 따라서 상인들은 인간 상품을 잘 먹이고 잘 씻기며 잘 돌봐서 매장에 내놨을 때 미끈하고 튼튼하고 빛이 나도록 만든다. 뉴올리언스의 노예 창고는 관리 상태가 깔끔해서 다른 창고와 외관이 별로 다르지 않다. 창고 바깥에서는 줄지어 늘어선 남자와 여자의 무리를 매일 볼 수 있다. 이들은 내부에 판매할 상품이 있다는 것을 선전하기 위해 서 있다.

상인은 손님이 지나가면 한번 들어와서 보라고 정중하게 권한다. 창고 안에 들어가면 남편과 아내, 형제와 자매, 아버지와 어머니, 어린아이 들을 많이 볼 수 있다. 이들은 모두 사는 사람의 편의에 따라 '낱개 또는 묶음으로 팔리는' 물건들이다. 땅이 흔들리고 바위가 갈라지고 무덤이 열릴 때, 하나님의 아들이 자신의 피와 고통으로 죗값을 치렀던 불멸의 영혼들을 거래의 편의나 사는 사람의 생각에 따라서 팔거나 임대하거나 담보로 잡히며 다른 잡화나 직물과 교환할 수 있다.

톰과 아돌프를 비롯해 예닐곱 명가량 되는 세인트클레어 저택의 하인들이 노예 관리인인 스켁스에게 넘겨져 다정하고 친절한 보살핌을 받게 된 것은 마리와 오필리어의 대화가 있고 나서 이삼 일 뒤였다. 스켁스는 다음 날에 열릴 경매를 준비하고 있었다.

톰은 다른 하인들처럼 옷을 가득 담은 큰 트렁크를 갖고 갔다. 톰 일행은 안내를 받아 밤에 묵을 긴 방으로 들어갔다. 그 방에는 다양한 연령과 몸집, 피부색을 지닌 남자들이 잔뜩 모여 있었다. 그런데 뜻밖에도 그들 가운데서 요란한 웃음소리와 즐거운 이야깃소리가 흘러나왔다.

"아, 하! 옳지, 계속 그렇게 놀거라." 관리인인 스켁스가 말했다. "내 사람들은 항상 저렇게 즐거워한다니까. 삼보, 잘한다." 스켁스는 몸집이 큰 흑인을 추켜세웠다. 그 흑인은 저속한 광대 짓을 하고 있었는데, 그걸 보고 흥이 난 사람들의 떠드는 소리가 톰의 귀에 들렸다.

독자도 예상했겠지만, 톰은 지금 이런 분위기에 휩쓸릴 기분이 아니었다.

그래서 톰은 시끄러운 사람들에게서 가급적 멀리 떨어진 곳에 트렁크를 내려놓고 그 위에 앉아 머리를 벽에 기댔다.

　인간 상품 거래인들은 흑인들이 추억을 잊고 자기 처지를 알아차리지 못하도록 하기 위해 치밀하고 조직적으로 요란하고 즐거운 분위기를 만든다. 흑인들이 북부의 시장에서 팔리는 순간부터 남부에 도착할 때까지 받는 훈련의 목적은 오로지 그들을 무감각하게 만들어 깊이 생각하지 못하게 하고 짐승처럼 만드는 데 초점이 맞춰져 있다. 노예 장사꾼들은 버지니아나 켄터키에서 흑인들을 모아 온천처럼 건강을 향상시키는 편한 곳으로 데리고 가서 살을 찌운다. 이런 곳에서 흑인들은 매일 음식을 배불리 먹는다. 개중에는 고향을 그리워하는 흑인들이 있어, 그들을 위해 깽깽이를 계속 연주해주기도 한다. 또한 매일 춤도 추게 한다. 아내와 자식, 고향 생각에 빠져서 어떤 오락에도 즐거워하지 않는 사람은 위험한 불만분자로 찍힌다. 찍힌 사람은 철저히 무책임하고 비정한 인간만이 가할 수 있는 온갖 학대를 받게 된다. 흑인들은 관람객이 보는 앞에서 활발하고 민첩하고 명랑한 태도를 취하도록 끊임없이 강요받는다. 그렇게 하면 좋은 주인을 만날 것이라는 희망 때문이다. 흑인들은 자기가 팔리지 않을 경우 인솔자가 가하는 온갖 만행을 두려워한다.

　"이 검둥이는 여기서 뭘 하는 거냐?" 스켁스가 방에서 나간 뒤, 삼보가 톰에게 다가와서 말했다. 완전한 흑단색인 삼보는 덩치가 엄청나게 컸고, 활기 넘치는 떠벌이였다. 그는 잔꾀가 많은데다 인상도 험악했다.

　"넌 여기서 뭐 하냐?" 삼보가 톰에게 다가와 옆구리를 장난삼아 찌르면서 말했다. "명상이라도 하냐?"

　"나는 내일 경매에서 팔릴 몸이야." 톰이 조용히 대답했다.

　"경매에서 팔린다. 호호! 여러분 이 친구 재미있지 않소? 역시 경매에 나가는 나는 사람들을 웃기지도 못하겠네? 내일 팔려 나가지 않을 사람이 여기

해방된 노예들

지금껏 약 20만 명의 흑인이 자유를 찾았다.
이론적으로는 이 해방 노예 역시 자유로운 인간과 똑같은 지위를 가진다.
하지만 그들은 배지 착용과 등록명부 기재를 강요당할 뿐만 아니라
심지어 보증금을 맡겨야 하는 경우도 있다.
무수한 장애물 앞에서 그들은 교육을 받을 수도 없고 공직 진출도 금지되는 등
시민으로서의 어떠한 권리도 누리지 못한다.
해방 노예 출신인 새뮤얼과 프랭은 각각 농업 노동자와 잡역부로 일하며
6년째 보스턴 근방의 특별구역에서 살아가고 있다.
프랭이 호주머니에서 아주 특별한 책 한 권을 꺼낸다. 1857년에 출간된 『임박한 위기』다.
바로 그해, 미 연방대법원은 모든 노예는 시민으로서의 권리나 혜택을
가질 수 없다는 판결을 통해 노예제도를 합법화하고자 했다.⁹⁹

미 전역에서 반향을 일으킨 책의 저자
헬퍼¹⁰⁰는 '가난한 백인'의 입장에서
노예제도의 경제적·사회적
중요성을 역설한다.
또한 농장주들에게는 조만간 닥칠
노예들의 반란을 경고한다.
남부에서는 이 책을 소지하고 있다가
발각된 사람들에게 린치를 가했다.

의회에서의 논쟁

남부 상원의원일까? 북부 상원의원일까?
1819년 자유주와 노예주를 대표하는
22명의 상원의원이 모였다.
이듬해인 1820년에는 미주리 협정[101]이 체결되어
차후 노예제도의 확산을 막기 위한 조치로
위도 36도를 기점으로 하는 경계선이 그어진다.

남북 분열을 조장하는 악령은 끊임없이 하원 주위를 맴돌고 있다.
몇 해 전부터는 남부와 북부 어느 쪽도 만족하지 못하는
지루한 논쟁이 이어지고 있다.

의사당 로비에서 마주친 한니발 햄린.
그는 1860년 11월 에이브러햄 링컨에
의해 부대통령으로 지명된다.

"여러분 스스로를 한번 보세요!
산업혁명으로 비참한 빈민촌이 생겨났습니다.
동부 대도시 변두리에서 공장 노동자로 살아가는
모든 이민자들이야말로 '주인 없는 노예들'입니다.
그들의 처지는 우리의 존경스러운 흑인 노예보다 나을 게 없지 않습니까!
백인들이 비천한 노동의 굴레에서 벗어나야만
점차 지적·정신적 최고 경지에 도달할 수 있을 것입니다.
그것이 바로 우리 공화국 선조들이 꿈꾸었던 세상입니다."
– 존 캘훈

남부 의원들의 말

"양키들은 흑인들의 특성을
이해할 만한 자질이 없습니다.
그들의 계산된 이기심 때문에
순수한 마음에서 우러난 흑인들의 충성이
제대로 평가받지 못하는 것입니다…….
흑인들은 그들을 이상하게 여길 것입니다.
왜냐하면 그들의 선조 역시
기사요 신사인 우리 선조들에게
충성을 다했을 테니까요."
– 버지니아에서 가장 오래된
가문 중 하나인 터커 가의 후손,
비벌리 터커

"내가 아주 즐거운 마음으로
노예들을 소유한다고 생각하는
사람은 아무도 없을 것입니다.
하지만 난 이제 그들 없이는 살기
어려운 지경에 이르렀습니다.
우리 남부의 경제는 흑인들의
손에 달려 있습니다…….
하지만 나는 이 비통한 고뇌를
잠식시킬 기회의 시간이
올 것을 확신합니다."
– 패트릭 헨리

북부 상원의원 브루스는
상대 진영의 놀라우리만큼 터무니없는
무의식을 지적하며 다음과 같이 말한다.
"기회주의적이고 비도덕적인 행위들을
합법화하는 말도 안 되는 주장으로는
인간적인 사회가 만들어질 수 없습니다."

어디 있나?" 삼보가 아돌프의 어깨에 멋대로 손을 얹으면서 말했다.

"제발 나를 가만 내버려둬!" 아돌프가 아주 역겹다는 듯이 거칠게 자세를 바로잡으면서 말했다.

"야, 이것 봐라. 여러분, 여기 하얀 검둥이가 있소. 크림처럼 허연데 냄새가 나는구먼." 삼보가 아돌프에게 다가가 코를 킁킁거리면서 말했다. "오, 맙소사! 담배 가게에 가면 어울리겠어. 계속 담배 냄새를 풍길 수 있을 테니까. 가게를 보면 되겠네, 그렇지!"

"내버려두라고 했잖아!" 아돌프가 화를 냈다.

"어이쿠, 하얀 검둥이가 성질 한번 더럽군! 여러분 날 좀 보소." 삼보는 아돌프의 태도를 우스꽝스럽게 흉내 냈다. "나는 잘난 체하는 건방진 놈이에요. 나는 좋은 집안에서 살았지요."

"그래." 아돌프가 말했다. "내가 모시던 주인님은 너희를 모두 살 수 있는 분이셨다!"

"이런, 여기 신사가 계신 줄 몰랐네." 삼보가 대꾸했다.

"나는 세인트클레어 댁 식구였다." 아

돌프가 자랑스럽게 말했다.

"아하, 그랬구나! 너 같은 놈을 처분한 사람들은 얼마나 운이 좋은 걸까. 너 같은 놈은 다 깨진 찻주전자하고나 바꿀 게다." 삼보가 도발적인 미소를 지으면서 말했다.

그의 조롱에 화가 난 아돌프는 욕을 하면서 삼보에게 맹렬히 달려들어 옆구리를 연달아 쥐어박았다. 나머지 사람들은 소리를 지르며 웃었다. 사람들이 떠드는 소리에 관리인이 문가에 나타났다.

"뭐냐, 왜 그래? 질서를 지켜!" 관리인은 방 안으로 들어와 커다란 채찍을 휘두르면서 말했다.

삼보를 제외한 모든 사람들이 사방으로 꽁무니를 뺐다. 관리인이 호의를 베풀어 자신을 익살꾼으로 허가해주었다고 생각한 삼보는 관리인이 채찍을 날릴 때마다 고개를 숙여 피하면서 익살맞은 미소를 지었다.

"에이, 나리, 그러지 마십시오. 나는 얌전하게 있었어요. 새로 온 놈들이 싸움을 걸었습니다. 계속 약을 올리지 뭡니까."

이 말을 들은 관리인은 톰과 아돌프 쪽으로 돌아서서 묻지도 않고 몇 번 발로 차고 주먹질을 했다. 그는 방 안의 모든 사람들에게 얌전하게 잠이나 자라고 지시하고는 다시 방을 나갔다.

남자들의 침실에서 이런 소동이 벌어지는 동

히브리 예언자들이 전한 말씀의 합당성을
확신하는 침례교 성직자 조지 그레이슨.

교회, 특히 기독교에서 분리된 종파의
성직자들은 바울 같은 히브리 예언자들을 이용해,
흑인은 육체적·도덕적으로 하등한 종족이며
신법으로 선택된 백성인 백인들에게 봉사하도록
운명 지어졌음을 증명하고자 한다.
종교적 분열로 인해 이미 1844년에 남부에는
자율 교회가 만들어졌다.

안 독자들은 여자들의 침실을 엿보고 싶은 생각이 들 것이다. 독자들은 여러 자세로 마루 위에서 잠자고 있는 셀 수 없이 많은 사람을 볼 수 있다. 순수한 흑단색에서 흰색까지 여러 피부색을 지닌, 어린이에서 노파에 이르는 다양한 연령의 여자들이 누워 자고 있다. 이 방에는 어제 어머니가 팔려 혼자 남은 피부색이 하얀 예쁜 열 살짜리 소녀가 있다. 소녀는 오늘밤 아무도 보살펴주지 않는 가운데 혼자서 울다 잠이 들었다. 지친 표정의 늙은 여자는 여윈 팔과 굳은살이 박인 손가락으로 보아 고된 노동에 시달린 것을 알 수 있다. 그녀는 내일 헐값에라도 팔리기를 기다리고 있다. 대략 마흔 명에서 쉰 명쯤 되는 사람들이 갖가지 담요나 천을 머리에 뒤집어쓰고 누워 있다. 그런데 한쪽 귀퉁이에 다른 사람들과 떨어져 앉아 있는 두 여자의 모습이 남달리 관심을 끈다. 그중 하나는 점잖은 옷차림을 한 사오십대 혼혈이다. 눈매가 부드러운 그 여자는 친절하고 호감을 주는 인상이다. 그 여자는 머리에 높이 올린 터번을 쓰고 있는데, 터번은 화사한 홍색의 고급 마드라스 천으로 만들었다. 고급 옷감으로 만들어 깔끔하게 맞는 의복은 그녀가 자상한 보살핌을 받고 살았다는 증거다. 그 여자 옆에 바싹 붙어 앉은 딸은 열다섯 살쯤 되어 보인다. 딸은 어머니와 외모가 거의 흡사했으나, 피부색이 더 하얀 것으로 보아 쿼드룬이 틀림없다. 소녀 역시 눈매가 부드럽고 눈동자는 짙으며 속눈썹이 길다. 소녀의 물결치는 머리칼은 짙은 갈색이다. 어머니와 마찬가지로 몸에 잘 맞는 옷을 입고 있다. 손이 희고 섬세한 것으로 보아 노동을 하지 않은 게 틀림없다. 두 사람은 세인트클레어 가족의 하인들과 함께 내일 경매에서 팔리게 된다. 그들의 주인이자 판매대금을 받게 될 신사는 뉴욕의 한 기독교 교회 신자다. 그 신사는 돈을 받은 뒤 성찬식에 참석할 예정이며, 그다음부터는 이 모녀의 일을 더 이상 생각하지 않을 것이다.

  우리가 앞으로 수전과 에멀린이라고 부를 이 두 여자는 친절하고 신앙이 독실한 뉴올리언스의 한 숙녀가 데리고 있던 개인 하녀들이다. 숙녀는 이 모녀를 세심하고 경건하게 교육하고 훈련시켰다. 그들은 읽기와 쓰기를 배웠고 종교의 진리를 열심히 교육받았으며 노예 신분으로는 최고로 행복한 생활을 했다. 그러나 숙녀의 재산을 관리하던 외동아들이 부주의와 사치로 많은 돈을 날리고 마침내 파산하고 말았다. 가장 많은 돈을 빌려준 채무자 가운데 하나가 뉴욕에 있는 비엔코라는 어엿한 회사였다. 비엔코는 뉴올리언스에 있는 자기네 변호사들에게 편지를 보냈고, 지시를 받은 그곳의 변호사들은 재산을 조사해서 뉴욕으로 답장을 보냈다. 재산 중 가장 값이 많이 나가는 품목에 농장의 수많은 노예들과 함께 이 여자 노예 두 명이 포함되었다. 이름을 밝힐 수 없어 비 형제라고 부를 수밖에 없는 비엔코 사의 사장은 자유주에 거주하는 기독교인으로서 이런 거래가 마음에 걸렸다. 그는 노예 거래를 좋아하지 않았을 뿐만 아니라 인간의 영혼을 사고파는 행위를 하지 않았다. 그러나 이번 거래에는 3만 달러가 걸려 있었다. 이 금액은 하나의 원칙 때문에 포기하기에는 너무 큰돈이었다. 그리하여 비엔코 사장은 적절한 자문을 해줄 수 있을 만한 사람들에게 조언을 요청하고 심사숙고한 다음 자신이 볼 때 가장 적합하다고 생각한 방법으로 업무를 처리해 이익금을 송금하라고 지시했다.

뉴올리언스에 편지가 도착한 다음 날, 수전과 에멀린은 처분할 재산에 포함되어 노예창고로 보내졌고, 그다음 날 아침에 있을 경매를 기다리게 되었다. 달빛이 쇠창살이 달린 창문으로 비치는 터라 모녀의 모습은 어렴풋하지만, 우리는 그들이 나누는 대화를 엿들을 수 있다. 두 사람은 울고 있었으나 소리가 아주 작아서 다른 사람들은 듣지 못할 것이다.

"어머니, 내 무릎을 베고 누워서 잠을 좀 청해보세요." 딸이 침착한 태도를 유지하려고 애쓰면서 말했다.

"엠, 난 자고 싶지 않아. 잘 수가 없어. 우리가 함께 지내는 마지막 밤이 될지도 모른단다!"

"오, 어머니. 그런 말은 하지 마세요! 우리가 함께 팔릴지 누가 알아요?"

"다른 사람들 같으면 나도 그렇게 말할 게다, 엠." 어머니가 말했다. "하지만 너를 잃을 것이 너무 두려워서 위험밖에는 보이지 않는구나."

"아니에요, 어머니. 우리는 함께 좋은 집으로 팔려 갈 가능성이 크다고 관리인이 말했어요."

수전은 관리인의 표정과 말을 기억했다. 관리인이 에멀린의 두 손을 살펴보고 물결치듯 구불거리는 머리를 걷어 올리면서 일등급이라고 선언하던 모습이 떠오르자 가슴이 미어지는 것처럼 아팠다. 기독교인으로 교육받고 자라면서 매일 성경을 읽은 수전은 자기 딸이 치욕스러운 생활을 해야 하는 집으로 팔려 가지 않을까 두려웠다. 다른 기독교인 어머니라도 그녀와 같은 심정일 것이다. 그러나 그녀는 지금 보호를 받을 수 없고 희망도 없다.

"어느 집에서 어머니가 요리사 일자리를 얻고 내가 침실 하녀나 바느질 하녀로 일하게 되면 우리는 일등급으로 일할 거예요. 꼭 그렇게 될 거예요. 될 수 있는 대로 명랑하고 활기찬 모습을 보이세요. 우리가 할 수 있는 일을 모두 이야기하면 그렇게 될 거예요."

"나는 네가 내일 머리를 곧게 빗어 뒤로 넘겼으면 좋겠다."

"왜요? 그런 머리 모양은 나한테 잘 안 어울려요."

"그래, 하지만 그래야 더 좋은 곳에 팔릴 게다."

"무슨 말인지 모르겠어요!"

"네가 예쁜 티를 내지 않고 소박하고 품위 있게 보이면 점잖은 가족이 너를 사 갈 가능성이 높아. 그런 세상물정은 너보다 내가 더 잘 알지."

"좋아요, 어머니. 그렇게 할게요."

"그리고 에멀린, 내일 내가 어떤 농장으로 팔려 가고 너는 다른 곳으로 가게 되어 이후 우리가 다시는 보지 못하더라도, 네가 어떻게 자랐는지를 기억하고 마님께서 너에게 하신 말씀을 항상 기억하거라. 성경과 찬송가도 갖고 가거라. 네가 주님에게 충실하면 그분도 너에게 충실하실 거야."

불쌍한 영혼은 이렇게 체념한다. 왜냐하면 그녀는 내일이 되면 어떤 극악무도하고 무자비하며 신을 섬기지 않는 사내라도 돈만 있으면 자기 딸의 몸과 영혼의 주인이 될 수 있다는 걸 알기 때문이다. 그렇게 되면 딸이 어떻게 신앙심을 지킬 수 있을까? 그녀는 이런 생각을 하면서 딸을 끌어안고 아이가 이처럼 예쁘고 매력적이지 않다면 얼마나 좋을까 생각한다. 딸이 보통 노예들보다 훨씬 유복한 환경에서 순수하고 신심 깊게 자란 것을 생각하니 더욱 가슴이 아팠다.

평화와 박애, 검소한 생활을 강조하며 조지 폭스가 세운 퀘이커교의 상징. 쓰인 문구는 "나는 너의 형제가 아니더냐?"라는 뜻이다.

그러나 기도 외에는 의지할 데가 없다. 마찬가지로 깔끔하게 정돈되고 훌륭한 다른 여러 노예 창고에서도 하나님에게 올린 그런 기도가 수없이 많다. 하나님이 그런 기도를 잊지 않았다는 것이 장차 밝혀질 것이다. 성경에 이런 구절이 쓰여 있기 때문이다. "또 누구든지 나를 믿는 이 작은 자들 중 하나라도 실족하게 하면 차라리 연자맷돌이 그 목에 매여 바다에 던져지는 것이 나으리라."

은은하고 부드럽고 고요한 달빛이 쇠창살 안에 엎드려 잠든 사람들을 비춘다. 어머니와 딸은 흑인들이 장례식에서 흔히 부르는 야성적이고 우수에 찬 만가를 함께 부르고 있다.

오, 울고 있는 마리아는 어디에 있는가?
오, 울고 있는 마리아는 어디에 있는가?

좋은 나라에 도착했다네
그녀는 죽어서 천국으로 갔다네
그녀는 죽어서 천국으로 갔다네
하나님의 땅에 도착했다네

오, 바울과 실라는 어디 있는가?
오, 바울과 실라는 어디 있는가?
좋은 나라에 도착했다네
그들은 죽어서 천국으로 갔다네
그들은 죽어서 천국으로 갔다네
좋은 나라에 도착했다네

노래를 계속하라, 불쌍한 영혼들이여! 밤은 짧고, 아침이 너희를 영원히 갈라놓으리라!

이제 아침이 되어 모든 사람이 일어난다. 훌륭하신 스켁스 씨는 경매에 내놓기 좋은 물건이 많아서 바쁘고 즐겁다. 화장실에도 잽싸게 감시원을 배치해놓았다. 가장 좋은 인상을 주는 표정을 짓고 활기차게 움직이라는 명령이 입에서 입으로 모든 사람에게 전달되었다. 이제 경매장에 서기에 앞서 모든 사람들이 빙 둘러서서 마지막 점검을 받았다.

스켁스는 팔메토 모자를 쓰고 입에 시가를 물고 돌아다니면서 자기 상품들을 툭툭 건드리면서 작별 인사를 한다.

"이거 어떻게 된 거야?" 그는 수전과 에멀린 앞에 멈춰 서서 말했다. "아가씨, 구불거리던 머리는 어디 갔어?"

소녀는 겁먹은 눈으로 어머니를 바라본다. 어머니는 흑인 하녀들에게서 흔히 볼 수 있는 능수능란한 태도로 대답한다.

"머리가 바람에 날릴까 봐 단정하게 펴서 묶으라고 어젯밤에 내가 말했어요. 훨씬 더 점잖아 보이잖아요."

"귀찮다!" 그는 위압적인 태도로 소녀에게 몸을 돌렸다. "당장 다시 머리를 말아서 물결치도록 만들어! 그래야 예뻐 보이지." 그는 손에 든 등나무 줄기를 부러뜨리면서 덧붙였다. "그리고 빨리 돌아와!"

"너도 가서 도와줘." 그는 어머니에게 말했다. "머리가 물결치면 100달러는 더 받을 수 있단 말이다."

화려한 둥근 지붕 아래 깔아놓은 대리석 위로 여러 국적의 남자들이 오가고 있다. 둥근 광장의 가장자리 여기저기에는 경매 진행자와 참가자들이 사용할 작은 연단과 좌석이 마련되었다. 광장을 가운데 두고 마주보는 두 개의 연단은 능력 있고 똑똑한 신사들이 벌써 차지했다. 그들은 영어와 프랑스어를 뒤섞어 대화하면서 여러 상품의 감정가를 열심히 올리고 있었다.[102] 아직 경매 참가자들이 다 모이지 않은 다른 쪽 연단은 매매 시작을 기다리는 한 무리의 사람들이 빙 둘러싸고 있었다. 우리는 여기서 세인트클레어 가문에서 온 톰과 아돌프 일행을 알아볼 수 있다. 수전과 에멀린도 불안에 떨면서 자기 차례를 기다렸다. 물건을 보고 구입을 결정하려는 여러 종류의 구경꾼들이 몰려들었다. 그들은 흑인들을 만지고 살펴보면서 다양한 신체적 특징과 얼굴에 관한 의견을 늘어놓았다. 그들의 행동은 기수들이 멋대로 말의 장단점을 평가하는 광경을 연상시켰다.

"잘 지냈나, 앨프! 여기는 웬일인가?" 깔끔한 젊은이가 신사복을 날씬하게 차려입은 다른 젊은이의 어깨를 두드리면서 말을 걸었다. 날씬한 젊은이는 안경을 쓰고 아돌프를 꼼꼼하게 살피던 중이었다.

"응, 시중들 하인이 하나 필요해서. 세인트클레어 가족의 물건들이 나온다기에 구경이나 할까 해서 와봤지."

"그 집 하인들은 절대 사지 마! 모두 버릇이 없어. 악마처럼 건방지다고."

"그런 건 개의치 않아. 내가 주인이 되면 금방 버르장머리를 고쳐놓을 거니까. 세인트클레어와는 다른 종류의 주인을 만났다는 걸 곧 알게 될 거야. 난 저놈을 사고 싶어. 생김새가 맘에 든단 말이야."

"저런 녀석을 데리고 있으면 재산을 몽땅 날릴걸. 주제도 모르고 사치를 부리거든."

"그래, 하지만 내 밑에서는 사치할 수 없다는 걸 알게 되겠지. 유치장에 몇 번 집어넣고 호되게 매질을 하면 버릇을 고쳐서 제 분수를 알게 만들 수 있어! 머리부터 발끝까지 뜯어고칠 거야. 두고 보라고. 나는 저놈을 사기로 결정했어!"

톰은 자기를 둘러싼 사람들의 얼굴을 열심히 살펴보면서 주인님이라고 부르고 싶은 사람이 혹시 있을까 찾아보았다. 독자가 톰의 입장이 되었다고 가정해보자. 이백 명 정도의 사람 중에 나를 소유하고 처분할 수 있는 사람을 선택해야 한다고 가정해보자. 아마 톰과 마찬가지로, 마음 편히 모실 수 있는 사람이 너무나 드물다는 사실을 깨닫게 될 것이다. 톰은 수많은 사람을 보았다. 몸집이 거대한 사람, 뚱뚱한 사람, 우락부락한 사람, 작은 사람, 수다스러운 사람, 여윈 사람, 키가 큰 사람, 날씬한 사람, 건장한 사람, 땅딸막한 사람, 평범한 사람 등 온갖 모습의 사람들이 불 속에 던지거나 광주리에 담을 장작을 고르듯이 자신의 편의에 따라 무관심하게 흑인들을 선택했다. 그러나 세인트클레어 같은 사람은 보이지 않았다.

판매가 시작되기 직전에 키는 작지만 어깨가 벌어진 다부진 남자가 사람들 사이를 비집고 들어왔다. 체크무늬 셔츠의 가슴 부분은 열어젖혔고 때가 묻은 바지는 더러웠다. 그는 적극적으로 노예를 사려는 사람처럼 보였다. 노예 무리에 접근한 그 남자는 물건들을 체계적으로 조사하기 시작했다. 톰은 그 남자가 접근하는 것을 본 순간부터 거부감과 두려움을 느꼈다. 그가 가까이 오자 두려움은 더 커졌다. 남자는 키가 작았으나 힘이 엄청난 것이 분명했다. 총알처럼 생긴 둥근 머리와 커다란 연회색 눈동자, 텁수룩한 갈색 눈썹과 햇볕에 그을린 뻣뻣한 머리카락은 고약한 인상을 풍긴다고 고백하지 않을 수 없다. 크고 상스러워 보이는 입에는 항상 씹는담배를 물고 있었고, 때때로 폭발적인 힘으로 담배 진액을 뱉었다. 엄청나게 크고 털이 무성한 손은 햇볕에 그을려서 주근깨가 많고 아주 더러웠으며 긴 손톱의 위생 상태도 매우 불량했다. 이 남자는 제멋대로 물건들을 하나씩 꼼꼼히 조사했다. 그는 톰의 치아를 검사하기 위해 턱을 잡아당겨 입을 벌리게 했다. 그리고 톰의 상의 소매를 걷어 올려 근육을 살펴보았다. 또 톰을 돌려세우기도 하고 제자리에서 뜀뛰기를 시키는가 하면 걸어보게도 했다.

"넌 어디서 자랐느냐?" 그는 조사하는 도중에 짤막하게 묻는 것도 잊지 않았다.

"켄터키에서 자랐습니다, 주인님." 톰이 구원의 손길을 찾는 듯 주변을 둘러보면서 대답했다.

"무슨 일을 했어?"

"주인님의 농장을 관리했습니다."

"뻔한 이야기지!" 그 남자는 다음 상품으로 넘어가면서 짤막하게 말했다. 그는 아돌프 앞에서 잠시 멈췄다. 그런 다음 아돌프의 검은 약칠이 잘된 구두 위에 담배 진액을 뱉고 나서 멸시하듯 코웃음을 친 후 다시 걸음을 떼어 놓았다. 그는 수전과 에밀린 앞에 다시 멈췄다. 그는 육중하고 더러운 손을 뻗어 소녀를 자기 쪽으로 끌어당겼다. 소녀의 목과 가슴을 쓰다듬은 그 남자는 팔을 만져보고 치아를 살펴본 다음, 소녀를 어머니 쪽으로 떠밀었다. 어머니는 소름끼치는 인상의 낯선 남자가 손을 움직일 때마다 고통을 참는 표정이 역력했다.

소녀는 겁을 먹고 울기 시작했다.

"그쳐! 이 건방진 것!" 노예 상인이 말했다. "여기서는 징징거리면 안 돼. 판매가 곧 시작된다." 이어 판매가 개시되었다.

아돌프는 조금 전에 사겠다고 별렀던 젊은 신사에게 상당히 높은 가격에 낙찰되었다. 세인트클레어 가문의 다른 하인들도 여러 입찰자들에게 팔렸다.

"자, 이제 네 차례다. 알겠나?" 경매인이 톰에게 말했다.

톰은 단 위로 올라가 불안한 시선으로 주위를 둘러보았다. 모든 것이 희미한 일상적인 소음 속에 빠져드는 느낌이었다. 경매인이 프랑스어와 영어로 판매 조건들을 큰 소리로 열거하자, 바로 프랑스어와 영어로 입찰 가격을 부르는 소리가 요란하게 들려왔다. 거의 순식간에 최종 입찰 가격을 알리는 망치소리가 들렸다. 경매인이 가격을 말할 때 '달러'의 마지막 음절만 똑똑하게 들려왔다. 톰은 팔렸다. 새 주인이 생긴 것이다.

톰은 떠밀려서 단에서 내려왔다. 키가 작고 머리가 총알처럼 생긴 그 남자가 톰의 어깨를 거칠게 잡아 한쪽으로 밀었다. 남자는 쉰 목소리로 "넌 거기서 있어!"라고 말했다.

톰은 사태가 어떻게 돌아가는지 알아차리지 못했다. 경매가 여전히 진행되는 가운데 프랑스어와 영어로 번갈아 경매가를 부르는 소리가 소음처럼 들려왔다. 다시 망치소리가 나고 이번에는 수전이 팔렸다! 단에서 내려선 수전은 간절한 눈빛으로 뒤를 돌아보았다. 딸이 그녀를 향해 두 손을 뻗었다. 수전은 고뇌에 찬 표정으로 자기를 산 남자의 얼굴을 쳐다보았다. 그는 점잖은 중년의 남자로 너그러운 인상이었다.

"주인님, 제발 제 딸도 같이 사주세요!"

"나도 그러고 싶지만 돈이 부족하네." 소녀가 경매 연단 위에 올라가자 그 신사가 괴로운 표정으로 관심을 보이면서 바라보았다. 소녀는 겁에 질린 눈으로 주위를 머뭇머뭇 둘러보았다.

평소 하얀 소녀의 볼에 갑자기 피가 몰렸고 두 눈은 열기를 내뿜었다. 어머니는 전보다 더욱 아름다운 딸의 모습을 지켜보면서 신음을 냈다. 경매인은 자신이 유리하다는 것을 알아차리고 영어와 프랑스어를 섞어 큰 소리로 경매가를 불렀다. 입찰 가격은 연달아 빠르게 올라갔다.

"인간의 도리상 가만히 있을 수가 없군." 관대한 인상의 신사가 경매에 참가해 입찰 가격을 제시했다. 그러나 몇 분 후 경매가는 신사가 감당할 수 없는 수준으로 올라갔다. 신사는 입을 다물었다. 경매인은 더욱 흥분했다. 경매 참가자들이 점차 탈락해서, 경매는 이제 귀족풍의 노신사와 머리가 총알을 닮은 남자의 대결로 압축됐다. 노신사는 경쟁자를 깔보는 듯이 바라보면서 몇 차례 더 입찰 가격을 높이 제시했다. 그러나 총알 머리가 끈기와 지갑 두께에서 우세했다. 두 사람의 경합은 순식간에 끝났다. 망치가 떨어졌다. 하나님의 가호가 없는 한, 총알 머리가 소녀의 몸과 영혼의 주인이 되었다.

소녀의 주인이 된 것은 레드 강[103] 유역에서 면화 농장을 경영하는 리그리였다. 소녀는 다른 두 명의 남자 노예와 더불어 톰과 같은 운명 속으로 밀려들었다. 소녀는 단에서 밀려날 때 울음을 터뜨렸다.

너그러운 신사는 미안하게 생각했다. 그러나 이런 일은 매일 일어나고 있다! 노예 판매 때는 항상 울부짖는 어머니들과 딸들을 보게 된다. 어쩔 수 없다. 신사는 자신이 산 물건을 데리고 다른 방향으로 발길을 돌린다.

기독교인이 소유한 뉴욕 소재 비 회사의 변호사는 이틀 뒤 본사에 송금을 했다. 이렇게 획득한 수표의 뒷면에는, 그들이 장차 그 앞에 나가 계산하게 될 주께 올리는 다음 글을 적도록 해야 한다. "주께서 피의 심판을 할 때 비천한 자들의 울음을 잊지 마소서!"

chapter 31
새 주인

> 주께서는 눈이 정결하시므로 악을 차마 보지 못하시며 패역을 차마 보지 못하시거늘 어찌하여 거짓된 자들을 방관하시며 악인이 자기보다 의로운 사람을 삼키는데도 잠잠하시나이까.[104]

톰은 레드 강 위에 떠가는 작고 초라한 배의 아랫부분에 앉아 있다. 손과 발에는 쇠사슬이 채워져 있고, 가슴에는 쇠사슬보다 더 무거운 추가 매달려 있다. 그의 하늘에서 달과 별이 모두 사라졌다. 지금 스쳐 지나가는 나무와 강둑처럼 톰의 모든 것이 다시는 돌아올 수 없는 곳으로 가버렸다. 아내와 아이들이 있는 켄터키의 집과 너그러운 주인들, 고상하고 화려했던 세인트클레어 저택, 성자의 눈을 닮은 에바, 그녀의 금빛 머리칼, 당당하고 명랑하며 준수하고 무심한 것 같지만 항상 친절했던 세인트클레어, 편안하고 자유로웠던 시간들은 모두 사라졌다! 그들이 떠난 자리에 지금 무엇이 남아 있는가?

많은 노예들에게 닥치는 가혹한 운명 가운데 하나는 동정심 많고 새로운 환경에 잘 동화되는 흑인들이 세련된 주인 가족을 만나 그런 집안의 분위기를 이루는 취향과 정서 속에서 살다가 갑자기 가장 거칠고 혹독한 노예 상태로 전락하는 것이다. 한때 고급 살롱을 장식했던 의자와 탁자가 결국 더럽고 초라해져 지저분한 선술집의 바나 저속하고 방탕한 퇴폐업소에 놓이는 신세가 되는 것과 비슷하다. 그러나 탁자와 의자는 감정이 없지만 사람에게는 감정이 있다는 게 가장 큰 차이점이다. 아무리 법률이 노예를 '취득하고 평가하고 기증하는 인적 동산(動産)'으로 간주한다 해도 자신만의 추억과 희망,

새 주인

앤서니 번스[105]

1854년 6월 2일. 우리가 있는 바로 이 자리에서 군대를 동원해 도주 노예 한 명을 강제 송환하는 사건이 벌어졌다.
지금은 도처에 알려진 그의 이름은 앤서니 번스.
24개 연방 부대와 1개 포병대, 4개 해군 보병소대 및 일단의 경찰들이 작전 수행을 위해 배치되었다.
5만여 명의 군중이 고함을 지르며 야유를 퍼붓는 가운데 그는 승선장까지 끌려갔다.
작전 비용은 무려 4만 달러. 사건이 있기 며칠 전 연방의회에서는 노예제도를 채택하거나
거부할 권리를 각 주에게 일임하는 법안을 통과시켰고,
보스턴은 앤서니 번스의 송환에 무능하게 대처했던 것이다.
이로 인해 남과 북의 단절의 골은 더욱 깊어만 간다.

보스턴 항 부두의 이른 아침.

1852년 출간된 이후 백만 권 이상이 팔린 『엉클 톰스 캐빈』은 노예제도의 폐해를 널리 알렸다.

사랑, 두려움과 욕망으로 이루어진 개인적인 작은 세계를 가진 영혼까지 완전히 지울 수는 없다.

톰의 새 주인 사이먼 리그리는 뉴올리언스의 여러 노예 시장에서 모두 여덟 명의 노예들을 사들여 두 사람씩 짝을 지어 수갑을 채운 다음 증기선인 파이어럿 호로 데려갔다. 증기선은 레드 강을 거슬러 올라갈 준비를 마치고 부두에 정박해 있었다.

승객과 화물을 빠짐없이 실은 후 배가 출발하자 리그리는 평소처럼 기민하게 상품을 다시 둘러보면서 점검했다. 그는 톰 앞에서 멈췄다. 톰은 노예 판매장에 입고 나갔던 브로드 천 양복과 풀을 빳빳하게 먹인 리넨 셔츠를 그대로 입고 있었다. 그의 구두는 윤이 났다. 리그리는 다음과 같은 짤막한 대화를 통해 자기가 어떤 인간인지 보여주었다.

"일어서."

톰이 일어섰다.

"목의 칼라를 떼!" 거추장스러운 수갑 때문에 톰이 둔하게 움직이자 리그리는 거든답시고 우악스럽게 칼라를 잡아채서 자기 주머니에 집어넣었다.

리그리는 이미 샅샅이 뒤진 적이 있는 톰의 트렁크로 관심을 돌려 톰이 마구간 일을 할 때 입었던 낡은 바지와 해진 외투를 꺼냈다. 리그리는 톰의 수갑을 풀어주고 상자더미 속의 후미진 곳을 가리키면서 말했다.

"저기 가서 이걸로 갈아입어."

톰은 지시에 따랐고, 몇 분 뒤에 돌아왔다.

"구두를 벗어." 리그리가 말했다.

톰은 그렇게 했다.

"이걸 신어." 리그리는 노예들이 흔히 신고 다니는 조잡하고 빳빳한 구두

한 켤레를 던져주었다.

 톰은 옷을 바쁘게 갈아입는 와중에 주머니에 소중하게 간직한 성경을 옮겨놓는 것을 잊지 않았다. 성경을 옮겨놓은 것은 잘한 일이었다. 왜냐하면 톰의 손에 수갑을 다시 채운 리그리는 톰의 주머니에 든 소지품을 꼼꼼히 검사하기 시작했기 때문이다. 리그리는 비단 손수건을 꺼내 자기 주머니에 집어넣었다. 리그리는 톰 주머니에서 나온 몇 가지 장난감을 한심하다는 듯이 내려다보더니 등 뒤의 강물에 모두 던져버렸다. 그것들은 주로 에바를 즐겁게 했기 때문에 톰이 애지중지했던 터였다.

 다음에 그는 톰이 미처 간수하지 못한 감리교 찬송가를 들어 뒤적거렸다.
 "흥! 신앙심이 깊은 게로군. 그래 네 이름이 뭐냐? 교회에 다니나?"
 "예, 주인님." 톰이 똑똑히 말했다.
 "그래, 곧 너의 신앙심을 없애주겠다. 내 집에는 떠들고 기도하고 노래하는 깜둥이는 하나도 없다. 그러니 명심해. 네 일이나 잘해." 그는 발을 구르면서 험악한 잿빛 눈으로 톰을 노려보았다. "이제부터는 내가 너의 교회야! 알겠나? 너는 내 말에 무조건 복종해야 한다."

 조용한 흑인의 내부에 있는 그 무엇이 '싫어!'라고 대답했다. 그에 이어 마치 보이지 않는 목소리가 옛 예언자의 말을 되풀이해서 들려주는 것 같았다. 그 말은 에바가 자주 읽어주었던 구절이었다. "너는 두려워하지 말라 내가 너를 구속하였고 내가 너를 지명하여 불렀나니 너는 내 것이라."

 그러나 사이먼 리그리는 아무런 목소리도 듣지 못했다. 그 목소리는 리그리가 결코 들을 수 없는 것이었다. 다만 그는 고개를 숙인 톰을 잠시 노려본 다음 다른 곳으로 갔다. 그는 여러 벌의 옷이 아주 깔끔하게 정돈돼 있는 톰의 트렁크를 들고 앞 갑판으로 갔다. 리그리가 갑판에 톰의 트렁크를 벌여놓자 많은 사람들이 몰려들어 둘러쌌다. 신사가 되기 위해 애쓰는 검둥이를 조롱하며 웃음판이 벌어진 가운데 톰의 물건들이 하나씩 신속하게 팔려 나

 엉클 톰스 캐빈

프레더릭 더글러스[106]

백인 남자와 흑인 여자 사이에서 노예로 태어나 북부로 탈출했던 프레더릭 더글러스는 노예제도 반대운동을 확산시키는 데 지대한 공헌을 했다.

노예제도 폐지를 위한 캠페인의 일환으로, 학수고대하던 그의 강연이 이곳 뉴욕에서 펼쳐진다. 뛰어난 웅변 실력과 함께 자신의 노예생활 경험과 해방의 과정을 생생하게 기록한 자서전 출간을 통해 여론을 뒤흔든다.

갔고 마침내 빈 트렁크마저 경매에 붙여졌다. 둘러선 사람들은 좋은 웃음거리라고 생각했다. 우왕좌왕하는 구경꾼들은 특히 톰이 자기 물건을 잘 건사한 것을 조롱했다. 가장 재미있는 대목인 트렁크 경매 때는 재담과 익살이 난무했다.

이 작은 사건이 끝나자 사이먼 리그리는 다시 자기 재산이 있는 곳으로 어슬렁어슬렁 걸어갔다.

"자, 톰, 너에게 쓸데없는 물건들을 내가 덜어주었다. 지금 입고 있는 옷을 아껴 입어라. 다른 옷을 받으려면 한참 있어야 하거든. 나는 검둥이들이 물건을 아끼게 만드는 데 일가견이 있어. 우리 집에서는 일 년에 옷 한 벌이면 충분해."

다음에 사이먼이 찾아간 사람은 다른 여자와 함께 쇠사슬에 묶인 채 앉아 있는 에멀린이었다.

"얘야, 기운을 내렴." 사이먼은 소녀의 턱밑을 가볍게 두드리면서 말했다.

마지못해 쳐다보는 소녀의 공포와 혐오에 찬 눈길을 리그리가 못 볼 리 없었다. 그는 험상궂게 얼굴을 찌푸렸다.

"어째 샐쭉해 있는 거냐! 어른이 말씀하실 때는 즐거운 표정을 지어야지. 알았어? 그리고 너 늙은 노랑이 할망구야!" 리그리는 에멀린과 함께 묶여 있는 물라토 여자를 밀치면서 말했다. "그렇게 인상 쓰지 마! 그러니까 싸구려로 보이는 거야! 알겠나?"

"너희 모두에게 말해두겠다." 리그리는 한두 발짝 뒤로 물러서면서 말했다. "나를 봐라. 당장 내 두 눈을 똑바로 쳐다보란 말이야!" 그는 말을 멈출 때마다 발을 굴렀다.

일행은 홀린 듯이 사이먼의 번득거리는 회색 눈을 쳐다보았다.

"자, 이 주먹이 보이지?" 그는 대장간의 망치같이 커다란 주먹을 쥐어 보이면서 말했다. "얼마나 무거운지 들어봐라!" 그는 자기 주먹을 톰의 손 위

 엉클 톰스 캐빈

보스턴에 있는 윌리엄 로이드 개리슨[107]의 옛 인쇄소

1831년 보스턴, 인쇄공이던 청년 개리슨은 《더 리버레이터》,
즉 '해방자'라는 의미심장한 제목의 잡지를 발간한다.
이후 그는 미국 전역에서 가장 유명한 동시에 가장 미움 받는 인사 중 하나가 되었다.
그는 "흑인 노예들의 즉각적인 해방을 위해 한 치의 양보도 없이 격렬하게 싸울 것"임을 천명한다.
그의 급진적 주장은 특히 자유 흑인 노동자와의 경쟁을 우려해온
아일랜드 이주민들의 심한 반발을 불러일으킨다.
개리슨은 격노한 그들을 피해 언젠가는 보스턴에 있는 한 감옥으로 피신한 적도 있다고 한다.
그가 1833년에 설립한 미국 노예제도폐지협회에서는 다수의 시인들과
상류층 지식인, 성직자, 퀘이커교도들이 활동할 뿐만 아니라
몇몇 영향력 있는 사업가들의 경제적 지원도 이어지고 있다.

《더 리버레이터》[108]

에 놓으면서 말했다. "이 뼈를 봐라. 이 주먹은 검둥이들을 때려눕힐 때 강철처럼 단단하다는 것을 말해두마. 이 주먹을 한 방 맞고 뻗지 않은 검둥이를 나는 본 적이 없다." 사이먼이 주먹을 톰의 얼굴에 너무나 가까이 내밀었기 때문에 톰은 놀란 눈으로 물러났다. "나는 빌어먹을 감독 같은 것은 두지 않는다. 내가 직접 감독한다. 내가 시키는 일은 즉시 해야 한다. 너희 모두 발에 낙인을 찍을 것이다. 내가 말하는 즉시 신속하고 똑바르게 실행해야 한다. 그게 나와 사는 방식이다. 난 절대 어수룩한 사람이 아니다. 그러니까 모두 조심해라. 나는 자비 같은 건 절대 베풀지 않는다."

여자들은 자기도 모르게 숨을 들이마셨고 일행은 모두 고개를 숙인 채 비참한 표정을 지었다. 사이먼은 말을 마치고 뒤돌아서 한잔 걸치러 배 안의 술집으로 향했다.

"나는 검둥이들을 처음부터 이런 식으로 가르칩니다." 그는 옆에서 자신의 연설을 지켜보던 신사에게 말했다. "강하게 시작하는 게 나의 방식입니다. 뭘 기대해야 할지 알려주는 거죠."

"그렇군요!" 낯선 신사는 이상한 동물의 표본을 보고 호기심이 발동한 자연과학자 같은 표정을 지으면서 사이먼을 쳐다보았다.

"예, 그럼요. 하릴없이 어슬렁거리다 빌어먹을 늙다리 감독들에게 사기만 당하는, 손가락이 백합처럼 하얀 신사 농장주들과 나는 다르지요. 내 손의 관절을 만져보세요. 이 주먹을 봐요. 돌처럼 단단한 이 주먹은 검둥이들을 때리면서 단련되었지요. 만져보세요."

낯선 신사는 손가락으로 사이먼의 주먹을 건드려본 다음 간단히 말했다.

"정말 단단하군요. 대단해요." 신사는 이렇게 덧붙였다. "물론 가슴도 이 주먹처럼 단련시켰겠죠."

"그야 물론이죠. 예, 그렇게 말할 수 있습니다." 사이먼은 호탕하게 웃었다. "나는 빈틈이 없어요. 빈틈이 없다는 점에서는 누구에게도 뒤지지 않는다고 장담합니다. 검둥이들의 잔꾀에 절대 속지 않아요. 큰소리나 아첨에도 끄떡하지 않습니다. 사실이 그래요."

"당신은 쓸 만한 노예를 하나 갖고 있더군요."

"잘 보셨습니다. 저기 있는 톰이라는 녀석인데, 듣자하니 보기 드문 놈이랍니다. 비싸게 주고 샀어요. 마부나 감독으로 쓸 생각입니다. 검둥이가 받아서는 안 될 대접을 받으면서 물든 못된 생각부터 버리게 하면 아주 쓸모가 많을 겁니다. 저기 안색이 노란 여자는 병이 든 것 같지만 잘 부려서 몸값을 하게 만들어야지요. 아마 한두 해는 버틸 겁니다. 나는 검둥이들을 아끼지 않아요. 다 쓰면 버리고 새로 사면 되니까요. 그게 내 방식입니다. 그게 더 편해요. 결국에는 그런 방법이 비용이 덜 든다고 나는 확신합니다." 사이먼은 유리잔의 술을 조금씩 마셨다.

"보통 검둥이들은 얼마나 버티나요?"

"글쎄요. 잘 모르겠지만, 체질에 따라 다르죠. 튼튼한 녀석들은 육칠 년 갑니다. 지질한 것들은 이삼 년이면 끝나지만요. 처음에 농장을 시작했을 때는 검둥이들을 보살펴 오래 살리려고 고생깨나 했습니다. 아프면 의사를 불러 치료를 해주고 옷과 담요도 주면서, 남부럽지 않게 편히 살게 해주려고 온갖 노력을 다했어요. 그래봤자 아무 소용 없습니다. 쓸데없이 돈만 쓰고 문제만 더 많이 쌓였거든요. 지금은 아픈 놈이나 건강한 놈이나 모두 일터로 내보냅니다. 검둥이 하나가 죽으면 다른 놈을 새로 사면 돼요. 그렇게 하는 게 돈도 덜 들고 훨씬 편해요."

낯선 신사는 사이먼의 곁을 떠나 다른 신사 옆에 앉았다. 그 신사는 두 사람의 대화를 듣고 느껴지는 불편한 심기를 억제하고 있었다.

"저자를 남부 농장주들의 표본이라고 생각하시면 안 됩니다." 그 신사가 말했다.

"나도 그렇지 않기를 바랍니다." 젊은 신사가 힘주어 말했다.

"저자는 천하고 비열한 짐승 같은 인간이오!"

"하지만 남부의 법은 인간의 영혼을 가진 노예를 주인이 얼마든지 마음대로 부리도록 허용하고 있습니다. 노예는 털끝만큼의 보호도 못 받아요. 저자처럼 천한 인간이 많지 않다고 장담하기는 어려울 겁니다."

"글쎄요. 농장주 가운데는 노예를 인도적으로 배려하는 사람도 많습니다."

"인정합니다. 하지만 제 생각으로는, 저런 몹쓸 인간들이 야만적이고 극악무도한 짓을 저지르도록 만든 책임은 이해심이 깊고 인도적인 사람들에게도 있습니다. 남부의 체제는 정부의 허가나 영향력이 없으면 한 시간도 유지되지 못할 겁니다. 만약 다른 농장주들이 없다면 어떻게 저런 자들이 살아남을 수 있겠습니까." 젊은 신사는 등을 돌리고 앉아 있는 리그리를 손가락으로 가리키면서 말했다. "체제 전체가 산산조각 날 겁니다. 저자의 야만적 행동을 허가하고 보호하는 것이 남부의 인도주의적이고 고매한 풍속입니다."

"당신은 나의 선한 본성을 높이 평가하시는군요." 농장주가 미소를 지었다. "하지만 이 배에는 당신의 견해를 나처럼 인내심 있게 받아들이지 않는 사람들이 타고 있으니까 언성을 좀 낮추는 것이 좋겠습니다. 내 농장에 도착할 때까지 기다리는 것이 좋겠습니다. 거기서는 마음 놓고 비난해도 됩니다."

젊은 신사는 얼굴을 붉히면서 미소를 지었다. 두 사람은 곧 장기에 열중했다. 한편 배의 아래쪽에서는 쇠사슬에 함께 묶인 에멀린과 물라토 여인 사이에서 또 다른 대화가 진행되고 있었다. 두 사람은 지난 일 가운데 특별히 기억에 남는 추억을 자연스럽게 이야기했다.

"아주머니는 어느 집에 계셨어요?" 에멀린이 물었다.

"응, 내 주인님은 엘리스라는 분이었어. 리브 거리에 사셨지. 아마 너도 그 저택을 봤을 거야."

"주인은 친절했나요?"

"대체로 친절했지. 그런데 주인이 병에 걸려 시름시름 여섯 달 동안 앓으면서 나에게 고생문이 열렸지. 주인은 밤이고 낮이고 다른 사람들이 쉬는 꼴을 못 보더군. 점점 성질이 괴팍해져서 아무도 비위를 맞출 수가 없게 됐어. 주인은 하루가 다르게 성질이 나빠졌고, 밤에 나를 못 자게 했어. 그러다 어느 날 밤 내가 졸음을 견디지 못하고 깜박 잠이 들었더니 나에게 고래고래 욕설을 퍼부으면서 가장 악독한 주인을 찾아내는 대로 나를 팔아버리겠다고 말하더군. 아프기 전에는 자기가 죽으면 나에게 자유를 주겠다는 약속까지 했던 사람인데."

"친구분들이 있었나요?"

"그럼. 대장장이로 일하는 남편이 있었지. 주인이 임대료를 받고 다른 사람에게 빌려주었어. 내가 너무 빨리 끌려오는 통에 남편 얼굴을 볼 시간도 없었지. 애들도 넷이나 있고. 오, 어쩌나!" 여자는 두 손으로 얼굴을 감쌌다.

남의 고생담을 들으면 뭔가 위로가 될 만한 이야기를 생각하는 것이 인지상정이다. 에멀린은 뭔가 이야기하고 싶었으나 할 말이 생각나지 않았다. 무슨 할 말이 있겠는가? 두 여인은 너무나 두려워서 이제 주인이 된 무서운 남자에 관한 언급을 피하기로 합의했다.

가장 암담한 시간에도 신앙심을 잃지 않는 사람이 있다. 감리교 신자인 물라토 여인은 무식하기는 했지만 신앙심이 매우 깊었다. 훨씬 좋은 교육을 받고 자란 에멀린은 자상하고 독실한 기독교 신자인 여주인에게 읽기와 쓰기를 배웠고 부지런히 성경 교육을 받았다. 그러나 하나님의 손에서 버려져 무자비한 폭군의 손아귀에 떨어지면 독실한 기독교인의 믿음도 시험에 들지 않을까? 지식이 적고 나이가 어린 가련한 기독교인의 신앙은 얼마나 더 심하게 흔들릴 것인가!

무거운 슬픔을 실은 배는 붉고 탁하고 거센 물살을 따라 구불구불 흐르는 레드 강을 거슬러 올라갔다. 슬픔에 잠긴 사람들은 지루하게 반복되는 가파른 붉은 진흙 강둑을 하염없이 바라보았다. 마침내 배가 작은 마을에 도착하자, 리그리는 자기 일행을 데리고 배에서 내렸다.

chapter 32
어두운 곳

무릇 땅의 어두운 곳에 포악한 자의 처소가 가득하나이다.[109]

톰 일행은 거친 길 위를 굴러가는 엉성한 마차를 따라 앞만 보고 걸었다.

마차 앞쪽에는 사이먼 리그리가 타고 있었다. 뒤쪽에는 여전히 함께 쇠사슬에 묶여 있는 두 여자가 탔다. 여자들 옆에는 몇 개의 자루가 실렸다. 일행은 상당히 먼 거리에 있는 리그리의 농장으로 가고 있었다.

거칠고 인적이 없는 길은 단조로운 소나무 황무지 속으로 구불구불 뻗어 있었다. 황무지에 부는 바람 소리는 신음처럼 들렸다. 넓은 편백나무 습지대 위에는 통나무를 깔아서 만든 길이 있었다. 부드러운 진창 속에 서 있는 나무에는 상복처럼 검은 이끼가 잔뜩 자라 보는 사람의 기분을 처량하게 만들었다. 물속에 여기저기 널브러진 채 썩어가는 부러진 나무의 줄기와 가지 사이에서는 역겨운 모카신 독사가 금방이라도 기어 나올 것 같았다.

노잣돈이 넉넉하고 장비를 잘 갖춘 말을 타고 사업차 여행하는 사람이라도 홀로 이런 길을 가면 울적한 기분을 느낄 것이다. 하물며 한 발자국 뗄 때마다 사랑하고 기도해주는 사람들로부터 점점 멀어지는 노예 신분의 사람에게는 얼마나 더 황량하고 지루할까.

톰 일행의 어두운 얼굴에 나타난 수척하고 비참한 표정을 본 사람은 그렇게 생각했을 것이다. 톰 일행의 지친 눈 속에 어려 있는 그리움을 본 사람은 그렇게 생각했을 것이다.

그러나 마차를 타고 가는 사이먼은 기분이 좋아 보였다. 그는 가끔 주머니에 넣고 다니는 작은 병을 꺼내서 술을 마셨다.

"이봐, 너희들!" 그는 몸을 돌려 풀이 죽은 채 뒤따르는 일행을 힐끗 살펴보았다. "노래 한 곡조 뽑아봐, 어서!"

남자들은 서로 바라보았다. 리그리가 말에 채찍을 휘둘러 날카로운 소리를 내면서 다시 독촉을 했다. 톰이 감리교 찬송가를 부르기 시작했다.

> 예루살렘, 나의 행복한 고향
> 언제나 다정한 그 이름이여
> 내 눈물 끝나는 날
> 기쁨은……

"닥쳐! 이 빌어먹을 검둥이야!" 리그리가 고래고래 소리쳤다. "누가 네놈의 지긋지긋한 구닥다리 감리교 찬송가를 듣겠다고 했냐? 자, 분위기를 바꿔서 진짜 흥겨운 노래를 불러라, 빨리!"

다른 남자가 노예들이 흔히 부르는 노래를 시작했다.

주인님이 너구리를 잡으라 하시네
모두 소리를 높여라!
주인님은 배를 잡고 웃는다
달님을 보아라!
호호호! 어서 가자 호!
호호! 하이에! 오!

선창한 사람은 제 기분에 맞춰 노래를 고쳐 부르는 것 같았다. 그는 논리 따위는 내팽개친 채 생각나는 대로 운을 맞췄다. 나머지 일행은 중간중간 합창 부분을 함께 따라서 불렀다.

호호호! 모두, 호!
하이에 오! 하이에 오!

톰 일행은 억지로 흥겨운 체하면서 요란하게 노래를 불렀다. 하지만 어떤 절망의 통곡이나 간절한 기도의 말도 그들의 거친 합창에 담긴 비애처럼 애절하지는 못할 것이다. 이는 마치 위협받고 갇혀서 말을 할 수 없는 가련한 노예들이 음악이라는 모호한 성역으로 도피해 하나님에게 올리는 기도를 찾아낸 것 같았다. 그들의 합창 속에는 사이먼이 알아들을 수 없는 기도가 담겨 있었다. 그는 노예들의 시끄러운 노랫소리만 듣고 즐거워했다. 그는 노예들의 '기분을 좋게' 만들고 있었던 것이다.

"자, 아가야, 집에 거의 다 왔다!" 그는 에멀린을 돌아보고 그녀의 어깨에 손을 얹으면서 말했다.

리그리가 꾸지람을 하고 화를 내면 에멀린은 무서웠지만, 그가 지금처럼 손을 잡고 말을 걸면 차라리 두들겨 맞는 편이 낫겠다는 생각이 들었다. 그의 눈빛만 보아도 소녀는 기절할 것 같았고 몸에 소름이 돋았다. 그녀는 자신도 모르게 물라토 여인 쪽으로 다가갔다. 그녀가 마치 어머니라도 되는 것처럼.

"너는 귀고리를 안 했구나." 리그리가 거친 손가락으로 소녀의 작은 귀를 만졌다.

"싫어요! 주인님!" 에멀린은 시선을 떨어뜨리면서 몸을 떨었다.

"그래, 네가 말을 잘 들으면 집에 도착한 다음에 귀고리 한 쌍을 주마. 그렇게 겁낼 필요 없다. 너에게 심한 노동을 시킬 생각은 없다. 넌 나와 멋진 시간을 보내면서 숙녀처럼 살 수 있을 게다. 내 말만 잘 들으면 돼."

리그리는 그동안 계속 술을 마셨기 때문에 기분이 아주 너그러워졌다. 농장의 울타리가 시야에 들어온 것은 바로 이때였다. 전에 이 농장을 소유했던 고상하고 부유한 신사는 농장 주변의 조경에 상당한 관심을 기울였다. 하지만 주인이 파산해 죽자 리그리는 농장을 헐값에 사서 단지 돈벌이 수단으로만 이용했다. 그에게는 모든 것이 돈벌이 수단이었다. 심하게 낡아서 폐가처럼 보이는 농장 저택은 전 주인이 가꾸고 보살폈던 흔적이 완전히 소멸되었다는 증거였다.

한때 고르게 깎여 있던 집 앞의 잔디밭은 너저분하게 뒤엉킨 잡초로 덮였고 예전에 관상용으로 심은 관목이 여기저기 흩어져 있었다. 군데군데 잔디가 패어 나간 자리에는 말을 매는 말뚝이 세워져 있었다. 집 주변도 깨진 양동이와 옥수수 속대, 기타 지저분한 쓰레기로 뒤덮여 있었다. 지금은 말 매는 기둥으로 사용하느라 한쪽에 치워져 있는 장식 받침대에는 흰 곰팡이가 핀 재스민과 인동덩굴이 누더기처럼 걸려 있었다. 과거에 넓은 화단이 있던 자리에는 이제 잡초만 무성하게 자라 여기저기 이상한 물건들이 쓸쓸히 고개를 내밀고 있었다. 온실 건물에는 창틀이 하나도 보이지 않았고, 썩어서 붕괴 직전인 선반에는 마른 화분들만 버려져 있었다. 화분 속에 서 있는 줄기와 마른 잎은 그것이 한때 화초였다는 것을 보여주었다.

마차는 풀이 무성한 자갈길을 따라 멀구슬나무 아래로 지나갔다. 돌보지 않아도 변형되거나 굽지 않는 무성하고 우아한 이 나무는 이 저택의 유일한 생명체 같았다. 마치 고귀한 정신이 선(善)에 깊이 뿌리내려 절망과 부패 속에서 더욱 튼튼하게 성장하고 번성하는 것 같았다.

과거에 이 저택은 크고 번듯했었다. 남부에서 흔히 볼 수 있는 양식으로 지어진 건물이었다. 이층으로 된 넓은 베란다가 저택을 완전히 둘러쌌고 각 부분마다 밖으로 통하는 문이 설치되어 있었다. 아래층은 벽돌을 쌓아 만든 기둥으로 받쳐졌다.

그러나 지금의 저택은 사람이 살지 않는 것처럼 보여 불안한 기분을 느끼게 했다. 창문의 일부는 널빤지로 막았고 일부는 유리창이 깨졌으며 덧문이 한쪽 돌쩌귀에만 걸린 것도 있었다. 이 모든 것은 제대로 돌보지 않아 살기가 불편하다는 것을 말해주었다.

판자 조각과 밀짚, 낡아서 썩은 나무통과 상자 따위가 저택 주변에 널려 있었다. 마차바퀴 소리에 흥분한 사나운 개 서너 마리가 뛰어나와서 톰 일행에게 덤비는 바람에 뒤따라 나온 남루한 차림의 하인들이 말리느라 애를 먹었다.

"똑똑히 봤지!" 리그리가 만족스러운 표정으로 씩 웃으며 개들을 쓰다듬어주었다. 그러고는 톰 일행을 향해 이렇게 덧붙였다. "너희가 도망치면 어떻게 될지 똑똑히 봤지. 이 개들은 검둥이 추적용으로 특별히 훈련시켰다. 도망치는 놈들은 바로 개들의 먹이가 되는 거지. 그러니까 다들 조심해! 어이, 삼보!" 그는 남루한 옷을 걸치고 차양 없는 모자를 쓴 하인을 불렀다.

부름을 받은 하인은 참견하기를 좋아했다. "일은 어떻게 돌아가고 있느냐?"

"아주 잘 돌아가고 있습니다, 주인님."

"킴보." 리그리는 주인의 관심을 끌기 위해 자기 존재를 열심히 과시하고 있던 다른 하인을 불렀다. "내가 지시한 일은 잘했느냐?"

"물론입죠. 여부가 있겠습니까?"

이 두 흑인은 농장에서 일꾼들의 우두머리였다. 리그리는 이 두 사람을 자기의 불도그처럼 체계적으로 훈련해 야만적이고 잔혹한 인간으로 만들었다. 이들은 오랜 기간 동안 냉혹하고 잔인한 행동을 훈련받은 탓에 타고난 잔혹성을 최대한 발휘하게 되었다. 항간에는 흑인 감독이 항상 백인보다 더 악랄한 폭군이 된다는 말이 떠도는데 이 말은 흑인종의 본성과는 상당히 배치되는 것으로 생각된다. 이는 단지, 흑인이 백인보다 정신적으로 더 심하게 짓눌리고 학대받았다는 것을 의미할 뿐이다. 또한 이는 흑인뿐만 아니라 전 세계의 모든 압제받는 민족들에게 적용될 수 있다. 노예는 기회가 생기면 항상 폭군이 된다.

우리가 역사책에서 읽은 몇몇 폭군과 마찬가지로 리그리는 일종의 권력 분할을 통해 농장을 다스렸다. 삼보와 킴보는 은근히 상대를 미워했다. 그리고 농장의 일꾼들은 모두 두 사람을 미워했다. 리그리는 하인들이 서로 맞서도록 만들어 이 3자 가운데 하나를 통해서 내부의 돌아가는 사정을 확실하게 정탐할 수 있었다.

사람은 사회적인 관계에서 완전히 벗어나 살 수 없다. 리그리는 두 흑인 앞잡이가 자신과 엉성하나마 친밀한 관계를 유지하도록 유도했다. 이런 친밀한 관계로 인해 두 흑인은 언제든지 곤경에 빠질 수 있었다. 왜냐하면 두 사람은 항상 상대의 사소한 도발에도 즉각 반응해 보복할 태세를 갖췄기 때문이다.

지금 리그리 옆에 선 두 사람은 짐승 같은 인간이 동물보다 못하다는 것을 보여주는 적절한 사례였다. 둘 다 행동이 거칠고 피부는 검고 몸집이 컸다.

두 사람은 상대에 대한 시기심 때문에 커다란 눈을 부라렸다. 그들이 쉰 목소리를 낼 때의 억양은 야만인이나 짐승에 가까웠다. 바람에 나부끼는 그들의 남루한 옷까지 리그리 저택의 타락하고 불건전한 성격과 일치했다.

"여봐라, 삼보." 리그리가 명령을 내렸다. "이놈들을 숙소로 데리고 가라. 그리고 여기 너에게 주려고 계집을 하나 데려왔다." 리그리는 물라토 여자를 에멀린과 떼어놓은 뒤 삼보 쪽으로 밀면서 말했다. "너에게 주겠다고 약속한 계집이다."

여자는 깜짝 놀라 뒤로 물러서면서 말했다.

"오, 주인님! 저에게는 뉴올리언스에 남편이 있습니다."

"그래서? 여기 남편은 싫다는 거냐? 잔소리 말고 썩 꺼져!" 리그리가 채찍을 들어 올렸다.

"자, 아가씨, 너는 나와 같이 들어가자." 리그리가 에멀린에게 말했다.

화난 표정의 검은 얼굴이 저택 안에서 창밖을 잠시 내다보았다. 리그리가 현관문을 열자 어떤 여자가 고압적인 어조로 빠르게 말하는 소리가 들렸다. 톰은 불안하고 궁금해서 저택 안으로 들어가는 에멀린의 뒷모습을 바라보다가 그 여자의 얼굴을 보았다. 리그리가 성난 목소리로 "입 안 닥쳐! 나는 하고 싶은 대로 해. 너는 이제 끝이야"라고 지껄이는 소리가 톰에게 들렸다.

톰은 더 이상 듣지 못했다. 왜냐하면 그 직후 삼보를 따라 숙소로 향했기 때문이다. 숙소는 한 줄로 늘어선 초라한 오두막집들이었다. 농장 한구석에 마련된 숙소는 저택에서 멀리 떨어져 있었다. 숙소에는 폐가 같은 쓸쓸한 분위기가 감돌았다. 그 광경을 본 톰의 가슴이 내려앉았다. 그는 오두막이 초라하기는 해도 깔끔하게 정돈할 수 있는 조용한 곳일 거라고 생각하며 자신을 위로했던 것이다. 성경을 얹어놓는 선반도 매달아 일을 마치고 돌아와 혼자 지낼 수 있는 장소로 만들려고 했던 터였다. 그는 몇몇 오두막의 안을 들여다보았다. 엉성한 외형뿐인 오두막 안에는 흙이 묻어 더러워진 밀짚만

한 무더기씩 어지럽게 널려 있을 뿐 가구는 전혀 없었다. 흙으로 된 바닥은 수많은 사람들이 밟아서 단단하게 굳었다.

"어디가 내 방입니까?" 톰이 고분고분한 목소리로 삼보에게 물었다.

"몰라. 여기 들어가도 되겠네. 다른 사람이 쓰는 방일 거야. 여러 명이 함께 방을 쓰거든. 새로 온 사람들을 어떻게 재울지는 나도 몰라."

오두막에 기거하는 피곤한 사람들이 무리를 지어 숙소로 돌아온 것은 저녁 늦은 시간이었다. 더럽고 남루한 옷을 입은 남녀 노예들은 심신이 고단한 탓에 말이 없었다. 그들은 새로 온 사람들을 유쾌하게 맞이할 기분이 아니었다. 이 작은 노예 마을은 새 사람이 와도 인사말이 들리지 않는, 활기 없는 곳이었다. 각자 제 몫으로 받은 소량의 옥수수를 들고 있었는데, 맷돌 제분소에서 순서를 놓고 거칠게 다투는 목소리만 들렸다. 사람들은 여기서 낱알 옥수수를 갈아 유일한 저녁식사인 빵을 만들기에 적합한 가루로 만들었다. 그들은 이른 새벽부터 들에 나가 감독들이 휘두르는 채찍 아래서 일을 강요당했다. 지금은 매우 바쁜 계절이었기 때문에 일꾼들이 최선을 다해 일하도록 하는 강제수단이 모조리 동원되었다. "사실 면화를 따는 건 힘든 일이 아냐." 밭일에 무관심한 사람들은 이렇게 말한다. 그런데 정말 힘든 일이 아닐까? 이마 위에 물 한 방울을 떨어뜨리는 것은 별로 고통스럽지 않다. 그러나 종교재판[110]에서는 이마의 같은 부위에 물을 한 방울씩 끝없이 계속 떨어뜨리는 것이 가장 심한 고문이다. 면화를 따는 일 자체는 힘들지 않다. 그러나 강제로, 끊임없이 똑같은 동작을 반복하면서 권태에서 벗어나고 싶은 자유의지조차 상실할 경우에는 힘이 든다. 톰은 몰려드는 사람들 가운데서 친구로 삼을 만한 얼굴을 찾았으나 헛수고였다. 오로지 말없이 얼굴을 찡그리고 있어 짐승처럼 보이는 남자들과 기죽고 연약한 여자들만 눈에 띄었다. 힘이 더 세다고 약한 사람을 거칠게 밀어내는 여자 같지 않은 여자들도 보였다. 짐승 못지않은, 인간의 야비한 이기심을 억제하지 못하는 인간들만 보였다. 그런 인간들에게는 어떤 미덕도 기대할 수 없었다. 모든 면에서 짐승 취급을 받는 그들은 인간이 타락할 수 있는 가장 낮은 한계인 동물의 차원까지 도달해 있었다. 맷돌 가는 소리는 밤늦은 시간까지 그치지 않았다. 이용하는 사람에 비해 맷돌의 수가 워낙 적었기 때문에 힘센 사람들에게 밀려난 약한 사람들은 마지막에야 차례가 돌아왔다.

"어이, 너!" 삼보가 물라토 여자에게 다가와 옥수수가 담긴 자루 하나를 던지면서 말했다. "네 이름이 뭐냐?"

"루시." 여자가 대답했다.

"그래, 루시. 이제 너는 내 여자다. 이 옥수수를 갈아서 내가 저녁으로 먹을 빵을 구워, 알았지?"

"나는 당신 여자가 아냐. 그럴 생각도 없고!" 그녀는 갑자기, 절망에서 용기가 우러난 것처럼 날카롭게 쏘아붙였다. "저리 비켜!"

"그렇다면 발로 차주마!" 삼보가 위협적으로 발을 들어 올렸다.

"그래 죽이고 싶으면 죽여. 빨리 죽여주면 더 좋지! 차라리 죽고 말겠어!"

"삼보, 일꾼들의 버릇을 잘못 들이는구나. 주인님에게 이른다." 지친 여자 두세 명을 거칠게 밀어내고 맷돌을 부지런히 돌리던 킴보가 말했다. 밀려난 여자들은 자기 차례를 기다리고 있었다.

"그렇다면 나는 네가 여자들에게 맷돌을 사용하지 못하게 했다고 주인님에게 알릴 거다, 이 늙은 검둥이 놈아!" 삼보가 맞받았다. "네 순서나 잘 지켜."

일과를 마친 후 아무것도 먹지 못한 톰은 배가 고파 기절할 것 같았다.

"야, 너!" 킴보가 옥수수 알갱이를 담은 거친 자루를 톰에게 던지면서 말했다. "이거 받아, 깜둥아. 잘 간수해. 더는 없어. 이게 일주일 치야."

톰은 맷돌을 사용하기 위해서 늦은 시간까지 기다렸다. 하지만 막상 자기 차례가 되자, 몹시 지친 여자 두 명이 맷돌을 돌리려고 애쓰는 것이 측은해서 그들의 몫을 대신 갈아주고, 앞서 수많은 사람들이 사용해서 꺼지려고 하는 불씨를 살렸다. 그러고 나서 저녁식사를 준비하기 시작했다. 비록 사소하기는 했지만 그런 자선행위는 그곳에서 처음 보는 행동이었다. 톰의 행동에 감동한 여자들이 반응을 보였다. 그들은 굳은 얼굴에 여자다운 친절한 표정을 지었다. 두 여자는 톰의 빵 반죽을 대신 만들어주었다. 위안이 필요했던 톰은 불 옆에 앉아서 성경책을 꺼냈다.

"그게 뭐유?" 한 여자가 물었다.

"성경책이에요." 톰이 대답했다.

"맙소사! 켄터키를 떠난 후 성경책은 처음 봐."

"켄터키에서 자랐소?" 톰이 관심을 보이며 물었다.

"예, 유복하게 자랐다우. 이런 곳에 올 줄은 꿈에도 몰랐죠!" 여자가 한숨을 내쉬었다.

"헌데 그건 무슨 책이우?" 다른 여자가 물었다.

"그야 물론 성경이지요."

"성경책이 뭐유?"

"성경이라고 못 들어봤우?" 다른 여자가 말했다. "난 켄터키에 살 때 주인 아씨가 읽는 것을 가끔 들었어. 하지만 여기서는 농담과 욕설밖에 들을 수가 없어요."

"조금만 읽어봐요!" 호기심이 발동한 첫 번째 여자가 열심히 성경책을 들여다보는 톰을 보고 말했다.

톰이 한 구절을 읽어주었다. "수고하고 무거운 짐 진 자들아 다 내게로 오라 내가 너희를 쉬게 하리라."

"아주 좋은 말씀이구먼. 누가 한 말씀이우?"

"주님의 말씀이지요."

"그분이 어디 계신지 알고 싶구먼. 계신 곳을 알면 찾아갈 터인데. 나는 이

제 다시는 편히 쉬지 못할 것 같아. 매일 온몸이 쑤시고 떨려요. 거기다 삼보는 내가 목화를 빨리 따지 못한다고 노상 잔소리를 해대고, 밤에는 자정이 되어야 겨우 저녁을 먹을 수 있지요. 눈을 붙이기도 전에 기상나팔 소리가 울고 아침이 된다니까요. 주님이 계신 곳을 알면 그분에게 가서 죄다 말씀드리고 싶어요."

"그분은 이곳에 계십니다. 그분은 어느 곳에나 계시지요." 톰이 말했다.

"맙소사, 그 말을 믿으라는 거예요? 주님이 이곳에 안 계시다는 걸 나는 분명히 알아요. 모두 쓸데없는 말이죠. 나는 숙소에 가서 눈이나 붙여야겠구먼."

여자들은 오두막으로 갔고 톰은 연기를 내면서 사그라지는 불 옆에 혼자 앉아 있었다. 흔들리는 불빛이 반사된 톰의 얼굴은 붉었다.

자줏빛 하늘에는 은색의 눈썹 같은 달이 떠올랐다. 하나님이 억압받는 비참한 인간을 내려다보듯이, 달은 성경을 무릎 위에 놓은 채 팔짱을 끼고 앉아 있는 외로운 흑인을 조용히 내려다보았다.

하나님은 이곳에 계신가? 무시무시한 폭력과 직접적이고 뚜렷한 불공정 행위의 지배 하에서 무식한 사람이 흔들리지 않고 신앙을 유지하는 것이 과연 가능할까? 소박한 사람의 마음속에 격렬한 갈등이 사정없이 파고들었다. 부당한 대접을 받는다는 생각이 너무나 커서 절망을 느꼈다. 이곳에서는 비참한 생활밖에 기대할 것이 없다. 지난날 품었던 희망은 송두리째 사라졌다. 이 모든 것이 영혼의 눈앞에 고통스럽게 떠올랐다. 마치 익사 직전에 있는 뱃사람 앞의 검은 파도 위로 죽은 아내와 자식과 친구의 시체가 떠오르는 것처럼. '하나님은 존재하시며 부지런히 하나님을 찾는 자들에게 상을 내리신다'는 기독교 신앙의 위대한 암호를 이런 곳에서 믿고 굳게 지키는 것이 쉬운 일일까?

톰은 낙심한 표정으로 일어나 자신에게 할당된 오두막 안으로 비틀거리며 들어갔다. 방바닥에는 고단한 사람들이 벌써 여기저기 누워 있었고 악취 때문에 구역질이 날 것 같았다. 그러나 밤이슬이 차가운데다 워낙 피곤해서 톰은 자신의 유일한 침구인 누더기 담요로 몸을 감싸고는 밀짚더미에 누워 잠을 청했다.

꿈속에서 다정한 목소리가 들려왔다. 그는 폰처트레인 호숫가에 있는 이끼 낀 의자에 앉아 있었다. 에바는 진지한 눈으로 성경을 내려다보면서 그에게 읽어주었다. 톰은 에바의 목소리를 들었다.

"네가 물 가운데로 지날 때에 내가 너와 함께 할 것이라 강을 건널 때에 물이 너를 침몰하지 못할 것이며 네가 불 가운데로 지날 때에 타지도 아니할 것이요 불꽃이 너를 사르지도 못하리니, 대저 나는 여호와 네 하나님이요 이스라엘의 거룩한 이요 네 구원자임이라."

성경 말씀은 천상의 음악 속으로 차츰 녹아들며 사라지는 것 같았다. 아이는 깊은 눈을 들어 자애롭게 그를 응시했다. 아이의 눈에서 발산된 따뜻하게 위로하는 눈빛이 그의 마음속으로 비쳐드는 것 같았다. 그리고 나서 아이는 음악의 선율 위에 뜬 것처럼 빛나는 날개를 타고 떠오르는 것 같았다. 날개에서 떨어져 나온 반짝이는 황금 조각들이 별처럼 흩어진 후 아이의 모습은 사라졌다.

톰은 잠에서 깼다. 정녕 꿈이었단 말인가? 그렇다 치자. 하지만 살아 있을 때 고통 받는 사람들을 위로하고 위안을 주려고 애썼던 에바의 영혼이 죽은 후 그 임무를 다하지 못할 이유가 어디 있겠는가?

그 아름다운 믿음이
항상 우리 머리에 맴돈다.
죽은 이들의 영혼이
천사의 날개 위에 떠돈다.

chapter 33
캐시

보라 학대받는 자들의 눈물이로다. 그들에게 위로자가 없도다. 그들을 학대하는 자들의 손에는 권세가 있으나 그들에게는 위로자가 없도다.[111]

톰이 새로운 생활 방식에 익숙해지는 데는 오랜 시간이 걸리지 않았다. 그는 무슨 일에나 전문가이며 유능한 일꾼이었다. 또한 습관과 신조 양면에서 적극적이고 충실했다. 침착하고 온화한 톰은 끊임없이 근면하게 생활함으로써 생활환경의 사악한 부분에 가담하는 것을 피하고자 했다. 그는 학대와 비참한 생활을 너무나 많이 봐서 신물이 날 지경이었다. 그러나 톰은 종교적인 인내와 주님에 대한 헌신을 통해서 꿋꿋이 버티기로 결심했다. 주님께서 정의롭게 심판해주실 것을 믿었기 때문에, 여기서 벗어날 기회가 자신에게 열릴 가능성이 있다는 희망을 버리지 않았다.

리그리는 톰의 쓸모에 말없이 주목했다. 그는 톰을 일급 일꾼으로 판단했다. 그러나 마음 한구석에서는 톰을 싫어했다. 악이 본능적으로 선을 싫어한 것이다. 리그리는 평소에 자주 발동하는 버릇에 따라 자신이 힘없는 하인들에게 야만적인 폭력을 행사할 때 톰이 예의주시한다는 것을 금방 눈치챘다. 톰의 말없는 의사표현 방식은 매우 완곡했지만 리그리에게 명확하게 전달되었다. 노예의 이런 의견조차 주인의 비위에 거슬릴 수 있는 법이다. 톰은 고통 받는 동료 하인들에 대한 자애로운 감정과 동정하는 마음을 여러 가지 방식으로 표현했다. 하인들에게 새롭고 낯선 이런 행동을 리그리는 시기 어린 눈으로 지켜보았다. 그는 장차 톰에게 감독 일을 맡기고, 짧은 기간 출장을 나갈 때는 집안일을 맡길 작정이었다. 리그리가 볼 때 그런 직무에 필요한 자질은 첫째도 둘째도 셋째도 오로지 냉혹한 태도였다. 리그리는 일단 일꾼들에게 냉혹하지 않은 톰을 냉혹한 인간으로 단련시켜야겠다고 결심했다. 몇 주 후 리그리는 훈련을 시작하기로 작정했다.

　어느 날 아침, 일꾼들이 들로 나가기 위해 모였을 때 톰은 새 사람이 끼어 있는 것을 보고 놀랐다. 그는 새로 온 일꾼의 외모에 흥미를 느꼈다. 새로 온 사람은 키가 크고 날씬한 여자였다. 손과 발은 눈에 띄게 우아했고 입고 있는 옷은 단정하고 품위가 있었다. 그녀의 얼굴로 보아 나이는 서른다섯에서 마흔 사이인 것 같았다. 그녀의 얼굴은 한 번 보면 잊기 어려울 정도로 아름다웠다. 첫눈에 격정적이고 가슴 아픈 애정 편력이 있음을 짐작하게 하는 얼굴이었다. 이마는 넓었고 아름다운 눈썹은 윤곽이 뚜렷했다. 코는 곧게 뻗어 보기가 좋았고 아름다운 입매는 선이 분명했으며 얼굴과 목의 윤곽은 우아했다. 이런 외모는 그녀가 분명히 과거에 아름다운 여자였다는 것을 보여준다. 하지만 그녀의 얼굴에는 고뇌와 자존심, 그리고 인고의 세월이 파놓은 주름이 잡혀 있었다. 그녀의 누르스름한 피부에는 병색이 약간 감돌았다. 볼이 여위어 날카로운 인상이었고, 전반적으로 몸이 약해 보였다. 하지만 가장 눈에 띄는 특징은 눈이었다. 크고 짙고 검은 눈은 마찬가지로 짙은 속눈썹으로 덮여 있었다. 두 눈에는 비통한 절망의 빛이 감돌았으며, 얼굴선과 유연한 입술의 곡선과 신체의 모든 움직임에는 강한 자존심과 반항심이 묻어났다. 움푹 들어간 두 눈은 깊은 고뇌에 잠겨 있었다. 이처럼 변함없이 표현되는 극도의 절망감은 그녀의 모든 행동에 나타나는 경멸감 내지는 자부심과 무시무시한 대조를 이루었다.

　톰은 그녀가 어디에서 왔는지, 어떤 사람인지 몰랐다. 그가 처음 안 것은, 새벽의 어슴푸레한 회색빛 속에서 당당하게 걷는 그 여자가 자기 바로 옆에 있다는 사실이었다. 그러나 나머지 일꾼들은 그녀를 알고 있었다. 그녀를 바라보거나 일부러 고개를 돌리는 사람이 많았다. 넝마를 걸친 채 굶주림에 시달리는 주변의 비참한 일꾼들이 그녀를 보고 낮은 소리로 시시덕거렸기 때문이다.

"드디어 나타나셨군. 반갑수다!" 일꾼 중 한 사람이 말했다.

"헤헤헤, 밭일이 얼마나 좋은지 알게 될 거유. 아씨!" 다른 사람이 거들었다.

"저 여자가 일하는 꼴을 보게 됐네!"

"우리처럼 밤에 지쳐서 뻗어버릴지 궁금하구먼."

"저 여자가 채찍을 맞고 쓰러지는 꼴을 보면 춤이라도 출 거야!"

여자는 사람들의 조롱을 아랑곳하지 않고 분노와 멸시가 담긴 표정으로 계속 걸어갔다. 마치 아무 소리도 듣지 못한 사람 같았다. 톰은 항상 세련되고 교양 있는 사람들과 생활했기 때문에 그녀의 태도와 행동을 보고 그녀가 교양 있는 사람이라는 사실을 직감으로 알아차렸다. 그런데 어쩌다가 이런 굴욕적인 처지에 떨어지게 되었는지 톰은 알지 못했다. 여자는 그를 쳐다보지 않았고 말도 걸지 않았으나, 밭에 도착할 때까지 톰 옆에 바싹 붙어서 걸었다.

톰은 곧 자기 일에 바빠졌다. 그러나 여자가 별로 멀리 떨어져 있지 않았기 때문에 그는 일하는 여자를 가끔 잠깐씩 바라보았다. 그녀가 능숙한 솜씨로 다른 사람들보다 훨씬 쉽게 일을 한다는 것을 톰은 한눈에 알아볼 수 있었다. 그녀는 아주 빠른 속도로 목화송이를 깔끔하게 땄으나 자신이 처한 굴욕적인 상황과 일을 멸시하는 듯한 태도를 유지했다.

그날 톰은 자기와 같은 경매장에서 팔려 온 물라토 여자 옆에서 일했다. 그녀는 일을 몹시 힘들어했다. 그녀가 몸을 떨며 비틀거릴 때마다 기도하는 소리를 톰은 자주 들었다. 여자는 쓰러질 것만 같았다. 톰은 그녀에게 다가가 자기 바구니에 있는 목화를 몇 차례 집어서 그녀의 바구니에 넣었다.

"아, 이러지 말아요!" 여자가 놀라서 말했다. "이러면 당신이 험한 꼴을 보게 돼요."

그때 삼보가 다가왔다. 그는 이 여자에게 특별한 앙심을 품고 있는 것 같았다. 그는 채찍을 휘두르면서 짐승 같은 쉰 목소리로 "루시, 뭐 하는 거냐. 속임수를 써?"라고 말했다. 그러고는 육중한 소가죽 구둣발로 여자를 차고 나서 채찍으로 톰의 얼굴을 후려쳤다.

톰은 말없이 다시 일을 시작했다. 그러나 여자는 결국 탈진해서 쓰러졌다.

"정신을 차리게 해주마!" 마부는 잔인한 미소를 지으면서 말했다. "정신이 들게 하는 약보다 더 좋은 게 있지!" 그는 코트 소매에서 핀을 꺼내 여자의 피부를 찔렀다. 여자는 신음소리를 내면서 몸을 반쯤 일으켰다. "당장 일어나서 일해, 짐승 같은 년아. 말을 안 들으면 더 호된 맛을 보여줄 테다!"

여자는 몇 분 동안이나마 자기 체력 이상으로 힘을 발휘해 필사적으로 일을 했다.

"그렇게 열심히 일하지 않으면 오늘밤에 죽을 줄 알아!"

"지금 당장 죽고 싶다!" 톰은 여자의 말을 들었다. 여자는 이렇게 덧붙였다. "오, 주님, 얼마나 더 고통을 당해야 합니까! 오, 주님, 왜 우리를 도와주지 않으십니까?"

톰은 예상되는 온갖 고통을 무릅쓰고 다시 나서서 자기 바구니에 있는 목화를 여자의 바구니에 모두 쏟아 부었다.

"오, 이러면 안 돼요! 저들이 당신에게 무슨 짓을 할지 몰라요!" 여자가 말했다.

"난 당신보다 더 잘 견딜 수 있소!" 톰이 다시 자기 자리로 돌아가면서 말했다. 일은 순식간에 이루어졌다.

앞서 설명한 낯선 여자는 목화를 따면서 톰에게 접근해 톰의 마지막 말을 들을 정도로 충분히 가까워졌다. 그녀의 우울한 시선이 잠시 톰에게 고정됐다. 이어 여자는 자기 바구니에서 목화를 한 움큼 집어 톰의 바구니에 넣었다.

"당신은 이곳 물정을 전혀 모르는군요." 여자가 말했다. "알았다면 그런

프랑스와 노예제도

18~19세기 프랑스는 본토와 해외 영토에 많은 노예선을 갖추고 있었다.
100여 척의 노예원정선중 45척이 이곳 낭트[112]에서 출항했다.
노예 매매는 낭트가 식민지 무역의 중심지로 번성하는 데 원동력이 되었고,
노예 공급을 통해 각종 식민지 산물들이 들어오기도 했다.
프랑스에서는 1793년 벌어진 영국과의 전쟁으로 한때 노예선 운항이 중단되었으며,
이듬해인 1794년에는 혁명의 영향으로 노예제도를 폐지했다.[113]

그러나 집정체제를 구축한 나폴레옹 1세는
낭트의 대표자에게 "낭트의 상인들은……
과거 그들이 해왔던 것과 똑같은 교역에
전념할 수 있을 것"임을 약속한다.
바로 이 노예교역 재합법화에 따라
노예원정선을 14척까지 구비하게 된다.
1824~1825년, 낭트에서는
95척의 노예선이 출항했다.

1766년 낭트의 지도

545

짓을 안 했을 거예요. 당신도 여기서 한 달만 지내보면 남을 돕지 않을 거예요. 자기 몸 하나 돌보는 것도 힘들다는 걸 알게 될 테니까요."

"마님, 어찌 그런 말씀을." 톰은 밭일을 함께 하는 이 여자에게, 과거에 모셨던 지체 높은 사람들에게 적합한 존대를 본능적으로 해주었다.

"주님은 이곳에 절대 오지 않아요." 여자는 재빨리 목화를 따면서 쓸쓸하게 말했다. 그녀의 입가에 냉소적인 미소가 다시 떠올랐다.

그러나 밭 건너편에 있던 마부가 여자의 행동을 보고 말았다. 마부는 채찍을 휘두르면서 여자에게 다가왔다.

"뭐야, 뭐 하는 짓이야?" 그는 승리자처럼 의기양양하게 여자를 향해 말했다. "누굴 바보로 알아? 넌 이제 내 밑에서 일하고 있으니까 조심하지 않으면 혼날 줄 알아!"

여자는 검은 눈으로 번갯불처럼 마부를 쏘아보았다. 고개를 돌리면서 똑바로 일어서는 여자의 입술이 떨렸고 콧구멍이 벌름거렸다. 그녀는 분노와 경멸이 뒤섞인 눈초리로 마부를 노려보면서 말했다.

"개 같은 놈! 감히 내 몸에 손을 댔단 봐라! 개들에게 네놈을 물어뜯게 하고 산 채로 불태우고 토막을 쳐서 죽일 힘을 나는 아직 갖고 있다! 내 말 한 마디면 너는 끝장이야!"

"그러신 분이 여기는 어째서 왔나?" 겁을 먹은 것이 분명한 남자는 시무룩한 표정으로 두어 발자국 물러서며 빈정거렸다. "해코지할 생각은 없었습니다요, 캐시 마님!"

"그렇다면 썩 물러서라!" 여자가 말했다. 마부는 목화밭 건너편 끝에 매우 급한 일이 있는 사람처럼 서둘러 자리를 떴다.

일을 다시 붙잡은 여자가 부지런히 작업하는 속도를 보고 톰은 완전히 감탄하고 말았다. 그녀는 마법을 부리는 것 같았다. 일과가 채 끝나기 전에, 그녀의 바구니는 면화로 가득 차서 꽉꽉 눌러 담아야 할 정도가 되었다. 여자는 목화를 몇 차례 듬뿍듬뿍 집어서 톰에게 주었다. 황혼이 지고 나서 한참 뒤에 지친 일꾼 전원이 바구니를 머리에 이고 줄을 지어 목화의 무게를 달아 보관하는 건물을 향해 걸어갔다. 건물 앞에서 리그리가 두 명의 마부들과 바쁘게 이야기를 나누고 있었다.

"저 톰이라는 놈이 자꾸 사고를 칩니다. 자기 목화를 루시의 바구니에 자꾸 넣었습니다. 저놈을 조심하지 않으면 오래지 않아 모든 깜둥이들이 공평하지 못하다고 불평할 겁니다." 삼보가 리그리에게 일러바쳤다.

"야, 이 깜둥이 놈들아!" 리그리가 말했다. "너희들이 녀석을 단단히 길들여야지?"

리그리가 친한 척하자 두 흑인 사내는 음흉한 미소를 지었다.

"물론이죠. 길들이는 건 리그리 주인님 혼자서도 충분하죠! 악마도 주인님을 못 당합니다." 킴보가 말했다.

"그래, 이놈들아, 녀석이 못된 생각을 버릴 때까지 채찍으로 때리는 것이 상책이다. 놈을 혼내줘."

"주인님이 놈의 못된 버릇을 고치려면 고생깨나 할 겁니다."

"하지만 안 고치고는 못 배길걸." 리그리가 담배를 말아 입 안에 넣으면서 말했다.

"다음은 루시 문제인데요. 이 농장에서 저 계집처럼 사람 화를 돋우는 못된 인간은 없어요." 삼보가 고자질했다.

"조심해라, 삼보. 네가 루시를 미워하는 이유가 뭔지 내가 자꾸 생각하게 만들지 마라."

"주인님이 저를 받아들이라고 지시했는데도 말을 안 듣는 걸 주인님도 아시잖습니까."

"때려서 말을 듣게 해야겠다." 리그리가 침을 뱉으면서 말했다. "하지만 바쁜 일이 있으니 당장은 그년을 매질할 가치가 없다. 그 계집은 몸이 약하

건물에 장식용으로 새긴
사람 얼굴 모양의 조형물 마스카롱

낭트의 한 선주(船主)가 소유한 건물.
항구에서 멀지 않은 곳에 있는 이 건물에는 주로
노예 상인들이 입주해 있다.
이층에 살고 있는 노예 상인 마코 씨는
여덟 명의 하인과 함께 열 개의 방을 사용하고 있다.

지만 죽도록 매를 맞아도 뜻을 굽히지 않을 거야!"

"그렇지만 루시는 사람의 복장을 긁어요. 게으른데다 심통까지 부리고 다닙니다. 아무 일도 안 하려고 한다니까요. 그래서 톰이 자기가 딴 목화를 저 계집에게 주었지요."

"녀석이 주었다고! 그렇다면 톰이 그녀에게 매질을 하는 즐거움을 느껴야겠는걸. 매질은 그에게 좋은 실습이 될 거야. 그러면 고약한 같은 계집들에

낭트 선주의 아파트

근사하게 장식된 정면 계단 난간, 베르사유 궁전 스타일의 마룻바닥,
사블레 산 대리석으로 만들어진 벽난로, 창과 창 사이에 있는 벽의 위아래를 두른 장식…….
낭트 선주들의 아파트에서는 18세기 유행하던 거의 모든 주거 장식 스타일을 발견할 수 있다.

게 목화를 집어 주는 짓을 안 하겠지."

두 고약한 흑인은 "호호! 하하!" 웃었다. 그들의 악마 같은 웃음소리는 사실 리그리가 그들에게 주입한 악마의 속성을 제대로 드러낸 것이었다.

"그런데 주인님, 톰과 캐시 마님이 루시의 바구니를 함께 채워주었습니다. 많이 넣어주었을 겁니다, 주인님!"

"내가 직접 무게를 달아보겠다." 리그리가 힘주어 말했다.

두 마부는 다시 악마처럼 웃었다.

"그래! 캐시 마님이 하루 일을 해냈군."

"마님은 악마와 천사처럼 목화를 따던데요."

"그 여자에게는 그 두 가지가 모두 들어 있지. 암." 이어 리그리는 무지막지한 욕을 내뱉으면서 무게를 다는 계량실로 들어갔다.

여러 가지 색깔의 나무로 만들어진 이 조각품은 단추 달린 상의를 입은 유럽인을 형상화하고 있다.

지치고 풀이 죽은 가련한 하인들은 줄지어 계량실 안으로 천천히 들어갔다. 그들은 내키지 않는 듯이 몸을 구부려 저울 위에 광주리를 올려놓았다.

리그리는 노예의 이름과 목화의 분량을 일일이 기록판에 적었다.

무게를 달아본 결과 톰의 바구니는 합격이었다. 그는 걱정스러운 표정으로 자기가 도와준 여자가 통과하는지 지켜보았다.

쇠약한 몸으로 비틀거리며 앞으로 나온 루시가 바구니를 내놓았다. 무게가 충분하다는 것은 리그리도 알고 있었다. 하지만 그는 짐짓 화난 척하며 말했다.

낭트 선주의 집 내부

배가 그려진 18세기의 다색 자기 접시.

선주가 사용하는 검정 가죽 가방.
안에는 각종 필기구와 380톤급 노예선 파견 사업에 관련된
서류들이 들어 있다.

마호가니 나무로 짠 2단 진열장

18세기 전반, 서인도제도와의 교역이 확대되고
외국 목재들을 수입하기 시작하면서
낭트에서는 가구 제품 생산을 시작했다.
주로 마호가니 소재의 간소한 형태의 가구들로,
이전의 화려하고 요란한 스타일과는 대조적이었다.
18세기 후반 들어서는 귀족 작위를 지닌 부유한
낭트 선주들 사이에 상감세공을 한 파리 스타일의 가구가
선호되기도 했지만 낭트의 마호가니 가구는
중산층과 부유한 장인으로부터 변함없는 평가를 받았다.
그러나 프랑스혁명은 낭트의 가구 생산에
치명적 타격을 가했다.

"뭐야, 이 게으른 짐승 같으니! 또 모자라는구나. 옆에 서 있어. 조금 이따가 혼을 내주마!"

절망한 여자가 괴로운 한숨을 내쉬면서 판자 위에 앉았다.

다음에는 캐시 마님이라고 불린 여자가 앞으로 나왔다. 그녀는 오만하고 무관심한 태도로 자기 바구니를 내밀었다. 여자가 바구니를 건네자, 리그리는 경멸하는 듯한, 그러나 궁금하다는 눈초리로 여자의 눈을 쳐다보았다.

검은 눈동자를 리그리에게 고정시킨 여자는 입술을 약간 움직이면서 프랑스어로 몇 마디 지껄였다. 무슨 말인지 아는 사람은 없었다. 그러나 여자의 말을 듣자마자 리그리의 얼굴은 악마로 돌변했다. 그는 후려치려는 듯 손을 반쯤 들어 올렸다. 하지만 험악한 표정을 지은 여자는 리그리의 몸짓을 무시한 채 돌아서서 걸어 나갔다.

"자, 다음은 톰, 네 차례다. 이리 와. 너도 알다시피 나는 평범한 일을 시키려고 너를 산 것이 아니다. 무슨 말이냐 하면, 너를 승진시켜 마부로 삼을 생각이다. 그러니 오늘밤부터 그 일을 시작하는 것이 좋겠다. 자, 저 계집에게 매질을 해라. 어떻게 하는지 충분히 봤을 게다."

"주인님, 용서하십시오." 톰이 말했다. "제게 그 일만은 시키지 마시기 바랍니다. 그런 일은 해본 적이 없습니다. 정말입니다. 할 줄 모릅니다. 절대 할 수 없습니다."

"내가 너에게 손을 대기 전에, 해본 적이 없는 일을 배울 수 있는 좋은 기회를 살리거라." 리그리는 소가죽 채찍을 들어 톰의 얼굴을 세게 때렸다. 이렇게 매질을 시작한 리그리는 소나기처럼 연달아 매를 퍼부었다.

"이래도 못하겠다는 거냐!" 리그리는 쉬려고 매질을 멈추면서 말했다. "못하겠다고 말하겠느냐?"

"못합니다, 주인님." 톰이 얼굴에서 방울져 흐르는 피를 닦기 위해 한 손을 들어 올리면서 대답했다. "일은 밤낮으로 열심히 하겠습니다. 제 목숨이 다할 때까지 열심히 일하겠습니다. 하지만 이런 일은 옳지 않다고 생각합니다. 주인님, 이런 일은 절대 할 수 없습니다!"

톰은 항상 점잖은 태도로, 눈에 띄게 침착하고 부드러운 어조로 말하는 것이 평소의 습관이었다. 그런 태도를 본 리그리는 톰에게 겁을 주어 쉽게 굴복시킬 수 있다고 생각해온 터였다. 톰의 마지막 말을 들은 주위의 사람들은 놀라서 소름이 돋았다. 불쌍한 여자는 두 손을 맞잡으면서 이렇게 말했다. "오 주여!" 모든 사람들이 자신도 모르게 서로 얼굴을 쳐다보며 숨을 죽였다. 곧 휘몰아칠 폭풍에 대비하는 듯한 분위기였다.

리그리는 어이가 없어 잠시 어쩔 줄을 몰랐다. 그는 마침내 분노를 폭발시켰다.

"뭐라고! 이 빌어먹을 검둥이 놈이 내가 하라는 행동이 옳지 않다고 대들어? 다시는 그 따위 짓을 못 하게 해주마! 네깐 놈이 도대체 뭐라고. 네놈은 자기가 신사나 주인이라도 되는 줄 아는군. 그래서 주인에게 무엇이 옳으니 그르니 입을 놀리는 게로구나! 그래서 저 계집을 때리는 것이 잘못이라고 주장하는 모양이구나."

"그렇게 생각합니다, 주인님." 톰이 대답했다. "저 불쌍한 사람은 아프고 쇠약합니다. 그런 여자를 때리는 건 잔인한 짓입니다. 저는 그런 짓을 절대 할 수 없습니다. 주인님께서 저를 죽이실 작정이면 죽이십시오. 하지만 저는 여기 있는 누구에게도 매를 들지 않을 것입니다. 죽는 한이 있어도 하지 않겠습니다!"

톰은 온화한 목소리로 말했지만 그의 결연한 의지는 분명히 전달되었다. 리그리는 화가 나서 몸을 떨었다. 녹색이 섞인 눈동자가 무시무시하게 번득였고, 구레나룻은 분노 때문에 말려 올라가는 것 같았다. 포획한 짐승을 잡아먹기 전에 가지고 노는 사나운 맹수처럼 리그리는 당장 때리고 싶은 욕망을 참고 갑자기 잔혹한 희롱을 시작했다.

"그래, 여기 신앙심 깊은 개가 있구나. 드디어 우리 죄인들 가운데 강림하셨군. 이놈은 강력한 힘을 지닌 성자가 분명한 것 같다. 자, 이 악당 놈아! 네가 그렇게 신앙심이 깊다고 자부할 것 같으면 '종들아, 주인에게 복종하라'는 성경 말씀을 분명히 들었을 게다. 내가 너의 주인이 아니냐? 너의 늙은 검은 껍데기 안에 들어 있는 것을 사기 위해 내가 1200달러나 지불하지 않았더냐? 이제 너는 몸과 마음이 모두 내 소유가 아니냐?" 리그리는 육중한 구둣발로 톰을 세차게 걷어차면서 지껄였다. "어디 대답해봐!"

잔인한 억압과 학대로 심한 육체적 고통을 받고 있던 톰은 리그리의 이런 질문을 듣고 영혼 깊은 곳에서 기쁨과 승리감을 느꼈다. 톰은 갑자기 똑바로 일어서서 피와 땀이 뒤범벅이 된 얼굴로 하늘을 열렬히 우러러보면서 부르짖었다.

"아닙니다. 절대 아닙니다. 저의 영혼은 주인님의 소유가 아닙니다! 나리는 저의 영혼을 사지 않았습니다. 살 수가 없습니다. 제 영혼을 지켜줄 수 있는 분만이 값을 지불하고 제 영혼을 살 수 있습니다. 어떤 짓을 해도 나리는 제 영혼을 해칠 수 없습니다!"

"내가 할 수 없다고." 리그리가 비웃었다. "어디 보자! 자, 삼보야, 킴보야, 이 개 같은 놈이 한 달 동안 꼼짝도 하지 못하게 단단히 길을 들여라!"

톰을 양쪽에서 붙잡은 거구의 두 흑인은 어둠의 세력이 제대로 모습을 드러낸 것처럼 보였다. 두 흑인이 저항조차 하지 않는 톰을 끌고 나가자 가여운 여자는 무서워서 비명을 질렀고 모든 사람들이 자신도 모르게 벌떡 일어났다.

chapter 34
캐시의 이야기

밤 늦은 시각에 톰은 적막하고 낡은 양조장에 흩어져 있는 부서진 기계들과 불량품 면화더미, 그리고 허섭스레기 사이에서 피를 흘리면서 홀로 누워 신음하고 있었다.

밤공기는 습하고 후덥지근했으며, 극성스러운 모기떼가 톰의 상처를 끊임없이 건드려 더욱 아프게 했다. 어떤 고문보다 괴로운, 타는 듯한 갈증이 고통을 극도로 악화시켰다.

"오, 선하신 주여! 굽어살피시어 저에게 승리를 주소서! 모든 것을 이기게 하소서!" 가여운 톰은 고통에 못 이겨 기도를 올렸다.

뒤쪽에서 방 안으로 들어오는 사람의 발소리가 들렸고 등불의 빛이 그의 눈에 들어왔다.

"누구신가요? 오, 주님의 자비를 베풀어 제발 물 좀 주세요."

들어온 사람은 캐시였다. 그녀는 등불을 내려놓은 다음 병에 담긴 물을 잔에 따라 그의 고개를 받쳐 들고 마시게 했다. 톰은 연거푸 여러 잔을 미친 듯이 들이켰다.

"얼마든지 마셔요." 캐시가 말했다. "갈증이 얼마나 심한지 내가 잘 알죠. 내가 당신 같은 사람에게 줄 물을 가지고 밤에 나온 것이 이번이 처음은 아니에요."

"고맙습니다, 마님." 물을 마시고 난 톰이 말했다.

"나를 마님이라고 부르지 말아요! 나도 당신 같은 비참한 노예예요. 당신보다 훨씬 천하죠!" 그녀가 씁쓸한 표정으로 말했다. "하지만 지금은……." 그녀는 문 쪽으로 가서 밀짚을 채운 작은 매트리스를 끌고 온 다음 그 위에 찬물을 적신 리넨 천을 깔았다. "자, 불쌍한 양반, 몸을 굴려서 이 위에 누워봐요."

톰이 상처와 멍 때문에 뻣뻣해진 몸을 움직여 매트리스 위에 눕는 데는 상당한 시간이 걸렸다. 하지만 매트리스 위에 누우니 차가운 천이 상처에 닿아 열을 식혀서 통증이 한결 덜했다.

여자는 잔혹하게 구타당한 피해자들을 많이 간호한 탓에 여러 가지 치료법을 터득하고 있었다. 그녀는 톰에게 다양한 응급처치를 해주었고 그 덕분에 통증이 다소 가라앉았다.

"자, 내가 할 수 있는 치료는 모두 했어요." 여자가 불량품 목화뭉치를 베개 대신 톰의 머리 밑에 받쳐주면서 말했다.

톰은 여자에게 고맙다고 인사했다. 여자는 바닥에 앉아 무릎을 당긴 후 두 팔로 끌어안고 앞쪽을 물끄러미 바라보았다. 그녀의 얼굴에 괴로운 표정이 떠올랐다. 그녀의 보닛은 뒤로 젖혀져 있었고, 길고 물결치는 머리가 그녀의 우수어린 얼굴 주변에 드리워 있었다.

"불쌍한 양반, 아무리 그래봐야 소용없어요." 그녀가 마침내 입을 열었다. "애써보았자 모두 헛일이에요. 당신은 용감하고 옳아요. 하지만 싸워봐야 부질없어요. 당신은 악마의 손에 잡혔어요. 아주 악랄한 악마에게 잡혔죠. 포기하는 게 좋아요."

포기! 오래전에 인간의 나약함과 육체의 고통이 포기하라고 유혹한 적이 있지 않았던가? 톰은 놀랐다. 야성적인 눈빛과 우수 어린 목소리를 지닌 한 맺힌 이 여자가 그에게는 상대하기 힘든 유혹의 화신처럼 보였다.

"오, 주여!" 톰이 신음했다. "제가 어떻게 포기합니까?"

"주님을 불러봐야 소용이 없습니다. 그분은 우리의 말을 듣지 않아요." 여자가 끈질기게 설득했다. "나는 하나님이 존재하지 않는다고 생각해요. 존재한다 해도 적들과 한통속이죠. 천국과 지상의 모든 것이 우리의 적이에요. 모든 것이 우리를 지옥으로 밀어 넣고 있어요. 우리는 어쩔 도리가 없어요."

톰은 눈을 감고 여자의 무신론적인 말을 생각하며 어둠 속에서 몸을 떨었다.

 "당신은 이곳에 관해 아무것도 몰라요." 여자가 계속 말했다. "하지만 나는 압니다. 나는 오 년 동안 이곳에 있으면서 그자한테 몸과 마음을 짓밟혔어요. 나는 악마만큼이나 그를 미워해요. 당신은 다른 농장에서 15킬로미터나 떨어진 습지 속의 한 농장에 고립되어 있어요. 여기서 당신이 산 채로 화형을 당해도 증언해줄 백인이 없습니다.[114] 당신이 끓는 물에 던져지거나 토막토막 난도질을 당하거나 개들에게 던져져 갈기갈기 찢기거나 교수형을 당하거나 매 맞아 죽어도 증언해줄 백인이 없어요. 여기는 당신이나 다른 사람들을 조금이라도 도와주는 하나님의 법도 없고 인간의 법도 없어요. 오직 그 남자만 있죠! 그자는 세상에 못할 짓이 없을 정도로 악질이에요. 내가 여기서 보고 들은 것을 이야기하는 것만으로도 머리칼이 곤두서고 턱을 덜덜 떨게 만들 수 있어요. 여기서 저항은 아무 소용이 없죠. 나라고 그자와 함께 살고 싶겠어요? 나도 점잖은 환경에서 성장한 여자랍니다. 오, 하나님, 그는 어떤 인간인가요? 그자와 오 년 동안 살면서도 밤낮으로 끊임없이 저주했죠. 지금 그는 새 여자를 들였어요. 열다섯 살밖에 안 된 어린 여자애요. 본인이 신앙심이 깊은 환경에서 자랐다고 말합디다. 그 애의 착한 마님이 그 애에게 성경을 가르쳤대요. 여기까지 성경을 갖고 왔더라고요. 지옥으로나 가라지!" 여자는 거칠게 쓴웃음을 지었다. 낡은 창고 안에 울려 퍼지는 그녀의 웃음소리는 초자연적인 음향처럼 들렸다.

 톰은 두 손을 포갰다. 암흑과 공포에 둘러싸인 기분이었다.

 "오, 예수여! 주 예수여! 당신은 불쌍한 우리 인간을 완전히 잊으셨나요? 도와주십시오. 주여, 저는 죽어가고 있습니다." 톰이 간절한 마음으로 기도했다.

 여자가 다시 엄숙하게 말했다.

 "당신이 고통을 무릅쓰고 도와주려는 그 비참하고 천한 개들은 어떤 인간들일까요? 그들은 기회가 오면, 그 순간부터 당신을 배신할 거예요. 모두 서로를 못 잡아먹어서 안달하는, 천하고 잔인한 인간들이죠. 그들이 서로 상처를 입히지 않도록 당신이 아무리 애를 써봐야 소용없어요."

"불쌍한 사람들!" 톰이 입을 열었다. "무엇이 그들을 잔인하게 만들었을까요? 포기하면 나도 이런 생활에 더 익숙해져서 저들을 닮아가겠군요! 안 돼요. 안 됩니다, 마님! 나는 모든 것을 잃었어요. 아내, 자식들, 집, 친절한 주인, 모두 잃었지요. 주인님께서 일주일만 더 살았으면 나를 해방시켜주셨을 거예요. 그런데 나는 세상에서 모든 것을 잃고 말았습니다. 모든 것이 사라졌습니다. 영원히…… 천국마저 잃을 수는 없습니다. 안 돼요. 나는 무슨 일이 있어도 사악한 인간이 될 수 없어요."

"하지만 주님이 우리에게 죄의 책임을 묻지는 않을 거예요." 여자가 말했다. "우리가 강요당한 행동에 대해 주님은 책임을 묻지 않을 겁니다. 우리에게 강요한 자들에게 그 책임을 물을 거예요."

"그래요. 하지만 그렇다고 우리가 점점 더 악한 인간이 되는 것을 막아주는 건 아닙니다. 내가 삼보처럼 냉혹하고 사악해지면 내가 지금까지 해온 노력이 모두 물거품이 됩니다. 나는 그것이 무서워요."

여자가 놀란 눈초리로 톰을 뚫어지게 바라보았다. 마치 새로운 생각이 갑자기 떠오른 사람 같았다. 이윽고 여자가 무거운 한숨을 내쉬면서 말했다.

"오, 하나님, 자비를 베푸소서! 톰, 당신 말이 진리입니다. 오!" 여자는 심하게 좌절해서 고뇌로 몸부림치는 사람처럼 신음하면서 바닥에 쓰러졌다.

잠시 정적이 흘렀다. 두 사람의 숨소리만 들렸다. 드디어 톰이 입을 열었다. "오, 제발, 마님!"

여자가 벌떡 일어났다. 평소처럼 굳은 그녀의 얼굴에 우수가 서려 있었다.

"제발, 마님. 사람들이 제 코트를 저쪽 구석으로 던지는 것을 보았습니다. 그 코트 주머니 안에 성경이 들어 있어요. 성경을 갖다주시겠습니까?"

캐시가 성경을 가지고 왔다. 톰은 즉시 성경을 폈다. 그는 여러 번 표시를 해서 종이가 많이 해진 구절을 찾았다. 우리의 죄를 사하기 위해 싸운 예수님 생애의 마지막 장면이 묘사된 부분이었다.

"마님이 그 구절을 읽어주시면 정말 고맙겠습니다. 물보다 더 좋은 말씀이에요."

캐시는 냉정하고 도도한 태도로 성경을 받아들고 그 구절을 훑어보았다. 그리고 크고 부드러운 소리로 읽었다. 그녀의 특이하고 아름다운 억양은 고뇌와 영광을 감동적으로 표현했다. 가끔 더듬거리기도 하고 어떤 때는 완전히 멈추기도 했다. 그렇게 멈췄다가는 감정을 억제해 마음을 추스린 뒤 다시 읽기 시작했다. 마침내 다음과 같은 감동적인 구절에 이르렀다. "아버지 저들을 사하여주옵소서 자기들이 하는 것을 알지 못함이니이다." 이 구절을 읽고 난 그녀는 성경을 내던지고 숱이 많은 머리칼로 얼굴을 가리고 심하게 흐느끼면서 몸부림을 쳤다.

톰도 함께 울면서 가끔 낮은 소리로 탄식했다.

"우리도 주님처럼 생각을 따라갈 수 있다면 얼마나 좋을까요! 주님은 자연스럽게 하시는 일이 우리에게는 너무나 힘이 듭니다. 오! 주님, 우리를 도와주소서! 축복받은 주 예수여, 우리를 도와주소서!"

"마님." 잠시 후 톰이 말했다. "마님은 모든 점에서 저보다 훌륭합니다. 하지만 마님이 불쌍한 이놈으로부터 배워야 할 것이 한 가지 있습니다. 마님은 하나님은 우리가 학대받고 매를 맞도록 방치하기 때문에 우리의 적 편이라고 말했습니다. 그런데 왜 하나님은 당신의 아들이며 축복받은 영광의 주를 항상 가난하게 살도록 만드셨을까요? 어째서 우리 모두를 주님처럼 비천하게 살도록 만드셨을까요? 하나님은 우리를 잊지 않았습니다. 저는 확실히 압니다. 우리가 주님과 함께 고통을 받으면, 우리 또한 세력을 떨칠 것이라고 성경에 쓰여 있습니다. 하지만 우리가 주님을 부정하면 주님 또한 우리

를 부정할 겁니다. 주님과 추종자들은 모두 고통을 받지 않았습니까? 주님의 사람들이 돌에 맞고 흩어져 양과 염소 가죽을 입고 방황하며 외롭게 고통을 당한 이야기를 성경이 전해줍니다. 고통은, 하나님이 우리에게 등을 돌렸다고 생각하도록 만드는 이유가 안 됩니다. 우리가 하나님에게 충실해서 죄에 몸을 맡기지만 않으면 바로 그 반대입니다."

"그러나 어째서 하나님은 우리를 죄를 지을 수밖에 없는 곳으로 밀어 넣는 걸까요?"

"우리가 이겨낼 수 있기 때문이라고 생각합니다."

"당신도 곧 알게 될 거예요. 앞으로 어쩔 거예요? 저들은 내일 또 당신에게 덤빌 거예요. 나는 저들을 잘 알아요. 저들이 하는 짓을 모두 봤죠. 그들이 당신에게 저지를 악행을 생각하면 견딜 수가 없어요. 그들은 결국 당신이 포기하도록 만들 거예요!"

"주 예수여! 당신께서 제 영혼을 지켜주시겠지요? 오! 주여, 지켜주소서. 제가 항복하도록 버려두지 마소서!"

"이봐요. 나는 전에도 울면서 기도하는 사람들을 수없이 봤어요. 그러나 모두 무너지고 굴복했지요. 에멀린을 보세요. 그 애나 당신이나 자신을 지키려 애쓰지만 무슨 소용이 있나요? 당신은 결국 항복하거나 아니면 조금씩 목숨을 빼앗길 거예요."

"그렇다면 저는 죽을 겁니다! 그들이 계속 괴롭히면 죽을 수밖에 없겠지요. 그다음에는 그들도 더 이상 어쩔 도리가 없습니다. 나에게는 모든 것이 분명하게 정해졌습니다. 나는 하나님이 이 시련을 통과하도록 도와주시리라는 것을 압니다."

여자는 대답하지 않았다 그녀는 검은 눈으로 바닥을 응시하면서 앉아 있었다.

"어쩌면 그것이 길인지도 모르지." 여자가 혼잣말처럼 중얼거렸다. "그러나 포기한 자들에게는 전혀 희망이 없어! 우리는 자신을 혐오할 때까지 타락 속에서 증오심을 키우면서 살아갈 테지. 우리는 죽음을 간절히 원하지만 스스로 목숨을 끊을 용기는 없어. 아무 희망이 없어! 나도 지금의 저 애 같은 시절이 있었지."

"이제 당신도 내가 어떤 여자인지 알았지요?" 여자가 빠르게 말했다. "내가 어떤 인간인지 알았어요! 그래요, 나는 호사스러운 환경에서 자랐어요. 나에게 떠오르는 첫 번째 기억은 아이일 때 호화로운 응접실에서 놀았던 일이죠. 그때 나는 인형 같은 옷을 입었고 집안 사람들과 손님들이 예쁘다고 칭찬했어요. 응접실 창문에서 정원이 내다보였어요. 정원의 오렌지나무 아래서 형제들과 숨바꼭질을 하며 놀았지요. 그 후에는 수녀원 학교에 들어가 음악과 프랑스어, 자수, 그 밖에 여러 가지를 배웠고요. 그런데 열네 살이 되던 해 나는 수녀원에서 나와 아버지의 장례식에 참석했어요. 아버지가 갑자기 죽고 재산문제를 처리하게 되었는데 빚이 많아 다 갚을 수가 없었죠. 채권자들이 재산목록을 정리했을 때 나는 그 안에 포함되었어요. 어머니는 노예였지만 아버지는 나를 자유인으로 만들겠다는 생각을 항상 품고 있었죠. 그러나 아버지가 실천에 옮기지 못하는 바람에 나는 재산목록에 들어갔어요. 그 전에도 내 신분을 잊지는 않았지만 그에 대해 깊이 생각해본 적은 한 번도 없었어요. 튼튼하고 건강한 남자가 갑자기 죽으리라고는 아무도 생각하지 않았으니까요. 아버지는 돌아가시기 네 시간 전까지만 해도 건강했거든요. 아버지는 뉴올리언스에서 콜레라에 걸려 초기에 죽은 사람들 가운데 하나였어요. 장례식 다음 날, 아버지의 부인은 자기 자녀들을 데리고 친정 아버지의 농장으로 가버렸습니다. 나는 그들이 나를 이상하게 대한다고 생각했으나 왜 그런지 이유는 몰랐어요. 부인은 재산문제 처리를 위임한 젊은 변호사 한 사람을 남겨두고 갔죠. 그 변호사는 매일 저택에 와서 집 안을 둘러보고, 나에게 아주 친절하게 대해줬어요. 어느 날 그가 한 청년을 데리고 왔어요. 내가 본 사람 가운데 인물이 가장 준수하더군요. 나는 그날 저녁을 결코 잊을 수가 없어요. 나는 그 청년과 정원을 산책했습니다. 나는 외로운 처지에 슬픔에 잠겨 있었는데 청년은 매우 친절하고 다정하게 대해주었습니다. 그는 내가 수녀원에 들어가기 전에 나를 본 적이 있다고 하더군요. 그리고 나를 오랫동안 사랑했다고 고백했어요. 그는 나의 친구 겸 보호자가 되어주겠다고 제안했지요. 그는 나에게 밝히지 않았으나 내 몸값으로 2000달러를 이미 지불해서 나는 그의 재산이 되어 있었습니다. 나는 그 사람을 사랑했기 때문에 기꺼이 그의 재산이 될 용의가 있었어요. 진정으로 사랑했어요!" 여자는 잠시 말을 멈춘 후 덧붙였다. "오, 그 남자를 진심으로 사랑했죠! 지금도 그 사람을 사랑하고 목숨이 붙어 있는 한 사랑할 거예요! 그 사람은 너무나 아름답고 고상하고 고귀했어요. 그는 나에게 아름다운 저택을 마련해주었고 하인들과 말, 마차와 가구, 옷을 주었어요. 돈으로 살 수 있는 것은 모두 마련해주었습니다. 그러나 나는 그 모든 것에 가치를 두지 않았죠. 오직 그 사람만을 위해서 살았어요. 하나님과 나 자신보다 그 사람을 더 사랑했습니다. 그가 원하는 일만 했죠."

"나의 유일한 소원은 그와 결혼하는 거였습니다. 그가 말한 것처럼 나를 사랑한다면 당연히 나와 결혼할 거라고 생각했어요. 내가 그의 생각과 일치하는 사람이라면 결혼해서 나를 자유인으로 만들어줄 거라고 생각했죠. 하지만 그는 그런 일은 불가능하다고 나를 설득했어요. 우리가 서로에게 충실하기만 하면 그것이 하나님 앞에서 결혼한 것이라고 말했습니다. 그게 사실이라면 나는 그 사람의 아내가 된 것이죠. 내가 충실하지 않았겠어요? 칠 년 동안 나는 그 사람의 행복을 위해서 그의 표정과 행동을 일일이 살피고 그 사람만을 위해서 살았습니다. 그 사람이 황열병에 걸리자 나는 이십 일을 밤낮으로 지켜보면서 간호했죠. 나 혼자 온갖 약을 먹이고 그를 위해 모든 일을 했습니다. 병이 나은 후 그 사람은 내가 그의 생명을 구해준 착한 천사라고 하더군요. 우리는 예쁜 아이 둘을 낳았습니다. 첫째는 사내아이였고 아버지와 같은 헨리라는 이름을 지어주었어요. 아이는 아버지를 빼닮았어요. 눈동자가 아름답고 이마가 반듯했고 이마 위에 늘어진 머리는 보기 좋게 구불거렸습니다. 아이는 아버지의 성격과 재능도 고스란히 물려받았어요. 남편은 작은 엘리자가 나를 닮았다고 말했죠. 남편은 내가 루이지애나에서 가장 아름다운 여자라고 늘 말했고 나와 아이들을 매우 자랑스러워했어요. 남편은 아이들에게 나들이옷을 입힌 다음 나와 아이들을 무개마차에 태우고 외출해서 사람들이 우리를 칭찬하는 말을 듣기를 좋아했습니다. 그 스스로도 나와 아이들을 칭찬하는 즐거운 말을 내 귀에 항상 속삭였지요. 오, 정말 행복했던 시절이었어요. 내가 세상에서 가장 행복한 사람이라고 생각했습니다. 그러던 중 불행이 닥쳤어요. 뉴올리언스에 찾아온 사촌과 남편은 아주 친했습니다. 남편은 사촌을 세상에 둘도 없는 친구로 여겼죠. 하지만 나는 처음 보는 순간부터 왠지 모르게 남편의 사촌이 무섭다는 생각이 들었어요. 사촌이 우리를 불행에 빠뜨릴 것이라는 확신이 들었거든요. 사촌은 남편을 데리고 돌아다녔고 남편은 밤 두세 시까지 집에 안 돌아오는 경우가 잦았어요. 나는 감히 지적할 수가 없었죠. 헨리가 아주 의기양양했기 때문에 말을 꺼내기가 두려웠어요. 사촌이 남편을 데리고 도박장에 드나들었던 겁니다. 남편은 도박 같은 것에 일단 몰두하면 자제를 할 수 없는 사람이었죠. 게다가 사촌은 남편에게 여자까지 소개했어요. 남편의 마음이 내게서 떠난 것을 나는 오래지 않아 눈치챘습니다. 그는 말하지 않았으나 나는 날이 갈수록 그 사실을 눈으로 확인하고 알아차리게 되었죠. 가슴이 미어지는 것 같았습니다. 하지만 입도 벙긋할 수 없었답니다! 이런 상황에 이르렀을 때 그 고약한 인간이 나와 아이들을 사겠다고 헨리에게 제안했던 거예요. 헨리가 새 여자와 결혼하는 것을 방해하고 있던 도박 빚을 청산하는 것이 이유였죠. 그래서 남편은 나와 아이들을 팔아넘겼습니다. 남편은 어느 날 지방에 출장을 나가 이삼 주 정도 집을 비울 거라고 하더군요. 평소보다 더 친절한 태도로 말했죠. 하지만 나는 남편의 말에 속지 않았어요. 마침내 올 것이 왔다는 것을 알았죠. 나는 돌로 변한 것 같은 기분을 느꼈습니다. 말을 잃었고 눈물도 나오지 않았어요. 남편은 나와 아이들에게 여러 차례 입을 맞춘 후 떠났습니다. 나는 남편이 말에 오르는 모습을 바라보았죠. 그러고는 보이지 않을 때까지 그의 모습을 지켜보았어요. 남편이 시야에서 사라졌을 때 나는 졸도했습니다.

그러고 나서 그 고약한 인간이 우리를 찾아왔죠. 소유권을 행사하러 온 거예요. 자기가 나와 아이들을 샀다고 하더군요. 문서까지 꺼내 보였습니다. 나는 하나님 앞에서 그를 저주하고 그와 사느니 차라리 죽겠다고 말했죠.

'네 마음대로 해라.' 헨리의 사촌은 이렇게 말하더군요. '하지만 이성적으로 행동하지 않으면 아이들을 다시는 만날 수 없는 곳에다 팔아버릴 거다.' 그러면서 자기는 나를 처음 본 순간부터 나를 소유하겠다고 결심했다고 하더군요. 헨리가 자발적으로 나를 팔도록 만들기 위해 도박장으로 유인해 빚을 지게 만들고 다른 여자를 사랑하게 만들었다고 털어놓았어요. 또 자기는 내가 울고불고 한다고 해서 포기할 사람이 아니란 것도 알아야 한다고 말했습니다.

두 손이 묶인 것이나 다름없었던 나는 결국 포기했습니다. 그가 내 아이들을 잡고 있었으니까요. 내가 그의 뜻을 거부할 때마다 그는 아이들을 팔겠다고 협박해서 자기 뜻에 따르도록 만들었죠. 아, 매일 찢어지는 가슴을 안고 사는 것처럼 참담한 생활도 없답니다. 비참한 기분을 느끼면서 그의 자비에 매달려 살아야 했죠. 증오하는 인간에게 몸과 마음을 구속당한 채 살아야 했습니다. 나는 헨리에게 책을 읽어주고 함께 놀고 함께 왈츠를 추고 노래를 불러주는 것을 좋아했었죠. 그러나 이 남자와 함께 하는 것은 모두 지루할 뿐이었습니다. 그런데도 나는 두려워서 거절할 수가 없었어요. 그는 매우 위압적인 성격이었고 아이들에게 매정했어요. 엘리자는 소심한 아이였답니다. 그러나 아버지를 닮은 헨리는 대담하고 씩씩한 소년이었죠. 헨리는 누구에게도 굴복하려 하지 않았어요. 이 남자는 항상 아이의 트집을 잡고 아이와 다투더군요. 나의 생활은 하루하루가 두려움의 연속이었죠. 나는 아이들을 보호하는 데 필사적이었기 때문에 아이들에게 그 사람을 존중하도록 가르치려고 애썼고 그와 떼어놓으려고 노력했습니다. 하지만 헛일이었죠. 그가 아이들을 팔아버렸습니다. 어느 날 그는 나를 마차에 태워 나들이를 했는데 집에 돌아와보니 아이들이 보이지 않았습니다! 아이들을 팔았다고 말하더군요. 그는 아이들의 피를 판 돈을 나에게 보여주었지요. 내 인생에 더 이상 희망이 보이지 않더군요. 나는 통곡을 하면서 저주했습니다. 하나님과 인간 모두를 저주했죠. 한동안 그자는 나를 두려워하는 눈치였어요. 하지만 그는 호락호락 포기하지 않았습니다. 그는 내 아이들을 팔긴 했지만 내가 아이들을 다시 볼 수 있는 기회는 자기에게 달렸다고 말하더군요. 그리고 내가 조용히 지내지 않으면 아이들이 호된 대가를 치를 것이란 말도 잊지 않았어요. 아이들을 잡고 있으면 여자를 마음대로 다룰 수가 있어요. 그는 내가 복종하도록 만들었어요. 그는 나를 얌전하게 만들었습니다. 그는 아이들을 되사 올 가능성이 있다는 희망을 주면서 내 비위를 맞췄지요. 그렇게 한두 주일이 지나갔습니다. 어느 날 산책을 나갔다가 노예 수용소를 지나치게 됐어요. 문 앞에는 많은 사람들이 모여 있었는데 어린아이의 목소리가 들렸습니다. 그때 두세 사람의 손아귀에서 빠져나온 헨리가 도망을 쳐서 내 옷을 잡고 비명을 질렀습니다. 아이를 붙잡고 있던 자들이 험한 욕을 퍼부으면서 잡으러 왔지요. 그 가운데 내가 평생 얼굴을 잊을 수 없는 한 남자가 이대로 도망가게 내버려두지 않겠다고 말하더군요. 그는 아이가 수용소로 돌아가 결코 잊지 못할 교훈을 배울 것이라고 덧붙였습니다. 내가 사정하고 애원했지만, 그 사람들은 웃기만 했어요. 불쌍한 아들은 울부짖으며 내 옷을 잡고 늘어졌지요. 잡으러 온 사람들이 내 치마의 반을 찢고 아이를 떼어내더군요. 그들은 계속 '어머니!'를 부르는 아이를 데리고 갔습니다. 수용소 앞에 서 있던 한 남자가 나를 측은하게 생각하는 눈치더군요. 그에게 이 일에 개입해준다면 수중에 가진 돈을 전부 주겠다고 말했습니다. 그는 고개를 내저으면서 이런 말을 해주었어요. 팔려 간 아이가 버릇없고 반항적이라는 이유로 주인이 버릇을 단단히 고쳐주기로 작정을 했다는 거죠. 나는 돌아서서 뛰었습니다. 달리는 동안 내내 아이의 비명소리가 들려오는 것 같았지요. 나는 집 안으로 뛰어 들어갔습니다. 숨이 턱에 찬 채 응접실에 들어갔더니 버틀러가 보였어요. 나는 자초지종을 설명하고 가서 말려달라고 빌었어요. 그는 아이가 매를 번다면서 웃기만 하더라고요. 그는 아이의 버릇을 빨리 고칠수록 좋다고 말하면서 '나에게 뭘 더 기대하는 거야?'라고 묻더군요.

그 순간 내 머릿속에서 뭔가 부서지는 것 같았어요. 나는 분노가 치밀어 현기증을 느꼈습니다. 그때 탁자 위에 있던 커다란 사냥칼이 눈에 띄었어요. 그 칼을 집어 들고 그자에게 몸을 날린 기억도 나고요. 그다음 일은 생각나지 않아요. 나는 여러 날 동안 의식을 찾지 못했습니다.

정신을 차리니까 안락한 방에 누워 있었는데 내 방은 아니었어요. 늙은 흑인 여자가 나를 보살피고 있더군요. 의사도 와서 나를 진찰했습니다. 사람들이 나를 극진히 간호했죠. 얼마 후 나는 그자가 떠나면서 나를 팔아넘기기 위해 이 집에 남겨두었다는 것을 알게 되었지요. 그래서 사람들이 나를 보살피느라 그렇게 수고를 한 겁니다.

나는 건강을 회복할 생각이 없었어요. 병이 낫지 않기를 바랐지요. 그런데도 열이 내리고 차츰 건강해져서 마침내 일어날 수 있게 되었답니다. 그 후 그들은 매일 나에게 정장을 차려입도록 했고 신사들이 자주 찾아왔습니다. 그들은 서서 시가를 피우면서 나를 유심히 살펴보고 질문을 하면서 내 몸값을 흥정하더군요. 하지만 내가 너무나 우울한 표정을 짓고 말도 하지 않자 나를 사겠다는 사람이 나오지 않았어요. 그러자 나에게 명랑하고 상냥해지도록 노력하지 않으면 채찍으로 때리겠다고 협박을 합디다. 어느 날 스튜어트라는 이름의 신사가 찾아왔습니다. 그 사람은 나에게 어떤 감정을 느꼈나 봐요. 내 가슴에 커다란 한이 맺혀 있다는 걸 알아차리고 여러 번 혼자 나를 만나러 왔어요. 그는 마침내 나를 설득해서 고백하도록 만들었답니다. 그는 나를 샀고 내 아이들을 되사기 위해 최선을 다하겠다고 약속했습니다. 내 아들 헨리가 묵었던 호텔을 찾아간 스튜어트는 아이가 펄 강[115] 상류의 한 농장으로 팔려 갔다는 소식을 듣게 되었어요. 그게 아이에 관한 마지막 소식이었습니다. 그다음에 스튜어트는 내 딸이 있는 곳을 알아냈죠. 한 노부인이 아이를 키우고 있었어요. 스튜어트가 거액의 몸값을 제안했지만 노부인의 가족은 팔려고 하지 않았어요. 그러다 스튜어트가 나를 위해 딸을 사려 한다는 사실을 버틀러가 알았어요. 그는 내가 딸을 영원히 되찾지 못할 것이라는 전갈을 보내왔더군요. 스튜어트 선장은 나에게 아주 친절하게 대해주었지요. 그는 훌륭한 농장을 소유하고 있었는데 나를 그곳으로 데리고 갔습니다. 일 년 뒤 나는 아들을 낳았어요. 내가 그 아이를 얼마나 사랑했는지 모를 거예요! 아기는 불쌍한 내 큰아들과 너무나 닮았답니다. 하지만 나는 결심을 했지요. 진심이에요. 나는 내 자식이 살아서 성장하는 것을 다시는 보지 않겠다고 결심했습니다. 태어난 지 두 주가 지났을 때 나는 아기를 품에 안고 입을 맞추면서 울었어요. 그리고 아기에게 아편을 먹이고는 잠든 채 죽을 때까지 꼭 껴안아주었습니다. 아기의 죽음이 슬퍼서 참 많이 울었어요. 내가 아기에게 아편을 먹인 것이 실수가 아니었다는 걸 누가 짐작이나 했겠어요? 지금 생각하면 다행스러운 일 가운데 하나죠. 나는 지금도 아기에게 미안하지 않아요. 적어도 고생은 면했잖아요. 불쌍한 어린 것에게 내가 죽음보다 더 좋은 것을 어떻게 줄 수 있었겠어요? 얼마 후 콜레라가 돌고 스튜어트 선장이 죽었어요. 살기를 원했던 사람은 모조리 죽었지만 죽음의 문턱까지 갔던 나는 살았어요. 그 후 나는 노예로 팔려 이 사람 저 사람의 손을 거쳤고, 그러면서 젊은 시절의 모습은 다 사라지고 주름살만 생겼지요. 게다가 열병까지 앓았답니다. 그런데 이 농장의 비열한 인간이 나를 사서 바로 이곳에 데려온 거죠!"

여자는 말을 멈췄다. 그녀는 흥분해서 지난 이야기를 빠르게 쏟아냈다. 때로는 톰에게 이야기하는 것처럼 보였지만 어떤 때는 독백을 하는 것 같았다. 그녀의 말투가 매우 격렬하고 위압적이었기 때문에 톰은 통증을 잊고 몸을 일으켜 한쪽 팔꿈치를 세워서 받친 채, 불안하게 서성이는 여자의 모습을 지켜보았다. 그녀가 움직일 때마다 긴 검은 머리카락이 얼굴 위에서 흔들렸다.

"당신은 하나님이 있다고 나에게 말했어요." 여자가 잠시 말을 멈췄다가 다시 계속했다. "이 모든 일을 내려다보고 있는 하나님이 있다고 말했지요. 그렇다 쳐요. 수녀원의 수녀님들이 나에게 심판의 날에 관한 이야기를 자주 들려주었어요. 그날이 오면 모든 것이 빛 아래 드러난대요. 하지만 그때는 복수를 할 수 없을 거예요!

사람들은 우리가 당하는 고통이나 우리 아이들이 당하는 고통이 대수롭지 않다고 생각해요! 사소한 문제라는 거죠. 하지만 나는 거리를 헤매며 나 한 사람이 느끼는 비참한 심정만으로도 도시 전체를 충분히 뒤덮을 수 있다는 생각을 한 적이 있습니다. 집들이 무너져 나를 덮치거나 발아래 포장한 돌들이 무너져 내렸으면 좋겠다는 생각이 들었어요. 그래요! 심판의 날 나는 하나님 앞에 서서 나와 자식들의 몸과 영혼을 망친 자들을 고발하는 증인으로 나설 겁니다!

나는 소녀 시절에만 해도 스스로 종교적인 사람이라고 생각했어요. 늘 하나님과 기도를 사랑했으니까요. 하지만 지금은 방황하는 영혼으로 전락해서 밤낮으로 나를 괴롭히는 악마들에게 쫓기고 있죠. 악마들은 나를 계속 고통과 타락으로 몰아넣고 있어요. 나는 머지않아 그들이 시키는 대로 따를 거예요!" 주먹을 움켜쥐면서 지껄이는 여자의 짙고 검은 눈동자에서 광기가 번득였다. "나는 언젠가 그놈을 지옥으로 보낼 거예요. 산 채로 화형을 당하는 한이 있더라도 놈을 지름길로 지옥에 보낼 거예요!" 그녀의 거칠고 긴 웃음소리가 텅 빈 실내에 울려 퍼졌다. 여자는 말을 마치고 발작을 일으키듯이 흐느껴 울었다. 바닥에 쓰러진 여자는 경련하듯 흐느끼면서 몸부림을 쳤다.

몇 분 후 광기의 발작이 지나간 듯했다. 여자는 천천히 일어나 마음을 가다듬는 눈치였다.

"불쌍한 양반, 뭘 더 해드릴까요?" 여자가 누운 톰에게 다가오면서 말했다. "물을 조금 더 줄까요?"

이렇게 말하는 그녀의 목소리와 태도는 동정적이고 친절하며 우아했다. 이런 태도는 조금 전에 보인 광기와 기묘한 대조를 이루었다.

톰은 물을 마신 다음, 진지하고 동정심이 넘치는 표정으로 여자의 얼굴을 바라보았다.

"오, 마님, 당신에게 생명의 물을 주시는 그분을 찾아가시기 바랍니다!"

"그에게 가라고요! 그는 어디 있습니까? 그가 누구입니까?"

"당신이 나에게 말씀을 읽어준 그분요. 주님 말입니다."

"나는 소녀 시절에는 교회의 제단 위에 걸려 있는 그분의 초상화를 항상 봤어요." 캐시의 검은 눈동자는 비통한 회상에 젖어 한곳만 응시하고 있었다. "그러나 그분은 여기 없어요! 여기엔 아무것도 없어요. 죄악과 끝없는 절망만 있어요! 오!" 여자는 무거운 물건을 들어 올리는 사람처럼 가슴에 손을 얹고 숨을 들이마셨다.

톰이 무슨 말을 하려고 하자 여자가 단호한 몸짓으로 제지했다.

"말하지 말아요, 이 가련한 양반. 억지라도 잠을 자세요." 그녀는 물병을 손닿는 곳에 놓은 다음, 그를 편안히 해줄 수 있는 모든 일을 하고 나서 창고를 떠났다.

chapter 35
전조
———

하찮게 보이는 것들이 영원히 가슴을 짓누르는
무거운 짐을 다시 가져온다.
소리나 꽃, 바람이나 태양이 우리에게 상처를 입히고
은밀하게 묶는 전기의 사슬을 내리칠 수도 있다.[116]

리그리 저택의 거실은 크고 길쭉했으며, 큰 벽난로가 설치돼 있었다. 예전에 벽을 장식했던 화려하고 비싼 벽지는 이제 찢어지고 썩어서 퇴색된 채 습기 찬 벽에 붙어 있었다. 거실에서는 이상하게 역겹고 비위생적인 악취가 났다. 습기와 먼지, 곰팡이 썩는 냄새가 혼합된 이 악취는 오래된 폐가에서 흔히 맡을 수 있다. 벽지는 여기저기 포도주와 맥주를 엎지른 자국으로 더럽혀져 있었다. 벽에는 분필로 메모를 한 낙서자국이 남아 있었고, 누가 산수 연습을 했는지 길게 계산을 한 흔적도 보였다. 벽난로 안의 화로에는 활활 타고 있는 숯이 가득 담겨 있었다. 추운 날씨는 아니었으나 저녁이 되면 그 큰 방에는 항상 습기가 차고 서늘한 냉기가 감도는데다가 리그리는 시가에 불을 붙이고 펀치를 만들기 위해 물을 데울 장소를 원했기 때문이다. 벌건 숯불에 비친 실내에는 안장과 굴레, 마구, 말채찍과 함께 코트 등 여러 가지 옷가지가 어지럽게 널려 있어 더 둘러보고 싶은 기분이 들지 않았다. 앞에서 나온 개떼가 자기네 취향에도 맞고 편하기도 한 이런 잡동사니 사이에 진을 치고 앉아 있었다.

리그리는 평소처럼 투덜대면서, 금이 가고 주둥이가 깨진 물병에서 뜨거운 물을 따라 방금 혼합한 펀치를 저었다.

"고약한 삼보 녀석이 새로 온 일꾼들과 나 사이에 괜한 소동을 일으키네. 두들겨 맞은 놈은 일주일 동안 일을 못 하겠지. 하필 이렇게 바쁜 때에."

"그래요. 당신을 닮아서 그렇지요." 의자 뒤에서 난 목소리의 주인공은 캐시였다. 그녀는 리그리의 혼잣말을 듣고 있었다.

"하! 독한 계집이시군! 돌아온 거냐?"

"네, 돌아왔어요." 여자가 쏘아붙였다. "내 뜻대로 하기 위해 돌아왔죠."

"거짓말쟁이, 닳고 닳은 년 주제에. 내 말 잘 들어. 얌전히 행동하지 않으면 더러운 오두막으로 쫓아서 다른 검둥이들과 함께 일하도록 만들 테니까."

"당신에게 짓밟히면서 사느니 더러운 오두막에서 사는 게 백번 낫지!"

"아무리 그래도 너는 내 손에서 빠져나가지 못해." 리그리가 비열한 미소를 지으면서 그녀에게 다가갔다. "내 밑에서 사는 것도 나쁘지 않잖아. 어서 내 무릎에 앉아봐. 이유를 설명해줄 테니." 리그리가 여자의 허리를 안으면서 말했다.

"사이먼 리그리, 조심해!" 여자가 사납게 노려보았다. 그녀의 눈에서는 두려움이 느껴질 정도로 광기가 번득였다. "사이먼, 당신은 내가 무섭지." 여자는 작정을 한 듯이 말했다. "내가 이유를 알지! 내 속에는 악마가 들어 있으니까. 조심하는 게 좋을 거야."

여자는 그의 귀에 입을 가까이 대고 거칠게 속삭였다.

"꺼져! 넌 확실히 귀신이 든 년이구나!" 리그리가 불안한 시선으로 여자를 밀면서 말했다. "캐시, 어째서 전처럼 나를 다정하게 대하지 않는 거냐?"

"전처럼!" 여자는 비통한 어조로 말했다. 그녀는 감정이 복받쳐서 말을 잇지 못했다.

캐시는 리그리를 어느 정도 자기 뜻대로 움직일 수 있었다. 강하고 열정적인 여자가 지극히 야수 같은 남자에게 행사할 수 있는 영향력 같은 것을 그녀는 갖고 있었다. 그러나 최근 들어 그녀는 참을 수 없는 노예생활로 인해 점점 더 과민하고 불안해졌다. 불안감이 극에 달하면 미친 사람처럼 울부짖었다. 리그리는 이런 광기를 두려워했다. 그는 미친 사람을 무서워하는 미신을 갖고 있었다. 이런 미신은 무식하고 상스러운 인간들에게서 흔히 볼 수 있다. 그런데 리그리가 에멀린을 집에 데려오자, 캐시의 지친 가슴속에서 꺼져가던 모성애 같은 것이 되살아나기 시작했다. 그녀가 소녀의 편을 들자, 그녀와 리그리 사이에 격렬한 싸움이 잦아지기 시작했다. 리그리는 그녀가 고분고분하게 자기 말을 듣지 않으면 들판에 내보내 일을 시키겠다고 으름장을 놓았다. 그래서 여자는 앞에서 설명한 것처럼 하루 동안 들에 나가 리그리의 위협을 완전히 멸시한다는 것을 보여주었다.

리그리는 하루 종일 불안감을 느꼈다. 캐시는 리그리가 벗어날 수 없는 영향력을 행사하고 있었기 때문이다. 그녀가 바구니를 저울 위에 올려놓았을 때 리그리는 여자가 조금 양보하기를 기대하면서 짐짓 멸시하는 투로 은근히 화해의 뜻을 내비쳤으나 돌아오는 것은 철저한 경멸이었다.

그가 불쌍한 톰을 잔인하게 구타하기까지 하자 여자의 감정은 더욱 격앙되었다. 그녀가 리그리를 따라 집 안으로 들어온 것은 잔인한 행동을 나무라겠다는 것 외에 별다른 의도가 없었다.

"캐시, 제발 얌전히 행동해줬으면 좋겠어."

"당신 입에서 얌전히 행동하라는 말이 나와! 그런 당신은 어떻게 행동하고 있는데? 고약한 성미를 이기지 못해 가장 바쁜 시기에 상일꾼을 때려서 병신을 만드는 머저리 같은 인간이야!"

"내가 바보짓을 했어! 사실이야. 아랫것들과 다투다니 바보짓이었어. 하지만 녀석이 고집을 부리니 꺾어놓지 않을 수가 없었지."

"당신은 그를 꺾을 수 없을 거야."

"못한다고?" 리그리가 역정을 내면서 대꾸했다. "왜 못한다는 건지 이유나 좀 알자구. 놈은 나에게 기어오른 첫 번째 검둥이야! 놈의 뼈를 모조리 부러뜨려서라도 굴복시키고 말 거야!"

그때 문이 열리고 삼보가 들어왔다. 앞으로 다가와 절을 한 삼보는 뭔가 종이에 싼 것을 내밀었다.

"그게 뭐냐?"

"마녀의 물건입죠, 주인님."

"뭐?"

"깜둥이들이 마녀한테 얻어서 몸에 지니고 다니는 물건입죠. 이걸 갖고 있으면 매를 맞아도 안 아프답니다. 그놈이 검은 줄에 매달아 목에 걸고 있었어요."

그리스도를 믿지 않는 다른 잔인한 인간들처럼 리그리는 미신을 믿었다. 그는 종이를 받아 불안한 표정으로 열었다.

종이 안에서 은화 한 개와 함께 살아 있는 것처럼 리그리의 손가락에 감겨드는 것이 나왔다.

"이런 염병할!" 리그리가 비명을 질렀다. 그는 갑자기 화를 내면서 발을 굴렀다. 불에 댄 사람처럼 손가락에 붙은 머리카락을 미친 듯이 떼어냈다. "이게 어디서 나온 거냐? 치워버려! 태워 없애! 태우라고!" 그는 머리칼을 떼어내서 비명소리와 함께 숯불에 던졌다. "어째서 이런 물건을 내게 가져온 거냐?"

삼보는 너무 놀라서 커다란 입을 벌리고 서 있었다. 거실을 나가려던 캐시도 멈춰 서서 몹시 놀란 표정으로 리그리를 바라보았다.

"이런 재수 없는 물건을 다시는 가져오지 마라!" 리그리는 삼보에게 주먹을 흔들면서 소리쳤다. 삼보는 은화를 집어 창밖으로 던진 다음 문을 나가 어둠 속으로 사라졌다.

삼보는 무사히 벗어난 것이 기뻤다. 그가 사라진 후 리그리는 무서워하는 모습을 보인 것을 약간 창피해하는 듯한 눈치였다. 그는 의자에 앉아 화난 표정으로 펀치를 마셨다.

캐시는 그의 눈에 띄지 않게 방을 나갈 준비를 마쳤다. 앞서 본 것처럼 불쌍한 톰을 간호해줄 생각이었다.

리그리에게 무슨 문제가 있었던 것일까? 온갖 잔인한 짓을 밥 먹듯 하는 짐승 같은 리그리가 단순한 머리칼 한줌을 보고 그렇게 질겁한 까닭은 무엇일까? 이런 의문에 대답하려면, 독자들을 그의 과거로 데려갈 필요가 있다. 지금은 신을 믿지 않고, 타락한 인간처럼 보이는 리그리도 어머니의 가슴에 안겨 경건한 기도와 찬송가 소리를 들으면서 잠들었던 시기가 있었다. 지금은 바싹 말라버렸지만, 눈썹에 성수를 부어 세례도 받았다. 유년기에는 갈색 머리 여자가 그를 안식일의 종소리가 울려 퍼지는 교회로 데려가 예배를 드리고 기도를 올리게 했다. 그의 어머니는 머나먼 뉴잉글랜드 지방에서 지칠 줄 모르는 사랑과 참을성 있는 기도로 외아들을 키웠다. 인자한 어머니는 세상에서 보기 드문 소중한 사랑을 쏟았으나 난폭한 조상의 피를 물려받고 아버지의 전철을 밟은 리그리에게는 아무 소용이 없었다. 시끄럽고 사나운 통제 불능의 폭군이 된 리그리는 어머니의 말씀을 멸시했으며, 꾸중을 참지 못했다. 그는 돈을 벌기 위해 어린 나이에 어머니 품을 떠나 뱃사람이 되었다. 그는 집에 한 번밖에 돌아가지 않았다. 그러나 그 후에도 달리 집착할 데가 없어서 오직 자식만을 사랑했던 어머니는 아들을 죄 많은 생활에서 구해내 영생으로 인도하기 위해 간절히 기도를 올리고 간곡히 애원했다.

리그리가 은총을 누리며 착한 천사들의 부름을 받았던 것은 그때였다.

업무를 보고 있는 낭트의 선주

노예선만 있다고 선주의 일이 끝나는 것은 아니다.
중요한 업무 중 하나는 금융 파트너들에게 우편물을 발송하는 일이다.
그들의 관심을 끌고 투자를 유치하기 위해 아주 높은 이득을 기대하게
만드는 선전용 안내서나 견적서를 작성한다. 끝으로 보험회사와
계약하고 문서로 된 거래 지침서를 선장에게 전달하고 나면,
이제 그에게는 길고 불안한 기다림이라는 가장 큰 어려움이 남는다.
노예선이 출항지로 돌아오기까지는 엄청난 위험이
도사리고 있기 때문이다.

금 무게를 재는 저울과 계량 동전을 보관하는 상자.

예를 들어 여기 있는 마코 씨는 사무실에 앉아
선장이나 식민지에 있는 동업자로부터 받은 서신을 읽고
발송 우편물을 점검한다.
그가 받은 편지 한 통은 정보를 공유해야 할
공동주주의 수에 따라 열 통이나 열다섯 통이 되어
발송되기도 한다.

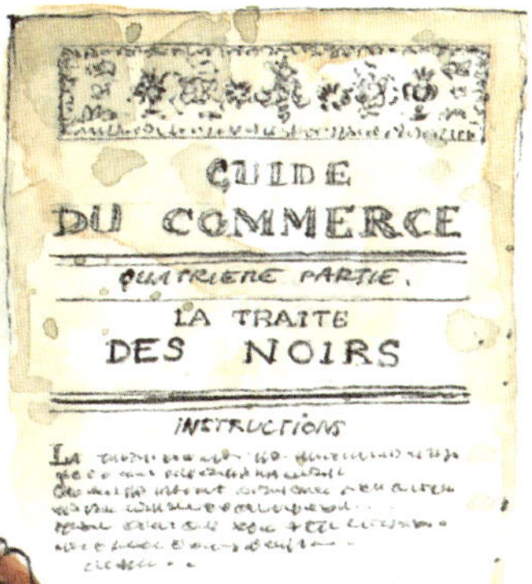

교역 안내서.
"흑인들의 나이나 체력, 용모,
건강상태 등에 따라
싼 가격에 구매하기도 한다······."

노예선 원정

선주가 노예선만 가지고 장사를 하는 경우는 드물다. 대부분 노예 도매상이나 금융업자
또는 귀족들과 함께 사업을 꾸려간다. 따라서 그들 각자 어느 정도의 지분을 지니고 있다.
선박과 부대시설비, 승무원의 선불임금, 승무원과 노예들이 먹을 식량 구입비 등
노예선 원정에는 막대한 비용이 든다.

다양한 노예선

어떤 노예선을 선택하느냐는 대단히 중요한 일이다.
노예선은 최소한의 공간에 최대한의 사람을 실을 수 있도록 만들어진 내부 구조에 따라 선택된다.
노예 무역에 대한 통제가 시작된 이후로는 감시선을 따돌리거나 일반 상선으로 위장할 수 있는 형태의 선박이 유리했다.
이러한 모든 면에서 쌍돛대가 달린 작은 범선인 브릭은 가장 이상적인 노예선으로 각광받는다.

삼돛대 범선

브릭과 유사한 형태의
쌍돛대 범선

쌍돛대 중 앞 돛대에는 가로돛,
주 돛대에는 세로돛을 단 범선,
브리건틴

두 개 이상의 돛대에
세로돛을 단 범선,
스쿠너

19세기의 브릭

1770년경 낭트의 브릭 노예선. 이 쌍돛대 범선은 속도가 빠르고 조종하기 쉬우면서도
노예들을 실어 나르기에 충분한 넓이의 화물창이 구비되어 있다.
이 노예선에는 선장과 참모 5~7명, 하사관 5~6명, 수병, 수습선원, 소년선원 등 12명의 선원이 탑승한다.
그중 목수와 수롱제조공은 특수한 위상을 지닌다. 노예 운송에 적합한 화물창 정비와 보통 두세 달 정도가 소요되는
적도 부근 항해에 필요한 물통제조라는 중요한 임무 때문이다.

18세기에서 19세기 초.
노예들의 손목에 채웠던 쇠고랑.

모신이 7개인 다통모.
18세기 말 선박들이
노예들의 소요 진압용으로
사용하던 무기.

흑인법. 프랑스의 해외 식민지 흑인들의 통치,
사법행정, 치안, 징벌, 거래에 관한 법규집.
1685년 루이 14세와 재상 콜베르에 의해
제정되고 공포되었다.

그는 설득을 당해서 은총의 손길을 받아들일 뻔했다. 갈등에 빠진 그의 마음이 조금씩 누그러졌으나 결국 죄악이 승리를 거두었다. 그는 타고난 거친 성격의 온갖 힘을 발휘해 양심의 확신과 맞섰다. 그는 술을 마시고 욕을 했고 전보다 더 사납고 잔인한 인간으로 변했다. 어느 날 밤, 절망에 괴로워하던 그의 어머니가 아들의 발 앞에 무릎을 꿇자, 리그리는 몹쓸 욕을 하면서 어머니를 마루 위에 내동댕이쳤다. 그리고 자기 배로 도망쳤다. 그 후 리그리가 어머니의 소식을 다시 들은 것은 술에 취한 동료들과 흥청거리던 중 편지 한 통을 전달받았을 때였다. 편지를 펼치자 긴 머리칼 한 타래가 떨어져서 그의 손가락에 감겼다. 편지에는 그의 어머니가 자식을 용서하고 축복한 다음에 죽었다는 내용이 담겨 있었다.

　무시무시한 악은 가장 성스럽고 사랑스러운 물건도 가장 무서운 유령으로 바꾸는 마력이 있다. 임종의 자리에서 기도를 올리고 사랑으로 용서했던 창백한 얼굴의 자상한 어머니는 죄에 물든 사악한 가슴속에서 저주의 판결로 돌변했다. 어머니의 모습은 리그리에게 무서운 심판과 타오르는 분노를 연상시킬 뿐이었다. 리그리는 머리칼과 편지를 태워버렸다. 리그리는 지글거리며 타오르는 불꽃을 보고 영원한 지옥의 불을 연상하며 몸을 떨었다. 그는 술을 마시고 흥청거리면서 기억을 잊으려고 애썼다. 그러나 어느 날, 한밤중의 정적 속에서 문득 잠이 깬 사악한 영혼은 자기 어머니의 유령을 보게 된다. 그는 침대 옆에서 어머니가 홀연히 나타나는 것을 보았다. 부드러운 머리카락이 그의 손가락에 감기는 것을 느꼈다. 그럴 때면 얼굴에서 식은땀을 흘리고 공포에 떨면서 침대에서 벌떡 일어났다. 똑같은 복음 속에 적힌, 하나님은 사랑이며 삼키는 불이라는 말씀을 이상하게 생각해본 적이 있는가? 악에 물든 영혼에게 완전한 사랑이 가장 두려운 고문이며 가장 참혹한 절망의 선고이자 확인도장이 된다는 것이 이상한가?

　"망할 것!" 리그리는 술을 조금씩 마시면서 혼잣말을 했다. "그런 물건을 어디서 구했을까? 후! 정말 똑같았어. 이제는 잊은 줄 알았는데. 빌어먹을! 기억을 지울 수 있다고 생각하다니. 제기랄! 혼자 있으니 외로워 죽겠군. 엠을 불러야겠어. 그년은 날 싫어하지. 원숭이 같은 년. 상관없어. 나오도록 만들겠어!"

그는 계단 아래 있는 커다란 현관으로 나갔다. 최고급 목재로 만들어진 나선형 계단은 이제 때가 끼고 먼지가 앉아 더러워졌고, 상자와 보기 흉한 잡동사니가 쌓여 있었다. 카펫이 깔려 있지 않은 나선형 계단은 우중충한 어둠 속으로 끝없이 뻗어 올라가는 것처럼 보였다. 희미한 달빛이 부서진 부채꼴 채광창으로 비쳐들었다. 공기는 지하납골당처럼 차갑고 탁하게 느껴졌다.

리그리는 계단 아래서 발걸음을 멈췄다. 노랫소리가 들렸다. 황량하고 적막한 이 저택 안에서 들려오는 괴이한 노랫소리는 유령의 울음소리를 연상시켰다. 아마도 그의 신경이 과민한 상태였기 때문에 그렇게 느꼈는지도 모른다. 저 소리는 도대체 어디서 나는 걸까?

    오, 눈물을 흘리며 슬피 우는 자가 있으리라
    오, 그리스도가 심판하는 그날이 오면 슬피 우는 소리가 들려오리라

"염병할 년!" 리그리가 중얼거렸다. "목을 비틀어버리겠어. 엠! 엠!"

그는 쉰 소리로 외쳤다. 하지만 그의 목소리는 벽에 부딪치면서 조롱하는 듯한 메아리가 되어 되돌아왔다. 고운 목소리는 계속 노래를 불렀다.

    부모와 자식들이 그곳에서 헤어지리라
    그곳에서 부모와 자식들이 헤어지리라
    헤어져 다시는 만나지 못하리라

노래의 후렴이 텅 빈 홀 안에서 크게 울려 퍼졌다.

오, 눈물을 흘리며 슬피 우는 자가 있으리라

오, 그리스도가 심판하는 그날이 오면 슬피 우는 소리가 들려오리라

리그리는 가만히 서 있었다. 심한 두려움에 휩싸여 이마에 커다란 땀방울이 맺히고 가슴이 심하게 뛰는 자신의 지금 모습을 사람들이 알게 된다면 그는 수치심을 느낄 것이다. 그는 앞의 어둠 속에서 희미한 물체가 솟아올라 어른거리는 것 같은 생각까지 들었다. 죽은 어머니가 갑자기 나타나면 어쩌지 하는 생각에 그는 몸을 떨었다.

"이제 알았다." 그는 비틀거리면서 거실로 돌아와 의자에 주저앉으면서 혼잣말을 했다. "앞으로는 녀석을 건드리지 말아야겠다. 도대체 내가 무슨 생각으로 녀석의 저주받은 종이를 펴봤을까? 틀림없이 마법에 홀렸어! 그때부터 계속 몸이 떨리고 땀이 나고 있잖아. 녀석은 어디서 그 머리칼을 구했을까? 그 머리칼은 아니겠지. 그건 내가 태워버렸거든. 그건 확실해! 죽은 사람의 머리카락이 되살아난다는 건 웃기는 소리야!"

아, 리그리에게 그 황금색 머리타래는 마법에 걸린 물건이었다. 그 머리카락 한 올마다 공포와 회한의 저주가 걸려 있어, 무력한 사람들에게 극악무도한 짓을 하지 못하도록 그의 두 손을 묶는 강력한 힘을 발휘했다!

"어이, 일어나봐, 누구 와서 함께 놀자!" 리그리가 일어서서 발을 구르면서 개에게 휘파람을 불었다. 그러나 개들은 한쪽 눈만 뜨고 리그리를 바라본 뒤 다시 눈을 감았다.

"삼보와 킴보를 불러 노래를 시키고 요란한 춤을 추게 해서 이 끔찍한 생각을 쫓아야겠다." 리그리는 모자를 쓰고 베란다로 나가, 평소에 두 마부를 부를 때 쓰는 나팔을 불었다.

리그리는 기분이 내키면, 이 악당들을 종종 자기 거실로 부르고 싶은 충동을 느꼈다. 녀석들에게 위스키를 먹여 거나하게 취하게 한 다음, 기분에 따

라 노래나 춤, 또는 싸움을 시켜놓고 즐겁게 구경하곤 했다.

캐시가 불쌍한 톰을 간호해주고 돌아온 것은 밤 한시가 넘은 시각이었다. 돌아오던 캐시는 거실에서 요란법석을 떨면서 고함을 치고 노래하는 소리가 개 짖는 소리와 뒤섞여 들려오는 것을 들었다.

그녀는 베란다 계단 위에 올라가 안을 들여다보았다. 리그리와 마부 둘이 고주망태가 되어 의자를 뒤집어엎고 서로 온갖 흉측한 표정을 지으면서 치고받고 노래를 하고 있었다.

그녀는 작고 가는 손을 창문 블라인드 위에 놓고 세 사람을 뚫어지게 바라보았다. 그녀의 검은 눈동자 속에 고뇌와 경멸, 격한 증오심이 담겨 있었다. "저런 몹쓸 인간을 없애버리면 그것도 죄가 될까?" 그녀는 혼잣말을 했다.

그녀는 뒤돌아 뒷문으로 급히 빠져나간 뒤 빠르게 계단을 올라가 에멀린의 방문을 두드렸다.

chapter 36
에멀린과 캐시

방으로 들어간 캐시는 구석에 앉아 창백한 얼굴로 두려움에 떨고 있는 에멀린을 보았다. 캐시가 들어가자 소녀는 불안한 표정으로 일어섰다. 그러나 누군지 알아보고는 서둘러 걸어 나와 캐시의 팔을 잡았다. "오, 캐시, 당신이군요. 와줘서 고마워요. 나는 그것이…… 무서웠어요. 저녁 내내 아래층에서 얼마나 무시무시한 소리가 들렸다고요!"

"나도 안단다." 캐시가 냉정하게 말했다. "나는 그런 소리를 자주 들었어."

"오, 캐시! 말해주세요. 우리 둘이 이 집에서 도망칠 수 없을까요? 나는 어디라도 좋아요. 뱀이 득실거리는 늪지대도 상관없어요! 여기서 빠져나가 도망칠 곳이 없을까요?"

"무덤밖에는 갈 데가 없지."

"도망친 적이 있나요?"

"다른 사람들이 도망치는 걸 많이 봤지. 결과가 어떤지도 봤고."

"나는 차라리 늪지대에서 나무껍질을 뜯어먹고 살겠어요. 뱀도 무섭지 않아요. 그자 옆에서 사느니 뱀과 살겠어요." 에멀린이 정색을 하고 말했다.

"이 집에는 너와 똑같은 생각을 하는 사람들이 많아. 하지만 늪지대도 안전하지 않아. 개들이 너를 찾아낼 테니까. 다시 붙잡혀 끌려올 거야. 그다음에는, 다음에는……."

"그 사람이 어떻게 하는데요?" 소녀가 몹시 궁금한 표정으로 물었다.

"어떤 짓을 안 하느냐고 묻는 게 더 나을걸. 그 사람은 서인도제도의 해적들과 어울리면서 기술을 배웠단다. 내가 본 사실이나 그가 기분이 좋아서 가끔 들려준 내용을 이야기해주면 너는 밤에 잠도 못 잘 거야. 나는 이곳에서 들었던 비명소리를 몇 주 동안이나 머리에서 지울 수가 없었지. 노예들의 숙소에서 좀 내려가면 시들어서 검게 변한 나무 한 그루와 주변을 뒤덮은 검은 재를 볼 수 있을 거야. 거기서 무슨 일이 벌어졌는지 사람들에게 물어보면 선뜻 설명을 해주려는 사람이 없을 게다."

"오! 그게 무슨 소리예요?"

"차마 내 입으로 말할 수가 없어. 그 일을 생각하고 싶지도 않아. 저 불쌍한 사람이 계속 그렇게 행동하면, 내일 어떤 일이 벌어질까. 하나님만 아시겠지."

"무서워요!" 에멀린의 볼에서 핏기가 완전히 가셨다. "오, 캐시, 나는 어떡해야 돼요?"

"내가 했던 대로 해. 억지로라도 그렇게 해. 네가 해야 할 일을 해야 한다. 그리고 증오와 저주에서 위안을 찾아야지."

"그 사람은 끔찍한 브랜디를 나에게 먹이려고 해요. 나는 브랜디가 정말 싫어요."

"마시는 게 좋을 게다. 나도 싫어했어. 하지만 지금은 브랜디가 없으면 못 살아. 뭐라도 있어야 하니까. 운명이다 하고 받아들이면 그렇게 끔찍하지 않단다."

"어머니는 술 같은 것에는 절대 손대지 말라고 말했어요."

"어머니!" 캐시가 어머니라는 말을 비통하고 소름끼치는 말투로 강조하면서 말했다. "어머니의 말이 다 무슨 소용이 있니? 너는 돈에 팔려 왔어. 네 몸과 마음을 산 사람이 영원한 네 주인이 되었어. 그게 세상살이란다. 내 말대로 브랜디를 마시거라. 마실 수 있는 만큼 마시면 사는 것이 훨씬 수월해 질 게다."

"오, 캐시! 나를 불쌍하게 생각해주세요!"

"불쌍하게 생각하지! 안 그런 것 같니? 나도 딸을 키워봤어. 하나님이 아시지. 내 딸도 앞서 어미가 간 길로 갔을 게다. 그리고 그 자식들도 그 애의 뒤를 따를 테고! 저주하자면 끝이 없어!"

"차라리 태어나지 않았으면 얼마나 좋았을까요?" 에멀린이 두 손을 마주 잡고 말했다.

"나도 옛날에 그런 생각을 많이 했지. 이제 그런 소원에 익숙해졌단다." 캐시는 어두운 바깥을 내다보면서 말했다. 마음이 가라앉았을 때 습관처럼 나타나는 절망의 표정이 그녀의 얼굴에 떠올랐다.

"자살은 사악한 행동이래요." 에멀린이 말했다.

"왜 사악한지 모르겠어요. 우리가 매일 하는 짓보다 더 사악하지는 않을 거예요. 하지만 내가 수녀원에 있을 때 수녀님들이 해준 이야기 때문에 나는 죽는 것이 무서워요. 죽음이 우리의 끝이라면……."

에멀린은 고개를 돌리고 두 손으로 얼굴을 감쌌다.

에멀린의 방에서 이런 대화가 진행되고 있을 때 리그리는 만취한 채 아래층의 방에서 잠들어 있었다. 리그리는 습관적으로 술을 마시는 사람은 아니었다. 물론 천성이 거칠고 강한 그는 지속적인 자극을 갈망하며 그런 자극을 견딜 수 있었다. 보통 사람들은 그런 자극을 이겨내지 못하고 심신이 망가졌을 것이다. 그러나 번번이 마음속에 깊이 도사린 경계심이 발동해, 자신을 통제할 수 없을 정도로 취하고 싶은 충동에 굴복하는 것을 막아주었다.

그러나 이날 밤, 그는 되살아난 비통한 기분을 몰아내기 위해 안간힘을 쓰는 과정에서 평소보다 더 많은 술을 마셨다. 그래서 리그리는 사악한 하인들을 내보낸 다음, 긴 의자에 쓰러져 깊이 잠들었다.

사악한 영혼이 어떻게 감히 잠의 어두운 세계에 들어갈 마음을 먹은 것일까? 천벌의 신비한 풍경으로부터 무서우리만큼 경계선이 가까운 어두운 잠의 나라에 어떻게 감히 들어갔을까? 그는 열병에 걸린 것처럼 깊은 꿈속에서 베일을 쓴 사람의 형상이 자기 옆에 서 있는 것을 보았다. 그 형상은 차고 부드러운 손을 그의 몸에 댔다. 그는 그 형상이 누구인지 알 것 같았다. 그 형상은 베일로 얼굴을 가리고 있었으나, 그는 스며드는 공포로 몸을 떨었다. 리그리는 머리카락이 손가락에 감기는 것을 느꼈다. 머리카락은 다시 부드럽게 그의 목을 감은 다음 점점 조여왔다. 숨을 쉴 수가 없었다. 속삭이는 목소리가 들리는 듯했고, 두려움에 등골이 오싹해졌다. 마치 무시무시한 심연의 가장자리에 서 있는 것 같았다. 심연에서 뻗어 나온 검은 손들이 그를 잡아당기자, 그는 죽음이 임박했다는 두려움에 떨면서 끌려가지 않으려고 발버둥을 쳤다. 그때 등 뒤에서 캐시가 나타나 웃으면서 그를 밀었다. 그러자 베일을 쓴 형상이 엄숙하게 떠오르면서 베일을 걷어냈다. 어머니였다. 어머니는 몸을 돌려 그를 외면했고, 그는 끝없는 심연 속으로 떨어졌다. 떨어질 때 그가 지른 비명소리, 신음소리와 함께 악마의 웃음소리가 사방에서 들려왔다. 리그리는 잠에서 깨어났다.

장미 같은 새벽빛이 그의 방 안으로 조용히 비쳐들고 있었다. 새벽별이 장엄하고 성스러운 눈동자처럼 동트는 하늘에서 죄 많은 인간을 내려다보고 있었다. 매일 새롭게 태어나는 날은 참으로 신선하고 장엄하며 아름답다. 새로 태어나는 날은 무감각하고 비정한 인간에게 마치 이렇게 말하는 듯하다. "보라! 너는 한 번 더 기회를 얻었다! 불멸의 영광을 얻기 위해 노력하라!" 이 소리는 말을 통해서 들려오는 것이 아니다. 그러나 무모하고 사악한 남자는 이 소리를 듣지 못했다. 그는 잠에서 깨어나자마자 욕부터 했다. 매일 아침 일어나는 황금빛과 자줏빛 기적이 그에게는 아무 의미가 없었다! 하나님의 아들이 자신의 상징물로 삼은 성스러운 새벽별[117]이 그에게 무슨 의미가 있겠는가! 짐승 같은 리그리는 눈으로 보면서도 알아차리지 못했다. 그는 비틀거리며 걸어가 브랜디를 큰 잔에 부어 반이나 마셨다.

"어젯밤에 또 끔찍한 꿈을 꿨어!" 반대편 문으로 캐시가 들어오자 리그리가 말했다

"앞으로도 계속 그럴 거예요." 캐시가 냉담하게 말했다.

"무슨 소릴 하는 거냐? 건방진 년 같으니."

"며칠 있으면 알게 될 거예요." 캐시가 여전히 냉담한 말투로 대꾸했다. "이봐요, 사이먼, 당신에게 충고할 게 한 가지 있어요."

"제기랄, 충고라고?"

"내가 하고 싶은 말은." 캐시가 방 안의 물건들을 정리하기 시작하면서 차분한 목소리로 말했다. "톰을 가만 놔두라는 거예요."

"네가 무슨 상관이야?"

"무슨 상관이냐고요? 나도 무슨 상관인지는 모르겠군요. 당신이 1200달러나 주고 산 일꾼을 바쁜 수확철에 제대로 부리지 않고 분풀이나 한다면 내가 상관할 일이 아니죠. 내가 그를 위해 할 수 있는 일은 다 했어요."

"네가 했다고? 네가 무슨 이유로 내 일에 간섭을 하는 거냐?"

"물론 간섭할 이유는 없지요. 그동안 내가 다친 일꾼들을 많이 돌봐준 덕분에 당신은 수천 달러를 벌었어요. 그런데 이런 식으로 감사를 표시하는군요. 당신이 수확한 면화가 다른 농장들보다 시장에 더 빨리 출하되면 당신은 내기에서 지지 않겠죠? 톰킨이 당신에게 뽐내지도 못하겠죠. 당신은 내기에 돈을 걸 거예요. 당신이 그러는 걸 난 다 알아요!"

리그리는 다른 많은 농장주들처럼 오직 한 가지 야심을 갖고 있었다. 즉 수확철에 가장 많은 소출을 내는 것이었다. 그리고 리그리는 바로 이번 수확철에 몇 가지 내기를 걸어 이웃 도시에서 결판을 내게 되어 있었다. 캐시가 여자의 재치를 발휘해 리그리의 민감한 곳을 자극한 것이다.

"그럼, 그 녀석을 놓아주지. 하지만 그 전에 나에게 용서를 빌고 앞으로 내 말에 복종하겠다고 약속해야 돼."

"그 사람은 안 그럴걸요."

"안 그런다고?"

"네, 그러지 않을 거예요."

"마님, 그 까닭을 여쭤봐도 되겠우?" 리그리가 가소롭다는 투로 말했다.

"그 사람은 올바르게 행동했고 자기도 그걸 알기 때문이죠. 그 사람은 잘못했다고 하지 않을 거예요."

"그놈이 무슨 생각을 하든 무슨 상관이야? 그 검둥이 놈은 나에게 애걸을……."

"오, 지금처럼 바쁜 시기에 그 사람을 밭에 내보내지 못하면, 수확을 놓고 벌이는 내기에서 질 거예요."

"하지만 녀석이 먼저 단념해야지. 물론 그럴 거야. 내가 검둥이들을 모른다는 거야? 그놈은 오늘 아침에 개처럼 나에게 애원할 거야."

"안 그럴 거예요, 사이먼. 당신은 그런 종류의 인간을 몰라요. 당신은 그를 서서히 죽일 거예요. 하지만 한 마디 자백도 들을 수 없을 거라고요."

"그래, 두고 보자. 그놈은 어디 있나?" 리그리가 밖으로 나가면서 말했다.

"버려진 진 양조장의 폐품 창고에 있어요."

리그리는 캐시에게 큰소리를 쳤지만 전에 없이 당혹감을 느꼈다. 어젯밤의 꿈이 캐시의 현명한 조언과 뒤섞여 그의 기분에 상당한 영향을 미쳤다. 그는 자신이 톰과 대면하는 장면을 다른 사람들에게 보이지 않기로 작정했다. 그는 협박으로 톰을 굴복시킬 수 없으면 당분간 적당한 시기가 올 때까지 혼내는 것을 미루기로 결심했다.

새벽별이 천사의 영광처럼 빛나는 가운데 여명의 장엄한 빛이 톰이 누워 있는 창고의 허술한 창문으로 비쳐들었다. 쏟아지는 별빛처럼 장중한 말씀이 들려왔다. "나는 다윗의 뿌리요 자손이니 곧 광명한 새벽별이라." 캐시의 수수께끼 같은 경고와 암시는 톰의 영혼을 위축시키기는커녕 하늘의 부름처럼 용기를 북돋워주었다. 그는 자신이 죽는 날이 언제인지는 모르지만 새벽하늘에 동이 트는 것처럼 그날이 다가오고 있다는 것을 알았다. 평소에 자주 생각했던 모든 놀라운 기적들이 떠오르면서, 용솟음치는 기쁨과 열망으로 가슴이 벅차올랐다. 거대하고 흰 왕좌, 영원히 빛나는 무지개, 흰 옷을 입은 천사의 무리, 파도소리처럼 울리는 천사들의 목소리, 수많은 왕관, 종려나무, 하프의 모습이 아침 해가 떠오르기 직전 그의 눈앞에 나타났다. 그래서 톰은 가까이 다가온 박해자의 목소리를 들었을 때도 소름이 끼치거나 떨리지 않았다.

"어디 보자, 이놈아." 리그리가 멸시하듯이 톰의 몸을 발로 차면서 말했다. "이제 분수를 깨달았느냐? 내가 네놈에게 한두 가지 교훈을 가르쳐준다고 말하지 않았더냐? 그래 어떠냐? 두들겨 맞으니까 속이 시원하냐, 톰? 어젯밤처럼 팔팔하지 않구나. 어디 이 불쌍한 죄인에게 다시 한 번 설교를 해보시지?"

톰은 대답하지 않았다.

"이 짐승 같은 놈아, 일어나!" 리그리는 톰을 다시 발로 걷어찼다.

온몸에 멍이 들고 쇠약한 사람에게는 일어나는 것도 힘들었다. 톰이 일어나려고 애쓰는 것을 본 리그리는 잔인하게 웃었다.

"오늘 아침엔 왜 이러냐? 밤새 감기라도 든 모양이구나."

톰은 일어서서 의연한 표정으로 주인 앞에 섰다.

"악마 같은 놈, 일어날 수 있잖아!" 리그리가 쳐다보면서 말했다. "아직 매운맛을 덜 본 모양이로구나. 자, 톰, 당장 무릎을 꿇고 어젯밤 일을 용서해달라고 빌어라."

톰은 꿈쩍도 하지 않았다.

"무릎 꿇어! 이 개 같은 놈아!" 리그리가 승마용 채찍으로 톰을 때리면서 말했다.

"리그리 주인님, 그렇게 할 수 없습니다. 저는 옳다고 생각하는 대로 행동했습니다. 저는 똑같은 일이 생기면 또 그렇게 할 것입니다. 무슨 일이 있어도 잔인한 짓은 하지 않겠습니다."

"그래, 하지만 톰 나으리께서는 어떤 일이 닥칠지 모르는 모양이구나. 네놈은 자신이 아주 대단한 놈이라고 생각하는 모양이지. 하지만 네놈은 아무것도 아니야. 나무에 묶어놓고 천천히 불에 태우면 기분 좋지 않겠나, 톰?"

"주인님, 저는 주인님이 어떤 끔찍한 행동도 할 수 있다는 걸 압니다. 하지만." 톰은 상체를 꼿꼿하게 펴고 두 손을 맞잡으면서 말했다. "하지만 주인님이 제 육신을 죽인 다음에는 더 이상 할 수 있는 것이 없습니다. 오, 그리고 다음에는 영생이 옵니다!"

이때 영생이란 말이 이 흑인의 영혼 속을 빛과 힘처럼 짜릿하게 흘렀다. 이 말은 또 사악한 자의 영혼 속에서도 전갈에 물린 것 같은 전율을 일으켰다. 리그리는 이 말을 듣고 이를 갈았지만, 분노가 극에 달해 입이 열리지 않았다. 톰은 해방된 사람처럼 또렷하고 즐거운 목소리로 말했다.

"리그리 주인님, 주인님이 저를 사셨으니 저는 온몸을 바쳐 주인님의 충실한 하인이 될 것입니다. 언제나 있는 힘을 다해 주인님을 위해 일하겠습니다. 그러나 제 영혼을 생명이 유한한 인간에게 드릴 수는 없습니다. 저는 주님을 끝까지 믿을 것이며, 살든 죽든 주님의 명령에 먼저 따를 것입니다. 어떤 일이 있어도 이것은 지킬 것입니다. 리그리 주인님, 저는 죽는 게 조금도 두렵지 않습니다. 살든 죽든 상관하지 않습니다. 주인님은 저를 때리고 굶기고 불에 태울 수 있지만, 그런 행동은 제가 가고 싶어 하는 곳으로 저를 더 빨리 보내줄 뿐입니다."

"네놈을 죽이기 전에 먼저 네놈이 잘못을 빌도록 만들겠다!" 리그리가 격노해서 소리쳤다.

"저는 도움을 받기 때문에 주인님은 절대 뜻을 이룰 수 없을 것입니다."

"도대체 누가 널 돕는다는 거냐?" 리그리가 조롱했다.

"전능하신 주님이죠."

"빌어먹을 놈!" 리그리가 주먹으로 톰을 후려치는 바람에 톰은 땅바닥에 쓰러졌다.

그때 차갑고 부드러운 손이 리그리의 몸에 닿았다. 그는 몸을 돌렸다. 캐시였다. 차고 부드러운 감촉이 간밤에 꾼 꿈의 기억을 되살렸다. 간밤에 본 무서운 영상들, 그때 엄습했던 공포가 리그리의 뇌리에 번갯불처럼 되살아났다.

"당신은 바보가 되려는 건가요?" 캐시가 프랑스어로 말했다. "그 사람을 내버려둬요! 저 사람을 다시 밭일을 할 수 있을 만큼 튼튼하게 만들 테니까 가만있어요. 아까 말했잖아요?"

갑옷 같은 껍질로 둘러싸인 악어나 코뿔소에게도 약점이 있다는 말이 있다. 난폭하고 무모하고 신앙심 없는 타락한 인간도 미신을 두려워한다는 공통적인 약점을 지니고 있다.

리그리는 톰 문제를 다음에 처리하기로 하고 몸을 돌렸다.

"그래, 네 마음대로 해라." 그는 캐시에게 퉁명스럽게 말했다.

"내 말을 잘 들어!" 리그리는 톰에게 말했다. "내가 급한 볼일이 있어서 지금 당장은 네놈을 요절내지 않겠다. 하지만 잊지 마라. 이번 일을 기억해두었다가 네놈의 검은 가죽에 반드시 앙갚음을 해줄 테다. 명심해!"

리그리는 창고에서 나갔다.

"잘났군." 캐시가 리그리의 뒷모습을 노려보면서 말했다. "너도 심판받을 날이 올 거야……. 불쌍한 양반, 몸은 어때요?"

"이번에 주 하나님께서 천사를 보내셔서 사자의 입을 닫았군요." 톰이 말했다.

"이번에는 그랬어요. 하지만 이제 당신은 주인에게 밉보였어요. 주인은 앞으로 목을 물고 늘어지는 개처럼 당신을 매일 괴롭힐 거예요. 당신은 한 방울씩 피를 흘리며 천천히 죽어갈 거예요. 나는 주인이 어떤 인간인지 알아요."

chapter 37
자유
———

그는 대단히 엄숙한 의식 속에 노예제도의 제단에 바쳐졌습니다. 그러나 그가 영국의 성스러운 흙을 만지는 순간 제단과 신은 함께 먼지 속에 무너져 내렸습니다. 그는 보편적이고 불가항력적인 해방으로 구원을 받고 다시 태어나 자유롭게 우뚝 섰습니다.[118]

잠시 톰을 박해자들의 손에 맡겨두고, 조지와 그의 아내가 처한 운명을 따라가보자. 이 무렵, 두 사람은 길가에 있는 농장 저택 안에서 친절한 사람들의 보살핌을 받고 있었다.

어머니처럼 자상한 도커스 부인의 정성스러운 간호를 받은 톰 로커가 퀘이커교도의 침실에 있는 정갈한 침대 위에서 신음하면서 괴로워할 때 우리는 그를 두고 떠났다. 도커스 부인은 톰이 병든 들소처럼 유순한 환자라는 것을 알게 되었다.

도커스 부인은 키가 크고 기품 있는 고상한 여인으로, 넓고 깨끗한 이마 위에 가르마를 탄 은색 곱슬머리에는 모슬린 모자를 쓰고 있었다. 사려 깊어 보이는 두 눈 위에 있는 은색 눈썹이 활을 연상시켰다. 그녀는 리스 천으로 만든 검은색 크레이프 손수건을 접어 가슴 위에 단정하게 달고 있었다. 그녀가 방 안을 사뿐사뿐 움직일 때면 윤기 도는 실크 드레스에서 부드럽게 사각거리는 소리가 났다.

"악마 같은 놈!" 톰 로커가 이불을 세차게 밀어내면서 말한다.

"토머스, 그런 말씨를 사용하지 말았으면 좋겠어." 도커스 부인이 조용히 침대를 다시 정리하면서 말했다.

"그러죠, 할머니. 참을 수만 있다면요, 할머니. 하지만 그놈은 그런 욕을 먹어도 마땅한 인간이라고요……. 방이 너무 더워요!"

도커스 부인이 두꺼운 이불을 벗겨내고 침대보를 곱게 펴 다시 덮어주자, 이불 속에 웅크린 톰은 번데기처럼 보였다.

"욕은 그만 하고 이제 앞으로 어떻게 할 건지나 생각해둬."

"그 악마 같은 인간들을 달리 어떻게 생각합니까? 놈들을 모두 목매달아 죽이고 싶습니다!" 톰은 몸부림을 치면서 이불을 걷어차 침대를 엉망으로 만들었다. 그의 모습은 바라보기가 무서울 지경이었다.

"내가 쫓는 그 남자와 여자가 이곳에 있는 것 같군요." 그는 잠시 침울한 표정으로 침묵을 지키다가 이렇게 말했다.

"그래." 도커스 부인이 대답했다.

"그들은 호수로 떠나는 게 좋을 겁니다. 빠를수록 좋지요." 톰이 말했다.

"아마 그럴 거야." 도커스 부인이 조용히 뜨개질을 하면서 말했다.

"제 말을 들어보세요. 샌더스키에는 우리에게 연락하는 정보원들이 있어요. 그 사람들이 우리 대신 배들을 감시하고 있습니다. 솔직하게 다 털어놓을게요. 나는 그 두 사람이 무사히 빠져나가기를 바랍니다. 괘씸한 마크 녀석에게 하도 화가 나서 그래요. 망할 놈 같으니!"

"토머스, 어찌 그런 말을!" 도커스 부인이 말했다.

"할머니, 제 말을 들어보세요. 너무 몰아붙이시면 저는 무슨 말을 할지 몰라요. 그 도피 중인 여자 말인데요. 그 여자를 돕는 사람들에게 옷을 갈아입히라고 알리세요. 그 여자 인상착의가 벌써 샌더스키에 통보됐거든요."

"그 일은 우리가 알아서 처리하겠네." 도커스 부인이 특유의 침착한 태도로 대답했다.

우리가 이 퀘이커교도의 집에 남겨둔 삼 주 동안 톰 로커는 류머티즘 열과 그 밖의 몇 가지 증세로 심하게 앓았다. 병세에서 회복한 그는 비애를 더 많이 느끼며 약간 더 현명한 사람으로 변해 있었다. 그는 노예 사냥을 그만두고 대신 새로운 정착촌 가운데 한 곳으로 이주했다. 그곳에서 톰은 곰과 늑대를 비롯한 숲속의 여러 짐승을 잡는 데 재능을 발휘해 인근 지역에서 이름을 날렸다. 톰은 퀘이커교도들을 언급할 때 항상 '좋은 사람들'이라고 말했다. 그는 이런 말도 덧붙였다. "그 사람들은 나를 자기네 종교로 개종시키려고 했으나 성공하지 못했지. 하지만 그들은 병든 낯선 사람을 극진하게 간호해줬지. 내 말에는 한 치의 착오도 없어. 그들은 맛있는 스튜를 끓이고 여러 가지 장신구를 만든다니까."

샌더스키에서 수색대가 기다리고 있다는 정보를 톰 로커에게 들은 후 조지 일행은 흩어지는 것이 현명하다고 생각했다. 짐이 늙은 어머니를 데리고 먼저 출발했다. 그리고 하루 이틀 뒤에는 아기가 딸린 조지와 엘리자가 안내인들의 도움을 받아 남의 눈에 띄지 않게 샌더스키에 들어갔다. 그들은 호수를 건너는 마지막 여행에 나서기 전에 친절한 사람들이 제공해준 은신처에서 머물렀다.

이제 밤이 거의 다 지나고 자유의 새벽별이 그들 앞에 밝게 떠올랐다. 자유! 얼마나 감격적인 말인가! 자유는 무엇인가? 수사적인 화려한 표현 이외에 다른 뜻이 담겨 있는 것일까? 미국의 남자와 여자들이 이 말을 들으면 가슴의 피가 짜릿하게 흥분하는 이유는 무엇인가? 선조들이 그것을 위해 피를 흘리고, 용감한 어머니들이 가장 고귀하고 뛰어난 자식들을 그 앞에 기꺼이 바친 이유는 무엇인가?

자유라는 말 속에는 국가에 영광스럽고 소중한 것이 담겨 있는가? 그것은 또 개인에게도 영광스럽고 소중한 것이 아닐까? 국가와 개인에게 자유는 무슨 의미를 갖고 있는가? 저기 넓은 가슴에 팔짱을 끼고 앉은 젊은이에게 자유는 무엇인가? 볼에 흐르는 피 속에 아프리카의 혈통을 부분적으로 이어받은, 눈동자에서 광채가 빛나는 이 젊은이에게 자유는 무엇인가? 조지 해리스에게 자유는 무엇인가? 당신의 부모들에게 자유는 국가가 국가로서 존재할 권리였다. 하지만 조지에게 자유는 인간이 짐승이 아닌 인간으로서 존재할 권리였다. 품속의 아내를 아내라고 부를 권리였다. 그리고 아내를 무법적인 폭력으로부터 보호할 권리였다. 자식을 보호하고 교육할 권리였다. 자기 가정과 종교를 지키고 개성을 지니는 한편, 타인의 뜻에 굴복하지 않을 권리였다. 조지가 두 손으로 턱을 괴고 앉아 아내를 바라보며 생각에 잠겨 있을 때 이 모든 생각들이 가슴속에서 소용돌이쳤다. 날씬하고 예쁜 아내는 남자 옷으로 갈아입는 중이었다. 남자 옷을 입는 편이 탈출하는 데 훨씬 안전하다고 판단되었기 때문이다.

"자, 다 입었어요." 아내가 거울 앞에 서서 윤기가 흐르는 풍성한 웨이브 머리를 흔들어 풀어 내리면서 말했다. "조지, 슬프지 않아요?" 아내는 머리타래를 장난치듯 들어 올리면서 말했다. "이걸 전부 잘라내야 한다니 슬퍼요."

조지는 슬픈 미소를 지을 뿐 대답하지 않았다.

엘리자는 거울을 향해 돌아섰다. 가윗날이 반짝일 때마다 긴 머리타래가 한 움큼씩 잘려져 떨어졌다.

"자, 이만하면 된 거 같아요." 그녀는 빗을 집어 들면서 말했다. "이제 어디 예쁘게 빗어볼까요."

"나 예쁘장한 청년 같죠?" 그녀는 남편을 향해 돌아서면서 말했다. 그녀의 얼굴에는 미소와 홍조가 동시에 떠올랐다.

"당신은 어떤 머리를 해도 예뻐." 조지가 말했다.

"당신, 왜 그렇게 우울해요?" 엘리자가 한쪽 무릎을 꿇고 남편의 손을 잡으면서 물었다. "사람들이 그러는데, 이제 스물네 시간만 지나면 캐나다에 도착한대요. 호수 위에서 하루 낮과 밤만 보내면 된대요. 그러면, 아, 그러면!"

"오! 엘리자!" 조지가 아내를 끌어당기면서 말했다. "그래 바로 그거야! 이제 나의 운명은 하나에만 초점을 맞추고 있소. 전에는 모든 게 이렇게 가까이 왔다가, 거의 눈앞에 나타났다가 순식간에 사라졌소. 하지만 다시는 그런 일이 없을 거요. 엘리자."

"무서워하지 마세요." 아내가 희망찬 목소리로 말했다. "선한 주님께서 우리를 안전한 곳으로 인도하실 뜻이 없었다면 우리를 여기까지 데려오지도 않았을 거예요. 조지, 나는 주님이 우리와 함께하고 계신다고 느껴요."

"엘리자, 당신은 축복받은 여자요!" 조지가 아내를 껴안으면서 말했다. "그러나, 오, 말해봐요. 우리가 이런 큰 은혜를 받을 수가 있소? 길고 긴 비참한 고생이 마침내 끝나는 거요? 우리는 자유인이 되는 거요?"

"조지, 나는 믿어요." 엘리자가 위를 올려다보면서 말했다. 두 눈에서는 희망의 눈물이 솟구쳤고 길고 검은 속눈썹이 열망으로 반짝였다. "나는 그걸 내 속에서 느껴요. 하나님이 바로 오늘, 우리를 노예의 굴레에서 해방시킨다는 것을 느껴요."

"엘리자, 당신 말을 믿겠소." 조지가 갑자기 일어서면서 말했다. "나도 믿어요. 자, 갑시다. 정말 떠나는 거요." 그는 팔을 뻗어 아내를 잡고 숭배하는 듯한 눈으로 바라보았다. "당신은 잘생긴 청년이 되었군. 짧게 자른 곱슬머리가 정말 잘 어울려. 모자를 써

도망친 노예를 찾기 위해 주인이 내건 현상문.

봐요. 약간 삐딱하게 써요. 당신이 지금처럼 예뻐 보인 적은 한 번도 없었소. 마차가 도착할 시간이 다 된 것 같소. 스미스 부인이 해리를 데리고 할머니 연기를 잘할지 걱정되는군."

문이 열리고 점잖은 중년 여인이 여자 옷을 입힌 해리를 데리고 들어왔다.

"정말 예쁜 여자애 같구나." 엘리자가 아이 몸을 돌리며 말했다. "우린 이 애를 해리엇이라고 부릅시다, 알았죠? 이름이 잘 어울리지 않나요?"

아이는 이상한 옷을 입은 어머니를 뚫어지게 바라보고 서 있었다. 아이는 아무 말 없이, 가끔 깊은 한숨을 쉬면서 짙은 속눈썹 아래로 자기 어머니를 힐끔힐끔 쳐다보았다.

"해리야, 엄마를 알아보겠니?" 엘리자가 아이에게 손을 뻗으면서 말했다.

아이는 겁먹은 듯이 중년 부인에게 몸을 기댔다.

"자, 엘리자, 아이가 한동안 당신과 떨어져서 가야 한다는 걸 알면서 자꾸 달래려고 하면 어떡해?"

"바보 같은 짓이란 걸 저도 알아요." 엘리자가 대답했다. "아이를 모른 척 하기가 너무 힘들어서 그래요. 조지, 내가 입을 외투는 어디 있죠?"

"외투는 이런 식으로 입어야 해요." 조지가 외투를 어깨에 걸치는 시늉을 하면서 말했다.

"알겠어요." 엘리자가 남편의 동작을 흉내 냈다. "이젠 남자들처럼 발을 구르고 보폭을 넓게 해서, 씩씩하게 보여야겠네요."

"너무 무리하지 말아요." 조지가 말했다. "간혹 얌전한 청년들도 있으니까. 얌전한 성격을 흉내 내는 게 더 쉬울 것 같은데."

"이 장갑 좀 봐요! 하나님 맙소사. 너무 커서 낀 것 같지가 않아요."

"장갑을 꽉 졸라매야 할 것 같군. 누가 당신 손이 너무 가느다란 걸 눈치채면, 우리 모두의 정체가 탄로 날 거요. 자, 스미스 부인, 부인은 우리가 모시고 가는 친척 어른 행세를 해야 합니다. 잊으면 안 돼요."

"나도 얘기 들었어. 모든 정기 여객선 선장들에게 작은 남자 아이를 데리고 가는 부부를 잡으라는 통보가 전달되었다지?" 스미스 부인이 말했다.

"마음대로 하라고 하세요!" 조지가 말했다. "그런 부부를 보면 우리가 알려주죠, 뭐."

현관문 앞에 마차가 도착했다. 도망자들을 숨겨준 친절한 가족들이 모두 나와 조지 일행을 둘러싸고 작별 인사를 했다.

조지 일행은 톰 로커의 충고에 따라 변장을 했다. 점잖은 스미스 부인은 캐나다의 정착촌에서 왔다. 부인은 정착촌으로 돌아가는 길에, 마침 같이 호수를 건너는 조지 가족의 도피를 도와 어린 해리의 친척 할머니 노릇을 해주는 데 동의했다. 부인은 아이와 친해지기 위해서 지난 이틀간 아이를 혼자서 돌봤다. 부인은 아이를 특별히 귀여워해준데다 시드 케이크와 캔디를 듬뿍 선물해서 어린 해리의 환심을 사는 데 성공했다.

마차는 부두로 달려갔다. 일행이 부두에 당도했을 때 젊은 남자 둘이 배 옆에 걸쳐놓은 다리를 건너 배 안으로 들어갔다. 엘리자는 신사답게 스미스 부인을 부축해주었고 조지는 짐을 운반했다.

투생 루베르튀르

현재의 서아프리카 베냉 남부에 존재했던 알라다 왕국의
왕족 가우기누의 손자라고도 전해지는 투생 루베르튀르는
카리브 군도의 프랑스령 산토도밍고에서 태어난 크리올[119]노예였다.
마부로 일하며 신뢰를 얻어 1776년 해방된 그는 몇 해에 걸친 폭동과 저항, 해방과 내란 속에서
산토도밍고의 국가적 영웅으로 추앙받으며 지배국 프랑스와도 거침없이 맞선다.
식민지 이주민들의 본국 귀환을 도모한 그는 1801년 5월 9일,
스스로를 종신 총독으로 임명하는 자율헌법을 공포한다.

나폴레옹 1세 때 유행하던 복장을 한
흑인들의 모습.

프랑스혁명과 노예제도

프랑스혁명과 인권선언으로, 언젠가 그 여파가 흑인에게도 닥칠지 모른다는 우려 속에 식민지 이주민들의 불안은 점점 커져간다. 평등사상은 특히 자유 흑인들을 자극하는데, 그들 대부분은 정치적 권리를 요구하는 농장 소유주들이었다. 혁명 발발 2년 만인 1791년 8월, 산토도밍고의 캅프랑세[120] 지역의 노예들이 봉기한다. 농장은 폐허가 되고 백인에 대한 살육이 이어진다. 지배국 프랑스와의 깊어지는 불화 속에 1804년 1월 1일 '아이티 독립'이 선포된다. 프랑스의 통치 하에 있던 과들루프, 마르티니크, 레위니옹에서는 1848년이 되어서야 노예제도의 완전한 폐지가 이루어진다.

세계 최초의 흑인 공화국

투생 루베르튀르의 독자적 활동을 보고받은 프랑스 제1집정관 나폴레옹은
식민지에서 프랑스의 권위를 회복하고자 3만 명의 군대를 파견한다.
투생이 이끄는 반란군의 완강한 저항이 계속되고 도처에서 잔혹한 살육전이 펼쳐졌다.
투생은 체포되지만 프랑스의 파병은 결국 실패로 끝나고 만다.
1804년, 산토도밍고의 옛 노예들은 독립을 선포하고 아이티라는 이름으로 거듭난다.
프랑스는 노예를 거느렸던 옛 식민지 이주민들에게 거액의 보상금을 지불한다는 조건으로
아이티의 독립을 인정하기로 한다.[121]
한편 투생 루베르튀르는 조국 독립을 채 1년도 남겨놓지 않은 1803년 4월 7일,
끔찍한 전염병이 돌던 쥐라 산맥[122]의 한 지하 감옥에서 사망한다.
나폴레옹은 죽기 얼마 전, 산토도밍고를 투생이 통치하도록 내버려두지 않고
무력으로 진압하려 했던 것은 자신이 범한 '중대한 정책적 잘못'이었음을 고백한다.

조지는 선장실 옆에서 일행의 좌석을 알아보면서 옆에 있던 두 남자의 이야기를 우연히 엿들었다.

"승객들을 일일이 살펴보았는데 이 배에 안 탄 게 확실해요." 한 남자가 말했다.

그 목소리의 주인공은 이 배의 선원이었다. 선원의 대화 상대는, 우리가 잘 아는 마크스였다. 마크스는 장기인 끈기를 발휘해서, 갈아 마셔도 시원치 않은 조지 일행을 찾기 위해 샌더스키까지 왔다.

"그 여자는 백인 여성과 구별하기가 힘들어요." 마크스가 말했다. "남자도 피부가 백색에 가까운 혼혈입니다. 한쪽 손에 낙인이 찍혀 있고요."

배표와 거스름돈을 쥔 조지의 손이 약간 떨렸다. 그러나 조지는 침착하게 돌아서서 마크스의 얼굴을 무관심한 표정으로 바라보면서 배의 반대편으로 천천히 걸어갔다. 그곳에는 엘리자가 그를 기다리고 있었다.

어린 해리를 데리고 있는 스미스 부인은 여성용 선실의 한적한 곳에 자리를 잡았다. 그곳에서 해리는 자기를 여자아이로 착각한 여러 승객들로부터 예쁜 소녀라는 찬사를 많이 들었다.

조지는 배의 출발을 알리는 종소리가 들리고 마크스가 배에서 내리는 것을 보고 나서야 마음이 놓였다. 배가 부두를 떠나 두 사람 사이에 돌이킬 수 없는 간격이 벌어지자, 그는 긴 안도의 숨을 내쉬었다.

날씨는 참으로 화창했다. 이리 호[123]의 푸른 물결이 햇빛을 받아 반짝였다. 신선한 미풍이 호반에서 불어왔고 위풍당당한 기선은 물결을 가르며 앞으로 계속 나아갔다.

사람의 가슴속에는 누구에게도 밝히지 않은 세계가 존재한다. 겁을 먹은 것처럼 보이지만, 소심한 동료와 함께 기선의 갑판 위를 조용히 산책하는 조지의 심정을 누가 알겠는가? 눈앞에 와 있는 듯한 원대한 행복은 현실이라고 믿기에는 너무 기뻤고 컸다. 또한 조지는 그날 어떤 불행한 사건이 터져 그 행복을 앗아갈 것만 같은 두려움을 한 순간도 떨치지 못했다.

그러나 기선은 물결을 헤치며 계속 앞으로 나아갔다. 여러 시간이 흘러 마침내 축복의 땅인 영국령[124]의 호반이 또렷하게, 완전하게 모습을 드러냈다. 거기에 닿기만 하면 어떤 국가의 어떤 언어에 의해 노예가 되었든, 노예 신분의 모든 사슬에서 풀려나게 된다.

조지와 아내는 팔짱을 낀 채 점점 가까워지는 캐나다의 작은 마을 애머스트버그를 바라보았다. 그는 숨이 더욱 가빠졌다. 눈앞에 안개가 낀 것처럼 시야가 흐려졌다. 그는 자기 팔을 잡고 떨고 있는 작은 손을 조용히, 힘주어 잡았다. 기선의 종이 울렸다. 배가 멈췄다. 그는 자기도 모르게 급히 짐을 챙기고 몇 명 안 되는 일행을 모았다. 일행은 부두에 내렸다. 그들은 배가 부두를 떠날 때까지 말없이 서 있었다. 그런 다음 남편과 아내는 영문을 몰라 어리둥절해 있는 아이를 껴안았다. 그러고는 울면서 서로 얼싸안으며, 무릎을 꿇고 하나님에게 진심으로 감사를 드렸다.

> 그것은 죽음에서 갑자기 살아난 것과 같았다.
> 무덤의 수의를 벗고 천국의 옷을 입은 것 같았다.
> 죄의 왕국에서 벗어나 고난의 투쟁을 마치고
> 죄 사함을 받은 영혼의 순수한 자유를 얻은 것 같았다.
> 죽음과 지옥의 모든 굴레에서 벗어나
> 유한한 목숨이 영생을 얻고
> 자비의 손이 황금의 열쇠를 돌리고
> 자비로운 목소리가 '기뻐하라, 너의 영혼은 자유를 얻었다'고 말했다.[125]

조지의 가족은 스미스 부인의 안내를 받아 선교단의 친절한 숙소로 갔다. 이 숙소는 기독교 자선단체가 추방되었거나 방랑하다가 이 호반에서 피신

처를 찾는 사람들을 인도하기 위해 세운 것이었다.

  자유를 얻은 첫날의 축복을 누가 말로 표현할 수 있을까? 자유를 느끼는 감각은 다른 오감보다 더 고상한 감각이 아닐까? 감시를 당하거나 해를 입지 않고 행동하고 말하고 숨 쉬고 드나들 수 있다! 하나님이 인간에게 부여한 권리를 보장하는 법의 보호를 받으며 잠든 자유인에게 찾아온 휴식의 축복을 어떻게 말로 표현할 수 있을까? 수천 가지 위험의 기억 때문에 더욱 소중한 아이의 잠든 얼굴은, 들여다보는 어머니에게 얼마나 아름답고 귀하게 보일까! 그러한 축복에 열광하면, 잠드는 것은 완전히 불가능하다! 그러나 이 두 사람은 한 평의 땅도 갖고 있지 않다. 자기 소유라고 말할 수 있는 집도 없다. 이미 마지막 1달러까지 모두 썼다. 그들에게 남은 것은 공중을 나는 새들과 들판의 꽃밖에 없다. 그러나 두 사람은 기뻐서 잠을 이룰 수가 없었다. 오, 인간에게서 자유를 빼앗는 자들이여, 하나님 앞에서 그 죄를 어떻게 변명하려는가?

chapter 38
승리

  우리에게 승리를 주시는 하나님께 감사하노니.[126]

  많은 사람들이 인생살이에 지쳤을 때, 문득 이렇게 사느니 죽는 게 훨씬 낫다는 생각을 한다.
  순교자는 육체적 고통과 공포 속에서 죽음을 맞았을 때조차 자신에게 운명적으로 가해진 폭력에서 정신의 원기를 북돋우는 강력한 자극제를 발견한다. 강렬한 흥분과 전율, 열정을 느끼게 하는 자극제는 영원한 영광과 휴식을 낳는 고통스러운 위기의 순간을 견디도록 만든다.

그러나 하루하루 시들면서 박해받는 노예생활은 용기를 모조리 잃고 낙담에 빠지고 감각의 모든 힘을 서서히 질식당하는 생활과 똑같다. 이런 지루하고 소모적인 정신적 순교는 매일, 내면에서 천천히 생명의 피를 한 방울씩 흘린다. 이런 생활은 남자나 여자의 정신 속에 무엇이 있는지 탐색하는 진정한 시험이다.

톰은 자신을 박해하는 사람과 당당히 맞서 협박을 당했을 때 마음 깊은 곳에서 자신의 시간이 왔다고 생각했으며, 심장에서는 용기가 흘러 넘쳤다. 그는 고문과 불은 견딜 수 있다고 생각했다. 모든 고난을 참을 수 있도록 용기를 주는 예수와 천국의 환상이 불과 한 발짝 거리에 있었다. 그러나 예수의 모습이 사라지고 흥분이 가라앉으면 멍들고 지친 육신의 고통이 되살아났다. 철저히 굴욕을 당한 채 외롭고 절망적인 상태에 놓여 있는 자신의 처지를 다시 깨닫게 되었다. 그날 하루는 참으로 지루하게 흘러갔다.

상처가 나으려면 아직 멀었는데도, 리그리는 톰에게 들에 나가 정상적으로 일할 것을 강요했다. 그 후 고통과 권태 속에서 하루하루가 지나갔고, 비열하고 악랄한 인간이 생각해낼 수 있는 온갖 종류의 불공정한 처사와 모욕이 톰의 생활을 더욱 비참하게 만들었다. 이런 고통의 시련을 당해본 사람들은, 온갖 방법을 써서 고통을 완화시켜도 고통으로 인해 짜증이 난다는 것을 안다. 톰은 동료들의 습관적인 원망과 불만을 이제 이상하게 생각하지 않았다. 아니, 톰의 평온하고 밝은 기질조차 끊임없는 학대로 무뎌지고 심하게 일그러졌으며, 톰 자신도 그것을 깨닫고 있었다. 그는 틈이 나면 성경을 읽음으로써 자기 처지를 위안해왔다. 그러나 지금 톰의 생활에는 여유라고 할 만한 시간이 없었다. 수확철이 절정에 이르자, 리그리는 일요일과 평일을 가리지 않고 모든 일꾼을 밭일에 동원했다. 리그리는 그러고도 남는 인간이었다. 그는 일꾼들을 총동원해 목화 수확량을 늘렸고, 결국 내기에서 이겼다. 그 과정에서 몇 명의 일꾼이 지쳐서 쓰러졌지만, 그는 더 튼튼한 일꾼들을 살 수 있었다. 처음에 톰은 하루의 노동을 끝내고 돌아오면 꺼질듯이 가물거리는 불빛으로 한두 구절이라도 성경을 읽었다. 그러나 잔혹한 학대가 시작된 이후로는 오두막에 돌아오면 너무나 지쳐서 머리가 어지러운데다 눈이 침침해서 성경을 읽을 수가 없었다. 극도로 지친 그는 어쩔 수 없이 다른 사람들처럼 드러누웠다.

지금까지 그를 지탱해준 종교적인 평화와 신뢰가 정신적인 동요와 암흑 같은 절망에 자리를 내주지 않은 것은 이상한 것일까? 영혼이 파괴되고 악이 승리를 거두는 가운데 하나님은 침묵하는 현실이 그의 눈앞에서 계속되었다. 이런 현실은 신비로운 인생에서 가장 이해하기 어려운 암담한 수수께끼였다. 톰은 암흑과 슬픔 속에서 몇 주일, 몇 달 동안 이 수수께끼 같은 문제를 풀려고 속으로 안간힘을 썼다. 그는 오필리어가 켄터키의 친구들에게 보낸 편지를 생각했고, 친구들이 자신을 다시 사 가도록 해달라고 하나님에게 열심히 기도를 올렸다. 그렇게 하나님이 누군가를 보내 자신을 사도록 할 것이라는 막연한 희망을 품고 하루하루를 견뎠다. 그래도 아무도 찾아오지 않자, 그는 하나님을 섬기는 것은 부질없는 짓인가, 하나님이 그를 잊었나, 하는 비통한 생각에 스스로의 영혼 속으로 곤두박질쳤다. 그는 간혹 캐시를 보았다. 가끔 저택으로 불려 갔을 때는 낙담한 표정을 짓고 있는 에멀린을 잠깐씩 보기도 했다. 그러나 두 사람과 대화할 기회는 거의 없었다. 사실 톰에게는 사람들과 이야기를 나눌 시간이 없었다.

어느 날 저녁, 그는 극도의 절망과 피로에 지쳐 옥수수 빵을 굽는 꺼져가는 장작불 옆에 앉아 있었다. 그는 불 속에 잔가지 몇 개를 넣고 애써 불을 키운 다음, 낡은 성경책을 주머니에서 꺼냈다. 성경에는 그의 영혼을 자주 흥분시켰던 구절들이 표시돼 있었다. 여러 족장과 선지자, 시인, 현인의 말

쏨이 들어 있었다. 그들은 모두 고대로부터 말씀을 통해서 사람들에게 용기를 북돋워주었다. 그들의 말씀은, 인생의 경쟁에서 우리를 둘러싸고 있는 구름처럼 많은 증언과도 같았다. 그 말씀이 이제 힘을 잃은 것일까? 아니면 톰의 약해진 시력과 지친 감각이 강력한 영감에 더 이상 화답하지 못하는 것일까? 그는 깊이 한숨을 쉬면서 성경을 주머니에 집어넣었다. 그는 거친 웃음소리에 정신이 들었다. 올려다보자 리그리가 앞에 서 있었다.

"그래. 네놈의 종교가 힘을 쓰지 못한다는 것을 이제 네가 알아차린 것 같구나! 나는 네 새까만 머리통이 그런 결론을 내릴 줄 진작부터 알았지!"

이처럼 잔인한 조롱은 허기나 추위, 헐벗는 것보다 더 참기 어려웠다. 톰은 아무 말도 하지 않았다.

"네놈은 바보야!" 리그리가 말했다. "나는 너를 샀을 때 너에게 잘 대해주려고 했는데 말이다. 너는 삼보나 킴보보다 더 편하게 살 수 있었어. 매일 매를 맞지도 않고, 오히려 자유롭게 돌아다니면서 다른 검둥이들을 매질할 수 있었어. 또 가끔 따뜻한 위스키 편치도 마실 수 있었다. 자, 톰, 합리적으로 사는 게 좋다는 생각이 들지 않냐? 쓰레기 같은 네 종교는 불속에 던져버리고 내 교회에 들어오너라!"

"하나님이 그런 행동을 금하십니다." 톰이 열렬한 목소리로 말했다.

"너는 하나님이 너를 도와주려 하지 않는다는 걸 알아. 하나님이 너를 돕는다면 내가 너를 사 오게 하지도 않았을 거야! 네가 믿는 종교는 모두 허황된 거짓말투성이다. 톰. 나는 너의 종교를 속속들이 알고 있다. 나에게 충성하는 게 좋아. 나는 힘이 있어, 너를 위해 뭐든지 해줄 수 있거든!"

"아닙니다, 주인님. 하나님에 대한 저의 충성은 변함이 없습니다. 하나님은 저를 도와주실 수도 있고 돕지 않으실 수도 있습니다. 하지만 저는 그분에게 계속 충성을 바칠 것입니다. 그리고 최후까지 그분을 믿을 것입니다!"

"갈수록 머저리가 되는구먼!" 리그리가 톰에게 침을 뱉고 발로 차면서 말

했다. "걱정 마라. 너를 끝까지 따라다니며 굴복시키고 말 테니. 두고 봐!" 리그리는 말을 마치자 돌아서서 떠났다.

무거운 짐이 참을 수 없는 수준으로 영혼을 내리누르면, 누구나 그 짐을 벗어버리기 위해 양면으로 필사적으로 노력하기 마련이다. 기쁨과 용기가 밀물처럼 되돌아오려면, 그에 앞서 극도의 고통을 겪게 돼 있는 법이다. 톰이 바로 그런 상태였다. 잔인한 주인의 무신론적인 조롱이 낙담한 그의 영혼을 가장 낮은 썰물처럼 만들었다. 신앙의 손은 아직 영원한 바위를 붙들고 있지만, 손에 감각이 없어 필사적으로 매달리고 있었다. 견딜 수 없는 충격에 정신이 나간 사람처럼 톰은 모닥불 옆에 앉아 있었다. 주변의 모든 것이 갑자기 눈앞에서 사라지는 것 같았다. 바로 그때 가시면류관을 쓴 채 매를 맞고 피를 흘리는 사람의 형상이 그의 앞에 나타났다. 놀란 톰은 두려움에 떨면서, 고통을 참아내는 그 형상의 장엄한 얼굴을 뚫어지게 바라보았다. 톰은 연민의 빛이 감도는 그분의 깊은 두 눈을 보면서, 마음속 깊은 곳에서 전율을 느꼈다. 감정이 홍수처럼 복받치는 가운데 톰의 영혼이 다시 깨어났다. 그는 두 손을 앞으로 뻗으면서 무릎을 꿇었다. 그러자 그 형상이 변했다. 면류관의 날카로운 가시는 영광스러운 빛줄기로 변했다. 말로 표현할 수 없는 찬란한 빛 속에서 조금 전의 얼굴이 자신을 동정하는 눈으로 바라보고 있었다. 그리고 목소리가 들렸다. "이기는 그에게는 내가 내 보좌에 함께 앉게 하여주기를 내가 이기고 아버지 보좌에 함께 앉은 것과 같이 하리라."

톰은 자기가 거기에 얼마나 오래 앉아 있었는지 몰랐다. 정신을 차렸을 때는 모닥불이 꺼져 있었고, 옷은 차가운 이슬에 흠뻑 젖어 있었다. 그러나 무서웠던 영혼의 위기는 지나갔고 그는 충만한 기쁨을 느꼈다. 허기나 추위, 굴욕과 실망, 비참한 기분은 더 이상 느껴지지 않았다. 그 시간부터 톰은 마음 깊은 곳에서 현재 인생의 모든 희망을 버리고, 스스로를 영원한 주님에 대해 무조건적인 산 제물로 바치기로 마음먹었다. 톰은 조용히 고개를 들어, 항상 인간을 내려다보는 천사의 무리처럼 영원히 반짝이는 별들을 바라보았다. 고요한 밤의 어둠 속에서 승리의 말씀이 담긴 찬송가가 울려 퍼졌다. 그가 행복했던 시절에 자주 불렀으나 이곳에서는 지금까지 한 번도 부르고 싶지 않았던 찬송가였다.

    땅은 눈처럼 녹아버리고
    태양은 빛을 잃을지니
    그러나 나를 이곳 아래로 부르신
    하나님은 영원히 나의 주님이시라

    나의 유한한 목숨이 다하는 날
    육신과 감각이 그치는 날
    나는 베일 속에서
    기쁨과 평화의 삶을 소유하리라

    우리가 그곳에서 만 년을 살아갈 때
    우리는 태양처럼 빛을 발하고
    처음 시작했을 때처럼
    언제나 하나님을 찬송하리라

노예의 종교사를 잘 아는 사람들은, 방금 이야기한 것과 비슷한 이야기가 노예들 가운데는 매우 흔했다는 사실을 잘 안다. 우리는 몹시 감동적인 일화를 노예들에게 직접 들었다. 심리학자들은 그러한 심리상태를 이렇게 설명한다. 즉 마음속의 감정과 영상이 대단히 강력하고 압도적인 힘을 발휘해, 외적인 감각이 마음속의 영상을 뚜렷하게 느끼도록 만든다는 것이다. 하지만 도처에 존재하는 성령이 우리의 유한한 생명이 지닌 이런 능력을 발휘시키는 방법이나, 주님께서 외롭고 절망한 영혼들을 격려하는 실제 방법을 누가 측량할 수 있겠는가? 잊혀진 불쌍한 노예가 예수가 자기 앞에 나타나 말씀을 했다고 이야기할 경우 누가 그의 말을 반박하겠는가? 모든 시대의 절망한 사람들을 위로하고 상처받은 자들을 해방시키는 것이 당신의 임무라고 주님은 말하지 않았던가?

잠에서 덜 깬 사람들이 어스름한 새벽빛을 받으며 들판으로 나갈 때 남루한 옷을 입고 추위에 떠는 비참한 사람들 가운데 의기양양하게 걷는 사람이 하나 있었다. 전능한 하나님과 하나님의 영원한 사랑에 대한 그의 믿음은 그가 걷는 땅보다 더욱 단단했다. 아, 리그리여, 너의 모든 힘을 지금 발휘해 보아라! 극도의 고뇌와 비통한 심정, 굴욕, 결핍, 모든 것을 잃는 것은 그를 하나님의 왕으로 만들고 사제로 만드는 과정을 촉진할 뿐이다!

이때부터 침범할 수 없는 평화의 영역이, 압박받는 한 인간의 겸손한 마음을 둘러쌌다. 항상 함께하는 구세주가 그의 마음을 신성한 신전으로 만들었다. 이제 지상의 피눈물 나는 회한은 지나갔다. 반복되는 희망과 공포, 욕망도 지나갔다. 인간의 의지, 굴복, 출혈, 기나긴 투쟁은 이제 신의 영역 속으로 완전히 합쳐졌다. 이제 남은 인생은 너무나 짧아 보였다. 영원한 축복이 아주 가까이, 뚜렷하게 다가온 듯했다. 인생의 비통함이 그에게 해를 입히지 못한 채 떨어져 나갔다.

톰의 외모에 나타난 변화를 모든 사람들이 알아차렸다. 톰은 명랑하고 원기왕성한 태도를 회복한 것 같았다. 어떤 모욕이나 상처도 그의 침착한 태도를 흐트러뜨리지 못했다.

"무슨 악마가 톰에게 들어간 거야?" 리그리가 삼보에게 말했다. "얼마 전까지도 저놈은 기가 완전히 죽어 있었는데 지금은 귀뚜라미처럼 팔팔하군."

"모르겠는데요, 주인님. 아마 도망치려는가 보죠."

"저놈이 도망을 치는지 잘 감시해야 하지 않겠니, 삼보?" 리그리가 잔인한 미소를 지으면서 말했다.

"그래야겠지요! 호호호!" 검은 도깨비 같은 삼보가 비굴하게 웃으면서 말했다. "저놈이 진흙탕에 빠지는 꼴을 보면 정말 재미있을 겁니다. 개들을 풀어 잡목 숲 속으로 뒤따라가서 잡을 것을 생각하면 신이 납니다. 전에 우리가 몰리를 잡았을 때 저는 웃음이 나와 배꼽이 빠질 뻔했습죠. 제가 말리기도 전에 개들에게 갈기갈기 뜯길 줄도 알았고요. 그년은 그때 입은 상처가 지금도 남아 있습죠."

"그래 무덤에 들어갈 때까지 남아 있겠지. 하지만 삼보야, 잘 감시해야 한다. 저 검둥이의 낌새가 조금이라도 수상하면 즉시 뒤쫓아 가서 잡아야 돼."

"주인님, 제가 알아서 하겠습니다." 삼보가 대답했다. "너구리를 몰듯이 놈을 잡아둡죠, 호호호!"

리그리가 이웃 마을로 가기 위해 말에 오를 때 이런 대화가 오고갔다. 그날 밤 집으로 돌아오던 리그리는 노예들의 숙소를 둘러보기 위해 말 머리를 돌려야겠다는 생각이 들었다.

달이 밝게 빛나는 밤이었다. 멀구슬나무의 그림자가 잔디밭 위에 연필로 그린 듯이 선명하게 드리워져 있었다. 공기도 맑았다. 이 고요한 분위기를 깨는 것은 불경스럽게 느껴질 정도였다. 누군가 부르는 노랫소리가 들렸을 때, 리그리는 노예 숙소에서 약간 떨어진 곳에 있었다. 그것은 노예 숙소에서 흔히 들을 수 있는 노랫소리가 아니었다. 리그리는 멈춰 서서 귀를 기울였다. 낭랑한 테너의 노랫소리가 들렸다.

하늘에 있는 저택들의 문패를
내가 뚜렷하게 읽을 수 있을 때

　　나는 모든 두려움을 떨쳐버리고
　　내 눈에 흐르는 눈물을 닦아내겠네

　　이 세상이 나의 마음을 미워하여
　　지옥 같은 화살을 던질지라도
　　나는 분노한 사탄에게 미소를 지으며
　　찡그리는 세상을 마주 보리라

　　근심걱정이 거친 홍수처럼 밀려오고
　　슬픔이 폭풍우처럼 몰아쳐도
　　나는 집에 안전하게 도착하리라
　　나의 하나님과 나의 천국, 나의 모든 것을 만나리라

"하, 이것 봐라." 리그리는 혼잣말을 했다. "저놈이 이런 생각을 한단 말이지? 내가 그렇게 싫어하는 감리교 찬송가를 부르다니! 어디 맛 좀 봐라, 이 검둥이 놈아." 그는 채찍을 들고 갑자기 톰에게 달려들었다. "감히 잠잘 시간에 일어나 앉아서 이렇게 시끄러운 소리를 내는 거냐? 늙은 시꺼먼 주둥이를 닥치고 당장 따라와!"

"예, 주인님." 톰이 즐거운 표정으로 기꺼이 일어나면서 말했다.

톰이 행복해하는 표정을 보자, 리그리는 끝없이 화가 치밀었다. 그는 톰을 향해 말을 몰면서, 동시에 채찍으로 톰의 머리와 어깨를 내리쳤다.

"이 개 같은 놈아, 이렇게 맞고도 기분이 좋으냐?"

그러나 이제 채찍은 겉에 있는 육신에만 떨어졌을 뿐 전처럼 마음까지 아프게 하지는 않았다. 톰은 완전히 복종하는 자세로 서 있었다. 그런데도 리그리는 이 노예에 대한 자신의 권력이 어느 정도 사라진 것을 느끼지 않을 수 없었다. 톰이 자기 오두막으로 들어간 후 말 머리를 돌리는 리그리의 마음속을 음침하고 사악한 영혼에 번개처럼 양심을 일깨웠던 선명한 섬광이 꿰뚫고 지나갔다. 그는 자기와 희생자 사이에 서 있는 것이 하나님이었으며 자기가 하나님의 신성을 모독했다는 것을 깨달았다. 조롱이나 협박, 매질이나 학대로는 조용히 복종하던 그 사람의 마음의 평정을 깨뜨릴 수도 없고 과거 그의 악마 같은 주인이 영혼 속에서 불러일으켰던 이런 목소리가 다시 들리게 할 수도 없었다. "아 나사렛 예수[127]여 우리가 당신과 무슨 상관이 있나이까, 우리를 멸하러 왔나이까."

  톰의 영혼은 주변의 불쌍하고 비참한 사람들의 심정을 공감하고 동정하는 마음으로 가득했다. 그가 평생 느꼈던 슬픔은 이제 끝난 듯했다. 그는 하늘로부터 평화와 기쁨이라는 신기한 보물을 받은 것 같았다. 그는 이 보물을 불쌍한 사람들에게 나누어 주어 그들의 비통한 심정을 달래주고 싶은 간절한 소망을 느꼈다. 진정한 기회가 드물다는 말은 진실이다. 그러나 들판으로 나갈 때와 다시 돌아올 때, 일을 할 때, 지치고 낙심해 용기를 잃은 사람들에게 도움의 손길을 뻗을 수 있는 기회가 톰에게 생겼다. 불쌍하고 지치고 학대받은 사람들은 처음에는 톰의 도움을 거의 알아차리지 못했다. 그러나 여러 주일, 여러 달 동안 계속되자 무감각한 그 사람들의 가슴속에서 오랜 기간 침묵하고 있던 심금이 울리기 시작했다. 눈에 띄지 않게 조금씩 남을 돕는 이 남자는 조용하고 끈기 있으며, 남을 욕하거나 저주하는 데 참여하지 않았다. 그는 다른 사람의 짐을 기꺼이 대신 져주되, 남의 도움을 바라지 않았다. 그는 모든 사람들에게 양보했고, 마지막에 섰으며, 가장 적게 취했고, 자신이 가진 작은 것을 필요한 사람에게 항상 나눠 주었다. 이 남자는 추운 밤에 아파서 떠는 여자가 편안히 잘 수 있도록 자신의 남루한 담요를 내주었다. 그는 들판에서 일할 때 자기보다 약한 사람의 바구니를 먼저 채워주었다. 자신은 할당량을 채우지 못해 끔찍한 벌을 받을 위험을 무릅쓰

고서도 그렇게 했다. 그는 또한 모든 노예들의 폭군에게 잔인한 학대를 받았다. 이 남자는 마침내 노예들에게 신기한 영향력을 발휘하기 시작했다. 바쁜 계절이 지나고 노예들이 다시 일요일 휴가를 다시 즐길 수 있게 되자, 많은 사람들이 예수의 이야기를 듣기 위해 그 남자에게 모여들었다. 사람들은 즐거운 마음으로 한곳에 모여 그의 이야기를 듣고, 기도를 올리고, 찬송가를 불렀다. 그러나 리그리는 이런 모임을 허락하지 않았다. 욕을 하고 저주를 퍼부으면서 이런 모임을 해산시킨 것이 한두 번이 아니었다. 그래서 사람들은 입을 통해 복음을 전달할 수밖에 없었다. 불쌍하게 버려진 이들의 인생은 기쁨 없이 미지의 암흑으로 가는 여행인 경우가 대부분이었다. 이런 사람들이 동정심 많은 구세주와 천국의 집에 관한 이야기를 듣고 느끼는 소박한 기쁨을 어떻게 말로 표현할 수 있을까? 선교사들은 세계의 모든 인종 가운데 아프리카인처럼 복음을 온순하면서도 열성적으로 받아들인 민족이 없다고 이구동성으로 단언한다. 신념과 무조건적인 신앙심은 아프리카인의 천성에 다른 어떤 민족보다 더 깊이 뿌리박힌 요소다. 길 잃은 진실의 씨앗이 미풍에 실려 가장 무지한 인간들의 가슴에 우연히 심어져 성장하고 열매를 맺는 경우가 아프리카인 가운데서 자주 발견되었다. 그들이 거둔 풍성한 신앙의 결실은 기술적으로는 더 진보한 문화를 부끄럽게 만들었다.

 홍수처럼 밀어닥치는 학대와 부당한 대우 때문에 소박한 신앙심을 거의 다 잃었던 불쌍한 혼혈 여자는, 일하러 나가거나 돌아올 때 이 겸손한 선교사가 간헐적으로 들려주는 성경 구절과 찬송가 덕분에 자신의 영혼이 다시 힘을 얻어 일어서는 것을 느꼈다. 심지어 반쯤 실성한 채 방황했던 캐시조차 그의 소박하고 겸손한 영향력에 위로를 받아 마음의 안정을 되찾았다.

 견디기 힘든 인생의 고뇌에 짓눌리고 절망에 빠져 광기를 일삼던 캐시는 마음속으로 복수를 다짐하고 있었다. 그녀는 자기가 목격했거나 직접 겪은 압제자의 모든 학대와 불의를 되갚아주겠다고 결심했다.

어느 날 밤, 톰은 동료 노예들이 잠든 뒤, 창문 구실을 하는 통나무 사이의 구멍을 통해 그녀의 얼굴을 보고 깜짝 놀랐다. 그녀는 그에게 밖으로 나오라고 말없이 손짓했다.

톰은 문을 나섰다. 새벽 한시에서 두시 사이였다. 사방은 고요했고 달이 밝았다. 달빛을 받은 캐시의 크고 검은 눈에서 기이하고 사나운 광채가 번득이는 것을 톰은 보았다. 그것은 평소에 익숙하게 보았던 절망의 빛이 아니었다.

"이리 오세요. 톰 목사님." 그녀는 작은 손으로 톰의 손을 힘차게 끌어당기면서 말했다. 그녀의 손은 마치 강철처럼 느껴졌다. "이리 와요. 당신에게 전해줄 소식이 있어요."

"캐시 마님, 무슨 일입니까?" 톰이 불안하게 물었다.

"톰, 자유를 얻고 싶지 않아요?"

"하나님의 때가 오면 자유를 얻겠지요."

"아, 오늘밤에 자유를 얻을 수 있어요." 캐시가 갑자기 힘차게 말했다. "이리 오세요."

톰은 망설였다.

"어서요!" 캐시가 검은 눈으로 그를 응시하면서 속삭였다. "따라오세요! 그 인간은 곤히 자고 있어요. 그를 깊은 잠에 빠뜨리기 위해 브랜디를 많이 먹였어요. 내가 할 수만 있다면 당신에게 이런 일을 부탁하고 싶지는 않았어요. 하지만 이리 오세요. 뒷문을 열어두었어요. 그리고 문 옆에 도끼를 놓아두었어요. 그의 침실 문은 열려 있어요. 내가 길을 알려줄게요. 내 팔이 약하지만 않으면 내가 직접 했을 거예요. 따라와요!"

"마님, 절대로 안 됩니다!" 톰이 멈춰 서서 앞으로 나가려는 그녀를 제지하면서 단호하게 말했다.

"하지만 이곳의 불쌍한 사람들을 생각하세요." 캐시가 말했다. "우리는 그 사람들을 모두 자유롭게 만들 수 있어요. 그다음에는 늪지대로 달아나 섬을 찾아내서 우리 힘으로 살아갈 수 있어요. 그렇게 사는 사람들 이야기를 많이 들었어요. 어떤 삶도 이보다 못하지는 않겠지요."

"안 됩니다!" 톰이 단호하게 말했다. "안 됩니다! 악한 행동은 절대 선한 결과를 내지 못해요. 그런 짓을 하느니 내 오른손을 먼저 자르겠습니다!"

"그렇다면 내가 하겠어요." 캐시가 돌아서면서 말했다.

"오, 캐시 마님!" 톰이 그녀의 앞을 막아서면서 말했다. "당신 때문에 죽은 주님을 위해서라도 제발 자신의 소중한 영혼을 그런 식으로 악마에게 팔지 마세요! 그것은 사악한 짓입니다. 주님은 우리에게 복수하라고 명하지 않았습니다. 고통을 참고 주님의 때를 기다려야 합니다."

"기다리라고!" 캐시가 말했다. "내가 얼마나 기다렸는데? 머리에 현기증이 생기고 가슴이 미어터질 때까지 기다렸어요. 그 인간이 나에게 어떤 고통을 줬는지 알아요? 그자가 수백 명의 불쌍한 사람들을 어떻게 괴롭혔는지 알아요? 그자가 당신의 생피를 짜내지 않았나요? 나는 부름을 받았어요. 그들이 나를 불러요! 그의 때가 왔어요. 나는 그의 심장에서 피가 흐르는 것을 볼 거예요!"

"아니, 안 됩니다!" 톰이 여자의 작은 손을 붙잡고 말했다. 주먹을 쥔 여자의 두 손이 경련을 일으키듯 심하게 떨렸다. "안 됩니다. 길 잃은 가련한 영혼이나 다름없는 당신이 그런 행동을 해서는 안 됩니다. 축복받고 사랑받는 주님은 자신의 피 이외에는 흘리지 않았습니다. 주님은 우리가 당신의 적일 때, 우리를 위해 당신의 피를 흘렸습니다."

"사랑!" 캐시가 사납게 눈을 흘기면서 말했다. "그런 적들을 사랑하라고! 인간의 육신으로는 불가능한 일이에요."

"아닙니다, 캐시 마님." 톰이 하늘을 올려다보면서 말했다. "하지만 주님은 우리에게 사랑을 주셨습니다. 그것이 바로 승리입니다. 우리가 모든 고난 속에서 사랑하고 기도할 수 있을 때 싸움은 끝나고 승리가 오죠. 하나님에게 영광을!" 목이 멘 흑인 남자는 눈물을 줄줄 흘리면서 하늘을 올려다보았다.

오, 아프리카 사람들은 가장 최근에 하나님의 부름을 받은 민족이었다. 그들은 가시면류관과 재앙과 피와 땀, 고난의 십자가를 감당하도록 부름을 받았다. 이것은 너 아프리카의 승리가 될 것이다. 이런 고난을 통해 너 아프리카는 그리스도의 왕국이 이 땅에 세워질 때 그리스도와 함께 세상을 다스리게 될 것이다.

톰의 깊고 뜨거운 감정과 부드러운 목소리, 눈물이 가련한 여자의 거칠고 혼란스러운 영혼 위에 이슬처럼 떨어졌다. 무시무시하게 번득였던 그녀의 눈 속에 부드러운 빛이 감돌기 시작했다. 그녀는 땅을 내려다보았다. 톰은 그녀가 말할 때 그녀의 근육에서 긴장이 사라진 것을 느꼈다.

"악령들이 나를 쫓아다닌다고 전에 말하지 않았던가요? 오, 톰 목사님, 나는 기도를 올릴 수가 없어요. 할 수만 있다면 기도를 올리고 싶지만요. 나는 내 아이들이 팔려 간 이후로 기도를 올린 적이 없답니다! 당신 말이 옳다는 건 알아요. 그러나 기도를 올리려고 애를 써도, 증오심만 끓어오르고 저주의 말만 나온답니다. 나는 기도를 할 수가 없어요!"

"가련한 영혼이여!" 톰이 동정 어린 어조로 말했다. "사탄은 당신을 잡으려 합니다. 당신을 자기가 수확한 밀알처럼 차지하려 합니다. 내가 마님을 위해 주께 기도를 올리겠습니다. 오! 캐시 마님, 사랑하는 주 예수님을 찾으세요. 주님이 상처 난 가슴을 감싸주고 슬픔을 달래주러 오십니다."

두 눈을 내리뜬 채 말없이 서 있는 캐시의 커다란 눈에서 눈물이 줄줄 흘러내렸다.

"캐시 마님." 톰이 조용히 캐시를 잠시 지켜본 후 서둘러 말했다. "마님이 이 집을 빠져나갈 수 있다면…… 만약 나가는 것이 가능하다면, 에멀린과 함께 빠져나가시라고 권하고 싶습니다. 마님이 피의 죄를 짓지 않을 수 있는 길은 이 집을 나가는 방법밖에 없습니다."

"당신도 우리와 함께 도망치지 않겠어요, 톰 목사님?"

"안 됩니다. 저도 도망치고 싶었던 적이 있었습니다. 하지만 주님께서 이 불쌍한 영혼들과 함께 일하라고 말씀했습니다. 저는 그들과 함께 지내면서 마지막까지 그들과 함께 저의 십자가를 지겠습니다. 저와 마님은 경우가 다릅니다. 머무는 것은 마님에게 올가미입니다. 마님은 그 올가미를 이겨낼 수 없습니다. 그러니 가능할 때 도망치는 것이 좋습니다."

"나는 무덤 외에는 도망칠 데가 없어요. 짐승이나 새들도 집을 찾을 수가 있지만, 뱀과 악어조차 누워서 조용히 쉴 곳이 있지만, 우리에게는 안식처가 없어요. 가장 깊고 어두운 늪지대에 숨어도 저들이 풀어놓은 개들에게 잡힐 거예요. 모든 사람과 모든 사물이 우리를 적으로 대해요. 짐승들조차 우리에게 덤비지요. 그런데 어디로 간단 말입니까?"

톰은 한참 조용히 서 있다가 이렇게 말했다.

"다니엘[128]을 사자 굴에서 구해내시고 어린아이들을 불구덩이에서 구하시고 물 위를 걸으시고 바람에게 멈추라고 명령하신 그분이 아직도 살아 계십니다. 나는 그분이 마님을 구해주실 것을 굳게 믿습니다. 시도하십시오. 제가 마님을 위해 온힘을 다해 기도를 올리겠습니다."

심리의 어떤 법칙에 의해, 오랫동안 쓸모없는 돌이라고 짓밟았던 한 가지 방법이 새로운 빛을 받아 발굴된 다이아몬드처럼 빛나는 것일까?

캐시는 전부터 탈출 방법을 곰곰이 생각했었다. 그러나 어느 것도 실행 가능성이나 희망이 없다고 팽개쳤다. 하지만 이때 그녀의 머릿속에 한 가지 계획이 번개처럼 떠올랐다. 그 방법은 단순하고 실천 가능했기 때문에 즉각 희망이 생겼다.

"톰 목사님, 노력해볼게요!" 캐시가 갑자기 말했다.

"아멘!" 톰이 말했다. "주님이 당신을 도우십니다!"

chapter 39
계략

악인의 길은 어둠 같아서 그가 걸려 넘어져도 그것이 무엇인지 깨닫지 못하느니라.[129]

리그리 저택의 다락방은 다른 집의 다락방처럼 황량하고 넓었으나, 먼지가 쌓이고 거미줄이 쳐졌으며 버려진 나무토막이 널려 있었다. 예전에 이 주택에 살았던 부유한 가족은 고급 가구를 많이 수입했는데, 그중 일부는 이사할 때 가지고 갔지만 나머지는 사용하지 않는 방에서 썩어가거나 이 다락방에 버려졌다. 가구를 살 때 사용했던 몇 개의 거대한 포장용 상자가 다락방의 벽에 기대어 세워져 있었다. 다락방에는 작은 창문이 하나 있었다. 먼지가 끼고 검댕이 앉은 창문의 유리를 통해 새어든 희미한 빛이, 좋은 시절이 지나간 여러 개의 높고 커다란 검은 의자와 탁자를 비췄다. 전반적으로 이 다락방은 유령이 나올 것 같은 기괴한 곳이었다. 유령이 나올 것 같았을 뿐만 아니라 흑인 하인들 사이에 떠도는 이 방에 관한 이상한 전설은 사람들이 더욱 공포를 느끼게 만들었다. 몇 년 전 리그리의 비위를 건드린 한 흑인 여자가 이 다락방에 몇 주 동안 감금당한 적이 있었다. 그 후 어떤 일이 벌어졌는지 아는 사람은 없다. 흑인들은 두려운 표정으로 서로 속삭일 뿐이었다. 그리고 그 불행한 여자의 시체가 어느 날 다락방에서 아래로 운반되어 매장된 사실이 사람들에게 알려졌다. 그 사건이 있은 후 낡은 다락방에서 욕을 하고 저주하는 아우성과 격렬하게 때리고 싸우는 소리가 절망적인 울음소리나 신음소리와 뒤섞여서 종종 들려온다는 소문이 나돌았다. 이런 종류의 이야기를 우연히 엿들었을 때, 리그리는 몹시 화를 내면서 앞으로 그 다락방에 관해 그 따위 이야기를 하다가 발각되는 사람은 쇠사슬에 묶인 채 그 방에 일주일 동안 갇혀 그곳에서 일어나는 일을 직접 경험할 기회를 얻을 것이라고 말했다. 물론 이런 협박은 사람들의 입을 막기에는 충분했으나, 다락방 괴담의 위력은 조금도 손상시키지 못했다.

다락방으로 올라가는 계단, 심지어 계단으로 이어져 있는 복도조차 차츰 집안 사람들의 기피 대상이 되었다. 사람들이 다락방 이야기를 두려워함에 따라 괴담은 점점 잊혀갔다. 그런데 캐시는 리그리가 굉장히 민감하게 반응하는 미신의 위력을 함께 고통 받는 동료와 자신을 해방시키는 데 이용해야겠다는 생각이 갑자기 떠올랐다.

캐시의 침실은 다락방 바로 아래 있었다. 어느 날 그녀는 리그리와 상의하지 않고 자기 방의 모든 가구와 작은 물건들을 갑자기 다른 방으로 옮기기 시작했다. 그녀는 이 일을 사람들의 눈에 띄게 진행했다. 하인들이 법석을 피우며 가구를 옮기고 있을 때 말을 타고 나갔다 집에 돌아온 리그리가 이 광경을 보게 되었다.

"이봐! 캐스! 지금 무슨 바람이 분 거야?"

"아무것도 아니에요. 단지 내 침실을 다른 방으로 바꾸는 것뿐이에요." 캐시가 대답했다.

"왜 다른 방으로 바꿔?"

"내 맘이죠."

"왜 이런 짓을 하냐고?"

"나도 가끔 잠을 자고 싶어서요."

"잠을 잔다고! 그래 뭐가 네 잠을 방해한다는 거냐?"

"당신이 듣고 싶다면 얼마든지 설명할 수 있어요." 캐시가 차갑게 말했다.

"말해라, 건방진 년아!"

"오! 아무것도 아니에요. 당신 마음을 심란하게 만들고 싶지 않아요! 단지 신음소리와 싸우는 소리 때문이지요. 한밤중에 다락방 마루 위를 쿵쾅거리고 걷는 소리가 자정부터 새벽까지 들리거든요!"

"다락방에서 사람 소리가 들린다고!" 불안해진 리그리가 억지로 웃으면서 말했다. "그게 누구냐, 캐시?"

검은 눈을 날카롭게 부릅뜨면서 리그리를 빤히 올려다보는 그녀의 표정은 그의 간담을 서늘하게 만들었다. "사이먼, 그 사람들은 누군가요? 당신이 내게 말해주었으면 좋겠네요. 아마 당신도 모르나 보군요!"

리그리는 욕설을 퍼부으면서 채찍으로 그녀를 내리쳤다. 그러나 여자는 옆으로 살짝 비켜선 뒤 문 안으로 들어갈 때 뒤돌아보면서 이렇게 말했다. "만약 당신이 저 방에서 잔다면 모든 것을 알게 될 거예요. 아마 직접 해보시는 게 좋을걸!" 이 말과 함께 그녀는 문을 닫고 잠갔다.

리그리는 고함을 지르고 욕설을 퍼부었으며 문을 부수고 들어가겠다고 협박했다. 그러나 그는 이내 생각을 고쳐먹었는지 불안한 표정으로 거실로 들어갔다. 캐시는 그녀가 쏜 화살이 표적에 명중했다는 것을 알았다. 그 시간부터 그녀는 리그리에게 영향력을 행사하기 위해 시작한 일련의 작업을 쉬지 않고 계속했다. 그녀는 지극히 교묘한 수법을 동원했다.

그녀는 다락방의 벽에 있는 나무의 옹이구멍에 낡은 병의 목 부분을 꽂아두었다. 바람이 조금만 불어도 사람이 아주 비통하고 애처롭게 우는 듯한 소리가 나도록 병목의 위치를 조절했다. 바람이 거세게 불면 소리가 커져 완전히 비명소리처럼 변했다. 속기 쉽고 미신을 신봉하는 어리석은 사람들이 이 소리를 들으면 공포와 절망에 빠지기 십상이었다.

하인들이 이 소리를 간간이 듣게 되면서, 유령 전설의 기억이 완전히 되살아나 지난날의 위력을 발휘했다. 미신으로 인해 은연중에 느끼는 공포가 집안을 채우는 것처럼 보였다. 감히 리그리에게 말하는 사람은 없었으나 리그리는 그 공포가 공기처럼 자신을 둘러싼 것을 알아차렸다.

신을 믿지 않는 사람보다 미신에 잘 현혹되는 사람은 없다. 기독교는 현명하며 모든 것을 다스리시는 아버지에 대한 신앙으로 이루어져 있다. 아버지의 존재가 빛과 질서가 미치지 않는 곳까지 구석구석 채운다. 그러나 하나님을 왕좌에서 끌어내린 사람들에게 유령들의 나라는, 히브리 시의 구절이 표현한 것처럼 "죽음의 암흑과 그림자의 나라"다. 그곳은 무질서가 판을 치고 암흑이 지배한다. 그런 사람에게 생명과 죽음의 영역은 희미한 그림자처럼 두려운 요괴들로 가득하고 유령이 출몰하는 영역이다.

톰을 만나 자극을 받은 이후, 리그리의 희미했던 도덕의식은 다소 고개를 들었다. 그러나 단호한 악의 힘이 약간 눈뜬 그의 도덕의식에 저항했다. 그러나 성경 말씀과 기도 또는 찬송가를 듣고 미신적인 두려움을 느낀 결과, 전율한 그의 어두운 내부세계에는 커다란 혼란이 일어났다.

캐시가 그에게 행사하는 영향력은 기이한 것이었다. 그는 캐시를 소유하고 고문하는 폭군이었다. 그가 알고 있듯이 캐시는 완전히 그의 손아귀에 들어 있었다. 그녀는 외부의 도움이나 구원을 받을 가능성이 전혀 없었다. 그러나 짐승 같은 리그리도 캐시처럼 강한 영향력을 발휘하는 여자와 지속적인 관계를 유지하면서 사는 동안 그녀의 통제를 어느 정도 받지 않을 수는 없었다. 처음 사 왔을 때 캐시는 자기 말처럼 고상하고 우아하게 성장한 여자였다. 그러나 리그리는 양심의 가책을 조금도 느끼지 않고 그녀를 야만적으로 짓밟았다. 시간이 흐르면서, 그녀는 리그리의 영향으로 타락하고 절망했고 여성적인 감수성은 무감각해졌다. 격렬한 열정에 눈을 뜬 그녀는 리그리의 정부가 되었다. 그러는 동안 리그리는 한편으로는 그녀에게 폭군처럼 군림했지만, 한편으로는 그녀를 두려워하게 되었다.

부분적인 정신착란 때문에 그녀의 말과 행동이 이상하고 불안정해지자, 이런 영향이 더욱 분명해지면서 그를 괴롭혔다.

캐시가 방을 옮기고 나서 하루 이틀 정도 지났다. 리그리는 거실 난로 옆

제5막

남북전쟁을 향하여

1857년 제임스 뷰캐넌이 대통령으로 취임한 가운데, 미 연방대법원은 북부에서 자유 노예로 살았던 흑인 드레드 스콧을 노예 신분으로 되돌리는 판결을 내렸다. 전쟁의 불씨를 들쑤신 격인 이 사건은 많은 논란의 여지를 남겼다. 당시 법정에서 대법원장 로저 테이니는 "노예는 하나의 재산에 불과하다. 따라서 주인이 자유주로 그를 데려갔다 할지라도 그 노예는 자유를 얻을 수 없다"는 요지로 그 판결을 정당화했다.

621

바야흐로 폭력만이 남은 때다.
1856년, 존 브라운[130]은 자신의 견해에 반대하는
이들을 잔혹하게 살해함으로써 유명해졌다.
1858년 겨울에는 흑인 공화국을 수립해
남부 노예주들과 전쟁을 벌일 계획을 세우고
12명의 도주 노예를 이끌고 미주리 주에서
캔자스, 아이오와, 일리노이, 미시건 주를 거쳐
캐나다로 향하기도 한다.
이 광신자와 뜻을 같이한 사람 중에는 그의 어머니와
할머니를 비롯한 가족 13명도 포함되어 있었다.
1859년 10월 16일, 하퍼스 페리의 연방 무기고를
기습해 인질극을 벌인 그는 12월 2일
버지니아 주 찰스타운에서 사형당한다.
이 일련의 사건은 남부 전역을 술렁이게 하며
전쟁 발발의 빌미를 제공한다.

에 앉아 있었다. 피어오르는 불길 때문에 방 안 전체에 그림자들이 유령처럼 어른거렸다. 폭풍우가 몰아치는 통에 바람이 심하게 불어서, 낡고 퇴락한 집에서는 설명하기 어려운 온갖 소음이 들리는 그런 밤이었다. 창문이 덜컹거리고 덧문이 삐거덕거리고, 소용돌이치는 바람이 굴뚝을 통해 아래로 역류하면서 벽난로에서 연기와 재를 이따금 뿜어냈다. 마치 연기와 재를 따라 수많은 영혼이 쏟아져 나오는 것 같았다. 리그리가 회계장부의 계산을 마친 다음 신문을 읽기 시작한 지 몇 시간 지난 때였다. 캐시는 거실 구석에 앉아 시무룩한 표정으로 불을 바라보고 있었다. 신문을 내려놓은 리그리는 탁자 위에 낡은 책이 놓여 있는 것을 보았다. 그는 캐시가 초저녁에 그 책을 읽고 있는 모습을 봤다. 그는 책을 집어 들고 책장을 넘기기 시작했다. 그 책은 유혈이 낭자한 살인과 유령 전설, 초자연적인 존재들의 출현에 관한 괴담 전집 가운데 하나였다. 장정과 삽화는 조잡했지만 한번 읽기 시작하면 중단하지 못하게 만드는 묘한 매력이 있었다.

리그리는 가소롭다는 표정을 지었으나 한 쪽씩 읽어나갔다. 어느 정도 읽은 그는 욕을 하면서 책을 내려놓았다.

"캐스, 유령을 믿는 건 아니겠지?" 리그리는 부젓가락을 집어 불이 잘 타게 장작을 재배치하면서 말했다. "나는 사리분별을 지닌 당신이 이상한 소음

따위를 듣고 놀랄 사람은 아니라고 생각해."

"내가 뭘 믿든 무슨 상관이에요?" 캐시가 시무룩한 표정으로 말했다.

"전에 동료 선원들이 바다의 모험담을 지껄여 나를 놀라게 하려고 애를 썼지. 그런 방식은 나한테 절대 안 통했어. 나는 담력이 세서 그런 허튼소리에 꿈쩍도 하지 않았거든."

캐시가 구석의 그늘 속에서 그를 뚫어지게 바라보았다. 그녀의 눈동자 속에는 리그리를 항상 불안하게 만드는 이상한 빛이 반짝였다.

"저 이상한 소리는 쥐들이 돌아다니는 소리거나 바람이 내는 소리일 뿐이야." 리그리가 말했다. "쥐들은 아주 시끄럽게 설치거든. 나는 배의 화물칸에서 쥐들이 내는 소리를 가끔 들었어. 그리고 바람소리도 시끄러워. 제기랄, 바람은 온갖 소리를 다 내지."

캐시는 자기가 뚫어지게 바라보면 리그리가 불안해한다는 것을 알았다. 그래서 캐시는 그의 말에 대꾸하지 않았다. 그냥 전처럼 속내를 알 수 없는 이상한 표정으로 계속 리그리를 빤히 쳐다볼 뿐이었다.

"어디 말 좀 해봐, 이 여자야. 그래야 되는 거 아냐?"

"쥐들이 계단을 기어 내려와 복도의 입구를 지나서, 당신이 잠근 다음 뒤에 의자까지 받쳐놓은 문을 열어젖힐 수 있나요?" 캐시가 말했다. "그리고 계속 기어 들어와 당신의 침대 위로 올라와 손을 내밀 수 있어요?"

1860년 11월 대통령 선거전

존 브라운 사건의 여파 속에서 대통령 선거전은
논쟁과 긴장으로 얼룩진다.
공화당으로 출마한 '정직한 에이브'라는 별명의
에이브러햄 링컨이 대통령으로 선출된다.
그의 당선은 남부 노예주들에게 직접적인 위험으로 작용한다.
1858년 상원에서 행한 그의 연설을 떠올려보자.
"집안이 스스로 분열되면 그 집은 일어설 수가 없습니다.
나는 연방이 와해되기를 바라지 않습니다.
우리나라가 무너져 내리는 것을 바라지 않기 때문입니다.
하지만 계속되는 이 분열이 종식되기를 바랍니다.
연방은 이제 이쪽 아니면 저쪽으로
서로 등을 돌리게 될 것입니다."[131]

 엉클 톰스 캐빈

사우스캐롤라이나

1860년 12월 17일 찰스턴.
최초로 연방 탈퇴를 결의한 남부군 부대들이 정부 무기고를 포위하고 있다.
"만세! 만세! 남부의 주권을 위해 만세! 보니 블루 깃발[132]을 위해 만세!"
분리주의 반란군들의 노래가 울려 퍼지는 광장에는 지금 연방 탈퇴를 기정사실화하는
새로운 사우스캐롤라이나 깃발이 나부끼고 있다.
제임스 뷰캐넌 대통령은 이러한 움직임을 제지하기 위한 어떠한 조치도 취하지 않는다.

계략

워싱턴으로 돌아오다

워싱턴 거리는 흥분의 도가니다.
남부 반란군들은 1861년 4월 14일부터 찰스턴 섬터 요새에
폭격을 가하고 기습을 감행했다. 연방 깃발은 파괴된 듯하고
찰스턴 시민들은 거리 곳곳에서 춤을 추고 있는 것이 아닌가!
충격에 휩싸여 채 경악을 금할 수 없는 이곳에서
우리는 전쟁이 임박했음을 절감하고 있다.

THE UNION IS DISSOLVED!

"연방이 와해되다!"

미시시피, 플로리다, 앨라배마, 조지아,
루이지애나, 텍사스가 차례대로
사우스캐롤라이나의 연방 탈퇴에 합류했다.
남북연합을 결성한 이들은 헌법을 제정하고
제퍼슨 데이비스를 새로운 대통령으로 선출한다.

texte de l'affiche :
velle de Charleston. Sumter en
rebelles ont mis le feu au fort ! ».

"찰스턴 발 속보. 불타는 섬터 요새!
반란군들이 요새에 불을 질렀다!"

625

엉클 톰스 캐빈

에이브러햄 링컨의 집무실

지난 3월 4일 대통령 취임 연설에서 링컨은
연방 탈퇴를 선언한 남부인들을 향해,
"불만 가득하실 친애하는 국민 여러분, 전쟁이라는 중대한 문제는
내 손이 아닌 바로 여러분의 손에 달려 있습니다"라고 말했다.
오늘 그는 다음과 같은 질문을 던진다.
"정부는 국민의 자유를 억압할 정도로 강해야 합니까
아니면 그 존재만 유지할 정도로 약해야 합니까?"

캐시는 말하면서 반짝이는 눈으로 리그리를 계속 응시했다. 그는 악몽을 꾸는 듯한 그녀를 바라보았다. 마침내 그녀가 얼음처럼 차가운 손을 그의 손 위에 얹자 그는 펄쩍 물러나면서 욕을 했다.

"이 여편네가 무슨 소리를 하는 거야? 그런 짓을 할 사람이 어디 있어?"

"오, 아니에요. 물론 없죠. 그런 사람이 있다고 내가 말했나요?" 캐시가 비웃는 듯한 미소를 지으면서 말했다.

"하지만, 당신은 정말 그걸 봤어? 어디, 그게 뭔지 말해봐! 캐시."

"알고 싶으면 당신이 직접 그 방에서 자보세요."

"그것이 다락방에서 내려온단 말이야, 캐시?"

"그것이라니요? 뭐가요?"

"아니, 당신이 방금 말한 그거 말이야……."

"나는 아무 말도 안 했어요." 캐시가 시무룩한 표정으로 잡아뗐다.

리그리는 불안한 표정으로 방 안을 왔다 갔다 걸었다.

"내가 이 문제를 조사해야겠다. 당장 오늘밤에 당장 살펴봐야지. 권총을 꺼내서……."

"그러세요. 그 방에서 주무세요. 당신이 그러는 걸 보고 싶어요. 권총을 쏘라고요, 어서!"

리그리는 발을 세차게 구르면서 격하게 욕설을 퍼부었다.

"욕하지 말아요. 누가 당신 말을 듣고 있는지도 몰라요. 들어봐요! 저게 무슨 소리죠?"

"무슨 소리?" 리그리가 놀라서 물었다.

거실 구석에 서 있던 무거운 구식 네덜란드 시계가 천천히 열두시를 치기 시작했다.

몇 가지 이유로 인해 리그리는 말도 하지 않고 움직이지도 않았다. 막연한 공포가 그를 엄습했다. 한편 캐시는 초롱초롱하게 빛나는 눈으로 멸시하듯이 리그리를 빤히 바라보면서 시계의 종소리를 셌다.

"열두시예요. 자, 이제 알게 될 거예요." 캐시가 몸을 돌려 문을 복도 쪽으로 열어젖히면서 말했다. 그녀는 서서 뭔가 듣고 있는 듯한 자세를 취했다.

"들어봐요! 저게 무슨 소리죠?" 그녀는 손가락을 올리면서 말했다.

"그냥 바람소리일 뿐이야. 바람소리가 얼마나 시끄러운지 못 들어봤어?"

"사이먼, 이리 와봐요." 캐시가 그의 손을 잡으면서 속삭였다. 그녀는 리그리를 끌고 계단 아래로 갔다. "저 소리가 뭔지 아세요? 들어봐요!"

사나운 비명소리가 계단을 따라 또렷하게 들려왔다. 다락방에서 나는 소리였다. 리그리의 떨리는 무릎이 서로 부딪쳤다. 그의 얼굴은 두려움으로 하얗게 질렸다.

"가서 권총을 가져오는 것이 좋지 않겠어요?" 캐시의 비웃는 듯한 미소가 리그리의 피를 얼어붙게 만들었다. "이제 이 소리를 조사해볼 때가 됐다는 걸 당신도 알 거예요. 당장 올라가보는 게 좋겠어요. 저 위에 뭔가 있어요."

"난 안 가!" 리그리가 욕을 하면서 말했다.

"왜 안 가겠다는 거예요? 저기 유령 같은 건 없다는 걸 잘 알잖아요! 어서요!" 캐시는 웃으면서 나선형 계단을 빠르게 올라갔다. 그녀는 뒤를 돌아보면서 "어서 와요"라고 말했다.

"너는 귀신이 들린 게 틀림없다! 이리 돌아와. 어서 돌아오라니까. 캐스! 올라가면 안 돼!"

그러나 캐시는 요란하게 웃으면서 계단 위로 사라졌다. 캐시가 다락방 문을 여는 소리가 들렸다. 거센 바람이 내려와 리그리가 들고 있던 촛불이 꺼졌다. 촛불이 꺼지면서 이 세상의 소리 같지 않은 무시무시한 비명이 들려왔다. 비명소리는 바로 그의 귓가에서 나는 것 같았다.

리그리는 미친 듯이 응접실로 달아났다. 몇 분 후 캐시가 뒤따라 들어왔다. 그녀의 얼굴은 복수하러 온 유령처럼 창백하고 냉담했다. 눈에서는 조금 전과 똑같은 무시무시한 빛이 번득였다.

"이제 당신 속이 시원해졌기를 바라요." 캐시가 말했다.

"망할 년 같으니!"

"왜 그래요? 나는 단지 문을 닫으러 올라간 것뿐이에요. 사이먼 당신은 다락방에 무슨 사연이 있는 모양이죠?"

"네가 상관할 일이 아니야!"

"아니라고요? 그래요, 하여튼 난 그 밑에서 자지 않게 돼서 기뻐요."

바로 그날 밤, 바람이 강해질 것을 예상한 캐시는 미리 다락방에 올라가서 창문을 열어두었다. 그래서 바람이 밑으로 불어 촛불을 껐던 것이다.

그날 밤의 사건은 캐시가 리그리를 상대로 벌인 계략의 대표적인 사례였다. 계략의 목표는 리그리가 다락방을 조사하느니 사자 아가리에 자기 머리를 집어넣는 편을 택하도록 만드는 것이었다. 한편 그날 밤 다른 사람이 모두 잠들었을 때 캐시는 조심스럽게 다락방에 식량을 저장했다. 한동안 먹기에 충분한 분량을 비축했다. 그녀는 자기 옷과 에멀린의 옷 대부분을 하나씩 다락방으로 날랐다. 모든 준비가 끝나자 캐시와 에멀린은 자신들의 계획을 실천에 옮길 수 있는 좋은 기회만을 기다리고 있었다.

리그리가 기분이 좋을 때 캐시는 그를 구슬려 함께 레드 강에 인접한 이웃 마을에 갔다. 거의 초자연적인 수준으로 정확하게 기억을 가다듬은 그녀는 도로의 갈림길을 모두 주의 깊게 관찰하고 리그리 저택에서 이웃마을까지 들판을 횡단하는 데 걸리는 시간을 머릿속에서 계산했다.

독자들은 모든 행동 준비가 모두 이루어진 후의 뒷이야기와 더불어 최후의 거사 결과를 보고 싶은 생각이 들 것이다.

이제 시각은 저녁 무렵이었다. 리그리는 말을 타고 이웃 농장으로 가 집을 비웠다. 캐시는 최근 며칠간 평소와는 달리 리그리에게 상냥하게 대했고, 그의 비위를 고분고분 맞춰주었다. 그래서 그녀와 리그리는 사이가 아주 좋

아 보였다. 이제 우리는 그녀와 에멀린의 방에서 두 개의 작은 짐 꾸러미를 분류해 정리하는 모습을 보게 된다.

"이 정도 크기면 됐다." 캐시가 말했다. "이제 보닛을 꾸려 넣고, 바로 출발하자. 적당한 때가 된 것 같아."

"하지만 사람들이 우리가 나가는 걸 볼 텐데요." 에멀린이 말했다.

"사람들이 보도록 해야 돼." 캐시가 침착하게 말했다. "아무튼 저들이 우리 뒤를 추격하도록 만들어야 한다는 걸 모르겠니? 우리 계획은 이렇거든. 우선 저택의 뒷문으로 살짝 빠져나가 노예 숙소 쪽으로 뛰어갈 거야. 삼보와 킴보가 틀림없이 우리를 보겠지. 두 놈은 우리 뒤를 쫓아올 거야. 그러면 우리는 늪지대로 들어가야 해. 그렇게 되면 두 놈이 되돌아가서 사람들에게 알리고 개를 풀고 추격 준비를 할 거야. 그때까지는 우리 뒤를 따라오지 못해. 그들이 여기저기 엉뚱한 장소를 헤매다, 항상 그러는 것처럼 자기네끼리 마주치는 동안 우리는 이 저택에서 흘러나가는 개울을 거슬러 올라와 저택의 뒷문 맞은편까지 몰래 되돌아와야 해. 그런 식으로 돌아오면 물속에 냄새가 남지 않으니까 개들이 우리를 찾을 수 없어. 모든 사람이 우리를 찾으러 나가면 우리는 뒷문으로 숨어들어 다락방으로 올라가는 거야. 다락방에는 내가 커다란 상자로 멋진 잠자리를 만들어두었어. 우리는 상당한 기간 동안 다락방에서 지내야 할 거야. 틀림없이 그자가 우리를 찾으려고 큰 소동을 벌일 테니까. 그자는 이웃의 농장에서 노련한 노예 감독들을 불러서 대대적으로 수색작업을 벌일 거야. 수색대가 늪지대를 구석구석 이 잡듯이 뒤지겠지. 그자는 자기한테서 도망친 사람이 하나도 없다는 걸 자랑하고 다니는 인간이거든. 그러니까 그자가 여유 있게 수색작업을 벌이도록 내버려두는 수밖에 없어."

"캐시, 정말로 좋은 계획을 세웠군요! 누가 그런 계획을 세울 수 있겠어요!"

캐시의 눈에는 즐거워하거나 기뻐하는 기색이 전혀 없었다. 오직 확고한 의지만 엿보였다.

"자, 가자." 캐시가 에멀린에게 손을 뻗으면서 말했다.

두 도망자는 소리 없이 저택을 빠져나가 짙어지는 초저녁의 어둠 속을 빠르게 이동해 노예 숙소를 지나 뛰어갔다. 서쪽하늘에 은빛 도장처럼 떠 있는 초승달이 다가오는 밤을 약간 지연시키고 있었다. 캐시가 예상한 것처럼, 농장을 둘러싼 늪지대의 가장자리에 도착했을 때 멈추라고 고함치는 목소리가 들렸다. 그러나 고함소리의 주인공은 삼보가 아니라 리그리였다. 그는 몹시 화가 나서 두 사람의 뒤를 쫓았다. 리그리의 목소리가 들리자, 마음 약한 에멀린이 주저앉으려 했다. 소녀는 캐시의 손을 잡은 채 "오, 캐시, 기절할 것 같아요!"라고 말했다.

"만약 네가 정신을 잃으면 내가 너를 죽일 거야!" 캐시는 이렇게 말하면서 날이 시퍼런 작은 단검을 꺼내 소녀의 눈앞에서 휘둘렀다.

단검으로 소녀를 위협한 것이 효과를 보았다. 에멀린은 기절하지 않았고 캐시와 함께 늪지대 속의 미로 속으로 들어섰다. 늪지대는 너무 깊고 어두워서 리그리는 다른 사람들의 도움을 받지 않고는 도망자들을 계속 추격할 엄두가 나지 않았다.

"좋다." 리그리는 야비하게 낄낄 웃으면서 말했다. "어쨌든 망할 계집들이 스스로 함정으로 기어들어갔군! 이제 너희들은 잡힌 거나 다름없다. 후회하게 만들어주마!"

"이봐라, 삼보! 킴보! 모든 일꾼들을 모이라고 해!" 리그리가 노예 숙소에 다가가 소리를 질렀다. 남녀 일꾼들은 방금 들에서 돌아온 참이었다. "도망자 두 명이 늪지대로 달아났다. 그년들을 붙잡는 검둥이에게는 5달러를 주마. 개들을 풀어라! 타이거와 퓨리를 비롯해서 모든 개를 풀어!"

이 소식은 즉시 효과를 발휘했다. 사람들은 흥분해서 쑥덕거렸다. 대부분의 남자들은 수색에 참여하겠다고 자원하고 나섰다. 보상을 받겠다는 희망

에서 나온 사람도 있고 비굴하게 아첨하기 위해 자원한 사람도 있었다. 이런 비굴한 태도는 노예제도의 통탄할 만한 효과 가운데 하나다. 사람들이 이쪽 길, 저쪽 길로 흩어져 달려갔다. 관솔에 불을 붙인 횃불을 든 사람도 있고 개를 끌고 가는 사람도 있었다. 개들이 짖는 소리가 추격 분위기를 더욱 들뜨게 만들었다.

"주인님, 그들을 붙잡지 못하면 총으로 쏴버릴까요?" 삼보가 주인에게서 소총을 넘겨받으면서 말했다.

"네가 원한다면 캐스는 쏴도 좋다. 그년은 진작 악마에게 보냈어야 했어. 그년이 갈 데는 거기밖에 없어. 하지만 계집애는 안 돼." 리그리가 말했다. "자, 모두 정신 똑바로 차리고 찾아라. 그년들을 잡는 사람은 5달러를 받는다. 또 너희 모두에게 술을 한 잔씩 주겠다."

활활 타는 횃불을 든 수색대 전원이 함성을 올리면서 늪지대로 출발했다. 사람들은 함성을 지르고 개들은 무지막지하게 짖어댔다. 수색대 뒤에는 일정한 거리를 두고 저택의 하인들이 한 사람도 빠짐없이 따라갔다. 캐시와 에멀린이 서둘러 되돌아왔을 무렵 저택에는 아무도 없었다. 추격자들의 함성이 하늘을 가득 채웠다. 거실에서 바깥을 내다본 캐시와 에멀린은 횃불을 든 수색대가 늪지대 가장자리를 따라 흩어지는 것을 지켜볼 수 있었다.

"저길 보세요!" 에멀린이 캐시에게 말했다. "수색이 시작되었어요! 횃불이 저렇게 많이 움직이고 있어요! 들어봐요! 개들이에요! 들리지 않아요? 우리가 지금 저기 있었다면 헌 신문지만한 가치도 없는 비참한 신세가 됐을 거예요. 제발 어서 숨어요!"

"이제 서둘 필요가 없단다." 캐시가 침착하게 말했다. "이 집 사람들은 모두 수색에 나갔어. 오늘 저녁의 재미가 바로 거기 있는 거야. 우리는 천천히 위층에 올라가면 돼." 캐시는 리그리가 서둘러 떠날 때 거실 바닥에 내던진 코트 주머니에서 열쇠 한 개를 침착하게 꺼냈다. "사람들이 집을 비운 동안 우리는 도망치는 데 쓸 물건을 좀 챙겨야겠다."

그녀는 책상 서랍의 자물쇠를 따고 현찰 뭉치를 꺼내 재빨리 세어보았다.

"오, 그러지 마세요!" 에멀린이 말했다.

"하지 말라고!" 캐시가 대꾸했다. "왜? 넌 우리가 늪지대에서 굶어 죽길 바라니, 아니면 이 돈을 가지고 자유로운 주까지 가는 데 필요한 경비를 지불하겠니? 돈이면 안 되는 것이 없단다." 캐시가 돈 뭉치를 가슴팍에 집어넣으면서 설명했다.

"그건 훔치는 거잖아요." 에멀린이 풀이 죽은 목소리로 속삭였다.

"훔친다고!" 캐시가 비웃으면서 말했다. "저들은 우리에게 말도 하지 않고 우리의 몸과 마음을 훔쳤어. 이 돈도 모두 훔친 거야. 가난하고 굶주리고 땀 흘리는 사람들한테서 훔친 거야. 저놈이 자기 이익을 위해 악마에게 보낸 사람들로부터 훔친 거야. 그자가 도둑질에 관해 떠벌리게 내버려둬. 자, 이제 다락방으로 올라가는 것이 좋겠다. 내가 그 방에 여러 자루의 초와 몇 권의 책을 갖다놓았어. 저들이 다락방을 뒤지는 일은 없을 테니까 안심해도 돼. 만약 뒤지러 오면 내가 유령의 맛을 보여줄 거야."

에멀린이 다락방에 들어가니 엄청나게 큰 상자가 있었다. 옛날에 무거운 가구를 운반해 올 때 포장용으로 썼던 것이었다. 옆으로 눕혀진 상자들은 열린 쪽이 벽과 처마를 향하고 있었다. 캐시가 작은 등에 불을 켠 다음 지붕 쪽의 상자 안으로 들어갔다. 두 사람은 상자 안쪽에 자리를 잡았다. 상자 안에는 작은 매트리스 몇 장이 깔려 있었고, 베개도 있었다. 부근에 있는 상자에는 많은 초와 식량, 여행에 필요한 옷들이 담겨 있었다. 캐시는 모든 물건을 잘 포장해 부피를 놀라우리만큼 작게 줄여놓았다.

"여기가 우리 집이야. 어떻게 생각하니?" 캐시가 등불을 작은 고리에 걸면서 말했다. 그녀는 등을 걸기 위해 상자 한 면에 고리를 박아놓았다.

"저 사람들이 올라와서 다락방을 수색하지 않는다고 장담할 수 있나요?"

"사이먼 리그리가 그랬으면 좋겠구나. 실제로 그러지는 않을 거야. 그자는 이곳이라면 질색을 하거든. 하인들도 이곳에 얼굴을 들이미느니 서서 총살 당하는 편을 선택할 거고."

다소 안심이 된 에멀린은 베개에 몸을 기대고 편안한 자세를 취했다.

"캐시, 아까 나를 죽이겠다고 한 말 진심이었어요?" 에멀린이 짤막하게 물었다.

"네가 기절 못 하게 하려고 한 말이야. 그 덕분에 네가 기절하지 않았잖아. 에멀린, 어떤 일이 벌어져도 기절하지 않도록 단단히 마음먹어야 한다. 지금은 기절 같은 걸 할 때가 아니야. 네가 기절하는 것을 내가 막지 않았다면 지금쯤 너는 그 몹쓸 인간의 손아귀에 들어가 있을 거야."

에멀린이 몸을 부르르 떨었다.

두 사람은 잠시 침묵을 지켰다. 캐시는 프랑스 책을 읽는 데 몰두했다. 에멀린은 너무 피곤해 잠이 들었다. 그러다가 밖에서 사람들이 요란하게 떠들고 말발굽이 땅을 차고 개들이 짖는 소리에 소녀는 잠을 깼다. 놀란 소녀는 낮게 비명을 질렀다.

"수색대가 돌아왔을 뿐이야." 캐시가 침착하게 말했다. "절대 무서워해서는 안 돼. 나무의 옹이구멍으로 내다보렴. 사람들이 모두 모여 있는 것이 보이지? 사이먼이 오늘밤은 수색을 포기했구나. 저걸 봐. 그의 말이 늪 속을 헤집고 돌아다녀서 온통 진흙투성이가 되었어. 진흙투성이가 된 개들도 기가 죽은 것 같구나. 아, 착한 주인님께서는 경주를 계속 되풀이하셔야 될 거야. 네놈이 찾는 곳에는 사냥감이 없어."

"오! 말하지 마세요!" 에멀린이 말했다. "저들이 들으면 어쩌려고 그래요?"

"만약 무슨 소리를 듣게 되면 그들은 이 방을 더 피하게 된단다. 절대 위험하지 않아. 우리는 멋대로 소리를 내도 괜찮아. 그럴수록 오히려 더 큰 효과를 발휘하거든."

마침내 저택 안에 한밤의 정적이 찾아들었다. 리그리는 운이 나빴다고 욕설을 퍼붓고 내일 철저히 앙갚음을 하겠다고 벼르면서 잠자리에 들었다.

chapter 40
순교자

하늘이 정의를 잊었다고 생각하지 말라!
인생의 선물이 만인에게 주어지지 않고
멸시당한 사람은 짓밟힌 채
가슴의 피를 흘리고 죽지만
하나님은 모든 슬픈 날을 손꼽아두고
모든 애통한 눈물을 헤아려두셨다.
그리고 천국의 축복받은 오랜 세월이
지상에서 하나님의 자녀들이 받은 모든 고통을 보상하리라.[133]

기나긴 여로가 끝나가고 있었다. 암담한 밤이 끝나고 아침이 다가온다. 가차 없이 지나가는 순간들의 영원한 흐름은 악의 날을 영겁의 밤 속으로 서둘러 보내고 정의의 날은 영겁의 낮으로 보낸다. 우리는 여기까지 겸손한 친구와 함께 노예의 계곡을 걸어왔다. 처음에는 꽃이 만발한 들판 같은 안락과 탐닉을 즐겼다. 다음에는 그가 가장 소중하게 생각했던 사람들과 가슴이 찢어지는 이별을 했다. 다시 우리는 그와 함께 햇빛이 비치는 섬에서 기다렸다. 그곳에서 너그러운 사람들이 그의 쇠사슬을 꽃으로 가려주었다. 그리고 마지막으로 우리는 그를 따라 지상의 마지막 희망의 빛이 밤의 어둠 속에서 꺼지는 것도 보았다. 지상의 칠흑 같은 암흑 속에서 보이지 않던 굳건한 신앙심이 새롭게 광채를 발하는 별들과 함께 눈부시게 빛나는 광경을 보았다.

산봉우리 위에는 이제 새벽별이 떠 있고 천국의 미풍이 닫히지 않는 날빛의 문을 보여준다.

이전에도 퉁명스러웠던 리그리는 캐시와 에멀린의 도주로 인해 성질이 극도로 사나워졌다. 독자들도 예상했겠지만, 그의 격렬한 분노는 무방비 상태인 톰의 머리 위에 고스란히 쏟아졌다. 리그리가 급히 일꾼들을 불러 모아 도주 소식을 알렸을 때 톰은 갑자기 눈을 반짝이면서 두 손을 치켜들었다. 톰의 이런 모습을 리그리는 놓치지 않았다. 리그리는 톰이 추격대에 참가하지 않는 것을 보았다. 그는 톰을 추격대에 강제로 집어넣을까도 생각했다. 그러나 비인간적인 행동을 강요했을 때 톰이 요지부동으로 복종을 거부한 과거의 일이 생각난 리그리는 바쁜 와중에 톰과 다투느라 추격을 늦추고 싶지 않았다.

톰은 그에게 기도하는 방법을 배운 소수의 하인들과 함께 뒤에 남아서 도망자들이 탈출에 성공하도록 비는 기도를 올렸다.

실망과 좌절감을 느끼면서 돌아온 리그리는 톰에 대해 오랫동안 느껴온 증오가 무시무시한 단계에 도달했다. 놈은 여기로 팔려 온 이후, 자신에게 저항하지 않으면서도 지속적으로 강력하고 용감하게 맞서지 않았던가? 놈의 내부에는 소리 없이 타오르는 지옥의 불 같은 영혼이 깃들어 있지 않은가?

"나는 놈을 증오한다!" 그날 밤 리그리가 침대에 앉아서 말했다. "나는 놈을 증오한다! 그놈은 나의 소유물이 아닌가? 그런데 놈을 내 마음대로 할 수 없단 말인가? 누가 감히 나를 가로막아?" 리그리는 손 안에 든 것을 찢어발기려는 듯이 꽉 쥔 주먹을 허공에 흔들었다.

그러나 톰은 충직하고 가치가 있는 하인이었다. 그래서 리그리는 톰을 미

위하면서도 톰에 대한 행동을 다소 자제했다.

다음 날 아침, 리그리는 아직은 아무 말도 하지 않기로 결심했다. 늪지대를 포위해 조직적으로 수색을 벌이기 위해 이웃의 몇몇 농장에서 총으로 무장한 추격대를 불러 모았다. 대원들은 개들을 몰고 왔다. 잡으면 좋고, 실패하면 톰을 불러놓고 때려눕힐 것이다. 이를 악문 리그리는 피가 끓어올랐다. 아니면……. 그는 자기 내부에서 속삭이는 무시무시한 속삭임을 들었고 그 속삭임에 찬성했다.

주인의 관심사는 노예를 충분히 안전하게 보호하는 것이라고 사람들은 말한다. 그러나 분노에 미친 리그리는 목적을 달성하기 위해 눈을 멀쩡하게 뜬 채 의도적으로 자기 영혼을 악마에게 팔았다. 이런 사람이 남의 신체를 소중하게 생각하겠는가?

"그래, 오늘 다시 수색을 시작하는구나!" 다음 날, 캐시가 다락방의 나무 옹이구멍으로 밖을 내다보면서 말했다.

서너 명의 수색대원이 집 앞의 빈터에서 이리저리 말을 몰고 있었다. 흑인 하인들은 짖고 날뛰면서 서로 으르렁거리는 개들을 묶은 줄을 당기면서 통제하느라 애를 먹었다.

수색대원 가운데 두 명은 이웃 농장의 감독이었다. 나머지 사람들은 이웃 도시의 술집에서 리그리와 어울리는 술친구들이었다. 그들은 순전히 인간 사냥의 재미를 보기 위해서 수색대에 합류했다. 이보다 더 험상궂은 수색대는 상상하기 어려울 것이다. 리그리는 대원들에게 브랜디를 아낌없이 돌렸고, 여러 농장에서 파견된 흑인들에게도 나누어 주었다. 흑인들이 이런 노역에 참여하는 목적 가운데 하나는 축제 분위기를 즐기면서 술을 얻어 마시는 것이었다.

캐시는 옹이구멍에 귀를 대고 바깥에서 떠드는 소리를 들었다. 아침바람이 집 쪽으로 불어온 덕분에 그녀는 대원들의 대화를 대부분 엿들을 수 있었다. 그녀는 얼굴을 찌푸리면서 가소롭다는 듯이 미소를 지었다. 대원들이 수색대를 편성하고 개들의 장점을 논의하고 발포명령을 전달하고 도망자를 생포했을 경우 다루는 방법 등을 이야기하는 소리가 들렸다.

캐시는 뒤로 물러났다. 그녀는 두 손을 깍지 끼면서 위를 올려다보고 말했다. "오, 위대하고 전능하신 하나님! 우리는 모두 죄인입니다. 하지만 세상의 다른 사람들보다 우리가 뭘 더 잘못했기에 이런 대접을 받아야 합니까?"

이런 말을 하는 그녀의 표정과 목소리는 무서우리만큼 진지했다.

"네가 없었다면 나는 밖으로 나가 저들 앞에 섰을 것이다. 나를 총으로 쏴 쓰러뜨리는 사람에게 감사했을 것이다. 나에게 자유가 무슨 소용이 있겠니? 자유가 내 아이들을 되돌려주겠니? 아니면 과거의 내 생활을 돌려주겠니?"

어린아이처럼 단순한 에멀린은 캐시의 우울한 기분에 약간 겁을 먹었다. 소녀는 당혹감을 느끼는 눈치였으나 대답을 하지 않았다. 소녀는 단지 캐시의 손을 잡아 부드럽게 어루만져주었을 뿐이다.

"내가 너를 사랑하도록 만들어서는 안 된다!" 캐시가 손을 빼면서 말했다. "나는 어떤 것도 다시는 사랑하지 않을 거야!"

"불쌍한 캐시!" 에멀린이 말했다. "그렇게 생각하지 마세요. 주님이 우리에게 자유를 주시면 아마 당신의 딸도 돌려주실 거예요. 어쨌든 내가 딸이 되어줄게요. 나는 불쌍한 어머니를 다시 만날 수 없어요! 캐시, 당신이 나를 사랑하든 말든 내가 당신을 사랑해줄게요!"

어린이 같은 영혼이 이겼다. 캐시는 에멀린 옆에 앉아서 두 팔로 에멀린의 목을 껴안고 갈색 머리를 어루만져주었다. 에멀린은 눈물에 젖은 캐시의 눈이 매우 아름답다고 내심 감탄했다.

"오, 엠! 나는 내 아이들이 정말 보고 싶다. 너무나 간절히 보고 싶어. 아이들이 너무 그리워서 아무것도 보이지 않는 것 같아! 여기! 여기!" 그녀는 자기 가슴을 치면서 말했다. "텅 빈 내 가슴이 너무 쓸쓸해! 하나님이 내 아이

들을 돌려주신다면 나는 기도를 올릴 수 있을 거야."

"캐시, 하나님을 믿으셔야 해요. 하나님은 우리의 아버지시니까요."

"그분의 분노가 우리 위에 떨어지고 있다. 하나님은 화가 나서 우리를 외면하셨어."

"아니에요, 캐시! 하나님은 우리에게 관용을 베푸실 거예요! 하나님에게 희망을 걸어요. 나는 항상 희망을 버리지 않았어요."

철저한 수색이 장시간 활기차게 계속되었으나 성공하지 못했다. 지치고 의기소침해진 채 말에서 내리는 리그리를 내려다보는 캐시의 엄숙한 얼굴에는 기뻐하면서도 비웃는 듯한, 역설적인 표정이 역력했다.

"자, 킴보야." 리그리가 거실에 몸을 쭉 뻗고 앉아서 지시했다. "가서 톰을 데리고 오너라, 당장! 그 늙은 놈이 이 모든 사단의 근본 원인이다. 놈의 검은 늙은 가죽에게서 실토를 받아내야겠다. 그래야 할 이유를 알게 되겠지!"

삼보와 킴보는 서로를 미워했지만 톰에 대한 은근한 증오심에서는 의기투합했다. 당초 톰을 사 왔을 때 리그리는 자기가 집을 비울 때 톰에게 총감독 일을 맡길 생각이었다. 이런 주인의 계획 때문에 두 흑인은 톰에게 앙심을 품게 되었고, 톰이 주인의 비위를 거슬러 미움을 사자 타락한 노예근성을 지닌 두 사람은 점점 더 톰을 미워하게 되었다. 킴보는 주인의 명령을 받들기 위해 떠났다.

톰은 들어오라는 전갈을 받고 가슴으로 예감한 바가 있었다. 도망자들의 탈출 계획이나 그들이 현재 숨은 곳을 모두 알고 있었기 때문이었다. 그는 자기가 상대해야 할 인간의 악랄한 성질과 폭군 같은 힘을 알고 있었다. 톰은 무력한 도망자들을 배신하느니 하나님 앞에서 의연하게 죽음을 맞겠다고 생각했다.

그는 자기 바구니를 줄지어 놓인 다른 바구니 속에 내려놓고 위를 올려다보면서 말했다. "제 영혼을 당신의 손에 맡기겠습니다! 오, 진실한 주 하나님, 당신이 저를 구원하셨습니다!" 말을 마친 그는 거칠고 야만스럽게 움켜잡는 킴보의 손에 순순히 자기 몸을 맡겼다.

"그래, 그래!" 거구의 흑인이 톰을 끌고 가면서 말했다. "너는 이제 끝장이다. 주인님이 화가 단단히 났거든. 이제 빠져나갈 수 없다. 넌 꼼짝없이 죽었어. 주인님의 검둥이들이 도망가도록 도왔으니 어떻게 될지 뻔하지. 넌 이제 혼났다."

이런 야만적인 말은 톰의 귀에 하나도 들어오지 않았다! 더 높은 곳에서 들려오는 목소리가 이렇게 말했다. "육신을 죽이는 저들을 두려워하지 말라. 육신이 죽은 후에는 그들이 더 할 수 있는 짓이 없다." 이 말을 들은 톰의 신경과 뼈는 하나님의 손가락에 닿은 듯이 전율을 느꼈다. 그는 천 명의 영혼이 하나로 뭉친 듯한 힘을 느꼈다. 걸어 지나가는 그의 눈앞으로 나무와 잡목 숲, 노예들의 숙소와 자신이 겪은 모든 굴욕적인 광경이 달리는 차에서 보는 풍경처럼 빠르게 지나갔다. 그의 영혼은 힘차게 고동쳤고 멀리 집이 보였으며 해방의 시간이 다가온 것처럼 느껴졌다.

"그래, 톰!" 리그리가 톰의 외투 칼라를 우악스럽게 움켜잡으면서 이를 악물고 말했다. 그의 발작적인 분노가 폭발했다. "내가 너를 죽이려고 작정한 걸 알고 있겠지?"

"그러시겠지요. 주인님." 톰이 차분하게 대답했다.

"나는 사람을 죽여본 적이 있다. 톰, 도망친 계집들에 관해 아는 것을 말하지 않으면 널 죽일 것이다!"

톰은 대꾸하지 않았다.

"듣고 있지!" 리그리는 화난 사자처럼 발을 구르면서 말했다. "말해!"

"주인님, 저는 할 말이 없습니다." 톰이 단호한 어조로, 천천히 말했다.

"나에게 감히 그따위 소리를 하다니. 이 늙은 검둥이 기독교인 놈이 모른다고 잡아떼는구나!"

톰은 대답하지 않았다.

"말을 해라!" 리그리가 천둥 같은 고함을 지르면서 톰을 맹렬히 때렸다. "네놈은 뭔가 알고 있지?"

"알고 있습니다, 주인님. 그러나 죽을 수는 있지만 아무것도 말할 수 없습니다!"

리그리는 길게 숨을 들이쉬었다. 그는 분노를 억제하면서 톰의 팔을 잡고 얼굴이 거의 닿을 정도로 다가가 무시무시한 목소리로 말했다. "잘 들어, 톰! 내가 전에 널 봐줬으니까 이번에도 봐줄 거라고 생각하겠지. 하지만 이번은 아니다. 나는 네 몸값을 계산한 다음 결심을 굳혔다. 너는 항상 나에게 대들었어. 이번에는 너를 굴복시키든가 죽이든가, 결판을 낼 거야. 네 몸에서 흘러나오는 피를 한 방울씩 세면서 네놈이 굴복하고 용서를 빌 때까지 피를 쏟도록 만들 것이다!"

톰은 주인의 얼굴을 올려다보면서 말했다. "주인님, 만약 주인님이 병에 걸렸거나 곤경에 처해서 죽어가고 있다면 제가 주인님을 구해드릴 수 있습니다. 제 심장의 피를 주인님에게 드리겠습니다. 이 불쌍하고 늙은 놈의 마지막 피 한 방울이 주인님의 소중한 영혼을 구할 수 있다면 기꺼이 드리지요. 주님께서 그 피를 나에게 주신 것처럼 드리지요. 오, 주인님! 이런 영혼의 큰 죄를 짓지 마십시오! 이런 죄를 지으면 저보다 나리께서 더 큰 상처를 입습니다. 나리가 할 수 있는 가장 모진 짓을 하면 저의 고생은 곧 끝납니다. 하지만 나리가 회개하지 않으면 나리의 고생은 영원히 끝나지 않을 것입니다!"

잠시 폭풍이 멈췄을 때 들려온 하늘의 신기한 음악처럼 울려 퍼지는 톰의 말 때문에 리그리의 감정 폭발이 잠시 중단되었다. 리그리는 질색했다는 표정으로 톰을 쳐다보았다. 너무나 조용해서 낡은 시계의 똑딱거리는 소리가 들릴 정도였다. 그러한 정적 속에서, 비정한 인간에게 베풀어진 자비와 유예의 마지막 순간이 지나갔다.

정적은 한순간이었다. 마음을 정하지 못해 망설이면서 다소 누그러졌던 악의 영혼이 일곱 배나 더 강력하게 되돌아왔다. 리그리는 격렬한 분노에 휩싸인 채 톰을 때려서 쓰러뜨렸다.

잔혹한 유혈 장면은 우리의 귀와 가슴에 충격을 준다. 인간은 잔혹한 행동을 하는 신경은 갖고 있으나 그것을 듣는 신경은 갖지 못했다. 인간 형제와 기독교 형제가 어떤 고통을 당하는지 우리는 가장 은밀한 방에서조차 말하거나 들으려 하지 않는다. 그런 고통은 우리의 영혼을 너무나 괴롭히기 때문이다! 그럼에도 나의 나라에서는 법의 비호 아래 이런 잔혹한 행위가 자행되고 있다! 오, 그리스도여! 당신의 교회가 그 광경을 지켜보면서 침묵을 지키고 있습니다!

하지만 그 옛날에 한 분이 당한 고통이 고문과 굴욕, 수치의 형틀인 십자가를 영광과 명예, 영생의 상징으로 바꾸었다. 그분의 영혼이 계시는 곳에서는 채찍과 유혈과 모욕이, 기독교인의 마지막 투쟁을 더욱 영광스럽게 만든다.

용감하고 사랑스러운 영혼을 지닌 그 사람은 긴 밤 동안 혼자 낡은 창고에서 야만적인 구타와 채찍질을 감당하고 있었던 것일까?

아니다! 그의 옆에는 오직 그의 눈에만 보이는 '하나님의 아들' 한 분이 서 있었다.

분노에 눈이 멀고 독재적인 의지를 지닌 유혹자 또한 그의 옆에 서 있었다. 무고한 사람들을 배신함으로써 고통에서 벗어나라고, 그 유혹자는 매순간마다 톰에게 압박을 가했다. 그러나 용감하고 진실한 마음은 영원한 반석 위에서 요지부동이었다. 그는 자기 주님처럼, 다른 사람들을 구원할 경우 자신은 살아남지 못한다는 것을 알았다. 아무리 가혹한 고문도 기도와 성스러운 신뢰의 말밖에 얻어내지 못하리라는 것을 그는 알았다.

"나리, 놈이 죽을 것 같은데요." 희생자의 인내심에 감동을 받은 삼보가 말했다.

"굴복할 때까지 혼을 내거라! 죽도록 내버려둬! 내버려두라고!" 리그리가 소리 질렀다. "놈이 자백하지 않으면 놈이 지닌 피의 마지막 한 방울까지 받아낼 것이다!"

톰이 눈을 뜨고 주인을 올려다보았다. "당신은 불쌍하고 비참한 사람입니다! 이제 당신이 할 수 있는 것은 더 이상 없습니다! 나는 영혼을 바쳐 당신을 용서합니다." 말을 마친 톰은 완전히 정신을 잃었다.

"놈은 이제 살기는 틀렸다." 리그리가 톰을 살펴보기 위해 앞으로 걸어 나오면서 지껄였다. "그래 이제 틀렸어! 마침내 입을 다물었군. 그러는 것이 편하지."

그렇다, 리그리. 하지만 네 영혼 속에 있는 목소리는 누가 중지시킬 것이냐? 뉘우치거나 기도를 하거나 희망을 가질 수 있는 시기를 놓친 그 영혼 속에는 영원히 끌 수 없는 불이 벌써 타오르고 있다!

그러나 톰은 아직 완전히 죽지 않았다. 그의 놀라운 말씀과 경건한 기도가 짐승처럼 변했던 흑인들의 마음을 감동시켰다. 톰을 학대하는 도구 노릇을 했던 바로 그 사람들이다. 리그리가 자리를 뜨자마자 그들은 톰을 눕힌 다음 소생시키기 위해 애를 썼다. 무지한 그들은 그렇게 하는 것이 톰을 돕는 행동이라고 생각했다.

"우리가 너무 악독한 짓을 했어!" 삼보가 말했다. "주인님이 책임을 져야 해. 우리 책임이 아냐."

사람들은 그의 상처를 씻고, 버린 면화를 모아서 만든 조잡한 침대에 눕혔다. 그들 중 한 사람은 자기가 마시겠다고 리그리에게 애원해 브랜디를 한 잔 얻어 와서 톰의 입에 부었다.

"오, 톰!" 킴보가 말했다. "우리가 당신에게 몹쓸 짓을 했어요!"

"나는 진심으로 여러분을 용서합니다." 정신이 가물가물 돌아온 톰이 말했다.

"오, 톰! 예수가 어떤 사람인지 우리에게 말해주겠어요?" 삼보가 나섰다. "예수가 오늘밤 내내 당신 옆에 서 계셨지요? 그는 어떤 분인가요?"

삼보의 말이 의식을 잃어가고 있던 톰의 정신을 자극했다. 그는 그 놀라운 분에 관해 짧지만 열렬하게 설명했다. 그분의 생애, 죽음, 영생, 구원의 힘에 관해 이야기했다.

야만적인 두 흑인 남자는 울었다.

"어째서 나는 전에 이런 이야기를 듣지 못했을까?" 삼보가 말했다. "하지만 나는 믿습니다! 안 믿을 수가 없어요! 주 예수님, 우리에게 자비를 베푸소서!"

"불쌍한 사람들!" 톰이 다시 입을 열었다. "여러분을 그리스도에게 인도할 수 있다면 나는 어떤 고통도 달게 받을 것이오! 오, 주님! 기도를 드리오니, 이 두 명의 영혼을 저에게 주소서!"

그 기도는 응답을 받았다.

chapter 41
젊은 주인

이틀 뒤, 작은 사륜마차를 탄 청년이 멀구슬나무가 늘어선 길을 따라 들어왔다. 그러고는 급히 말고삐를 말의 목에 던진 다음 뛰어내리더니, 저택의 소유자에 관해 물었다.

그는 조지 셸비였다. 그가 이곳에 온 경위를 설명하기 위해서는 이야기를 거슬러 올라갈 필요가 있다.

오필리어가 셸비 부인에게 보낸 편지는 불운한 사고 때문에 오지의 어느 우체국에서 한두 달 동안 연체된 후 목적지에 배달되었다. 물론 편지가 도착하기 오래전에 톰은 레드 강의 먼 늪지대 속으로 자취를 감췄다.

셸비 부인은 톰의 소식을 듣고 크게 걱정했다. 그러나 어떤 조치를 즉각 취하는 것은 불가능했다. 그녀는 당시 병석에 누운 남편을 간병 중이었다. 열병에 걸린 남편이 중태에 빠져 혼수상태였던 것이다. 그동안 소년에서 당당한 청년으로 성장한 조지 셸비 도련님이 셸비 부인을 꾸준하고 성실하게 돕고 있었다. 부인은 오로지 아들에게 의지해 남편의 사업을 감독했다. 오필리어는 세인트클레어 가족의 재산정리를 담당했던 변호사의 이름을 적어 보내는 치밀한 조치를 취했지만, 이처럼 비상시기에 처해 있던 셸비 가족이 할 수 있었던 조치는 그 변호사에게 톰의 행방을 묻는 편지를 보내는 것이 전부였다. 며칠 후 셸비가 갑자기 사망함에 따라 급하게 처리할 일이 많아진 것도 톰에 관해 달리 조치를 취하지 못한 이유 중 하나였다.

아내의 능력을 믿었던 셸비는 자기 재산을 관리할 유일한 유언집행인으로 아내를 지정했다. 그래서 크고 복잡한 사업이 즉각 그녀의 어깨 위에 떨어졌다.

정력적인 성품을 타고난 셸비 부인은 얽히고설킨 사업을 정리해 바로잡는 데 전념했다. 그녀와 조지는 상당한 기간 동안 회계장부를 수집하고 검토하고 재산을 처분하고 빚을 청산하는 일에만 매달렸다. 셸비 부인은 모든 사업 내용을 일목요연하게 알아볼 수 있는 형태로 정리해 장래의 결과를 예측하고 증명할 수 있도록 만들겠다고 결심했다. 한편 두 사람은 오필리어가 소개해준 변호사에게 편지 한 통을 받았다. 변호사는 편지에서 톰에 관한 문제는 아는 바가 없다고 밝혔다. 톰이 공개경매를 통해 다른 곳에 팔렸으며 자기는 그 판매대금이 지불된 것 외에는 모른다는 것이었다.

이런 결과에 대해 조지나 셸비 부인은 마음이 편치 않았다. 그래서 약 반 년 후, 조지는 어머니 대신 사업을 처리하러 강 하류로 여행할 기회가 생기자 직접 뉴올리언스에 가서 톰의 행방을 알아내고 다시 사 오겠다고 결심했다.

몇 달에 걸친 수소문에 실패한 끝에 조지는 원하는 정보를 알려준 사람을 뉴올리언스에서 우연히 만났다. 그리고 충분한 돈을 가진 조지는 옛날 친구를 찾아내서 되사기 위해 레드 강의 기선을 타고 여행길에 올라 리그리의 저택까지 찾아온 것이었다.

그는 곧 안내를 받아 저택 안으로 들어가 거실에서 리그리를 만났.

리그리는 무뚝뚝한 태도로 낯선 손님을 맞았다.

"당신이 뉴올리언스에서 톰이라는 이름의 남자를 산 걸로 압니다만." 청년이 말했다. "그 사람은 전에 우리 집에서 살았습니다. 나는 그를 다시 살 수 있는지 알아보기 위해 왔습니다."

리그리는 눈썹을 찡그리더니 버럭 소리를 질렀다. "그렇소, 내가 그놈을 샀지. 그런데 알고 보니 엄청난 바가지를 썼소. 놈은 말을 안 듣고 건방지고 버릇이 없는 개 같은 놈이었소! 놈이 내 검둥이들을 도망치게 만들었소. 800달러와 1000달러짜리 계집 둘이 도망을 쳤소. 계집들이 도망친 것은 놈의 책임이오. 내가 계집들이 간 곳을 대라고 명령했더니, 놈은 고개를 빳빳하게 들고 계집들이 있는 곳을 알지만 말하지 않겠다고 고집을 부렸소. 그래서 내가 다른 검둥이들에게 해본 적 없는 모진 매질을 해주었지. 내가 보기에 놈은 죽으려고 기를 쓰는 것 같소. 놈이 다시 살아날 수 있을지 모르겠소."

"그가 어디 있습니까?" 조지가 다급하게 물었다. "만나게 해주시오." 젊은이의 볼이 선홍색으로 물들었고 눈은 불이 번쩍이는 것처럼 빛났다. 하지만 청년은 분별력을 발휘해 그 이상은 말하지 않았다.

"지금 창고에 있습니다." 조지의 말고삐를 잡고 있던 흑인 소년이 말했다.

리그리는 욕을 하면서 소년을 발로 찼다. 그러나 조지는 두말하지 않고 돌아서서 톰이 있는 곳으로 걸어갔다.

톰은 치명적인 구타를 당한 날 이후 이틀 동안 누워 있었다. 고통을 느끼는 신경이 모두 무뎌지고 파괴되었는지, 그는 통증을 느끼지 못했다. 그는 종일 정신을 잃은 채 누워 있었다. 강하고 튼튼한 육체는 안에 갇힌 영혼을 바로 놓아주지 않는 것이 자연의 법칙이기 때문이다. 불쌍하고 외로운 사람들이 밤의 얼마 안 되는 휴식시간에 어둠을 헤치고 리그리 몰래 톰을 찾아왔다. 그들은 톰이 자신들에게 베풀었던 사랑의 일부라도 갚으려 했다. 톰에게는 남을 사랑하는 마음이 항상 넘쳐났었다. 하지만 사실 이 불쌍한 제자들은 톰에게 줄 것이 거의 없었다. 차가운 물 한 잔이 고작이었다. 그러나 정성이 가득 담긴 물이었다.

사람들은 감각을 잃은 톰의 정직한 얼굴 위에 눈물을 흘렸다. 불쌍하고 무지한 이교도들이 뒤늦게 흘리는 회개의 눈물이었다. 톰이 죽어가면서 보여준 사랑과 인내가 그들을 회개하도록 일깨웠고, 애통한 기도를 올리도록 만들었으며, 방금 알게 되어 이름밖에 모르는 구세주에게 인도했다. 톰은 무지했으나 자신을 위해 구세주에게 부질없는 애원을 하지는 않았다.

숨은 곳에서 살그머니 빠져나와 사람들의 이야기를 엿듣고 톰이 자신과 에멀린을 위해 희생했다는 사실을 알게 된 캐시는 들킬 위험을 무릅쓰고 톰이 누워 있는 창고로 찾아왔었다. 타인을 사랑하는 톰의 영혼이 마지막 힘을 다해 해준 몇 마디 말을 듣자, 여자의 가슴속에서 여러 해 동안 얼어붙었던 기나긴 절망의 겨울이 물러갔다. 절망 속에서 살았던 여자는 울면서 기도했다.

창고에 들어선 조지는 너무 가슴이 아파 현기증이 일었다.

"어찌 이런 일이 생길 수 있단 말인가? 어찌 이런 일이?" 조지는 톰의 옆에 무릎을 꿇으면서 말했다. "톰 아저씨, 불쌍한 내 친구!"

조지의 목소리가 죽어가는 사람의 귓속으로 파고들었다. 톰은 머리를 조금 움직여 미소를 지으면서 말했다.

예수님은 임종의 자리도
푹신한 베개처럼 부드럽게 만드시네

불쌍한 자기 친구 위에 몸을 굽힐 때 청년의 두 눈에서 남자의 명예로운 눈물이 떨어졌다.

"오, 사랑하는 톰 아저씨! 어서 일어나요! 정신을 차리고 다시 말해봐요! 나를 봐요! 당신의 어린 조지 도련님이 여기 왔어요. 나를 모르겠어요?"

"조지 도련님!" 톰이 눈을 뜨면서 연약한 목소리로 말했다. "조지 도련님!" 톰은 영문을 모르는 것 같았다.

그의 영혼이 천천히 상황을 파악하는 듯했다. 공허했던 눈동자에 초점이 잡히면서 빛이 났고 얼굴 전체에 화색이 돌아왔다. 톰은 굳은 손으로 조지를 움켜잡았다. 그의 뺨 위로 눈물이 흘러내렸다.

"주님을 축복하소서! 이제 나의 소원은 모두 이루어졌습니다! 그분들은 나를 잊지 않으셨습니다. 저를 기억하고 계신 그분들이 저의 영혼을 따뜻하게 해줍니다. 이 늙은 가슴이 벅차오릅니다. 이제 저는 죽어도 여한이 없습니다! 주님을 축복하소서. 오, 나의 영혼이여!"

"죽는다는 말은 하지 말아요, 그런 생각을 하지 말아요! 내가 아저씨를 사서 집으로 데려가려고 왔어요." 조지가 복받치는 목소리로 말했다.

"오, 조지 도련님. 너무 늦게 오셨습니다. 주님이 저를 사서 집으로 데려가고 있어요. 저는 주님을 따라가고 싶습니다. 천국이 켄터키보다 더 좋습니다."

"오, 죽으면 안 돼요! 아저씨가 죽으면 나도 못 살아! 아저씨가 당한 고생을 생각하면 내 가슴이 찢어져요. 아저씨가 이런 낡은 창고에 이렇게 누워

접경 지역

몇 달 동안 정규군의 활약이 이어지는 가운데,
접경 지역에서는 남과 북 각각의 깃발 아래 모인 군대들의 피비린내 나는 전투가 벌어진다.
지금 존스턴이 이끄는 북부군이 켄터키 주 오하이오 강 부근에 매복 중이다.
가운데 있는 조지프는 그중 유일한 흑인이다.

1861년에서 1863년까지 사용된 남부연합의 깃발

주사위는 던져졌다

전쟁은 계속된다. 남부의 노예주 중 연방 탈퇴보다는 타협으로 기운 경계주는 몰려드는 노예들로 북새통을 이룬다. 그들은 북부연방군 캠프로 피신해 자유를 찾고자 했다.

있는 것을 보니 가슴이 아파요! 불쌍한 사람!"

"저를 불쌍한 사람이라고 부르지 마세요!" 톰이 엄숙하게 말했다. "저는 불쌍한 사람이었어요. 하지만 그건 이제 지나간 일입니다. 저는 지금 영광으로 들어가는 문 앞에 서 있습니다! 오, 조지 도련님! 천국이 가까이 왔어요! 저는 승리를 거두었습니다! 주 예수께서 저에게 승리를 주셨습니다! 주님의 이름에 영광 있으라!"

조지는 떠듬떠듬 나오는 톰의 이 말이 지닌 격렬한 힘에 놀랐다. 그는 톰을 뚫어지게 바라보면서 말없이 앉아 있었다.

톰이 조지의 손을 잡으면서 말을 계속했다. "도련님, 불쌍한 클로이에게는 저의 이런 모습을 알리지 마세요! 이런 모습을 알리는 것은 그 사람에게 너무 잔인한 일이니까요. 제가 영광을 얻는 것을 봤다는 말만 전해주세요. 그리고 다른 사람들을 위해 이 세상에 더 이상 머물 수 없었다고 말하세요. 그리고 주님이 언제 어디서나 저와 함께 계시면서 매사를 가볍고 편하게 만드셨다고 클로이에게 전해주세요. 오, 불쌍한 아이들과 아기! 그 애들을 생각하면서 저의 늙은 가슴이 수없이 찢어졌습니다! 그 애들 모두에게 저를 따라오라고 말씀해주세요! 주인님과 마님, 그리고 모든 집안 식구들에게도 제 안부를 전해주세요. 저는 집안의 모든 사람들을 사랑합니다! 이 세상 모든 사람들을 사랑합니다. 사랑이 가장 소중합니다! 오, 조지 도련님! 기독교인이 되는 것은 참으로 훌륭한 일입니다!"

이 순간에 리그리가 창고 문 앞에 어슬렁어슬렁 나타났다. 그는 애써 무관심한 표정을 지으면서 안을 들여다본 후 발길을 돌렸다.

"저 늙은 사탄!" 조지가 분노해서 말했다. "가까운 장래에 저 악마에게 이 일에 대한 대가를 치르도록 만들어야겠다고 생각하니 마음이 다소 위로가 되는군!"

"오, 그러지 마세요. 그러시면 안 됩니다!" 톰이 조지의 손을 잡으면서 애원했다. "그 사람은 불쌍하고 비참한 인간입니다. 그에 관해 생각만 해도 무섭습니다. 오, 그 사람이 뉘우칠 수만 있다면 주님은 지금도 그를 용서하실 거예요. 하지만 그 사람은 결코 뉘우치지 않을 것 같습니다."

"그가 뉘우치지 않았으면 좋겠어." 조지가 대답했다. "나는 그가 천국에 가는 것을 원하지 않아."

계속되는 피비린내 나는 전쟁

1861년 7월, 최초의 대전투가 버지니아 주 머내서스에서 벌어진다.
3만 5000명의 연방군 병사들이 엇비슷한 수의 남부연합군과 대치했다.
'불런'이라는 이름의 이 전투에서는 남부연합이 승리를 거두었다.
북부연방은 1862년 1월 19일 밀스 스프링스에서는 승리했으나
1862년 8월 30일 2차 불런 전투에서 다시 패하는 등 전쟁은 계속된다.

막사

화약상자

뉴욕의 지원병들로 구성된 157연대의 중사
리처드 어웰이 승리의 검을 들고 포즈를 취한다.

식량 배급

이 전쟁에서 어떤 군인도 자신이 먹는 음식의 질 따위에는 신경을 쓰지 않는다.
숙련되지 않은 요리사와 늘 똑같은 재료, 막사 아래서 대충 조리되는 음식은
매 끼니마다 가차 없이 식욕이 사라지게 만든다. 하지만 여기 예외가 있다.
해결사 빌리와 조니, 기막힌 날치기 솜씨를 지닌 이 두 병사가 인근농장에서 슬쩍해 온
닭, 돼지, 달걀 등으로 매일 군인들의 입맛을 책임진다.

"쉿, 조지 도련님! 저는 그게 걱정됩니다. 그런 생각을 하지 마세요. 그 사람은 저에게 진정한 해를 입힌 것이 아닙니다. 다만 저를 위해 왕국의 문을 열어준 거지요. 그게 전부입니다!"

죽어가다가 젊은 주인을 만난 기쁨으로 인해 갑자기 용솟음쳤던 힘이 이 순간 약해졌다. 톰의 몸이 갑자기 축 늘어졌다. 그는 눈을 감았다. 그의 얼굴은 신비하고 숭고한 모습으로 변했다. 저세상에 가까웠다는 징조였다.

그는 길고 깊은 숨을 쉬기 시작했다. 그의 넓은 가슴이 솟아올랐다가 무겁게 내려앉았다. 얼굴에는 정복자의 표정이 나타났다.

"누가, 누가, 누가 우리를 예수의 사랑으로부터 갈라놓는가?" 톰이 유한한 인간의 나약함에 만족한 듯이 중얼거렸다. 톰은 미소를 띤 채 잠들었다.

조지는 경외감을 느끼면서 앉아 있었다. 톰과 함께 있는 그 장소가 성스럽게 느껴졌다. 생명을 잃은 눈을 감겨주고 죽은 사람에게서 물러나 일어설 때 그는 오로지 한 가지 생각밖에 하지 않았다. 그것은 옛 친구가 방금 했던 이 말이었다. "기독교인이 되는 것은 참으로 훌륭한 일입니다!"

그는 돌아섰다. 리그리가 적의에 찬 표정으로 그의 뒤에 서 있었다.

임종의 자리에 깃든 분위기가 젊은 열정의 자연스러운 폭발을 억제했다. 조지는 리그리와 함께 있는 것 자체가 싫었다. 그는 가급적 리그리와 말을 섞지 않고 멀리 떨어지고 싶다는 생각밖에 안 들었다.

날카롭고 짙은 눈으로 리그리를 노려본 조지는 죽은 톰을 가리키면서 짤막하게 말했다. "당신은 이 사람으로부터 얻을 수 있는 것을 다 얻었소. 시신의 값을 얼마나 지불하면 되겠소? 나는 시신을 가져다 격식을 갖춰 매장하고 싶소."

"나는 죽은 검둥이는 팔지 않아." 리그리가 퉁명스럽게 말했다. "당신이 언제 어디다 묻든 나는 환영이오."

"여러분." 조지가 위엄을 갖춘 목소리로, 시체를 들여다보고 있던 두세 명

뉴욕 10연대처럼 지원병들로 구성된
여러 단위부대들은
프랑스의 아프리카 식민지 부대나
알제리 원주민 보병대 복장과 비슷한
정체불명의 오리엔탈 군복을
보란 듯 걸치기도 한다.

오리엔탈 풍의
헐렁한 바지.

병사들

주력 부대 주위로 들어선 작은 가게에서는
씹는담배나 시가, 설탕, 잡지, 신문, 술 등이 비싸게 판매되고 있다.
1863년 12월, 약 5만 명에 이르던 옛 노예 출신 신병의 수는
끊임없이 증가하고 있다.
흑인 전투원을 본 남부군의 분노는 극에 달했기에
흑인 전쟁포로에게는 가혹한 행위가 끊이지 않는다.

의 흑인에게 말했다. "이 사람을 마차에 실어 운반하는 것을 도와주시오. 그리고 삽을 한 자루 구해주시오."

한 사람이 삽을 가지러 뛰어갔다. 다른 두 사람은 조지를 도와서 시체를 마차에 실었다.

조지는 리그리에게 말을 걸지 않았다. 바라보지도 않았다. 리그리도 조지의 지시에 따르는 하인들을 제지하지 않았다. 억지로 무관심한 표정으로 휘파람을 불며 서 있었다. 그는 마차가 서 있는 대문까지 조지 일행의 뒤를 따라갔다.

조지는 마차에 자기 외투를 깔고 시체를 그 위에 조심스럽게 눕혔다. 그리고 좌석을 움직여서 공간을 넓혔다. 그런 다음 돌아선 조지는 감정을 억제하며 리그리를 노려보고 말했다.

"나는 이처럼 극악무도한 사건에 대한 생각을 당신에게 아직 밝히지 않았소. 그러기에는 지금 때와 장소가 적합하지 않습니다. 그러나 무고한 사람의 피를 흘린 죄는 심판을 받을 거요. 나는 이번 일을 살인사건으로 신고하겠소. 처음으로 만나는 치안판사에게 당신을 고발할 거요."

"좋을 대로 하시오!" 리그리가 비웃는 듯이 손가락으로 딱 소리를 내면서 대꾸했다. "당신이 그러는 걸 보고 싶소. 증인을 어디에서 구할 작정이신가? 또 유죄를 어떻게 입증하겠다는 거지? 해볼 테면 해봐!"

조지는 이러한 반박에 일리가 있다는 것을 알아차렸다. 이 저택에는 백인이 없었다. 남부의 모든 법정에서는 유색 혈통을 물려받은 사람들의 증언은 효력이 없었다. 그 순간 조지는 가슴속에 치미는 분노를 억제하지 않고 정의를 실현하라고 고함을 지른다면 하늘이라도 찢을 것 같은 기분이 들었다. 그러나 소용없는 짓이었다.

"검둥이 하나 죽은 것 때문에 소동을 벌이는군." 리그리가 말했다.

리그리의 말은 화약통에 불씨를 던진 격이었다. 켄터키에서 자란 소년에게 신중한 처신은 중요한 덕목이 아니었다. 돌아선 조지가 날린 분노의 주먹에 얼굴을 맞은 리그리는 바닥에 쓰러졌다. 분노가 극에 달한 조지는 상대방에게 계속 덤빌 기세로 리그리를 내려다보았다. 용에게 승리를 거두어 이름을 날린 조지와 비슷한 성과를 거두었다 해도 과언이 아니었다.[134]

어떤 인간들은 두들겨 맞고 쓰러지는 것이 분명히 본인에게 더 이롭다. 그런 인간들은 다른 사람에게 맞아 쓰러지면 때린 사람을 즉시 존경하는 것 같다. 리그리는 바로 그런 종류의 인간이었다. 따라서 일어선 그는 생각에 잠긴 눈으로 옷에 묻은 흙을 털면서 천천히 멀어져가는 마차를 바라보았다. 마차가 시야에서 완전히 사라질 때까지 그는 입을 열지 않았다.

농장의 경계선을 벗어난 조지는 몇 그루의 나무가 그늘을 드리우고 있는 낮은 모래언덕을 보았다. 일행은 그 언덕 위에 무덤을 만들었다.

"나리, 외투를 따로 치울까요?" 시체를 안장할 준비를 마치자 흑인들이 물었다.

"아니, 그와 함께 묻어요! 지금 불쌍한 톰에게 내가 줄 수 있는 것은 그것밖에 없소. 톰, 내 외투를 입고 가요."

일행은 톰을 안장했다. 하인들은 조용히 삽으로 흙을 퍼서 구덩이를 메웠다. 봉분을 올린 다음 그 위를 푸른 잔디로 덮었다.

"여러분, 이제 가도 좋아요." 조지가 각자에게 25센트 주화를 쥐여주면서 말했다. 그러나 흑인들은 머뭇거리면서 떠나지 않았다.

"젊은 나리, 제발 우리를 사 가세요." 흑인 한 사람이 말했다.

"나리를 충실하게 모시겠습니다!" 또 다른 흑인이 뒤를 이었다.

"여기서는 고된 생활을 하걸랑요, 주인님!" 처음 말한 흑인이 덧붙였다. "제발, 나리, 저희를 사 가세요!"

"살 수 없어! 사 갈 수 없어요!" 조지가 그들에게 떠나라고 손짓을 하면서 말했다. "그건 불가능해요!"

가련한 흑인들은 낙심한 표정을 지으면서 조용히 떠났다.

"보십시오, 영원한 하나님!" 조지가 불쌍한 자기 친구의 무덤 앞에 무릎을 꿇으면서 말했다. "오, 이 시간부터 제가 노예제도의 저주를 내 나라에서 몰아내기 위해 사람이 할 수 있는 일을 모두 다 하는 것을 지켜보십시오!"

우리 친구의 마지막 안식처를 표시하는 기념물은 없었다. 그에게는 그런 것이 필요치 않았다! 주님은 그가 누운 곳을 알고 있으며 영광 속에 나타나실 때 그와 더불어 나타나시기 위해 그를 일으켜 세워 영생을 줄 것이다.

그를 가엾게 여기지 말라! 그런 삶과 죽음은 연민의 대상이 아니다! 하나님의 가장 큰 영광은 전지전능한 위력 속에 있지 않고, 자신을 부정하며 고통 속에서 베푸는 사랑 가운데 있다. 주님이 자신의 족속이라고 부르는 사람들은 축복받은 사람들이다. 그들은 십자가를 지고 주의 뒤를 참고 따른다. 성경에는 "애통하는 자는 복이 있나니 그들이 위로를 받을 것임이요"라고 쓰여 있다.

chapter 42
유령 이야기

이 무렵 리그리 저택의 하인들 사이에서는 몇 가지 주목할 만한 이유 때문에 유령 전설이 예사롭지 않게 퍼지고 있었다.

한밤중에 누군가 다락방 계단을 내려와서 집 안을 돌아다니는 발소리가 들렸다는 이야기가 속삭임을 통해 귀에서 귀로 전해졌다. 위로 통하는 문을 잠갔으나 소용없는 짓이었다. 유령이 주머니에 복제 열쇠를 갖고 다닌다는 말도 있고, 유령이 태곳적부터 누려온 열쇠 구멍으로 드나드는 특권을 행사한다는 설도 있었다. 유령이 사람들을 놀라게 하면서 자유롭게 집 안을 휘젓고 다닌다는 소문이 나돌았다.

흑인들의 풍속 차이 때문에 유령의 형상에 관한 견해는 다소 엇갈렸다. 아마 백인들도 아는 바와 같이 이런 경우에는 누구나 한결같이 눈을 질끈 감고 담요나 속치마 또는 몸을 숨길 수 있는 것을 닥치는 대로 집어서 머리에 뒤집어쓰기 때문에 유령의 모양에 관한 의견이 분분해진다. 물론, 누구나 알듯이, 육신의 눈이 이런 식으로 배제되면 영혼의 눈이 유달리 생생하고 명료한 기능을 발휘한다. 그러므로 유령을 머리부터 발끝까지 묘사한 설명은 많고 증언과 맹세도 많았지만, 유령 족속의 공통적인 특성, 즉 흰색의 수의를 뒤집어쓰고 있다는 점을 제외한 세부사항은 사람마다 초상화가 다른 것처럼 각자 달랐다. 불쌍한 하인들은 옛날 역사에 밝지 못했기 때문에 셰익스피어가 다음과 같은 발언으로 유령의 복장을 입증한 사실을 몰랐다.

수의를 뒤집어쓴 망령들이 알아들을 수 없는 말을 지껄이며 로마의 거리를 돌아다닌다.

그러므로 영매(靈媒)를 연구하는 사람들은 리그리 집안 하인들이 우연히 마주친 유령의 모습을 연구 과제로 삼아도 좋을 것이다.

하여튼 우리는 유령이 출몰하는 것으로 공인된 시간에 키 큰 형상이 하얀 수의를 뒤집어쓰고 리그리의 주변을 걸어 다니는 현상의 진상을 이해할 수 있는 은밀한 이유를 몇 가지 알고 있다. 그 유령은 문을 통과해 집 주위를 거침없이 활보하다가 모습을 감췄다. 그러고는 다시 나타나 계단을 조용히 걸어 올라가 저 운명적인 다락방 안으로 사라졌다. 그리고 아침이 되면 모든 출입문이 전과 같이 잠겨 있는 것이 확인되었다.

리그리도 하인들이 유령에 관해 속삭이는 소리를 듣지 않을 수 없었다. 하인들이 주인에게 숨기려고 애를 쓸수록 리그리는 유령의 소문에 더욱 과민해졌다. 그는 평소보다 브랜디를 더 많이 마셨고 낮에는 전보다 더 큰 소리로 욕을 했다. 그러나 리그리는 계속 악몽을 꾸었다. 또한 잠자리에 누웠을 때 머릿속에 떠오르는 환영들은 아주 끔찍했다. 톰의 시체를 치운 다음 날, 리그리는 말을 타고 이웃마을로 가서 진탕 술을 마시고 놀았다. 밤늦게 지친 몸으로 집에 돌아온 리그리는 자기 방의 문을 잠그고 열쇠를 뺀 다음 침대에 누웠다.

누구나 고민을 잠재우려면 대가를 치러야 한다. 사악한 인간이 품고 있는 유령의 속성을 잠재우기 위해서도 대가를 치러야 한다. 누가 그 고민의 한계를 알겠는가? 누가 그 놀랍고 불확실한 영역을 측량할 수 있겠는가? 영원히 지속되는 악몽 속에서 소름이 끼치고 온몸이 떨리는 경험을 떨쳐버릴 수 없다. 자기 가슴속에 만나고 싶지 않은 유령을 품고 사는 사람이 문을 잠그고 유령들을 들어오지 못하게 하려는 것은 참으로 어리석은 짓이다. 억눌러서 기억 속의 깊은 곳에 가라앉히고 산더미 같은 속세의 기억으로 덮어놓아도, 가슴속 유령의 목소리는 운명을 예고하는 나팔 소리처럼 들려온다!

리그리는 방문을 잠그고 의자로 그 뒤를 받쳐놓았다. 침대머리에는 등불과 권총을 함께 놓아두었다. 창문의 고리와 걸쇠를 일일이 확인한 다음 "악마가 떼로 몰려와도 겁나지 않는다"고 말하고 잠자리에 들었다.

그는 지쳤던 터라 곤히 잠이 들었다. 그러나 결국 꿈속에 무섭고 끔찍한 형상이 그림자처럼 나타났다. 그는 꿈속의 형상이 어머니의 수의라고 생각했다. 그러나 그것을 그의 앞에 들어 올려 보여준 사람은 캐시였다. 비명과 신음이 뒤섞인 소리가 들렸다. 이런 광경을 보고 그 소리를 듣던 리그리는 자기가 잠들어 있다고 생각하고 악몽에서 깨어나려고 애썼다. 그는 반쯤 정신이 돌아와 있었다. 그는 무엇인가 자기 방에 들어오고 있다는 것을 확신했다. 그는 문이 열린 것을 알았지만 손이나 발을 조금도 움직일 수가 없었다.

마침내 그가 놀라서 돌아눕자 방문이 열렸고 어떤 손이 나타나 등불을 끄는 모습이 보였다.

구름과 안개 때문에 달빛이 흐릿한 밤에 이런 광경이 그의 눈앞에 펼쳐졌다! 뭔지 모를 하얀 물체가 방 안으로 미끄러져 들어왔다. 그는 유령의 옷 같은 하얀 형상에서 나는 사각거리는 소리를 들었다. 그 형상은 침대 옆에 조용히 서 있었고 차가운 손을 그의 손에 댔다. 그리고 무시무시한 속삭임이 세 차례 들려왔다. "오너라! 오너라! 오너라!" 그가 침대에 누운 채 땀을 흘리며 두려움에 떨고 있는 동안, 그 형상은 사라졌다. 그는 형상이 언제 어떻게 나타났다 사라졌는지 이해할 수 없었다. 그는 침대에서 벌떡 일어나 문을 당겨보았다. 문은 굳게 잠겨 있었다. 그는 현기증을 느끼며 방바닥에 쓰러졌다.

이 사건이 있은 후 리그리는 전보다 더 심하게 폭음하기 시작했다. 그는 이제 더 이상 술을 신중하게 마시지 않고 무모하게 마셨다.

오래지 않아 인근 지역에 그가 병들어 죽어가고 있다는 소문이 퍼지기 시작했다. 리그리에게 닥쳐오는 무시무시한 천벌의 그림자와도 같은 이 공포 증세는 점점 악화되었다. 그가 발작을 해서 비명을 지르고 환영에 미쳐 떠들 때면 그 무시무시한 병실에는 아무도 들어갈 수 없었다. 그가 지껄이는 헛소리는 듣는 사람의 피를 일시에 멈추게 할 정도로 끔찍했다. 그가 마지막 숨을 거둘 때, 흰 형상이 다시 그의 침대 옆에 나타나 엄숙하고 단호한 목소리로 이렇게 말했다. "오너라! 오너라! 오너라!"

아주 이상한 우연의 일치로, 이 환영이 리그리에게 나타났던 밤이 지나고 아침이 되자 현관문이 열려 있는 것이 발견되었다. 그리고 몇 명의 흑인들은 하얀 형체 둘이 큰길 쪽으로 미끄러지듯이 사라지는 모습을 보았다.

캐시와 에멀린이 읍내 부근의 작은 숲에 도착해 잠시 쉬고 있을 때는 해가 돋을 무렵이었다.

캐시는 신대륙에 이주한 스페인 사람들의 후손인 크리올의 풍속에 따라 위아래 검은 옷을 입고 있었다. 작은 검은색 보닛을 쓴 그녀는 짙은 수를 놓은 베일로 얼굴을 가렸다. 두 사람은 도망쳐 나올 때부터 캐시는 크리올 귀부인으로 행세하고 에멀린은 하녀 역할을 하기로 미리 약속을 해놓았다.

어릴 때부터 상류사회 사람들 속에서 자란 캐시는 말씨와 행동, 태도가 모두 귀부인다웠다. 그녀는 화려한 의상 몇 벌과 패물을 아직도 간직하고 있었기 때문에, 그것을 귀부인 행세를 하는 데 유용하게 활용할 수 있었다.

읍내 변두리에서 잠시 멈춘 그녀는 팔려고 내놓은 커다란 여행용 가방을 보았다. 그녀는 가방을 살 때 운반할 하인도 한 사람 붙여주도록 부탁했다. 그래서 여행 가방을 든 소년과 에멀린이 캐시의 뒤를 따르게 되었다. 에멀린은 융단 가방과 잡동사니가 담긴 짐을 들었다. 이렇게 숙녀에게 필요한 구색을 갖춘 캐시는 일행을 데리고 읍내 호텔의 작은 선술집에 들어갔다.

술집에 도착한 뒤 그녀의 시선을 끈 첫 번째 사람은 조지 셸비였다. 그는 다음 기선을 기다리느라 그곳에 머물고 있었다.

캐시는 다락방의 옹이구멍으로 이 청년을 눈여겨봤었다. 그가 톰의 시체를 운구해 나가는 모습도 보았다. 청년이 리그리를 상대하는 것을 보고 남몰래 기뻐했었다. 나중에 그녀는 해가 진 뒤 유령으로 변장하고 집 안을 돌아다니면서 흑인 하인들의 대화를 엿듣고, 조지가 어떤 인물이며 톰과 어떤 관계인지 알게 되었다. 따라서 그녀는 조지가 자기처럼 다음 기선을 기다린다는 사실을 알았을 때 즉각 신뢰할 수 있다고 판단했다.

몸가짐과 예법, 말씨가 점잖은데다 돈도 많아 보였기 때문에 호텔에서 캐시의 신분을 의심하는 사람은 없었다. 사람들은 중요한 면에서 합격한 사람들, 즉 돈의 씀씀이가 큰 사람들의 신분을 꼼꼼히 따지지 않는다. 캐시는 돈을 마련할 때 벌써 이 점을 예견했다.

저녁나절에 기선 한 척이 접근하는 소리가 들렸다. 조지 셸비는 모든 켄터키 출신들이 타고나는 정중한 태도로 캐시가 배에 오를 때 손을 잡아 이끌었다. 그리고 캐시를 훌륭한 특실로 안내했다.

기선을 타고 레드 강을 여행하는 동안 캐시는 아프다는 핑계를 대고 객실의 침대에서 지냈다. 그동안 순종적인 하녀가 캐시의 시중을 들었다.

일행이 미시시피 강에 도착했을 때 조지는 낯선 부인이 자기와 같은 방향인 상류로 여행한다는 사실을 알게 되었다. 그는 같은 배에 특실을 마련해 주겠다고 제의했다. 착한 조지는 낯선 부인의 쇠약한 건강을 걱정한 나머지 도와주기 위해 애를 썼다.

그래서 일행은 고급 증기여객선 신시내티 호로 안전하게 옮겨 탔고 배는 힘차게 수증기를 내뿜으면서 강을 거슬러 올라갔다.

캐시의 건강은 많이 호전되었다. 그녀는 갑판에서 산책을 했고 식탁에 앉아 식사도 했다. 승객들은 그녀의 외모가 매우 아름답다고 말했다.

조지는 캐시의 얼굴을 처음 본 순간부터 누군가와 확실히 닮았다는 생각이 떠올랐고, 그 생각을 지울 수가 없었다. 그는 닮은 사람이 기억날 것만 같아 당혹스러운 기분을 느꼈다. 그래서 캐시를 끊임없이 바라보게 되었다. 식탁이나 그녀의 특실 문 앞에 앉았을 때 청년의 시선은 캐시의 얼굴에 고정되어 있었다. 그러다가 그녀가 시선을 의식하고 있다는 것을 몸짓으로 나타내면 청년은 예의바르게 고개를 돌리곤 했다.

캐시는 청년의 시선 때문에 불안감을 느꼈다. 그는 청년이 무슨 의심을 하는 것이 아닐까 생각하기 시작했다. 마침내 그녀는 청년의 너그러운 성품을 믿고 모든 것을 고백하기로 결심했다. 그녀는 청년에게 자신의 지난 일을 모두 이야기했다.

조지는 리그리의 농장에서 탈출한 사람이면 누구나 진심으로 동정할 마음을 갖고 있었다. 그는 리그리의 농장을 생각할 때마다 울화가 치밀었다. 그는 자기 나이와 처지에 있는 사람들의 특성을 발휘해 자기 행동이 초래할 수 있는 결과를 용감하게 무시한 채 그녀를 안전지대까지 보호하는 데 전력을 다하겠다고 약속했다.

한편 캐시가 묵는 특실 옆방에는 열두 살쯤 돼 보이는 예쁜 소녀와 함께 여행 중인 드 투아라는 프랑스 귀부인이 머물고 있었다.

조지와 대화를 하다가 그가 켄터키 출신이라는 사실을 알게 된 부인은 그와 친분을 맺고 싶어 하는 의사를 분명하게 보였다. 그녀가 조지와 친해지는 데는 귀여운 소녀가 한몫 거들었다. 소녀는 보름에 걸친 기선 여행의 지루함을 달래기 위해서 배 안을 돌아다녔다.

조지는 가끔 프랑스 귀부인의 특실 앞에 의자를 놓고 앉아 있곤 했다. 캐시는 갑판에 나오면 조지와 프랑스 여인의 대화를 들을 수 있었다.

드 투아 부인은 자신이 어린 시절 켄터키에 살았다고 하면서 그곳에 관해 꼬치꼬치 물었다. 조지는 부인이 살았다는 곳이 자기 집 부근이라는 사실을 알고 놀랐다. 부인은 질문을 하는 도중에 조지가 사는 지역의 사람들과 사건에 관한 언급을 해서 조지를 놀라게 했다.

"혹시 이웃마을 사람들 가운데 해리스라는 농장주를 아시나요?" 부인이 어느 날 조지에게 물었다.

"전에 그런 이름을 가진 사람이 살았지요. 내 아버지 댁에서 멀지 않은 곳에 살았습니다. 하지만 우리 집과 그리 가깝게 지내지는 않았어요."

"내 기억에는, 그분이 많은 노예를 소유했던 것 같은데." 드 투아 부인은 체면도 잠시 잊고 자기도 모르게 깊은 관심을 내비쳤다.

"그랬습니다." 조지가 다소 놀란 표정으로 부인을 바라보며 대답했다.

"혹시 조지라는 이름의 혼혈 소년이 그 집에 살았다는 사실을 알고 있나요?"

"그럼요. 조지 해리스라면 잘 알지요. 그는 우리 어머니의 하녀와 결혼을 했거든요. 지금은 탈출을 해서 캐나다에 살고 있습니다."

"그래요? 하나님 감사합니다!" 드 투아 부인이 빠르게 말했다.

조지는 의아한 표정을 지었으나 더 이상 묻지는 않았다.

드 투아 부인은 두 손으로 얼굴을 감싸고 눈물을 흘렸다.

"그 애는 내 동생이에요."

"부인!" 조지가 놀라서 목소리를 높였다.

"그래요." 드 투아 부인은 당당하게 고개를 들고 눈물을 닦으면서 말했다. "셸비 씨, 조지 해리스는 내 동생입니다!"

"정말 놀랐습니다." 조지가 자기 의자를 한두 발짝 뒤로 물리면서 대답했다. 그는 드 투아 부인을 바라보았다.

"나는 동생이 어릴 때 남부로 팔려 갔어요. 나를 산 사람은 선량하고 너그러운 사람이었지요. 그는 나를 데리고 서인도제도로 가서 자유를 준 다음, 나와 결혼했어요. 남편은 얼마 전에 죽었답니다. 그래서 나는 동생을 찾아 내 살 수 있는지 알아보기 위해 켄터키로 가는 중이죠."

"저는 그가 남부로 팔려 간 에밀리라는 누나에 관해 이야기하는 것을 들은 적이 있습니다."

"그래요, 사실입니다! 내가 그 누나예요. 그 애가 어떻게 자랐는지 말해줄 수 있나요?"

"노예제도의 저주받은 운명에도 불구하고 조지는 아주 훌륭한 청년이 됐어요. 그는 지성과 원칙 양면에서 가장 우수한 청년입니다. 그가 우리 가족과 혼사를 맺었기 때문에 제가 잘 알지요."

"어떤 여자를 아내로 맞았나요?" 드 투아 부인이 열심히 물었다.

"보물 같은 여자지요. 아름답고 총명하고 상냥한 처녀였습니다. 신앙심도 아주 깊고요. 내 어머니가 키우면서 거의 딸처럼 정성들여 훈육을 했습니다. 그녀는 읽기와 쓰기는 물론이고 자수와 바느질도 아주 잘해요. 노래도 잘 부르고요."

"그 애는 당신 댁에서 태어났나요?" 드 투아 부인이 물었다.

"아닙니다. 아버지가 뉴올리언스에 여행 갔을 때 어머니에게 줄 선물로 그 여자를 사 왔어요. 그때 여덟이나 아홉 살쯤 됐을 겁니다. 아버지는 얼마를 주고 샀는지 어머니에게 밝히지 않았어요. 그 후 내가 아버지의 옛날 문서를 살펴보다가 매매계약서를 찾아냈는데, 아주 거금을 지불했더군요. 아마 얼굴이 남달리 예뻐서 그랬을 겁니다."

조지는 캐시에게 등을 돌린 채 앉아 있었기 때문에 자신의 이야기를 캐시가 넋을 놓고 듣고 있다는 사실을 몰랐다.

이야기가 이 대목에 이르자 캐시는 조지의 팔을 건드리면서 물었다. 그녀의 얼굴은 궁금증 때문에 하얗게 질려 있었다. "그 여자아이를 판 사람들이 누군지 혹시 알고 있나요?"

"내가 알기로 시몬스라는 사람이 판 것으로 되어 있었습니다. 매매계약서에는 그렇게 되어 있더군요."

"하나님, 맙소사!" 캐시는 실신해 선실 바닥에 쓰러졌다.

조지와 드 투아 부인은 정신이 번쩍 들었다. 그러나 두 사람은 캐시가 실신한 이유가 무엇인지 짐작할 수가 없었다. 두 사람은 그런 경우에 곧잘 벌어지는 온갖 소란을 피웠다. 부인을 돌보다가 조지는 주전자를 뒤집어엎었고 큰 잔을 두 개나 깼다. 사람이 기절했다는 소식을 들은 선실의 여자들이 특실로 우르르 몰려들어 체면 차리지 않고 힘껏 도와준 덕택에 기대할 수 있는 조치는 모두 취할 수 있었다.

불쌍한 캐시! 의식을 회복한 그녀는 벽 쪽으로 얼굴을 돌린 채 어린아이처럼 흐느꼈다. 아마 어머니라면 그녀의 심정을 짐작할 수 있을 것이다. 사람들은 몰랐겠지만 캐시는 그 순간 하나님이 자기에게 은혜를 베풀었다고 확신했다. 그리고 딸을 만날 수 있다고 생각했다. 우리가 예상한 바와 같이 그녀는 몇 달 뒤 딸과 다시 만나게 되었다.

chapter 43
결과

우리 이야기의 마지막 부분은 곧 끝나게 된다. 다른 젊은이들과 마찬가지로 인도주의적 관심이 깊은 조지 셸비는 그 낭만적인 측면에도 이끌려, 엘리자의 매매계약서를 캐시에게 보내주는 수고를 마다하지 않았다. 계약서에 적힌 날짜와 이름이 캐시가 아는 사실과 정확하게 맞아떨어져 딸의 신원에 관한 의혹은 모두 해소되었다. 이제 남은 것은 도망친 딸 내외의 뒤를 밟는 일뿐이었다.

이상한 운명의 일치로 캐시와 만나게 된 드 투아 부인은 즉시 캐나다로 출발해 도망친 노예들이 많이 모여 사는 곳을 찾아다니면서 동생의 행방을 수소문했다. 그들은 캐나다에 도착하자마자 애머스트버그에서 조지와 엘리자에게 머물 곳을 제공했던 선교사를 찾아냈다. 그들은 선교사를 통해 조지의 가족이 몬트리올에 살고 있다는 사실을 알게 되었다.

조지와 엘리자는 이제 자유의 몸이 된 지 오 년이 되었다. 조지는 평판이 좋은 기계제작소에 고정적인 일자리를 얻어 가족을 부양하는 데 충분한 돈을 벌었다. 그동안 딸이 태어나 가족의 수가 늘어났다.

총명하고 착한 해리는 좋은 학교에 입학해 지식이 급속도로 늘고 있었다.

조지가 처음 도착한 캐나다 땅 애머스트버그에서, 도주 노예 보호소를 운영하는 존경할 만한 목사는 드 투아 부인과 캐시의 이야기에 깊은 관심을 기울였다. 그는 드 투아 부인의 간청에 따라 몬트리올까지 동행해 그녀가 동생을 찾는 것을 도와주었다. 동생을 찾는 데 든 여행 경비는 드 투아 부인이 모두 부담했다.

이제 장면은 몬트리올 교외에 있는 작고 아담한 집으로 바뀐다. 벽난로에서 타오르는 불길이 사람들의 가슴을 훈훈하게 만든다. 다탁 위에는 눈처럼 흰 천이 덮여 있고 저녁 차릴 준비가 되어 있다. 방의 한쪽 구석에는 녹색 천을 덮은 탁자가 있었다. 이 탁자는 글씨 공부를 하는 책상으로 연필과 종이가 놓여 있고, 위쪽 서가에는 정성들여 고른 책들이 꽂혀 있다.

이곳은 조지의 서재였다. 자기계발에도 열심이었던 조지는 초기 정착생활의 힘든 노동과 실망을 무릅쓰고 간절히 원했던 독서와 글쓰기에 몰두했다. 그는 지금도 여가시간을 이용해 자기계발에 열심이다.

바로 이 시각에도 그는 탁자에 앉아서, 평소 애독하는 가족 문고 중 한 권을 꺼내서 내용을 적고 있었다.

"이리 오세요, 조지." 엘리자가 말한다. "당신은 일을 하느라 하루 종일 집을 비웠잖아요. 책은 내려놓고 내가 차를 준비하는 동안 이야기 좀 해요."

엄마를 도와주려고 나선 어린 엘리자가 아버지에게 아장아장 걸어가 책을 끌어내리고 무릎 위에 앉았다.

"오, 요 귀여운 것!" 조지는 그런 상황에서 모든 남자들이 항상 그래야 하는 것처럼 딸과 아내의 뜻에 따랐다.

"그래야지요." 엘리자가 빵을 썰기 시작하면서 말했다. 이제 약간 더 나이가 들어 보이는 그녀는 몸에 다소 살이 올랐으며 태도 역시 전보다 결혼한 여자다워졌다. 여자라면 모름지기 그럴 필요가 있듯이, 그녀는 만족하고 행복해 보였다.

"얘야, 해리, 오늘 수학문제는 잘 풀었니?" 조지가 아들의 머리를 쓰다듬으면서 말한다.

해리는 긴 곱슬머리를 오래전에 잘랐지만 눈매와 속눈썹은 과거 그대로였다. 아이는 의기양양하게 눈을 반짝이면서 대답한다. "벌써 다 끝냈어요. 나 혼자서 다 풀었어요, 아버지. 다른 사람의 도움을 받지 않았어요!"

"그래야지. 자신의 힘에 의존해야 한다, 아들아. 너한테는 불쌍한 네 아버

전투는 계속된다

1963년 7월 2일과 3일 이틀간,
5만 1000명에 이르는 병사들의 목숨을 앗아간
게티스버그 전투[135]에서 결국 북부군이 승리를 거둔다.
며칠이 지난 7월 8일,
미시시피 강을 장악하기 위한 북부연방군의 공습이
빅스버그와 허드슨 요새 곳곳에서 펼쳐지고 있다.

격전의 현장

치열한 전투가 끝난 후,
비탄에 젖은 황량한 정경 속에
잔혹한 흔적과 침묵이 남아 있다.
너대니얼 뱅크스 장군이
루이지애나 허드슨 요새를 함락했다.
남부연합이 둘로 나누어진 것이다! 136
링컨의 말처럼, 인디언들이
물의 아버지라고 부르는
미시시피 강이 막힘없이 다시
바다로 흘러가게 되었다.

지보다 훨씬 좋은 기회가 있단다."

이때 문을 두드리는 소리가 난다. 엘리자가 문을 열어 간다. "아니! 목사님께서 웬일로." 기쁨에 넘친 아내의 목소리에 남편이 고개를 돌린다. 애머스트버그의 착한 목사는 환영을 받는다. 엘리자는 목사와 동행한 두 부인에게 자리를 권한다.

사실을 밝히자면, 정직한 목사가 이번 일이 순리대로 풀려나갈 수 있도록 작은 계획을 마련했다. 그리고 이 집에 오는 동안, 사전에 준비한 행동 이외에는 어떤 사실도 먼저 밝히지 않기로 모든 사람들이 서로 굳게 약속했다.

부인들에게 앉으라고 손짓을 한 다음, 미리 정해진 순서에 따라 소개 연설을 하기에 앞서 입을 닦으려고 손수건을 꺼내던 목사는 드 투아 부인의 갑작스러운 행동에 아연실색하지 않을 수 없었다. 부인은 조지의 목을 껴안고 "오, 조지! 나를 알아보겠니? 나는 네 누나 에밀리란다!"라고 말함으로써

진군하는 포토맥 군[137]

계속 나아가야 한다,
조금 더 남으로 적군을 밀어붙여야 한다……

모든 것을 폭로하고 말았기 때문이다.

좀 더 침착하게 앉아 있었던 캐시는, 어린 엘리자가 갑자기 앞에 나타나지 않았다면 자기 역할을 잘해냈을 것이다. 어린 엘리자의 모습과 얼굴선, 머리카락은 마지막으로 헤어질 때 자기 딸의 모습과 너무나 흡사했다. 어린 여자아이는 캐시의 얼굴을 빤히 올려다보았다. 캐시는 아이를 두 팔로 꼭 껴안으면서 그 순간에 느낀 심정을 이렇게 솔직하게 말했다. "얘야, 내가 네 엄마란다!"

사실 합당한 순서에 정확하게 따르는 것은 어려운 일이었다. 그러나 착한 목사는 드디어 모든 사람들이 입을 다물도록 만든 다음 이번 상봉 행사의 개막을 위해 준비했던 연설을 했다. 목사의 연설이 너무나 큰 성공을 거두어 사람들은 한결같이 흐느껴 울었다. 고대와 현대를 막론하고 웅변가를 이보다 더 만족시킨 경우는 없었을 것이다.

가족들은 함께 무릎을 꿇었고 착한 목사가 기도를 올렸다. 가족들 중 몇 사람은 지나치게 흥분하고 감정적으로 동요해서 전능하신 분의 사랑하는 가슴속에서만 안식을 찾을 수 있었기 때문이다. 기도를 마치고 일어선 가족들은 새로 찾은 식구들을 힘껏 껴안았다. 가족들은 그처럼 험한 위기 속에서 불가사의한 방법으로 재회의 자리를 마련해준 그분을 깊이 신뢰했다.

캐나다로 도망친 노예들에 관한 선교사의 기록 가운데는 소설보다 더 기구한 사실이 담겨 있다. 회오리바람 같은 사회제도가 가족을 따로 떼어 가을의 낙엽처럼 흩어버리는 상황이 아니었다면 어떻게 이런 기구한 일이 생겼겠는가? 영생의 피안과도 같은 이 캐나다의 호반에서 기쁨 속에 다시 상봉한 가족들이 적지 않다. 기나긴 세월 동안 서로 소식이 끊어져 죽은 줄 알고 애통해하던 사람들이 다시 만났다. 노예제도의 그늘에 가려 소식이 묘연했던 부모 형제, 아내와 남편에 관한 소식이 우연히 새로 전해질 때마다 이곳의 가족들이 보여주는 열광은 말로 다 표현하기가 어렵다.

낭만적인 일화 못지않게 영웅적인 행동을 한 사례도 많다. 도망친 노예들 가운데는 고문과 죽음을 두려워하지 않고 폭력과 위험이 가득한 암흑의 땅에 자발적으로 되돌아간 이들도 많았다. 그들은 형제자매와 어머니 또는 아내를 탈출시키기 위해 모험을 한 것이다.

선교사가 우리에게 이야기한 어느 청년은 영웅적인 행동 때문에 두 번이나 잡혀서 굴욕적인 매질을 당했으나 다시 탈출했다. 그 청년이 친구들에게 보낸 편지를 선교사가 우리에게 낭독해주었다. 편지에는 세 번째로 되돌아가 여동생을 데리고 돌아오겠다는 사연이 적혀 있었다. 독자 여러분, 이 청년은 영웅인가, 아니면 범죄자인가? 독자 여러분은 여동생을 구하기 위해 그렇게 하지 않겠는가? 여러분은 이 청년을 꾸짖을 수 있는가?

너무 큰 기쁨이 준 충격에서 정신을 차리고 눈물을 닦던 우리 친구들 이야기로 돌아가보자. 식구들은 이제 둘러앉아서 화기애애한 대화를 나누고 있다. 어린 엘리자를 무릎에 앉힌 캐시가 가끔 아이를 꼭 껴안고 놓아주지 않는 통에 아이는 마음대로 케이크를 먹지 못했다. 케이크보다 더 좋은 것을 얻었기 때문에 케이크에는 생각이 없다는 캐시의 말에 아이는 어리둥절한 표정이 역력했다.

이삼 일 뒤, 우리 독자가 알지 못하는 사이에 캐시에게 커다란 변화가 일어났다. 절망에 빠져 수척했던 얼굴이 사라지고 사람들을 신뢰하는 온화한 표정으로 바뀌었다. 그녀는 순식간에 가족의 품안에 안긴 사람처럼 보였다. 캐시는 오랫동안 기다려온 어린 손녀를 애지중지했다. 그녀의 사랑은 자연스럽게 자기 딸보다는 어린 엘리자에게 쏠리는 것 같았다. 왜냐하면 어린 엘리자는 캐시가 잃었던 딸과 모습이나 체격이 꼭 닮았기 때문이다. 어린아이는 어머니와 딸을 연결시켜주는 화환과도 같은 존재였다. 모녀는 어린아이를 통해 더욱 가까워지고 애정이 깊어졌다. 변함없는 신앙심을 발휘해 꾸준히 성경을 읽어준 엘리자는 어머니의 상하고 지친 마음의 안내자가 되었다.

부상자들

내전이 가져다준 끔찍한 상흔으로 가득한 후방의 한 야전병원.
왼쪽부터 불런 전투에서 부상당한 존,
게티스버그 전투와 치카마우가 전투를 치른 샘,
애틀랜타에서 사바나까지 이어진 조지아 원정[138]에 참여했던 할렉,
'구름 위에서' 채터누가 전투[139]를 치른 윈필드.

캐시는 곧 딸의 인도에 따랐고 영혼의 감화를 받아 독실하고 온화한 기독교인이 되었다.

하루 이틀 후 드 투아 부인은 동생에게 자신의 지난 일을 좀 더 자세하게 설명했다. 죽은 남편으로부터 많은 유산을 물려받은 부인이 동생에게 재산을 나누어 주겠다는 너그러운 제안을 했다. 그녀가 어떻게 도와주는 것이 최선의 방법인지 묻자 조지는 이렇게 대답했다. "에밀리 누나, 나에게 교육을 시켜줘요. 나는 항상 공부를 하고 싶었어요. 교육만 시켜주면 나머지는 모두 내가 할 수 있습니다."

충분한 검토가 이루어진 다음, 가족 전체가 몇 년 동안 프랑스에 가서 머물기로 결정했다. 프랑스로 여행할 때 가족들은 에멀린을 함께 데리고 갔다.

미모의 에멀린은 배에서 처음 만난 남자의 사랑을 받게 되었고, 배가 항구에 들어간 직후 그 남자의 아내가 되었다.

조지는 프랑스의 대학교에서 사 년간 공부했다. 그는 학업에 대단히 충실해서, 전체 교육과정을 온전하게 마쳤다.

마침내 프랑스에 정치적인 문제가 생겨 시끄러워지자 가족은 다시 피난처를 찾아 신대륙으로 돌아왔다.

조지는 고등교육을 받은 사람으로서 자신의 생각과 소감을 자세히 밝힌 다음과 같은 편지를 친구에게 보냈다.

나는 장래 진로를 놓고 다소 혼란에 빠져 있네. 자네가 나에게 말한 것처럼, 나는 이 나라의 백인들과 어울리는 것이 옳을지도 모르겠어. 나와 아내 그리고 가족들은 피부색이 별로 검지 않아서, 남들이 흑인이라는 것을 알아차리기가 매우 어려워. 아마 나 자신도 눈을 딱 감고 넘어갈 수 있을걸. 그러나 솔직히 말하면, 나는 그런 생활이 싫네.

나는 아버지의 인종이 아니라 어머니의 인종에 공감하네. 아버지에게 나는

지원자 3만 명 모집

뉴욕 시티홀 파크의 신병 모집 사무소

전쟁 발발 초기 자발적으로 이어지던
지원병들의 열기와는 이 얼마나 대조적인가!
온갖 감언이설과 보상금의 유혹 속에
아무런 각오도 없는 사람들이 꾐에 빠지기도 하고,
어쩔 수 없이 지원하기도 한다.[140]

Les forces en présence

CONFEDERATION
Population .... 9 millions
Armée .... Néant en 1861
Civils mobilisés .... 1 100 000 en 1863
Nombre de morts 180 000

UNION
Population .... 22 millions
Armée .... 15 000 hommes en 1861
Civils mobilisés .... 1 500 000 en 1863
Nombre de morts 360 000

양군의 병력
남부연합 : 인구 900만 명 / 군대 없음(1861년) / 민병대 110만 명(1863년) / 전사자 18만 명
북부연방 : 인구 2200만 명 / 군대 1만 5000명(1861년) / 민병대 150만 명(1863년) / 전사자 36만 명

좋은 개나 말보다 나을 것이 없어. 하지만 가슴 아픈 슬픔에 시달린 우리 어머니에게 나는 자식이었어. 우리를 잔인하게 갈라놓은 노예 매매 이후 어머니가 돌아가실 때까지 나는 어머니를 다시 보지 못했지만, 어머니가 항상 나를 사랑하고 있다는 걸 알았네. 가슴으로 그걸 느낄 수 있었어. 어머니가 겪은 그 숱한 고생과 내가 어릴 때 겪은 고생, 그리고 용감한 내 아내가 겪은 암울한 투쟁, 뉴올리언스의 노예 시장에서 팔려 간 내 누나를 생각하면, 내가 기독교적인 정서에 공감하면서도, 미국인으로 인정받거나 미국인의 한 사람이 되고 싶지는 않다는 것을 자네는 이해할 수 있겠지.

내가 타고난 운명은 노예로서 억압받은 아프리카 인종의 운명이야. 내게 소원이 있다면, 그건 내 피부색이 지금보다 더 검었으면 하는 것이네.

내가 영원히 간절히 원하는 것은 아프리카 민족에 속하는 것이야. 나는 남들과 뚜렷하게 구별되는 독립생활을 하는 민족을 원해. 그 밖에 내가 어디에 기대를 걸 수 있겠나? 아이티는 아니야. 왜냐하면 아이티 사람들은 새로 시작할 수 있는 기반이 없어. 강물은 거꾸로 흐를 수 없네. 아이티 주민들은 지치고 나약한 사람들이야. 다른 민족의 지배를 받아온 민족이 다시 부흥하려면 당연히 수백 년이 걸릴 것이네.

그렇다면 나는 어디에 기대를 걸어야 할까? 나는 아프리카 해안에 건설된 공화국[141]을 주시하고 있네. 소수의 선택된 사람들이 세운 공화국 말이야. 그들은 개인적인 자력과 독학으로 노예 상태에서 벗어난 경우지. 건국을 준비하는 과정에서 허약한 단계를 거쳤지만 이 공화국은 프랑스와 영국의 승인을 받아 마침내 지구상에서 하나의 국가로 인정받게 되었어. 내가 찾아가서 국민이 되기를 원하는 곳은 바로 이 공화국이네.

자네가 내 생각에 반대하리라는 건 아네. 하지만 반론을 제기하기 전에 내 말을 들어보게. 나는 프랑스에 머무는 동안 지대한 관심을 가지고 아프리카 민족의 역사를 살펴보았네. 노예제도 폐지론자와 식민주의자 사이의 투쟁에 주목했지. 그리고 방관자로서 몇 가지 느낀 바가 있어. 이런 소감은 내가 투쟁에 참여했다면 결코 느낄 수 없었을 것이네.

이 라이베리아 공화국은 우리를 억압한 적들이 세웠고, 그들의 손에 놀아나 온갖 목적에 이용될 수 있네. 우리의 해방을 지연시키기 위해 부당한 방법으로 세운 계획이 실천에 옮겨졌을 가능성을 부정할 수 없네. 그러나 나는 이런 의문을 느낀다네. 인간들이 세운 모든 계획을 하나님이 위에서 주재하는 것은 아닐까? 하나님이 그들의 계획을 무효로 만들고 그들의 손을 빌려 우리를 위한 공화국을 세운 것은 아닐까?

요즘에는 나라가 하루아침에도 세워지고 있지. 한 나라를 세우는 과정에서 공화국의 시민과 문명생활과 관련된 산더미처럼 많은 문제들이 국가의 손에 맡겨지지. 그러나 문제해결 방법은 새로 발견해야 하는 것이 아니라 적용하기만 하면 돼. 그렇다면 우리가 힘을 합쳐 새로운 국가 건설 사업에서 어떤 성과를 거둘 것인지 지켜봐야 하네. 또한 찬란한 아프리카 대륙 전체가 우리와 자손들 앞에 열리는 것을 지켜봐야 하네. 우리 민족은 문명과 기독교의 물결을 아프리카 해안으로 밀어 올려 그곳에 강력한 공화국들을 세워야 하네. 빠르게 자라는 열대의 초목 자원을 지닌 공화국들은 미래에 계속 성장할 것이네.

자네는 내가 노예 상태에 있는 형제들을 저버린다고 말하겠지? 하지만 그렇지 않아. 만약 내가 그들을 단 한 순간이라도 잊었다면 하나님이 나를 잊어 마땅할 것이네! 하지만 내가 이곳에서 그들을 위해 할 수 있는 일이 무엇인가? 내가 그들의 쇠사슬을 끊을 수 있을까? 그건 개인으로서는 할 수 없는 일이네. 그러나 내가 아프리카에 가서 국가의 일원이 되면, 그 국가는 세계 여러 나라 대표들이 모인 회의에서 목소리를 낼 수 있겠지. 그때 우리는 말할 수 있어. 국가는 주장을 하고 항의를 하고 유감을 표명하고 자기 인종의 대의명분을 대변할 수 있는 권리가 있으니. 개인에게는 그런 권리가 없지 않나.

만약 유럽이 자유국가들의 거대한 회의기구를 구성하면 농노제도는 물론 모든 부당하고 압제적인 사회의 불평등이 제거될 것이네. 나는 하나님의 뜻에 따라 그렇게 될 것으로 믿네. 프랑스와 영국이 그랬던 것처럼 그들이 국가들의 거대한 회의에서 우리의 지위를 인정한다면 우리는 부당한 처지를 밝히고 노예 상태에서 고통 받는 우리 종족의 대의명분을 대변할 수 있어. 그러한 자유가 보장될 수 없다면, 개화된 미국은 가문의 서자 같은 노예제도를 폐지하려 하지 않을 것이니. 그것은 국제사회에서 미국의 불명예가 될 것이며 노예뿐만 아니라 미국 자체에도 저주가 될 거야.

그러나 자네는 우리 민족이 미국 공화국 안에서 아일랜드, 독일, 스웨덴 사람들과 공존할 수 있는 대등한 권리를 갖고 있다고 말하겠지. 그런 권리를 갖고 있다는 건 나도 인정해. 우리는 자유롭게 만나고 공존할 권리를 누려야 해. 계급이나 피부색에 구애받지 않고 개인의 가치에 따라 사회적 지위를 높일 자유가 있어. 우리에게 이런 권리를 부정하는 사람들은, 그들이 내세우는, 인간이 평등하다는 원칙을 스스로 부인하는 위선자일 테지. 특히 우리는 이곳에서 받아들여져야 해. 우리는 일반 사람들에게는 없는 한 가지 권리를 갖고 있어. 그것은 상처받은 동족의 고통을 배상받을 권리지. 그러나 나는 배상 청구를 원하지 않아. 나는 내 나라, 내 민족을 원해. 아프리카 인종이 지닌 여러 가지 장점은 아직 문명사회나 기독교 사회에서 빛을 내지 못했지. 아프리카인의 장점은, 앵글로색슨 족과는 다른 장점이지만, 도덕적으로 차원이 더 높은 부류라는 것일세.

투쟁과 갈등의 개척시대에는 세계의 운명이 앵글로색슨 족의 손에 맡겨졌어. 앵글로색슨 족의 엄격하고 단호하고 정열적인 특성이 그러한 임무에 적합했기 때문이지. 그러나 기독교인의 한 사람으로서 나는 다른 시대가 나타날 것으로 기대하네. 나는 우리가 새 시대의 경계선에 서 있다고 믿어. 지금 세계 각국이 고통 속에서 몸부림치는 것은, 세계적인 평화와 형제애가 탄생하기 위한 산통에 지나지 않는다는 것이 나의 희망적인 생각이야.

아프리카의 발전은 기본적으로 기독교에 바탕을 두어야 한다는 것이 나의 소신일세. 아프리카 인종은 지배하고 군림하는 인종은 아니지만 적어도 애정이 풍부하고 관대하며 용서할 줄 아는 종족이네. 하나님의 부름을 받고 불의와 압제의 용광로 속에 들어간 그들은 가슴으로 더욱 밀접하게 단결할 필요가 있어. 가슴속에 깃든 사랑과 용서의 숭고한 원칙을 통해서만 그들은 세계를 정복할 수 있어. 그 원칙을 아프리카 대륙 전체에 퍼뜨리는 것이 그들의 사명이야.

이런 과업에서 나 자신이 나약한 존재라는 건 인정해. 내 몸속을 흐르는 피의 절반은 뜨겁고 성급한 색슨 족의 피야. 그러나 나는 성경을 가르치는 설득력 높은 설교자를 내 옆에 두고 있어. 나의 아름다운 아내가 바로 그 설교자야. 내가 방황할 때마다 아내의 온화한 영혼이 항상 나를 제자리로 데려왔고 우리 인종의 기독교적 소명과 임무를 내 눈앞에 보여줬지. 기독교를 믿는 애국자이자 기독교를 가르치는 교사로서 나는 스스로의 선택에 따라 조국인 아프리카로 가네! 나는 성경에 나오는 찬란한 예언의 말씀을 마음속에서 아프리카에 자주 적용해. '전에는 네가 버림을 당하며 미움을 당하였으므로 네게로 가는 자가 없었으나 이제는 내가 너를 영원한 아름다움과 대대의 기쁨이 되게 하리니.'

자네는 나를 광신주의자라고 부를지도 모르지. 심사숙고하지 않았다고 말할 거야. 그러나 나는 깊이 생각했고 대가를 계산했네. 나는 낭만적인 극락세계를 찾아서 라이베리아로 가는 것이 아니라 일터를 찾아서 가네. 나는 두 손으로 열심히 일하면서 모든 난관과 역경에 맞서 싸울 것이네. 죽을 때까지 일할 거야. 이것이 내가 라이베리아로 가는 이유네. 나는 결코 실망하지 않으리라고 확신해.

나의 결심에 대해 자네가 어떤 생각을 하든 나에 대한 자네의 신뢰를 철회하지 않기만을 바라네. 내가 무슨 일을 하든 나의 민족에게 온 마음을 바쳐 행동한다는 것을 생각해주게.

- 조지 해리스

조지와 아내, 자녀들, 누이와 장모는 몇 주 뒤 아프리카로 가는 배에 탔다. 만약 우리가 잘못 생각하지 않았다면, 세상 사람들은 아프리카에서 그의 소식을 듣게 될 것이다.

오필리어와 톱시에 관한 간단한 이야기를 제외하면 우리의 다른 등장인물들에 관해서는 특별히 더 언급할 내용이 없다. 마지막 장은 조지 셸비에 관한 이야기에 할애할 것이다.

오필리어는 톱시를 데리고 버몬트의 고향집으로 돌아가 뉴잉글랜드 주민들이 '향우회'라는 명칭으로 부르는 엄숙한 심의기구를 깜짝 놀라게 만들었다. 처음에 향우회는 교육수준이 높은 자기네 지역사회에 톱시가 어울리지 않고 불필요한 사람이라고 생각했다. 그러나 오필리어가 자기 제자에 대한 의무를 양심적으로, 철저하고 능률적으로 이행했기 때문에 아이는 단기간에 점잖은 인간으로 성숙해 가족과 이웃의 귀여움을 받게 되었다. 성년이 된 톱시는 자청해서 세례를 받고 그 고장 기독교 교회의 신자가 되었다. 총명한데다 활동적이고 열성적인 톱시는 세상을 위해 선행을 베풀기를 간절히 원해서 마침내 아프리카 선교사무소에서 일할 선교사로 추천받아 승인을 얻었다. 우리가 들은 바에 의하면, 톱시는 어린 시절 그처럼 다양하고 자유분방한 발전의 원동력이 되었던 활동력과 독창력을 더욱 안전하고 건전한 방식으로 발휘해 아프리카의 원주민 어린이들을 가르치고 있다고 한다.

덧붙여두자면, 드 투아 부인이 수소문 끝에 최근 캐시의 아들을 찾아냈다는 사실을 들으면 일부 어머니는 안도의 한숨을 쉴 것이다. 정력이 넘치는 청년으로 성장한 아들은 어머니보다 몇 년 앞서 노예 상태에서 탈출했다. 북부 지방에서 압제당하는 노예들을 돕는 사람들이 캐시의 아들을 받아들여 교육을 시켰다. 그는 곧 가족을 뒤따라 아프리카로 갈 예정이다.

chapter 44
해방자

조지 셸비는 어머니에게 보낸 편지에 집에 도착할 날짜만 짤막하게 적었다. 옛 친구인 톰이 죽었다는 사연은 차마 적을 수 없었다. 몇 번이나 쓰려고 했지만 절반쯤 쓰면 목이 메어, 편지를 찢어버리고 눈물을 훔치면서 밖으로 뛰어나가 마음을 진정시켜야 했다.

그날 셸비 저택에서는 하루 종일 즐거운 소동이 이어졌다. 조지 도련님의 도착이 예정되어 있었기 때문이다.

셸비 부인은 히커리 장작이 경쾌한 소리로 타며 늦가을 저녁의 냉기를 몰아내고 있는 안락한 응접실에 앉아 있었다. 우리의 옛 친구 클로이 아줌마가 총지휘한 저녁 식탁에는 반짝이는 접시들과 세공 유리 식기들이 놓여 있었다.

옥양목으로 만든 새 옷을 차려입고, 희고 깨끗한 앞치마를 두르고, 풀 먹인 높은 터번을 쓴 클로이의 검고 윤이 나는 얼굴은 만족감으로 활짝 피어 있었다. 클로이는 순전히 안주인에게 말을 붙일 기회를 얻기 위해, 식탁 주변을 쓸데없이 어슬렁거렸다.

"자, 도련님은 이 자리가 더 편하지 않겠어요? 저쪽 난로 옆, 도련님이 제일 좋아하는 자리에 접시를 놔뒀거든요. 조지 도련님은 늘 따스한 자리를 좋아하시니까. 야, 저리 가! 샐리는 그 고급 찻주전자를 왜 안 갖고 오니? 내가 하고 말겠다! 마님, 도련님 소식을 들었어요?" 클로이는 궁금한 듯이 물었다.

"들었어. 하지만 한 줄밖에 안 쓰여 있어. 오늘 저녁에 집에 온다고 했어. 그게 다야."

"우리 영감 얘기는 전혀 없었나 보죠?" 클로이가 계속 찻잔을 만지작거리며 말했다.

"응, 다른 이야기는 하나도 없었어, 클로이. 집에 오면 다 말해주겠다고만 했어."

"도련님다워요. 도련님은 항상 모든 걸 직접 얘기하고 싶어 하잖아요. 도련님의 그 점이 좋아요. 백인들은 대개 모든 얘기를 다 써야 직정이 풀리는데 말이에요. 글 쓰는 게 그렇게 쉽고 편한 일이 아닌데."

셸비 부인은 미소를 지었다.

"우리 영감은 사내 녀석들과 아기를 못 알아볼 거 같구먼요. 와! 막내 딸내미는 이제 꽤 컸어요. 물론 착하고요. 폴리 말이에요. 요샌 옥수수 빵도 만들어요. 우리 영감이 옛날에 좋아했던 모양과 똑같이 굽죠. 그 양반이 이 집을 떠나던 날 아침에 내가 차려주었던 빵 말이에요. 아이구! 그날 아침, 내 기분이 어땠는지."

셸비 부인은 한숨을 쉬었다. 그 말을 들으니 마음에 무거운 돌덩이가 얹힌 것 같았다. 아들의 편지를 받은 뒤 그녀는 왠지 모르게 불안한 마음을 떨칠 수 없었다. 아들 편지에 담긴 침묵의 장막 뒤에 모종의 이야기가 숨어 있는 것 같았기 때문이었.

"마님, 그 돈 갖고 계시죠?" 클로이가 걱정스러운 듯이 물었다.

"그럼."

"퍼펙셔너가 준 돈을 우리 영감에게 보여주고 싶어서 그래요. 그분은 또 '클로이, 당신이 일을 더 해줬으면 좋겠는데'라고 말했어요. 그래서 제가 '주인님, 그동안 고마웠습니다. 저도 그러고 싶지만 우리 남편이 돌아와서 그래요. 그리고 주인마님은 제가 없으면 아무 일도 못 해요'라고 말했어요. 바로 그렇게 말했어요. 존스 사장님은 정말 좋은 분이세요."

클로이는 자기가 받은 월급은 무조건 모아둬야 한다고 고집스럽게 주장했다. 남편이 왔을 때 자기의 능력을 자랑하고 싶었기 때문이다. 그리고 셸비 부인은 그녀의 부탁을 기꺼이 들어주었다.

"그이는 폴리를 못 알아볼 거예요. 그이가 끌려간 지 벌써 오 년이 지났어요! 그때 폴리는 애기였는데. 간신히 설 정도였거든요. 그 애가 제 딴에는 걷는다고 하는데 자꾸 넘어져서 그이가 얼마나 웃었는지 몰라요."

이때 덜컥거리는 마차바퀴 소리가 들렸다.

"조지 도련님이 오셨어요!" 클로이 아줌마는 창가 쪽으로 달려갔다.

셸비 부인은 현관으로 달려가 아들을 껴안았다. 클로이는 불안한 마음으로 어둠 속을 열심히 둘러보았다.

"아, 불쌍한 클로이 아줌마!" 조지는 걸음을 멈추고 두 손으로 클로이의 검고 거친 손을 잡았다. "전 재산을 다 털어서라도 톰을 데려오려고 했어. 그런데 톰 아저씨는 더 좋은 나라로 갔어."

셸비 부인은 절규했지만 클로이는 아무 말도 하지 않았다.

일행은 식당으로 들어갔다. 클로이가 자랑스러워했던 돈 뭉치는 여전히 식탁 위에 놓여 있었다.

"저 돈은 두 번 다시 보고 싶지도 않고 얘기하기도 싫어요." 클로이는 떨리는 손으로 돈뭉치를 집어 안주인에게 주었다. "내가 걱정했던 대로 어떤 농장에 팔려 가서 그놈들 손에 죽은 거예요."

클로이는 뒤돌아 식당 밖으로 당당하게 걸어 나갔다. 셸비 부인은 조용히 그녀를 뒤따라 나가, 팔을 잡아 의자에 앉혔다. 그리고 자기도 그 옆에 앉았다.

"우리 착하고 불쌍한 클로이." 셸비 부인이 말했다.

클로이는 안주인의 어깨에 머리를 기대고 흐느꼈다. "아, 마님! 용서해주세요. 가슴이 너무 미어져요."

"그렇겠지." 셸비 부인도 눈물을 흘렸다. "내가 어떻게 위로해줄 수 있겠어.

하지만 주님은 위로해줄 수 있어. 주님은 상처 입은 마음을 낫게 하시고 상처를 감싸주실 거야."

잠시 침묵이 흘렀다. 그리고 모든 사람들이 소리 죽여 흐느꼈다. 잠시 후 조지가 클로이 옆에 앉더니 그녀의 손을 잡았다. 그리고 톰의 당당한 임종 장면을 설명했고, 그가 남긴 마지막 사랑의 메시지를 들려주었다.

한 달쯤 지난 후 어느 날 아침, 셸비 저택에 사는 모든 하인들이 젊은 주인의 말을 들으러 저택 중앙에 있는 대응접실에 모였다.

그는 이 집의 모든 하인들에게 줄 해방문서를 들고 나타나 모두를 놀라게 했다. 조지는 모든 하인들의 해방문서를 하나하나 읽은 다음, 제 손으로 건네주었다. 응접실에는 곧 흐느낌, 눈물, 환호성이 가득 찼다.

1863년 1월 1일자로 반란주 노예들의 해방을 알리는 공고가 1862년 9월 나붙었다. 북부연방과 노예제도 폐지를 지지하는 지주들에게는 소유하고 있던 노예를 풀어주는 대가로 노예 1인당 300달러의 보상금이 지급된다.

하지만 주인을 둘러싸고 자기를 이 집에서 내보내지 말라고 비는 사람들이 더 많았다. 그들은 근심 어린 얼굴로 해방문서를 조지에게 돌려주려 했다.

"저희는 지금보다 더 많은 자유를 바라지 않아요. 바라는 건 이미 다 갖고 있으니까요. 우리는 이 정든 집, 주인님과 마님, 그 밖의 모든 것에서 떠나고 싶지 않습니다."

"착한 내 친구들." 조지는 소란이 진정되자 얼른 말을 시작했다. "여러분이 반드시 나와 헤어질 필요는 없습니다. 이 집에는 전과 똑같이 많은 일꾼이 필요해요. 앞으로도 집안일을 하는 데는 사람이 필요합니다. 하지만 여러분은 이제 자유인입니다. 나는 여러분이 일을 하면, 서로 합의한 대로 임금을 주겠어요. 이렇게 하면, 내가 빚을 지거나 죽어도…… 이런 일은 언제라도 일어날 수 있어요. 여러분이 물건처럼 압수당하거나 팔려 가지 않아도 된다는 좋은 점이 있어요. 아마 내가 여러분에게 준 자유인의 권리를 행사하는 법을 배우고 익숙해지는 데는 다소 걸리겠죠. 부디 열심히, 잘 배우길 바랍니다. 나는 하나님을 믿습니다. 나는 성실하게, 기꺼이 여러분을 가르칠 거예요. 자, 친구들이여, 하늘을 보고 하나님께 자유의 축복을 내리신 데 대해 감사합시다."

이때 이 영지에서 나고 자라 백발이 무성하고 눈이 먼 한 늙은 흑인이 일어났다. 그리고 떨리는 두 손을 들어 올리며 말했다. "주님을 찬양합시다!" 모든 사람들이 일제히 무릎을 꿇고, 〈테 데움〉[142]을 부르기 시작했다. 지금까지 오르간과 종소리에 실려 하늘에 올라갔던 어떤 찬송가도 이 정직한 사람들의 마음에서 우러나오는 노래보다 감동적이고 가슴 뭉클하지는 못했을 것이다.

사람들이 일어서자, 다른 사람이 감리교회에서 부르는 찬송가를 선창했다. 이 노래의 후렴은 이렇다.

> 요벨의 해[143]가 되면
> 석방된 죄수들은 집으로 돌아가리

"한 가지 더 있습니다." 조지가 서로 축하의 말을 건네는 하인들을 진정시켰다. "여러분 모두 착한 우리 친구 톰 아저씨를 기억하죠?"

조지는 톰이 죽었을 때의 모습과 그가 이 집안 모든 사람들에게 전한 사랑의 작별 인사를 짧게 소개했다. 그리고 이렇게 덧붙였다.

"친구들이여, 나는 그의 무덤 앞에 서서, 나에게 노예를 풀어줄 능력이 있는 한, 두 번 다시 다른 노예의 주인이 되지 않겠다고 하나님 앞에 맹세했습니다. 앞으로 나 때문에 톰처럼 가족이나 친구와 헤어지고 농장에서 외롭게 죽을 위험에 빠지는 일은 누구에게도 없을 것입니다. 그러니 자유를 만끽하

시되 이 모든 것이 착한 톰 아저씨의 영혼에게 빚을 진 것임을 생각하십시오. 톰의 아내와 자식들에게 친절로써 보답해주셔야 합니다. 톰 아저씨의 오두막을 볼 때마다 여러분에게 주어진 자유를 생각하십시오. 그리고 그의 발자취를 따라 그처럼 정직하고 진실된 기독교인이 되겠다고 결심함으로써 그를 추모합시다."

chapter 45
맺는말

———

저자는 전국 각지의 기자들에게 이 이야기가 실화냐는 질문을 많이 받았다. 그리고 저자는 이런 질문들에 대해 한 가지 답을 내놓을 것이다.

이 이야기를 구성하는 개별적인 사건들은 거의 다 실화다. 여기에 소개된 사건 중 상당수는 저자 본인이나 친구들이 목격한 것들이다. 저자나 그 친구들은 여기에 소개된 거의 모든 등장인물들에 해당하는 사람을 직접 보았다. 그리고 등장인물들이 하는 말 역시, 거의 다 저자가 직접 듣거나 전해들은 이야기를 그대로 옮긴 것이다.

여기에 묘사된 엘리자의 외모와 성격은 실물을 보고 그대로 스케치한 것이다. 불멸의 충성심, 경건하고 정직한 마음을 지닌 톰 아저씨는 저자가 개인적으로 알았던 한 인물에 약간 살을 보태 발전시킨 것이다. 몇몇 비극적 또는 낭만적인 사건, 몇몇 끔찍한 사건 역시 실례를 바탕으로 묘사된 것들이다. 오하이오 강의 얼음장을 건넌 이야기는 많이 알려져 있는 실화다. 프루 할멈의 이야기는 당시 뉴올리언스에 있는 큰 상업회사에서 수금원으로 근무했던 저자의 남동생이 직접 목격한 사례다. 리그리라는 농장주의 성격 역시 그가 전해주었다. 남동생은 수금 출장길에 그의 농장에 들렀던 이야기를 들려주면서 리그리를 이렇게 묘사했다. "그는 실제로 나더러 자기 주먹을 만져보라고 했는데, 정말 대장장이가 쓰는 망치나 쇳 덩어리 같았다. 자기 말로는 껌둥이들을 하도 패서 단단해졌다고 했다. 그 농장을 나설 때 나는 안도의 한숨을 내쉬었다. 마치 사람을 잡아먹는 유령의 소굴에서 탈출한 기분이었다."

톰의 비극적인 운명 역시 비슷한 사례가 수없이 많으며, 그런 사례를 증언할 목격자 또한 이 나라 전역에 아직도 많이 살아 있다. 우리는 남부의 주들이 한결같이 유색인의 피가 섞인 사람은 백인이 피고인 재판에서 증언할 수 없다는 사법 원칙을 유지하고 있다는 걸 기억해야 한다. 또한 돈벌이에 눈이 먼 주인이 있고, 그런 주인의 횡포에 저항할 만큼 강한 용기와 원칙을 지닌 노예가 있는 곳에서는 그런 사례를 쉽게 찾아볼 수 있다는 것도 기억해야 한다. 사실 주인의 '성품' 외에는 아무것도 노예의 생명을 지켜줄 수 없다. 가끔 상상하지도 못할 끔찍한 사실들이 저절로 대중의 귀에 들어가는데, 그런 이야기가 흔하다는 말은 그 사실 자체보다 더 몸서리가 쳐진다. 사람들은 흔히 "그런 사건은 이따금 일어날 수 있다. 그렇다고 그것을 일반적인 관행의 표본으로 보면 안 된다"고 말한다. 만약 뉴잉글랜드의 법이 그렇게 생겨먹었기 때문에 어떤 장인(匠人)이 사법의 심판대에 설 걱정 없이 '이따금' 자기 제자를 죽을 때까지 고문하는 게 허용된다면, 여러분들은 그런 만행을 노예 학대의 경우처럼 차분하게 받아들일 수 있는가? 그런 경우에도 여러분은 "이런 사례는 매우 드물기 때문에 일반적 관행의 표본이 아니다"라고 말할 텐가? 이런 부정한 행위는 노예제도에 내재된 속성이다. 이런 짓을 하지 않고는 노예제 자체가 존속되지 않는다.

예쁜 물라토 여자와 쿼드룬 여자를 사고파는 공공연하고 부끄러운 짓은 펄 호 나포 사건 이후, 대중 사이에 이미 악명이 높다. 우리는 이 사건에서 피고측 변호인 중 하나였던 호레이스 만의 변론 일부를 인용하고자 한다. 그는 이렇게 말했다. "1848년 범선 펄 호에는 워싱턴 시에서 탈출을 시도한 사람들과 내가 지금 변호하려는 선원을 합쳐 모두 76명이 타고 있었다. 거기에는 감정가들이 최고 등급을 매길 만한, 매력적인 몸매와 외모를 갖춘 젊고 건강한 여자들이 몇 있었다. 엘리자베스 러셀도 그중 하나였다. 그녀는 금방 어느 노예 상인의 손아귀에 들어갔고, 뉴올리언스의 노예 시장으로 보내질 운명을 피할 수 없었다. 그녀를 아는 착한 사람들이 그녀를 동정했다. 그들은 1800달러를 줄 테니 그녀를 돌려보내라고 제안했고, 그 자리에 있는 몇몇 사람은 실제로 돈을 내놓기도 했다. 하지만 악마 같은 노예 상인은 인정사정없었다. 뉴올리언스로 가던 여자는 여정의 중간쯤에서 하나님이 자비를 베푸셨는지 병에 걸려 죽었다. 일행 중에는 에드먼슨이라는 자매가 있었다. 뉴올리언스 노예 시장으로 보내지기 직전에 자매 중 언니가 철면피 같은 주인을 찾아가 하나님의 사랑으로 자비를 베풀어달라고 빌었다. 그는 아름다운 옷과 아름다운 가구를 주겠다고 꼬드겼다. 그러자 그녀는 '네, 이승에서는 예쁜 옷과 가구가 좋을 수도 있죠. 하지만 저승에 가면 그것들은 어떻게 되죠?'라고 말했다. 자매도 뉴올리언스로 보내졌다. 하지만 나중에 상당한 액수의 몸값을 지불하고 되돌아왔다." 이 얘기 하나만 들어봐도 에멀린과 캐시 같은 사연을 가진 여자가 많다는 게 명백하지 않은가?

하지만 세인트클레어처럼 착하고 관대한 마음씨를 지닌 사람이 없지 않다는 사실도 짚고 넘어가야 공정할 것이다. 다음과 같은 일화가 그 점을 잘 말해준다. 몇 년 전, 한 젊은 남부 신사가 총애하는 하인과 같이 신시내티에 가게 되었다. 그 하인은 어릴 때부터 그의 시중을 들어주었다. 젊은 하인은 이 기회를 틈타 자유를 찾기로 마음먹고, 한 퀘이커교도의 집으로 도망쳤다. 그는 탈출한 노예를 많이 돕는 사람으로 꽤 유명했다. 주인은 몹시 화가 났다. 그는 항상 노예를 관대하게 대했고, 하인도 그를 좋아한다고 생각했기 때문에, 하인의 배신은 뒤통수를 치는 짓이라고 여겼다. 그는 성난 얼굴로 퀘이커교도의 집을 찾아갔다. 하지만 퀘이커교도는 범상치 않은 솔직함과 공평한 태도를 지닌 사람이었다. 그는 퀘이커교도의 주장과 설명에 아무 반론도 제기하지 못했다. 퀘이커 교도는 젊은 신사가 한 번도 듣지도 생각지도 못했던 노예제의 비극적인 면을 일깨워주었다. 주인은 퀘이커교도에게 노예가 자기 면전에서 자유를 원한다는 뜻을 확실히 밝히면 그를 풀어주겠다고 제의했다. 퀘이커교도는 두 사람의 면담을 주선했고, 그 자리에서 젊은 주인은 나탄이라는 노예에게 자기가 그동안 조금이라도 섭섭하게 대했는지 물었다.

"아닙니다, 주인님." 나탄이 말했다. "주인님은 항상 제게 잘해주셨죠."

"그런데 왜 내 집에서 나가려고 하는가?"

"주인님이 돌아가실지도 모르는데, 그러면 누가 제 주인이 되나요? 저는 자유인이 되는 게 낫습니다."

젊은 주인은 잠시 깊이 생각해본 뒤 대답했다. "나탄, 나도 네 입장이 되면 아마 똑같이 생각했을 거다. 너는 이제 자유인이다."

그는 그 자리에서 해방문서를 만들어주었고, 나탄이 새 인생을 시작하는 것을 도우라며 퀘이커교도에게 돈을 주었다. 그리고 나탄에게 매우 현명하고 친절한 충고의 편지를 써주었다. 그 편지는 한동안 저자의 손에 있었다.

저자 역시 적지 않은 남부 사람들의 특징인 고결하고 관대한 태도, 인간성을 이 책에서 정당하게 대접했다고 평가받기를 바란다. 그런 사례는 인간에 대한 극도의 절망감을 크게 완화시켜준다. 하지만, 그래도 묻고 싶다. 대체 이 나라 어디에 그런 성품이 보편적으로 퍼져 있다고 말할 수 있는 곳이 있는가?

저자는 오래전부터 노예제도를 다룬 책을 의도적으로 읽지 않았다. 그것은 탐구하기에 너무 고통스러울 뿐 아니라, 사람들이 깨우치고 문명이 발전하면 언젠가 제자리를 잡을 주제라고 생각했기 때문이다. 하지만 1850년에 법이 만들어진 이후에도 충격적이고 경악할 이야기가 계속 들려왔다. 실제로 기독교인이고 인도적인 사람들이 도망쳤다 잡힌 사람들을 다시 노예화하는 법을 옹호한다는 것이었다. 그것도 선량한 시민의 의무라며 그런다는 얘기였다. 저자는 북부의 자유주에 살고 있는 친절하고 인정 많고 존경할 만한 사람들이 기독교인의 의무에 대해 토론하고 떠들 때마다 이런 기독교인을 자처하는 자들은 노예제도의 실상을 모른다고 생각할 수밖에 없었다. 그들이 실상을 알았다면 그런 주제는 공개적인 토론의 대상이 되지 않았을 것이다. 바로 여기에서 노예제도의 실상을 '생생하고, 드라마틱하게, 현실을 있는 그대로' 드러내자는 욕망이 싹텄다. 그래서 노예제도의 실상을 공정하게, 즉 가장 좋은 면과 가장 나쁜 면을 모두 보여주기 위해 노력했다. 실상의 좋은 면을 보여주는 데는 아마 성공한 것 같다. 아! 하지만 반대쪽 측면, 즉 죽음의 계곡에 아직 파묻혀 있는 진실은 누가 말해줄 수 있을까?

여러분에게, 너그럽고 고상한 남부 사람들에게 묻는다. 어떤 시련도 이겨내는 능력, 아량, 순수한 영혼을 지닌 여러분에게 묻는다. 여러분은 속으로, 또는 사적인 대화의 자리에서, 이 저주받은 제도에 고난의 씨앗과 악마가 있다고 생각해본 적이 없는가? 반대로 될 수는 없을까? 인간이라는 족속이 무책임한 권력을 통째로 줘도 될 만큼 신뢰할 만한가? 노예에게 법정 증언을 허용하지 않기 때문에 모든 노예 소유주들이 무책임한 폭군이 되는 것이라고 생각하지 않는가? 그런 악법이 실제로 어떤 결과를 낳을지 추론하지 못하는 사람이 있는가? 만일 여러분에게 정말 명예와 정의와 인도주의에 대한 대중적인 감정이 있다면, 악하고 잔인하고 천박한 자들에 대한 대중적인 감정도 있을 것 아닌가? 노예법이 허용한다고 해서 악하고 잔인하고 천박한 자들도 가장 선하고 가장 순수한 사람과 똑같이 많은 노예를 소유해도 괜찮은가? 이 세상에 명예를 알고, 정의롭고, 고결하고, 인정 많은 사람들이 다수를 차지하고 있다고 말할 수 있는가?

미국법에 따르면 현재 노예 매매는 해적 행위로 간주된다. 하지만 옛날에 아프리카 해안에서 노예들이 체계적으로 사냥됐을 때처럼, 지금도 체계적으로 자행되고 있는 노예 거래는 미국 노예제도가 낳은 부수적이고 불가피한 결과다. 노예제가 낳은 가슴 찢어지는 사연들, 끔찍한 이야기들이 밝혀질 수 있을까?

저자는 지금 흑인들의 고난과 절망에 대한 희미한 그림자, 흐릿한 그림을 독자에게 제시했을 뿐이다. 노예제도는 지금 이 순간에도 숱한 사람들의 가슴을 찢어놓고, 수많은 가정을 박살 내고, 이 절박하고 감정이 풍부한 인종을 광기와 절망의 늪으로 몰아내고 있다. 지금 살아 있는 사람들 중에는 이 저주받을 노예 장사 때문에 자식을 제 손으로 죽이고 스스로 목숨을 끊음으로써 죽음보다 더 두려운 고통으로부터 안식을 얻었던 흑인 어머니들의 사연을 알고 있는 사람이 아직도 많다. 그러나 이 나라의 숱한 강변에서, 잘난 미국법과 십자가의 그늘 밑에서 매일, 하루에도 여러 번씩 자행되는 이 비극적인 이야기를 글로 쓰거나, 말하거나, 구상할 수 있는 사람은 아무도 없을 것이다.

자, 미국의 남녀들이여, 대답하라. 이런 일이 사소하고, 미안하다고 하면 그만이고, 침묵 속에 흘려보내도 되는 일인가? 매사추세츠, 뉴햄프셔, 버몬트, 코네티컷의 농부들이여, 메인 주의 용감하고 호탕한 선원들과 선주들이여, 이것이 당신들에게는 눈감아주거나 오히려 부추겨야 할 짓인가? 뉴욕의 용감하고 아량 넓은 시민들, 오하이오를 비롯한 대초원 지역에 사는 부유하고 유쾌한 농부들에게 묻는다. 이것이 그대들이 보호하고 너그럽게 봐줘야 하는 일인가? 그리고 당신, 자식의 요람 옆에서 아기를 가졌을 때의 신성한 사랑의 정신으로, 아기를 키울 때의 모성애와 부드러움으로, 아기를 가르칠 때 근심 걱정하는 마음으로, 아기에게 영원한 행복을 기원할 때 기도하는 마음으로 모든 인류를 사랑하고 동정해야 한다는 걸 깨달은 미국의 어머니들에게 말하노라. 당신과 똑같은 감정을 갖고 있으나 제 품속의 아기를 지키고 키우고 가르칠 법적 권리가 전혀 없는 그 어머니들을 동정하라고 간곡히 애원한다! 병든 아이의 곁을 지키는 마음으로, 영원히 잊히지 않는 그 죽어가는 눈을 보는 심정으로, 아기를 돕지도 살리지도 못하는 아픈 가슴을 더욱 찢어놓는 최후의 울음소리를 듣는 마음으로, 텅 빈 요람을 들여다볼 때의 슬픈 마음으로, 이 나라의 노예 장사 때문에 끊임없이 자식을 갖지 못하는 운명에서 벗어나지 못하는 그 어머니들을 동정하라고 나는 애원한다. 자, 미국의 어머니들이여, 말해보라. 이것이 정말 당신이 지켜야 하고, 찬성하고, 침묵 속에 흘려보낼 짓인가?

자유주에 사는 사람들은 이런 일과 무관하며, 어떻게 해볼 수도 없다고 말할 셈인가? 하나님 앞에서 그 말이 옳다고 할 수 있을까? 아니다, 사실이 아니다. 자유주의 주민들도 노예제도를 옹호했고 부추겼으며 참여했다. 오히려 교육과 관습으로 사죄하지 않는다는 점에서, 하나님의 눈으로 보면 그들의 죄가 남부 사람들보다 더 크다.

자유주의 모든 어머니들이 옛날에 올바르게 생각했다면, 그 자식들이 노예를 소유해 악독한 노예 소유주로 전설에 남는 일은 없었을 것이다. 그 자식들이 노예제도가 전국에 확산되는 꼴을 못 본 체하지는 않았을 것이다. 그 자식들이 인간의 영혼과 몸을 마치 돈처럼 주고받는 짓을 하지 않았을 것이다. 북부 지방의 도시들에서 지금도 많은 노예 상인들이 노예를 일시적으로 소유했다가 되파는 짓을 반복하고 있다. 그런데도 남부만 노예제도에 따르는 죄와 오명을 몽땅 뒤집어써야 하는가?

북부의 남자들, 북부의 어머니들, 북부의 기독교인들은 남부의 형제들을 비난하는 일 외에 다른 할 일이 있다. 그들은 자신들 속에 숨어 있는 사악한 심성을 돌아봐야 한다.

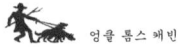

하지만 개인이 무슨 일을 할 수 있냐고 물을 텐가? 이 점에 대해 대답하겠다. 모든 개인은 독자적으로 판단할 수 있다. 그러므로 모든 개인이 할 수 있는 일이 하나 있다. 스스로 옳다고 생각하는 일을 실행하는 것이다. 동정하는 분위기가 조성되면, 그것은 모든 인간에게 영향을 끼친다. 그리고 인도주의의 위대한 명분을 강하고 건전하고 정의롭게 느낄 수 있는 사람들은 인류에게 끊임없이 은혜를 베푸는 사람들이다. 따라서 여러분은 자신이 이 문제에서 어느 쪽 의견에 공감하는지 헤아려봐야 한다. 당신의 마음은 그리스도의 정신과 일치하는가? 아니면 현실 정책의 정당성을 주장하는 궤변에 의해 휘둘리거나 타락했는가?

북부의 기독교인들이여! 당신들에게는 또 다른 힘이 있다. 당신들은 기도할 수 있다! 기도의 힘을 믿는가? 아니면 신도로서의 막연한 습관으로 기도할 뿐인가? 당신은 외국의 이교도들을 위해 기도하고, 국내의 이교도들을 위해서도 기도한다. 그렇다면 절망에 빠진 그 흑인 기독교인들을 위해서도 기도하라. 그들의 신앙적 발전은 전적으로 매매와 판매라는 우연한 사건에 달려 있기 때문에, 우리 죄인들이 용기와 순교의 은총을 베풀지 않으면 이들이 기독교 정신을 고수하기란 대체로 불가능하다.

당신이 할 일은 또 있다. 우리 자유주의 해안에는 하나님의 은총으로 간신히 노예제도의 늪을 빠져나온 남녀, 즉 해체된 가정의 불우한 희생자들이 속속 도착하고 있다. 이들은 대개 지식수준이 빈약한데다가, 모든 기독교 정신과 도덕률을 어지럽히고 헷갈리게 만든 노예제도 때문에 도덕적 기반도 불안한 사람들이다. 그들은 안식처를 찾아 당신에게 온다. 그들은 교육, 지식, 기독교 정신을 갈구하고 있다.

오, 기독교인들이여, 당신은 이 불행한 사람들에게 무슨 빚을 지고 있는가? 미국의 모든 기독교인에게는 그동안 미국이 국가의 이름으로 아프리카 인종에게 가했던 악행을 조금이라도 치유할 책임이 있지 않을까? 교회와

학교는 이들이 들어오지 못하게 문을 잠글 것인가? 주정부 차원에서 이들을 모조리 내쫓을 것인가? 기독교 교회는 그들이 당하는 핍박을 못 들은 척하고, 그들이 뻗는 절망의 손을 외면할 것인가? 그리고 주 경계선까지 도망자들을 추적해온 잔인한 자들 앞에서 계속 침묵함으로써 결과적으로 그들에게 용기를 줄 셈인가? 그렇게 된다면 이 나라에는 슬픈 광경이 펼쳐질 것이다. 그렇게 된다면 나중에 이 나라는 국가의 운명이 동정심 많고 자애로우신 하나님의 수중에 있음을 기억할 때, 두려움에 떨 이유를 갖게 될 것이다.

당신은 "우리는 그들이 여기 있는 걸 바라지 않는다. 아프리카로 가도록 내버려둬라"라고 말할 셈인가?

하나님의 섭리로 아프리카에 노예들의 피난처가 생겼고, 그것은 아주 중요하고 주목할 만한 사실이다. 하지만 그것이 기독교 교회가 이 추방된 인종에 대한 책임을 팽개치는 이유가 될 수는 없다.

라이베리아를 노예의 사슬에서 막 풀려난 무지하고 경험 없고 반야만 상태의 인종으로 채운다면, 새로운 국가의 건설에 수반되는 투쟁과 갈등의 기간만 한없이 늘어날 것이다. 북부의 교회는 그리스도의 정신으로 이 불쌍한 고난자들을 받아들여야 한다. 이들을 받아들여 이들이 도덕적, 지적으로 성숙할 때까지 기독교 국가의 교육 혜택을 주어야 한다. 그런 다음에 그들이 미국에서 배운 교육을 실천에 옮길 수 있도록 그 아프리카의 해변으로 인도해야 한다.

소수이긴 해도, 북부에는 이런 일을 해온 일단의 사람들이 있다. 그 결과 이 나라에는 이미 노예 출신으로도 금방 재산과 명성을 얻고 교육을 받은 모범적인 사람들이 있다. 이들은 정직과 친절과 부드러운 마음씨라는 도덕적 특성으로, 여건을 감안하면 놀라지 않을 수 없을 정도로 재능을 계발했으며, 영웅적이고 자기 부정적인 노력으로 아직 노예 상태에서 벗어나지 못한 형제들과 친구들의 몸값을 부담하고 있다. 이들의 업적은 그들이 나고

 엉클 톰스 캐빈

1865년 4월 9일 애포머톡스, 남부 연합의 리 장군이 항복 문서에 서명하다.[144]

1865년 5월 22일, 승리한 연방군 부대가 이곳 펜실베이니아 대로를 따라 시가행렬을 펼쳤다.
연방기(성조기)를 흔드는 지치고 일그러진 참전용사들의 얼굴에는 자랑스러움이 묻어 있다.
1865년 12월 미 연방 공화국 영토에서는 흑인 노예제를 비롯한 모든 종류의 노예제도가 폐지됐다.[145]
환희에 찬 사람들. 수많은 옛 노예들이 농장을 떠난다. 셀림 또한 그들 중 하나다.
그럼에도 불구하고 노예들을 강제로 묶어두려는 주인들로 인해
지난 3월 연방정부는 '해방노예, 탈주자 및 유기 토지 사무국'을 신설해 그들의 권리를 보호했다.
하지만 루이지애나를 비롯한 몇몇 남부 주에서는 흑인법 제정과 같은 합법적 장치를 내세워
주 영토 내에서의 노예제도를 유지했다.

자란 환경을 생각하면 놀라지 않을 수 없을 만큼 뛰어나다.

저자는 노예제도를 실시하는 주에 접한 지역에서 오래 살았기 때문에 노예 출신 주민들의 삶을 관찰할 기회가 아주 많았다. 저자의 집에서 그런 사람들이 하인으로 일했었다. 학교에서 이들을 받아들이지 않았기 때문에 저자는 많은 사람들을 제 자식과 같이 집에서 직접 가르쳤다. 또한 저자는 캐나다에서 도주 노예들과 생활하는 선교사들을 통해 흑인들의 능력과 관련해 매우 고무적이고, 스스로의 경험과도 일치하는 목격담을 많이 들었다.

해방된 노예들의 가장 큰 소망은 교육이다. 그들은 자식 교육을 위해서라면 무슨 일이든 마다하지 않는다. 그리고 저자도 직접 목격했고, 그들을 가르치는 교사들의 증언도 마찬가지인데, 이들은 지적으로 대단히 뛰어난 인종이며 빨리 배운다. 신시내티에는 자비로운 사람들이 이들을 위해 창설한 학교가 많이 있는데, 흑인들의 학교 성적이 이 사실을 입증해준다.

저자는 당시 오하이오 주 소재 레인 신학교에서 가르친 C. E. 스토[146]교수가 현재 신시내티에 살고 있는 해방된 노예들의 능력과 관련하여 작성한, 다음과 같은 진술서를 공개하고자 한다. 이것은 이 인종이 별다른 도움이나 격려가 없어도 얼마나 놀라운 능력을 지니고 있는지를 잘 보여 준다.

여기에는 이름의 이니셜만 기록돼 있으며, 이들은 모두 신시내티 주의 주민들이다.

B. 가구 기술자. 이 도시에서 20년 살았다. 재산은 1만 달러. 혼자 힘으로 모음. 침례교도.

C. 순수 흑인. 아프리카에서 납치되어 뉴올리언스로 팔려 감. 15년 전에 자유인이 됨. 자기 몸값 600달러를 지불했음. 농부. 인디애나 주에 네댓 개의 농장을 소유함. 장로교회 신도. 혼자 힘으로 1만 5000~2만 달러를 벌었음.

K. 순수 흑인. 부동산 중개인. 재산은 3만 달러. 약 40세. 6년 전에 자유인이 됨.

1800달러를 지불하고 가족을 데려옴. 침례교 신자. 주인에게서 물려받은 유산을 잘 관리해 재산을 늘렸음.

G. 순수 흑인. 석탄 장사. 약 30세. 재산은 1만 8000달러. 스스로 벌어 한때 1600달러까지 내려갔던 몸값의 두 배를 지불함. 스스로의 힘으로 그 모든 돈을 마련했음. 대부분은 노예로 있던 시절에 주인의 사업을 도와 마련했음. 훌륭하고 신사다운 친구임.

W. 쿼드룬. 이발사 겸 웨이터. 켄터키 출신. 19년 전 자유인이 됨. 가족의 몸값으로 3000달러 이상을 지불함. 재산은 2만 달러. 자기 힘으로 모음. 침례교 교회의 집사.

G. D. 쿼드룬. 회반죽 기술자. 켄터키 출신. 9년 전 자유인이 됨. 2만 달러의 재산가. 본인과 가족의 몸값으로 1500달러 지불. 최근 60세로 타계. 재산은 6000달러.

스토 교수는 "G씨를 제외한 모든 사람들과 오랫동안 개인적으로 알고 지냈으며, 내가 직접 아는 사실을 바탕으로 이 사실을 진술한다"고 적었다.

또한 저자는 아버지의 집에서 세탁부로 일했던 한 늙은 유색인 여인을 잘 기억하고 있다. 그 여인의 딸은 노예와 결혼했다. 그녀는 대단히 활동적이었고, 유능했다. 근면하고 절약하는 태도와 극도의 자기 절제력에 힘입어 남편을 자유의 몸으로 만들기 위해 900달러를 모았다. 돈이 모이는 족족 남편 주인의 손에 쥐여준 것이 총 900달러에 이르렀다. 100달러만 더 모으면 되는데, 남편이 죽고 말았다. 그녀는 돈을 한 푼도 돌려받지 못했다.

이것은 노예들이 자유 상태에서 얼마나 큰 극기심, 정력, 인내력, 정직한 태도를 보이는지를 나타내는 많은 사례 중 일부에 지나지 않는다.

우리는 이런 사람들이 모든 불이익과 악조건을 극복하고 스스로의 힘으로 비교적 큰 부와 사회적 지위를 이루었다는 점을 잊지 말아야 한다. 오하이오 주의 법률에 따르면 유색인은 유권자가 될 수 없으며, 몇 년 전까지만 해도 백인에 대한 소송에서 증언할 권리마저 인정받지 못했다. 이런 사례는 오하이오 주에만 국한된 것이 아니다. 북부연방에 속한 모든 주에서 우리는 어제 노예의 족쇄를 깨고 나와 순전히 본인의 노력으로 사회에서 존경받는 지위에 올라선 사람들을 많이 볼 수 있다. 이들의 노력은 아무리 찬양해도 지나치지 않다. 목사 중에서는 페닝턴, 편집자 중에서는 더글러스와 워드 같은 사람들이 바로 그러한 사례에 속한다.

이 박해받는 인종은 그 모든 좌절과 불이익에도 불구하고 이런 위업을 이루었는데, 만일 기독교 교회가 주님의 정신으로 이들에게 이로운 방향으로 행동한다면 얼마나 더 큰 위업을 달성할 수 있을까!

지금은 많은 나라들이 동요하고 변화의 몸부림을 치는 시대다. 해외에서 일어난 강력한 힘이 지진이 난 것처럼 세상을 요동치게 하고 들어 올리고 있다. 미국은 안전한가? 제 품에 아직 치유되지 않은 거대한 불의의 씨앗을 담고 있는 나라들은 예외 없이 이 최후의 격변에 휩싸일 소지를 안고 있다고 봐야 한다.

이렇게 모든 나라를 뒤흔들고 있고, 여기서 옮길 수 없는 각종 언어로 나타나는 신음소리는 다 무엇을 위한 것인가? 인간의 자유와 평등을 위한 것인가?

오, 기독교여, 새 시대의 징후를 읽어라! 이 힘은 아직 당신의 왕국을 세우지 못하시고, 하늘에서처럼 땅에서 당신의 의지를 행하시지 못한, 바로 '주님'의 힘이 아닌가?

그러나 주님이 오시는 날을 누가 맞이할 수 있을까? "용광로의 불 같은 날이 이르리니, 품꾼의 삯에 대하여 억울하게 하며 과부와 고아를 압제하며 나그네를 억울하게 하며 나를 경외하지 아니하는 자들에게 속히 증언하리라. 그리고 압박하는 자를 꺾으리로다"라고 말씀하시지 않는가?

이 말은 커다란 불의를 가슴에 품고 있는 미국 같은 나라에 끔찍한 말씀이 아닌가? 기독교인들이여! 그대들은 주님의 왕국이 어서 오기를 기도하면서, 그 예언이 주님이 인간을 구원하러 오시는 날임과 동시에 '복수의 날'이기도 하다는, 끔찍한 사실을 암시하고 있다는 걸 어째서 모르는가?

우리에게 은총의 날은 아직 오지 않았다. 북부와 남부 모두 주님에게 죄를 저질러왔으며, 기독교는 이 질문에 대답할 막중한 책임을 지고 있다. 우리는 하나로 뭉쳐 참회와 정의와 은총으로 북부연방을 살려야 한다. 불의와 잔인성을 옹호하기 위해서가 아니다. 죄로 물든 도시를 만들기 위해서가 아니다. 죄지은 자를 연자맷돌에 매어 바다에 가라앉히는 세속의 법은 불의와 잔인성이 전능하신 하나님을 분노하게 할 것이라는 훨씬 강력한 법칙에 비하면 조금도 확실하지 않기 때문이다.

옮긴이의 주

1 켄터키 : 미국 중동부의 주.
2 신사 : 영국의 귀족 작위는 세습제로 큰아들에게만 이어지게 되어 남은 자녀들은 귀족 아래 신분인 향사가 될 수밖에 없었다. 어린 시절부터 귀족의 기품을 익힌 이 향사들은 새로운 계급인 젠트리gentry를 형성했고 이 계급이 오늘날의 젠틀맨gentleman, 즉 신사의 기원이 된다. 이는 중세에는 신분적 의미가 강했으나 15~16세기에 이르러 중소규모의 토지소유자, 기사, 법률연구가, 전문 직업 종사자, 교수, 목사까지도 포함돼 강력한 사회계층을 형성하게 된다. 현대의 신사는 보통 사립학교에서 공부하고 친절, 예절, 성실 등 기독교 원칙에 입각한 행동철학을 익힌 중상류층을 가리킨다.
3 린들리 머레이(1745~1826): 영국에서 말년을 보내며 유명한 저서 『영문법』을 완성한 미국의 어문학가.
4 뉴올리언스 : 미국 남부 루이지애나 주의 주도.
5 쿼드룬 : 흑인의 피를 4분의 1 이어받은 혼혈. 흑인과 백인 사이의 혼혈은 '물라토', 물라토와 백인의 혼혈을 '쿼드룬'이라 부른다. 쿼드룬과 백인의 혼혈은 '옥토룬'이라고 부른다.
6 윌리엄 윌버포스(1759~1833): 노예해방을 위해 격렬하게 싸운 영국 정치가.
7 나체즈 : 미국 남부 미시시피 강가의 나체즈 주변 지역. 나체즈는 18세기 프랑스인과의 전쟁으로 죽은 인디언 부족의 이름이기도 하다.
8 엘리 휘트니(1765~1825): 미국의 공학자이자 발명가. 1794년 목화 씨와 솜을 분리하는 장치인 조면기를 발명해 목화 문화 발전에 크게 기여했다.
9 캐나다 : 흑인 노예들은 자유를 찾아 캐나다로 도망가기도 했다. 그들은 간혹 노예제도에 반대하며 노예제도 폐지와 노예해방을 주장하는 백인들로 구성된 조직의 도움을 받기도 했다. 지하실이나 동굴, 하수로 등을 이용했다고 해서 '지하 철도'라는 의미의 '언더그라운드 레일로드'라는 이름이 붙은 이 조직의 활동은 비밀리에 이루어졌다.
10 조지 워싱턴(1732~1799): 미국 독립의 영웅으로, 1789년 미국의 초대 대통령으로 선출된다.
11 노예 폐지론자 : 노예제도 폐지 움직임은 19세기 초 미국에서 생겨났다. 그러나 노예제도 폐지 법령이 공포된 것은 1851년 『엉클 톰스 캐빈』이 처음으로 발표된 지 14년이 지난 후 남북전쟁이 끝날 무렵의 일이다. 남북전쟁은 노예제도를 반대하던 북부와 옹호하던 남부가 대립해 벌인 전쟁이다.
12 흑단나무 : 노예 상인들은 아프리카에서 온 흑인을 가리켜 '흑단나무', 흑인 노예 매매를 '흑단나무 교역'이라고 불렀다.
13 세인트제임스 : 16세기 초, 헨리 8세가 런던에 지은 궁전. 1830년까지 왕궁으로 쓰였다.
14 사자왕 리처드(1157~1199): 영국의 헨리 2세와 아키타니아(현 프랑스 남서부의 아키텐 지방)의 알리에노르 사이에서 태어난 리처드 1세는 일련의 기상천외한 모험과 상상을 초월하는 용맹함으로 유명하다. 그는 3차 십자군원정 때, 그리고 영국 왕위 쟁취를 둘러싸고 프랑스의 존엄왕 필리페 2세와 동생 존과 분쟁할 때 검을 휘둘렀다.
15 오하이오 강 : 미국 미시시피 강의 지류로, 이 강의 북쪽은 켄터키 주와 인디애나 주와 오하이오 주의 경계다.
16 뉴펀들랜드 개 : 체격이 크고 짙은 검은색의 긴 털

을 지닌 개. 흔히 인명구조 작업에 쓰이는 개로 사냥견으로는 전혀 어울리지 않는다.

17 켄터키 주의 주민 시메르가 1850년 가결된 '도주 노예 단속법'을 몰랐다는 사실을 암시하고 있다. 이 법률안은 도망친 노예를 돕는 것을 금지했으며, 노예제도를 반대하는 주의 영토일지라도 주인은 도주한 노예를 찾아올 수 있다.

18 고레: 세네갈의 수도 다카르 앞바다에 있는 작은 섬으로, 16~19세기까지 약 300년 동안 노예 무역의 중개지로 이용되었다.

19 지침서에는 대개 구매할 노예의 숫자, 예정 항로, 닻을 내리고 노예를 구매해야 할 아프리카의 해안들, 가격 상한선, 노예에게 먹여야 할 음식, 질병을 예방하기 위한 위생 수칙 등이 적혀 있다.

20 존 버니언(1628~1688): 종교적 색채의 글을 쓴 영국 작가. 12년간 옥살이를 하며 여러 편의 시를 썼다. 1678년작 『천로역정』의 저자로 유명하다. '개 같은 성질'은 『천로역정』에 나오는 표현이다.

21 샌더스키: 미국 오하이오 주의 샌더스키 시 주변 지역. 당시 노예들은 탈출을 돕는 지하조직 '언더그라운드 레일로드'의 도움을 받아 이곳에서 배를 타고 이리 호를 건너 온타리오 주 애머스트버그를 거쳐 캐나다로 달아났다.

22 봄버진: 견사와 털로 짠 직물.

23 톰은 미국 남부의 루이지애나 주로 가게 될 것인데, 당시에 습지가 많은 그곳에서는 고인 물웅덩이로 인한 전염병이 만연했다. 또한 아열대성 기후 지역이라서 여름에 굉장히 무덥기도 하다.

24 하갈과 사라, 오네시모는 성경에 등장하는 인물들이다. 이집트 노예 하갈은 히브리 족장 아브라함의 아내 사라의 몸종이었다. 사라는 자신이 아이를 가질 수 없다고 여기고 하갈을 아브라함의 침실에 들여보낸다. 그러나 젊은 몸종 하갈이 아브라함과의 사이에서 사내아이 이스마엘을 낳자 사라는 그녀를 사막으로 내쫓는다. 그러나 천사가 나타나 하갈을 구해준 후 다시 사라의 집으로 되돌아가라고 조언한다. 한편 1세기 소아시아의 노예였던 오네시모는 주인 빌레몬의 집에서 도망친다. 그러나 그를 감옥에서 만난 사도 바울은 그를 기독교인으로 개종시키고 선처를 바라는 편지, 즉 바울서신 중 옥중서신을 써서 주인에게로 돌려보낸다.

25 침례교도: 16세기에 생겨난 기독교의 한 종파인 침례파 신봉자들을 가리킨다. 그들은 지적 성숙이 결여된 상태의 유아세례를 무효하다고 보고, 성인이 되어 다시 세례를 받아야 한다고 생각했다. 당시 독일의 몇몇 침례파 교도들은 서민 계급의 참혹한 가난에 충격을 받아 종교적 공산주의, 즉 극단적 평등주의를 실천하려는 급진적 사상으로 인해 고된 박해를 당했다.

26 『신약성서』, 「마태복음」 2:18.

27 여기서 말하는 낡고 두꺼운 책은 성경을 가리킨다.

28 버지니아: 켄터키 주의 동쪽에 있는 버지니아 주는 당시 수많은 노예들을 부리며 담배 농사로 부유한 주였다.

29 루이빌: 오하이오 강 왼쪽에 있는 켄터키 주의 도시다.

30 다음의 인용문은 노예제도를 지지한 필라델피아의 신학자 조엘 파커가 한 말이다.

31 연방정부: 1787년의 연방 헌법은 각각의 독립된 주들로 이루어진 국가로서의 미국을 선언한다. 오늘날 미국은 50개의 주로 이루어져 있지만, 이 소설이 출간될 당시에는 31개 주였다.

32 토머스 클라크슨(1760~1846): 노예제도에 반대하는 격렬한 투쟁을 벌인 영국인. 노예제도 폐지를 위해 전 유럽을 돌며 강연을 벌이고 조직을 결성했으며 수많은 글을 썼다. 영국에서 1807년의 흑인 교역 폐지와 1833년 노예해방 포고에 크게 기여했다.

33 퀘이커교: 친우회라고도 불리는 기독교의 한 종파다. 1650년대 영국의 조지 폭스(1624~1691)가 제창한 명상운동으로 시작했다. 평화사상, 연대의식, 검소한 생활을 강조하고 교육을 중요시한다. 퀘이커교도들이 영국에서의 박해를 피해 아메리카 대륙에 정착한 것은 17세기 말이다. 19세기에 퀘이커교도들은 그들의 신념에 따라 노예제도를 반대하는 매우 적극적인 투쟁을 벌였다.

34 크레이프: 비단이나 양모로 만든 가볍고 주름진 직물이다.

35 평등을 중요시한 퀘이커교도들은 상대방을 가리킬 때 'you' 대신에, 모든 사람을 높이는 의미에서 'thou', 'thee'를 사용했다.

36 저먼 타운 결의문: 저먼 타운은 현재의 펜실베이니아 주 필라델피아에 해당한다. 1688년 펜실베이니아의 메노나이트파 퀘이커교도들은 노예 무역과 노예제도가 기독교 정신에 반하는 것임을 지적하는 결의문을 발표하는데, 이것이 서구에서 노예제도를 반대한 첫 공개적 선언이다.

37 정착촌: 다른 지역에서 온 사람들이 거주하는 마을. 퀘이커교도들이 첫 정착촌을 형성한 것은 대서양 연안의 뉴저지이고, 이어 북아메리카의 여러 주에 흩어져 살며 새로운 정착촌을 마련해갔다. 여기서는 인디애나 주의 정착촌을 가리킨다.

38 『구약성서』, 「출애굽기」에 나오는 표현이다. 성경에서는 이집트를 의미한다.

39 인디애나 주: 오하이오 주의 동쪽, 켄터키 주의 북쪽에 위치한다. 캐나다와 인디애나 주를 가르는 미시간 호수가 북쪽에 닿아 있다.

40 비너스의 허리띠: 미의 여신 비너스의 매력을 돋보이게 하고 사람들을 매혹시켰던 상징적 장식이다.

41 성서에 나오는 족장들은 언제나 긴 수염을 지니고 있으므로, 족장들을 본받고자 하는 퀘이커교가 면도를 하는 것은 그에 반하는 행동이라고 비꼰 것이다.

42 조지 고든 바이런(1788~1824)의 풍자시 「돈 후안」의 일부다.

43 프랑수아 르네 드 샤토브리앙(1768~1848): 18세기 말 프랑스의 유명 작가. 아메리카 대륙 체류를 통해 영감을 얻어 쓴 여러 권의 저서로 미국인에게 잘 알려졌다. 미시시피 강을 배경으로 한 작품 『아탈라』, 아탈라 연작 중 하나로 야생의 아메리카 대륙을 접하며 내적 평화를 찾는 주인공의 이야기를 다룬 「르네」, 1727년 프랑스에 대항해 혁명을 일으킨 루이지애나 주의 인디언 나체즈 족 파멸의 역사에서 영감을 얻은 산문시 「나체즈」 등이 있다.

44 키케로(BC 106~BC 43): 로마의 정치가, 연설가, 작가. 정치인으로 활발한 활동을 했던 그는 말년에 딸 툴리우스를 잃고 절망에 빠져 『위안에 대하여』를 집필한다.

45 판: 그리스 신화에 등장하는 목동과 양떼를 보호하는 신. 흔히 그리스 시인들은 판을 음악가로 그려내곤 했다.

46 버몬트: 미국 북동부 뉴잉글랜드 지역에 있는 버몬트 주는 청교도운동과 결부된 소수 종교들이 뿌리를 내린 곳이다. 장로교의 기원이 되는 청교도는 성경을 대단히 중요시했다. 아버지와 남편이 목사였던 이 소설의 작가 해리엇 비처 스토는 청교도주의 사상에 지대한 영향을 받았다.

47 폰처트레인 호수: 루이지애나 주 뉴올리언스 북부에 있는 커다란 호수.

48 샤를 롤랭(1661~1741): 프랑스의 문인으로, 오랫동안 교수이자 교육기관의 책임자로 일했다. 1731년경 『고대사』를 출간했다.

49 존 밀턴(1608~1674): 영국의 시인. 성서에서 영감을 받아 『실락원』이라는 유명한 장편 서사시를 썼다.

50 제디다이아 모스: 1789년 『미국 지도』를 출간한 지

리학자이자 목사. 1791년 매사추세츠에서 태어난 그의 아들 새뮤얼 모스(1791~1872)는 '모스 전신기'를 발명했다.

51 티모시 플린트(1780~1860): 매사추세츠 주의 목사. 1815년부터 1825년까지 미시시피 주와 오하이오 주의 골짜기를 찾아다니며 선교를 했다.

52 샌드위치 군도: 오세아니아 대륙 폴리네시아 군도에 있는 하와이를 가리키는 옛 이름. 1778년 영국인 탐험가 제임스 쿡(1728~1779)이 발견해 알려졌으며, 1959년 미합중국의 50번째 주가 된다.

53 『구약성서』에 따르면, 아라비아의 도시 시바를 통치하던 여왕이 유대인들의 왕인 솔로몬의 지혜로움에 관한 명성을 듣고 이스라엘을 방문하는데, 당시 솔로몬은 눈부시게 호화로운 왕궁을 건설했다.

54 감리교: 18세기 영국에서 설립된 기독교의 한 종파. 감리교도는 가능한 한 그리스도의 삶에 가까이 다가가고자 노력하고, 신자라면 누구나 하나님의 말씀을 설교할 수 있다.

55 〈피케이윤〉: 1800년대 중반 뉴올리언스 지방에서 발간되었던 일간지.

56 킹 코튼: 목화 생산이 누리는 높은 경제적, 정치적 가치를 가리키는 개념으로, 미국 남부에서 목화 재배가 얼마나 중요한 위치를 차지하는지를 말해준다.

57 목화는 수확 시기를 놓치면 섬유가 굳기 때문에 적절한 때에 서둘러 따내야 했다. 고용 계약을 맺고 일을 하던 백인 노동자나 소작농에 비하면 흑인 노예는 경제적이면서도 풍부한 노동력을 제공했다.

58 이 소설이 집필된 19세기 중반 당시, 18세기 초부터 오스트리아의 지배를 받아오던 헝가리인은 조국의 독립을 되찾기 위해 봉기하고 있었다. 헝가리인은 무자비한 억압을 당했고 몇몇 혁명단원은 정치적 박해를 피해 탈출해야만 했다.

59 요셉: 성경에 나오는 이스라엘의 족장 야곱의 아들. 요셉은 형들의 시기로 인해 이집트에 노예로 팔려 갔다가 이집트 총리가 된다.

60 마그나 카르타: 1215년 영국의 귀족들이 더 많은 자유를 주장하며 국왕 존에게 강요한 헌장. 절대권력에 대한 대항의 상징이다.

61 뮤즈: 그리스 신화에 나오는 아폴론 신을 시중드는 학예의 여신.

62 퓨지주의자: 영국의 성공회 신학자인 에드워드 퓨지(1800~1882)의 추종자들. 지나치게 복고적인 퓨지의 사상은 영국 성공회 신자들 일부를 가톨릭 쪽으로 돌아서게 만들었다.

63 시지프스: 그리스 신화 속 인물로 술책과 범죄의 대명사. 황천에서 그는 언덕 위로 바위를 밀어 올리는 형벌에 처해지는데, 그 바위는 꼭대기에 닿기 전에 항상 다시 굴러 떨어진다.

64 다나이데스: 리비아 전설 속의 왕 다나오스의 50명의 딸들. 그녀들은 다나오스 왕의 쌍둥이 형에게서 난 50명의 아들들과 강제로 결혼하게 되는데, 한 명을 제외한 나머지 딸들은 모두 첫날밤에 배우자를 살해한다. 그 대가로 그녀들은 중죄인을 던져 넣던 황천 중 하나인 타르타르에서 바닥이 없는 통에 끝없이 물을 길어다 붓는 형벌을 받는다.

65 호마: 뉴올리언스에서 남서쪽으로 80킬로미터 떨어진 설탕 정제의 중심지.

66 자유주: 노예를 부리지 않는 주.

67 탈러턴: 얇은 모슬린. 주로 파티용 드레스에 사용되는 질이 좋고 가벼운 면직물을 가리킨다.

68 증기기관: 19세기 초의 3대 발명품으로 증기기관, 목탄, 진공펌프를 들 수 있는데, 이는 미국이 설탕산업의 전성기를 누리도록 기반을 닦는 역할을 했다. 이전의 원시적 공정 아래서는 원당이나 연갈색 설탕을 만들었을 뿐 지금 같은 백설탕을 만들 수 없었다.

69 남부 신사들은 지위와 부를 과시하기 위해 복장에

신경을 썼다. 다루기 힘든 천이나 실용성을 무시한 디자인, 화려한 배색을 곁들인 복장을 통해 신사계급이야말로 노동과는 무관하다는 점을 보여주고자 했다.

70 퀴시: 흔한 아프리카 흑인 이름의 영어식 표기.

71 소돔과 고모라: 소돔과 고모라는 이스라엘과 요르단 사이에 있는 팔레스타인의 호수인 사해 근처의 도시인데, BC 19세기에 대지진으로 파괴되었다. 성경에서는 이를 두고 소돔과 고모라 주민들의 부도덕함에 대한 하나님의 벌이라고 이야기한다.

72 미얀마: 동남아시아의 미얀마는 당시 영국의 지배를 받고 있었다.

73 노예제도를 반대하던 버몬트 주의 주민이 남부에 와서 노예제도 옹호론자가 되었다는 점에서 별종이라고 한 것이다.

74 폴란드와 아일랜드는 오랫동안 독립을 위해 투쟁했던 나라들이다. 이 소설이 집필된 당시, 폴란드는 러시아와 프러시아와 오스트리아에 점령당한 채 국토가 분할되어 있었으며, 아일랜드 역시 영국의 억압에 맞서 싸우고 있었다.

75 배턴 루지: 루이지애나 주의 중심 도시.

76 동인도: 네덜란드의 옛 식민지. 현재의 인도네시아.

77 교리문답이란 원래 종교와 관련된 것이므로 공화국의 교리문답이라고 한 것은 1789년 프랑스혁명 발발 기간에 가결된 '인간과 시민의 권리 선언'을 비꼬아 말하는 것이다. 작가가 이 소설을 집필하던 시기인 1848년, 미국에서는 보편적 인권선언이 채택되었다.

78 토마스 제퍼슨(1743~1826): 미국의 정치가. 1801년부터 1809년까지 미국 대통령을 역임했고, 미국 독립선언서의 골격을 완성했다.

79 산토도밍고: 현재의 아이티 섬. 산토도밍고는 프랑스 식민지 시절의 지명이다. 여기서는 두 가지 중요한 사건을 암시하고 있다. 먼저 1791년 흑인 노예 출생 루베르튀르(1742경~1803)가 섬을 지배하던 프랑스인에게 대항해 노예해방 혁명의 선봉에 섰던 사건과 1804년 흑인 장 자크 데살린(1758경~1806)이 프랑스인을 몰아내고 섬 동쪽에 도미니카 공화국을 건설한 사건이다.

80 비오 9세(1792~1878): 1846년부터 1878년까지 교황으로 재위. 1848년 이탈리아에 불어 닥친 혁명의 움직임에 반대해 당시 이탈리아 북부와 중심부를 점령하고 있던 오스트리아와의 전쟁 선포를 거부한다. 그러나 그는 이에 분노한 민중들에 의해 바티칸에서 쫓겨나 이탈리아 남부의 작은 항구도시로 피신해야 했다.

81 노아: 성경에 등장하는 인물. 대홍수를 통해 하나님이 인간들을 벌할 때 노아는 온갖 종류의 동물을 데리고 자신의 방주로 피신해 살아남는다. 중동의 아라랏 산에 내린 노아는 그곳에서 포도나무를 심는다. 그런데 어느 날 아들인 헴이 술에 취한 채 벌거벗은 자신을 발견하고 자신을 모독하자, 화가 난 그는 헴의 아들 가나안을 자신을 모독하지 않았던 다른 두 아들 셈과 야벳이 데리고 있던 노예들의 노예로 만들어 벌한다.

82 에트나 산: 이탈리아의 시칠리아에 있는 산으로 유럽에서 가장 높은 지대에 위치한 활화산. 빈번하고 거친 분화로 인해 오랫동안 수많은 사람들이 죽었다.

83 전도사: 원어는 에반젤리스트evangelist. 원래는 '복음 전도사'라는 의미로 성경의 네 복음서를 쓴 사도들, 즉 마태, 마가, 누가, 요한을 가리키지만, 그 복음을 널리 전파하는 사람들을 가리키는 말이기도 하다. 기독교에서는 단순히 설교자를 가리켜 전도사라고 칭하기도 한다.

84 해리엇 터브먼(1820~1913): 미국의 노예제 폐지론자. 메릴랜드에서 노예로 태어난 그녀는 1849년

북부 주로 탈출했다가 곧 남부로 돌아와 다른 노예들의 탈출을 도왔다. 그녀는 최소 19번의 여행에서 300명의 노예를 탈주시켰으며, 1857년에는 자신의 부모를 성공적으로 탈주시키기도 했다. 남부에서는 그녀의 생포에 4만 달러의 현상금을 내걸었다.

85 메이슨 딕슨 라인 : 펜실베이니아 주와 메릴랜드 주의 경계. 미국 남북전쟁 시기에 남북을 갈랐다.

86 아일랜드의 작가 토머스 무어(1779~1852)의 『성가집』 중 일부다.

87 미 연방정부는 인디언들과의 수많은 협정을 통해 그들을 조금씩 서쪽으로 몰아냈다. 영토에 대한 소유권, 자립권, 평화를 보장한다는 약속을 했지만, 어떤 약속도 지키지 않은 채 협정을 무효화한 것이다. 더욱이 7대 대통령으로 선출된 앤드루 잭슨(1767~1845)은 자신이 주창한 인디언 이주법을 통해 인디언들을 서부 오지로 내쫓는다. 군대가 동원되고 약탈, 협박이 이어진 강제 이주였다. 미국의 인디언 축출 작업에 맞서 가장 강력히 저항한 것은 오시올라가 이끄는 세미놀 족이었다. 그는 1835년부터 1842년까지 7년간 세미놀 부족을 이끌며 격렬한 전투를 벌이며 항전한다. 이 전쟁으로 미국은 1500명이 죽고 2000만 달러의 금전적 손실을 입는 값비싼 대가를 치렀다.

88 "이것이 지상의 마지막이다. 나는 만족한다." 미국의 6대 대통령 존 퀸시 애덤스(1767~1848)의 유언.

89 크레이프 상장 : 옛날에 상을 당한 사람들이 달던 얇은 크레이프 천 조각은, 정식 상복을 입는 기간에는 검정색, 그 후 첫 해 동안에는 회색이었다.

90 나사로 : 성경에 나오는 예수의 친구. 예루살렘 근처의 베다니에서 나사로가 병에 걸려 죽었다는 것을 알게 된 예수는 그의 무덤이 있는 곳을 찾아가 나사로에게 나오라고 명해 그를 되살린다.

91 토머스 무어, 조지 고든 바이런, 요한 볼프강 폰 괴테(1749~1832) : 각각 아일랜드, 영국, 독일의 유명한 작가. 공통적으로 엄격한 종교의 테두리를 벗어난 작품을 각자의 방식으로 발표했다.

92 유대인 : 19세기 문학에 등장하는 유대인의 전통적 이미지는 채무자를 악착스럽게 괴롭히는 고리대금업자다.

93 양키 : 영국인이 뉴잉글랜드 사람들을 촌뜨기 취급하며 부르던 단어. 그러나 몇 년 후 남북전쟁이 발발하면서 '양키'는 남부연합군이 북부연방군을 약삭빠르고 영악하다고 비하하는 의미로 쓰이게 되었다.

94 모차르트의 레퀴엠 : 볼프강 아마데우스 모차르트(1756~1791)가 자신이 죽던 해에 만든 유명한 작품이다. '안식'을 뜻하는 라틴어 레퀴엠requiem은 가톨릭에서 죽은 사람의 안식을 기원하는 미사를 말한다.

95 농노 : 중세 봉건사회에서, 봉건영주에게 예속된 소작농 신분의 사람들. 작가는 여기서 유럽의 봉건적 농노제의 종말에 대해 이야기하고 있다. 하지만 러시아는 1861년이 되어서야 농노제가 공식적으로 막을 내리는데, 이는 미국에서 노예해방이 공포된 1865년에 비하면 고작 4년 앞섰을 뿐이다. 세습농지와 영주에게 예속되어 있던 중세 유럽의 농노 대부분은 지주의 땅에서 농사를 지어 생계를 꾸려나갔는데, 이는 토지와 상관없이 사고팔 수 있었던 노예와는 구별된다. 하지만 농노 역시 거주 이전의 자유를 누릴 수 없고 영주의 허락 없이는 결혼을 할 수도 없었으며 토지와 더불어 새로운 영주에게 넘겨질 수 있다는 점에서 노예와 크게 다르지 않았다.

96 도주 노예들에 대한 처벌 규정을 다룬 프랑스의 흑인법 제38조를 보면, 한 번 도주를 시도한 노예는 귀를 자르고 한쪽 어깨에 백합 낙인을 찍는다. 다시 죄를 저지르면 오금을 자르고 나머지 어깨에 백합 낙인을 찍는다. 세 번째 도주를 시도한 경우 사형에

처한다고 명시되어 있다. 이어 제39조에서는 도주 노예에게 은신처를 제공한 해방 노예와 자유인에게는 각각 약 1500킬로그램과 약 5킬로그램의 설탕을 벌금으로 내게 한다.

97 타르타로스: 지하 암흑계의 가장 밑에 있는 나라. 지옥을 뜻하는 라틴어 타타루스tatarus에서 유래했다.

98 베르길리우스(BC 70~BC 19): 고대 로마의 시인. 중세 이탈리아의 시인 알리기에리 단테(1265~1321)의 『신곡』에서 단테를 지옥으로 안내하는 인물로 묘사되어 있다.

99 드레드 스콧 판결을 가리킨다. 미주리 주에 살던 노예 드레드 스콧(1799~1858)은 군의관이던 주인의 근무지를 따라 노예제가 불법이던 일리노이 주와 위스콘신 주 등으로 옮겨 다녔다. 그는 1846년 주인이 사망한 후 한 변호사의 도움을 받아 자유주에서 살았던 점을 근거로 자유인 신분을 요구하는 소송을 제기했다. 무려 11년이나 이어진 소송은 연방대법원까지 가게 되었다. 1857년 3월 6일 연방대법원의 대법원장 로저 테이니(1777~1864)는 '미합중국은 흑인을 시민으로 인정하지 않으므로 노예는 시민권을 가질 수 없으며 따라서 노예는 재판소에 소송을 제기할 권리가 없기에 미주리 협정은 위헌'이라며 스콧의 패소를 결정했다. 결국 이 판결은 결국 노예제도와 인종문제에 대한 논쟁을 확산시켜 남북을 대립으로 치닫게 했다.

100 힌턴 헬퍼(1829~1909): 미국의 작가. 남북전쟁이 발발하기 전, 남부 출신으로는 유일하게 노예제를 공격했던 것으로 유명하다. 『임박한 남부의 위기: 어떻게 대처할 것인가』를 출간하며 갑자기 전국적 관심을 모았다. 이 책에서 그는 노예제가 노예를 착취하기 때문이 아니라 노예를 갖고 있지 않은 백인들을 희생시키며 남부의 경제적 발전을 가로막는다는 이유로 노예제를 비난해 남부와 북부 모두에게 분노를 일으켰다.

101 미주리 협정: 1820년 자유주와 노예주의 세력 균형을 유지하기 위해 체결한 남북 양 지역 간의 협정. 당시 미국은 자유주와 노예주가 각각 11개로, 미주리를 노예주로 인정하면 남북의 세력 균형이 깨질 형편이었다. 그래서 현재의 메인 주를 매사추세츠 주에서 분리해 자유주로 하고 대신 미주리를 노예주로 편입시키기로 한다. 또한 이후의 주 편입 때는 북위 36도 30분을 기준으로 남쪽은 노예주, 북쪽은 자유주로 할 것을 결정한다. 이 협정은 노예제를 둘러싼 남북 간의 대립을 한때 무마했으나, 1854년 캔자스 네브라스카 법에 의해 사실상 무효화되었다. 또한 1857년 대법원의 드레드 스콧 판결에서 위헌으로 규정되어 완전 폐기되었으나, 이는 남북전쟁을 유발한다.

102 이곳 사람들이 영어와 프랑스어를 함께 쓰는 것은 이전에 루이지애나가 프랑스의 식민지였기 때문이다. 17세기 중반, 프랑스 탐험가 로베르 카블리에 드 라 살(1643~1687)이 미시시피 강을 거슬러 올라가면서 광활한 땅을 개척했는데, 프랑스 왕 루이 14세에게 경의를 표하며 그 지역에 루이지애나란 이름을 붙인 것이다. 1702년 프랑스 항해사 피에르 르 므완(1661~1706)이 루이지애나의 첫 총독이 된다. 그 후 1762년 루이지애나 서부가 스페인에게 넘어가고, 1763년에는 미시시피 강 오른쪽이 영국에게 넘어간다. 스페인이 차지했던 지역은 1800년에 다시 프랑스 소유가 되지만, 3년 후 나폴레옹 1세(1769~1821)는 루이지애나를 신생 미 연방에 팔아버린다. 이러한 역사적 배경 때문에 1850년경에도 이 지역에는 프랑스어를 하는 사람들이 많았다.

103 레드 강: 미국 남부의 강. 레드 강의 지류 중 하나는 미시시피 강으로 합류한다.

104 『구약성서』, 「하박국」 1:13.
105 앤서니 번스(1834~1862): 노예였으나 도주해 보스턴에서 자유롭게 살던 번스는 1854년 법원의 판결에 따라 옛 주인이 사는 버지니아로 강제 송환되었다. 도주 노예 단속법 적용을 강요하는 남부 주들의 압력 때문에 북부에 살던 수많은 자유 노예들은 불안에 떨고 있었는데, 이 사건은 반노예주의자들의 거센 분노를 불러일으켰다. 당시 새로 연방에 편입된 캔자스에서는 노예제 옹호자와 반대자 사이에 유혈 충돌이 벌어지기도 했다.
106 프레더릭 더글러스(1817~1895): 미국의 노예폐지론자. 노예 신분이었으나 1837년 주인에게서 탈출해 노예제도폐지협회에서 일했고, 강연과 1845년 출간된 자서전 『프레더릭 더글러스의 생애 이야기』를 통해 노예제 폐지운동의 최선봉에서 활약했다. 남북전쟁 중에는 에이브러햄 링컨(1809~1865) 대통령의 조언자로서 북부군을 위해 흑인 신병을 모집했고, 남북전쟁 뒤에는 여러 차례 정부 관리를 지냈다. 아이티 대사를 역임하기도 했다.
107 윌리엄 개리슨(1805~1879): 미국의 노예폐지론자. 노예제도폐지협회의 창설자이자, 남북전쟁 이전 가장 영향력 있었던 반노예주 정기간행물 《더 리버레이터》의 발행인. 이 잡지는 1831년부터 1865년까지 35년간 발행되었다.
108 《더 리버레이터》의 창간호에는 다음과 같은 글이 실렸다. "이 문제와 관련해서 나는 온건하게 생각하지도 말하지도 쓰지도 않을 것이다. 못한다. 그렇게는 못한다! 그것은 불이 났다는 사실을 조용히 알려주라는 말이며, 강간범에게 아내를 구해달라고 점잖게 타이르라는 것이며, 불 속에 떨어진 아이를 천천히 꺼내라고 그 어미에게 말하는 것과 같다. 그러니 내게는 그렇게 말하지 말라. 오히려 이런 일에 어떻게 온건할 수 있냐고 질책해달라. 이 말은 진심이다. 나는 회색분자는 되지 않을 것이다. 용서하지도 않을 것이다. 한 치의 양보도 하지 않을 것이다. 그리고 사람들은 내 말을 들을 것이다……"
109 『구약성서』, 「시편」 74:20.
110 종교재판: 12세기 가톨릭 권력이 만들어낸 특별 재판소로 18세기까지 지속되었다. 가톨릭의 신념에 위배되는 사람들, 즉 이교도들을 처벌하기 위해 만들어졌다. 이단으로 의심받는 사람들은 종교재판에서 잔혹한 형벌을 받곤 했다.
111 『구약성서』, 「전도서」 4:1.
112 낭트: 파리에서 남서쪽으로 약 400킬로미터 떨어진 프랑스의 주요 무역항. 17~18세기에 특히 서인도제도와의 노예 무역을 통해 크게 번성했다.
113 프랑스혁명 때인 1794년 2월 4일, 프랑스는 유럽 최초로 노예제도를 폐지하지만, 1802년 나폴레옹은 노예제를 부활시킨다. 이후 1802년 영국, 1815년 프랑스에서 흑인 노예 매매가 금지되고, 마침내 1833년 영국이 노예해방을 결정한다. 1848년 프랑스 역시 그 뒤를 따른다. 이후 1860년에는 네덜란드와 덴마크가, 미국은 남북전쟁이 끝난 후인 1865년 노예해방을 실현한다.
114 노예제도 하에서 유색인의 증언은 법적으로 효력이 없었다. 따라서 노예에게 행해진 범죄를 고발하려면 백인 증인이 필요했다.
115 펄 강: 루이지애나 전역을 가로지르는 강.
116 조지 고든 바이런의 장편서사시 『차일드 해럴드의 편력』 중 한 대목이다.
117 새벽별: 금성을 가리킨다. 샛별 또는 목동의 별이라고도 한다. 저녁때나 새벽하늘에 가장 먼저 나타나기 때문에 옛날에는 목동들의 길잡이 노릇을 하던 별이다. 또한 성경에 따르면 히브리 민족의 조상인 다윗 역시 목자였으므로, 예수를 가리켜

흔히 '다윗의 아들'이라고도 한다.
118 아일랜드의 정치인 존 필포트 큐란(1750~1817)의 연설을 인용한 것이다.
119 크리올: 본래 유럽인의 자손으로 식민지 지역에서 태어난 사람을 부르는 말이었으나, 오늘날에는 보통 유럽계와 현지인의 혼혈을 부르는 말로 쓰인다.
120 캅프랑세: 현재의 아이티공화국 제2의 도시인 카파이시앵의 옛 이름. 1670년 프랑스인이 세운 도시로 '서인도제도의 파리'로 유명하다.
121 아이티의 독립선언 후에도, 미국을 포함한 유럽 열강은 일부러 아이티를 배제하고 무시했다. 어느 나라도 승인하지 않았기에 아이티는 국제질서에서 완전한 고아였다. 아이티는 1838년에 프랑스에게 공식 승인을 받기 위해 엄청난 배상금을 써야 했는데, 이 돈 역시 프랑스에게 빌려야 했다.
122 쥐라 산맥: 프랑스와 스위스 국경을 사이에 두고 독일까지 걸쳐 있는 산맥이다.
123 이리 호: 아메리카 오대호의 하나. 이리 호 북부는 캐나다와 국경을 이루고 있다.
124 당시 캐나다는 영국의 영토였다. 오늘날에도 여전히 영국 국왕의 영향력 아래 있다.
125 미국의 변호사이자 시인인 존 브레이너드(1795~1828)의 글을 인용한 것이다.
126 『신약성서』, 「고린도전서」 15:57.
127 나사렛 예수: 예수는 팔레스타인 갈릴리에 있는 도시 나사렛에서 어린 시절을 보냈기에 흔히 '나사렛 예수'라고 불리기도 한다.
128 다니엘: 히브리의 예언자. 『구약성서』 중에는 그의 이름을 딴 「다니엘서」가 있다. 사자들이 우글거리는 굴 속에 던져진 다니엘은 하나님의 도움으로 살아난다.
129 『구약성서』, 「잠언」 4:19.
130 존 브라운(1800~1859): 미국의 급진적인 노예폐지론자. 노예해방 운동가로 잘 알려진 사람들은 대부분 온건파 도덕론자들이었다. 그러나 남북전쟁 직전에는 노예제 폐지를 주창하며 행동의 필요성을 제기하는 이들이 나타났는데, 그중 대표적인 인물이 존 브라운이다. 뉴잉글랜드의 광적인 노예제 폐지론자 가정에서 태어난 그는 역사 속에서 미치광이, 사이코, 열광자, 몽상가, 순교자 등 갖가지 호칭으로 불리기도 한다. 그는 1856년에는 노예제를 찬성하는 캔자스 주민 5명을 살육한 이른바 '포토와토미 학살'을 저질렀으며, 1859년 10월 16일에는 아들 셋과 흑인, 백인이 뒤섞인 추종자 15명을 거느리고 수도 워싱턴에서 그리 멀지 않은 포토맥 강변의 버지니아 주 하퍼스 페리에 있는 연방 무기고를 공격했다. 직원 몇 명을 인질로 잡고 무기고를 점령했으나 민병대에 의해 봉쇄당했다. 사형 직전 그는 "나는 이 죄 많은 나라의 범죄는 오직 피로써만 씻길 것이라고 확신합니다"라는 말을 남겼다.
131 1858년 6월 17일, 스프링필드에서 열린 일리노이 주 공화당 전당대회에서 행한 연설. 소개된 부분은 『신약성서』의 「마가복음」 3:25, "만일 집이 스스로 분쟁하면 그 집이 설 수 없고"를 인용한 것이다. 이 연설은 남부 사람들에게 링컨은 노예제도 반대론자라는 인식을 심어주었다.
132 보니 블루 깃발: 1810년 약 3개월 정도 명맥을 유지했던 웨스트플로리다 공화국의 깃발로, 푸른 바탕에 별 하나가 그려져 있다. 남북전쟁 기간에는 남부연합의 공식 깃발로 사용되었다.
133 미국의 시인이자 언론인 윌리엄 브라이언트(1794~1878)의 글을 인용한 것이다.
134 세인트 조지가 공주를 위협하던 용을 무찔렀다는 북유럽의 전설을 가리킨다.
135 게티스버그 전투: 1863년 7월 1일부터 3일까지 펜

실베이니아 주 게티스버그에서 벌어진 전투. 남북전쟁에서 가장 참혹한 전투였으며, 남북전쟁의 전환점으로 평가받는다. 이 전투에서 북부의 조지 미드(1815~1872) 장군이 이끄는 포토맥 군은 남부의 로버트 리(1807~1870) 장군이 이끄는 북버지니아 군의 공격을 결정적으로 막아냈다. 이로써 리의 두 번째이자 마지막 북부 침입은 실패로 끝났고, 워싱턴을 공격해 남부의 독립을 승인받고 전쟁을 끝내고자 했던 남부의 전략도 실패했다.

136 북부연방은 미시시피 강을 장악해 서부와 남동부의 주들을 분리시키고자 했다.

137 포토맥 군: 남북전쟁 동안 동부전선에서 주로 활약한 북부연방의 주력군. 1861년 창설되어 종전 얼마 후인 1865년 6월 28일 해체되었다.

138 조지아 원정: 애틀랜타를 점령한 직후 윌리엄 셔먼(1820~1891) 장군이 이끄는 북군은 남군에게서 긴급한 보급품을 빼앗고 남부 주민의 사기를 떨어뜨리기 위해 조지아 주를 넘는 원정, 이른바 '바다를 향한 행군'을 시작했다. 일주일이 지나지 않아 셔먼 군은 사바나를 차지했다.

139 채터누가 전투: 1963년 11월 말, 테네시 강 연안의 채터누가에서 벌어진 전투로 미국 군 역사상 가장 극적인 역전 드라마이자 남북전쟁에서 북군이 승리하는 데 결정적 역할을 했다. 테네시 강 계곡 610미터 고지의 룩아웃 산에서 벌어져 이른바 '구름 위의 전투'라고도 불린다. 11월 23일 시작된 이 전투가 끝났을 때 연방군은 남부연합군을 조지아 주로 몰아냈으며 이로써 1년 후 셔먼 장군이 남부 초토화작전을 성공적으로 이끌 수 있게 되었다.

140 1863년 여름, 링컨 대통령은 새로운 징병법에 서명했다. 3년 넘게 계속된 전쟁으로 인한 사상자도 많았고, 기존의 병사 중에도 2년간의 복무기간이 끝나자 제대하려는 자들이 많아 신규 병력이 필요했다. 새 징병법은 20세에서 45세까지 북부의 백인 남성 전체를 대상으로 했으며 복무기간은 3년으로 규정했다. 이 법안으로 링컨은 30만여 명을 충원하고자 했다. 그런데 이 법의 문제는 부자들에게 병역을 기피할 수 있도록 보장해주었다는 점이다. 군대에 가기 싫은 자들은 300달러의 면제비를 내거나 자기 대신 복무할 대리 복무자를 입대시키는 것을 허용했던 것이다. 1863년 7월 13일부터 16일까지 벌어진 뉴욕 징병거부 폭동은 새로운 징병법에 반발해 징병을 거부하는 아일랜드계 미국인을 중심으로 뉴욕의 빈민들이 일으킨 폭동사건이다. 대략 5만여 명이 가담한 것으로 추정되며, 당시 화폐로 150만 달러의 재산 피해를 입은 것으로 기록되어 있다.

141 여기서 말하는 공화국은 라이베리아다. 대서양 부근 서아프리카에 있는 라이베리아는 노예 상인들의 좋은 먹잇감이었다. 1820년부터 아메리카 식민협회는 '자유 흑인 식민지'를 만들고자 해방된 노예들을 그곳에 이주시키지만 토착민들과 충돌을 일으킨다. 1847년 라이베리아는 독립공화국이 되었다.

142 〈테 데움〉: 가톨릭교회에서 하나님에게 감사하는 마음을 전하는 찬가. 라틴어로 된 첫 구절은 '우리는 하나님을 찬양합니다'라는 의미를 지니고 있다.

143 요벨의 해: 고대 히브리 사람들이 이집트에서 탈출해 가나안의 땅으로 들어간 해부터 쳐서 50년마다 돌아오는 축제가 열리는 해.

144 북부군 총사령관 율리시스 그랜트(1822~1885)는 1864년 6월 버지니아 주 피터즈버그에서 남부의 로버트 리 장군 부대를 포위했다. 퇴로를 차단당한 남부군은 애포머톡스 법원청사에서 더 이상 버틸 힘이 없다는 것을 깨닫고 그랜트 군에 항복

했다. 이어 나머지 남군도 몇 주 안에 모두 항복함으로써 남북전쟁은 마침내 북군의 최종 승리로 막을 내렸다.

145 노예제도와 유사한 제도와 관행은 부채로 인한 예속이나 농노제도가 대표적이며, 부모나 후견인, 가족 또는 제3자에게 현물이나 현금으로 대가가 치러지는 조건으로 결혼이나 약혼을 강요받는 경우 등이 있다.

146 C. E. 스토: 저자인 해리엇 비처 스토의 남편 캘빈 엘리스 스토를 가리킨다.

해리엇 비처 스토와 엉클 톰의 시대

해리엇 비처 스토의 연보

1811년 6월 14일 미국 북부 코네티컷 주의 리치필드에서 출생. 아버지 라이먼 비처 목사는 열성적인 청교도 성직자. 엄격한 종교적 분위기 속에서 성장한 그녀의 구도적 삶에 대한 열정은 독실한 기독교 가정에서 자란 동시대의 여류시인 에밀리 디킨슨(1830~1886)과 닮아 있다. 하지만 『엉클 톰스 캐빈』을 통해 알 수 있듯 그녀는 가식적이지도 편협하지도 않은 폭넓은 정신세계를 지닌다.

1832년 비처 목사는 신학교 설립을 위해 가족을 데리고 오하이오 주 신시내티에 정착한다. 당시 그녀가 쓴 『순례자 후손들의 모습과 특징에 대한 소묘』는 1843년 17세기 첫 영국 이주민을 싣고 신대륙에 도착한 배 이름을 따서 『메이플라워』라는 제목으로 출간된다.

1836년 캘빈 엘리스 스토 목사와 결혼. 이후 여섯 명의 자녀를 둔다. 남편은 다수의 뉴잉글랜드 교회 성직자들이 그렇듯 열렬한 노예해방론자였고, 그녀 역시 점점 더 반노예주의 운동에 매료되어간다.

1850년 '도주 노예 단속법' 제정에 충격을 받고, 그녀가 보아온 노예들의 참혹한 생활에 관한 기억을 바탕으로 『엉클 톰스 캐빈』을 써내려간다. 스스로는 하나님의 말씀을 받아 적은 것이라고 한다.

1851년 워싱턴의 노예제도 폐지 운동 기관지 《내셔널 이러》에 『엉클 톰스 캐빈 혹은 비천한 사람들의 삶』을 연재하지만 당시에는 크게 주목받지 못한다.

1852년 책으로 출간된 『엉클 톰스 캐빈』은 엄청난 반향을 불러일으킨다. 즉각 주요 언어로 번역된 유럽에서 그녀는 두 번의 영광스러운 여행을 경험한다. 책의 성공은 특히 노예제도 반대 투쟁의 선봉에 서 있던 영국과 바로 몇 해 전인 1847년 자국 식민지의 노예제도를 폐지한 프랑스에서 두드러진다.

1853년 남부 노예제도 옹호주의자들이 제기한 비판에 맞서 『엉클 톰스 캐빈의 열쇠』 집필. 책을 둘러싼 열띤 논의들은 남북전쟁으로 치닫는 논쟁에 결정적 영향을 미친다. 에이브러햄 링컨 대통령은 그녀를 가리켜 '엄청난 전쟁을 일으킨 작은 여인'이라고 불렀다.

1854년 유럽 여행기 『행복한 기억』 출간.

1856년 『엉클 톰스 캐빈』의 명성에 훨씬 못 미치는 연작 『드레드 : 디즈멀 대습지 이야기』 출간.

1859년 뉴잉글랜드의 풍속과 구도적 삶을 묘사한 다수의 작품들 중 가장 주목받는 소설 『목사의 구혼』 발표.

1862년 『오르 섬의 진주』 출간.

1869년 『올드 타운 사람들』 출간. 일련의 작품은 대성공을 거둔 처녀작의 영광에 가려 빛을 받지 못했다. 그러나 뉴잉글랜드를 소재로 그녀가 쓴 일련의 소설들은 최근 지방문학의 원조로 재평가되고 있다.

1870년 전문적이면서도 논쟁을 불러일으킨 작품 중 하나인 『바이런 경의 참모습』 발표. 여기서 그녀는 영국의 시인 조지 고든 바이런 경의 근친상간을 고발한다. 『엉클 톰스 캐빈』으로 영국에서 명사 대접을 받았던 그녀지만, 바이런이 누이와 근친상간을 했다는 주장을 상세히 적은 이 글로 인해 영국 여론은 그녀에게서 등을 돌린다.

1896년 85세의 나이로 하트포드에서 사망.

1896년~현재 『엉클 톰스 캐빈』은 32개 국어로 번역되었다. 연극으로도 각색되어 뉴욕에서는 1930년까지 지속적인 공연을 펼친 바 있다. 시대를 초월하는 이 고귀한 작품의 명성에는 이론의 여지가 없지만, 한편에서는 오늘날 흑인 사회로서는 받아들이기 힘든 신식민주의적 양상을 드러낸 온정주의의 상징으로 간주되기도 한다.

소설 『엉클 톰스 캐빈』과
고대에서 오늘날에 이르는 노예제도의 현실

노예제도의 정의 강압적으로 혹은 관습이라는 명목 하에 정당한 대가를 치르지 않고 사람을 억압하며 부리는, 인간이 인간에 대해 저지르는 극도의 착취 형태.

고대 이집트와 바빌론 오랫동안 우리가 알고 있던 것과는 달리, 절대권력의 파라오가 통치하던 고대 이집트의 노예들은 얼마 되지 않았고 피라미드를 축조한 것도 그들이 아니다. 적어도 노예들만 동원된 것은 아니다. 광부, 군인, 관리인 등의 다양한 역할을 수행한 노예들의 신분은 농민과 크게 다르지 않았다. 반면, 첫 번째 바빌론 왕조 때 노예들은 일종의 동산으로 간주되어 사거나 팔렸으나, 경우에 따라서는 자유의 몸이 될 수 있었다.

고대 그리스 BC 5세기 이전까지 소수에 불과했던 노예들의 수는 이후, 특히 BC 4세기부터 현저히 늘어난다. 도시에서는 가내 노예나 장인으로, 지방에서는 농업이나 광업, 공공근로, 제조업 등에 종사한 노예들의 수는 아테네 지역에서만 수십만 명에 달했다. 델로스 섬에서는 거대한 노예시장이 열려 BC 2세기경에는 하루 만여 명의 노예들이 매매되어 서부 지중해로 향한다.

고대 로마 로마 문명이 태동할 때부터 이용되어온 노예들이 제국의 정복사업과 함께 급격히 증가한다. 패전국의 군인뿐 아니라 국민 전체가 노예로 전락했기 때문이다. 제국이 가장 확장된 시기인 2세기 초의 트라야누스 황제 때 로마에 있던 노예의 수는 40만 명에 이른다. 노예들은 가장 고된 작업에 동원되었지만 그들 중에는 학식 있고 예술 감각이 뛰어난 이들도 있었다. 노예들의 반란이 늘어나면서 수많은 노예들이 해방되는데, 갓 태동한 기독교보다는 스토아 사상이 더 큰 영향을 미쳤다.

기독교 발생 초기에서 중세 후기 비잔틴제국이나 이슬람 세계에 비해 낙후되어 있던 서유럽이 급격히 진보하며 세계 최대세력 중 하나로 성장한 1050년부터 1300년대에 이르는 중세 전성기 동안, 서구에서 노예제도는 점점 사라지게 되었다. 이는 인간은 모두 형제라는 기독교 사상의 영향과 함께 특히 경제상황이 변화했기 때문이다. 농업을 중심으로 하는 봉쇄적 자급자족의 경제 속에서 교역은 제한되었고 노예 무역 또한 쇠퇴해간다. 농사를 짓는 데 있어 노예는 농노로 대체되는데, 그들 역시 토지나 영주에게 예속된 신분이지만 노예에 비해 상대적으로 규제를 적게 받았다.

'노예'를 뜻하는 고대 라틴어 servus는 원래의 의미를 잃고 농노를 가리키게 된다. 그 대신 10세기 중세 라틴어에서 '슬라브 민족'을 가리키던 slavus에서 변이된 sclavus가 13세기에 이르러 '노예'를 의미하게 된다. 이는 중세시대 노예의 대부분이 슬라브인이었기 때문이다.

교회는 이교도인 터키인과 사라센 사람만을 노예로 삼도록 허용한다. 그렇지만 서유럽, 특히 이슬람과 경계한 지중해 부근의 이탈리아, 카탈로니아, 프로방스에서는 여전히 노예 사용과 노예 무역이 지속된다. 안달루시아에서 마그레브, 이집트를 지나 이란에 이르는 이슬람 세계의 도시들이 중세시대 가장 거대한 노예 사용자가 되었기 때문이다. 코란은 노예를 허용했기에 노예제도는 아랍 전역으로 번진다. 노예들은 주로 아프리카 흑인 출신이었지만 백인 노예도 존재했다.

15세기 말, 16세기 초 유럽에서는 사라진 노예제도가 아프리카 및 근동의 이슬람 국가에서는 여전히 지속된다. 또한 스페인과 포르투갈 탐험가들이 도입한 노예제도가 남아메리카와 서인도제도에서 부활한다. 처음에는 원주민인 아메리카 인디언을 노예로 삼았지만, 그들 대부분이 죽어버리자, 1502년에는 흑인들을 서인도로 데려간다. 흑인 노예들은 광산을 비롯해 작업 환경이 열악해 노동력 공급이 대단히 중요했던 담배 농장과 목화 농장에서 혹사당한다.

정확한 수를 헤아리기는 어렵지만 어림잡아 수천만의 아프리카인이 희생된 이 인간의 강제적 대이동은 '무역'이라 불리며 거의 4세기 동안 지속된다. 백인들과 결탁한 흑인 지도자들의 동조로 흑인 마을들이 습격당하고 많은 사람들이 죽음을 당한다. 포획된 자들은 아프리카 서부 해안까지 도보로 이어지는 여정과 10주에서 12주가 걸리는 끔찍한 항해를 견뎌야 한다. 목적지에 도착한 생존자들은 달군 쇠로 주인의 이니셜을 새긴 채 팔려 나간 후, 이어지는 채찍질을 통해 비로소 노예가 된 자신의 처지를 실감하게 된다.

'삼각무역'은 유럽에서 가져간 각종 직물이나 무기, 철물, 럼주 등을 아프리카 흑인 노예들과 맞바꾸고, 그들을 아메리카에 되팔아 식민지 생산물과 교환하는 것이다.

4세기 동안 노예 무역을 이끈 주요 국가는 스페인, 포르투갈, 영국, 프랑스, 네덜란드, 덴마크 등이다. 18세기 말, 이 6개국에서 매매한 노예의 수는 연간 10만 명에 달한다. 중남부 아메리카(브라질, 콜롬비아, 베네수엘라, 서인도제도 등)에 이어 목화를 재배하던 북아메리카 남부 지역(처음에는 영국의 지배를 받다가 독립한 미국의 남부 주들)이 노예들의 주요 종착지다.

1685년 노예들에 대한 가혹 행위가 극에 달하고 도주 노예들이 속출하자, 루이 14세의 재상 콜베르는 주인의 횡포로부터 그들을 보호하기 위해 '흑인법'을 제정한다. 하지만 이 법령은 노예들의 정치적, 법적 권한을 완전히 박탈한다. 프랑스의 식민지 마르티니크와 과들루프, 산토도밍고에서는 19세기 중반까지 흑인법이 유지된다.

17세기 말 산이나 정글로 도주해 자유를 찾은 노예들이 이 무렵부터 수백 명으로 구성된 자유공동체를 형성하기 시작한다. 그중 가장 유명하고 규모가 큰 것은 브라질의 처녀림 속에 위치한 팔마리스의 킬롬부('접근하기 힘든 은신처'라는 의미)로, 17세기 말 구성원의 수가 약 2만 명에 달했다.

18세기 '계몽주의 시대'에 이르러 몽테스키외, 볼테르, 마리보, 그리고 『폴과 비르지니』의 저자 베르나르댕 드 생 피에르 등의 철학자들과 작가들이 노예제도 자체에 반대해 항거한다. 영국의 애덤 스미스 같은 경제학자들은 노예 상태의 노동이 제공하는 수익성이 미미함을 증명한다.

1787년 유럽 국가들에 의해 노예제가 시행된 지 4세기 만에 마침내 영국에서 최초로 '노예제도 폐지 위원회'가 설립된다.

1794년 국민공회(1792년 9월 20일부터 시작된 프랑스의 혁명의회)를 통해 프랑스의 식민지에서 노예제도가 폐지된다.

1802년 나폴레옹이 노예제도를 부활시키자 산토도밍고에서 노예 폭동이 발발한다. 나폴레옹 군대는 해방 노예 출신의 투생 루베르튀르 장군이 주도한 이 폭동을 힘겹게 진압한다.

1803년 프랑스에 구금되어 있던 루베르튀르가 사망한다. 산토도밍고에서 노예제도가 부활한다.

1804년 루베르튀르의 부관 크리스토프 페티옹이 프랑스 군대를 물리치고 최초의 흑인 독립 공화국 아이티를 수립한다.

1807년 노예제도 폐지를 위해 열정적으로 투신한 정치인 윌리엄 윌버포스의 영향으로 영국에서 노예 매매가 금지된다. 인도적 차원에서 그리고 경제적 이유(무상노동과의 경쟁)로 노예제도 반대투쟁의 선봉에 선 영국은 이후에도 각국의 노예제 폐지를 위해 지속적인 노력을 해나간다.

1815년 프랑스에서 노예 매매가 금지된다.

1833년 영국에서 노예해방이 선포된다.

1847년 식민지 차관 빅토르 쇨셰르가 노예 폐지령에 조인함으로써 프랑스 통치령에서 노예제도가 사라진다. 사형제도를 반대하고 여성의 권리를 위해 싸웠으며 나폴레옹 3세의 쿠데타로 추방당하기도 한 쇨셰르는 노예제도 폐지운동의 위대한 표상으로 프랑스 국가 영웅들의 유해가 묻힌 팡테옹에 안장되었다.

1852년 미국 노예해방 운동의 선봉 『엉클 톰스 캐빈』이 출간된다.

1860년 네덜란드와 덴마크 식민지에서 노예가 해방된다.

1865년 남북전쟁이 북부연방의 승리로 끝나자 미국 영토에서 노예제도가 종식된다.

19세기 말~20세기 전반 노예제도를 엄단하기 위한 국제협약 및 조약이 증가한다.

1948년 유엔의 세계인권선언 제4조는 노예제도 금지를 재천명한다. "어느 누구도 노예나 예속된 상태에 놓이지 아니한다. 모든 형태의 노예제도 및 노예 매매는 금지된다."

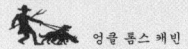

부단히 이어지는 이러한 규탄은 사실상 노예제도가 완전히 사라지지 않았고 단지 그 형태만 달라졌기 때문이다. 노예제도는 이제 가장 빈곤한 지역, 가장 약한 여성과 아이들을 겨냥한다. 제3세계 국가의 수많은 노동자들이 노예는 아니지만 적어도 예속된 상태의 노동에 착취당하고 있다.

1980년 고대 카스트제도의 영향으로 노예제도가 방조되어왔던 모리타니는 공식적으로 지구촌 마지막 노예제 폐지국이 되었다.

1990년대 프랑스, 스위스 등의 유럽 지역에서 유사한 형태의 여러 사건이 발각되었다. 부호들의 집에서 일하는 필리핀, 에리트리아 출신의 젊은 여자들이 신분증을 빼앗긴 채 어떠한 보수도 없이 폭행의 위협 속에서 오랫동안 감금당했다.

2000~2001년 인종차별 및 노예제도에 대한 국제학회가 옛 인종차별정책 국가인 남아프리카연방의 더번에서 개최되었다. 여기서는 특히, 오랫동안 노예제도를 자행해온 미국의 아프리카 국가에 대한 배상 문제가 논의되었지만, 이론적, 실질적 이유로 결국은 기각되었다. 같은 시기 프랑스 의회에서는 노예제도를 프랑스 법률상 공소시효가 없는 반인류적 범죄로 볼 것인가에 대한 논쟁이 일었다. 이것 역시 결과는 마찬가지였지만, 프랑스가 과거 식민지사에 관심을 갖고 연구하는 계기가 되었다.

옮긴이의 덧붙임 – 악마의 제도를 쓰러뜨린 위대한 문학

인간의 깨우침은 왜 이리도 더딘가. 인류 역사에서 이름을 빛냈던 선지자들의 말씀, 위대한 철학과 종교가 전하는 홍수같이 많은 인간 평등의 가르침은 왜 북아메리카의 신생국 '미국'을 비껴갔던가. 잔인하고 비인도적인 노예제도는 19세기 후반까지 이 나라 남부에 합법적으로 만연했으며, 노예 거래가 이 신생 기독교 국가에서 가장 크고 수지맞는 상업활동으로 국민생활의 모든 면에 영향을 끼쳤다는 점을 생각하면 이런 의문을 갖지 않을 수 없다.

『엉클 톰스 캐빈』은 근대 미국 땅에서 아프리카 출신 흑인들이 겪었던 수난사를 통해 '악마가 만든 제도'라 일컬어지는 노예제도의 사악함을 고발한 장렬한 대하소설이다. 저자가 이 책을 쓰기 시작한 때는 노예들의 탈출을 돕거나 탈출한 노예에게 은신처를 제공하는 자를 처벌하는, 이른바 '도주 노예 단속법'이 통과된 1850년 직후다. 이 법이 시행되면서 미 대륙 전역에서 노예 사냥꾼들이 법 집행이라는 '애국적이고 거룩한' 사명을 다하기 위해 광란의 '인간 사냥'에 열을 올리기 시작했고, 이와 함께 도주 노예들의 이야기가 여러 언론 매체에 오르내리며 입에서 입으로 전해졌다고 한다.

저자는 이 시기에 직접 목격했거나, 전해들은 노예들의 슬픈 이야기를 톰과 에바, 엘리자와 조지 부부를 두 축으로 하는 웅장한 서사시로 엮어 노예제도를 공격했다. 우리가 잘 알듯이, 이 소설은 그 후에 일어난 노예제 철폐를 둘러싼 국가적 갈등에 기폭제가 되었고, 노예제 폐지론에 막강한 힘을 실어주었다. 링컨 대통령이 남북전쟁 개전 초기에 스토 모자를 백악관에 초대해 "당신이 바로 이 엄청난 전쟁을 일으킨 그 작은 여인입니까?"라고 물었다는 에피소드만 봐도, 이 작품의 영향력이 얼마나 컸는지, 그리고 노예제 시행에 대한 백인들의 죄악감이 얼마나 큰 것이었는지를 잘 알 수 있다.

그런데 아무리 인간의 마음에 선과 악이 공존하고, 노예제가 개인적 도덕심의 소치가 아니라 제도적 악행이었다고 해도, 어떻게 이 사악한 제도가 그토록 오랫동안, 그것도 청교도의 나라에서 방치될 수 있었는지 의아심을 떨칠 수 없다. 『엉클 톰스 캐빈』은 바로 이 점을 적나라하게 드러냈다. 노예 시장에 크건 작건 간여하고, 여기에 자신의 이익이 걸려 있던 사람들이 일부 노예 장사꾼만은 아니었다. 물론 높은 값을 받을 수 있는 노예를 전문적으로 찾아다니는 중간상인, 이들에게서 도매로 노예를 사들이는 업자, 또한 이들을 장에 내놓고 값을 매기는 유통업자 같은 노예 거래의 주인공들은 소설 속에서도 매우 사악하게 그려져 있다. 그러나 빚에 쪼들려 아끼던 노예를 팔아넘기고 죄책감에 시달리는 주인(판매자)도, 좋은 물건을 싸게 사기 위해 노예 상인들과 능숙하게 흥정하는 최종 주인(소비자)도 모두 평범하고 성실하고 고상한 남부의 기독교인들이었다. 저자는 백인들이 아무리 착하고 모범적으로 '주인 노릇'을 하고, 노예제 옹호론자들의 논리대로 배우지 못하고 가여운 유색인들의 훌륭한 '보호자' 역할을 하더라도, 인간의 자유를 사고팔았다는 점에서 죄를 면할 수 없다고 결론짓는다.

또한 이 소설은 노예제도의 실상을 극적이면서도 생생하게 묘사했다. 노예 시장에서 손님들은 말이나 물건 고르듯이 유색인 상품들을 이리저리 만져보고, 관절을 꺾어보고, 이를 들여다본다. 젊고 건장하면 일등급, 젊고 예쁜 여자도 일등급, 늙어서 아이 보는 것 말고는 쓸모없는 할멈은 일등품에 끼워 떨이로 판다. 노예 상인에게 쫓기던 엘리자가 아들을 지키기 위해 반쯤 얼어붙은 오하이오 강을 뛰어 건너는 대목, 자신과 같은 고통을 겪지 않게 하려고 갓난아이에게 아편을 먹이는 캐시의 모정은 당시의 현실을 반영한 것이어서 더 안타깝다.

이 책에서는 맞아 죽는 순간까지 가해자를 용서함으로써 노예제 폐지론의 궁극적, 도덕적 승리를 암시하는 듯한 톰과 '어린 예수'에 비유될 만큼 기독교적 사랑을 실천에 옮기고 짧은 생을 마감한 에바를 제외하면 주요 주인공들이 모두 원하는 것을 얻는 해피엔드로 끝난다. 북부의 지성인으로서 의식적으로는 노예제도에 반대하면서도 흑인의 손조차 만지기를 꺼려하던 오필리어는 흑인 소녀 톱시를 진정한 이웃으로 받아들이게 되고, 잔인한 노예 사냥꾼 톰 로커는 자기가 죽이려 했던 흑인들의 도움으로 목숨을 건진 뒤 개과천선해 엘리자 부부의 탈출을 돕는다. 또한 탈출한 노예들을 돕는 퀘이커교도들을 비롯한 여러 인물들 역시 모두 도덕적 만족을 얻는다.

물론 노예제 폐지의 당위성을 인정하면서도 인종차별 의식을 떨쳐버리지 못하는 오필리어, 또한 노예제를 심정적으로 용인하지 못하며 노예 식구들에게 선한 주인으로 '군림'하지만, 자기 힘으로 세상을 바꿀 수 없다는 무력감에서 한 치도 전진하지 못하는 세인트클레어 같은 평범한 인물들이 왜 좀 더 용기를 내지 못했는지, 왜 다수파가 되어 세상을 바꾸려고 시도하지 못했는지는 안타깝다. 그가 확고한 행동주의자가 되어 톰을 해방시켜주기로 약속하기까지는 사랑하는 딸 에바의 안타까운 죽음이 필요했다.

그러나 『엉클 톰스 캐빈』의 출간으로 이런 숱한 고민과 논쟁이 결국은 행동으로 이어졌고, 그로 인해 인류의 역사는 인권과 평등에 대한 새로운 장(章)을 마련하게 되었다. 노예제도에 대한 강렬한 탄핵으로 가득한 이 위대한 소설을 완역하면서 고전이 지니는 불멸의 가치를 새삼 절감하게 되었다.

마도경

강경화 아세프판 『엉클 톰스 캐빈』 그림 캡션 · 각주 번역

경희대학교 불문과를 졸업하고 경상대학교 불문과 대학원에서 석사 학위를 받았다. 프랑스 파리 10대학에서 언어학과 DEA 및 박사과정을 수료했다. 현재는 경상대학교 불문과 강사로 재직하고 있다.

엉클 톰스 캐빈

초판 1쇄 발행일 _ 2010년 1월 4일
초판 3쇄 발행일 _ 2019년 1월 25일

지은이 _ 해리엇 비처 스토
옮긴이 _ 마도경
펴낸이 _ 박진숙
펴낸 곳 _ 작가정신
주소 _ (10881) 경기도 파주시 문발로 314 2층
전화 _ 031-955-6290 | 팩스 _ 031-944-2858
E-mail _ editor@jakka.co.kr
블로그 _ blog.naver.com/jakkapub
출판등록 _ 1987년 11월 14일 제1-537호

ISBN 978-89-7288-361-6 04840
     978-89-7288-353-1 (전 4권)